YNE

Das Buch

Wie ein einziger Tag

Sie waren siebzehn, und der Sommer schien so unendlich wie ihre Liebe: aber als Allie mit ihrer Familie den verträumten Urlaubsort verläßt, verschwindet sie auch aus Noahs Leben, vierzehn Jahre lang. Dann aber will Allie, die inzwischen verlobt ist und kurz vor der Hochzeit steht, noch einmal den Mann sehen, den sie nie vergessen konnte. Das Wiedersehen mit Noah wird für Allie zu einer Begegnung mit sich selbst und jener unwiderstehlichen Energie, die nur wahre Liebe birgt. Und dann erfährt diese wundervoll einfühlsame Geschichte eine ungeahnte Wendung ...

Weit wie das Meer

Die Zeitungsjournalistin Theresa Osborne findet eines Tages am Strand eine Flaschenpost. Es ist der Liebesbrief eines Mannes an eine Frau. Als sie, angerührt von der Poesie der Worte, den Brief in ihrer Kolumne veröffentlicht, erhält sie von Lesern weitere Briefe, die offenbar vom selben Autor stammen. Wer ist der Mann? Theresa kennt mittlerweile seinen Namen, Garrett Blake, und sie macht sich auf die Suche. Als sie Garrett findet, geschieht etwas, womit sie nicht gerechnet hat: Theresa, seit ihrer Scheidung vor drei Jahren einsam und unglücklich, verliebt sich in den Witwer ...

Der Autor

Mit seinem ersten Roman *Wie ein einziger Tag* landete Nicholas Sparks im Handumdrehen einen Bestseller, dessen schlicht und ergreifend erzählte Geschichte vom Verlust und Wiedergewinn einer Liebe Presse und Publikum gleichermaßen begeisterte. Sein zweiter Roman *Weit wie das Meer* wurde 1999 mit Kevin Costner und Paul Newman verfilmt und landete wie auch seine folgenden Romane *Zeit im Wind* (01/13221), *Das Schweigen des Glücks* (01/13473) und *Weg der Träume* (43/188) sofort auf Platz 1 der Hitlisten. Sparks, der Silvester 1965 in Omaha/Nebraska geboren wurde, lebt heute mit seiner Familie in North Carolina.

Nicholas Sparks

Wie ein einziger Tag
Weit wie das Meer

Zwei Romane in einem Band

WILHELM HEYNE VERLAG
MÜNCHEN

HEYNE ALLGEMEINE REIHE
Band-Nr. 01/13635

Umwelthinweis:
Dieses Buch wurde auf
chlor- und säurefreiem Papier gedruckt.

Taschenbuchausgabe 06/2002

Printed in Germany 2002
Dieses Werk wurde vermittelt durch die Literarische Agentur
Thomas Schlück GmhH, 30827 Garbsen
Quellennachweis: siehe Anhang
Umschlagillustration: Ferenc Regös
Umschlaggestaltung: Hauptmann und Kampa Werbeagentur, CH-Zug
Gesamtherstellung:Elsnerdruck, Berlin

ISBN: 3-453-21251-7

http://www.heyne.de

Wie ein einziger Tag

Die nachstehend genannten Zitate aus Gedichten von Walt Whitman stammen aus dem Buch *Grashalme* von Walt Whitman, erschienen im Diogenes Verlag, Zürich, 1985, Nachdichtung von Hans Reisinger. Die Titel der Gedichte lauten: S.17 »Klare Mitternacht«, S. 40 »Gesang von mir selbst«. S. 150 oben »An eine Straßendirne«, S. 150 Mitte »Die Schläfer«.
Aus *Grashalme* von Walt Whitman stammt das Gedicht auf S. 157 mit dem Titel »Continuities«/«Nichts ist für immer verloren...«, hier ein Zitat in der Nachdichtung von Michael Farin und Jochen Winter. Die Nachdichtung der folgendnen Gedichte stammt von Jochen Winter: S. 148 John Clare »Noch niemals zuvor traf mich so plötzlich...«, S. 161 Sir Charles Sedley »Kein Ertrinkender hat je...«, ferner die Gedichte von Nicholas Sparks auf S. 175 »Der Leib vergeht...« sowie auf S. 176 »Unsere Seelen waren eins...« und S. 203 »Es ist in diesen letzten, zarten Stunden...«

Dieses Buch ist mit Liebe Cathy,
meiner Frau und Freundin, gewidmet.

Danksagung

Dieser Roman nahm seine heutige, endgültige Form mit Hilfe zweier Menschen an, denen ich für all das, was sie für mich getan haben, danken möchte:

Theresa Park, der Literaturagentin, die mich aus der Versenkung holte. Vielen Dank für Ihre Freundlichkeit, Ihre Geduld und die vielen Stunden, die Sie mit mir gearbeitet haben. Ich werde Ihnen dafür immer dankbar sein.

Jamie Raab, meiner Lektorin. Danke für Ihre Klugheit, Ihren Humor und Ihre Gutmütigkeit. Sie haben dies zu einer wundervollen Erfahrung für mich gemacht, und ich freue mich, Sie meine Freundin nennen zu dürfen.

Wunder

Wer bin ich? Und wie, so frage ich mich, wird diese Geschichte enden?

Die Sonne geht auf, und ich sitze an einem Fenster, das beschlagen ist vom Atem eines vergangenen Lebens. Einen schönen Anblick biete ich heute morgen! Zwei Hemden, eine warme Hose, ein Schal, zweimal um den Hals gewickelt, und hineingesteckt in einen dicken Wollpullover, den meine Tochter mir vor dreißig Jahren zum Geburtstag gestrickt hat. Der Thermostat in meinem Zimmer ist so hoch gestellt wie möglich, und gleich hinter mir befindet sich noch ein kleiner Heizofen. Er knackt und ächzt und speit heiße Luft wie ein Märchendrache, und doch zittert mein Körper noch immer vor Kälte, einer Kälte, die nicht von mir weichen will, einer Kälte, die sich achtzig Jahre lang in mir ausgebreitet hat. Achtzig Jahre, denke ich so manches Mal, und obwohl ich mich längst mit meinem Alter abgefunden habe, wundert es mich immer noch, daß ich seit dem Tag, da George Bush Präsident wurde, nicht mehr am Steuer eines Autos saß. Ich frage mich, ob es jedem in meinem Alter so ergeht.

Mein Leben? Es ist nicht leicht zu erklären. Sicher war es nicht so aufsehenerregend, wie ich es mir erträumt hatte, doch hat es sich auch nicht im unteren Drittel abgespielt. Es läßt sich wohl am besten mit einer sicheren Aktie vergleichen, stabil, mehr Höhen als Tiefen, und langfristig gesehen mit Aufwärtstrend. Ein guter Kauf, ein glücklicher Kauf, was wohl nicht jeder von seinem Leben behaupten kann. Doch lassen Sie sich nicht irreführen. Ich bin nichts Besonderes, gewiß nicht. Ich bin ein gewöhnlicher Mann mit gewöhnlichen Gedanken, und ich habe ein ganz gewöhnliches Leben geführt. Mir wurden keine Denkmäler gesetzt, und mein Name wird bald vergessen sein, doch ich habe jemanden geliebt, mit Herz und Seele, und das war mir immer genug.

Die Romantiker würden es eine Liebesgeschichte nennen, die Zyniker eine Tragödie. Für mich ist es ein bißchen von beidem, und ganz gleich, wie man es letztendlich bezeichnet, es ändert doch nichts an der Tatsache, daß es um einen großen Teil meines Lebens geht und den Weg, den ich gewählt habe. Ich kann mich nicht beklagen über diesen Weg und die Stationen, an die er mich geführt hat; über andere Dinge vielleicht, doch der Weg, den ich gewählt habe, war immer der richtige, und ich würde mich immer wieder für ihn entscheiden.

Die Zeit macht es einem leider nicht leicht, beharrlich seinen Weg zu gehen. Doch auch wenn der Weg immer noch gerade verläuft, so ist er jetzt mit Geröll übersät, das sich im Verlauf eines Lebens nun einmal anhäuft. Bis vor drei Jahren wäre es leicht gewesen, darüber hinwegzusehen, jetzt aber ist es unmöglich. Eine Krankheit hat meinen Körper erfaßt; ich bin nicht mehr stark und gesund, und ich verbringe meine Tage wie ein alter Luftballon, schlaff, porös, immer weicher mit der Zeit.

Ich huste und schaue blinzelnd auf meine Uhr. Ich sehe, es ist Zeit. Ich erhebe mich aus meinem Sessel am Fenster, schlurfe durchs Zimmer, halte am Schreibtisch inne, um mein Tagebuch an mich zu nehmen, das ich wohl schon hundertmal gelesen habe. Ich blättere nicht darin. Ich klemme es mir unter den Arm und bin schon unterwegs zu dem Ort, zu dem ich gehen muß.

Ich laufe durch geflieste Flure, weiß mit grauen Sprenkeln. Wie mein Haar und das Haar der meisten Menschen hier, obwohl ich heute morgen der einzige auf dem Korridor bin. Sie sind in ihren Zimmern, allein mit ihrem Fernseher, aber sie sind, wie ich, daran gewöhnt. Ein Mensch kann sich an alles gewöhnen, man muß ihm nur genug Zeit lassen.

In der Ferne höre ich gedämpftes Weinen, und ich weiß genau, von wem diese Geräusche kommen. Dann sehen mich die Krankenschwestern, und wir lächeln uns zu, tauschen Grüße. Sie sind meine Freunde, und wir unterhalten uns oft. Ich bin sicher, sie wundern sich über mich und über das, was ich Tag für Tag durchmache. Im Vorübergehen höre ich sie miteinander flüstern. »Da ist er wieder«, höre ich. »Ich hoffe, es nimmt ein gutes Ende.« Doch sie sprechen mich nie direkt darauf an. Sicher glauben sie, es würde mir wehtun, so früh am Morgen darüber zu sprechen, und da sie mich kennen, haben sie gewiß recht.

Kurz darauf bin ich bei dem Zimmer angelangt. Die Tür steht offen für mich, wie immer. Es sind noch zwei Krankenschwestern darin, und auch sie lächeln, als ich eintrete. »Guten Morgen«, sagen sie mit fröhlicher Stimme, und ich nehme mir einen Augenblick Zeit, frage nach den Kindern, nach der Schule, den bevorstehenden Ferien. Wir sprechen vielleicht eine Minute, ohne auf das Weinen einzugehen. Sie scheinen es nicht wahrzunehmen; sie sind dagegen taub geworden, wie ich letztlich auch.

Danach sitze ich in dem Sessel, der sich meinem Körper angepaßt hat. Sie sind jetzt fertig, und sie ist angezogen, aber sie weint noch immer. Ich weiß, sie wird sich beruhigen, wenn sie gegangen sind. Die morgendliche Hektik verstört sie jedesmal, und heute ist keine Ausnahme. Schließlich wird das Rollo hochgezogen, und die Schwestern gehen. Beide lächeln und berühren mich im Vorbeigehen. Ich frage mich, was das zu bedeuten hat.

Ich sitze da und sehe sie an, doch sie erwidert meinen Blick nicht. Das ist verständlich, denn sie weiß nicht, wer ich bin. Ich bin ein Fremder für sie. Ich wende mich, den Kopf gesenkt, ab und bitte Gott um die Kraft, die ich brauchen werde. Ich habe immer an Gott geglaubt, an Gott und an die Macht des Gebetes, obwohl mein Glaube, wenn ich ehrlich bin, eine Reihe von Fragen hat aufkommen lassen, die ich gern beantwortet hätte, wenn ich einmal gegangen bin.

Fertig jetzt. Die Brille aufgesetzt. Die Lupe aus der Tasche gezogen. Ich lege sie einen Augenblick auf den Tisch, während ich das Tagebuch aufschlage. Zweimal über die Kuppe des knotigen Fingers geleckt, um den abgenutzten Deckel zu wenden und die erste Seite aufzuschlagen. Dann die Lupe darübergehalten.

Kurz bevor ich anfange zu lesen, kommt jedesmal ein Augenblick, in dem mir der Atem stockt und ich mich frage, wird es diesmal geschehen? Ich weiß es nicht, ich weiß es nie vorher, und im Grunde ist es auch nicht wichtig. Es ist die Möglichkeit, nicht die Gewißheit, die mich fortfahren läßt, eine Wette mit mir selbst, könnte man sagen. Und auch wenn Sie mich für einen Träumer oder Narren oder sonstwas halten, glaube ich, daß alles möglich ist.

Alles spricht dagegen, das ist mir klar, vor allem die Wissenschaft. Doch Wissenschaft ist nicht die ganze Antwort, das weiß ich, das hat mich das Leben gelehrt. Und deshalb glaube ich, daß Wunder, wie unerklärlich, wie unglaublich sie auch sind, wirklich geschehen können, ungeachtet der natürlichen Ordnung der Dinge.

Und so beginne ich wieder, wie jeden Tag, laut aus meinem Tagebuch vorzulesen, damit sie es hören kann, in der Hoffnung, daß das Wunder, das mein Leben beherrscht, noch einmal wahr wird.

Und vielleicht, ja, vielleicht wird es diesmal geschehen.

Gespenster

Es war Anfang Oktober 1946, und Noah Calhoun beobachtete auf seiner Veranda, wie die Sonne sich langsam neigte. Er saß gern abends hier, vor allem nach einem harten Arbeitstag; dann ließ er seine Gedanken schweifen, ließ ihnen freien Lauf. So entspannte er – eine Gewohnheit, die er von seinem Vater übernommen hatte.

Besonders gern betrachtete er die Bäume, die sich im Fluß spiegelten. Die Bäume in North Carolina sind atemberaubend in ihrer Herbstfärbung – Grün, Gelb, Rot und Orange in allen denkbaren Schattierungen. Ihre Farbenpracht leuchtet im späten Sonnenlicht, und wohl zum hundertsten Male fragte sich Noah Calhoun, ob die ersten Bewohner des Hauses ihre Abende mit ähnlichen Gedanken zugebracht hatten.

Das Hauptgebäude, 1772 errichtet, hatte zu einer Plantage gehört und zählte zu den ältesten und größten Landhäusern in New Bern. Noah hatte es gleich nach dem Krieg gekauft und die letzten elf Monate sowie ein kleines Vermögen gebraucht, um es zu renovieren. Ein Reporter von der Raleigher Tageszeitung hatte vor wenigen Wochen in einem Artikel darüber berichtet und geschrieben, es seien die gelungensten Renovierungsarbeiten, die er je gesehen habe. Das mochte zutreffen, wenigstens für das Haus. Der restliche Besitz war eine andere Geschichte, und damit hatte Noah die meisten Stunden des Tages zugebracht.

Zum Haus gehörte ein etwa zehn Hektar großes Grundstück, das an den Fluß, den Brices Creek, grenzte. An den anderen drei Seiten mußte der Holzzaun ausgebessert, nach Trockenfäule oder Termiten abgesucht und an manchen Stellen völlig erneuert werden. Damit war er die letzten Tage vor allem beschäftigt gewesen, und es gab noch eine Menge zu tun, besonders an der Westseite. Als er vor einer halben Stunde sein Werkzeug zur Seite legte, hatte er sich vorgenommen, beim Lager anzurufen und eine weitere Holzlieferung zu bestellen. Er ging ins Haus, trank ein Glas gesüßten Tee und duschte. Er duschte jeden Abend, und mit dem Wasser wurden sowohl der Schmutz als auch die Müdigkeit fortgespült.

Danach kämmte er sein Haar zurück und schlüpfte in saubere verblichene Jeans und ein langärmeliges blaues Hemd. Er schenkte sich ein weiteres Glas Tee ein und ging auf die Veranda zurück, wo er sich, wie jeden Abend, niederließ.

Er streckte die Arme aus, über den Kopf, dann zu beiden Seiten und rollte kräftig mit den Schultern, auch das eine alte Gewohnheit. Er fühlte sich gut, sauber und frisch. Seine Muskeln waren müde und würden morgen etwas schmerzen, doch er war zufrieden mit dem, was er an diesem Tag geleistet hatte.

Er griff nach seiner Gitarre, dachte dabei an seinen Vater und wie sehr er ihm fehlte. Er schlug langsam einen Akkord an, stimmte zwei Saiten nach, schlug einen weiteren Akkord an. Dann begann er zu spielen. Sanfte Klänge, ruhige Klänge. Er summte eine Weile und fing erst, als die Dämmerung hereinbrach, laut zu singen an. Er spielte und sang, bis der Himmel vollständig dunkel war.

Es war kurz nach sieben, als er die Gitarre zur Seite legte. Er nahm wieder in seinem Schaukelstuhl Platz und wiegte sich langsam vor und zurück. Und wie immer blickte er hinauf, sah den Orion, den Großen Bären, die Zwillinge und den Polarstern am Herbsthimmel schimmern.

Er rechnete im Kopf seine Ausgaben zusammen, hielt dann inne. Er hatte fast seine gesamten Ersparnisse für das Haus aufgebraucht und würde bald eine neue Stellung suchen müssen. Doch er schob den Gedanken beiseite und beschloß, die restlichen Monate der Hausrenovierung zu genießen, statt sich Sorgen zu machen. Die Rechnung würde schon aufgehen, so wie immer. Außerdem langweilte es ihn, über Gelddinge nachzudenken. Er hatte schon früh gelernt, sich an den einfachen Dingen des Lebens zu erfreuen, an Dingen, die nicht käuflich sind, und es fiel ihm schwer, Menschen zu verstehen, die anders dachten und fühlten. Auch das war ein Charakterzug, den er von seinem Vater hatte.

Seine Jagdhündin Clem kam herüber und beschnupperte seine Hand, bevor sie sich zu seinen Füßen niederließ. »He, Mädchen, alles in Ordnung?« Er streichelte ihren Kopf, und sie winselte zur Antwort, die sanften runden Augen auf ihn gerichtet. Bei einem Autounfall war ihr ein Hinterbein überfahren worden, doch sie konnte trotzdem noch ganz gut laufen und leistete ihm an ruhigen Abenden wie diesem Gesellschaft.

Er war jetzt einunddreißig, nicht zu alt, doch alt genug, um einsam zu sein. Er war nicht mehr ausgegangen, seitdem er wieder hierher zurückgekommen war, hatte niemanden kennengelernt, der ihn interessierte. Es war seine Schuld, das wußte er. Es gab etwas, das einen Abstand zwischen ihm und jeder Frau entstehen ließ, die ihm näherkommen wollte, etwas, das er nicht glaubte ändern zu können, selbst wenn er es gewollt hätte. Und manchmal, kurz vor dem Einschlafen, fragte er sich, ob es sein Schicksal war, für immer allein zu sein.

Der Abend blieb angenehm warm. Noah lauschte den Grillen und dem Rauschen der Blätter und dachte, daß die Laute der Natur wirklicher waren und tiefere Gefühle auslösten als Dinge wie Autos und Flugzeuge. Natürliche Dinge gaben mehr, als sie nahmen, und ihre Geräusche erinnerten ihn stets daran, wie der Mensch eigentlich sein sollte. Es hatte Zeiten gegeben während des Krieges, vor allem nach einem Großangriff, in denen er sich oft diese simplen Geräusche vorgestellt hatte. »Es wird dir helfen, nicht den Verstand zu verlieren«, hatte ihm sein Vater am Tag seiner Einschiffung gesagt. »Es ist Gottes Musik, und sie wird dich heil zurückbringen.«

Er trank seinen Tee aus, trat ins Haus, holte sich ein Buch und machte, als er wieder nach draußen ging, das Verandalicht an. Er setzte sich und betrachtete das Buch auf seinem Schoß. Es war alt, der Deckel war halb zerfetzt, und die Seiten waren mit Wasser- und Schmutzflecken übersät. *Grashalme* von Walt Whitman, er hatte den Band während der ganzen Kriegsjahre bei sich gehabt. Einmal hatte das Buch sogar eine für ihn bestimmte Kugel abgefangen.

Er strich über den Einband, wischte den Staub ab. Dann schlug er das Buch aufs Geratewohl auf und begann zu lesen:

Dies ist deine Stunde, o Seele, dein freier Flug in das Wortlose,

Fort von Büchern, fort von der Kunst, der Tag ausgelöscht, die Aufgabe getan,
Du tauchst empor, lautlos, schauend, den Dingen nachsinnend, die du am meisten liebst,
Nacht, Schlaf, Tod und die Sterne

Er lächelte still vor sich hin. Irgendwie erinnerte Whitman ihn immer an New Bern, und er war froh, wieder hier zu sein. Vierzehn Jahre war er von hier fort gewesen, dennoch war dies seine Heimat, und er kannte eine Menge Leute hier, hauptsächlich aus seiner frühen Jugend. Das war nicht verwunderlich. Wie in so vielen Städten des Südens änderten sich ihre Bewohner kaum, sie wurden nur ein wenig älter.

Sein bester Freund war Gus, ein siebzigjähriger Schwarzer, der etwas weiter die Straße hinunter wohnte. Sie hatten sich zwei Wochen nach Noahs Hauskauf kennengelernt. Gus hatte eines Abends mit einer Flasche selbstgebranntem Schnaps vor der Tür gestanden, und die beiden hatten sich ihren ersten gemeinsamen Rausch angetrunken und sich bis spät in die Nacht Geschichten erzählt.

Von da an tauchte Gus etwa zweimal die Woche auf, gewöhnlich gegen acht Uhr abends. Mit vier Kindern und elf Enkelkindern im Haus brauchte er ab und zu unbedingt einen Tapetenwechsel. Meist brachte er seine Mundharmonika mit, und wenn sie eine Weile miteinander geredet hatten, spielten sie ein paar Lieder zusammen. Manchmal spielten sie viele Stunden.

Er betrachtete Gus bald als eine Art ›Familienersatz‹, denn er hatte sonst niemanden, seitdem sein Vater im letzten Jahr gestorben war. Er besaß keine Geschwister; seine Mutter war gestorben, als er zwei war, und er hatte, obwohl er es einmal wollte, auch nie geheiratet.

Einmal aber hatte er geliebt, daran gab es keinen Zweifel. Einmal, nur einmal und das vor langer Zeit. Und es hatte ihn für immer verändert. Wahre Liebe verändert den Menschen, und es war echte Liebe gewesen.

Kleine Wölkchen trieben von der Küste her über den Abendhimmel, wurden silbrig im Schein des Mondes. Als sie dichter wurden, legte er den Kopf auf die Rückenlehne des Schaukelstuhls. Seine Beine bewegten sich automatisch, hielten den Rhythmus bei, und wie fast jeden Tag, schweiften seine Gedanken zu einer ähnlich warmen Nacht, die vierzehn Jahre zurücklag.

Es war 1932, kurz nach seiner Reifeprüfung, am Eröffnungsabend des Neuse River Festival. Die ganze Stadt war auf den Beinen, amüsierte sich bei Tanz und Glücksspiel oder an den Getränkeständen und Bratspießen. Es war schwül an jenem Abend, daran konnte er sich noch genau erinnern. Er war allein gekommen, und als er, auf der Suche nach Freunden, durch die Menge schlenderte, sah er Fin und Sarah, mit denen er zur Schule gegangen war, mit einem Mädchen plaudern, das er noch nie gesehen hatte. Sie war sehr hübsch, das war sein erster Gedanke gewesen, und als er sich seinen Weg zu ihnen gebahnt hatte, schaute sie mit ihren betörenden Augen zu ihm auf. »Hallo«, sagte sie einfach und streckte ihm die Hand entgegen. »Finley hat mir viel von dir erzählt.«

Ein ganz gewöhnlicher Beginn, den er, wäre sie es nicht gewesen, längst vergessen hätte. Doch als er ihr die Hand schüttelte und sein Blick in ihre smaragdgrünen Augen tauchte, wußte er, bevor er den nächsten Atemzug tat, daß sie für ihn die Richtige, die Einzige war und es auch immer sein würde. So gut schien sie, so vollkommen, und der Sommerwind rauschte in den Bäumen.

Von da an ging alles rasend schnell. Fin erzählte ihm, daß sie den Sommer mit ihrer Familie in New Bern verbrachte, weil ihr Vater für R. J. Reynolds arbeitete, und obwohl er nur nickte, sagte ihr Blick, daß sie verstand. Fin lachte, denn er wußte, was da geschah, und die Vier blieben den ganzen Abend zusammen, bis das Fest zu Ende war und die Menge sich zerstreute.

Sie trafen sich am nächsten und übernächsten Tag und waren bald unzertrennlich. Jeden Morgen – bis auf sonntags, wenn er zur Kirche ging – erledigte er seine häuslichen Pflichten so schnell wie möglich, und eilte zum »Fort Totten Park«, wo sie schon auf ihn wartete. Da sie nie in einer Kleinstadt gelebt hatte, verbrachten sie ihre Tage mit Dingen, die ihr völlig neu waren. Er machte sie mit Angel und Köder vertraut, um im seichten Wasser Barsche zu fangen, und durchstreifte mit ihr den geheimnisvollen Croaton Forest. Sie fuhren Kanu und beobachteten Sommergewitter, und es kam ihm so vor, als hätten sie sich schon immer gekannt.

Doch auch er lernte Neues. Beim Tanzfest in der Tabakscheune brachte sie ihm Walzer und Charleston bei, und obwohl er sich anfangs etwas unbeholfen anstellte, zahlte sich ihre Geduld aus, und sie tanzten zusammen, bis die Musik verstummte. Danach brachte er sie nach Hause, und beim Abschied auf der Veranda küßte er sie zum erstenmal und wunderte sich danach, warum er so lange damit gewartet hatte. Später in jenem Sommer führte er sie zu diesem Haus, das damals zum Teil verfallen war, und sagte ihr, daß er es eines Tages kaufen und wieder aufbauen würde. Sie sprachen von ihren Träumen – sie wollte Künstlerin werden, er die Welt bereisen –, und in einer heißen Augustnacht verloren sie ihre Unschuld. Als sie drei Wochen später abreiste, nahm sie ein Stück von ihm und den Rest des Sommers mit sich fort. An einem frühen regnerischen Morgen, nach einer schlaflosen Nacht, sah er sie die Stadt verlassen. Er ging nach Hause, packte seine Reisetasche und verbrachte die folgende Woche allein auf Harkers Island.

Noah strich sich mit den Fingern durchs Haar und sah auf die Uhr. Zwölf nach acht. Er stand auf, ging zur Vorderseite des Hauses, schaute die Straße hinunter. Gus war nicht zu sehen, und Noah rechnete nicht mehr damit, daß er noch kommen würde. Er ging zurück zu seinem Schaukelstuhl und setzte sich wieder.

Er erinnerte sich daran, mit Gus über sie gesprochen zu haben. Als er sie das erste Mal erwähnte, schüttelte Gus lachend den Kopf. »Das also ist das Gespenst, vor dem du wegläufst.« Als Noah fragte, was er damit meine, sagte Gus: »Du weißt schon, das Gespenst, die Erinnerung. Ich sehe doch, wie du arbeitest, Tag und Nacht, wie du schuftest, dir kaum Zeit zum Atmen läßt. Dafür gibt es nur drei Gründe: Entweder man ist verrückt, oder man ist dumm, oder man will etwas vergessen. Und bei dir wußte ich gleich, du willst etwas vergessen. Ich wußte nur nicht, was.«

Er dachte über Gus' Worte nach. Gus hatte natürlich recht. Ein Gespenst ging um in New Bern. Der Geist ihrer Erinnerung. Er sah sie im »Fort Totten Park«, ihrem

Treffpunkt, immer wenn er vorbeiging. Da hinten auf der Bank oder gleich neben der Eingangstür, immer ein Lächeln um die Lippen, das blonde Haar sanft über die Schultern fallend, die Augen grün wie Smaragde. Und wenn er abends mit der Gitarre auf der Veranda saß, sah er sie neben sich, wie sie still den Klängen aus seiner Kindheit lauschte.

Oder wenn er zu Gaston's Drugstore ging oder ins Masonic Theater, oder auch, wenn er nur durch die Stadt schlenderte. Überall, wohin er schaute, sah er ihr Bild, sah er Dinge, die sie wieder zum Leben erweckten.

Es war seltsam. Er war in New Bern aufgewachsen. Hatte seine ersten siebzehn Jahre hier verlebt. Aber wenn er an New Bern dachte, schien er sich nur an den einen Sommer zu erinnern, den Sommer, den sie zusammen verbracht hatten. Andere Erinnerungen waren nur Fragmente, einzelne Bruchstücke aus der Zeit des Heranwachsens, und nur wenige, wenn überhaupt, erweckten Gefühle in ihm.

Er hatte Gus eines Abends davon erzählt, und Gus hatte ihn nicht nur verstanden, er hatte ihm auch eine Erklärung geliefert. »Mein Dad hat immer gesagt: ›Wenn du dich das erste Mal verliebst, dann verändert es dein Leben für immer, und wie sehr du dich auch bemühst, das Gefühl geht nie vorbei.‹ Das Mädchen, von dem du mir erzählst, war deine erste Liebe. Und was du auch tust, sie wird immer bei dir sein.«

Noah schüttelte den Kopf, und als ihr Bild zu verblassen begann, kehrte er zu seinem Whitman zurück. Er las noch eine Stunde, blickte manchmal auf, wenn er Waschbären und Beutelratten am Flußufer entlanghuschen hörte. Um halb zehn klappte er sein

Buch zu, ging hinauf in sein Schlafzimmer, schrieb in sein Tagebuch – Persönliches und auch Praktisches, wie die Arbeiten an seinem Haus. Vierzig Minuten später schlief er. Clem kam die Treppe herauf, schnüffelte an seinem Bett, drehte sich ein paarmal um die eigene Achse, bevor sie sich am Fußende zusammenrollte.

* * *

Am selben Abend, nur hundert Meilen entfernt, saß sie allein auf der Verandaschaukel des elterlichen Hauses, ein Bein unter sich geschlagen. Die Sitzfläche war etwas feucht gewesen, als sie sich draußen hinsetzte; es hatte vorher heftig geregnet, doch die Wolken lockerten jetzt auf, und sie blickte zum Himmel, wo die ersten Sterne sichtbar wurden, und fragte sich, ob sie die richtige Entscheidung getroffen hatte. Sie hatte tagelang mit sich gerungen – auch diesen Abend wieder –, doch sie wußte, sie würde es sich nie verzeihen, wenn sie diese Gelegenheit einfach verstreichen ließe.

Lon wußte nicht, warum sie am nächsten Morgen wegfahren wollte. Eine Woche zuvor hatte sie vage angedeutet, sie würde vielleicht ein paar Antiquitätenläden an der Küste aufsuchen. »Nur für zwei, drei Tage«, hatte sie gesagt. »Außerdem brauche ich eine Verschnaufpause zwischen den Hochzeitsvorbereitungen.« Sie hatte sich geschämt, so zu lügen, doch sie hätte ihm unmöglich die Wahrheit sagen können. Ihre Reise hatte nichts mit ihm zu tun, und es wäre unfair gewesen, ihn um Verständnis zu bitten.

Es war eine zügige Fahrt von Raleigh, kaum mehr als zwei Autostunden, und sie kam kurz vor elf in der

Stadt an. Sie nahm sich ein Zimmer in einem kleinen Hotel im Zentrum, packte ihren Koffer aus, hängte die Kleider in den Schrank, legte die restlichen Sachen in die Fächer. Sie aß rasch zu Mittag, fragte die Bedienung nach den verschiedenen Antiquitätenläden in der Stadt und verbrachte die folgenden Stunden mit Einkäufen. Gegen halb fünf war sie wieder in ihrem Zimmer.

Sie hockte auf der Bettkante, griff zum Telefon und rief Lon an. Er konnte nicht lange sprechen, da er einen Gerichtstermin hatte, so gab sie ihm rasch die Telefonnummer des Hotels und versprach, sich am nächsten Tag zu melden. Gut, dachte sie, als sie den Hörer auflegte. Die üblichen Alltagsgespräche. Nichts Außergewöhnliches. Nichts, das ihn mißtrauisch machen würde.

Sie waren jetzt seit fast vier Jahren zusammen. 1942 hatte sie ihn kennengelernt; die Welt lag im Krieg, und auch Amerika war seit einem Jahr dabei. Jeder daheim übernahm seinen Part, sie als freiwillige Helferin in einem Lazarett in der Stadt. Sie wurde dort gebraucht und geschätzt, doch es war schwerer, als sie gedacht hatte. Die ersten jungen verwundeten Soldaten wurden heimgeflogen, und sie verbrachte ihre Tage mit gebrochenen Männern und zerschmetterten Leibern. Mehrere starben, während sie ihnen übers Haar strich, ihre Hand hielt. Als sie Lon mit seinem natürlichen Charme auf einer Weihnachtsparty kennenlernte, sah sie in ihm genau das, was sie brauchte: einen Menschen mit Vertrauen in die Zukunft und mit Humor, einen Mann, der ihre Ängste vertrieb.

Er war attraktiv, intelligent und ehrgeizig, ein erfolgreicher Anwalt, acht Jahre älter als sie, ein Mann, der seinem Beruf mit Leidenschaft nachging, nicht nur um

Prozesse zu gewinnen, sondern um sich einen Namen zu machen. Sie hatte Verständnis für sein Streben nach Erfolg, weil ihr Vater und die meisten Männer aus ihren gesellschaftlichen Kreisen ganz ähnlich waren. Er war so erzogen wie sie, und im Kastensystem der Südstaaten spielten Familienname und Leistung oft eine wichtige Rolle in der Ehe – in manchen Fällen die einzig wichtige.

Obwohl sie seit ihrer Kindheit insgeheim gegen diese Vorstellung rebelliert und ein paar Flirts mit Männern gehabt hatte, die bestenfalls verwegen zu nennen waren, hatte sie sich von Lons Charme angezogen gefühlt und ihn langsam lieben gelernt. Trotz der langen Stunden, die er in seiner Kanzlei verbrachte, war er gut zu ihr. Er war ein Gentleman, durch und durch, reif und verantwortungsvoll, und als sie Trost gebraucht hatte in jenen schrecklichen Kriegszeiten, war er stets für sie da gewesen. Sie fühlte sich geborgen an seiner Seite und wußte, daß auch er sie liebte, und das war der Grund, weshalb sie seinen Antrag angenommen hatte.

Wenn sie daran dachte, bekam sie ein schlechtes Gewissen, und eigentlich hätte sie auf der Stelle ihre Koffer packen und abreisen müssen, bevor sie sich 's anders überlegte. Sie hatte es schon einmal getan, vor langer Zeit, und wenn sie jetzt ging, würde sie nie mehr die Kraft dazu aufbringen zurückzukehren, das stand fest. Sie griff nach ihrem Notizbuch, zögerte, war schon unterwegs zur Tür ... Doch der Zufall hatte sie hergeführt. Sie legte das Notizbuch wieder hin und machte sich noch einmal klar, daß sie, wenn sie jetzt abreiste, für immer darüber nachdenken würde, was geschehen wäre. Und sie glaubte, damit nicht leben zu können.

Sie ging ins Badezimmer, ließ sich ein Bad einlaufen. Nachdem sie die Temperatur überprüft hatte, eilte sie zum Frisiertisch und nahm unterwegs ihre goldenen Ohrringe ab. Sie fand ihr Reisenecessaire, nahm ein Rasiermesser und ein Stück Seife heraus. Dann zog sie sich vor der Spiegelkommode aus.

Seit ihrer Jugend galt sie als hübsch, und als sie jetzt nackt war, betrachtete sie sich im Spiegel. Ihr Körper war schmal gebaut und gut proportioniert, ihre Brüste waren sanft gerundet, Taille und Beine waren schlank. Von ihrer Mutter hatte sie die hohen Wangenknochen, die glatte Haut, das blonde Haar. Aber das Schönste waren ihre Augen. »Sie sind wie Meereswellen«, sagte Lon immer.

Sie nahm Rasiermesser und Seife, kehrte ins Badezimmer zurück, legte ein Handtuch in Reichweite und stieg in die Wanne.

Sie genoß die entspannende Wirkung des Bades und ließ sich so tief wie möglich ins Wasser gleiten. Der Tag war lang gewesen, und der Rücken schmerzte sie ein wenig, doch sie war froh, ihre Einkäufe so rasch erledigt zu haben. Sie brauchte etwas Handfestes, das sie bei ihrer Rückkehr in Raleigh vorzeigen konnte, und die Sachen, die sie ausgesucht hatte, waren genau das Richtige. Sie beschloß, sich die Namen von weiteren Geschäften in der Gegend um Beaufort geben zu lassen, fragte sich dann aber, ob es wirklich nötig war. Es war nicht Lons Art, sie zu kontrollieren.

Sie seifte sich ein und begann, sich die Beine zu rasieren. Dabei dachte sie an ihre Eltern und fragte sich, was sie von ihrer Reise halten würden. Sie wären gewiß dagegen, vor allem ihre Mutter. Ihre Mutter hatte nie akzeptiert, was damals im Sommer, den sie hier verbracht hatten, geschehen war, und sie würde es auch jetzt nicht akzeptieren, ganz gleich wie sie es begründete.

Sie blieb noch eine Weile im Wasser, ehe sie aus der Wanne stieg und sich abtrocknete. Sie ging zum Schrank, suchte nach einem passenden Kleid, wählte ein langes gelbes, leicht dekolletiertes, wie man es im Süden trägt. Sie schlüpfte hinein und betrachtete sich im Spiegel, wobei sie sich mal zur einen, mal zur anderen Seite drehte. Es stand ihr gut, betonte ihre Figur, doch sie entschied sich dagegen und hängte es wieder auf den Bügel.

Statt dessen wählte sie ein etwas sportlicheres, weniger ausgeschnittenes Kleid – hellblau, vorn geknöpft, mit Spitzenbesatz. Es war nicht ganz so hübsch wie das erste, eher schlicht, doch, wie sie fand, dem Anlaß angemessener.

Sie schminkte sich kaum, benutzte nur eine Spur von Lidschatten und Wimperntusche, um ihre Augen zu betonen. Dann nahm sie etwas Parfum, nicht zuviel. Sie suchte sich ein Paar zierliche Ohrringe heraus, legte sie an und schlüpfte in die flachen braunen Sandalen, die sie schon vorher getragen hatte. Sie bürstete ihr blondes Haar, steckte es hoch und schaute in den Spiegel. Nein, das war zuviel, dachte sie, und ließ es wieder über die Schulter fallen. Besser.

Als sie fertig war, trat sie zurück und musterte sich kritisch. Sie sah gut aus, nicht zu schick, nicht zu salopp. Sie wollte nichts übertreiben. Schließlich wußte sie gar nicht, was sie erwartete. Es war lange her – sicher zu lange –, und vieles konnte geschehen sein, Dinge, an die sie lieber nicht denken wollte.

Sie schaute an sich hinab, sah, daß ihre Hände zitterten, und mußte lachen. Merkwürdig, sie war doch sonst nicht so nervös. Wie Lon war sie äußerst selbstbewußt, sogar schon als ganz junges Mädchen. Das war manchmal hinderlich gewesen, vor allem bei ihren ersten Rendezvous, hatte es doch die meisten Jungen ihres Alters eingeschüchtert.

Sie griff nach ihrem Notizbuch, den Autoschlüsseln und dann nach dem Zimmerschlüssel. Sie drehte ihn ein paarmal in der Hand und dachte bei sich: »Nun bist du hier, gib jetzt nicht auf.« Sie wollte schon zur Tür gehen, setzte sich aber statt dessen noch einmal aufs Bett. Sie schaute auf ihre Uhr. Fast sechs. Sie würde in wenigen Minuten aufbrechen müssen – sie wollte nicht im Dunkeln ankommen, doch sie brauchte noch etwas Zeit.

»Verdammt!« flüsterte sie. »Was tue ich hier? Was habe ich hier zu suchen? Nichts.« Doch noch während sie es aussprach, wußte sie, daß es nicht stimmte. Sie hatte hier etwas zu suchen – und sei es auch nur eine Antwort.

Sie schlug ihr Notizbuch auf, blätterte darin, bis sie auf ein gefaltetes Stück Zeitungspapier stieß. Sie zog es langsam, fast ehrfurchtsvoll heraus, entfaltete es behutsam, um es nicht zu zerreißen, und starrte eine Weile darauf. »Deswegen bin ich hier«, sagte sie schließlich bei sich. »Darum geht es.«

* * *

Noah stand um fünf Uhr auf und fuhr wie gewöhnlich eine Stunde mit dem Kajak den Brices Creek hinauf. Anschließend zog er seine Arbeitskleidung an, wärmte sich ein paar Brötchen vom Vortag auf, nahm zwei Äpfel und spülte sein Frühstück mit heißem Kaffee hinunter.

Er arbeitete wieder an der Umzäunung, reparierte und ersetzte Pfosten, wo es nötig war. Es herrschte Altweibersommer mit Temperaturen über 26°, und gegen zwölf war er schweißgebadet und erschöpft und freute sich auf seine Mittagspause.

Er picknickte am Fluß, weil die Barsche sprangen. Es machte ihm Freude, sie drei- oder viermal hochspringen und durch die Luft gleiten zu sehen, bevor sie im Brackwasser verschwanden. Irgendwie freute es ihn immer, daß sich ihre Instinkte seit Tausenden, vielleicht Zehntausenden von Jahren nicht verändert hatten.

Manchmal fragte er sich, ob sich die Instinkte des Menschen in diesem Zeitraum verändert hatten, und jedesmal kam er zu dem Schluß, daß sie wohl unverändert geblieben waren. Wenigstens die Urinstinkte. Soweit er wußte, war der Mensch immer aggressiv gewesen, immer bestrebt zu dominieren, sich die Erde und alles darauf zu unterwerfen. Der Krieg in Europa und Japan war ein Beweis.

Kurz nach drei hatte er sein Tagewerk beendet. Er lief zu dem kleinen Schuppen gleich neben seinem Anlegesteg, holte Angelrute und ein paar lebende Köder, die er immer zur Hand hatte, ließ sich auf dem Steg nieder und warf die Angel aus.

Beim Angeln geriet er immer ins Grübeln und dachte über sein Leben nach. So auch jetzt. Nach dem Tod seiner Mutter hatte er in einem Dutzend verschiedener Heime gelebt. Und da er als kleines Kind gestottert hatte, war er ständig gehänselt worden. So begann er, immer weniger zu sprechen, bis er mit fünf fast gänzlich verstummte. Als er ins schulpflichtige Alter kam, glaubten die Lehrer, er sei zurückgeblieben, und rieten, ihn aus der Schule zu nehmen.

Statt dessen aber nahm sein Vater die Dinge dann selbst in die Hand. Er sorgte dafür, daß er in der Schule blieb und nach dem Unterricht ins Holzlager kam, wo er ihn Holz schleppen und stapeln ließ. »Es ist gut, daß wir oft zusammen sind«, sagte er, wenn sie Seite an Seite arbeiteten, »genauso wie mein Vater und ich.«

In den Stunden, die sie zusammen verbrachten, sprach der Vater über Vögel und Tiere, oder er erzählte Geschichten und Legenden aus North Carolina. Nach wenigen Monaten fing der kleine Noah wieder an zu sprechen, doch er stotterte immer noch, und sein Vater beschloß, ihm anhand von Gedichten das Lesen beizubringen. »Lies das hier, laut und immer wieder, und du wirst bald alles sagen können, was du willst.« Auch diesmal hatte sein Vater recht, Noah hörte auf zu stottern. Trotzdem kam er auch weiterhin täglich ins Holzlager, um bei seinem Vater zu sein, und abends las er laut aus den Werken von Whitman und Tennyson vor, während sein Vater neben ihm im Schaukelstuhl saß. Und seit dieser Zeit wurde er nicht müde, die großen Dichter zu lesen.

Als er etwas älter war, verbrachte er die meisten Wochenenden und Ferien allein. Er durchforschte den Croatan Forest mit seinem ersten Kanu, paddelte den Brices Creek zwanzig Meilen hinunter, bis es nicht mehr weiter ging, und wanderte die restlichen Meilen zur Küste. Zelten und Erkunden wurden zu seiner Leidenschaft, und er verbrachte Stunden im Wald. Unter einer Schwarzeiche hockend und vor sich hin pfeifend, spielte er auf seiner Gitarre – für Biber, Gänse und Fischreiher. Dichter wissen, daß Einsamkeit in der Natur, fern von Menschen und den von Menschen gefertigten Dingen, wohltuend für die Seele ist, und er hatte sich immer mit ihnen identifiziert.

Er war ein stiller, zurückhaltender Junge, doch die Jahre der Schwerarbeit im Holzlager sorgten dafür, daß er zu einem der besten Sportler der Schule wurde, und sein sportlicher Erfolg machte ihn allgemein beliebt. Er hatte Spaß an Football und Basketball, aber während die übrigen Mannschaftskameraden auch ihre Freizeit miteinander verbrachten, blieb er lieber allein. Einige wenige fanden ihn arrogant; die meisten aber dachten nur, er sei wohl etwas schneller gewachsen als die anderen. Er hatte hier oder da eine Freundin in der Schule, doch keine war ihm wichtig gewesen. Bis auf eine. Und die kam nach der Reifeprüfung.

Allie. Seine Allie.

Er entsann sich, mit Fin über Allie gesprochen zu haben, nachdem sie das Stadtfest an jenem ersten Abend verlassen hatten. Fin hatte gelacht und dann zwei Dinge vorausgesagt: Sie würden sich ineinander verlieben, und es würde nicht gut ausgehen.

Er fühlte ein leichtes Zerren an der Angelschnur und hoffte, es wäre ein Barsch, doch das Zucken hörte auf. Nachdem er die Angel eingeholt und den Köder überprüft hatte, warf er sie wieder aus.

Fin sollte mit seinen beiden Voraussagen recht behalten. Den ganzen Sommer mußte Allie vor ihren Eltern Ausreden erfinden, wenn sie ihn sehen wollte. Nicht daß sie ihn nicht mochten – er stammte eben nur aus einer anderen Gesellschaftsschicht, war zu arm, und sie würden es niemals dulden, daß ihre Tochter sich mit jemandem wie ihm ernsthaft einließ. »Es ist mir gleich, was meine Eltern denken. Ich liebe dich und werde dich immer lieben«, hatte sie gesagt. »Wir finden schon einen Weg, um beisammenzusein.«

Doch das war nicht möglich gewesen. Anfang September war der Tabak geerntet, und ihr blieb nichts anderes übrig, als mit ihren Eltern nach Winston-Salem zurückzukehren. »Nur der Sommer ist vorüber, Allie, nicht unsere Liebe«, hatte er beim Abschied gesagt. »Sie wird nie aufhören.« Doch es sollte anders kommen. Er hatte nie verstanden warum, aber all seine Briefe waren unbeantwortet geblieben.

Schließlich beschloß er, New Bern zu verlassen, um auf andere Gedanken zu kommen, aber auch deshalb, weil seine Heimat besonders schwer von der Weltwirtschaftskrise betroffen war. Er ging zunächst nach Norfolk und arbeitete sechs Monate auf einer Schiffswerft, bis er entlassen wurde, und zog dann weiter nach New Jersey, weil er gehört hatte, daß die Lage dort weniger hoffnungslos sei.

Dort fand er schließlich eine Stelle auf einem Schrottplatz, wo er Altmetall von anderen Materialien aussondern mußte. Der Eigentümer, ein Jude namens Morris Goldman, war darauf aus, so viel Altmetall wie möglich anzusammeln, denn er war überzeugt, daß Europa kurz vor einem Krieg stand, in den auch Amerika hineingezogen würde. Die Gründe waren Noah unwichtig. Er war nur froh, eine Stelle gefunden zu haben.

Seine Jahre im Holzlager hatten ihn gekräftigt, und er arbeitete hart. Das half ihm nicht nur, Allie tagsüber aus seinen Gedanken zu verdrängen, er hielt es auch für seine Pflicht. Sein Vater hatte immer gesagt: »Guter Lohn verlangt gute Arbeit. Alles andere ist Diebstahl.« Diese Einstellung gefiel seinem Chef. »Ein Jammer, daß du kein Jude bist!« pflegte Goldman zu sagen. »Sonst bist du ein feiner Kerl.« Das war das größte Kompliment, das er von Goldman erwarten konnte.

Er dachte weiter an Allie, vor allem nachts. Er schrieb ihr einmal im Monat, ohne jemals eine Antwort zu erhalten. Schließlich schrieb er einen letzten Brief und zwang sich zu akzeptieren, daß der Sommer, den sie miteinander verbracht hatten, das einzige Gemeinsame für sie gewesen sein sollte.

Und doch konnte er sie nicht vergessen. Drei Jahre nach diesem letzten Brief reiste er nach Winston-Salem in der Hoffnung, sie zu finden. Er ging zu ihrem Haus, stellte fest, daß sie umgezogen war, und rief, nachdem er mit mehreren Nachbarn gesprochen hatte, bei R. J. Reynolds an. Das Mädchen am Telefon war neu und kannte den Namen nicht, doch sie durchsuchte die persönlichen Unterlagen. Sie fand heraus, daß Allies Vater die Firma verlassen und keine neue Adresse angegeben hatte. Diese Reise war sein erster und letzter Versuch, sie ausfindig zu machen.

Acht Jahre war er bei Goldman beschäftigt, zunächst einfach als einer von zwölf Angestellten, mit der Zeit aber vergrößerte sich die Firma, und er wurde befördert. Bis 1940 hatte er sich so weit hochgearbeitet, daß er vom Ankauf bis zum Verkauf sämtliche Geschäfte abwickeln konnte und einer Belegschaft von dreißig Mann vorstand. Die Firma Goldman war zum größten Altmetallhändler der ganzen Ostküste geworden.

In dieser Zeit hatte er mehrere Liebschaften, darunter eine längere – eine Kellnerin mit tiefblauen Augen und seidigem schwarzen Haar. Obwohl sie zwei Jahre befreundet waren und eine gute Zeit miteinander hatten, empfand er für sie nie das gleiche wie für Allie.

Doch auch sie konnte er nicht vergessen. Sie war einige Jahre älter als er, und sie war es, die ihn lehrte, wie man einer Frau Genuß bereitet, wie man sie berührt und küßt, welche Liebesworte man flüstert. Sie verbrachten bisweilen ganze Tage im Bett und liebten sich auf eine Weise, die beiden Befriedigung brachte.

Sie hatte gewußt, daß es nicht für immer sein würde. Als sich ihre Beziehung dem Ende näherte, hatte sie einmal zu ihm gesagt: »Ich wünschte, ich könnte dir geben, wonach du suchst, doch ich weiß nicht, was es ist. Da ist etwas in dir, das du vor jedem verschlossen hältst, auch vor mir. Es ist so, als wäre ich gar nicht die, bei der du wirklich bist. Deine Gedanken sind bei einer anderen.«

Er versuchte, es abzustreiten, doch sie glaubte ihm nicht. »Ich bin eine Frau – ich spüre sowas. Manchmal, wenn du mich anschaust, fühle ich, daß du eine andere siehst. Als wartetest du darauf, daß sie plötzlich aus dem Nichts auftaucht und dich von all dem hier wegführt ...« Einen Monat später suchte sie ihn an seinem Arbeitsplatz auf und sagte ihm, es gebe einen anderen. Er hatte Verständnis. Sie gingen als Freunde auseinander, und im Jahr darauf erhielt er eine Postkarte, auf der sie ihm mitteilte, daß sie geheiratet habe. Seitdem hatte er nichts mehr von ihr gehört.

Während er in New Jersey lebte, besuchte er seinen Vater einmal im Jahr, stets um Weihnachten. Sie verbrachten ihre Zeit mit Angeln und langen Gesprächen, und hin und wieder unternahmen sie einen Ausflug an die Küste, um an den Outer Banks bei Ocracoke zu zelten.

Im Dezember 1941, als er sechsundzwanzig war, begann der Krieg, genau wie Goldman es vorausgesagt hatte. Einen Monat später trat Noah in Goldmans Büro und teilte ihm mit, daß er sich freiwillig melden wolle. Dann reiste er nach New Bern, um Abschied von seinem

Vater zu nehmen. Fünf Wochen später fand er sich in einem Rekrutenlager wieder. Dort erhielt er einen Brief von Goldman, in dem er ihm für seine Arbeit dankte, dazu die Kopie einer Bescheinigung, die ihm einen kleinen Anteil an seinem Unternehmen sicherte, sollte es jemals verkauft werden. ›Ohne dich hätte ich es nicht geschafft‹, hieß es in dem Brief. ›Du bist der netteste Bursche, der je für mich gearbeitet hat, auch wenn du kein Jude bist.‹

Die nächsten drei Jahre verbrachte er in Pattons 3. Armee, zog durch die Wüsten Nordafrikas und die Wälder Europas, fünfzehn Kilo auf dem Buckel. Seine Einheit war immer mitten im Kriegsgeschehen. Er sah Freunde neben sich sterben, sah, wie manche Tausende Meilen von der Heimat entfernt begraben wurden. In einem Schützengraben nahe dem Rhein meinte er einmal Allie zu sehen, die über ihn wachte.

Dann kam das Kriegsende in Europa und wenige Monate später auch in Japan. Kurz vor seiner Entlassung erhielt er den Brief eines Rechtsanwalts aus New Jersey, der Morris Goldman vertrat. Als er den Anwalt aufsuchte, erfuhr er, daß Goldman ein Jahr zuvor gestorben war und man sein Geschäft verkauft hatte. Wie versprochen, erhielt Noah einen Anteil aus dem Verkaufserlös – einen Scheck über fast siebzigtausend Dollar, den er erstaunlich gelassen entgegennahm.

Eine Woche später kehrte er nach New Bern zurück und kaufte sich das Haus. Er dachte daran, wie er seinen Vater herumgeführt und ihm gezeigt hatte, was er renovieren und wo er Veränderungen vornehmen wollte. Sein Vater schien erschöpft, hustete viel und rang nach Luft. Noah war besorgt, doch sein Vater beruhigte ihn, sagte, es sei nur eine Erkältung.

Knapp einen Monat später starb sein Vater an einer Lungenentzündung und wurde neben seiner Frau auf dem Ortsfriedhof beerdigt. Noah ging regelmäßig hin und legte Blumen aufs Grab. Und jeden Abend nahm er sich einen Augenblick Zeit, um seiner zu gedenken und für den Mann zu beten, der ihn alles Wesentliche im Leben gelehrt hatte.

Er packte sein Angelzeug ein, verstaute es im Schuppen und ging zum Haus zurück. Martha Shaw wartete vor der Tür; sie hatte drei selbstgebackene Brote mitgebracht als Dank für seine Hilfe. Ihr Mann war im Krieg gefallen und hatte sie mit drei Kindern in einer ärmlichen Hütte zurückgelassen. Der Winter war nicht mehr weit, und Noah hatte in der Woche zuvor das Dach ausgebessert, die zerbrochenen Fensterscheiben ersetzt, die anderen Fenster abgedichtet und den Holzofen repariert. Nun würden sie mit Gottes Hilfe durch den Winter kommen.

Nachdem sie wieder gegangen war, fuhr er mit seinem klapprigen Kleinlaster zu Gus. Er hielt immer bei Gus' Familie an, wenn er zum Einkaufen fuhr, denn sie hatten keinen Wagen. Eine der Töchter kletterte zu ihm ins Führerhaus, und sie erledigten ihre Einkäufe in Capers General Store. Als er nach Hause zurückkam, packte er seine Lebensmittel nicht sofort aus, sondern duschte zunächst, holte sich eine Flasche Budweiser und ein Buch von Dylan Thomas und ließ sich auf der Veranda nieder.

* * *

Sie konnte es noch immer nicht glauben, auch als sie den Beweis schon in Händen hielt.

Sie hatte es in der Raleigher Tageszeitung gelesen, vor drei Wochen, als sie im Haus ihrer Eltern war. Sie war in die Küche gegangen, um sich eine Tasse Kaffee zu holen, und als sie ins Wohnzimmer zurückkam, hatte ihr Vater gelächelt und auf ein kleines Foto gezeigt. »Erinnerst du dich?«

Mit diesen Worten reichte er ihr die Zeitung, und nachdem sie einen ersten gleichgültigen Blick darauf geworfen hatte, erregte das Bild ihre ganze Aufmerksamkeit, und sie schaute genauer hin. »Das kann nicht sein«, flüsterte sie, und als ihr Vater neugierig aufschaute, wich sie seinem Blick aus, ließ sich auf einen Stuhl sinken und las den ganzen Artikel. Sie entsann sich unklar, daß ihre Mutter an den Tisch trat und ihr gegenüber Platz nahm. Als sie die Zeitung schließlich zur Seite legte, sah ihre Mutter sie mit demselben Ausdruck an wie ihr Vater kurz zuvor. »Alles in Ordnung?« fragte sie über ihre Kaffeetasse hinweg. »Du bist ja ganz blaß.« Sie konnte nicht antworten, und das war der Augenblick, in dem sie bemerkte, daß ihre Hände zitterten. Der Augenblick, mit dem alles begann.

»Und hier wird es enden, so oder so«, flüsterte sie. Sie faltete den Zeitungsausschnitt zusammen, steckte ihn wieder in ihr Notizbuch. Dabei erinnerte sie sich, daß sie die Zeitung an jenem Tag, als sie das Haus verließ, mitgenommen hatte, um den Artikel ausschneiden zu können. Sie las ihn noch einmal, bevor sie abends zu Bett ging, und versuchte, sich den Zufall zu erklären, las ihn am nächsten Morgen ein weiteres Mal, als wollte sie sicher gehen, daß dies alles nicht nur ein Traum gewesen war. Und jetzt, nach drei Wochen langer einsamer Spaziergänge, nach drei Wochen der Ablenkung hatte dieser Artikel sie hierhergeführt.

Ihr launisches Verhalten begründete sie mit Streß. Eine perfekte Entschuldigung. Jeder konnte sie verstehen, selbst Lon, der deshalb sofort zugestimmt hatte, als sie sagte, daß sie für ein paar Tage wegfahren wolle. Die Hochzeitsvorbereitungen waren in der Tat für alle Beteiligten aufreibend. Fast fünfhundert Gäste waren geladen, darunter der Gouverneur, ein Senator und der Botschafter von Peru. All das war ihr zuviel, doch ihre Verlobung hatte Furore gemacht und beherrschte die Klatschspalten, seit man sie vor einem halben Jahr bekanntgegeben hatte. Manchmal träumte sie davon, einfach mit Lon davonzulaufen und irgendwo zu heiraten, ohne den ganzen Wirbel. Doch sie wußte, er würde niemals zustimmen; als aufstrebender Politiker liebte er es, im Rampenlicht zu stehen.

Mit einem tiefen Seufzer erhob sie sich. »Jetzt oder nie«, murmelte sie, nahm ihre Sachen an sich und ging zur Tür. Sie hielt kurz inne, bevor sie sie öffnete und auf den Flur trat. Der Portier lächelte, als sie vorüberging, und sie spürte, wie er ihr wohlwollend nachsah. In ihrem Auto warf sie einen letzten raschen Blick in den Spiegel, ließ den Motor an und bog in die Front Street ein.

Obwohl sie seit einer Ewigkeit nicht hier gewesen war, fand sie sich problemlos in der kleinen Stadt zurecht. Nachdem sie den Trent River auf der altmodischen Zugbrücke überquert hatte, bog sie links in eine Schotterstraße ein, und nun begann die letzte Etappe ihrer Reise.

Es war wunderschön hier im Tiefland, schön wie damals. Anders als die bergige Gegend, in der sie ihre Kindheit und Jugend verbracht hatte, war die Landschaft hier eben, auch wenn der Boden ähnlich beschaffen war. Und während sie über die einsame Straße fuhr, nahm sie die Schönheit in sich auf, die die Menschen einst in diese Gegend gelockt haben mußte.

In ihren Augen schien sich nichts verändert zu haben. Das Sonnenlicht drang durch das Laub der über dreißig Meter hohen Schwarzeichen und Hickorybäume und ließ sie in ihrer herbstlichen Pracht leuchten. Zu ihrer Linken schlängelte sich ein metallfarbenes Flüßchen ein Stück die Straße entlang, bog dann seitwärts ab, um eine Meile weiter in einen größeren Fluß zu münden. Die Schotterstraße selbst wand sich zwischen alten Farmhäusern dahin, die größtenteils noch aus der Zeit vor dem Bürgerkrieg stammten, und sie wußte, daß manche Farmer noch so lebten wie ihre Groß- oder Urgroßväter. Diese unverändert gebliebene Gegend löste eine Flut von Erinnerungen in ihr aus, und sie spürte, wie sich bei jeder lang vergessen geglaubten Einzelheit ihr Inneres zusammenzog.

Die Sonne stand dicht über den Bäumen, und hinter einer Biegung gewahrte sie eine alte, halbverfallene Kirche. Sie hatte sie in jenem Sommer durchstreift und nach Spuren des Krieges zwischen den Staaten gesucht, wie der Bürgerkrieg im Volksmund hieß. Als sie nun daran vorbeifuhr, wurden die Erinnerungen an jenen Tag so lebendig, als wäre es gestern gewesen.

Am Flußufer tauchte jetzt eine majestätische Eiche auf, und bei ihrem Anblick rang sie nach Atem, so deutlich wurden die Erinnerungen. Der Baum mit seinen dicken Ästen, die sich fast waagerecht über den Boden reckten, mit seinem gewaltigen Stamm, der von Moos bedeckt war wie von einem grünen Teppich, schien unveränderlich zu sein. Sie entsann sich, wie sie an einem heißen Julitag unter dem Baum gesessen hatte an der Seite von jemandem, der sie mit solchem Verlangen angesehen hatte, daß nichts sonst Bedeutung hatte. Und in jenem Augenblick hatte sie sich zum ersten Mal verliebt.

Er war zwei Jahre älter als sie, und als sie nun die Straße der Erinnerungen entlangfuhr, stieg sein Bild wieder deutlich vor ihr auf. Er hatte stets älter gewirkt, als er war, das Gesicht eine Spur verwittert, fast wie das eines Farmers, der nach Stunden der Feldarbeit nach Hause kommt. Er hatte schwielige Hände und breite Schultern, die von harter Körperarbeit zeugten, und erste feine Falten zeigten sich um seine dunklen Augen, die jeden ihrer Gedanken zu lesen schienen.

Er war groß und kräftig mit hellbraunem Haar, attraktiv auf seine Art, doch was sich ihr am tiefsten eingeprägt hatte, war seine Stimme. Er hatte ihr an jenem Tag, als sie unter dem Baum im Gras lagen, vorgelesen, mit einer Stimme, sanft und fließend, fast wie Musik, und sie schien in der Luft zu schweben, während er ihr vorlas. Sie erinnerte sich, wie sie mit geschlossenen Augen aufmerksam gelauscht und jedes Wort tief in sich aufgenommen hatte:

Es schmeichelt mich in Nebel und Dämmerung hinein.
Ich scheide wie Luft,
und ich schüttle meine Locken
gegen die davonlaufende Sonne.

Er blätterte in alten Büchern mit Eselsohren, Büchern, die er schon hundertmal gelesen hatte. Er las eine Weile daraus vor, und dann unterhielten sie sich. Sie erzählte ihm, was sie sich vom Leben erhoffte – all ihre Träume für die Zukunft –, und er hörte aufmerksam zu und versprach, dafür zu sorgen, daß alles wahr würde. Und die Art, wie er es sagte, verscheuchte all ihre Zweifel, und sie wußte, wieviel er ihr bedeutete. Manchmal, wenn sie ihn darum bat, erzählte er von sich oder erklärte, warum er dieses oder jenes Gedicht ausgewählt hatte und was er darüber dachte, und manchmal sah er sie mit seinen ernsten Augen lange stumm an.

Sie beobachteten den Sonnenuntergang und machten Picknick unter dem Sternenzelt. Es wurde spät, und sie wußte, wie ärgerlich ihre Eltern gewesen wären, wenn sie gewußt hätten, wo sie war und mit wem. Doch in dem Augenblick war ihr das völlig gleichgültig. Sie selbst konnte nur denken, wie wunderschön dieser Tag gewesen war, wie großartig Noah war, und als sie kurz darauf zu ihrem Haus aufbrachen, nahm er ihre Hand in die seine, und sie spürte den ganzen Weg ihre Wärme.

Eine letzte Biegung, dann erblickte sie in der Ferne das Haus. Es war kaum wiederzuerkennen, so ganz anders, als sie es in Erinnerung hatte. Sie nahm den Fuß vom Gas, als sie in die lange, von Bäumen gesäumte Einfahrt bog, die zu dem Leitstern führte, der sie von Raleigh hergelockt hatte.

Sie fuhr im Schrittempo, den Blick auf das Haus geheftet, und ihr Herz setzte einen Schlag aus, als sie ihn auf der Veranda entdeckte. Er war salopp gekleidet, und aus der Ferne sah er genauso aus wie damals. Als die Sonne genau hinter ihm stand, schien er für einen Augenblick in der Szenerie hinter ihm zu verschwinden.

Ihr Wagen rollte langsam weiter und blieb unter einer Eiche vor dem Haus stehen. Sie drehte den Zündschlüssel, ohne den Blick von ihm zu wenden, und der Motor verstummte.

Er stieg die Verandastufen herab, kam leichten Schrittes auf sie zu, hielt, als sie dem Wagen entstieg, plötzlich inne. Eine lange Weile standen sie wie angewurzelt da und starrten sich nur an.

Allison Nelson, neunundzwanzig und verlobt, eine der oberen Zehntausend, auf der Suche nach Antworten, die ihr so wichtig waren, und Noah Calhoun, der Dichter, einunddreißig, von dem Gespenst heimgesucht, das sein Leben beherrschte.

Wiedersehen

Keiner von beiden rührte sich, als sie sich gegenüberstanden.

Er hatte noch keinen Ton herausgebracht, seine Gesichtsmuskeln schienen wie erstarrt, und eine Sekunde lang dachte sie, er würde sie nicht erkennen. Sie machte sich plötzlich Vorwürfe, ihn so, ohne Vorwarnung, überrumpelt zu haben, denn das erschwerte alles noch. Sie hatte es sich leichter vorgestellt, hatte geglaubt, ihr würden die richtigen Worte einfallen. Doch jetzt schien ihr alles, was ihr in den Sinn kam, unpassend, albern.

Erinnerungen an ihren gemeinsamen Sommer stellten sich ein, und während sie ihn ansah, merkte sie, wie wenig er sich seither verändert hatte. Er schaute gut aus, fand sie. Unter seinem locker in die verblichenen Jeans gesteckten Hemd wurden dieselben breiten Schultern sichtbar, an die sie sich so gut erinnerte, die schmalen Hüften, der muskulöse Oberkörper. Er war braun gebrannt, als hätte er den ganzen Sommer im Freien gearbeitet, nur sein Haar war etwas lichter und heller, als sie es in Erinnerung hatte.

Als sie sich halbwegs gefaßt hatte, holte sie tief Luft und lächelte:

»Hallo, Noah. Schön, dich wiederzusehen.«

Diese Art der Begrüßung verblüffte ihn, und er starrte sie mit ungläubigen Augen an. Dann schüttelte er langsam den Kopf, und ein Lächeln spielte um seine Lippen.

»Dich auch …«, stammelte er. Er führte die Hand ans Kinn, und sie bemerkte, daß er nicht rasiert war. »Bist du's wirklich? Ich kann es nicht glauben …«

Sie bemerkte den Schock in seiner Stimme und war selbst ganz verwirrt – hier zu sein, ihn zu sehen … Sie verspürte etwas Seltsames in ihrem Innern, etwas Tiefes und Altes, etwas das sie für eine Sekunde fast schwindelig machte.

Sie versuchte, die Kontrolle über sich zurückzugewinnen. Sie hatte nicht erwartet, daß so etwas geschehen würde, hatte es auch nicht gewollt. Sie war verlobt. Sie war nicht hergekommen, um … und doch …

Und doch …

Und doch wollte das Gefühl nicht vergehen, wie sehr sie sich auch dagegen wehrte, und für einen kurzen Augenblick fühlte sie sich wieder wie mit fünfzehn. Fühlte sich wie seit langen Jahren nicht mehr, als könnten all ihre Träume doch noch wahr werden.

Sie hatte das Gefühl, endlich heimgekehrt zu sein.

Ohne ein weiteres Wort gingen sie die letzten Schritte aufeinander zu, und als wäre es die natürlichste Sache von der Welt, schloß er sie in die Arme, zog sie fest an sich. Sie hielten sich eng umschlungen und machten im Licht der sich neigenden Sonne die vierzehn Jahre der Trennung ungeschehen.

Sie hielten sich eine lange Weile umschlungen, bis Allie sich schließlich aus der Umarmung löste, um ihn anzusehen. Aus der Nähe sah sie die Veränderungen, die sie zunächst nicht bemerkt hatte. Er war jetzt ein Mann, und seine Züge hatten die Weichheit der Jugend verloren. Die kleinen Falten um seine Augen hatten sich tiefer gegraben, und an seinem Kinn war eine Narbe, die damals nicht da gewesen war. Er wirkte entschlossener, reifer, auch vorsichtiger als früher, doch die Art, wie er sie eben in den Armen gehalten hatte, machte ihr klar, wie sehr er ihr all die Jahre gefehlt hatte.

Tränen verschleierten ihre Augen, als sie schließlich voneinander ließen. Sie lachte nervös und wischte sich rasch mit dem Handrücken über die Augen.

»Alles in Ordnung?« flüsterte er, tausend andere Fragen auf seinem Gesicht.

»Entschuldige, ich wollte nicht weinen ...«

»Laß nur«, sagte er lächelnd. »Ich kann noch immer nicht glauben, daß du es bist. Wie hast du mich gefunden?«

Sie schaute zu Boden, versuchte, die Fassung wiederzugewinnen, und wischte die letzten Tränen fort.

»Ich habe den Artikel über dein Haus in der Zeitung gelesen und wollte dich sehen.«

»Ich bin froh, daß du gekommen bist«, sagte er mit einem Lächeln. Er trat einen Schritt zurück. »Laß dich anschauen. Du siehst phantastisch aus. Noch hübscher als damals.«

Sie spürte, wie sie rot wurde. Wie vor vierzehn Jahren.

»Danke. Du schaust auch gut aus.« Und das war nicht gelogen. Die Jahre hatten ihn nicht zu seinem Nachteil verändert, im Gegenteil.

»Und was hast du vor? Warum bist du hier?«

Seine Fragen brachten sie in die Gegenwart zurück. Sie begriff, was geschehen könnte, wenn sie sich nicht in acht nahm. Sei auf der Hut, sagte sie zu sich. Je länger es dauert, um so schwerer wird es werden. Und das wollte sie nicht.

Aber, Gott, diese Augen. Diese sanften dunklen Augen.

Sie wandte sich zur Seite, holte tief Luft und überlegte, wie sie es sagen sollte, und als sie schließlich antwortete, war ihre Stimme gefaßt. »Noah, bevor du einen falschen Eindruck bekommst – ich wollte dich wiedersehen, aber es geht mir um mehr.« Sie hielt einen Augenblick inne. »Ich bin aus einem ganz bestimmten Grund hier. Ich muß dir etwas sagen.«

»Und? Was?«

Sie wich seinem Blick aus, blieb eine Weile stumm, selbst überrascht, daß ihr die Antwort nicht über die Lippen kommen wollte. Und während ihr Schweigen andauerte, verspürte Noah ein unbehagliches Gefühl im Magen. Wie immer die Antwort lauten würde, für ihn wäre sie schlecht.

»Ich weiß nicht, wie ich es sagen soll. Ich dachte zuerst, es wäre nicht schwer, aber jetzt ...«

Plötzlich durchschnitt der Schrei eines Waschbären die Abendluft, und Clem kam laut bellend aus ihrer Hütte unter der Veranda hervor. Beide drehten sich um, und Allie war dankbar für die Ablenkung.

»Ist das deiner?« fragte sie.

Noah nickte und spürte noch immer das dumpfe Gefühl in der Magengegend. »Es ist übrigens eine Sie. Sie heißt Clementine. Ja, sie gehört mir.« Beide beobachteten, wie sich die Hündin schüttelte und streckte und dann hinkend in die Richtung trabte, aus der die Geräusche gekommen waren.

»Was ist mit ihrem Bein?« fragte Allie, um Zeit zu gewinnen.

»Ein Autounfall vor ein paar Monaten. Doktor Harrison, der Tierarzt, rief mich an und fragte, ob ich sie nehmen würde. Der Besitzer wollte sie nicht mehr. Sie war übel zugerichtet und hätte eingeschläfert werden müssen.«

»So warst du schon immer«, sagte sie und versuchte sich zu entspannen. Sie schwieg eine Weile und schaute an ihm vorbei zum Haus hinüber. »Es ist wunderschön geworden, geradezu vollkommen, genau so, wie ich es mir damals nach deinen Beschreibungen vorgestellt habe.«

Er folgte ihrem Blick und fragte sich, was all das belanglose Gerede sollte, was es war, das ihr so schwer auszusprechen fiel.

»Danke. Aber es war harte Arbeit; ich weiß nicht, ob ich's ein zweites Mal tun würde.«

»Sicher würdest du das«, sagte sie. Sie wußte genau, was das Haus für ihn bedeutete, was vieles ihm bedeutete – jedenfalls hatte sie es vor langer Zeit gewußt.

Und bei diesem Gedanken wurde ihr klar, wieviel sich seither geändert hatte. Sie waren heute zwei Fremde; sie brauchte ihn nur anzuschauen. Vierzehn Jahre waren eine lange Zeit. Zu lang.

»Was ist, Allie?« Er sah sie fragend an, doch sie hielt den Blick weiter auf das Haus gerichtet.

»Ich bin ganz schön albern, was?« meinte sie und versuchte zu lächeln.

»Wie meinst du das?«

»Naja, alles. Wie ich hier aus heiterem Himmel auftauche, nicht weiß, was ich sagen soll. Du mußt mich für verrückt halten.«

»Du bist nicht verrückt«, sagte er sanft. Er ergriff ihre Hand, und sie ließ es geschehen, während sie nebeneinander standen. »Auch wenn ich nicht weiß, warum«, fuhr er fort, »sehe ich, daß es dir schwer fällt. Was hältst du von einem Spaziergang?«

»So wie damals?«

»Warum nicht? Ich denke, es wird uns beiden guttun.«

Sie zögerte und schaute zu seiner Eingangstür. »Mußt du jemandem Bescheid geben?«

Er schüttelte den Kopf.

»Nein, da ist sonst niemand. Nur Clem und ich.«

Trotz ihrer Frage war sie fast sicher gewesen, daß es niemand anderen gab, und doch wußte sie nicht, was ihr das bedeutete. Sie wußte nur, daß es ihr jetzt noch schwerer fallen würde, zu sagen, was sie zu sagen hatte. Es wäre leichter gewesen, wenn es jemand anders gegeben hätte.

Sie gingen zum Fluß und bogen dann in den Uferweg ein. Sie ließ seine Hand los und hielt den nötigen Abstand, um eine zufällige Berührung zu vermeiden.

Er schaute sie von der Seite an. Sie war noch immer hübsch mit ihrem vollen blonden Haar, ihren sanften smaragdgrünen Augen, und sie bewegte sich so anmutig, als schwebe sie. Dabei hatte er in seinem Leben viele attraktive Frauen gesehen, Frauen, die seine Aufmerksamkeit erregt hatten, doch in seinen Augen fehlten ihnen die Eigenschaften, die ihm am wichtigsten waren. Eigenschaften wie Intelligenz, Selbstvertrauen, Charakterstärke, Leidenschaft, Eigenschaften, die den anderen anregten, Eigenschaften, die ihm als Vorbild dienten.

Allie besaß all diese Eigenschaften, das wußte er, und während sie jetzt dahinschlenderten, konnte er sie unter der Oberfläche spüren. »Ein lebendes Gedicht«, das waren stets die Worte gewesen, die ihm in den Sinn kamen, wenn er Allie anderen zu beschreiben suchte.

»Seit wann bist du wieder hier?« fragte sie, als der Pfad in einen kleinen grasbewachsenen Hügel mündete.

»Seit letztem Dezember. Ich hab' eine Weile im Norden gearbeitet, dann war ich drei Jahre in Europa.«

Sie blickte ihn fragend an.

»Im Krieg?«

Er nickte stumm, und sie fuhr fort:

»Das hatte ich mir gedacht. Ich bin froh, daß du heil zurückgekehrt bist.«

»Ich auch«, sagte er.

»Bist du glücklich, wieder in der Heimat zu sein?«

»Ja, sicher. Meine Wurzeln sind hier. Und hier gehöre ich hin.« Er hielt inne. »Aber was ist mit dir?« Er fragte ganz leise, war auf das Schlimmste gefaßt.

Ein langer Augenblick verging, bis sie schließlich antwortete.

»Ich bin verlobt.«

Er schaute zu Boden, als sie es sagte, und fühlte, wie ihm die Knie weich wurden. Das also war es. Das war es, was sie ihm hatte sagen wollen.

»Gratuliere«, hörte er sich sagen und war erstaunt, wie überzeugend es klang. »Wann ist der große Tag?«

»Samstag in drei Wochen. Lon wollte eine Novemberhochzeit.«

»Lon?«

»Lon Hammond Junior. Mein Verlobter.«

Er nickte, war nicht überrascht. Die Hammonds gehörten zu den mächtigsten und einflußreichsten Familien im Staate. Tabak und Baumwolle. Anders als der Tod seines Vaters hatte der Tod von Lon Hammond Senior ganze Titelseiten der Tageszeitungen gefüllt. »Ich habe von ihnen gehört. Sein Vater hat ein riesiges Unternehmen aufgebaut. Wird dein Lon es übernehmen?«

Sie schüttelte den Kopf. »Nein, er ist Jurist. Er hat eine Anwaltspraxis in Raleigh.«

»Mit seinem Namen – da muß er was zu tun haben.«

»Hat er. Er arbeitet viel.«

Irgend etwas in ihrem Tonfall ließ die nächste Frage automatisch folgen.

»Ist er gut zu dir?«

Sie antwortete nicht sofort, als würde sie zum erstenmal über die Frage nachdenken.

»Ja«, sagte sie schließlich. »Er ist ein feiner Kerl, Noah. Du würdest ihn mögen.«

Ihre Stimme klang abwesend, so wenigstens kam es ihm vor. Oder spielten ihm seine Gefühle nur einen Streich?

»Wie geht es deinem Vater?« fragte sie.

Noah tat ein paar Schritte, bevor er antwortete.

»Er ist Anfang des Jahres gestorben, kurz nachdem ich hierher zurückkam.«

»Das tut mir leid«, sagte sie leise, denn sie wußte, wieviel er ihm bedeutet hatte.

Er nickte, und sie setzten schweigend ihren Weg fort.

Oben auf dem Hügel angelangt, blieben sie stehen. In der Ferne erhob sich die Eiche, ins Licht der tiefstehenden Sonne getaucht. Allie spürte seinen Blick auf sich ruhen, während sie auf den Baum starrte.

»Eine Menge Erinnerungen da drüben, Allie.«

Sie lächelte. »Ich weiß. Ich hab' sie beim Herfahren schon gesehen. Erinnerst du dich an den Tag, den wir dort verbracht haben?«

»Ja«, erwiderte er knapp.

»Denkst du ab und zu daran?«

»Manchmal«, sagte er. »Wenn ich hier draußen arbeite. Sie befindet sich auf meinem Grund und Boden.«

»Du hast sie gekauft?«

»Ich hätte es nicht mit ansehen können, daß Küchenschränke aus ihr gemacht werden.«

Sie lachte leise, war irgendwie glücklich darüber.

»Liest du noch immer Gedichte?«

Er nickte. »Ja. Hab' nie aufgehört. Es muß mir im Blut liegen.«

»Weißt du, daß du der einzige Dichter bist, dem ich je begegnet bin?«

»Ich bin kein Dichter. Ich lese zwar Gedichte, aber ich kann nicht dichten. Ich hab's versucht.«

»Du bist trotzdem ein Dichter, Noah Taylor Calhoun.« Ihre Stimme wurde ganz sanft. »Ich denke oft daran. Es war das erste Mal, daß mir jemand Gedichte vorgelesen hat. Und das einzige Mal.«

Versunkene Erinnerungen tauchten vor ihnen auf, während sie über einen anderen Pfad, vorbei an seinem Anlegesteg, gemächlich den Rückweg antraten. Nach einer Weile, als die Sonne den Himmel schon tiefrot färbte, fragte er:

»Wie lange hast du vor zu bleiben?«

»Ich weiß nicht. Nicht lange. Vielleicht bis morgen oder übermorgen.«

»Hat dein Verlobter geschäftlich in der Gegend zu tun?«

Sie schüttelte den Kopf. »Nein, er ist in Raleigh.«

Noah hob die Brauen.

»Weiß er, daß du hier bist?«

»Nein, ich hab' ihm gesagt, daß ich nach Antiquitäten Ausschau halte. Den wahren Grund hätte er nicht verstanden.«

Die Antwort überraschte Noah ein wenig. Es war eine Sache, hierher zu Besuch zu kommen, aber eine völlig andere, vor dem eigenen Verlobten die Wahrheit zu verbergen.

»Du hättest nicht extra herkommen müssen, um mir mitzuteilen, daß du verlobt bist. Du hättest mir auch schreiben oder mich anrufen können.«

»Ich weiß, aber irgendwie mußte ich es Dir persönlich sagen.«

»Warum?«

Sie zögerte.

»Ich weiß nicht ...«, sagte sie gedehnt, und die Art, wie sie es sagte, bewog ihn, ihr zu glauben. Der Kies knirschte unter ihren Sohlen, während sie schweigend weitergingen. Dann fragte er:

»Liebst du ihn, Allie?«

Ihre Antwort kam automatisch.

»Ja, ich liebe ihn.«

Die Worte schmerzten ihn. Doch auch diesmal glaubte er aus ihrem Tonfall herauszuhören, daß sie sich selbst überzeugen wollte. Er blieb stehen und drehte sie sanft an den Schultern zu sich herum, so daß sie ihn ansehen mußte. Das verblassende Sonnenlicht spiegelte sich in ihren Augen.

»Wenn du glücklich bist, Allie, und wenn du ihn liebst, dann will ich dich nicht hindern, zu ihm zurückzukehren. Aber wenn du nicht ganz und gar sicher bist, dann tu es nicht. Es gibt Dinge im Leben, die man nicht halbherzig tun sollte.«

Ihre Antwort kam fast zu schnell.

»Ich habe die richtige Entscheidung getroffen, Noah.«

Er musterte sie einen Augenblick, war nicht sicher, ob er ihr glauben sollte. Dann nickte er, und sie setzten ihren Weg fort. Nach einer Weile sagte er: »Ich mache es dir nicht leicht, was?«

Sie lächelte schwach.

»Ist schon gut. Ich kann dir keinen Vorwurf machen.«

»Tut mir trotzdem leid.«

»Nicht nötig. Es gibt keinen Grund. Ich bin diejenige, die sich entschuldigen müßte. Vielleicht hätte ich dir schreiben sollen.«

Er schüttelte den Kopf. »Um ehrlich zu sein, bin ich trotzdem froh, daß du gekommen bist. Trotz allem. Ich freue mich, daß du hier bist.«

»Danke, Noah.«

»Glaubst du, es wäre möglich, noch einmal von vorn anzufangen?«

Sie schaute ihn verwundert an.

»Du warst meine beste Freundin, Allie, und ich möchte, daß wir Freunde bleiben. Auch wenn du verlobt bist. Auch wenn es nur für ein paar Tage ist. Was würdest du davon halten, wenn wir uns sozusagen neu kennenlernten?«

Sie dachte nach, dachte nach, ob sie bleiben oder gehen sollte. Da er jetzt von ihrer Verlobung wußte, würde es schon in Ordnung sein. Oder wenigstens nicht ganz verkehrt. Sie lächelte scheu und nickte.

»Das wäre schön.«

»Gut. Wie wär's dann mit einem Abendessen? Ich weiß, wo's die besten Flußkrebse weit und breit gibt.«

»Klingt nicht schlecht. Wo?«

»Bei mir. Ich habe die ganze Woche Fallen aufgestellt und hab' gestern ein paar prächtige Exemplare drin gesehen. Was meinst du?«

»Hört sich nicht schlecht an.«

Er lächelte und wies mit dem Daumen über die Schulter. »Okay. Sie sind hinten am Steg. Ich brauche nur ein paar Minuten.«

Allie blickte ihm nach und merkte, wie die Spannung allmählich nachließ, seitdem sie ihm gesagt hatte, daß sie verlobt war. Sie schloß die Augen, strich sich mit den Fingern durchs Haar und spürte, wie die leichte Abendbrise über ihre Wangen strich. Sie atmete tief durch, hielt die Luft einen Augenblick an und fühlte, wie sich beim Ausatmen ihre Nackenmuskeln weiter entspannten. Als sie dann wieder die Augen öffnete, nahm sie die Schönheit, die sie umgab, voll in sich auf.

Sie liebte Abende wie diesen, Abende, wenn der schwache Duft der Herbstblätter von milden Südwinden über das Land getragen wurde. Sie liebte die Bäume und ihre Geräusche, die wie Musik in ihren Ohren klangen. Nach einer Weile drehte sie sich nach Noah um und betrachtete ihn, fast wie ein Fremder es getan hätte.

Gott, sah er gut aus. Auch nach all den langen Jahren noch.

Sie beobachtete, wie er nach einem Seil griff, das im Wasser hing. Er begann, kräftig daran zu ziehen, und trotz des nachlassenden Lichtes sah sie, wie die Muskeln seiner Arme sich anspannten, während er den Käfig aus dem Wasser hob. Er tauchte ihn noch einmal in den Fluß, schüttelte ihn und ließ das meiste Wasser abfließen. Dann stellte er ihn auf dem Steg ab, öffnete ihn, nahm die Krebse einzeln heraus und setzte sie in einen Eimer.

Sie schlenderte gemächlich auf ihn zu, ließ den Blick schweifen und stellte fest, daß sie vergessen hatte, wie frisch und schön hier alles war. Sie schaute sich um und sah das Haus in der Ferne. Noah hatte mehrere Lichter angelassen, und man hätte meinen können, es wäre das einzige Haus weit und breit. Auf jeden Fall das einzige mit Elektrizität. Hier draußen, außerhalb der Stadtgrenzen, gab es noch Tausende von Häusern ohne den Luxus von elektrischem Licht.

Sie trat auf den Steg, der unter ihren Füßen knarrte. Das Geräusch erinnerte sie an ein altes, verstimmtes Akkordeon. Noah schaute blinzelnd auf, bevor er sich wieder seinen Fallen widmete und prüfte, ob die Krebse die richtige Größe hatten. Sie ging zum Schaukelstuhl hinüber, der auf dem Steg stand, und ließ die Hand über das Holz der Rückenlehne gleiten. Sie malte sich aus, wie Noah hier aß, angelte, nachdachte oder las. Das

Holz fühlte sich alt, verwittert und rauh an. Sie fragte sich, wie viele Stunden er hier allein verbracht haben mochte, welche Gedanken ihn dabei beschäftigt hatten.

»Der Schaukelstuhl gehörte meinem Vater«, sagte er, ohne aufzublicken, und sie nickte stumm. Sie sah Fledermäuse vorüberhuschen und hörte Frösche und Grillen ihr abendliches Konzert anstimmen.

Sie lief zur anderen Seite des Stegs und spürte plötzlich, wie eine Last von ihr abfiel. Ein innerer Zwang hatte sie hierhergetrieben, und zum ersten Mal seit drei Wochen war das Gefühl fort. Irgendwie war es ihr ein Bedürfnis gewesen, daß Noah von ihrer Verlobung wußte, daß er es verstand, es akzeptierte – das war ihr jetzt klar –, und während sie an ihn dachte, fiel ihr etwas ein, etwas aus ihrem gemeinsamen Sommer. Mit gesenktem Kopf lief sie suchend den Steg auf und ab, bis sie es gefunden hatte – das eingeritzte Herz. *Noah liebt Allie* stand darin, nur wenige Tage vor ihrer Abreise in den Steg geschnitzt.

Der auffrischende Wind brach die Stille, ließ sie frösteln und die Arme vor der Brust verschränken. So stand sie eine Weile da, schaute mal auf den Fluß, mal auf das eingeritzte Herz, bis sie hinter sich seine Schritte vernahm. Sie spürte seine Nähe, seine Wärme.

»Es ist so friedlich hier«, sagte sie mit verträumter Stimme.

»Ich weiß. Ich bin oft hier unten, nur um die Ruhe am Wasser zu genießen.«

»Das wäre ich auch, wenn ich hier lebte.«

»Aber jetzt laß uns gehen. Die Mücken werden aggressiv, und ich habe Hunger.«

* * *

Der Himmel hatte sich verfinstert, als sie sich auf den Weg zum Haus machten. Während sie schweigend nebeneinander hergingen, fragte sich Allie, wie er wohl darüber dachte, daß sie hier bei ihm war. War es leichtfertig von ihr? Als sie wenige Minuten später das Haus erreichten, wurden sie von Clems feuchter Schnauze begrüßt. Noah schickte sie fort, und sie zog sich mit eingezogenem Schwanz zurück.

Er deutete auf ihr Auto. »Ist etwas drinnen, das du herausnehmen willst?«

»Nein, ich habe bereits alles ausgepackt.«

»Na gut«, sagte er und stieg die Stufen zur hinteren Veranda hinauf. Er stellte den Eimer neben der Tür ab, trat ins Haus und ging in die Küche. Sie lag gleich rechts vom Eingang, war geräumig und roch nach neuem Holz. Schränke und Fußboden waren aus Eiche, die Fenster groß und nach Osten gerichtet, so daß die Morgensonne hereinscheinen konnte. Allie fand das Haus geschmackvoll restauriert, nicht übertrieben wie bei den meisten wiederaufgebauten alten Häusern.

»Darf ich mich etwas umschauen?«

»Ja, natürlich. Ich habe heute nachmittag eingekauft und muß die Lebensmittel noch einräumen.«

Ihre Blicke trafen sich eine Sekunde, und Allie merkte, daß er ihr nachschaute, als sie die Küche verließ. Und wieder verspürte sie tief in ihrem Innern dieses sonderbare Gefühl.

Sie ging von einem Zimmer zum anderen, stellte begeistert fest, wie wunderschön das ganze Haus geworden war. Als sie ihren Rundgang beendet hatte, konnte sie sich kaum mehr vorstellen, wie heruntergekommen es damals gewesen war. Sie ging langsam die Treppe hinab, wandte sich zur Küche und sah sein Profil. Einen Augenblick lang wirkte er wieder wie ein Junge von siebzehn Jahren, und sie zögerte eine Sekunde, bevor sie eintrat. Verdammt, dachte sie, reiß dich zusammen. Vergiß nicht, daß du verlobt bist.

Er stand vor der Anrichte und pfiff leise vor sich hin; mehrere Schranktüren waren geöffnet, leere Einkaufstaschen lagen am Boden. Er lächelte ihr zu, während er weitere Dosen in einem der Schränke verstaute. Kurz vor ihm blieb sie stehen, lehnte sich gegen die Anrichte und schlug ein Bein über das andere.

»Es ist unglaublich, Noah«, sagte sie bewundernd. »Gratuliere. Wie lange hast du für die Restaurierung gebraucht?«

Er schaute zu ihr auf.

»Fast ein Jahr.«

»Hast du alles allein gemacht?«

Er lachte leise. »Nein. Das hatte ich mir früher zwar immer so vorgestellt, und ich hab' es am Anfang auch versucht. Aber es wurde zuviel. Es hätte Jahre gedauert, und so habe ich ein paar Männer angeheuert – ziemlich viele sogar. Trotzdem war es noch viel Arbeit, und ich habe nie vor Mitternacht aufgehört.«

»Warum hast du so hart gearbeitet?«

Gespenster, wollte er sagen, besann sich aber.

»Ich weiß nicht. Ich wollte wohl einfach fertig werden. Möchtest du etwas zu trinken, bevor ich mit dem Kochen anfange?«

»Was gibt es denn?«

»Nicht viel. Bier, Tee, Kaffee.«

»Tee wäre nicht schlecht.«

Er hob die Einkaufstaschen vom Boden auf und verstaute sie in einem Fach, ging in die Speisekammer und kam mit einer Teedose zurück. Er öffnete sie und nahm zwei Teebeutel heraus. Dann füllte er den Wasserkessel, stellte ihn auf den Herd, zündete ein Streichholz an, und sie hörte, wie das Gas aufflammte.

»Es wird gleich kochen«, sagte er. »Der Herd heizt schnell.«

»Wunderbar.«

Als der Kessel pfiff, füllte er zwei Tassen und reichte ihr eine.

Sie lächelte, nippte einmal und trat dann ans Fenster.

»Es muß schön sein, wenn morgens die Sonne hier hereinscheint.«

Er nickte.

»Ja, das ist es. Deshalb habe ich auf der ganzen Ostseite die Fenster vergrößern lassen. Sogar in den Schlafzimmern oben.«

»Das wird deinen Gästen sicher gefallen – wenn sie nicht gerade Langschläfer sind.«

»Um ehrlich zu sein, hatte ich noch keine Gäste über Nacht. Seit Vater tot ist, weiß ich gar nicht, wen ich einladen sollte.«

An seinem Tonfall erkannte sie, daß er nur Konversation machte. Trotzdem ergriff sie ein Gefühl von ... von Einsamkeit. Er schien zu merken, was sie empfand, doch bevor sie darüber nachdenken konnte, hatte er das Thema gewechselt.

»Ich gebe die Krebse vor dem Dämpfen kurz in eine Marinade.«

Er stellte seine Tasse auf dem Tisch ab und holte einen großen Dampfkochtopf mit Deckel aus dem Schrank. Er füllte etwas Wasser hinein und trug ihn zum Herd.

»Kann ich irgendwie helfen?«

Er antwortete über die Schulter hinweg.

»Gern. Du könntest zum Beispiel Gemüse schneiden. Im Eisschrank ist alles mögliche. Eine Schüssel findest du dort im Schrank.«

Er deutete auf den Schrank neben der Spüle, und sie nahm einen zweiten Schluck Tee, bevor sie die Tasse abstellte und die Schüssel holte. Sie trug sie zum Eisschrank, nahm Okraschoten, Zucchini, Zwiebeln und Karotten aus dem untersten Fach. Noah trat neben sie vor die geöffnete Tür, und sie wich ein wenig zur Seite, um ihm Platz zu machen. Sie verspürte seinen Geruch – so vertraut –, während er jetzt dicht bei ihr stand, und als er sich vorbeugte und in den Kühlschrank langte, streifte sie sein Arm. Er nahm eine Flasche Bier und ein Fläschchen Tabasco heraus und kehrte damit zum Herd zurück.

Noah öffnete das Bier und goß es ins Wasser, gab etwas Tabasco hinzu und zwei, drei Löffel Trockenwürze. Er rührte so lange, bis sich das Pulver aufgelöst hatte, und ging dann zur Hintertür, um die Krebse zu holen.

Er hielt inne, bevor er wieder ins Haus trat, und sah Allie durchs Küchenfenster beim Karottenschneiden zu. Und er fragte sich erneut, warum sie hergekommen war, jetzt, wo sie verlobt war.

Aber war nicht alles an Allie überraschend gewesen?

Er lächelte still in sich hinein, als er sich erinnerte, wie sie damals gewesen war. Feurig, spontan, leidenschaftlich – so wie in seiner Vorstellung ein Künstler sein mußte. Und eine Künstlerin war sie ohne Zweifel. Künstlerisches Talent wie das ihre war ein Geschenk. Er entsann sich, Gemälde in New Yorker Museen gesehen und dabei gedacht zu haben, daß ihre Bilder den Vergleich mit ihnen wohl ausgehalten hätten.

Sie hatte ihm eines ihrer Bilder geschenkt, bevor sie in jenem Sommer abreiste. Es hing jetzt im Wohnzimmer über dem Kamin. Sie hatte es »Bild meiner Träume« genannt, und er hatte es sehr ausdrucksstark und sinnlich gefunden. Wenn er es betrachtete, was er häufig tat, meinte er, in jeder Farbe, in jeder Linie Verlangen zu sehen, und wenn er sich lange genug darauf konzentrierte, konnte er sich vorstellen, was sie bei jedem Pinselstrich gedacht und empfunden hatte.

Als in der Ferne ein Hund bellte, merkte Noah, daß er lange so dagestanden hatte. Er schloß rasch die Tür und ging in die Küche zurück. Unterwegs fragte er sich, ob sie bemerkt hatte, wie lange er fort gewesen war.

* * *

»Alles in Ordnung?« fragte er und sah, daß sie fast fertig war.

»Bestens. Hab's gleich geschafft. Gibt es sonst noch was zum Essen?«

»Ich habe selbstgebackenes Brot hier.«

»Selbstgebacken?«

»Von einer Nachbarin«, sagte er und stellte den Eimer in die Spüle. Er drehte den Hahn auf, hielt die Krebse unter das fließende Wasser und ließ sie dann in der Spüle krabbeln. Allie nahm ihre Tasse, kam näher und schaute ihm zu.

»Hast du keine Angst, daß sie dich kneifen, wenn du sie anfaßt?«

»Nein. Man muß sie nur an der richtigen Stelle packen.« Er zeigte es ihr, und sie lächelte.

»Ich hab' vergessen, daß du sowas dein ganzes Leben getan hast.«

»New Bern ist klein, doch man lernt hier die Dinge, auf die es ankommt.«

Sie lehnte sich wieder an die Anrichte und trank ihren Tee aus. Als die Krebse sauber waren, gab er sie in einen Topf auf dem Herd. Er wusch sich die Hände und drehte sich zu ihr um.

»Sollen wir uns ein Weilchen auf die Veranda setzen? Ich möchte die Krebse eine halbe Stunde in der Marinade lassen.«

»Gern«, sagte sie. Er trocknete sich die Hände, und sie gingen zusammen zur hinteren Veranda. Nachdem er das Licht angeknipst hatte, bot er ihr den neuen Schaukelstuhl an und nahm selbst auf dem alten Platz. Als er sah, daß sie nichts mehr zum Trinken hatte, verschwand er noch einmal im Haus und kam mit einer Tasse Tee und einem Glas Bier zurück. Er reichte ihr die Tasse, und sie nahm einen Schluck, bevor sie sie auf dem kleinen Tisch neben ihrem Stuhl abstellte.

»Du hast hier gesessen, als ich kam?«

»Ja«, sagte er und machte es sich bequem. »Ich sitze jeden Abend hier. Ist schon Gewohnheit geworden.«

»Das kann ich gut verstehen«, sagte sie und schaute sich um. »Und was machst du sonst, ich meine beruflich?«

»Zur Zeit bin ich nur mit Haus und Grundstück beschäftigt. Es befriedigt meinen Schaffensdrang, wenn du so willst.«

»Und wie kannst du … ich meine …«

»Morris Goldman.«

»Wie bitte?«

Er lächelte.

»Mein alter Boß in New Jersey. Er hieß Morris Goldman. Er hat mir, als ich Soldat wurde, einen Anteil seines Geschäfts angeboten und ist kurz vor Ende des Krieges gestorben. Als ich in die Staaten zurückkam, überreichte mir einer seiner Anwälte einen dicken

Scheck, genug, um das Haus zu kaufen und es zu renovieren.«

Allie lachte leise. »Du hast damals immer gesagt, du würdest schon einen Weg finden, um deinen Traum zu verwirklichen.«

Sie saßen eine Weile schweigend da, beide in Erinnerungen versunken. Allie nippte an ihrem Tee.

»Weißt du noch, wie wir abends hier herumgeschlichen sind und wie du mir das Haus gezeigt hast?«

Er nickte, und sie fuhr fort:

»Ich kam an dem Abend zu spät nach Hause, und meine Eltern waren schrecklich wütend. Ich sehe meinen Vater noch im Wohnzimmer auf- und abgehen und eine Zigarette rauchen; meine Mutter saß auf der Couch und starrte vor sich hin. Man hätte meinen können, jemand aus der Familie sei gestorben. An dem Tag war meinen Eltern klar geworden, daß es mir ernst war mit dir, und meine Mutter hatte anschließend noch ein langes Gespräch mit mir. ›Ich bin sicher, du denkst, ich wüßte nicht, was du durchmachst‹, sagte sie, ›aber ich weiß es sehr genau. Es ist jedoch so, daß unsere Zukunft manchmal von dem abhängt, was wir sind und nicht von dem, was wir wollen.‹ Ich weiß noch, wie tief verletzt ich war, als sie das sagte.«

»Du hast es mir am nächsten Tag erzählt. Auch mir tat es sehr weh. Ich hatte deine Eltern gern und ahnte nicht, daß sie mich nicht mochten.«

»Sie mochten dich schon. Sie fanden nur, daß du mich nicht verdienst.«

»Ich wüßte nicht, wo da ein Unterschied sein soll.«

In seiner Stimme schwang Trauer mit, und Allie verstand genau, was er dachte. Sie schaute versonnen zu den Sternen auf und strich mit den Fingern eine Haarsträhne aus der Stirn.

»Ich weiß. Habe es immer gewußt. Vielleicht ist das der Grund für diese Meinungsverschiedenheiten zwischen mir und Mutter, wenn wir uns unterhalten.«

»Und wie denkst du heute darüber?«

»Genauso wie damals. Daß es falsch ist, daß es ungerecht ist. Das war eine bittere Erfahrung für ein Mädchen wie mich. Daß der Lebensstatus wichtiger sein sollte als Gefühle.«

Noah lächelte bei dieser Antwort, sagte aber nichts.

»Ich habe seit jenem Sommer nie aufgehört, an dich zu denken«, fuhr sie fort.

»Wirklich?«

»Warum fragst du?« Sie schien ehrlich überrascht.

»Du hast meine Briefe nie beantwortet.«

»Du hast mir geschrieben?«

»Dutzende von Briefen. Zwei Jahre habe ich dir geschrieben, ohne je Antwort zu bekommen.«

Sie schüttelte langsam den Kopf und senkte den Blick.

»Das wußte ich nicht ...«, sagte sie schließlich leise, und ihm wurde klar, daß wohl ihre Mutter die Post durchsucht und seine Briefe abgefangen hatte – ohne ihr Wissen. Er hatte es schon immer vermutet, und er konnte jetzt beobachten, wie sie zu der gleichen Erkenntnis kam.

»Es war nicht recht von ihr, das zu tun, Noah, und ich nehme es ihr sehr übel. Aber versuch, ihren Standpunkt zu verstehen. Sie dachte vermutlich, es würde auf diese Weise leichter für mich sein, dich zu vergessen. Sie hat nie begriffen, wie viel du mir bedeutet hast, und, um ehrlich zu sein, bezweifle ich, daß sie meinen Vater je so geliebt hat wie ich dich. Sie wollte wahrscheinlich nur meine Gefühle schonen und dachte, der einfachste Weg sei, mir deine Briefe vorzuenthalten.«

»Die Entscheidung lag nicht bei ihr«, sagte er ruhig.

»Ich weiß.«

»Hätte es etwas geändert, wenn du die Briefe bekommen hättest?«

»Natürlich. Ich habe mich immer gefragt, warum du nicht schreibst.«

»Nein, ich meine zwischen uns beiden. Glaubst du, wir hätten es geschafft?«

Sie zögerte einen Augenblick.

»Ich weiß nicht, Noah. Ich weiß es wirklich nicht, und du genausowenig. Wir sind nicht mehr dieselben Menschen wie damals. Wir sind älter, wir haben uns verändert. Wir beide.«

Sie verstummte, und als er nichts erwiderte, schweifte ihr Blick hinüber zum Fluß.

»Doch, Noah«, fuhr sie nach einer Weile fort. »Ich glaube, wir hätten es geschafft. Wenigstens möchte ich es gern glauben.«

Er nickte und schaute zu Boden.

»Und wie ist Lon?«

Auf diese Frage war sie nicht vorbereitet, und sie schwieg eine Weile. Außerdem regte sich ihr schlechtes Gewissen, als Lons Name fiel. Sie griff nach ihrer Tasse, nahm einen Schluck und lauschte dem fernen Hämmern eines Spechts. Dann räusperte sie sich und sprach mit ruhiger Stimme:

»Lon sieht gut aus, ist charmant und erfolgreich, und die meisten meiner Freundinnen beneiden mich. Sie finden, er sei der ideale Mann, und in vielerlei Hinsicht ist er das auch. Er ist nett zu mir, bringt mich zum Lachen, und ich weiß, daß er mich auf seine Art liebt.« Sie hielt inne, um ihre Gedanken zu sammeln. »Doch es wird immer etwas in unserer Beziehung fehlen.«

Sie war selbst erstaunt über ihre Antwort, wußte aber, daß es stimmte. Und sie brauchte Noah nur anzuschauen, um zu sehen, daß er diese Antwort erwartet hatte.

»Warum?«

Sie lächelte schwach und hob die Schultern. Ihre Stimme war nur noch ein Flüstern.

»Ich werde wohl immer nach einer Liebe wie der unseren damals suchen.«

Noah dachte lange darüber nach, dachte an seine eigenen Beziehungen während der letzten vierzehn Jahre.

»Und wie ist es mit dir?« fragte sie. »Hast du je über uns nachgedacht?«

»Immer. Auch heute noch.«

»Gibt es denn niemanden?«

»Nein«, erwiderte er kopfschüttelnd.

Beide bemühten sich, an etwas anderes zu denken. Noah nahm einen Schluck Bier und war erstaunt, daß sein Glas fast leer war.

»Ich setze jetzt das Wasser auf. Kann ich dir noch etwas bringen?«

Sie schüttelte den Kopf, und Noah ging in die Küche, um die Krebse in den Dampfkochtopf zu werfen und das Brot zum Aufwärmen in den Backofen zu schieben. Er streute Mehl und Maisstärke über das Gemüse und gab etwas Fett in die Bratpfanne. Dann drehte er den Herd auf kleine Flamme, stellte die Küchenuhr ein und holte sich ein zweites Bier aus dem Kühlschrank. Und während er all diese Handgriffe fast automatisch erledigte, dachte er an Allie und die Liebe, die in ihrer beider Leben fehlte.

Auch Allie dachte nach. Über Noah, über sich selbst, über alles Mögliche. Einen Augenblick lang wünschte sie, sie wäre nicht verlobt, wies diesen Gedanken aber gleich wieder streng von sich. Es war nicht Noah, den sie liebte, sie liebte das, was sie damals gewesen waren. Außerdem, redete sie sich ein, war es völlig normal, so zu empfinden; er war ihre erste Liebe gewesen, der einzige Mann, mit dem sie so vertraut gewesen war – wie konnte sie da erwarten, ihn je zu vergessen?

Aber war es auch normal, daß sie jedes Mal dieses seltsame Gefühl überkam, wenn er in ihrer Nähe war? War es normal, daß sie ihm Dinge gestand, die sie niemand anders erzählen konnte? War es normal, daß sie drei Wochen vor ihrer Hochzeit hierhergekommen war?

Nein, gestand sie sich, während sie den nächtlichen Himmel betrachtete. Nichts von alledem war normal.

In diesem Augenblick trat Noah auf die Veranda, und sie lächelte ihm zu, erleichtert, daß er wieder da war und daß sie nicht länger grübeln mußte.

»Es dauert noch etwas«, sagte er und setzte sich wieder.

»Macht nichts. Ich bin noch nicht hungrig.«

Er schaute sie an, und sie sah die Zärtlichkeit in seinen Augen. »Ich bin froh, daß du gekommen bist, Allie«, sagte er.

»Ich auch. Obwohl ich's mir beinahe anders überlegt hätte.«

»Warum bist du gekommen?«

Ich mußte einfach, hätte sie gern bekannt, aber statt dessen sagte sie:

»Um dich zu sehen, um herauszufinden, was du so machst und wie es dir geht.«

Er fragte sich, ob das alles war, wollte sie aber nicht bedrängen und wechselte das Thema.

»Da gibt's noch etwas, was ich dich fragen wollte: Malst du noch?«

Sie schüttelte den Kopf.

»Nein.«

Er war verblüfft.

»Warum nicht? Bei deinem Talent!«

»Ich weiß nicht ...«

»Natürlich weißt du's. Du hast aus einem bestimmten Grund aufgehört.«

Er hatte recht. Es gab einen Grund.

»Das ist eine lange Geschichte.«

»Ich habe die ganze Nacht Zeit«, antwortete er.

»Hast du wirklich geglaubt, ich hätte Talent?« fragte sie ruhig.

»Komm mit«, sagte er und ergriff ihre Hand, »ich will dir etwas zeigen.«

Sie stand auf und folgte ihm ins Wohnzimmer. Dicht vor dem Kamin blieb er stehen und deutete auf das Bild über dem Sims. Sie riß die Augen auf, verblüfft, daß sie es nicht früher bemerkt hatte, und noch verwunderter, daß es überhaupt noch existierte.

»Du hast es behalten?«

»Natürlich habe ich's behalten. Es ist wunderschön.«

Sie warf ihm einen skeptischen Blick zu.

»Ich schöpfe Kraft daraus, wenn ich es betrachte«, fuhr er fort. »Manchmal habe ich das Bedürfnis, es zu berühren. Es ist so wirklich – die Formen, die Schatten, die Farben. Ich träume sogar hin und wieder davon. Es ist unglaublich, Allie – ich kann es stundenlang anschauen.«

»Du scheinst es ernst zu meinen«, sagte sie verblüfft.

»Ich meine alles ernst, was ich sage.«

Sie erwiderte nichts darauf.

»Soll das heißen, niemand hätte dir je gesagt, daß du sehr begabt bist?«

»Mein Professor«, antwortete sie schließlich. »Aber ich habe ihm wohl nicht geglaubt.«

Das war nicht alles, das konnte er spüren. Allie wich seinem Blick aus, bevor sie fortfuhr:

»Schon als Kind habe ich viel gemalt und gezeichnet. Und als ich älter wurde, dachte ich, daß ich gar nicht so schlecht war. Außerdem machte es mir ungeheuren Spaß. Ich kann mich gut erinnern, wie ich in unserem Sommer an diesem Bild gemalt habe, wie ich jeden Tag etwas hinzugefügt, es verändert habe, während sich unsere Beziehung veränderte. Ich weiß nicht mehr, wie es zu Anfang aussah oder was ich mir vorgestellt hatte, aber schließlich kam das hier dabei heraus.

Als ich im Spätsommer dann wieder zu Hause war, habe ich in jeder freien Minute gemalt, wie eine Besessene. Das war wohl meine Art, mit dem Schmerz fertig zu werden, dem Schmerz über unsere Trennung. Im College habe ich dann Kunst als Hauptfach gewählt. Ich weiß noch, wie ich Stunden allein im Atelier verbrachte und wie ich es genoß. Dieses Gefühl der Freiheit beim Malen, die Befriedigung, etwas Schönes zu erschaffen, war mir ein unglaublicher Trost. Kurz vor Abschluß des College sagte mir mein Professor, der außerdem auch Kunstkritiker war, daß ich Talent habe. Er meinte, ich solle mein Glück als Künstlerin versuchen. Doch ich habe nicht auf ihn gehört.«

Sie hielt inne, sammelte ihre Gedanken.

»Meine Eltern hätten es niemals geduldet, daß ihre Tochter sich ihren Lebensunterhalt mit Malen verdient.«

Sie starrte auf das Bild.

»Wirst du jemals wieder malen?«

»Ich weiß gar nicht, ob ich noch malen kann. Es ist so lange her.«

»Natürlich kannst du's, Allie. Du mußt mir glauben. Du hast ein Talent, das aus dem Innern kommt, aus deinem Herzen, nicht aus deinen Händen. Ein solches Talent verliert man nicht. Davon können andere Menschen nur träumen. Du bist eine Künstlerin, Allie.«

Seine Worte waren so eindringlich, so ernst, daß sie wußte, es waren keine leeren Floskeln. Er glaubte wirklich an ihre Begabung, und das bedeutete ihr mehr, als sie je erwartet hätte. Doch es geschah noch etwas anderes, etwas noch viel Gewaltigeres.

Warum es geschah, wußte sie nicht, doch in diesem Augenblick begann sich die Kluft zu schließen, die Kluft, die sich in ihrem Leben aufgetan hatte, um den Schmerz von der Freude zu trennen. Und sie ahnte, daß es noch mehr gab, als sie sich eingestehen mochte.

Doch in diesem Moment war sie sich all dessen noch nicht bewußt, und sie wandte sich ihm zu, streckte die Hand aus, berührte zögernd, ganz sanft die seine, voller Erstaunen darüber, daß er nach all diesen Jahren noch so genau wußte, was zu hören ihr guttat. Und als sich ihre Blicke trafen, spürte sie wieder, wie außergewöhnlich er war.

Und für einen flüchtigen Augenblick, einen winzigen Atemhauch Zeit, der in der Luft hing wie ein Glühwürmchen im sommerlichen Dunkel, fragte sie sich, ob sie wieder in ihn verliebt war.

* * *

Die Küchenuhr läutete, ein kurzes Schrillen, und Noah wandte sich ab, seltsam bewegt von dem, was eben zwischen ihnen geschehen war. Ihre Augen hatten zu ihm gesprochen, hatten ihm etwas zugeflüstert, und doch konnte er die Stimme in seinem Kopf nicht zum Schweigen bringen, ihre Stimme, die ihm von der Liebe zu einem anderen Mann gesprochen hatte. Er verfluchte die Küchenuhr im stillen, als er das Wohnzimmer verließ. Er nahm das Brot aus dem Backofen, verbrannte sich fast die Finger dabei und ließ es auf die Anrichte fallen. Dann gab er das Gemüse in die Bratpfanne und hörte, wie es zu brutzeln begann. Leise vor sich hin murmelnd, holte er noch etwas Butter aus dem Eisschrank, bestrich mehrere Brotscheiben damit und zerließ ein Stück davon für die Krebse.

Allie war ihm in die Küche gefolgt. Sie räusperte sich. »Kann ich den Tisch decken?«

Noah benutzte das Brotmesser als Zeigestock. »Gern. Das Geschirr ist dort im Schrank, das Besteck in der Schublade darunter. Servietten findest du hier; nimm gleich mehrere für jeden – mit Krebsen kann man sich schrecklich besudeln.«

Er wollte sie nicht anschauen, wollte sich die Illusion nicht zerstören, sich nicht vorstellen, daß das, was sich eben zwischen ihnen abgespielt hatte, nur Einbildung gewesen war.

Auch Allie dachte über das eben Geschehene nach, während sie Teller, Besteck, Salz und Pfeffer auf dem kleinen Holztisch verteilte. Die Worte, die er gesagt hatte, hallten in ihrem Kopf nach, und ihr wurde dabei ganz warm ums Herz. Noah reichte ihr, als sie fertig war, das Brot, und ihre Finger berührten sich kurz.

Er machte sich wieder an der Bratpfanne zu schaffen und wendete das Gemüse. Dann hob er den Deckel des Dampftopfes, stellte fest, daß die Krebse noch ein paar Minuten brauchten, und ließ sie weiter garen. Er hatte sich jetzt wieder etwas gefaßt und beschloß, ein belangloseres Gespräch zu beginnen.

»Hast du schon mal Krebse gegessen?«

»Zwei-, dreimal, aber nur im Salat.«

Er lachte. »Dann mach dich auf ein kleines Abenteuer gefaßt. Warte eine Sekunde.« Er eilte die Treppe hinauf und kam kurz darauf mit einem marineblauen Herrenhemd zurück. Er reichte es ihr.

Allie schlüpfte hinein und nahm den Geruch darin wahr – seinen Geruch.

»Keine Angst«, sagte er, als er ihren Gesichtsausdruck bemerkte. »Es ist sauber.«

Sie lachte. »Weiß ich doch. Es erinnert mich nur an unser erstes Beisammensein. Du hast mir damals deine Jacke über die Schultern gelegt, weißt du noch?«

Er nickte.

»Ja, ich erinnere mich genau. Fin und Sarah waren dabei. Fin hat mich den ganzen Heimweg mit dem Ellenbogen angestoßen und versucht, mich zu ermuntern, deine Hand zu nehmen.«

»Du hast es aber nicht getan.«

»Nein«, sagte er und schüttelte den Kopf.

»Und warum nicht?«

»Aus Schüchternheit vielleicht oder Angst. Ich weiß nicht. Es kam mir damals einfach unpassend vor.«

»Aber du warst wirklich schüchtern, oder?«

»Mir gefällt das Wort ›zurückhaltend‹ besser«, entgegnete er mit einem Zwinkern, und sie lächelte.

Das Gemüse und die Krebse wurden gleichzeitig gar. »Vorsicht, heiß«, sagte er und reichte ihr eine der Schüsseln. Sie nahmen einander gegenüber an dem kleinen Tisch Platz. Dann merkte Allie, daß der Tee noch auf der Anrichte stand, und holte ihn. Nachdem Noah Gemüse und Brot verteilt hatte, legte er Allie einen Krebs auf den Teller. Sie starrte eine Weile darauf.

»Sieht wie ein Rieseninsekt aus.«

»Aber ein sympathisches«, sagte er. »Hier, schau zu, wie's gemacht wird.«

Geschickt hantierte er mit Hummerzange und -gabel, daß es wie ein Kinderspiel aussah, zauberte das Fleisch hervor und legte es ihr auf den Teller. Bei ihren ersten Versuchen wandte Allie zuviel Kraft an, zerbrach Scheren und Beine und mußte ihre Finger zu Hilfe nehmen, um die Schalen vom Fleisch zu lösen. Sie kam sich unbeholfen vor, hoffte, es würde Noah nicht auffallen, und merkte daran, wie unsicher sie war. Äußerlichkeiten wie diese interessierten Noah nicht, hatten ihn nie interessiert.

»Was ist aus Fin geworden?« fragte sie.

Er zögerte etwas mit der Antwort.

»Fin ist im Krieg gefallen. Sein Zerstörer wurde dreiundvierzig von einem Torpedo getroffen und versenkt.«

»Tut mir leid«, murmelte sie. »Ich weiß, er war einer deiner besten Freunde.«

»Ja, das war er.« Seine Stimme veränderte sich, wurde tiefer. »Ich muß oft an ihn denken. Vor allem an unsere letzte Begegnung. Ich war hergekommen, um mich von Vater zu verabschieden, bevor ich eingezogen wurde. Bei der Gelegenheit sind wir uns wiederbegegnet. Er war damals Bankier, wie schon sein Vater, und wir haben in der folgenden Woche viel Zeit miteinander verbracht. Manchmal denke ich, daß ich indirekt an seinem Tod schuld bin. Ohne mein Beispiel wäre er vielleicht nicht Soldat geworden.«

»So darfst du nicht denken«, sagte sie und bedauerte, das Thema angeschnitten zu haben.

»Du hast recht. Aber er fehlt mir eben.«

»Ich mochte ihn auch gern. Er hat mich immer zum Lachen gebracht.«

»Ja, das konnte er gut.«

Sie warf ihm einen verschmitzten Blick zu.

»Er hatte ein Auge auf mich geworfen. Wußtest du das?«

»Ja, er hat's mir erzählt.«

»Wirklich? Und was hat er gesagt?«

Noah zuckte die Achseln. »Na, das Übliche. Daß du hinter ihm her wärest. Daß er dich dauernd abwimmeln mußte. Du kennst ihn ja.«

Sie lachte still in sich hinein. »Hast du ihm geglaubt?«

»Natürlich«, antwortete er. »Warum nicht?«

»Ihr Männer haltet einfach immer zusammen«, sagte sie, langte über den Tisch und kniff ihm in den Arm. »Dann erzähl doch mal, was du alles so getan hast, seitdem wir uns das letzte Mal gesehen haben.«

Und sie fingen an, sich ihre Erlebnisse zu erzählen. Noah schilderte, wie er New Bern verlassen, zunächst auf einer Schiffswerft, dann auf dem Schrottplatz gearbeitet hatte. Er sprach liebevoll von Morris Goldman, erwähnte die Jahre im Krieg, überging aber Einzelheiten und erzählte dafür um so ausführlicher von seinem Vater. Allie beschrieb ihre Zeit am College, die einsamen Stunden im Atelier, dann ihre Tage als freiwillige Helferin im Lazarett. Sie erzählte von ihrer Familie und den Wohltätigkeitsveranstaltungen, an denen sie teilgenommen hatte. Freunde oder Freundinnen, mit denen sie in diesen Jahren zusammengewesen waren, blieben indes unerwähnt, nicht einmal von Lon war die Rede. Und obwohl sich beide dessen bewußt waren, vermieden sie es, davon zu sprechen.

Später versuchte sich Allie zu erinnern, wann sie sich das letzte Mal so angeregt mit Lon unterhalten hatte. Obwohl sie sich selten stritten und sie, Allie, gut zuhören konnte, war Lon nicht der Mann, der solche Gespräche liebte. Wie seinem Vater und auch ihrem wäre es ihm unangenehm, fast peinlich gewesen, seine

Gedanken und Gefühle zu offenbaren. Sie hatte ihm zu erklären versucht, daß sie ihm näher sein wollte, doch es hatte nichts geändert.

Aber jetzt erst wurde ihr klar, was ihr so gefehlt hatte.

Der Himmel wurde dunkler, der Mond stieg höher, und ohne daß es ihnen bewußt war, stellte sich die alte Vertrautheit zwischen ihnen wieder ein.

* * *

Schließlich beendeten sie ihr Abendessen, das beiden sehr geschmeckt hatte. Noah schaute auf die Uhr und sah, daß es spät geworden war. Der Himmel stand jetzt voller Sterne, und das Zirpen der Grillen verstummte allmählich. Noah hatte es genossen, so mit Allie zu sprechen. Doch er fragte sich, ob er nicht zu viel von sich preisgegeben hatte, und was sie wohl von seinem Leben dachte, ob es ihr überhaupt wichtig war.

Noah erhob sich und füllte wieder den Teekessel. Sie deckten gemeinsam den Tisch ab und stellten das Geschirr in die Spüle. Er goß heißes Wasser in die Tassen, gab in jede einen Teebeutel.

»Wollen wir wieder auf die Veranda gehen?« fragte er und reichte ihr die Tasse. Sie nickte lächelnd und ging voraus. Er nahm eine Decke mit für den Fall, daß ihr kalt würde, und bald saßen sie wieder auf ihren alten Plätzen, sie mit der Decke über den Knien. Noah beobachtete sie aus den Augenwinkeln. *Mein Gott, ist sie schön*, dachte er. Und sein Herz krampfte sich zusammen.

Denn im Laufe des Essens war etwas geschehen.

Ganz einfach – er hatte sich wieder verliebt. Das wußte er jetzt, da sie beieinander saßen. Er hatte sich verliebt in eine neue Allie, nicht in die von früher.

Aber im Grunde hatte er nie aufgehört, sie zu lieben, und das, so spürte er, war sein Schicksal.

»Es war sehr schön heute abend«, sagte er mit weicher Stimme.

»Ja«, erwiderte sie. »Wunderschön.«

Noah blickte hinauf zu den Sternen. Ihr Blinken erinnerte ihn daran, daß sie bald gehen würde, und er fühlte eine große Leere in seinem Innern. Ein Abend wie dieser dürfte nie enden. Wie sollte er ihr das sagen? Was konnte er sagen, um sie zum Bleiben zu bewegen? Er wußte es nicht. Und so entschloß er sich zu schweigen.

Die Schaukelstühle bewegten sich in gleichmäßigem Rhythmus. Und wieder huschten Fledermäuse durch die Luft. Motten umschwirrten das Verandalicht. Irgendwo, das wußte er, waren Menschen, die sich gerade liebten.

»Erzähl mir was, Noah«, sagte sie schließlich, und ihre Stimme klang sinnlich. Oder spielte ihm seine Phantasie einen Streich?

»Was möchtest du hören?«

»Sprich zu mir wie damals unter der Eiche.«

Und so sang er das Loblied auf die Nacht, rezitierte alte Verse von Whitman und Thomas, weil er deren Bilder liebte. Von Tennyson und Browning, weil ihm ihre Themen so vertraut waren.

Sie lehnte den Kopf an die Rückenlehne des Schaukelstuhls, schloß die Augen und spürte, wie ihr immer wärmer ums Herz wurde. Es waren nicht allein die Gedichte, nicht allein seine Stimme, die diese Wirkung hervorriefen. Es war die Summe all dessen. Sie versuchte nicht, es zu begreifen, wollte es auch gar nicht. Gedichte wurden nicht geschrieben, um analysiert zu werden, sie sollten nicht den Verstand, sondern die Gefühle ansprechen, sollten inspirieren und anrühren.

Damals im College hatte sie mehrere Literaturvorlesungen besucht, aber schon bald war ihr Interesse erloschen, weil nichts sie inspirierte und niemand inspiriert zu sein schien, wie es ein wahrer Liebhaber der Poesie sein sollte.

Als Noah seine Rezitationen beendet hatte, saßen sie eine Weile schweigend da und hingen ihren Gedanken nach. Der Zwang, der Allie hierhergetrieben hatte, war vergangen, und sie war froh darüber. Doch das, was sie nun statt dessen empfand – diese erregenden Gefühle in ihrem Innern –, erfüllten sie mit Angst. Sie hatte versucht, sie zu leugnen, sich vor ihnen zu verstecken, aber jetzt erkannte sie, daß sie wünschte, sie würden nie mehr vergehen. Es war Jahre her, daß sie so tief empfunden hatte.

Lon konnte solche Gefühle in ihr nicht wachrufen. Er hatte es nie vermocht und würde es wohl auch nie können. Vielleicht war das der Grund, weshalb sie bisher nicht mit ihm geschlafen hatte. Dabei hatte er alles versucht, mit Blumen und Vorwürfen, und sie hatte sich immer damit herausgeredet, daß sie bis zur Hochzeit warten wolle. Er fügte sich, und manchmal fragte sie sich, wie verletzt er sein würde, sollte er jemals von der Affäre mit Noah erfahren.

Aber es gab noch etwas anderes, das sie bewogen hatte zu warten, und das hatte mit Lon selbst zu tun. Lon war ungeheuer ehrgeizig, und die Arbeit war vorrangig für ihn. Da blieb keine Zeit für Gedichte und besinnliche Abende im Schaukelstuhl auf der Veranda. Sie wußte, das war der Grund für seinen Erfolg, und sie achtete und bewunderte ihn deshalb irgendwie auch. Doch gleichzeitig spürte sie, daß es ihr nicht genügte.

Sie wollte etwas anderes, sie wollte mehr. Leidenschaft und Romantik vielleicht, oder auch vertrauliche Gespräche bei Kerzenschein, oder vielleicht ganz einfach, nicht nur die zweite Geige zu spielen.

Auch Noah hing seinen Gedanken nach. Und er wußte schon jetzt, daß er diesen Abend niemals vergessen würde, daß er diesen Abend immer als etwas Besonderes in Erinnerung behalten würde. Und während er vor- und zurückschaukelte, entsann er sich ihres gemeinsamen Sommers und dachte, daß alles, was sie damals tat, wie mit Spannung geladen auf ihn gewirkt hatte.

Und wie er jetzt neben ihr saß, fragte er sich, ob sie in den Jahren, die sie getrennt gewesen waren, jemals ähnliche Träume gehabt hatte wie er. Hatte sie jemals geträumt, wieder in seinen Armen zu liegen, ihn im Mondschein zu küssen? Oder hatte sie sogar von ihren nackten Körpern geträumt, die viel zu lange voneinander getrennt gewesen waren …

Er starrte in den Sternenhimmel und dachte an seine unzähligen einsamen Nächte seit ihrer Trennung. Und jetzt, beim Wiedersehen, kamen all diese Gefühle wieder hoch, und es war unmöglich, sie zu unterdrücken. Er wußte, er wollte wieder zärtlich mit ihr zusammen sein, wollte ihre Liebe zurückgewinnen. Das war es, was er auf der Welt am meisten begehrte.

Doch er wußte auch, daß es ein Wunschtraum bleiben würde. Jetzt, wo sie verlobt war.

Sein Schweigen verriet ihr, daß er an sie dachte, und sie genoß dieses Gefühl von Herzen. Sie wußte zwar nicht, was er dachte, doch das machte nichts, wenn er nur an sie dachte. Das genügte ihr.

Sie erinnerte sich an ihre Unterhaltung beim Abendessen und fragte sich, ob er einsam war. Irgendwie konnte sie sich nicht vorstellen, daß er jemand anders als ihr Gedichte vorlas, oder seine Träume mit einer anderen Frau teilte. Aber vielleicht wünschte sie sich das nur.

Sie strich sich mit den Fingern durchs Haar und schloß die Augen.

»Bist du müde?« fragte er aus tiefen Gedanken heraus.

»Ein bißchen. Ich muß jetzt wirklich bald gehen.«

»Ich weiß«, sagte er und bemühte sich um einen gleichgültigen Ton.

Sie stand nicht sofort auf, griff statt dessen nach ihrer Tasse, nahm einen letzten Schluck, spürte, wie er warm durch ihre Kehle rann. Sie sog den Abend in sich auf. Den Mond, den Wind in den Baumkronen, die merklich kühlere Luft.

Dann schaute sie Noah an. Die Narbe an seinem Kinn war von der Seite deutlich sichtbar. Sie fragte sich, ob sie vom Krieg her stammte und ob er überhaupt im Krieg verwundet worden war. Er hatte es nicht erwähnt, und sie hatte keine Fragen gestellt, wohl deshalb, weil sie sich nicht vorstellen mochte, daß er Schmerzen gelitten hatte.

»Ich gehe jetzt«, sagte sie schließlich und reichte ihm die Decke.

Noah nickte und stand wortlos auf. Er trug die Decke zurück und begleitete sie zu ihrem Wagen. Unter ihren Schritten raschelte das Herbstlaub. Während er ihr die Tür öffnete, begann sie das Hemd aufzuknöpfen, das er ihr geliehen hatte. Er schüttelte den Kopf.

»Behalt es«, sagte er. »Ich möchte, daß du es behältst.«

Sie fragte nicht nach dem Grund, weil sie es gern behalten wollte. Sie knöpfte es wieder bis oben zu und verschränkte die Arme vor der Brust, um nicht zu frieren. Und während sie so dastand, mußte sie daran denken, wie sie nach einer Tanzveranstaltung auf ihrer Veranda gestanden und auf einen Kuß gewartet hatte.

»Danke, daß du gekommen bist«, sagte er. »Es war ein unglaublich schöner Abend für mich.«

»Für mich auch«, antwortete sie.

Er nahm all seinen Mut zusammen.

»Sehen wir uns morgen wieder?«

Eine simple Frage. Und sie wußte genau, wie die Antwort lauten müßte, vor allem, wenn sie Probleme vermeiden wollte. »Besser nicht«, hätte sie sagen müssen, zwei Worte nur, und alles wäre hier und jetzt zu Ende gewesen. Doch sie zögerte mit der Antwort.

Sie mußte eine Wahl treffen, die ihr unendlich schwer fiel. Warum brachte sie die beiden Worte nicht über die Lippen? Sie wußte es nicht. Aber als sie in seine Augen schaute, um die Antwort darin zu finden, sah sie den Mann, in den sie sich einst verliebt hatte, und plötzlich wußte sie, was sie sagen mußte.

»Ja, gern.«

Noah war überrascht. Mit dieser Antwort hatte er nicht gerechnet. Er hätte sie am liebsten in seine Arme genommen, doch er hielt sich zurück.

»Kannst du gegen Mittag hier sein?«

»Sicher. Was hast du vor?«

»Du wirst schon sehen«, erwiderte er. »Ich möchte dir etwas zeigen.«

»War ich schon mal dort?«

»Nein, aber es ist etwas ganz Besonderes.«

»Und wo?«

»Es ist eine Überraschung.«

»Wird es mir dort gefallen?«

»Da bin ich ganz sicher«, sagte er.

Sie wandte sich ab, bevor er versuchen konnte, sie zu küssen. Sie wußte zwar nicht, ob er es versucht hätte, wußte nur, daß es ihr schwergefallen wäre, sich dagegen zu wehren. Und bei all den verwirrenden Gedanken, die ihr durch den Kopf gingen, wäre das jetzt zuviel für sie gewesen. Sie ließ sich hinter das Lenkrad gleiten und stieß einen Seufzer der Erleichterung aus. Er schlug die Tür für sie zu, und sie drehte den Zündschlüssel. Als der Motor ansprang, kurbelte sie das Fenster ein wenig herunter.

»Bis morgen«, sagte sie, und der Mond spiegelte sich in ihren Augen.

Noah winkte, während sie ein Stück zurücksetzte und dann langsam die Einfahrt hinunterfuhr. Er sah dem Wagen nach, bis die Lichter hinter den fernen Eichen verschwunden und die Motorgeräusche verhallt waren. Clem kam herbeigehinkt, und Noah kniete nieder, um sie zu streicheln, besonders an der Stelle am Hals, die sie mit der Hinterpfote nicht mehr erreichen konnte. Nach einem letzten Blick zur Straße ging er langsam zurück auf die Veranda.

Er nahm wieder im Schaukelstuhl Platz und ließ den ganzen Abend noch einmal vor seinem inneren Auge vorbeiwandern. Jede Szene, jedes gesprochene Wort tauchte in seiner Erinnerung auf, spulte sich wie in Zeitlupe vor ihm ab. Er mochte weder zur Gitarre greifen noch ein Buch zur Hand nehmen. Er wußte nicht mehr, was er fühlte.

»Sie ist verlobt«, flüsterte er sich zu und versank dann in Schweigen. Kein Laut war zu hören, nur das leichte Knarren des Schaukelstuhls. Und ab und zu schaute Clem nach ihm, als wollte sie fragen: »Ist alles in Ordnung?«

Und irgendwann in dieser klaren Oktobernacht überkam Noah eine unbändige Sehnsucht, eine Sehnsucht, die schlimmer war als körperlicher Schmerz. Hätte ihn jemand beobachtet, so hätte er geglaubt, einen alten Mann vor sich zu haben, der in wenigen Stunden um Jahrzehnte gealtert war. Einen Mann, der gebeugt in seinem Schaukelstuhl saß, der versuchte, die Tränen hinter seinen Händen zu verbergen.

Tränen, die er nicht zurückhalten konnte.

Anrufe

Lon legte den Hörer auf die Gabel zurück.

Er hatte um sieben angerufen, dann um halb neun, und jetzt sah er wieder auf die Uhr. Zwanzig vor zehn.

Wo war sie?

Er wußte, daß sie in dem Hotel abgestiegen war, dessen Telefonnummer sie ihm gegeben hatte. Der Portier hatte es ihm vorhin bestätigt. Ja, sie hätte sich angemeldet und hätte dann gegen sechs das Hotel wieder verlassen. Wohl zum Abendessen, wie er annehmen mußte. Nein, seitdem habe er sie nicht mehr gesehen.

Lon schüttelte den Kopf und lehnte sich seufzend in seinen Sessel zurück. Er war, wie üblich, der letzte im Büro, und alles war still. Das war normal bei einem laufenden Prozeß, auch wenn alles gut lief. Sein Beruf war seine Leidenschaft, und spät abends, wenn alle gegangen waren, konnte er seine übrige Arbeit erledigen, ohne ständig unterbrochen zu werden.

Er war sicher, den Prozeß zu gewinnen. Er war ein Meister seines Fachs und wußte, wie man die Geschworenen für sich einnimmt. Das gelang ihm fast immer, und so verlor er nur äußerst selten. Teilweise hing das auch damit zusammen, daß er sich inzwischen seine Fälle aussuchen konnte und nicht mehr alles annehmen mußte. Nur wenige Anwälte in der Stadt waren so erfolgreich wie er, was sich natürlich auch auf seine Einkünfte auswirkte.

Vor allem aber beruhte sein Erfolg auf harter Arbeit. Er hatte stets größten Wert auf Details gelegt, besonders zu

Anfang, als er seine Rechtsanwaltspraxis eröffnet hatte. Auf kleine, scheinbar nebensächliche Dinge, und das war ihm mit der Zeit zur Gewohnheit geworden. Diesem ungeheuren Fleiß und dieser Gewissenhaftigkeit war es zu verdanken, daß er zu Anfang seiner Karriere Prozesse gewann, die jeder andere wohl verloren hätte.

Und jetzt beunruhigte ihn so ein kleines Detail.

Keines, das mit dem Prozeß zu tun hatte. Nein, da gab es keine Unklarheiten. Es war etwas anderes.

Etwas, das Allie betraf.

Doch, verdammt, er kam einfach nicht drauf. Als sie fortgefahren war heute morgen, war alles noch in Ordnung gewesen. Wenigstens hatte er das gedacht. Doch irgendwann kurz nach ihrem Anruf, hatte ihn etwas stutzig gemacht. So eine Kleinigkeit.

Kleinigkeit.

Etwas Unbedeutendes? Etwas Wichtiges?

Denk nach … Denk nach … Verdammt, was war es bloß?

Er dachte angestrengt nach.

Etwas … etwas … etwas, das gesagt worden war?

Ja, das war's. Jetzt wußte er es. Aber was nur? Hatte Allie etwas am Telefon gesagt? Er ging das kurze Gespräch noch einmal durch. Nein, er konnte sich an nichts Außergewöhnliches erinnern.

Aber irgend etwas mußte es gewesen sein.

Was hatte sie gesagt?

Ihre Fahrt war gut verlaufen, sie hatte sich im Hotel angemeldet, war einkaufen gegangen. Wollte vielleicht noch an die Küste fahren. Hatte ihm ihre Telefonnummer gegeben. Das war in etwa alles.

Er dachte über Allie nach. Er liebte sie, daran bestand kein Zweifel. Sie war nicht nur hübsch und charmant, sie war auch der ruhende Pol in seinem Leben. Nach einem langen und harten Arbeitstag war sie der erste Mensch, den er anrief. Sie hörte ihm zu, lachte in den richtigen Momenten und hatte ein Gespür dafür, was zu hören ihm guttat.

Doch das war nicht alles; er bewunderte die Art, wie sie stets ihre Meinung sagte. Er erinnerte sich an einen besonderen Vorfall: Als sie einige Male miteinander ausgegangen waren, hatte er ihr gesagt, was er bis dahin jeder Frau gesagt hatte – daß er noch nicht bereit sei, eine echte Partnerschaft einzugehen. Anders als die andern hatte Allie nur genickt und gesagt: »Schon recht.« Auf dem Weg zur Tür hatte sie dann gesagt: »Weißt du, was dein Problem ist? Nicht ich, auch nicht deine Arbeit oder deine Freiheit oder was du sonst glaubst. Dein Problem, das bist du allein. Dein Vater hat den Namen Hammond berühmt gemacht, und du bist sicher dein ganzes Leben lang mit ihm verglichen worden. Du bist nie du selbst gewesen. Ein solches Leben macht innerlich leer, und du suchst nach jemandem, der diese Leere wie durch ein Wunder ausfüllt. Doch niemand kann das, nur du selbst.«

Diese Worte hatten ihn nachdenklich gemacht. Wenige Tage später hatte er sie angerufen und um eine zweite Chance gebeten. Und erst nach hartnäckigem Drängen seinerseits hatte sie zögernd eingewilligt.

In den vier Jahren ihrer Beziehung war sie sein ein und alles geworden, und er erkannte jetzt, daß er sich viel zu wenig um sie gekümmert hatte. Doch der Anwaltsberuf nahm unglaublich viel Zeit in Anspruch. Und obwohl sie stets Verständnis dafür gezeigt hatte, machte er sich jetzt schwere Vorwürfe. Sobald sie verheiratet waren, würde er versuchen, sich seine Zeit anders einzuteilen. Er würde seine Sekretärin beauftragen, seinen Zeitplan so einzurichten, daß er sich hin und wieder einen freien Tag nehmen könnte, für ein verlängertes Wochenende vielleicht, um an die Küste zu fahren …

Küste?

Und wieder arbeitete es in seinem Kopf.

Küste … Küste …

Er starrte an die Decke.

Ja, das war's vielleicht. Er schloß die Augen, dachte angestrengt nach. Nichts.

Komm, streng deinen Grips an, verdammt nochmal!

New Bern.

Der Gedanke schoß ihm durch den Kopf. Ja, New Bern. Das war's. Das kleine Detail, oder wenigstens ein Teil davon. Und was noch?

New Bern, dachte er wieder, er kannte den Namen. Kannte die Stadt von zwei oder drei Prozessen her. Und von mehreren Zwischenstops auf dem Weg zur Küste. Nichts Besonderes. Allie und er waren nie zusammen dort gewesen.

Aber Allie war einmal dort gewesen …

Ein weiteres kleines Teilchen im Puzzle.

Ein weiteres Teil, doch es fehlte noch etwas …

Allie, New Bern … und … und … irgend etwas auf einer Party. Eine beiläufige Bemerkung. Von Allies Mutter. Er hatte ihr keine besondere Bedeutung beigemessen. Aber was hatte sie doch gesagt?

Etwas über Allie …, daß sie einmal in einen jungen Mann aus New Bern verliebt gewesen sei. Sie sprach von einem Jugendschwarm. Na und? hatte er gedacht und hatte sich lächelnd zu Allie gewandt.

Allie jedoch hatte nicht gelächelt. Sie war zornig. Und so mußte Lon annehmen, daß sie diesen Mann weit mehr geliebt hatte, als ihre Mutter meinte. Vielleicht sogar mehr, als sie ihn liebte.

Und jetzt war sie dort.

Lon legte die Handflächen wie im Gebet zusammen und führte sie an die Lippen. Zufall? Gut möglich. Es konnte genauso sein, wie sie gesagt hatte. Es konnte der Streß sein und Lust, durch Antiquitätengeschäfte zu bummeln. Gut möglich. Wahrscheinlich sogar.

Was aber … was aber … was, wenn …?

Lon zog die andere Möglichkeit in Betracht, und zum ersten Mal seit langer Zeit hatte er Angst.

Was wenn? *Was, wenn sie bei ihm war?*

Er verfluchte den Prozeß, wünschte, er wäre zu Ende. Wünschte, er hätte sie begleitet. Fragte sich, ob sie die Wahrheit gesagt hatte. Hoffte, daß es so war.

Und er schwor sich, nichts unversucht zu lassen, um sie zu behalten. Sie war sein Ein und Alles, und er würde keine andere finden, die so war wie sie.

Mit zitternden Händen wählte er die Telefonnummer, zum vierten und letzten Mal an diesem Abend.

Und wieder kam keine Antwort.

Kajaks und vergessene Träume

Allie wurde am nächsten Morgen vom munteren Zwitschern der Stare geweckt. Sie rieb sich die Augen und spürte, wie steif ihre Glieder waren. Sie hatte schlecht geschlafen, war nach jedem Traum hellwach geworden und erinnerte sich, wohl ein dutzendmal auf die Uhr geschaut zu haben.

Sie hatte in dem weichen Hemd geschlafen, das er ihr geschenkt hatte, und glaubte, seinen Geruch wahrzunehmen, als sie an ihren gemeinsamen Abend zurückdachte; an ihre ungezwungene Unterhaltung, an ihr Lachen und vor allem an das, was er über ihre Malerei gesagt hatte. Es war so überraschend für sie gewesen, so wohltuend, und während sie sich seine Worte immer wieder ins Gedächtnis rief, wurde ihr bewußt, was ihr entgangen wäre, hätte sie beschlossen, ihn nicht wiederzusehen.

Sie schaute aus dem Fenster und beobachtete das emsige Treiben der Vögel, die sich im frühen Morgenlicht auf Futtersuche machten. Noah, das wußte sie, war von jeher ein Morgenmensch, der das Erwachen des Tages auf seine Weise begrüßte. Sie wußte, wie gerne er Kajak oder Kanu fuhr und erinnerte sich an einen Morgen, an dem sie beide in seinem Kanu den Sonnenaufgang betrachtet hatten. Sie war in aller Herrgottsfrühe heimlich aus ihrem Fenster geklettert, weil ihre Eltern einen solchen Ausflug niemals erlaubt hätten. Doch sie war nicht erwischt worden und entsann sich, wie Noah den Arm um sie gelegt und sie fest an sich gezogen hatte, als die Morgendämmerung heraufzusteigen begann. »Schau mal«, hatte er geflüstert, und sie hatte, den Kopf an seiner Schulter, ihren ersten Sonnenaufgang gesehen – das Schönste, was sie je erlebt hatte.

Als sie aufstand, um sich ein Bad einzulassen, spürte sie den kalten Boden unter ihren Füßen und fragte sich, ob Noah heute morgen wohl wieder auf dem Wasser gewesen war, um den neuen Tag heraufdämmern zu sehen. Und irgendwie hatte sie das sichere Gefühl, daß er hinausgefahren war.

* * *

Sie hatte recht.

Noah war noch vor Sonnenaufgang auf den Beinen, zog sich schnell an, die Jeans vom Vorabend, Unterhemd, frisch gewaschenes Flanellhemd, blaue Strickjacke und Stiefel. Er putzte sich die Zähne, bevor er nach unten ging, trank ein Glas kalte Milch in der Küche und steckte sich auf dem Weg zur Tür zwei Brötchen ein. Nachdem er sich von Clem zur Begrüßung zweimal übers Gesicht hatte lecken lassen, ging er zum Steg, wo er sein Kajak festgemacht hatte.

Sein altes, mit Flecken übersätes Kajak hing an zwei rostigen Haken, die dicht über der Wasserlinie am Steg befestigt waren, damit die Krebse sich nicht daran festklammern konnten. Er hob es vorsichtig hoch und stellte es auf den Holzplanken ab. Er überprüfte es rasch und trug es dann zur Böschung. Mit einer geschickten, wohl hundertmal schon erprobten Bewegung ließ er es zu Wasser, sprang hinein und steuerte es flußaufwärts.

Die Luft war frisch, fast kalt, der Himmel ein einziger Dunstschleier unterschiedlicher Farben: Schwarz, wie ein Bergmassiv, direkt über ihm, dann Blau in unendlich vielen heller werdenden Nuancen, bis es am Horizont in Grau überging. Er holte mehrmals tief Luft, sog den Duft der Kiefern und den Geruch des Brackwassers in seine Lungen, genoß den Zauber des Flusses, der seine Muskeln lockerte, seinen Körper wärmte und seinen Kopf frei machte.

Das war es gewesen, was ihm in den Jahren im Norden am meisten gefehlt hatte. Wegen der langen Arbeitsstunden war ihm nur wenig Freizeit geblieben. Zelten, Wandern, Paddeln auf Flüssen, Ausgehen, Arbeiten ... irgend etwas mußte zu kurz kommen. Er hatte die Landschaft von New Jersey vor allem zu Fuß kennengelernt und war in den vierzehn Jahren nicht ein einziges Mal im Kajak oder Kanu unterwegs gewesen. Das aber hatte er nach seiner Rückkehr in die Heimat kräftig nachgeholt.

Die Morgendämmerung auf dem Wasser zu erleben war für ihn beinahe etwas Mystisches, und er fuhr jetzt fast jeden Morgen hinaus. Ganz gleich ob es warm oder kalt, klar oder trübe war, er paddelte im Gleichklang mit der Musik in seinem Kopf und genoß die Nähe zur Natur. Er beobachtete eine Schildkrötenfamilie auf einem schwimmenden Baumstamm, sah, wie ein Reiher zum Flug ansetzte, dicht über dem Wasser dahinglitt, bis er im silbrigen Zwielicht, das dem Sonnenaufgang vorausging, verschwunden war.

Er steuerte auf die Mitte des Flusses zu, von wo er zusah, wie der rötliche Schimmer auf der Wasserfläche sich ausbreitete. Er paddelte nun nicht mehr so kräftig wie vorher, gerade genug, um auf der Stelle bleiben zu können, und wartete, bis das erste Licht durch die Bäume drang. Er liebte diesen Augenblick des Tagesbeginns, diesen dramatischen Moment, diese Neugeburt der Welt. Dann paddelte er wieder aus vollen Kräften, kämpfte gegen die verbliebene Anspannung an, bereitete sich auf den Tag vor.

Währenddessen wirbelten Fragen in seinem Kopf umher wie Wassertropfen in einer Bratpfanne. Er dachte an Lon, überlegte, was für ein Typ Mann er wohl war und wie die Beziehung zwischen ihm und Allie sein mochte. Vor allem aber dachte er über Allie nach und warum sie gekommen sein mochte.

Als er wieder an seinem Steg angelangt war, fühlte er sich wie neugeboren. Er sah auf die Uhr und stellte erstaunt fest, daß er zwei Stunden unterwegs gewesen war. Die Zeit schien ihm hier draußen immer einen Streich zu spielen, doch er hatte schon vor Monaten aufgehört, sich nach dem Grund zu fragen.

Er hängte das Kajak an die beiden Haken, machte ein paar Dehn- und Streckübungen und ging dann zum Schuppen, wo sein Kanu stand. Er trug es ans Ufer, setzte es einen Meter vom Wasser entfernt ab, und merkte, als er zum Haus zurückgehen wollte, daß seine Beine noch immer etwas steif waren.

Die Morgennebel hatten sich noch nicht vollständig aufgelöst. Er wußte, daß die Steifheit in seinen Beinen meist ein Vorbote von Regen war. Er schaute nach Westen und sah Gewitterwolken sich am Himmel auftürmen, weit in der Ferne zwar, aber trotzdem bedrohlich. Der Wind war noch nicht stark, trieb die Wolken aber eindeutig näher. So wie sie aussahen, schwarz und schwer, war es nicht gut, draußen zu sein, wenn sie sich entluden. Verdammt. Wieviel Zeit blieb ihm noch? Ein paar Stunden, vielleicht mehr. Vielleicht weniger.

Er duschte, zog neue Jeans an, ein rotes Hemd und schwarze Cowboystiefel, kämmte sein Haar und ging in die Küche hinunter. Er spülte das Geschirr vom Vorabend, räumte überall ein wenig auf, bereitete sich einen Kaffee und trat auf die Veranda. Der Himmel hatte sich verdunkelt, und er schaute auf sein Barometer. Beständig, aber es war schon bald mit den ersten Tropfen zu rechnen. Wolken im Westen verhießen stets Regen.

Er hatte schon vor langer Zeit gelernt, das Wetter niemals zu unterschätzen, und überlegte, ob es eine gute Idee war, heute hinauszufahren. Der Regen selbst machte ihm keine Sorgen, doch mit Gewittern war nicht zu spaßen. Schon gar nicht auf dem Wasser. Wenn Blitze am Himmel zuckten, sollte man lieber nicht im Kanu sein.

Er trank seinen Kaffee aus und beschloß, die Entscheidung auf später zu verschieben. Er ging zu seinem Werkzeugschuppen und holte seine Axt. Er prüfte die Schneide, indem er den Daumen darüber gleiten ließ, und schärfte sie dann mit einem Wetzstein. »Eine stumpfe Axt ist gefährlicher als eine scharfe«, hatte sein Vater immer gesagt.

Die nächsten zwanzig Minuten verbrachte er mit Holzhacken. Seine Hiebe waren sicher und gezielt und kosteten ihn keine Schweißtropfen. Einen Teil der Scheite legte er für später auf die Seite, die restlichen trug er ins Wohnzimmer und stapelte sie neben dem Kamin auf.

Als er fertig war, betrachtete er versonnen Allies Bild und berührte es mit der Hand. Und wieder schien ihm unbegreiflich, daß sie hier gewesen war. Was hatte sie nur an sich, daß sie solche Gefühle in ihm weckte? Selbst nach all den Jahren? Was war es, das ihn so sehr in ihren Bann zog?

Er wandte sich kopfschüttelnd ab und trat wieder auf

die Veranda. Er warf noch einmal einen Blick aufs Barometer. Da hatte sich nichts verändert. Dann schaute er auf die Uhr.

Allie mußte bald hier sein.

* * *

Allie hatte ihr Bad beendet und sich schon angezogen. Vorher hatte sie das Fenster geöffnet, um die Temperatur zu prüfen. Es war nicht kalt draußen, und so hatte sie sich für das cremefarbene Frühlingskleid mit den langen Ärmeln und dem Stehkragen entschieden. Es war weich und bequem, vielleicht etwas eng, aber hübsch, und sie besaß dazu passende weiße Sandalen.

Sie verbrachte den Morgen in der Stadt und bummelte durch die Straßen. Die große Krise hatte auch hier ihren Tribut gefordert, doch man konnte schon überall erste Zeichen von neuem Wohlstand erkennen. Das Masonic Theater, das älteste Filmtheater im Land, sah zwar noch etwas heruntergekommener aus als damals, war aber immer noch in Betrieb und zeigte einige der neuesten Filme. »Fort Totten Park« sah noch genauso aus wie vor vierzehn Jahren, und sie vermutete, daß die Kleinen, die nach der Schule auf den Schaukeln spielten, auch noch genauso aussahen. Sie lächelte, als sie sich an die Zeit erinnerte, in der alles noch einfacher war. Oder ihr einfacher vorgekommen war.

Im Augenblick kam ihr gar nichts einfach vor. Es schien ihr geradezu unwahrscheinlich, daß sich alles so gefügt hatte, und sie überlegte, was sie jetzt tun würde, wenn sie den Artikel in der Zeitung nicht gefunden hätte. Es war Mittwoch, und das hieß Bridge im Country Club, anschließend Versammlung der Junior Women's League mit Spendenaktion für die Privatschule oder das Krankenhaus. Danach Besuch bei ihrer Mutter, dann nach Hause und Umziehen zum Abendessen mit Lon, der Wert darauf legte, mittwochs Punkt sieben das Büro zu verlassen. Es war der Abend in der Woche, an dem sie sich regelmäßig sahen.

Sie unterdrückte ein Gefühl des Bedauerns und hoffte, daß er sich eines Tages ändern würde. Er hatte es schon öfter versprochen und sich meist ein paar Wochen daran gehalten, bis er wieder die alte Gewohnheit annahm. »Ich kann heute abend nicht, Liebes«, sagte er dann. »Tut mir leid, aber es geht nicht. Ich mache es ein andermal wieder gut.«

Sie mochte mit ihm nicht darüber streiten, vor allem weil sie wußte, daß er ehrlich war. Prozesse waren mit ungeheuer viel Arbeit verbunden; trotzdem wunderte sie sich manchmal, warum er soviel Zeit aufgewandt hatte, ihr den Hof zu machen, wenn er jetzt so wenig Zeit für sie hatte.

In der Front Street gab es eine Kunstgalerie. Sie war so in Gedanken, daß sie zunächst vorbeiging, dann aber plötzlich stehenblieb und kehrtmachte. An der Tür hielt sie einen Augenblick inne, als ihr bewußt wurde, wie lange sie nicht mehr in einer Galerie gewesen war. Mindestens drei Jahre, vielleicht länger. Warum eigentlich?

Sie trat ein und schlenderte zwischen den Bildern umher. Die meisten der Künstler stammten aus der Gegend, und ihre Werke waren stark von der See geprägt. Viele Meeresszenen, Sandstrände, Pelikane, alte Segelschiffe, Schleppkähne, Häfen, Möwen. Vor allem aber Wellen. Wellen in allen Formen, Größen und in den undenkbarsten Farben, und nach einer Weile sahen alle gleich aus. Den Künstlern mußte wohl die Inspiration fehlen, oder sie waren bequem, dachte sie.

An einer Wand hingen verschiedene Gemälde, die weit mehr nach ihrem Geschmack waren. Sie waren von einem ihr unbekannten Künstler gemalt, einem gewissen Elayn, und die meisten schienen von der Architektur griechischer Inseln inspiriert zu sein. Das Bild, das sie besonders faszinierte, fiel ihr deshalb auf, weil der Künstler die Szene bewußt übertrieben hatte, indem er die natürlichen Dimensionen verändert und die Farben mit kräftigen, breiten Pinselstrichen aufgetragen hatte. Die Farben waren lebhaft, wahre Farbenwirbel, die das Auge anzogen, es fast automatisch über das Bild leiteten. Je länger sie es betrachtete, desto besser gefiel es ihr. Fast hätte sie es gekauft. Dann wurde ihr klar, daß es ihr deshalb so gut gefiel, weil es sie an ihre eigenen Bilder erinnerte. Vielleicht, dachte sie, hat Noah recht. Vielleicht sollte ich doch wieder zu malen anfangen.

Gegen halb zehn verließ Allie die Galerie und machte sich auf den Weg zu Hoffman-Lane, einem der Kaufhäuser von New Bern. Rasch hatte sie gefunden, was sie suchte – in der Abteilung für Schulartikel. Papier, Zeichenkohle, Stifte, keine hochwertige Qualität, aber es genügte. Sie wollte ja nicht gleich mit richtigem Malen beginnen, es sollte nur ein Anfang sein. Sie konnte es kaum erwarten, bis sie wieder in ihrem Hotelzimmer war. Sie nahm an ihrem Schreibtisch Platz und fing an; nichts Besonderes, sie wollte nur wieder ein Gespür für Farben und Formen bekommen. Nachdem sie sich einen Augenblick konzentriert hatte, warf sie eine Skizze vom Straßenbild unter ihrem Fenster aufs Papier und war erstaunt, wie leicht ihr das Zeichnen von der Hand ging. Es war fast, als hätte sie nie aufgehört.

Als sie fertig war, begutachtete sie ihr Werk, und war durchaus zufrieden mit sich. Sie überlegte, was sie als nächstes versuchen könnte, dachte eine Weile nach und entschloß sich für ein Porträt. Da sie kein Modell vor sich hatte, mußte sie es sich in allen Einzelheiten vorstellen, bevor sie begann. Und obwohl es komplizierter war als die Straßenszene, fiel es ihr relativ leicht und nahm rasch Form an.

Die Minuten vergingen wie im Flug. Sie arbeitete konzentriert, schaute jedoch immer wieder auf die Uhr, um nicht zu spät aufzubrechen. Kurz vor Mittag war sie fertig. Sie hatte fast zwei Stunden gebraucht, doch das Resultat war überraschend. Sie rollte es auf, steckte es in ihre Handtasche und nahm Wagen- und Zimmerschlüssel an sich. Auf dem Weg zur Tür warf sie einen raschen Blick in den Spiegel; fühlte sich seltsam entspannt, ohne genau zu wissen, warum.

Dann die Treppe hinunter, zur Tür hinaus. Plötzlich hinter ihr eine Stimme.

»Fräulein?«

Sie drehte sich um, wußte, daß sie gemeint war. Der Portier. Derselbe Mann wie gestern, Neugier in den Augen.

»Ja?«

»Es ist gestern abend mehrfach für Sie angerufen worden.«

Sie erschrak.

»Wirklich?«

»Ja. Von einem Mr. Hammond.«

Oh, Gott.

»Mr. Hammond hat angerufen?«

»Ja, Fräulein, viermal. Beim zweiten Anruf habe ich mit ihm gesprochen. Er war sehr in Sorge. Er sagte, er sei Ihr Verlobter.«

Sie lächelte schwach, versuchte, ihre Gedanken zu verbergen. Viermal? Vier? Was hatte das zu bedeuten? Wenn nun zu Hause etwas passiert war?

»Hat er etwas gesagt? Etwas von einem Notfall?«

Der Mann schüttelte den Kopf.

»Nein, er hat nichts Bestimmtes gesagt, schien aber sehr in Sorge um Sie.«

Gut, dachte sie und atmete erleichtert auf. Dem Himmel sei Dank. Aber dann, plötzlich, ein banges Gefühl. Warum diese Dringlichkeit? Warum die vielen Anrufe? Hatte sie sich gestern irgendwie verraten? Warum war er so hartnäckig? Das war doch sonst nicht seine Art.

Hätte er etwas herausfinden können? Nein … unmöglich. Es sei denn, jemand hätte sie gestern gesehen und anschließend bei ihm angerufen. Doch dieser Jemand hätte sie bis zu Noahs Haus verfolgen müssen. Das war undenkbar.

Sie mußte ihn anrufen, daran führte kein Weg vorbei. Aber alles in ihr sträubte sich dagegen. Diese Zeit gehörte ihr, und sie wollte sie sich so einteilen, wie es ihr gefiel. Sie hatte nicht geplant, ihn vor heute abend anzurufen, und sie hatte fast das Gefühl, es würde ihr den Tag verderben, wenn sie jetzt mit ihm reden müßte. Und außerdem – was sollte sie sagen? Wie sollte sie erklären, wo sie gestern so lange gewesen war? Ein spätes Abendessen und ein langer Spaziergang? Vielleicht. Oder ein Film? Oder …

»Fräulein?«

Fast Mittag, dachte sie. Wo würde er sein? In seinem Büro vermutlich … Im Gericht, fiel ihr plötzlich ein, und sie fühlte sich sogleich wie von einer schweren Last befreit. Sie konnte gar nicht mit ihm sprechen, selbst wenn sie's wollte. Sie wunderte sich über ihre Gefühle. Sie dürfte nicht so denken, das wußte sie, und doch war es ihr fast gleichgültig. Sie sah auf ihre Armbanduhr.

»Ist es wirklich schon fast zwölf?«

Der Portier nickte, nachdem er auf die Wanduhr geschaut hatte. »Genauer gesagt, Viertel nach zwölf.«

»So ein Pech«, sagte sie. »Mr. Hammond ist jetzt im Gericht, und ich kann ihn nicht erreichen. Könnten Sie ihm sagen, falls er noch einmal anruft, daß ich einkaufen gegangen bin und mich später bei ihm melde?«

»Selbstverständlich«, antwortete er. Und doch konnte sie die Frage in seinen Augen lesen: *Aber wo waren Sie gestern abend?* Er wußte sicher genau, wann sie zurückgekommen war. Reichlich spät für eine unverheiratete Frau in dieser kleinen Stadt.

»Danke«, sagte sie lächelnd. »Sehr freundlich von Ihnen.«

Zwei Minuten später war sie auf dem Weg zu Noah. Sie freute sich auf den Tag und dachte nicht länger an die Anrufe. Gestern noch wäre sie sehr beunruhigt gewesen, und sie fragte sich, was das zu bedeuten hatte.

Vier Minuten, nachdem sie das Hotel verlassen hatte, rief Lon vom Gericht aus an.

Bewegte Wasser

Noah saß in seinem Schaukelstuhl, trank gesüßten Tee und wartete. Als er Allies Wagen schließlich in die Einfahrt biegen hörte, trat er vors Haus und sah, daß sie ihren Wagen unter der Eiche abstellte. Genau an derselben Stelle wie gestern. Clem kam herbeigetrabt und bellte zur Begrüßung an der Wagentür. Allie winkte aus dem Wageninnern.

Sie stieg aus, streichelte Clem, die freudig mit dem Schwanz wedelte. Dann richtete sie sich auf und lächelte Noah an, der langsam auf sie zukam. Sie wirkte gelöster als gestern, zuversichtlicher, und bei ihrem Anblick empfand er erneut eine seltsame Erregung. Und doch war es anders als gestern. Frischere Gefühle, nicht mehr bloße Erinnerungen. Ihre Anziehungskraft war über Nacht noch stärker geworden, noch intensiver, und das machte ihn ein wenig nervös.

Allie ging ihm, ein kleines Täschchen in einer Hand, entgegen. Sie verdutzte ihn mit einem auf die Wange gehauchten Begrüßungskuß, wobei ihre freie Hand einen Augenblick auf seiner Taille ruhte.

»Hallo«, sagte sie, und ihre Augen strahlten. »Und wo ist die Überraschung?«

Zum Glück legte sich seine Nervosität ein wenig. »Nicht mal ein ›Guten Morgen‹ oder ein ›Wie hast du geschlafen‹?« fragte er.

Sie lächelte. Geduld hatte nie zu ihren Stärken gehört.

»Also: Guten Morgen. Wie hast du geschlafen? Und wo ist die Überraschung?«

Er lachte, sah dann aber besorgt drein. »Allie, ich muß dir etwas Unerfreuliches sagen.«

»Was?«

»Ich wollte dir etwas zeigen, aber wenn ich mir diese Wolken anschaue, weiß ich nicht, ob wir fahren sollen.«

»Warum?«

»Das Gewitter. Wir könnten naß werden. Und außerdem könnte es blitzen.«

»Es regnet doch noch nicht. Wie weit ist es denn?«

»Den Fluß hinauf. Etwa eine Meile.«

»Und ich bin noch nie dort gewesen?«

Er schüttelte den Kopf.

Sie überlegte einen Augenblick und schaute sich um.

»Laß uns fahren«, sagte sie schließlich entschlossen. »Regen macht mir nichts aus.«

»Bist du sicher?«

»Ja. Absolut sicher.«

Er schaute wieder hinauf zu den Wolken, sah die schwarze Wand langsam näher kommen. »Dann laß uns sofort aufbrechen«, sagte er. »Soll ich schnell die Handtasche ins Haus bringen?« Sie nickte und reichte sie ihm. Er rannte los, deponierte die Tasche auf einem Stuhl im Wohnzimmer, steckte auf dem Rückweg rasch etwas Brot in einen Beutel und war schon wieder draußen.

Seite an Seite machten sie sich auf den Weg zum Steg.

»Wohin fahren wir?«

»Du wirst schon sehen.«

»Einen kleinen Hinweis – bitte!«

»Also gut«, sagte er. »Weißt du noch, wie wir rausgefahren sind, um den Sonnenaufgang zu beobachten?«

»Ich hab' erst heute morgen daran gedacht. Und ich erinnere mich genau, daß mir die Tränen gekommen sind, so überwältigt war ich.«

»Das ist nichts im Vergleich zu dem, was du gleich sehen wirst.«

»Ich soll mir wohl als etwas Besonderes vorkommen.«

Er wartete einen Augenblick mit der Antwort.

»Du bist etwas Besonderes«, sagte er schließlich, und an der Art, wie er es sagte, glaubte sie zu fühlen, daß er noch etwas hatte hinzufügen wollen. Doch er schwieg, und Allie schaute lächelnd zur Seite. Und während sie den Blick schweifen ließ, spürte sie den Wind auf ihrem Gesicht. Er war seit heute morgen etwas stärker geworden.

Kurz darauf hatten sie den Steg erreicht. Er verstaute den Beutel im Bug des Kanus und vergewisserte sich, daß er nichts vergessen hatte, bevor er das Boot ins Wasser gleiten ließ.

»Kann ich irgendwas tun?«

»Nein, nur einsteigen.«

Nachdem sie ins Kanu geklettert war, stieß er es ein Stück weiter ins Wasser, etwas näher zum Steg hin. Dann sprang er mit einem eleganten Satz vom Steg ins Boot, ohne es übermäßig ins Schwanken zu bringen. Allie war beeindruckt von seiner Geschicklichkeit, denn was wie ein Kinderspiel ausgesehen hatte, war in Wirklichkeit, das wußte sie, viel schwieriger.

Allie saß, Noah zugewandt, im vorderen Teil des Kanus. Er hatte irgend etwas von schlechterer Sicht gesagt, als er zu paddeln begann, aber sie hatte den Kopf geschüttelt und gemeint, sie sitze gut so.

Und so war es auch.

Sie konnte alles sehen, was sie wollte, wenn sie nur zur Seite blickte, aber sie wollte vor allem Noah beobachten. Sie war hergekommen, um ihn zu sehen, ihn, und nicht den Fluß. Sein Hemd war oben aufgeknöpft, und sie sah bei jedem Ruderschlag seine Brustmuskeln arbeiten. Seine Ärmel waren hochgekrempelt, und so konnte sie auch seine Armmuskeln bewundern, die vom allmorgendlichen Kajakfahren fest und kräftig waren.

Ein Künstler, dachte sie bei sich. Er hat etwas von einem Künstler an sich, wenn er sich so bewegt. Auch etwas Natürliches, als wäre er auf dem Wasser geboren und von jeher mit dem Element vertraut. Und während sie ihn beobachtete, überlegte sie, wie die Eroberer dieser Gegend wohl ausgesehen haben mochten.

Niemand, den sie kannte, hatte auch nur die leiseste Ähnlichkeit mit ihm. Er war kompliziert, in mancherlei Hinsicht fast ein Widerspruchsgeist und dabei doch einfach – eine merkwürdige erotische Mischung. An der Oberfläche war er der Bursche vom Lande, der eben aus dem Krieg zurückgekehrt war, und wahrscheinlich sah er sich selbst auch so. Und doch war da viel mehr. Vielleicht war es die Poesie, die ihn so anders machte, vielleicht waren es die Werte, die ihm sein Vater mit auf den Weg gegeben hatte, als er heranwuchs. Was immer es war, er schien intensiver zu leben als andere, und das war es, was ihr gleich zu Beginn so sehr gefallen hatte.

»Woran denkst du?«

Sie zuckte zusammen, als Noahs Stimme sie in die Gegenwart zurückholte. Sie hatte kaum ein Wort gesagt, seitdem sie auf dem Wasser waren, und hatte die Stille genossen, die er ihr zugebilligt hatte. Er war immer schon so rücksichtsvoll gewesen.

»Lauter angenehme Dinge«, entgegnete sie ruhig, und sie konnte in seinen Augen sehen, daß er wußte, daß sie über ihn nachgedacht hatte. Ihr gefiel die Vorstellung, daß er es wußte, und sie hoffte, daß auch er an sie gedacht hatte.

Und während sie ihn ansah, während sie sah, wie sein Körper sich bewegte, spürte sie wieder dieses sonderbare Brennen in ihrem Innern, wie vor so vielen Jahren. Als sich ihre Blicke begegneten, fühlte sie die Hitze in ihrem Nacken und in ihren Brüsten, und als sie merkte, daß sie errötete, wandte sie sich schnell ab.

»Ist es noch weit?« fragte sie.

»Etwa eine halbe Meile. Nicht mehr.«

»Es ist wunderschön hier draußen«, fuhr sie nach einem kurzen Schweigen fort. »So ruhig. Fast so, als wäre die Zeit stehengeblieben.«

»In gewisser Weise ist das auch so. Der Fluß kommt aus dem Wald. Zwischen hier und der Quelle gibt es kein einziges Farmhaus, und das Wasser ist rein wie Regen. Wohl genau wie seit Ewigkeiten.«

Sie beugte sich vor.

»Sag mal, Noah: Woran kannst du dich am besten erinnern, wenn du an unseren Sommer zurückdenkst?«

»An alles.«

»An nichts Besonderes?«

»Nein«, sagte er.

»Du erinnerst dich nicht?«

Er ließ sich Zeit mit der Antwort und sagte dann ruhig und ernst:

»Nein, Allie, nicht an das. Nicht an das, was du meinst. Es war mir ernst, als ich sagte: ›An alles‹. Ich kann mich an jeden Augenblick erinnern, den wir zusammen verbracht haben, und jeder Augenblick war wunderschön. Ich kann nicht einen einzelnen nennen und sagen, daß er mir wichtiger war als ein anderer. Der ganze Sommer war vollkommen, ein Sommer, wie jeder ihn einmal erlebt haben sollte. Wie kann ich da einen Augenblick hervorheben?

Dichter beschreiben die Liebe oft als ein Gefühl, das wir nicht kontrollieren können, ein Gefühl, das Logik und Verstand ausschaltet. Und genau das war es für mich. Ich hatte nicht die Absicht, mich in dich zu verlieben, und auch du hattest sicher nicht die Absicht, dich in mich zu verlieben. Aber als wir uns begegnet sind, war klar, daß keiner von uns seine Gefühle mehr unter Kontrolle hatte. Wir haben uns verliebt, obwohl wir so verschieden waren, und dann geschah etwas Seltenes und Wunderschönes. Ich habe eine solche Liebe nur einmal erlebt, und deshalb hat sich mir jede mit dir verbrachte Minute für immer eingeprägt. Ich werde niemals auch nur einen einzigen Augenblick vergessen können.«

Allie sah ihn mit großen Augen an. Noch nie hatte ihr jemand so etwas gesagt. Noch nie. Da sie nicht wußte, was sie entgegnen sollte, saß sie schweigend mit glutroten Wangen da.

»Entschuldige, Allie, wenn ich zuviel gesagt habe. Das wollte ich nicht. Aber dieser Sommer ist unvergeßlich für mich, und das wird er immer bleiben. Ich weiß, daß es zwischen uns nie mehr so sein kann wie damals, doch das ändert nichts an dem, was ich für dich empfunden habe.«

»Du hast nicht zuviel gesagt, Noah«, entgegnete sie mit ruhiger Stimme und fühlte eine angenehme Wärme durch ihren Körper strömen. »Es ist nur so, daß ich solche Dinge sonst nie höre. Was du gesagt hast, ist wunderschön. Nur ein Dichter kann so sprechen wie du, und, wie gesagt, du bist der einzige Dichter, den ich kenne.«

Friedliches Schweigen folgte. In der Ferne ertönte der Schrei eines Fischadlers. Das Paddel bewegte sich gleichmäßig, verursachte winzige Wellen, die das Boot sanft schaukelten. Der Wind hatte sich gelegt, und die Wolken wurden immer schwärzer, während das Kanu einem unbekannten Ziel entgegen glitt.

Allie nahm alles wahr, jeden Laut, jeden Gedanken. Ihre Sinne waren hellwach und wanderten noch einmal durch die letzten Wochen. Sie dachte daran, wie sehr sie sich vor dieser Reise gefürchtet hatte. Wie sehr sie dieser Zeitungsartikel erschreckt hatte. Wie schlecht sie nachts geschlafen hatte und wie gereizt sie tagsüber gewesen war. Selbst gestern noch hatte sie Angst gehabt und wäre am liebsten davongelaufen. Die inneren Spannungen hatten nachgelassen. An ihre Stelle war etwas anderes getreten, und sie war glücklich darüber.

Sie war auf sonderbare Weise froh, daß sie hergekommen war, glücklich, daß Noah sich so entwickelt hatte, wie sie es sich vorgestellt hatte, glücklich, daß sie mit diesem Wissen leben würde. Sie hatte in den letzten Jahren zu viele Männer gesehen, die der Krieg, die Zeit oder auch das Geld zerstört hatten. Man brauchte viel Kraft, um sich innere Begeisterung zu bewahren, und das hatte Noah getan.

Die Welt, in der sie lebten, war eine Welt der Arbeit, des Geldes, nicht der Poesie, und es würde den Menschen schwer fallen, Noah zu verstehen. Amerika befand sich im Aufschwung, alle Zeitungen sprachen davon; die Menschen stürzten sich in die Arbeit, um die Schrecken des Krieges zu vergessen. Allie wußte warum, doch sie sah, daß alle, auch Lon, vor allem um des Profits willen so hart arbeiteten und dabei die Dinge vernachlässigten, die die Welt schön machten.

Wer in Raleigh würde sich Zeit nehmen, ein Haus zu restaurieren? Oder Whitman oder Eliot lesen und poetische Bilder ersinnen? Wer würde der Morgendämmerung im Kanu nachjagen? Das waren keine Beschäftigungen, die Gewinn brachten, doch Allie wußte, daß sie das Leben erst lebenswert machten.

Für sie galt das auch für die Kunst, obwohl sie das erst erkannt – oder, besser gesagt, wiedererkannt – hatte, nachdem sie hierhergekommen war. Damals hatte sie es gewußt, und sie verwünschte sich jetzt, etwas so Wichtiges wie das Schaffen von Schönheit vergessen zu haben. Sie würde wieder anfangen zu malen, das wußte sie. Schon heute morgen war ihr klar geworden, daß sie, was auch geschähe, einen neuen Anfang wagen würde.

Würde Lon sie dazu ermuntern? Sie erinnerte sich, ihm am Anfang ihrer Beziehung eines ihrer Bilder gezeigt zu haben. Es war ein abstraktes Gemälde gewesen, eines, das die Phantasie anregen sollte. In gewisser Weise ähnelte es dem Bild über Noahs Kamin, dem, das Noah sogleich verstanden hatte. Lon hatte darauf gestarrt, es eingehend studiert und dann gefragt, was es darstellen sollte. Sie hatte nicht einmal Lust gehabt zu antworten.

Sie schüttelte den Kopf, denn sie wußte, daß sie nicht ganz gerecht war. Sie liebte Lon, liebte ihn schon lange, wenn auch aus anderen Gründen. Zwar war er nicht Noah, doch er war in ihren Augen immer der Mann gewesen, den sie heiraten wollte. Mit Lon würde es keine Überraschungen geben, und es war ihr beruhigend vorgekommen zu wissen, was die Zukunft bringen würde. Er würde ihr ein guter Ehemann sein und sie ihm eine gute Ehefrau. Sie würde ein Haus in der Nähe von Freunden und Verwandten haben, einen angemessenen Platz in der Gesellschaft und Kinder. So war das Leben, das sie hatte leben wollen. Ihre Beziehung würde gewiß nicht leidenschaftlich genannt werden können, doch sie hatte sich schon vor langer Zeit eingeredet, daß es darauf nicht ankam. Die Leidenschaft würde mit der Zeit zwangsläufig vergehen; Achtung und Kameradschaftlichkeit würden an ihre Stelle treten. Beides würde sie bei Lon finden, und sie hatte geglaubt, daß sie mehr nicht brauchte.

Das aber erschien ihr plötzlich fragwürdig, als sie Noah beim Rudern zusah. Er verströmte bei allem, was er tat, allem, was er war, eine solche Sinnlichkeit, daß sie sich bei Gedanken ertappte, die sie als verlobte Frau nicht haben sollte. Sie versuchte, ihn nicht anzustarren, und schaute oft zur Seite, doch seine Art, sich zu bewegen, machte es ihr schwer, den Blick von ihm zu lösen.

»Da wären wir«, sagte Noah und steuerte auf das Ufer zu. Allie schaute sich um, konnte aber nichts Besonderes entdecken.

»Wo ist es?«

»Hier«, sagte er und lenkte das Kanu auf einen alten umgestürzten Baum zu, der eine Öffnung verdeckte, die als solche gar nicht zu erkennen war.

Er ruderte um den Baum herum, und beide mußten den Kopf einziehen, um sich nicht zu stoßen.

»Mach die Augen zu«, flüsterte er, und Allie schlug die Hände vors Gesicht. Sie hörte das leise Plätschern und spürte die Bewegung des Kanus bei jedem

Ruderschlag, der sie aus der Strömung des Flusses trieb.

»Gut«, sagte er schließlich und hörte auf zu rudern. »Jetzt kannst du sie wieder aufmachen.«

Schwäne und Stürme

Sie befanden sich in der Mitte eines Sees, der vom Wasser des Brices Creek gespeist wurde. Er war nicht groß, vielleicht hundert Meter im Durchmesser, und doch war Allie erstaunt, daß man ihn vom Fluß aus nicht hatte sehen können.

Der Anblick war atemberaubend. Sie waren buchstäblich umringt von Tundraschwänen und kanadischen Gänsen. Von Hunderten, Tausenden! An manchen Stellen schwammen sie so dicht beieinander, daß man das Wasser kaum mehr sehen konnte. Und aus der Ferne sahen manche Schwärme von Schwänen fast wie Eisberge aus.

»O Noah«, flüsterte sie schließlich. »Es ist wunderschön.«

Eine lange Weile saßen sie schweigend da und beobachteten das Treiben der Wasservögel. Noah deutete auf eine Gruppe frischgeschlüpfter Gänseküken, die eifrig paddelnd ihren Eltern folgten.

Während Noah sein Kanu über das Wasser ruderte, war die Luft erfüllt von Schnattern und Piepsen. Dabei schenkten ihnen nur die Vögel Beachtung, die dem nahenden Boot ausweichen mußten. Allie streckte die Hand nach einem der Vögel aus und fühlte sein flaumweiches Gefieder unter ihren Fingern.

Noah zog den Beutel mit dem Brot hervor und reichte ihn Allie. Sie brach es in kleine Stückchen und verteilte es, wobei sie die Kleinen bevorzugte und lachte, wenn sie sich um die Beute stritten.

Sie verweilten, bis in der Ferne Donnergrollen zu hören war, noch schwach zwar, aber beide wußten, daß es höchste Zeit war, den Rückweg anzutreten.

Noah steuerte auf den versteckten Ausgang zu, ruderte kräftiger als vorher. Allie war noch immer wie verzaubert von dem, was sie gesehen hatte.

»Noah, was tun sie hier?«

»Keine Ahnung. Ich weiß nur, daß die Schwäne jeden Herbst aus dem Norden zum Lake Matamuskeet ziehen, doch diesmal sind sie hier gelandet, warum, weiß ich auch nicht. Vielleicht hatte der frühe Blizzard etwas damit zu tun. Vielleicht sind sie von ihrer Route abgekommen. Auf jeden Fall finden sie ihren Weg zurück.«

»Sie bleiben nicht?«

»Das kann ich mir nicht vorstellen. Sie werden von ihren Instinkten geleitet, und dies hier ist nicht ihr Ziel. Ein paar von den Gänsen werden vielleicht hier überwintern, aber die Schwäne fliegen zum Lake Matamuskeet zurück.«

Noah paddelte kräftig, während immer dunklere Wolken dicht über ihnen hinwegzogen. Bald fielen die ersten Tropfen. Leichter Sprühregen zunächst, dann immer dichter. Blitz … Pause … dann wieder Donner. Schon etwas lauter diesmal. Etwa sechs oder sieben Meilen entfernt. Noah legte noch an Tempo zu, und seine Muskeln schmerzten mit jedem Ruderschlag.

Immer dickere Tropfen jetzt.

Tropfen, die schräg mit dem Winde fielen.

Immer dichter fielen …

Und Noah ruderte im Zweikampf mit dem Himmel … ruderte und fluchte … und verlor den Kampf mit der Natur …

Es goß jetzt in Strömen, und Allie beobachtete, wie der Regen fast diagonal vom Himmel fiel und der Schwerkraft zu trotzen suchte, indem er sich vom Westwind, der über die Baumkronen jagte, tragen ließ. Der Himmel wurde noch schwärzer, und dicke, schwere Tropfen, Hurrikantropfen, fielen aus den Wolken.

Allie genoß den Regen und legte den Kopf in den Nacken, um die Tropfen auf ihrem Gesicht zu spüren. Sie wußte, daß ihr Kleid bald völlig durchnäßt sein würde, aber es störte sie nicht. Ob er es merken würde?

Sie strich sich mit den Fingern durchs nasse Haar. Es fühlte sich wunderbar an, alles fühlte sich wunderbar an, auch sie fühlte sich wunderbar. Trotz des prasselnden Regens konnte sie seinen schweren Atem hören, und das Geräusch erregte sie auf verwirrende Weise.

Eine Wolke entlud sich jetzt direkt über ihnen, und es schüttete wie aus Kübeln, heftiger als sie es je erlebt hatte. Allie schaute nach oben, lachte und gab jeden Versuch auf, sich gegen die Nässe zu schützen. Noah war erleichtert, denn er hatte nicht ahnen können, wie sie reagieren würde. Auch wenn es ihre Entscheidung gewesen war, konnte sie auf ein solches Gewitter nicht gefaßt gewesen sein.

Wenige Minuten später hatten sie den Steg erreicht, und Noah ruderte das Kanu so nahe an ihn heran, daß Allie ohne Schwierigkeiten aussteigen konnte. Er half ihr hinauf, kletterte dann selbst auf den Steg und zog das Kanu so weit die Böschung hinauf, daß es nicht fortgetrieben werden konnte. Zusätzlich band er es noch mit einem Seil an den Steg. Auf ein paar weitere Minuten im Regen kam es nun nicht mehr an.

Während er das Kanu vertäute, schaute er zu Allie hoch und war fasziniert. Sie war unbeschreiblich schön, wie sie so dastand, ihm zusah und sich naßregnen ließ. Ihr Kleid war völlig durchnäßt und klebte ihr am Körper, und er konnte sehen, wie sich die Umrisse ihrer Brüste unter dem Stoff abzeichneten.

Sogleich wandte er sich ab und murmelte, froh, daß der Regen jeden Laut dämpfte, etwas vor sich hin. Als das Kanu befestigt war, stand er auf, und zu seiner Überraschung ergriff Allie seine Hand. Trotz des Regens gingen sie ohne Hast zum Haus zurück, und Noah stellte sich vor, wie schön es wäre, wenn er die Nacht mit ihr verbringen könnte.

Auch Allie ließ ihrer Phantasie freien Lauf. Sie spürte die Wärme seiner Hand und malte sich aus, wie sie über ihren Körper wandern, ihn langsam erforschen würde. Bei dem bloßen Gedanken stockte ihr der Atem, und sie fühlte ein Kribbeln in den Brustwarzen und eine plötzliche Hitze zwischen den Schenkeln.

Sie war sich bewußt, daß sich etwas zwischen ihnen verändert hatte, seitdem sie hierhergekommen war. Wann es begonnen hatte, wußte sie nicht – war es gestern nach dem Abendessen oder vorhin im Kanu gewesen, oder begann es erst jetzt, während sie Hand in Hand durch den Regen gingen? Was sie jedoch wußte war, daß sie sich wieder in Noah Taylor Calhoun verliebt hatte und daß sie vielleicht, aber nur vielleicht, nie aufgehört hatte, ihn zu lieben.

* * *

Als sie mit tropfnassen Kleidern das Haus betraten, war bei beiden von Befangenheit keine Spur mehr.

»Hast du etwas zum Wechseln mitgebracht?«

Sie schüttelte den Kopf.

»Ich hole dir etwas, damit du die nassen Sachen ausziehen kannst. Es ist vielleicht ein bißchen groß, dafür aber warm.«

»Egal, was es ist.«

»Ich bin gleich wieder da.«

Noah zog seine Stiefel aus, eilte nach oben und kam eine Minute später zurück, eine Baumwollhose, ein langärmeliges Hemd über einem Arm, ein Paar Jeans und ein blaues T-Shirt über dem anderen.

»Hier«, sagte er und reichte ihr die Sachen. »Du kannst dich oben im Schlafzimmer umziehen. Im Badezimmer liegt ein Handtuch für dich, falls du duschen möchtest.«

Sie dankte ihm mit einem Lächeln, ging die Stufen hinauf und spürte, wie sein Blick ihr folgte. Im Schlafzimmer schloß sie die Tür hinter sich. Sie warf die trockenen Sachen aufs Bett und zog sich aus. Sie ging nackt zum Schrank, nahm einen Bügel und hängte ihr Kleid und ihre Unterwäsche im Badezimmer auf, damit die nassen Sachen nicht auf den Holzfußboden tropften. Sie fand es aufregend, splitternackt in dem Zimmer herumzulaufen, in dem er nachts schlief.

Duschen wollte sie nach dem Regenbad nicht. Sie mochte das sanfte Gefühl auf der Haut und stellte sich vor, wie die Menschen vor langer Zeit gelebt haben mochten. Naturverbunden. Wie Noah. Sie schlüpfte in seine Sachen und betrachtete sich im Spiegel. Die Jeans waren zu groß, aber wenn sie das Hemd hineinsteckte und die Hosenbeine hochkrempelte, ging es. Das Hemd war am Kragen leicht angerissen, natürlich viel zu weit und rutschte ihr fast über die Schulter; doch sie fühlte sich behaglich darin. Sie rollte die Ärmel fast bis zu den Ellenbogen hoch, holte ein Paar Socken aus der Kommode, zog sie an und ging ins Badezimmer, um eine Haarbürste zu suchen.

Sie bürstete ihr nasses Haar und ließ es über die Schultern fallen. Zu dumm, daß sie keine Spange dabei hatte oder wenigstens ein paar Haarnadeln.

Und ihre Schminkutensilien. Aber was konnte sie tun? Etwas Wimperntusche von heute morgen war noch vorhanden. Vorsichtig entfernte sie den Rest mit einem Waschlappen.

Als sie fertig war, warf sie einen letzten prüfenden Blick in den Spiegel, fand sich trotz allem hübsch und ging leise die Treppe hinunter.

Noah war im Wohnzimmer, kauerte vor dem Kamin, um das Feuer wieder in Gang zu bringen. Er hörte sie nicht eintreten, und so konnte sie ihn in aller Ruhe bei der Arbeit beobachten. Auch er hatte sich umgezogen und sah gut aus; breite Schultern, nasse Haarsträhnen über dem Kragen, enge Jeans.

Er stocherte mit dem Schürhaken in der Glut, legte frische Holzscheite darauf und steckte Zeitungspapier dazwischen. Allie lehnte sich an den Türpfosten, schlug ein Bein über das andere und sah ihm weiter zu. Innerhalb von wenigen Minuten hatten alle Scheite Feuer gefangen und brannten jetzt gleichmäßig und beständig. Als er die noch unbenutzten Scheite neben dem Kamin aufstapeln wollte, nahm er Allie aus den Augenwinkeln wahr. Er drehte sich rasch zu ihr um.

Auch in seinen Sachen sah sie phantastisch aus. Leicht verlegen wandte er sich wieder seinen Holzscheiten zu.

»Ich habe dich nicht hereinkommen hören«, sagte er und versuchte, seiner Stimme einen möglichst beiläufigen Klang zu geben.

»Ich weiß. Das solltest du auch nicht.« Sie wußte genau, was er gedacht hatte, und stellte belustigt fest, wie jung er wirkte.

»Wie lange stehst du schon da?«

»Ein paar Minuten.«

Noah rieb sich die Hände an den Hosenbeinen sauber und deutete zur Küche.

»Soll ich dir einen Tee machen? Das Wasser müßte schon heiß sein.« Belanglose Worte, irgendwas, um einen klaren Kopf zu behalten. Aber verdammt, wie sie aussah …

Sie zögerte kurz, spürte seinen Blick, aber verdammt, wie er sie ansah …

»Gibt's nichts Stärkeres? Oder ist es noch zu früh für einen Drink?«

Er lächelte. »Ich habe noch etwas Whiskey in der Speisekammer. Wär' das was?«

»Klingt gut.«

Er ging in die Küche, und Allie sah, wie er sich mit den Fingern durchs nasse Haar strich.

Langanhaltender Donner dröhnte, und ein erneuter Gewitterschauer setzte ein. Allie hörte, wie der Regen aufs Dach prasselte, hörte, wie das Feuer knisterte, während die züngelnden Flammen den Raum erhellten. Sie trat ans Fenster und sah den dunklen Himmel kurz aufflammen. Gleich darauf ein weiterer Donnerschlag. Ganz nah diesmal.

Sie nahm eine Decke vom Sofa und hockte sich im Schneidersitz auf den Teppich vor dem Kamin. Dann wickelte sie sich in die Decke, machte es sich richtig bequem und starrte in die tanzenden Flammen. Noah kam zurück, lächelte, als er sie so am Boden sitzen sah, und ließ sich neben ihr nieder. Er stellte zwei Gläser ab und schenkte in beide etwas Whiskey ein.

Wieder Donner. Ohrenbetäubend. Wütender Sturm, der den Regen aufpeitschte.

»Da kommt ganz schön was runter.« Noah beobachtete, wie die Tropfen senkrecht die Fensterscheiben hinabflossen.

Er saß jetzt dicht neben ihr, freilich ohne sie zu berühren, sah, wie sich ihre Brüste hoben und senkten, sehnte sich danach, ihren Körper zu berühren, und kämpfte verzweifelt gegen seine Gefühle.

»Ich liebe Gewitter«, sagte sie und nippte an ihrem Glas. »Immer schon. Selbst als kleines Mädchen.«

»Warum?« fragte er, nur um irgend etwas zu sagen.

»Ich weiß nicht. Gewitter haben so etwas Romantisches.«

Sie schwieg eine Weile, und Noah sah, wie sich das Feuer in ihren smaragdgrünen Augen widerspiegelte. »Weißt du noch, wie wir abends kurz vor meiner Abreise das Gewitter beobachtet haben?« fragte sie schließlich.

»Natürlich.«

»Ich habe oft daran denken müssen, als ich wieder zu Hause war. So wie du damals aussahst, habe ich dich in Erinnerung behalten.«

»Habe ich mich sehr verändert?«

Sie nahm einen Schluck Whiskey, spürte, wie er sie wärmte. Dann legte sie ihre Hand auf seine.

»Nicht wirklich. Nicht in den wesentlichen Dingen. Du bist natürlich älter geworden, hast mehr Lebenserfahrung, aber du hast noch immer den gleichen Glanz in den Augen. Du liest noch immer Gedichte und liebst die Natur. Und selbst der Krieg hat dir deine Freundlichkeit, deine Sanftmut nicht nehmen können.«

Er dachte über ihre Worte nach und fühlte ihre Hand auf der seinen, spürte, wie ihr Daumen langsame Kreise zog.

»Allie, du hast mich vorhin gefragt, was mir von unserem gemeinsamen Sommer am besten im Gedächtnis geblieben ist. Woran erinnerst du dich im besonderen?«

Es dauerte eine Weile, bis sie antwortete. Ihre Stimme schien von weit her zu kommen.

»An unsere Liebesnacht. Daran kann ich mich am besten erinnern. Du warst der erste, und es war tausendmal schöner, als ich es mir habe vorstellen können.«

In Noah erwachten die alten Gefühle wieder. Plötzlich schüttelte er den Kopf. Es war fast unerträglich.

»Ich weiß noch, wie ich vor Angst zitterte«, fuhr sie fort. »Ich bin froh, daß du der erste warst. Bin froh, daß wir das gemeinsam erlebt haben.«

»Ich auch.«

»Hattest du auch solche Angst wie ich?«

Noah nickte stumm, und sie lächelte über seine Ehrlichkeit.

»Das dachte ich mir. Du warst so schüchtern damals. Vor allem zu Anfang. Ich weiß noch, wie du mich fragtest, ob ich einen Freund hätte. Als ich ja sagte, wolltest du kaum noch mit mir sprechen.«

»Ich wollte eure Beziehung nicht stören.«

»Das hast du aber, unschuldig, wie du warst«, sagte sie lächelnd. »Und ich bin froh darüber.«

»Wann hast du ihm von uns erzählt?«

»Als ich wieder nach Hause kam.«

»War es schwer?«

»Überhaupt nicht. Ich war viel zu verliebt in dich.«

Sie drückte seine Hand, ließ sie los und rückte ein wenig näher zu ihm. Sie schob ihre Hand unter seinen

Arm und legte den Kopf an seine Schulter. Er nahm ihren Geruch wahr, zart wie Regen, warm.

»Weißt du noch, wie du mich nach dem Stadtfest nach Hause begleitet hast?« sagte sie mit sanfter Stimme. »Ich fragte dich, ob du mich wiedersehen wolltest. Du hast nur genickt und kein Wort gesagt. Das war nicht gerade überzeugend.«

»Ich war vorher noch nie einem Mädchen wie dir begegnet. Ich war völlig überwältigt. Ich wußte nicht, was ich sagen sollte.«

»Ich weiß. Du konntest nie etwas verbergen. Deine Augen haben dich stets verraten. Und du hattest die schönsten Augen, die ich jemals gesehen hatte.«

Sie verstummte, hob den Kopf von seiner Schulter und blickte ihn an. »Ich glaube, ich liebte dich damals mehr, als ich je einen Menschen geliebt habe.«

Wieder zuckte ein Blitz am Himmel. In den Sekunden vor dem Donner trafen sich ihre Augen, und während sie versuchten, die vierzehn Jahre auszulöschen, fühlten beide, was sich seit gestern verändert hatte. Als der Donner ertönte, seufzte Noah, wandte sich ab und blickte zum Fenster.

»Ich wünschte, du hättest die Briefe gelesen, die ich dir geschrieben habe«, sagte er.

Sie schwieg eine lange Weile.

»Ich habe es dir nicht erzählt, Noah«, sagte sie schließlich, »aber auch ich habe dir viele Briefe geschrieben. Ich habe sie nur nie abgeschickt.«

»Und warum?« fragte Noah überrascht.

»Weil ich Angst hatte.«

»Angst wovor?«

»Daß vielleicht alles gar nicht so war, wie ich es geglaubt hatte. Daß du mich vielleicht schon vergessen hattest.«

»Dich vergessen? Das hätte ich nie gekonnt.«

»Das weiß ich jetzt. Ich brauche dich nur anzuschauen. Aber damals war alles anders. Es gab so vieles, was ich nicht verstand, Dinge, die ein junges Mädchen nicht durchschauen kann.«

»Was meinst du damit?«

Sie hielt inne, um sich zu sammeln.

»Als deine ersehnten Briefe ausblieben, wußte ich nicht, was ich denken sollte. Ich erzählte meiner besten Freundin, was geschehen war, und sie sagte, du hättest gekriegt, was du wolltest, und sie wundere sich nicht, daß du nichts von dir hören ließest. Ich konnte mir nicht vorstellen, daß du so bist, niemals. Aber als ich später über alles nachdachte, bekam ich Zweifel, ob dir der Sommer ebensoviel bedeutete wie mir ... Und dann, als mir das alles durch den Kopf ging, erfuhr ich durch Sarah, daß du New Bern verlassen hattest.«

»Fin und Sarah wußten immer, wo ich war ...«

Allie hob die Hand, um ihn zu unterbrechen.

»Ich weiß, aber ich wollte sie nicht fragen. Ich nahm an, daß du New Bern verlassen hattest, um ein neues Leben zu beginnen, ein Leben ohne mich. Sonst hättest du doch sicher geschrieben. Oder angerufen. Oder mich besucht.«

Noah schaute zur Seite, ohne Antwort zu geben, und sie fuhr fort:

»Ich wußte keine andere Erklärung dafür, und mit der Zeit verblaßte der Schmerz, und es wurde leichter, einfach zu vergessen. Wenigstens dachte ich das. Doch in jedem Jungen, dem ich in den folgenden Jahren begegnete, suchte ich nur dich, und jedesmal, wenn die Gefühle zu stark wurden, schrieb ich dir einen Brief. Doch ich schickte ihn nicht ab aus Angst vor dem, was ich herausfinden könnte. Du hattest ein neues Leben begonnen, und ich wollte nicht erfahren, daß du eine andere liebst. Ich wollte uns so in Erinnerung behalten, wie wir damals waren.«

Ihre Worte klangen so lieb, so unschuldig, daß Noah den Wunsch verspürte, sie zu küssen. Er unterdrückte ihn aber, weil er wußte, daß sie jetzt etwas anderes brauchte. Und doch war es so wunderbar, wie sie sich an ihn schmiegte, wie sie ihn berührte.

»Den letzten Brief habe ich vor ein paar Jahren geschrieben. Nachdem ich Lon kennengelernt hatte, schrieb ich an deinen Vater, um herauszufinden, wo du dich aufhieltest. Doch es war alles schon so lange her, und ich war nicht sicher, ob er noch unter der alten Adresse zu erreichen war. Und wegen des Krieges …«

Sie verstummte, und beide schwiegen eine Weile, jeder in Gedanken versunken. Erst als wieder ein Blitz den Himmel erhellte, brach Noah das Schweigen.

»Du hättest ihn trotzdem abschicken sollen.«

»Warum?«

»Ich habe mich so nach einem Lebenszeichen von dir gesehnt, wollte wissen, was aus dir geworden ist.«

»Du wärst vielleicht enttäuscht gewesen. Mein Leben ist nicht sonderlich aufregend. Übrigens bin ich nicht so, wie du mich in Erinnerung hast.«

»Du bist noch wundervoller, Allie, als ich dich in Erinnerung hatte.«

»Und du bist so gut, Noah.«

Beinahe hätte er nicht weiter gesprochen; er glaubte, nur durch Schweigen die Fassung bewahren zu können, so wie er es die vergangenen vierzehn Jahre stets getan hatte. Aber jetzt waren seine Gefühle so stark, daß er ihnen nachgab.

»Ich sage es nicht, weil ich gut oder nett bin. Ich sage es, weil ich dich jetzt liebe, weil ich dich immer geliebt habe. Viel mehr als du dir vorstellen kannst.«

Ein Holzscheit krachte im Kamin, und beim Sprühen der Funken merkten beide, daß das Feuer bald niedergebrannt sein würde. Neue Scheite mußten aufgelegt werden, doch keiner rührte sich.

Nach einem weiteren Schluck Whiskey begann Allie die Wirkung zu spüren. Doch nicht nur der Alkohol veranlaßte sie, Noah noch fester zu umfassen und seine Wärme zu suchen. Sie schaute zum Fenster hinüber und sah, daß die Wolken fast schwarz waren.

»Ich muß mich ums Feuer kümmern«, sagte Noah, der Zeit zum Nachdenken brauchte. Er erhob sich, schob das Kamingitter zur Seite und legte neue Scheite auf. Dann nahm er den Schürhaken und stocherte in der Glut.

Als das Feuer gleichmäßig brannte, ließ er sich wieder neben Allie nieder. Und wieder kuschelte sie sich an ihn, legte den Kopf an seine Schulter, strich mit der Hand über seine Brust. Noah beugte sich über sie und flüsterte ihr ins Ohr.

»Ist es nicht fast so wie damals? Als wir noch jung waren?«

Sie lächelte zustimmend, und sie schauten, eng umschlungen, in die Flammen.

»Du hast mich nie danach gefragt, Noah, aber trotzdem möchte ich dir etwas sagen.«

»Was denn?«

Ihre Stimme war ganz sanft.

»Es hat nie einen anderen gegeben, Noah. Du warst nicht nur der erste, du bist der einzige Mann, mit dem ich jemals wirklich zusammen war. Ich erwarte nicht, dasselbe von dir zu hören, aber ich möchte, daß du es weißt.«

Noah blickte schweigend zur Seite, während sie in die Flammen starrte. Als sie sich in die Kissen zurücklehnten, glitt ihre Hand über seine Brust, fühlte die Muskeln unter seinem Hemd, Muskeln, hart und fest.

Sie dachte an den Abend zurück, als sie sich zum letzten Mal so in den Armen gehalten hatten. Sie saßen auf dem Flußdeich des Neuse River, und sie weinte, weil sie meinte, nie wieder so glücklich sein zu können. Statt zu antworten, hatte er ihr einen Zettel in die Hand gedrückt, den sie auf der Heimfahrt gelesen hatte. Sie hatte ihn aufbewahrt und immer wieder gelesen, vor allem eine Passage daraus. Und die Zeilen, die sie wohl hundertmal gelesen hatte und fast auswendig kannte, kamen ihr jetzt in den Sinn. Sie lauteten:

Daß die Trennung so wehtut, liegt daran, daß unsere Seelen verbunden sind. Vielleicht waren sie es immer schon und werden es immer bleiben. Vielleicht haben wir tausend Leben vor diesem gelebt und haben uns in jedem Leben gefunden. Und vielleicht sind wir in jedem dieser Leben aus dem gleichen Grund getrennt worden. Das würde bedeuten, daß dieser Abschied zugleich ein Abschied der letzten Zehntausende von Jahren ist und ein Vorspiel zu dem, was vor uns liegt.

Wenn ich dich anschaue, sehe ich deine Schönheit und Anmut und weiß, daß du mit jedem gelebten Leben stärker geworden bist. Und ich weiß, daß ich dich in jedem Leben gesucht habe. Nicht jemanden wie dich, sondern dich, denn deine Seele und die meine sind dazu bestimmt, sich immer wiederzufinden. Doch aus einem Grund, den keiner von uns versteht, sind wir gezwungen, Abschied zu nehmen.

Ich würde dir gern sagen, daß sich alles für uns zum Guten wendet, und verspreche dir, mein Möglichstes dafür zu tun. Aber wenn wir uns trotzdem nicht wiedersehen und dies ein Abschied für immer ist, so weiß ich doch, daß wir uns in einem anderen Leben wieder begegnen werden. Wir werden uns wiederfinden, und vielleicht stehen die Sterne dann günstiger für uns, und wir werden uns dann nicht nur dieses eine Mal lieben, sondern immer und ewig.

War das möglich? fragte sie sich. Könnte er recht haben?

Sie hatte es nie als unmöglich abgetan, hatte Halt gesucht an dieser Hoffnung, einer Hoffnung, die ihr über eine schlimme Zeit hinweggeholfen hatte. Aber ihr jetziges Beisammensein schien die Theorie bestätigen zu wollen, daß es ihnen bestimmt war, für immer getrennt zu sein. Es sei denn, die Sterne standen günstiger für sie als bei ihrem letzten Beisammensein.

Vielleicht war es so, aber sie wollte nicht hinsehen. Statt dessen schmiegte sie sich noch enger an ihn und spürte die Hitze zwischen ihnen, spürte seinen Körper, seinen Arm, der sie fest umschlang. Und ihr Körper begann so erwartungsvoll zu zittern wie damals, in ihrer ersten Liebesnacht.

Es war alles so, wie man nur wünschen konnte. Das Feuer, die Getränke, das Gewitter – es hätte gar nicht vollkommener sein können. Und wie durch ein Wunder schienen die Jahre ihrer Trennung völlig unwichtig zu sein.

Blitze durchzuckten den Himmel. Flammen tanzten auf weißglühendem Holz, verbreiteten Hitze. Oktoberregen prasselte gegen die Fenster, übertönte alle anderen Geräusche.

Und nun gaben sie all den Gefühlen nach, die sie vierzehn Jahre lang unterdrückt hatten. Allie hob den Kopf von seiner Schulter, sah ihn voller Leidenschaft an, und Noah küßte ganz zart ihre Lippen. Sie legte die Hand an sein Gesicht und strich über seine Wange. Er beugte sich tiefer über sie und küßte sie wieder, immer noch sanft und zärtlich, und sie erwiderte seine Küsse und spürte, wie vierzehn Jahre der Trennung sich in Verlangen auflösten.

Sie schloß die Augen und öffnete die Lippen, während seine Finger ihre Arme streichelten, ganz langsam, ganz leicht. Er küßte ihren Nacken, ihre Wange, ihre Augenlider, und sie spürte die Feuchtigkeit seines Mundes überall dort, wo seine Lippen sie berührt hatten. Sie nahm seine Hand und legte sie auf ihre Brüste, und als er sie sanft durch den dünnen Stoff des Hemdes liebkoste, stöhnte sie leise.

Mit vom Licht des Feuers glühendem Gesicht löste sie sich von ihm und begann, ohne ein Wort, sein Hemd aufzuknöpfen. Er sah ihr dabei zu und lauschte ihrem erregten Atem. Bei jedem Knopf spürte er ihre Finger auf seiner Haut, und als sie sich schließlich bis nach unten vorgetastet hatte, lächelte sie ihn zärtlich an. Er fühlte, wie ihre Hände unter den Stoff glitten und seinen Körper zu erforschen begannen. Sie strich mit der Hand über seine heiße, leicht feuchte Brust und fühlte seine Haare zwischen ihren Fingern. Dann küßte sie seinen Nacken und zog das Hemd so über seine Schultern, daß seine Arme auf dem Rücken gleichsam gefesselt waren. Sie hob den Kopf und ließ sich küssen, während er sein Hemd mit einem Ruck auszog.

Dann beugte er sich langsam über sie. Er ließ seine Finger über ihren Bauch gleiten, bevor er ihre Arme hob und das Hemd darüber zog. Als er den Kopf senkte, sie zwischen den Brüsten küßte und mit der Zunge langsam bis zu ihrem Hals hinaufwanderte, konnte sie kaum noch Atem holen. Seine Hände streichelten sanft ihren Rücken, ihre Arme, ihre Schultern. Ihre erhitzten Körper preßten sich eng aneinander, Haut an Haut. Sie hob leicht die Hüften, damit er ihre Hose abstreifen konnte. Dann knöpfte sie langsam seine Jeans auf und schaute zu, wie er sie auszog. Wie in Zeitlupe kamen ihre nackten Körper schließlich zusammen, und die Erinnerung an damals ließ sie beide zittern.

Seine Zunge glitt über ihren Hals, während seine Hände über die weiche Haut ihrer Brüste und ihren Leib tasteten. Er war tief beeindruckt von ihrer Schönheit. Ihr schimmerndes Haar leuchtete im Licht der Flammen. Ihre Haut war zart und glatt, fast glühend im Feuerschein. Und als ihre Finger seinen Rücken streichelten, kam ihm das wie eine Ermutigung vor.

Sie sanken, dicht neben dem Feuer, noch tiefer zurück. Die Hitze machte die Luft fast stickig. Als er sich in einer fließenden Bewegung auf sie schob, war ihr Rücken leicht gewölbt. Sie hob den Kopf und küßte sein Kinn und seinen Hals, atmete schwer, fuhr mit der Zunge über seine Schultern, schmeckte den Schweiß auf seinem Körper. Sie strich mit den Fingern durch sein Haar, während er, die Armmuskeln angespannt, sich über sie beugte. Mit einem kleinen verführerischen Stirnrunzeln wollte sie ihn an sich ziehen, doch er widerstand, neigte sich noch tiefer herab, rieb seine Brust an ihrer, so daß ihr ganzer Körper wie elektrisiert war.

Er tat es langsam, immer und immer wieder, wobei er jedes Fleckchen ihres Körpers küßte und auf ihr sanftes Stöhnen lauschte.

Er tat es so lange, bis sie es vor Verlangen nicht mehr aushielt, und als er schließlich in sie eindrang, schrie sie laut auf und grub ihre Nägel in seinen Rücken. Sie schmiegte das Gesicht an seine Schulter und spürte ihn tief in sich, spürte seine Manneskraft und seine Zärtlichkeit. Sie bewegte sich rhythmisch mit seinem Körper, gab sich ihm völlig hin.

Sie öffnete die Augen und betrachtete ihn im Schein des Feuers, fasziniert von seiner Schönheit. Sie sah seinen Körper von Schweiß glänzen, sah die glitzernden Schweißtropfen seine Brust herabrinnen und, wie draußen der Regen, auf sie niederfallen. Und mit jedem Tropfen, mit jedem Atemzug fühlte sie, wie sie sich mehr und mehr in ihm verlor.

Ihre Körper waren eins im Geben und Nehmen, und ein nie gekanntes Gefühl durchdrang sie, ein Gefühl, von dem sie bisher nichts gewußt hatte. Es wollte gar nicht aufhören, es durchrieselte ihren Körper und wärmte sie, bis es schließlich nachließ und sie keuchend nach Atem rang. Doch fast im gleichen Augenblick begann das Feuer wieder aufzulodern, und alles fing von neuem an. Als der Regen aufhörte und die Sonne aufging, war ihr Körper wohl ermattet, aber nicht bereit, das Spiel ihrer Körper abzubrechen.

So ging der Tag dahin: Sie liebten sich und schauten dann eng aneinander geschmiegt dem Tanz der Flammen zu. Gelegentlich trug er ihr eines seiner Lieblingsgedichte vor; sie lauschte ihm mit geschlossenen Augen und konnte die Worte fast spüren. Nach einer Weile gewann die Lust wieder die Oberhand, und er flüsterte ihr zwischen Küssen Worte der Liebe zu.

So ging es weiter, und man hätte meinen können, sie wollten alles Versäumte nachholen. Erst am späten Abend sanken sie eng umschlungen in Schlaf. Immer wenn er aufwachte, schaute er sie an, sah ihren erschöpften, entspannten Körper und er hatte dann das Gefühl, die ganze Welt sei plötzlich, wie sie sein sollte.

Einmal öffnete auch sie die Augen, lächelte und strich ihm zärtlich über die Wange. Er legte den Finger auf ihre Lippen, ganz sanft, um sie am Sprechen zu hindern, und eine lange Weile schauten sie sich nur schweigend an.

Schließlich flüsterte er: »Du bist die Erfüllung all meiner Gebete. Du bist ein Lied, ein Traum, ein Flüstern, und ich weiß nicht, wie ich so lange ohne dich habe leben können. Ich liebe dich, Allie, mehr als du dir vorstellen kannst. Ich habe dich immer geliebt und werde dich immer lieben.«

»O Noah«, hauchte sie und zog ihn an sich. Sie wollte ihn, brauchte ihn mehr als je zuvor und mehr als alles in der Welt.

Im Gericht

Ein wenig später an diesem Vormittag saßen drei Männer – zwei Rechtsanwälte und der Richter – in einem Amtszimmer des Gerichts. Lon hatte soeben seine Bitte vorgetragen, und der Richter ließ sich Zeit mit der Antwort.

»Ein ungewöhnliches Ersuchen«, meinte er schließlich nachdenklich. »Ich war davon ausgegangen, daß die Verhandlung heute abgeschlossen werden könnte. Kann diese dringende Angelegenheit nicht bis heute abend oder morgen warten?«

»Nein, Euer Ehren, das ist unmöglich«, erwiderte Lon fast etwas zu rasch. *Ruhe bewahren*, sagte er zu sich selbst. *Tief durchatmen.*

»Und es hat wirklich nichts mit diesem Fall zu tun?«

»Nichts, Euer Ehren. Es ist eine reine Privatangelegenheit. Ich weiß, es ist ungewöhnlich, aber ich muß sofort etwas unternehmen.« *Gut. Besser.*

Der Richter lehnte sich in seinen Sessel zurück und musterte Lon einen Augenblick.

»Mr. Bates, was ist Ihre Meinung?«

Bates räusperte sich.

»Mr. Hammond hat mich heute morgen angerufen, und ich habe bereits mit meinem Klienten gesprochen. Er hat nichts dagegen, die Verhandlung auf Montag zu verschieben.«

»So, so«, sagte der Richter. »Und Sie glauben wirklich, das sei im Interesse Ihres Klienten?«

»Ich denke schon«, entgegnete er. »Mr. Hammond hat sich einverstanden erklärt, eine Untersuchung in einer gewissen Angelegenheit durchzuführen, die nicht direkt mit diesem Verfahren zu tun hat.«

Der Richter blickte beide Anwälte streng an und dachte nach.

»Eigentlich gefällt mir das gar nicht«, sagte er schließlich. »Ganz und gar nicht. Aber da Mr. Hammond noch nie solch ein Ersuchen gestellt hat, wird diese Sache für ihn wohl von größter Wichtigkeit sein.«

Um Nachdruck bemüht, hielt er inne und blätterte in einer Akte auf seinem Schreibtisch.

»Ich gebe dem Ersuchen statt. Die Verhandlung wird auf Montag Punkt neun Uhr vertagt.«

»Danke, Euer Ehren«, sagte Lon.

Zwei Minuten später verließ er das Gerichtsgebäude. Er ging zu seinem Wagen, der auf der gegenüberliegenden Straßenseite stand, und stieg ein, um sich auf den Weg nach New Bern zu machen. Als er den Zündschlüssel drehte, zitterten ihm die Hände.

Ein unerwarteter Besuch

Noah bereitete das Frühstück vor, während Allie noch im Wohnzimmer schlief. Schinken, Brötchen und Kaffee, nichts Besonderes. Als er das Tablett neben ihr am Boden abstellte, wachte sie auf, und sobald sie mit dem Essen fertig waren, überkam die Lust sie von neuem. Allie bog sich ihm entgegen und stieß im Moment höchster Lust einen Schrei aus. Bis ihr keuchender Atem zur Ruhe kam, hielten sie sich fest umschlungen.

Sie duschten, und Allie zog ihr Kleid, das über Nacht getrocknet war, wieder an. Sie verbrachte den Morgen mit Noah. Gemeinsam fütterten sie Clem, überprüften alle Fenster, um sicherzugehen, daß das Gewitter keine Schäden angerichtet hatte. Zwei Fichten waren umgeknickt und ein paar Schindeln vom Schuppen geflogen, sonst aber waren Haus und Grundstück verschont geblieben.

Die meiste Zeit hielt er ihre Hand, und sie plauderten über dieses und jenes, manchmal aber verstummte er plötzlich und schaute sie schweigend an. Sie glaubte dann, etwas sagen zu müssen, doch ihr fiel nichts Wesentliches ein. Gedankenverloren küßte sie ihn dann nur.

Kurz vor Mittag gingen sie ins Haus, um sich etwas zu kochen. Da sie am Vortag kaum etwas zu sich genommen hatten, waren sie beide hungrig. Sie schauten nach, was noch in der Speisekammer war, brieten sich etwas Hühnerfleisch und backten ein paar Brötchen auf. Beim Lied einer Spottdrossel aßen sie auf der Veranda.

Sie waren gerade beim Abspülen, da hörten sie plötzlich ein Klopfen an der Tür. Noah ließ Allie in der Küche zurück.

Erneutes Klopfen. »Ich komme«, rief Noah.

Erneutes, lauteres Klopfen.

Er näherte sich schon der Tür.

Energisches Klopfen.

»Ich komme«, rief er und öffnete die Tür.

»O mein Gott.«

Einen Augenblick starrte er die attraktive Frau Mitte Fünfzig fassungslos an, eine Frau, die er, ganz gleich wo, auf der Stelle erkannt hätte.

Er brachte kein Wort heraus.

»Hallo, Noah«, sagte sie schließlich.

Noah sagte noch immer nichts.

»Darf ich reinkommen?« fragte sie.

Er stammelte etwas Unverständliches, während sie an ihm vorbei ins Haus bis zur Treppe ging.

»Wer ist es?« rief Allie aus der Küche, und die Frau schaute in die Richtung, aus der die Stimme gekommen war.

»Deine Mutter«, gab Noah zurück. Als Antwort kam das Klirren von zersplitterndem Glas aus der Küche.

* * *

»Ich wußte, daß du hier bist«, sagte Mrs. Nelson zu ihrer Tochter, als alle drei am Kaffeetisch im Wohnzimmer saßen.

»Wie konntest du da so sicher sein?«

»Du bist meine Tochter. Eines Tages, wenn du selbst Kinder hast, wirst du die Antwort kennen.« Sie lächelte, ein angestrengtes Lächeln, und Noah ahnte, wie schwer ihr dies alles fallen mußte. »Auch ich habe den Artikel gelesen und gesehen, wie du reagiert hast. Und mir ist nicht entgangen, wie angespannt du in den letzten Wochen warst, und als du sagtest, du wolltest an die Küste fahren, um einzukaufen, wußte ich gleich, was du vorhattest.«

»Und Vater?«

Mrs. Nelson schüttelte den Kopf. »Nein, ich habe weder mit deinem Vater noch mit sonstwem darüber gesprochen. Und ich habe auch niemandem gesagt, wo ich heute bin.«

Eine Weile herrschte Schweigen, und Noah und Allie fragten sich, was als nächstes kommen würde, doch Mrs. Nelson schwieg.

»Warum bist du gekommen?« fragte Allie schließlich. Ihre Mutter hob die Brauen.

»Ich dachte, es sei an mir, diese Frage zu stellen.«

Allie wurde blaß.

»Ich bin gekommen, weil ich kommen mußte«, sagte ihre Mutter. »Und du bist wohl aus dem gleichen Grund hier, nehme ich an.«

Allie nickte.

Mrs. Nelson wandte sich zu Noah. »Die letzten zwei Tage dürften wohl voller Überraschungen gewesen sein.«

»Ja«, antwortete er nur, und sie lächelte ihn an.

»Ich weiß, Sie werden es mir nicht glauben, Noah, aber ich habe Sie immer sehr gern gemocht. Ich dachte nur, daß Sie nicht der Richtige für meine Tochter sind. Können Sie das verstehen?«

Er schüttelte den Kopf, und seine Stimme war sehr ernst, als er antwortete.

»Nein, eigentlich nicht. Es war weder mir noch Allie gegenüber fair. Sonst wäre sie wohl nicht hier.«

Mrs. Nelson sah ihn durchdringend an, erwiderte aber nichts. Allie, die einen Streit befürchtete, schaltete sich ein.

»Was wolltest du damit sagen: Du mußtest kommen? Vertraust du mir nicht?«

Mrs. Nelson wandte sich wieder ihrer Tochter zu.

»Mit Vertrauen hat das nichts zu tun, nur mit Lon. Er hat gestern abend angerufen, um mit mir über Noah zu sprechen, und er ist auf dem Weg hierher. Er schien völlig außer sich. Ich dachte, das solltest du wissen.«

Allie rang nach Atem.

»Auf dem Weg hierher?«

»Wie ich sagte. Er hat veranlaßt, daß die Verhandlung erst nächste Woche fortgesetzt wird. Er ist noch nicht in New Bern, muß aber bald eintreffen.«

»Was hast du ihm gesagt?«

»Nicht viel. Aber er wußte schon Bescheid. Er hat es selbst herausgefunden. Er konnte sich erinnern, daß ich einmal von Noah erzählt hatte.«

Allie schluckte.

»Hast du ihm gesagt, wo ich bin?«

»Nein. Sowas würde ich nie tun. Das ist eine Sache zwischen dir und ihm. Aber wie ich ihn kenne, findet er dich, wenn du bleibst. Zwei, drei Anrufe bei den richtigen Leuten. Schließlich habe ich dich auch gefunden.«

Obwohl Allie sichtlich beunruhigt war, lächelte sie ihre Mutter an.

»Ich danke dir«, sagte sie, und ihre Mutter legte die Hand auf die ihrer Tochter.

»Ich weiß, daß wir unsere Differenzen hatten, Allie, daß wir nicht immer in allem einig waren. Ich bin nicht vollkommen, aber ich habe mein Bestes getan, um dich großzuziehen. Ich bin deine Mutter und werde es immer bleiben. Das heißt, daß ich dich immer lieben werde.«

Allie schwieg eine Weile, bevor sie fragte:

»Und was soll ich tun?«

»Ich weiß nicht, Allie. Es ist deine Entscheidung. Aber du solltest dir gut überlegen, was du wirklich willst.«

Allie wandte sich ab, und ihre Augen verschleierten sich. Gleich darauf rollte ihr eine Träne über die Wange.

»Ich weiß nicht …« Sie konnte nicht weitersprechen, und ihre Mutter nahm ihre Hand. Mrs. Nelson sah zu Noah hinüber, der mit gesenktem Kopf dasaß und zuhörte. Er sah auf, erwiderte ihren Blick, nickte und verließ den Raum.

Als er gegangen war, flüsterte Mrs. Nelson: »Liebst du ihn?«

»Ja«, antwortete Allie mit sanfter Stimme. »Sehr.«

»Und Lon?«

»Ja, auch. Bestimmt, aber irgendwie anders. Er weckt nicht die gleichen Gefühle in mir wie Noah.«

»Das kann wohl niemand«, sagte ihre Mutter und ließ ihre Hand los. »Ich kann dir diese Entscheidung nicht abnehmen, Allie. Du sollst nur wissen, daß ich dich liebe. Daß ich immer für dich da bin. Ich weiß, das hilft dir jetzt nicht, aber es ist alles, was ich tun kann.«

Sie griff in ihre Handtasche und zog ein Päckchen mit Briefen hervor, die mit einem Band zusammengehalten und schon leicht vergilbt waren.

»Da sind die Briefe, die Noah dir geschrieben hat. Ich habe sie nicht weggeworfen, doch sie sind ungeöffnet. Ich weiß, ich hätte sie dir nicht vorenthalten sollen, und es tut mir heute leid. Ich wollte dich nur beschützen. Ich wußte nicht …«

Erschüttert nahm Allie sie entgegen und strich mit der Hand darüber.

»Ich gehe jetzt, Allie. Du hast eine Entscheidung zu treffen, und dir bleibt nicht viel Zeit. Möchtest du, daß ich in der Stadt bleibe?«

Allie schüttelte den Kopf. »Nein, damit muß ich allein fertig werden.«

Mrs. Nelson nickte und sah ihre Tochter nachdenklich an. Schließlich stand sie auf, ging um den Tisch, beugte sich herab und gab Allie einen Kuß auf die Wange. Als Allie aufstand und sie umarmte, konnte ihre Mutter die Frage in ihren Augen erkennen.

»Was wirst du tun?« fragte ihre Mutter schließlich und löste sich aus der Umarmung. Es folgte ein langes Schweigen.

»Ich weiß nicht«, gab Allie schließlich zurück. Sie umarmten sich noch einmal.

»Danke, daß du gekommen bist«, sagte Allie. »Ich liebe dich.«

»Ich dich auch.«

Auf dem Weg zur Tür glaubte Allie ein geflüstertes *›Folge deinem Herzen‹* vernommen zu haben, aber sie war sich nicht sicher.

Scheideweg

Noah begleitete Mrs. Nelson zur Eingangstür.

»Auf Wiedersehen, Noah«, sagte sie ruhig.

Er nickte stumm. Es gab nichts mehr zu sagen, das wußten sie beide. Er sah, wie sie zu ihrem Wagen ging, einstieg und davonfuhr, ohne sich noch einmal umzuschauen. Sie ist eine starke Frau, dachte er bei sich und begriff, von wem Allie ihre Willensstärke hatte.

Noah warf einen Blick ins Wohnzimmer, sah Allie mit gesenktem Kopf dasitzen und ging zur hinteren Veranda, denn er wußte, daß sie allein sein mußte. Er setzte sich in seinen Schaukelstuhl und starrte auf den Fluß, während die Minuten verstrichen.

Nach einer Weile, die ihm wie eine Ewigkeit vorkam, hörte er, daß die Hintertür geöffnet wurde. Er schaute sich nicht um – irgendwie konnte er es nicht –, sondern blieb unbewegt sitzen, während sie auf dem Stuhl neben ihm Platz nahm.

»Es tut mir leid«, sagte Allie. »Damit habe ich nicht gerechnet.«

Noah schüttelte den Kopf.

»Es braucht dir nicht leid tun. Wir wußten beide, daß es irgendwann einmal dazu kommen mußte.«

»Trotzdem ist es schwer.«

»Ich weiß.« Jetzt erst wandte er sich ihr zu und nahm ihre Hand. »Kann ich etwas tun, um es dir zu erleichtern?«

Sie schüttelte den Kopf.

»Nein, Noah. Das muß ich mit mir allein ausmachen. Wenn ich nur wüßte, was ich ihm sagen soll.« Sie schaute zu Boden, und ihre Stimme wurde leiser, als spräche sie mit sich selbst. »Ich denke, es hängt von ihm ab und davon, wieviel er weiß. Er hat vielleicht einen Verdacht, doch er weiß nichts Genaues.«

Noah spürte, wie sich ihm die Kehle zusammenschnürte. Als er schließlich zu reden begann, war seine Stimme fest, doch Allie konnte den Schmerz darin hören.

»Du wirst ihm nicht von uns erzählen, oder?«

»Ich weiß nicht. Ich weiß es wirklich nicht. Als ich eben allein im Wohnzimmer saß, habe ich mich immer wieder gefragt, was ich wirklich will im Leben.« Sie drückte seine Hand. »Und weißt du, was die Antwort war? Die Antwort war, daß ich zweierlei will. Zunächst einmal will ich dich. Ich liebe dich, habe dich immer geliebt.«

Sie holte tief Luft, bevor sie fortfuhr.

»Aber ich möchte auch niemanden verletzen. Und ich weiß, wenn ich bleibe, werde ich einige Menschen verletzen. Vor allem Lon. Ich habe nicht gelogen, als ich sagte, daß ich ihn liebe. Er weckt nicht die gleichen Gefühle in mir wie du, aber mir liegt sehr viel an ihm, und es wäre nicht fair, ihm weh zu tun. Und wenn ich hier bliebe, würde ich auch meiner Familie und meinen Freunden weh tun. Es wäre ein Betrug an allen, die ich kenne ... Ich weiß nicht, ob ich das übers Herz bringe.«

»Du darfst dein Leben nicht nach der Meinung anderer Menschen leben. Du mußt tun, was für dich richtig ist, auch wenn es manch einen, der dir lieb ist, verletzt.«

»Ich weiß«, sagte sie, »doch wie auch immer ich mich entscheide – ich muß später damit leben können. Für immer. Ich muß nach vorne blicken können, nicht zurück. Kannst du das verstehen?«

Er schüttelte den Kopf und versuchte, seiner Stimme einen festen Klang zu geben.

»Nein. Nicht wenn es bedeutet, daß ich dich verliere. Noch einmal ertrage ich das nicht.«

Sie senkte den Kopf, gab keine Antwort.

»Könntest du mich wirklich verlassen, ohne zurückzuschauen?« fragte er.

Sie biß sich auf die Lippen. »Ich weiß nicht.« Ihre Stimme versagte fast. »Wahrscheinlich nicht.«

»Wäre das Lon gegenüber fair?«

Sie antwortete nicht sofort, stand auf, wischte sich über die Augen, trat ans Ende der Veranda und lehnte sich an den Pfosten. Sie verschränkte die Arme vor der Brust und starrte aufs Wasser.

»Nein«, sagte sie schließlich mit ruhiger Stimme.

»Es muß nicht so sein, Allie«, sagte er. »Wir sind erwachsen, wir können unsere eigenen Entscheidungen treffen. Wir sind füreinander geschaffen. Wir waren es immer.«

Er erhob sich, ging zu ihr und legte ihr die Hand auf die Schulter. »Ich möchte nicht den Rest meines Lebens nur davon träumen, was hätte sein können. Bleib bei mir, Allie.«

Tränen verschleierten ihre Augen. »Ich weiß nicht, ob ich es kann«, flüsterte sie.

»Doch, du kannst. Allie … ich werde mein Lebtag nicht mehr glücklich sein können, wenn ich weiß, daß du bei einem anderen bist. Etwas in mir würde sterben. Was uns verbindet, ist etwas ganz Seltenes, etwas viel zu Wertvolles, um einfach weggeworfen zu werden.«

Sie gab keine Antwort. Nach einer Weile drehte er sie sanft zu sich herum, hob ihr Kinn ein wenig, zwang sie, ihn anzuschauen. Sie blickte ihn mit feuchten Augen an. Nach langem Schweigen wischte er ihr mit einer zärtlichen Geste die Tränen von den Wangen. Er verstand, was ihm ihre Augen sagen wollten.

»Du wirst also nicht bleiben?« Er lächelte matt. »Du möchtest, aber du kannst nicht.«

»Oh, Noah ...«, flüsterte sie, und wieder füllten sich ihre Augen mit Tränen. »Bitte, versuch mich zu verstehen ...«

»Ich weiß, was du sagen willst – es steht in deinen Augen geschrieben. Aber ich will es nicht verstehen, Allie. Ich will nicht, daß unsere Geschichte so endet. Ich will überhaupt nicht, daß sie endet. Aber wenn du jetzt gehst, dann ist es ein Abschied für immer, das wissen wir beide.«

Heftig schluchzend legte sie die Stirn auf seine Schulter. Noah schlang die Arme um sie und mußte gegen seine eigenen Tränen ankämpfen.

»Allie, wenn du wirklich gehen willst, dann geh. Ich liebe dich zu sehr, um dich zurückzuhalten. Doch egal, was das Leben noch bringt – ich werde diese letzten Tage mit dir niemals vergessen. Jahrelang habe ich davon geträumt.«

Er küßte sie zärtlich, und sie umarmten sich wie vor drei Tagen bei ihrer ersten Begrüßung. Schließlich löste sich Allie aus seinen Armen und wischte sich die Tränen fort.

»Ich muß meine Sachen holen, Noah.«

Er ging nicht mit, sondern ließ sich niedergeschlagen in seinen Schaukelstuhl sinken. Er sah sie ins Haus verschwinden, hörte ihre Schritte. Minuten später kam sie mit ihrer Handtasche zurück und trat mit gesenktem Kopf zu ihm.

»Hier, Noah, das habe ich für dich gemacht.«

Noah nahm die Zeichnung, rollte sie vorsichtig auf, um sie nicht zu zerreißen.

Es waren im Grunde zwei Zeichnungen. Die im Vordergrund nahm den größeren Teil des Blattes ein und stellte ihn, Noah, dar, wie er heute aussah, nicht vor vierzehn Jahren. Kein Detail fehlte, nicht einmal die Narbe an seinem Kinn, als hätte sie sein Gesicht von einer neueren Fotografie abkopiert.

Im Hintergrund war das Haus deutlich zu erkennen, als hätte sie, unter der Eiche sitzend, eine Skizze davon angefertigt.

»Es ist wunderschön, Allie. Danke.« Er zwang sich zu einem Lächeln. »Ich sagte doch, daß du eine Künstlerin bist.« Sie nickte mit fest zusammengepreßten Lippen. Es wurde Zeit zu gehen.

Langsam und ohne ein Wort gingen sie zu ihrem Wagen. Dort nahm er sie wieder in die Arme, bis er spürte, daß auch ihm die Tränen in die Augen stiegen. Er küßte ihre Lippen, ihre Wangen und wischte dann zart mit dem Finger über die feuchten Stellen.

»Ich liebe dich, Allie.«

»Ich liebe dich auch.«

Noah öffnete ihr die Wagentür, und sie küßten sich noch einmal. Dann setzte sie sich hinters Steuer, ohne den Blick von ihm zu wenden. Sie legte das Päckchen mit den Briefen und das Notizbuch auf den Beifahrersitz und suchte nach den Autoschlüsseln. Der Motor sprang sofort an und heulte ungeduldig auf. Es war nun Zeit.

Noah schlug die Tür mit beiden Händen zu, und Allie kurbelte das Fenster herunter. Sie sah seine Armmuskeln, sein sonnengebräuntes Gesicht, sein gequältes Lächeln. Sie streckte ihre Hand heraus, und Noah hielt sie einen Augenblick, strich sanft mit den Fingern über ihre Haut.

Er formte die Lippen zu einem stummen »Bleib bei mir«, und das schmerzte Allie mehr als jedes gesprochene Wort. Die Tränen stürzten ihr jetzt aus den Augen, und sie wandte sich rasch ab und zog ihre Hand zurück. Sie legte den Gang ein, gab leicht Gas. Wenn sie jetzt nicht fuhr, würde sie es nie tun. Als sich der Wagen in Bewegung setzte, trat Noah einen Schritt zurück.

Wie in Trance nahm er wahr, was sich vor seinen Augen abspielte. Er sah den Wagen im Schrittempo vorwärts rollen; er hörte den Kies unter den Rädern knirschen. Langsam bewegte sich der Wagen zur Straße hin, die sie zurück in die Stadt führen würde. Fort! Sie fuhr fort! Für immer! Noahs Herz krampfte sich zusammen.

Sie winkte ein letztes Mal, ohne zu lächeln, und er winkte matt zurück. »Bleib!« wollte er schreien, aber sie war schon in die Straße eingebogen. Eine Minute später war der Wagen verschwunden, und das einzige, was von ihr blieb, waren die Spuren, die ihre Reifen zurückgelassen hatten.

Lange noch stand er regungslos da. So plötzlich, wie sie gekommen war, war sie auch wieder fort. Für immer diesmal. Für immer.

Er schloß die Augen, sah Allie noch einmal davonfahren – langsam erst, dann immer schneller –, es zerriß ihm das Herz.

Und sie hatte, wie ihre Mutter, nicht einmal zurückgeschaut.

Ein Brief von gestern

Noch immer verschleierten Tränen ihren Blick, aber sie fuhr unbeirrt weiter, in der Hoffnung, daß ihr Instinkt sie sicher zum Hotel zurückführen würde. Sie ließ das Fenster geöffnet, glaubte, die kühle Luft würde ihr helfen, wieder einen klaren Kopf zu bekommen, doch es schien nicht zu helfen. Nichts würde helfen.

Sie war unendlich müde und fragte sich, ob sie die Kraft haben würde, mit Lon zu sprechen. Was sollte sie sagen? Sie wußte es immer noch nicht, hoffte aber, daß ihr dann schon etwas einfallen würde.

Es mußte ihr etwas einfallen.

Als sie die Zugbrücke erreichte, die zur Front Street führte, hatte sie ihre Fassung wiedererlangt. Noch nicht gänzlich, aber genug, um Lon gegenüberzutreten. Wenigstens hoffte sie das.

Es war nur wenig Verkehr auf den Straßen, und sie hatte Zeit, die Menschen zu beobachten, die ihren täglichen Beschäftigungen nachgingen. An einer Tankstelle schaute ein Automechaniker unter die Motorhaube eines nagelneuen Wagens, während ein Mann, vermutlich der Besitzer, danebenstand und zusah. Zwei Frauen mit Kinderwagen machten, angeregt plaudernd, einen Schaufensterbummel durch die Hoffman Lane. Ein elegant gekleideter Herr mit Aktentasche eilte am Juweliergeschäft »Hearns Jewelers« vorbei.

Ein wenig später sah sie, wie ein junger Mann einen Lastwagen entlud, der die Straße zur Hälfte blockierte.

Seine Art, sich zu bewegen, erinnerte sie an Noah, wie er die Krebsfallen aus dem Wasser zog.

Sie hielt vor einer roten Ampel und sah in der Ferne das Hotel. Als die Ampel auf Grün wechselte, holte sie tief Luft und fuhr langsam die Straße hinunter. Beim Einbiegen in den Hotelparkplatz sah sie als erstes Lons Wagen. Obwohl der Platz daneben frei war, suchte sie sich einen anderen, möglichst weit von der Einfahrt entfernt.

Sie drehte den Schlüssel, und der Motor verstummte. Dann suchte sie im Handschuhfach nach einem Spiegel und einer Bürste und fand beides auf einer Straßenkarte von North Carolina. Sie schaute in den Spiegel und sah, daß ihre Augen noch immer gerötet, ihre Lider geschwollen waren. Wie vorgestern nach dem Regen bedauerte sie, ihre Schminksachen nicht dabeizuhaben, auch wenn es ihr jetzt sicher wenig genützt hätte. Sie versuchte, ihr Haar zurückzubürsten, erst eine Seite, dann die andere und gab schließlich resigniert auf.

Sie griff nach ihrem Notizbuch, öffnete es und überflog noch einmal den Artikel, der sie hergelockt hatte. Was war seither nicht alles geschehen! Kaum zu glauben, daß es erst drei Wochen her war. Und noch unglaublicher war es für sie, daß sie erst drei Tage hier war. Ihr Wiedersehen mit Noah schien eine Ewigkeit zurückzuliegen.

Stare zwitscherten in den Bäumen ringsumher. Die Wolkendecke begann aufzureißen, und erste Flecken von Blau zeigten sich am Himmel. Die Sonne hatte sich zwar noch nicht ganz durchgekämpft, doch man konnte sie schon ahnen. Es würde ein herrlicher Tag werden.

Es war die Art von Tag, den sie gern mit Noah verbracht hätte, und während sie an ihn dachte, fielen ihr die Briefe ein, die ihre Mutter ihr gegeben hatte.

Sie löste das Band und betrachtete den Umschlag des ersten Briefes, den er ihr geschrieben hatte. Als sie ihn öffnen wollte, besann sie sich eines anderen, da sie sich vorstellen konnte, was drin stand. Sicher irgend etwas eher Belangloses – über Dinge, die er inzwischen getan hatte, Erinnerungen an den Sommer, vielleicht ein paar Fragen, auf die er eine Antwort erwartete. Statt dessen nahm sie den letzten Brief, den untersten des Stapels. Den Abschiedsbrief. Der interessierte sie weit mehr als alle anderen.

Der Brief war dünn. Ein Briefbogen, vielleicht zwei. Was immer er geschrieben hatte, es war nur wenig. Erst betrachtete sie die Rückseite des Umschlags, kein Name, nur eine Adresse in New Jersey. Sie hielt den Atem an, als sie ihn mit dem Fingernagel aufriß.

Als erstes las sie das Datum: März 1935.

Zweieinhalb Jahre ohne Antwort.

Sie stellte sich Noah an seinem alten Schreibtisch vor, über die richtigen Worte grübelnd, mit der Gewißheit, daß dies der letzte Brief sein würde. Und sie glaubte, Spuren von Tränen auf dem Papier zu erkennen. Doch das war wohl nur Einbildung.

Im Sonnenlicht, das jetzt durch ihr Wagenfenster schien, glättete sie den Bogen und begann zu lesen.

Liebste Allie,

ich weiß nicht, was ich Dir noch sagen soll, nur, daß ich die letzte Nacht nicht schlafen konnte, weil mir klar wurde, daß es endgültig aus ist zwischen uns. Es ist ein seltsames Gefühl für mich, mit dem ich niemals gerech-

net habe, aber rückblickend wird mir klar, daß es wohl so enden mußte.

Du und ich, wir waren zu verschieden. Wir stammten aus zwei verschiedenen Welten, und doch bist Du es gewesen, die mich den Wert der Liebe gelehrt hat. Du hast mir gezeigt, was es bedeutet, einen anderen zu schätzen und zu achten, und ich bin dadurch ein anderer, ein besserer Mensch geworden. Ich möchte, daß Du das niemals vergißt.

Ich bin nicht verbittert über das, was geschehen ist. Im Gegenteil. Es ist ein tröstliches Gefühl zu wissen, daß unsere gemeinsame Zeit kein Traum war, sondern Wirklichkeit. Ich bin glücklich, daß uns das Schicksal zusammengeführt hat, auch wenn es nur für so kurze Zeit war. Und sollten wir uns je an einem fernen Ort wiedersehen, werde ich Dir freundlich zulächeln und mich an unseren Sommer erinnern, den Sommer, den wir unter Bäumen verbrachten, um voneinander zu lernen und an unserer Liebe zu wachsen. Und vielleicht wirst Du für einen kurzen Augenblick auch so empfinden, wirst zurücklächeln und dich an die Zeit erinnern, die uns für immer verbindet.

Ich liebe Dich, Allie,

Noah

Sie las den Brief noch einmal, langsamer diesmal, und noch ein drittes Mal, ehe sie ihn zurück in den Umschlag steckte. Wieder stellte sie sich Noah an seinem Schreibtisch vor, und einen Augenblick lang war sie versucht, auch die anderen Briefe zu lesen. Doch sie durfte Lon nicht länger warten lassen.

Als sie aus dem Wagen stieg, zitterten ihr die Knie. Sie hielt inne, atmete tief durch, und während sie den Parkplatz überquerte, kam ihr zu Bewußtsein, daß sie immer noch nicht wußte, was sie ihm sagen würde.

Erst als sie die Tür öffnete und Lon in der Eingangshalle stehen sah, wurde ihr klar, was sie sagen mußte.

Winter für zwei

Hier endet die Geschichte, und so schließe ich mein Tagebuch, nehme meine Brille ab und reibe mir die Augen. Sie sind müde und gerötet, haben mich bis jetzt aber dennoch nicht im Stich gelassen. Doch das werden sie bald, ich weiß es. Weder sie noch ich können ewig so weitermachen. Jetzt, nachdem ich zu Ende gelesen habe, schaue ich sie an, sie aber blickt nicht zurück. Statt dessen starrt sie aus dem Fenster in den Hof, wo sich Freunde und Verwandte treffen.

Meine Augen folgen den ihren, und wir schauen gemeinsam zu. In all diesen Jahren hat sich der Tagesablauf nicht geändert. Jeden Morgen, eine Stunde nach dem Frühstück, treffen die ersten ein. Junge Leute, allein oder mit ihrer Familie, besuchen diejenigen, die hier leben. Sie bringen Fotos und Geschenke mit und sitzen entweder auf den Bänken oder spazieren über die von Bäumen gesäumten Wege, die einen Eindruck von Natur geben sollen. Einige bleiben den ganzen Tag, die meisten indes gehen nach ein paar Stunden, und dann fühle ich Mitleid mit denen, die zurückbleiben. Manchmal frage ich mich, was meine Freunde empfinden, wenn ihre Lieben davonfahren, aber ich weiß, daß mich das nichts angeht. Und stelle keine Fragen, weil ich weiß, daß wir alle das Recht auf unsere Geheimnisse haben.

Aber bald will ich Ihnen einige der meinen erzählen.

* * *

Ich lege das Tagebuch und die Lupe auf den Tisch neben mir, spüre, daß mir die Knochen weh tun, und merke wieder, wie kalt mein Körper ist. Selbst das Lesen in der Morgensonne hilft da nicht. Dennoch wundert mich das inzwischen nicht mehr, mein Körper folgt jetzt seinen eigenen Gesetzen.

Aber ich bin nicht eigentlich unglücklich. Die Menschen, die hier arbeiten, kennen mich und meine Fehler und tun, was sie können, um es mir behaglicher zu machen. Sie haben mir heißen Tee auf den Tisch gestellt, und ich greife mit beiden Händen nach der Kanne. Es strengt mich an, den Tee in die Tasse zu gießen, aber ich tue es, weil mich der Tee wärmt und weil ich denke, daß mich die Anstrengung vor dem völligen Einrosten bewahrt. Aber eingerostet bin ich längst, daran besteht kein Zweifel. Verrostet wie ein Schrottauto nach zwanzig Jahren im Regen.

Ich habe ihr heute morgen vorgelesen, wie ich es jeden Morgen tue, weil ich es tun muß. Nicht aus Pflicht, sondern aus einem anderen, romantischeren Grund. Ich wünschte, ich könnte das jetzt erklären, aber es ist noch früh, und vor dem Mittagessen läßt sich nicht gut über Romantik reden, jedenfalls gilt das für mich. Außerdem weiß ich nicht, wie es ausgehen wird, und ich möchte, wenn ich ehrlich bin, meine Hoffnungen nicht zu hoch schrauben.

Wir verbringen jetzt jeden Tag miteinander, nicht aber unsere Nächte. Die Ärzte sagen mir, daß ich sie nach Einbruch der Dunkelheit nicht mehr sehen darf. Ich verstehe die Gründe zwar, aber obwohl ich sie billige, halte ich mich nicht immer daran. Spät abends, wenn mir danach zumute ist, schleiche ich mich aus meinem Zimmer hinein in ihres und beobachte sie, während sie schläft. Sie weiß nichts davon. Ich stehe da, sehe, wie sie atmet, und bin mir sicher, daß ich nie geheiratet hätte, wenn es sie nicht gegeben hätte. Und wenn ich ihr Gesicht betrachte, ein Gesicht, das ich besser kenne als mein eigenes, weiß ich, daß ich ihr mindestens ebensoviel bedeutet habe. Und das wiederum bedeutet mir mehr, als ich zu erklären vermag.

Manchmal, wenn ich dort stehe, denke ich, wie glücklich ich bin, fast neunundvierzig Jahre mit ihr verheiratet gewesen zu sein. Nächsten Monat ist unser Hochzeitstag. Fünfundvierzig Jahre lang hörte sie mein Schnarchen, danach haben wir getrennt geschlafen. Ich schlafe nicht gut ohne sie. Ich wälze mich im Bett und sehne mich nach ihrer Wärme, liege den größten Teil der Nacht mit geöffneten Augen da und sehe die Schatten an der Decke tanzen wie Steppenläufer, die über die Wüste fegen. Wenn ich Glück habe, schlafe ich zwei Stunden, doch ich bin wach, bevor der Tag dämmert. Das ergibt für mich keinen Sinn.

Bald wird alles vorbei sein. Ich weiß es. Sie nicht. Die Eintragungen in mein Tagebuch sind kürzer geworden und nehmen weniger Zeit in Anspruch. Ich formuliere knapp und einfach, denn meine Tage sind jetzt nahezu gleichförmig. Aber heute abend will ich ein Gedicht abschreiben, das eine der Schwestern für mich herausgesucht hat, weil sie glaubt, es wird mir Freude machen. Es lautet:

Noch niemals zuvor traf mich so plötzlich
Der süßen Liebe Strahl und Wort –
Ihr Antlitz glich der Blume, so lieblich,
Und trug mein Herz ganz mit sich fort.

Da wir über unsere Abende frei verfügen können, hat man mich gebeten, die anderen aufzusuchen. Gewöhnlich tue ich das, denn ich bin der Vorleser und werde gebraucht – jedenfalls sagen sie das. Ich laufe durch die Flure und lasse mich treiben, wen ich besuche, weil ich zu alt bin, um mich einem Zeitplan zu unterwerfen, aber tief im Innern weiß ich stets, wer mich braucht.

Sie sind meine Freunde, und wenn ich ihre Tür öffne, blicke ich in Zimmer, die genauso aussehen wie das meine – immer halbdunkel, nur vom »Glücksrad« im Fernsehen erleuchtet. Auch die Möbel sind überall gleich, und der Fernseher plärrt überlaut, weil niemand mehr gut hören kann.

Egal ob Männer oder Frauen, sie lächeln mir zu, wenn ich eintrete, und wenn sie ihren Fernseher ausschalten, flüstern sie nur noch: »Wie schön, daß Sie gekommen sind.« Und dann erkundigen sie sich nach meiner Frau. Manchmal erzähle ich ihnen von ihr. Zum Beispiel von ihrer Liebenswürdigkeit und ihrem Charme und wie sie mich gelehrt hat, die Welt von ihrer besten Seite zu betrachten. Oder ich erzähle ihnen von den frühen Jahren unseres Zusammenlebens und erkläre, daß wir wunschlos glücklich waren, wenn wir uns in sternenklaren Nächten umarmten. Bei besonderen Anlässen erzähle ich auch leise von unseren gemeinsamen Abenteuern, von Kunstausstellungen in New York und Paris oder von schwärmerischen Kritiken in Sprachen, die ich nicht verstehe. Meist jedoch lächle ich nur und sage, daß sie dieselbe geblieben ist, und dann wenden sie sich von mir ab, weil sie nicht wollen, daß ich ihre Gesichter sehe. Das erinnert sie an ihre eigene Sterblichkeit. So sitze ich bei ihnen und lese ihnen vor, um ihre Ängste zu lindern.

Sei ruhig – sei, wie du bist mit mir –
Nicht ehe die Sonne dich verstößt, verstoße ich dich,
Nicht ehe die Wasser sich weigern, zu glänzen für dich
Und die Blätter rauschen für dich, weigern sich meine Worte, zu glänzen und zu rauschen für dich.

Und ich lese, damit sie erkennen, wer ich bin.

Ich wandre jede Nacht im Geist,
Mich beugend mit offenen Augen über geschlossene Augen von Schläfern,
Wandernd und irrend, mir selber verloren, verworren, widerspruchsvoll,
Innehaltend, spähend, mich niederbeugend und weilend.

Wenn sie könnte, würde mich meine Frau auf meinen Abendgängen begleiten, denn die Poesie war eine ihrer vielen Lieben. Thomas, Whitman, Eliot, Shakespeare und König David, Verfasser der Psalmen. Wortjongleure. Sprachschöpfer. Rückblickend wundere ich mich über meine Leidenschaft für die Poesie, und manchmal bedauere ich sie heute sogar. Die Poesie bringt große Schönheit ins Leben, aber auch große Traurigkeit, und ich weiß nicht sicher, ob sie für jemanden meines Alters ein angemessener Ausgleich ist. Ein Mensch sollte, wenn er kann, andere Dinge genießen, sollte seine letzten Tage in der Sonne und nicht wie ich unter einer Leselampe verbringen.

* * *

Ich schlurfe zu ihr und setze mich in den Sessel neben ihrem Bett. Mein Rücken tut mir beim Sitzen weh. Ich denke zum hundertsten Mal daran, daß ich mir ein neues Sitzkissen besorgen muß. Ich ergreife ihre knochige, zerbrechliche Hand. Sie fühlt sich angenehm an. Sie reagiert mit einem Zucken, und langsam beginnt ihr Daumen über meine Finger zu streichen. Bevor sie das nicht tut, sage ich kein Wort, das habe ich gelernt. An den meisten Tagen sitze ich schweigend da, bis die Sonne versinkt, und an solchen Tagen erfahre ich nichts über sie.

Minuten vergehen, bis sie sich schließlich zu mir wendet. Sie weint. Ich lächle, lasse ihre Hand los und greife in meine Tasche. Ich ziehe mein Taschentuch hervor und wische ihre Tränen ab. Sie schaut mich dabei an, und ich frage mich, was sie wohl denkt.

»Das war eine schöne Geschichte.«

Leichter Regen beginnt zu fallen. Kleine Tropfen pochen sanft ans Fenster. Ich ergreife wieder ihre Hand. Das wird ein guter Tag werden, ein sehr guter, ein wunderbarer Tag. Ich lächle, muß einfach lächeln.

»Ja, das stimmt«, sage ich.

»Hast du das geschrieben?« fragt sie. Ihre Stimme ist wie ein Flüstern, wie ein leichter Wind, der durch die Blätter weht.

»Ja«, antworte ich.

Sie wendet sich zum Nachttisch. Dort stehen ihre Medikamente in einem kleinen Pappbecher. Meine ebenso. Kleine Pillen in Regenbogenfarben, damit wir nicht vergessen, sie einzunehmen. Sie bringen meine jetzt hierher, in ihr Zimmer, obwohl das eigentlich nicht erlaubt ist.

»Ich habe es schon einmal gehört, nicht wahr?«

»Ja«, sage ich wieder, wie jedesmal an solchen Tagen. Ich habe gelernt, geduldig zu sein.

Eindringlich betrachtet sie mein Gesicht. Ihre Augen sind grün wie Meereswellen.

»Es nimmt mir meine Angst.«

»Ich weiß.« Ich nicke langsam mit dem Kopf.

Sie wendet sich ab, und ich warte wieder. Sie läßt meine Hand los und greift nach dem Wasserglas, das auf ihrem Nachttisch steht. Sie trinkt einen Schluck.

»Ist es eine wahre Geschichte?« Sie richtet sich ein wenig auf und nimmt noch einen Schluck. Ihr Körper ist noch kräftig. »Ich meine, hast du diese Leute gekannt?«

»Ja«, sage ich wieder. Ich könnte mehr sagen, tue es aber meist nicht. Sie ist immer noch schön. Sie stellt die naheliegende Frage:

»Und welchen von beiden hat sie schließlich geheiratet?«

»Den, der der Richtige für sie war«, antworte ich.

»Und welcher war es?«

Ich lächle.

»Das wirst du erfahren«, sage ich ruhig. »Noch heute.«

Sie weiß nicht, was sie davon halten soll, fragt aber nicht weiter. Statt dessen wird sie nervös. Sie möchte es über eine andere Frage herausbekommen, ohne zu wissen, wie sie es anstellen soll. Dann beschließt sie, die Sache aufzuschieben, und greift nach einem der kleinen Pappbecher.

»Ist das meiner?«

»Nein, dieser hier«, sage ich und schiebe den anderen zu ihr hinüber. Ich kann ihn mit meinen Fingern nicht greifen. Sie nimmt ihn und betrachtet die Pillen. An ihrem Blick erkenne ich, daß sie keine Ahnung hat, wofür sie gut sein sollen. Mit beiden Händen ergreife ich meinen Becher und schütte die Pillen in meinen Mund. Sie macht es ebenso. Keine Kämpfe heute. Das macht es leichter. Ich hebe mein Glas, wie um einen Toast auszusprechen, und spüle den bitteren Geschmack mit meinem Tee herunter. Sie folgt meinem Beispiel.

Vor dem Fenster beginnt ein Vogel zu singen, und wir wenden uns beide um. Eine Weile sitzen wir still da und genießen gemeinsam etwas Schönes. Dann fliegt er davon, und sie seufzt.

»Ich möchte dich noch etwas anderes fragen«, sagt sie.

»Was immer es ist, ich versuche, eine Antwort darauf zu geben.«

»Es ist aber schwer.«

Sie schaut mich nicht an, und ich kann ihre Augen nicht sehen. Das ist ihre Art, ihre Gedanken vor mir zu verbergen. Manche Dinge ändern sich nie.

»Nimm dir Zeit«, sage ich. Ich weiß, was sie fragen wird.

Schließlich wendet sie sich mir zu und schaut mir in die Augen. Sie schenkt mir ein sanftes Lächeln, ein Lächeln wie für ein Kind, nicht für einen Liebenden.

»Ich möchte deine Gefühle nicht verletzen, weil du so nett zu mir gewesen bist, aber ...«

Ich warte. Ihre Worte werden mir weh tun. Sie werden ein Stück aus meinem Herzen reißen und eine Wunde hinterlassen.

»Wer bist du?«

* * *

Wir leben jetzt schon seit drei Jahren hier im Creekside-Pflegeheim. Es war ihr Entschluß, hierherzukommen, einerseits weil es nahe bei unserem Haus liegt, aber auch weil sie dachte, daß es für mich leichter wäre. Wir haben unser Haus mit Brettern vernagelt, weil keiner von uns den Gedanken ertragen hätte, es zu verkaufen, haben ein paar Papiere unterzeichnet und so die Freiheit, für die wir ein Leben lang gearbeitet haben, eingetauscht gegen einen Platz zum Leben und zum Sterben.

Sie hatte natürlich recht mit ihrer Entscheidung. Ich hätte es niemals allein schaffen können, denn Krankheit hat uns beide heimgesucht. Wir befinden uns in den letzten Minuten des Tages, der unser Leben ist, und die Uhr tickt. Laut. Ich frage mich, ob ich der einzige bin, der sie vernimmt.

Ein pochender Schmerz durchzuckt meine Finger und erinnert mich daran, daß wir uns, seitdem wir hier sind, nie mehr, mit ineinander verschlungenen Fingern, die Hand gehalten haben. Ich bin traurig darüber, aber es ist meine Schuld, nicht ihre. Es ist die Arthritis, Arthritis in ihrer schlimmsten Form, rheumaartig und weit fortgeschritten. Meine Hände sind verunstaltet und pochen fast unaufhörlich, solange ich wach bin. Ich betrachte sie und wünsche sie weg, amputiert, dann aber könnte ich die kleinen notwendigen Dinge des Alltags nicht mehr verrichten. So benutze ich denn meine Klauen, wie ich sie häufig nenne, und jeden Tag ergreife ich trotz des Schmerzes ihre Hände und bemühe mich, sie zu halten, weil sie es so will.

Auch wenn die Bibel sagt, daß der Mensch hundertzwanzig Jahre alt werden kann, möchte ich das nicht, und ich glaube nicht, daß mein Körper es durchhalten würde, selbst wenn ich es wollte. Er zerfällt, stirbt ab – stetige Erosion im Innern und an den Gelenken. Meine Hände sind nutzlos, meine Nieren beginnen zu versagen, und mein Herz wird immer schwächer. Und, was noch schlimmer ist, ich habe wieder Krebs, dieses Mal an der Prostata. Dies ist mein dritter Kampf mit dem unsichtbaren Feind, und er wird mich am Ende besiegen, allerdings nicht, bevor ich gesagt habe, daß es an der Zeit ist. Die Ärzte sind besorgt meinetwegen, ich aber bin es nicht. Dazu habe ich am Abend meines Lebens keine Zeit.

Von unseren fünf Kindern leben noch vier, und obwohl es schwierig für sie ist, besuchen sie uns oft. Dafür bin ich sehr dankbar. Doch auch wenn sie nicht da sind, sehe ich sie jeden Tag leibhaftig vor mir, jeden von ihnen, und das erinnert mich an das Glück und den Schmerz, die mit dem Aufziehen einer Familie einhergehen. Zahlreiche Fotos von ihnen schmücken meine Zimmerwände. Meine Kinder sind mein Erbe, mein Beitrag zur Welt. Ich bin sehr stolz. Manchmal frage ich mich, was meine Frau von ihnen denkt, während sie träumt. Ob sie überhaupt an sie denkt oder überhaupt träumt? So vieles an ihr verstehe ich heute nicht mehr.

Ich frage mich, was mein Vater von meinem Leben hielte und was er an meiner Stelle tun würde. Seit fünfzig Jahren habe ich ihn nicht mehr gesehen, und er ist nur noch ein Schatten in meiner Erinnerung. Ich sehe ihn nicht mehr deutlich vor mir; sein Gesicht liegt im Dunkeln, als würde es von hinten angestrahlt. Ich weiß nicht, was der Grund dafür ist – Gedächtnisschwund vielleicht oder lediglich das Verrinnen der Zeit. Ich besitze nur ein Foto von ihm, und auch das ist verblaßt. In zehn Jahren wird es, wie auch ich, verschwunden sein, und die Erinnerung an ihn ist dann ausgelöscht wie eine Botschaft im Sand. Wären da nicht meine Tagebücher, ich würde schwören, ich hätte nur halb so lang gelebt. Lange Abschnitte meines Lebens scheinen ausgelöscht zu sein. Und selbst jetzt, während ich diese Passagen lese, frage ich mich, wer ich damals war, als ich sie niederschrieb, denn ich kann mich an die Ereignisse meines Lebens nicht erinnern. Manchmal sitze ich da und frage mich, wo all die Zeit geblieben ist.

* * *

»Mein Name«, sage ich, »ist Duke«. Ich bin immer ein Fan von John Wayne gewesen.

»Duke«, flüstert sie vor sich hin. »Duke.« Eine Weile denkt sie angestrengt nach, die Stirn in Falten, der Blick ernst.

»Ja«, sage ich. »Ich bin nur für dich hier.« Und werde es immer sein, denke ich bei mir.

Sie errötet bei meinen Worten. Ihre Augen werden feucht, und Tränen rollen über ihre Wangen. Mein Herz krampft sich zusammen, und ich wünsche zum tausendsten Mal, daß ich etwas für sie tun könnte.

»Entschuldige«, sagt sie. »Ich verstehe nichts von dem, was jetzt mit mir passiert. Selbst dich verstehe ich nicht. Wenn ich dir zuhöre, ist mir, als müßte ich dich kennen, aber ich kenne dich nicht. Ich kenne nicht einmal meinen Namen.«

Sie wischt sich die Tränen weg und sagt: »Hilf mir, Duke, hilf mir, mich zu erinnern, wer ich bin. Oder wenigstens wer ich war. Ich fühle mich so verloren.«

Meine Antwort kommt aus dem Herzen, doch ihren wirklichen Namen nenne ich nicht. Auch nicht den meinen. Das hat seine Gründe.

»Du bist Hannah, die Lebensfreude, die Stütze all derer, die dir in Freundschaft zugetan sind. Du bist ein Traum, eine Schöpferin von Glück, eine Künstlerin, die die Seelen von Tausenden angerührt hat. Du hast ein erfülltes Leben geführt, nichts fehlte dir, denn deine Bedürfnisse sind geistiger Art, und du brauchst nur in dich selbst hineinzublicken. Du bist gut und vertrauenswürdig und erkennst Schönheit, wo andere sie nicht sehen. Du bist eine Lehrerin wunderbarer Dinge und Träumerin einer besseren Welt.«

Ich halte einen Augenblick inne, um wieder zu Atem zu kommen. Dann sage ich: »Hannah, du brauchst dich nicht verloren fühlen, denn:

Nichts ist für immer verloren, nichts verschwindet gänzlich,
Keine Geburt, Identität oder Form – kein Teil aus dieser Welt,
Weder Leben noch Kraft, auch kein sichtbares Ding;
Der Körper lahm, gealtert, kalt – die Glut, die blieb von früheren Feuern,
flammt, wie es sein soll, wieder auf.

Sie denkt eine Weile über meine Worte nach. Während sie schweigt, schaue ich zum Fenster hinüber und bemerke, daß der Regen aufgehört hat. Sonnenlicht fällt ins Zimmer. Sie fragt:

»Hast du das geschrieben?«

»Nein, das war Walt Whitman.«

»Wer?«

»Ein Wortjongleur. Ein Sprachschöpfer.«

Sie antwortet nicht sogleich, sondern schaut mich lange an, so lange, bis unser Atem im gleichen Rhythmus geht. Ein. Aus. Ein. Aus. Tiefe Atemzüge. Ich frage mich, ob sie wohl weiß, daß ich sie schön finde.

»Möchtest du eine Weile bei mir bleiben?« fragt sie dann.

Ich lächle zustimmend. Sie lächelt zurück. Sie ergreift meine Hand, zieht sie sanft an ihre Taille. Sie betrachtet die Knoten an meinen mißgestalteten Fingern und streichelt sie sanft. Ihre Hände sind noch immer die eines Engels.

»Komm«, sage ich und erhebe mich mit Mühe. »Wir wollen einen Spaziergang machen. Die Luft ist frisch, und die kleinen Gänschen warten. Es ist ein herrlicher Tag heute.« Bei diesen letzten Worten sehe ich sie durchdringend an.

Sie errötet. Und so fühle ich mich wieder jung.

* * *

Natürlich war sie berühmt. Eine der besten lebenden Malerinnen der Südstaaten, sagten einige, und ich war stolz auf sie, bin es noch heute. Ganz anders als ich, der ich nur mit großer Mühe die simpelsten Gedichte fertigbrachte, konnte meine Frau mit der gleichen Leichtigkeit, mit der der Herr die Welt erschuf, Schönheit erschaffen. Ihre Bilder hängen in den bekanntesten Museen, nur zwei habe ich selbst behalten. Das erste, das sie mir schenkte, und das letzte. Sie hängen in meinem Zimmer, und spät abends sitze ich da, betrachte sie, und manchmal weine ich dabei. Warum, weiß ich nicht.

Und so vergingen die Jahre. Wir lebten unser Leben,

arbeiteten, malten, zogen Kinder groß, liebten einander. Ich sehe Fotos von Weihnachtsfesten, Familienausflügen, Schulabschlüssen und Hochzeiten. Ich sehe Enkelkinder und glückliche Gesichter. Ich sehe Fotos von uns mit immer grauerem Haar, immer tieferen Falten. Ein Leben, das so typisch scheint, und doch ungewöhnlich ist.

Wir konnten die Zukunft nicht voraussehen, aber wer kann das schon? Mein Leben heute ist nicht so, wie ich es erwartet hatte. Und was habe ich erwartet? Den Rückzug ins Private. Besuche bei den Enkelkindern, mehr Reisen vielleicht. Sie ist immer gern gereist. Ich stellte mir vor, ein Hobby zu pflegen, welches wußte ich nicht, aber vielleicht Schiffe bauen. In Flaschen. Klein, präzise – völlig undenkbar, jetzt mit meinen Händen. Aber ich bin nicht verbittert.

Wir dürfen unser Leben nicht nach unseren letzten Jahren beurteilen, das weiß ich nun, und ich denke, ich hätte wissen müssen, was uns bevorstand. Im Rückblick erscheint es offenkundig, aber am Anfang sah ich ihre Verwirrtheit als verständlich und nicht ungewöhnlich an. Sie vergaß, wohin sie ihre Schlüssel gelegt hatte, aber wem passiert das nicht? Sie vergaß den Namen eines Nachbarn, mit dem wir wenig Kontakt hatten. Manchmal schrieb sie die falsche Jahreszahl auf, wenn sie einen Scheck ausfüllte, doch auch das war für mich etwas, das sich mit gelegentlicher Zerstreutheit erklären ließ.

Erst als eindeutigere Dinge passierten, wurde ich stutzig. Ein Bügeleisen im Kühlschrank, Kleider in der Spülmaschine, Bücher im Herd. Und noch andere Dinge. Der Tag aber, als ich sie tränenüberströmt im Auto sitzen sah, weil sie den Heimweg nicht mehr wußte, war der erste, an dem ich wirklich Angst bekam.

Auch sie hatte Angst, denn als ich ans Autofenster klopfte, sah sie mich an und sagte: »O Gott, was ist los mit mir? Hilf mir bitte.« Mein Herz krampfte sich zusammen, doch ich wagte nicht, an das Schlimmste zu denken.

Sechs Tage später begann der Arzt mit einer Reihe von Tests. Ich verstand sie nicht, verstehe sie heute noch nicht, wohl aus Angst, sie zu begreifen. Sie verbrachte fast eine Stunde bei Dr. Barnwell und ging am nächsten Tag wieder zu ihm. Dieser Tag war der längste in meinem Leben. Ich blätterte in Zeitschriften, ohne sie zu lesen, füllte Kreuzworträtsel aus, ohne zu denken. Schließlich rief er uns gemeinsam in sein Sprechzimmer und ließ uns Platz nehmen. Sie hielt zuversichtlich meinen Arm, aber ich weiß noch genau, wie meine Hände zitterten.

»Es tut mir sehr leid, was ich Ihnen jetzt sagen muß«, begann Dr. Barnwell, »aber es handelt sich bei Ihnen höchstwahrscheinlich um ein frühes Stadium von Alzheimer ...«

Mir schwanden fast die Sinne, und das einzige, was ich wahrnahm, war die helle Deckenbeleuchtung über uns. Die Worte dröhnten in meinem Kopf:

»frühes Stadium von Alzheimer ...«

Meine Welt drehte sich im Kreise, und ich spürte, wie Allie meinen Arm immer fester umklammerte. Sie flüsterte, wie zu sich selbst: »O Noah ..., Noah ...«

Und als ihre Tränen zu fließen begannen, hörte ich wieder die Worte.

»... Alzheimer ...«

Es ist eine öde Krankheit, leer und leblos wie eine Wüste. Sie ist ein Dieb, stiehlt Herz, Seele und Gedächtnis. Ich wußte nicht, was ich sagen sollte, als sie an meiner Brust schluchzte, darum hielt ich sie nur umschlungen, wiegte sie stumm hin und her.

Der Arzt war ein guter Mann, und dies war schwer für ihn. Er war jünger als mein jüngster Sohn, und ich fühlte mein Alter in seiner Gegenwart. Mein Geist war verwirrt, meine Gefühle erschüttert, und das einzige, was ich denken konnte, war:

Kein Ertrinkender hat je erkannt
Durch welchen Tropfen sein Atem schwand.

Worte eines klugen Dichters, und doch waren sie mir kein Trost. Ich wußte weder, was sie bedeuten, noch, warum sie mir eingefallen waren.

Wir wiegten uns weiter hin und her, und Allie, mein Traum, meine zeitlos Schöne, sagte, es tue ihr leid. Ich wußte, daß es nichts zu verzeihen gab, und ich flüsterte ihr ins Ohr. »Alles wird wieder gut.« Aber tief in meinem Innern hatte ich Angst. Ich war ausgehöhlt, ein Mann, der nichts zu bieten hatte, leer wie ein verrottetes Ofenrohr.

Ich erinnere mich nur an Bruchstücke von Dr. Barnwells Erklärungen.

»Es handelt sich um eine degenerative Unordnung im Gehirn, die Gedächtnis und Persönlichkeit beeinträchtigt ... Es gibt weder Heilung noch Therapie ... Man kann nicht vorhersagen, wie rasch die Krankheit fortschreitet ... Das variiert von Patient zu Patient ... Wir Ärzte wünschten, wir wüßten mehr ... An manchen Tagen ist es besser, an anderen schlechter ... Es verschlimmert sich im Laufe der Zeit ... Es tut mir leid, daß ich derjenige bin, der Ihnen das mitteilen muß …«

Es tut mir leid …

Es tut mir leid …

Es tut mir leid …

Es tat jedem leid. Meine Kinder waren erschüttert, meine Freunde bangten um ihre eigene Gesundheit. Ich kann mich weder erinnern, wie wir die Arztpraxis verlassen haben, noch wie wir heimgefahren sind. Der Rest des Tages ist aus meinem Gedächtnis ausgelöscht; in diesem Punkt sind meine Frau und ich uns gleich.

Das ist nun vier Jahre her. Wir haben seither versucht, das Beste daraus zu machen, falls das überhaupt möglich ist. Allie organisierte alles, wie sie's immer getan hat. Sie traf die Vorkehrungen, um unser Haus aufzugeben und hierherzuziehen. Sie änderte ihr Testament und versiegelte es. Sie gab Anweisungen für die Beerdigung, und all das liegt in der untersten Schublade meines Schreibtisches. Ich habe bis heute nie daran gerührt. Und als sie damit fertig war, begann sie zu schreiben. Briefe an Freunde und die Kinder. Briefe an Geschwister, Vettern und Kusinen. Briefe an Nichten, Neffen und Nachbarn. Und einen Brief an mich.

Ich lese ihn gelegentlich, wenn mir danach zumute ist, und dann sehe ich Allie vor mir, wie sie an kalten Winterabenden mit einem Glas Wein am brennenden Kamin sitzt und die Briefe liest, die wir uns im Laufe der Zeit geschrieben haben. Sie hatte sie aufbewahrt, all die Jahre, und jetzt bewahre ich sie auf, weil ich ihr das versprechen mußte. Sie sagte, ich wüßte schon, was ich damit anfangen sollte. Da hatte sie recht; es macht mir Freude, ab und zu Passagen daraus zu lesen, genauso wie sie damals. Sie faszinieren mich, diese Briefe, denn wenn ich darin blättere, wird mir klar, daß Romantik und Leidenschaft in jedem Alter möglich sind. Wenn ich Allie heute sehe, weiß ich, daß ich sie nie mehr geliebt habe als heute, aber wenn ich die Briefe lese, wird mir klar, daß ich schon immer das gleiche für sie empfunden habe.

Das letzte Mal las ich die Briefe vor drei Abenden, als ich längst hätte schlafen sollen. Es war schon fast zwei Uhr, als ich zum Schreibtisch ging und den Stapel mit Briefen herausnahm, dick und vergilbt. Ich löste das Band – auch das schon fast ein halbes Jahrhundert alt – und fand die Briefe, die ihre Mutter ihr so lange vorenthalten hatte, und die aus späteren Zeiten. Fast ein ganzes Leben in Briefen, Briefe, die meine Liebe bekunden, Briefe aus meinem tiefsten Herzen. Lächelnd blätterte ich sie durch, wählte aus und entfaltete schließlich einen Brief anläßlich unseres ersten Hochzeitstages.

Ich las einen kurzen Abschnitt:

Wenn ich Dich jetzt sehe, wie Du Dich langsam bewegst mit dem neuen Leben, das in Dir heranwächst, dann hoffe ich, daß Du weißt, was Du mir bedeutest und wie einmalig schön dieses Jahr für mich gewesen ist. Nie war ein Mann seliger als ich, und ich liebe Dich von ganzem Herzen.

Ich legte den Brief beiseite und zog einen anderen aus dem Stapel, der an einem kalten Abend vor neununddreißig Jahren geschrieben worden war.

Als ich in der Weihnachtsvorstellung in der Schule neben Dir saß, während unsere jüngste Tochter völlig falsch sang, sah ich Dich von der Seite an und gewahrte einen Stolz in Deinem Gesicht, wie ihn nur der empfindet, der tief im Herzen fühlt, und ich wußte, daß kein Mann glücklicher sein konnte als ich.

Und als unser Sohn starb, derjenige, der seiner Mutter so ähnelte. Es war die schwerste Zeit, die wir je durchzustehen hatten, und die Worte klingen noch heute wahr:

In Zeiten von Kummer und Leid will ich Dich festhalten und wiegen, Deinen Kummer von Dir nehmen und ihn zu dem meinen machen. Wenn Du weinst, weine auch ich, wenn Dich etwas schmerzt, schmerzt es auch mich. Und gemeinsam werden wir versuchen, die Fluten von Tränen und Verzweiflung einzudämmen und den beschwerlichen Lebensweg fortzusetzen.

Ich halte einen Augenblick inne und denke an ihn. Er war vier Jahre alt, fast noch ein Baby. Ich habe zwanzigmal länger gelebt als er, doch ich wäre, hätte man mich gefragt, bereit gewesen, mein Leben für das seine hinzugeben. Es ist schrecklich, sein eigenes Kind zu überleben, eine Tragödie, die ich niemandem wünsche.

Mit Mühe halte ich meine Tränen zurück, blättere, um mich abzulenken, in anderen Briefen und stoße auf einen zu unserem zwanzigsten Hochzeitstag.

Wenn ich Dich, meine Liebste, morgens vor dem Frühstück sehe oder in Deinem Atelier, mit Farbe bekleckert, das Haar wirr, die Augen müde, dann weiß ich, daß Du die schönste Frau auf der Welt bist.

Und so ging sie weiter, diese Korrespondenz vom Leben und von der Liebe, und ich las noch Dutzende von Briefen – schmerzvolle und herzerwärmende. Um drei Uhr war ich müde, aber ich war fast am Ende des Stapels angelangt. Ein Brief blieb noch übrig, der letzte, den ich ihr geschrieben habe, und mir war klar, daß ich jetzt nicht aufhören durfte.

Ich öffnete den Umschlag und zog beide Seiten heraus. Ich nahm die erste und hielt sie unter den Lichtkegel meiner Schreibtischlampe und las:

Meine liebste Allie,

Auf der Veranda ist es still, bis auf die Laute der Schatten, die vorüberhuschen, und plötzlich fehlen mir die Worte. Eine seltsame Erfahrung für mich, denn wenn ich an Dich und unser gemeinsames Leben denke, gibt es so viel zu erinnern. Ein ganzes Leben voller Erinnerungen. Aber wie es in Worte fassen? Ich weiß nicht, ob ich es kann. Ich bin kein Dichter, doch es würde eines Dichters bedürfen, um auszudrücken, was ich für Dich empfinde.

So schweifen meine Gedanken umher, und mir fällt ein, daß ich heute morgen beim Kaffeekochen über unser gemeinsames Leben nachdachte. Kate war da und Jane, und beide verstummten, als ich in die Küche trat. Ich merkte, daß sie geweint hatten, und ich setzte mich ohne ein Wort zu ihnen an den Tisch und ergriff ihre Hände. Und weißt Du, was ich sah, als ich sie anschaute? Dich sah ich, an dem Tag vor so langer Zeit, als wir uns Lebewohl sagten. Sie ähneln Dir, so wie Du damals warst, schön und empfindsam und tief getroffen von einem Schmerz, der von einem schweren Verlust herrührt. Und ohne genau zu wissen, warum, beschloß ich, ihnen eine Geschichte zu erzählen.

Ich rief auch Jeff und David in die Küche, und als alle am Tisch saßen, erzählte ich ihnen von uns beiden, und wie Du vor so langer Zeit zu mir zurückgekehrt bist. Ich erzählte von unserem Spaziergang und von unserem Krebsessen in der Küche, und sie hörten lächelnd zu, als ich von der Kanufahrt und dem Abend vor dem Kamin erzählte, als draußen das Gewitter tobte. Ich erzählte, wie Deine Mutter uns am nächsten Tag vor Lon warnte – sie schienen ebenso überrascht zu sein wie wir damals – und, ja, ich erzählte ihnen sogar, was an jenem Tag noch geschah, nachdem Du in die Stadt zurückgekehrt warst.

Dieser Teil der Geschichte hat mich nie losgelassen, selbst nach all dieser Zeit nicht. Obwohl ich nicht dabei war und Du es mir nur einmal geschildert hast, weiß ich noch, wie ich Deine Stärke bewundert habe, die Du an jenem Tag bewiesen hast. Ich weiß bis heute nicht genau, was Du empfunden hast, als Du in die Hotelhalle tratest und Lon dort auf Dich wartete, und wie schwer es Dir gefallen ist, mit ihm zu reden. Du hast mir erzählt, daß Ihr beide das Hotel verlassen und Euch auf eine Bank vor der alten Methodisten-Kirche gesetzt habt, und daß er Deine Hand gehalten hat, selbst als Du ihm erklärtest, Du müßtest bleiben.

Ich weiß, daß Du ihn geschätzt hast. Und seine Reaktion beweist, daß auch er Dich sehr schätzte. Nein, er konnte nicht begreifen, daß er Dich verlieren würde. Wie sollte er auch? Selbst als Du ihm sagtest, daß Du mich schon immer geliebt hast, ließ er Deine Hand nicht los. Ich weiß, daß er verletzt und zornig war, daß er fast eine Stunde versuchte, Dich umzustimmen. Aber als Du festbliebst und sagtest: »Es tut mir leid, aber ich kann nicht mit Dir zurückkehren«, wußte er, daß Du Deine Entscheidung getroffen hattest. Er nickte nur, und Ihr bliebt noch eine Weile wortlos nebeneinander sitzen. Ich habe mich immer gefragt, was in ihm vorging, als er neben Dir saß; wahrscheinlich das gleiche, was ich ein paar Stunden vorher durchlitten hatte. Als er Dich schließlich zu Deinem Wagen begleitete, sagte er, ich sei ein glücklicher Mann. Er benahm sich wie ein Gentleman, und ich verstand, warum Dir die Wahl so schwer gefallen war.

Als ich meine Geschichte beendet hatte, sagte keiner ein Wort, bis Kate schließlich aufstand und mir um den Hals fiel. »O Vater«, sagte sie mit Tränen in den Augen. Obwohl ich auf alle möglichen Fragen gefaßt war, wurde mir nicht eine gestellt. Statt dessen bereiteten sie mir eine ganz besondere Freude.

Während der folgenden vier Stunden versicherten sie mir alle, wieviel wir, Du und ich, ihnen in ihrer Kindheit und Jugend bedeutet haben. Einer nach dem anderen erzählte von Dingen, die ich schon lange vergessen hatte. Und am Ende weinte ich, weil ich die Früchte unserer Erziehung sah. Ich war so stolz auf unsere Kinder, so stolz auf Dich und glücklich über unser Leben. Und nichts kann mir das nehmen. Nichts. Ich wünschte nur, Du wärest dabei gewesen.

Als die Kinder gegangen waren, saß ich versonnen in meinem Schaukelstuhl und dachte an unser gemeinsames Leben. Du bist hier immer bei mir, jedenfalls in meinem Herzen, und ich kann mich an keine Zeit erinnern, in der Du nicht ein Teil von mir warst. Ich weiß nicht, was aus mir geworden wäre, wenn Du an jenem Tag nicht zu mir zurückgekehrt wärest, aber ich bin sicher, daß ich mein Lebtag nicht glücklich geworden wäre.

Ich liebe Dich, Allie. Nur durch Dich bin ich der geworden, der ich bin. Du bist alles für mich, jeder

Traum, jede Hoffnung, und was immer auch die Zukunft bringen mag, eines ist klar – jeder Tag mit Dir ist der schönste Tag meines Lebens. Ich gehöre Dir für immer.

Und Du, meine Geliebte, wirst für immer zu mir gehören.

Noah

Ich lege die Blätter beiseite und erinnere mich, wie ich neben Allie auf unserer Veranda saß, als sie diesen Brief zum ersten Mal las. Es war spät am Nachmittag, rote Streifen durchschnitten den Sommerhimmel, und das Tageslicht verblaßte. Der Himmel wechselte langsam die Farbe, und als ich die Sonne untergehen sah, dachte ich über diesen kurzen schimmernden Augenblick nach, wenn der Tag zur Nacht wird.

Die Dämmerung, so grübelte ich, ist nur eine Illusion, weil die Sonne einmal über, einmal unter dem Horizont ist. Und das bedeutet, daß Tag und Nacht auf ungewöhnliche Weise miteinander verbunden sind; keiner kann ohne den anderen existieren, und doch kann es sie nicht zur gleichen Zeit geben. Wie mochte es sein, so fragte ich mich, stets zusammen und doch für immer getrennt zu sein?

Rückblickend finde ich, es entbehre nicht einer gewissen Ironie, daß sie den Brief gerade in dem Augenblick las, als mir diese Frage in den Sinn kam. Und die Ironie besteht natürlich darin, daß ich die Antwort heute kenne. Ich weiß, was es bedeutet, Tag und Nacht zu sein, stets zusammen und doch für immer getrennt.

* * *

Schönheit umgibt uns hier, wo wir, Allie und ich, heute nachmittag sitzen. Dies ist der Höhepunkt meines Lebens. Sie sind hier am Fluß; die Vögel, die Gänse, meine Freunde. Sie gleiten auf dem kühlen Wasser, das ihre Farben widerspiegelt und sie größer erscheinen läßt, als sie wirklich sind. Auch Allie ist hingerissen von ihrem Zauber, und nach und nach kommen wir uns wieder näher.

»Es tut gut, mit dir zu reden. Es fehlt mir, selbst wenn es noch nicht so lange her ist.«

Ich bin aufrichtig, und sie weiß das, aber sie ist immer noch vorsichtig. Ich bin ein Fremder.

»Tun wir das oft?« will sie wissen. »Sitzen wir öfter hier und sehen den Vögeln zu? Ich meine, kennen wir uns gut?«

»Ja und nein. Ich glaube, jeder hat Geheimnisse, aber wir sind seit Jahren miteinander bekannt.«

Sie betrachtet ihre Hände, dann die meinen. Dann denkt sie eine Weile darüber nach, den Kopf so zur Seite gelegt, daß sie wieder jung aussieht. Unsere Eheringe tragen wir nicht. Auch dafür gibt es einen Grund. Sie fragt:

»Warst du je verheiratet?«

Ich nicke.

»Ja.«

»Wie war sie?«

Ich spreche die Wahrheit.

»Sie war mein Traum. Sie machte mich zu dem, der ich bin. Sie in meinen Armen zu halten war mir vertrauter als mein eigener Herzschlag. Ich denke unentwegt an sie. Selbst jetzt, wo ich hier sitze, denke ich an sie. Nie hätte es eine andere geben können.«

Sie nimmt meine Worte auf. Was sie dabei empfindet,

weiß ich nicht. Schließlich spricht sie mit sanfter Stimme, engelsgleich, sinnlich.

»Ist sie tot?«

Was ist Tod? Ich stelle mir die Frage, spreche sie aber nicht aus, sondern antworte: »Meine Frau lebt in meinem Herzen – für immer.«

»Du liebst sie noch immer, nicht wahr?«

»Natürlich. Aber ich liebe vieles. Ich liebe es, hier mit dir zu sitzen, liebe es, mit jemandem, den ich schätze, die Schönheit hier zu genießen. Ich liebe es, zuzuschauen, wie der Fischadler über den Fluß schwebt und sein Abendessen sucht.«

Sie bleibt einen Augenblick stumm und schaut zur Seite, so daß ich ihr Gesicht nicht sehen kann. Eine alte Gewohnheit von ihr.

»Warum tust du das?« Keine Angst, nur Neugier. Ich weiß, was sie meint, frage aber trotzdem.

»Was?«

»Warum verbringst du den Tag mit mir?«

Ich lächle.

»Ich bin hier, weil es so sein soll. Es ist ganz einfach. Wir beide, du und ich, genießen es, gemeinsam die Zeit zu verbringen. Glaub nicht, daß es für mich vergeudete Stunden, Minuten seien. Im Gegenteil. Ich sitze hier, wir plaudern miteinander, und ich frage mich, was angenehmer sein könnte als das, was ich gerade tue.«

Sie schaut mich an, und für eine Sekunde, eine Sekunde nur, funkeln ihre Augen, und ein Lächeln huscht über ihre Lippen.

»Ich bin gern mit dir zusammen, aber wenn du darauf aus bist, mich neugierig zu machen, dann ist es dir gelungen. Ich gebe zu, daß ich mich in deiner Gesellschaft wohl fühle, aber ich weiß nichts von dir.

Ich erwarte jetzt nicht, daß du mir deine Lebensgeschichte erzählst, aber warum tust du so geheimnisvoll?«

»Ich habe mal gelesen, daß Frauen geheimnisvolle Fremde lieben.«

»Das ist keine richtige Antwort auf meine Frage. Du hast die meisten meiner Fragen nicht beantwortet. Du hast mir nicht mal erzählt, wie die Geschichte von heute morgen ausgegangen ist.«

Ich hebe die Schultern, und wir sitzen eine Weile schweigend da.

»Ist das wahr?« frage ich schließlich.

»Ist was wahr?«

»Daß Frauen geheimnisvolle Fremde lieben.«

Sie überlegt und lacht. Dann gibt sie eine Antwort, wie ich sie gegeben hätte.

»Manche Frauen schon.«

»Und du?«

»Jetzt bring mich nicht in Verlegenheit. Dazu kenne ich dich nicht gut genug.« Sie macht sich über mich lustig, und das freut mich.

Wir schweigen und betrachten die Welt um uns herum. Ein ganzes Leben haben wir gebraucht, um das zu lernen. Es scheint, als könnten nur die Alten ohne zu reden beieinander sitzen und dennoch zufrieden sein. Die Jungen, forsch und ungeduldig, müssen ständig die Stille unterbrechen. Das ist eine Vergeudung, denn Stille ist so rein. Stille ist heilig. Sie verbindet die Menschen, denn nur wenn man sich in Gegenwart eines anderen wohl fühlt, kann man schweigend beieinander sitzen. Das ist das große Paradoxon.

Die Zeit verstreicht, und langsam geht unser Atem im selben Rhythmus, wie heute morgen. Tiefe Atemzüge.

Entspannte Atemzüge, und dann beginnt sie einzunicken, wie es oft unter Menschen geschieht, die sich wohl miteinander fühlen. Ich frage mich, ob die Jungen fähig sind, so etwas zu genießen. Schließlich, als sie erwacht, ein Wunder.

»Siehst du den Vogel dort?«

Ich schaue angestrengt in die Richtung, in die ihr Finger weist. Und was ich sehe, ist ein Wunder.

»Ein Silberreiher«, sage ich leise, und wir beobachten gemeinsam, wie er über den Fluß gleitet. Und als ich den Arm sinken lasse, lege ich wie aus einer alten, wiederentdeckten Gewohnheit die Hand auf ihr Knie. Sie läßt es geschehen.

* * *

Sie hat recht, wenn sie sagt, daß ich oft ausweiche. An Tagen wie diesem, wenn nur ihr Erinnerungsvermögen nicht funktioniert, gebe ich oft vage Antworten. Denn ich habe meine Frau in den letzten Jahren so manches Mal durch gedankenlose Bemerkungen tief verletzt. Das soll mir nicht wieder passieren. So halte ich mich zurück, antworte nur auf Fragen, und manchmal nicht allzu deutlich, und gehe kein Risiko ein.

Dies ist eine schwierige Entscheidung, sowohl gut als auch schlecht, aber notwendig, denn mit dem Wissen kommt auch der Schmerz. Und um den Schmerz zu begrenzen, muß ich auch mit meinen Antworten vorsichtig sein. Es gibt Tage, an denen sie nichts von ihren Kindern erfährt, auch nicht, daß wir verheiratet sind. Es ist bedauerlich, aber ich kann es nicht ändern.

Bin ich deshalb unehrlich? Vielleicht, aber ich habe

erlebt, wie sie unter dem Sturzbach von Informationen zusammenbrach. Könnte ich mich denn ohne gerötete Augen und zitterndes Kinn im Spiegel betrachten, wenn ich wüßte, daß ich alles, was mir wichtig war, vergessen habe? Ich könnte es nicht, und auch sie kann es nicht, denn als diese Odyssee begann, hat sie auch für mich begonnen. Ihr Leben, ihre Ehe, ihre Kinder. Ihre Freunde und ihre Arbeit. Fragen und Antworten wie in der TV-Spielshow »This is Your Life«.

Die Tage waren für uns beide schwer. Ich war eine Enzyklopädie, ein Gegenstand ohne Gefühl für die Fragen nach dem Wer, Was und Wo in ihrem Leben, doch in Wirklichkeit ging es um das Warum, um das, was allem einen Sinn gab, worüber ich aber nichts wußte und was ich nicht richtig beantworten konnte.

Sie starrte auf Fotos von vergessenen Kindern, hielt Pinsel in der Hand, die sie zu nichts inspirierten, und las Liebesbriefe, die keine Freude aufkommen ließen. Innerhalb von Stunden wurde sie schwächer, bleicher, verbitterter, und die Tage endeten weit schlimmer, als sie begonnen hatten. Unsere Tage waren verloren, genau wie sie es war. Und aus Selbstsucht auch ich.

So verwandelte ich mich, wurde zu Magellan oder Kolumbus, einem Forschungsreisenden durch die Geheimnisse des Geistes. Und ich lernte, stockend und langsam zwar, lernte trotz allem, was zu tun war. Lernte, was für ein Kind offensichtlich ist. Daß das Leben eine Kette von kleinen Leben ist und daß jedes einzeln für sich gelebt werden muß, Tag für Tag. Daß man jeden Tag versuchen sollte, sich an der Schönheit von Blumen und Gedichten zu erfreuen und zu den Tieren zu sprechen. Daß ein Tag mit Träumen, mit Sonnenuntergängen und erfrischenden Winden einfach nicht schöner sein kann. Vor allem aber habe ich gelernt, daß Leben bedeutet, auf einer Bank am Fluß zu sitzen mit meiner Hand auf ihrem Knie und manchmal, an guten Tagen, mich zu verlieben.

* * *

»Woran denkst du?« fragt sie.

Die Abenddämmerung ist hereingebrochen. Wir sind von unserer Bank aufgestanden und schlurfen über die beleuchteten Wege, die sich durch unser Areal winden. Sie hat sich bei mir untergehakt, und ich bin ihr Begleiter. Es war ihre Idee. Vielleicht will sie mir nahe sein. Vielleicht will sie mich stützen. Wie auch immer, ich lächle vor mich hin.

»Ich denke an dich.«

Sie antwortet nicht, drückt nur meinen Arm, und ich weiß, daß sie es gern gehört hat. Unser gemeinsames Leben hat mich gelehrt, Zeichen zu verstehen, selbst wenn diese ihr selbst zum Teil gar nicht einmal bewußt sind. Ich fahre fort:

»Ich weiß, daß du dich nicht erinnern kannst, wer du bist. Ich aber weiß es, und wenn ich dich anschaue, geht es mir gut.«

Sie klopft mir auf den Arm und lächelt.

»Du hast ein Herz voller Liebe. Ich hoffe, ich habe mich früher so wohl mit dir gefühlt wie jetzt.«

Wir setzen unseren Spaziergang fort. Plötzlich sagt sie: »Ich muß dir etwas erzählen.«

»Ja?«

»Ich glaube, ich habe einen Verehrer.«

»Einen Verehrer?«

»Ja.«

»So, so.«

»Glaubst du mir nicht?«

»Doch, natürlich.«

»Das solltest du auch.«

»Warum?«

»Weil ich glaube, daß du dieser Verehrer bist.«

Ich denke über ihre Worte nach, während wir schweigend, Arm in Arm, an den Zimmern vorbei, dann durch den Hof gehen. Wir betreten den Garten mit den wildwuchernden Blumen, und hier halte ich an. Ich pflücke ihr einen Strauß – rote, gelbe, violette Blüten. Ich reiche ihn ihr, und sie führt ihn an die Nase. Sie riecht mit geschlossenen Augen daran und flüstert: »Sie sind wunderschön.« Sie hält den Strauß in der einen Hand und meine Hand in der anderen, und so setzen wir unseren Weg fort. Die Menschen schauen uns nach, denn wir sind ein wandelndes Wunder, jedenfalls sagen sie das. Und es stimmt im Grunde, auch wenn ich die meiste Zeit nicht glücklich bin.

»Du glaubst also, daß ich es bin?«

»Ja.«

»Warum?«

»Weil ich gefunden habe, was du versteckt hast.«

»Was?«

»Das hier«, sagt sie und reicht mir einen kleinen Zettel. »Ich habe ihn unter meinem Kopfkissen gefunden.«

Ich lese:

Der Leib vergeht in tödlichem Schmerz, mein Schwur
Jedoch, er bleibt am Ende unserer Tage;
Ein Kosen, verewigt durch des Kusses Spur,
Erweckt die Liebe jenseits jeder Klage.

»Gibt es noch andere?« frage ich.

»Diesen hier habe ich in meiner Manteltasche gefunden.«

Unsre Seelen waren eins, du weißt es,
Und werden nie und nimmer trennen sich;
Es strahlt dein Antlitz, voll des Morgenglanzes –
Berühr' ich dich, so find' ich immer mich.

»So, so«, ist alles, was ich sage.

Wir gehen weiter, während die Sonne am Himmel tiefer sinkt. Auch als nur noch silbriges Zwielicht vom Tage übrig ist, sprechen wir weiter von Poesie. Sie ist bezaubert von der Romantik.

Als wir den Eingang erreichen, bin ich müde. Sie weiß das, und deshalb hält sie mich mit der Hand zurück, damit ich sie ansehe. Und während ich ihr in die Augen schaue, wird mir bewußt, wie krumm ich geworden bin. Wir sind jetzt beide gleich groß. Manchmal bin ich froh, daß sie nicht merkt, wie sehr ich mich verändert habe. Sie blickt mich lange unverwandt an.

»Was machst du?« frage ich.

»Ich will dich oder diesen Tag nicht vergessen und versuche, die Erinnerung an dich wach zu halten.«

Ob es auch diesmal so sein wird? frage ich mich und weiß doch, daß es nicht möglich ist. Ich verrate ihr meine Gedanken nicht, sondern lächle nur, denn ihre Worte sind rührend.

»Danke«, sage ich.

»Wirklich. Ich will dich nie wieder vergessen. Du bedeutest mir so unendlich viel. Ich weiß nicht, was ich heute ohne dich angefangen hätte.«

Die Rührung schnürt mir die Kehle zusammen. Hinter ihren Worten sind Gefühle spürbar, die gleichen, die ich empfinde, wann immer ich an sie denke. Ich weiß, das allein hält mich am Leben, und ich liebe sie in diesem Augenblick mehr denn je. Wie sehr wünsche ich, stark genug zu sein, um sie auf Händen ins Paradies zu tragen.

»Sag jetzt nichts, bitte«, murmelt sie. »Laß uns einfach den Augenblick genießen.«

Das tue ich, und ich fühle mich wie im Himmel.

* * *

Ihre Krankheit ist schlimmer als zu Beginn, auch wenn sie bei Allie anders ist als bei den meisten. Es gibt noch drei andere mit diesem Leiden im Heim. Doch im Gegensatz zu Allie befinden sie sich in einem sehr fortgeschrittenen Stadium der Krankheit, und ihr Zustand ist völlig hoffnungslos. Sie wachen verwirrt und mit Wahnvorstellungen auf. Sie wiederholen sich unentwegt. Zwei von ihnen können nicht ohne Hilfe essen und werden bald sterben. Die dritte, eine Frau, läuft ständig weg und verirrt sich dann. Vor kurzem wurde sie in einem fremden Wagen ein paar hundert Meter entfernt aufgefunden. Seither hat man sie an ihr Bett gefesselt. Alle drei können sehr zornig werden und dann wieder wie verlorene Kinder sein, traurig und allein. Nur selten erkennen sie das Pflegepersonal oder ihre Angehörigen. Es ist eine aufreibende Krankheit, für alle, und deshalb fällt ihren und meinen Kindern ein Besuch nicht leicht.

Natürlich hat auch Allie ihre Probleme, Probleme, die sicher im Laufe der Zeit noch schlimmer werden. Morgens ist sie furchtbar ängstlich und weint und läßt sich nicht beruhigen. Sie sieht kleine Wesen, wie Gnome, glaube ich, die sie anstarren, und sie schreit, um sie zu verscheuchen. Sie badet gern, will aber nicht regelmäßig essen. Sie ist dünn, viel zu dünn in meinen Augen, und an guten Tagen tue ich mein Bestes, um sie aufzupäppeln.

Aber hier enden auch schon die Ähnlichkeiten. Allies Fall wird für ein Wunder gehalten, weil ihr Zustand manchmal, nur manchmal, wenn ich ihr vorgelesen habe, sich leicht verbessert. Dafür gibt es keine Erklärung. »Das ist unmöglich«, sagen die Ärzte, »das kann nicht Alzheimer sein.« Ist es aber. An den meisten Tagen, vor allem morgens, kann gar kein Zweifel daran bestehen. Da sind sich alle einig.

Aber warum ist ihr Zustand plötzlich verändert? Warum ist sie manchmal anders, nachdem ich ihr vorgelesen habe? Ich nenne den Ärzten den Grund – ich kenne ihn in meinem Herzen, aber sie glauben mir nicht. Statt dessen verweisen sie auf die Wissenschaft. Viermal sind Spezialisten von Chapel Hill angereist, um die Antwort zu finden. Viermal sind sie ratlos wieder abgereist. »Sie können es nicht verstehen, wenn Sie nur in Ihre Lehrbücher schauen«, sage ich. Doch sie schütteln den Kopf und antworten: »Alzheimer läuft nicht so ab. In ihrem Zustand ist es ausgeschlossen, daß sie ein normales Gespräch führt, oder daß es ihr im Laufe des Tages besser geht. Ausgeschlossen.«

Aber es ist so. Nicht jeden Tag, auch nicht an den meisten Tagen und entschieden seltener als zu Anfang. Aber manchmal. Und das einzige, was ihr an solchen Tagen fehlt, ist ihr Erinnerungsvermögen, so als hätte sie Amnesie. Aber ihre Gefühle sind normal, ihre Gedanken sind normal. Und dies sind die Tage, an denen ich weiß, daß ich es richtig mache.

* * *

Als wir in ihr Zimmer zurückkommen, wartet das Abendessen auf uns. Man hat es so eingerichtet, daß wir an Tagen wie diesen hier essen können. Und wieder muß ich sagen, daß ich mich nicht beschweren kann. Die Menschen hier kümmern sich um alles, sie sind rührend zu mir, und dafür bin ich dankbar.

Das Licht ist gedämpft, zwei Kerzen stehen auf dem Tisch, und im Hintergrund erklingt leise Musik. Das Geschirr ist aus Plastik, und die Karaffe ist mit Apfelsaft gefüllt, aber Vorschriften sind Vorschriften, und sie scheint es nicht zu stören. Beim Anblick des Zimmers hält sie den Atem an, und ihre Augen sind weit geöffnet.

»Hast du das gemacht?«

Ich nicke, und sie tritt ein.

»Es ist wunderschön.«

Ich biete ihr meinen Arm an und führe sie zum Fenster. Sie läßt ihre Hand auf meinem Arm ruhen, während wir eng beieinanderstehen und in den kristallklaren Abend blicken. Das Fenster ist leicht geöffnet, und ich fühle einen Lufthauch über mein Gesicht streichen. Der Mond ist aufgegangen, und wir sehen zu, wie der Abendhimmel sich entfaltet.

»Ich habe noch nie etwas so Schönes gesehen«, sagt sie, und ich stimme ihr zu.

»Ich auch nicht«, sage ich und schaue sie dabei an. Sie versteht, was ich meine, und ich sehe sie lächeln. Kurz darauf flüstert sie:

»Ich glaube, ich weiß, für wen Allie sich am Ende der Geschichte entschieden hat.«

»Wirklich?«

»Ja.«

»Für wen?«

»Für Noah.«

»Bist du sicher?«

»Ganz sicher.«

Ich nicke und lächle. »Ja, das hat sie«, sage ich leise, und sie lächelt zurück. Ihr Gesicht strahlt.

Ich rücke ihren Stuhl zurecht. Sie setzt sich, und ich nehme ihr gegenüber Platz. Sie reicht mir ihre Hand, und als ich sie ergreife, spüre ich, wie ihr Daumen sich bewegt, genauso wie vor so vielen Jahren. Schweigend blicke ich sie an und durchlebe wieder die Augenblicke meines Lebens. Die Wehmut schnürt mir das Herz zusammen, und wieder einmal wird mir klar, wie sehr ich sie liebe. Meine Stimme bebt, als ich schließlich das Schweigen breche.

»Du bist so schön«, sage ich. Und in ihren Augen sehe ich, daß sie weiß, was meine Worte bedeuten.

Sie antwortet nicht, senkt nur den Blick, und ich frage mich, was sie wohl denkt. Sie gibt mir keinen Hinweis, und ich drücke sanft ihre Hand. Ich warte. Mit all meinen Träumen kenne ich ihr Herz, und ich weiß, daß ich bald am Ziel bin.

Und dann, ein Wunder, das mir recht gibt.

Denn als jetzt leise die Musik von Glenn Miller erklingt, sehe ich, wie sie allmählich den Gefühlen in ihrem Innern nachgibt. Ich sehe ein warmes Lächeln um ihre Lippen spielen, ein Lächeln, das alle Mühen lohnt. Sie zieht meine Hand zu sich.

»Du bist wundervoll ...«, sagt sie leise und verstummt, und in diesem Augenblick verliebt auch sie sich in mich, das weiß ich, denn ich habe die Anzeichen wohl schon tausendmal gesehen.

Sie sagt sonst nichts, das braucht sie auch nicht, und sie schenkt mir einen Blick aus einer anderen Zeit, einen Blick, der mich wieder zu einem ganzen Menschen macht. Ich lächle zurück mit so viel Leidenschaft, wie ich aufbieten kann, und wir schauen uns an, und die alten Gefühle wühlen uns auf wie Meereswellen. Mein Blick wandert durchs Zimmer, zur Decke und dann zurück zu Allie, und sie sieht mich auf eine Weise an, daß mir ganz warm ums Herz wird. Und plötzlich fühle ich mich wieder jung. Ich bin nicht von Schmerzen und Kälte geplagt, nicht mehr gebeugt und entstellt, nicht mehr vom grauen und grünen Star geplagt.

Ich bin stark und stolz und der glücklichste Mensch auf der Welt, und dieses Glücksgefühl hält lange an.

Als die Kerzen schon auf ein Drittel heruntergebrannt sind, bin ich so weit, das Schweigen zu brechen. »Ich liebe dich von ganzem Herzen«, sage ich. »Und ich hoffe, du weißt das.«

»Natürlich weiß ich das«, sagt sie atemlos. »Ich habe dich immer geliebt, Noah.«

›*Noah*‹, hallt es in meinem Kopf wider. ›*Noah*‹. Sie weiß es, denke ich im stillen. Sie weiß, wer ich bin …

Sie weiß es …

Eine Kleinigkeit nur, dieses Wissen, für mich aber ist es ein Geschenk Gottes, ist es alles, was mir in unserem gemeinsamen Leben noch etwas bedeutet.

»Noah, mein liebster Noah«, murmelt sie.

Und ich, der ich die Worte der Ärzte nicht akzeptieren wollte, ich habe wieder einmal gesiegt, wenigstens für einen Augenblick. Ich verzichte auf alle Verstellung, küsse ihre Hand, führe sie an meine Wange und flüstere ihr ins Ohr:

»Du bist das Schönste, das mir je im Leben widerfahren ist.«

»O Noah«, sagt sie mit Tränen in den Augen. »Ich liebe dich auch.«

* * *

Wenn es doch nur so enden würde, ich wäre ein glücklicher Mensch.

Doch es wird so nicht enden, das weiß ich, denn mit der Zeit entdecke ich wieder die ersten Anzeichen von Unruhe in ihrem Gesicht.

»Was ist?« frage ich, und ihre Antwort ist fast ein Flüstern.

»Ich habe solche Angst. Angst, dich wieder zu vergessen. Es ist so grausam; ich will das hier nicht aufgeben.«

Ihre Stimme bricht, und ich weiß nicht, was ich sagen soll. Ich weiß, daß der Abend seinem Ende zugeht und daß ich nichts tun kann, um das Unvermeidliche aufzuhalten. Hier bin ich machtlos.

»Ich werde dich nie verlassen«, antworte ich schließlich. »Was wir erlebt haben, ist ewig.«

Sie weiß, daß ich mehr nicht tun kann, und keiner von uns will leere Versprechen. Doch an der Art, wie sie mich anschaut, erkenne ich, daß sie wieder einmal wünscht, daß es anders sein könnte.

Die Grillen stimmen ihren Abendgesang an, und wir stochern lustlos in unserem Essen. Keiner von uns hat Hunger, aber ich gehe mit gutem Beispiel voran, und sie folgt ihm. Sie nimmt nur kleine Bissen und kaut lange, aber ich bin schon froh, daß sie überhaupt etwas ißt. In den letzten drei Monaten hat sie stark abgenommen.

Nach dem Essen überkommt mich plötzlich ein banges Gefühl. Ich sollte froh sein, denn dieses Zusammensein ist der Beweis dafür, daß die Liebe uns gehört, aber ich weiß auch, daß die Stunde geschlagen hat. Die Sonne ist lange schon untergegangen, und der Dieb hat sich längst auf den Weg gemacht, und ich kann ihn nicht aufhalten. Und so sehe ich sie an und warte und durchlebe in diesen letzten uns verbleibenden Minuten ein ganzes Leben.

Nichts.

Die Uhr tickt.

Nichts.

Ich nehme sie in die Arme, und wir halten uns umschlungen.

Nichts.

Ich fühle, wie sie zittert, und flüstere ihr ins Ohr.

Nichts.

Ich beteuere ihr zum letzten Mal an diesem Abend, daß ich sie liebe.

Und der Dieb erscheint.

Ich bin immer erstaunt, wie schnell es vor sich geht. Selbst jetzt noch, nach all dieser Zeit. Denn während sie mich noch umarmt hält, beginnt sie plötzlich zu blinzeln und den Kopf zu schütteln. Dann starrt sie in eine Ecke des Zimmers, Angst in den Augen.

Nein! schreit es in mir. *Noch nicht! Nicht jetzt, wo wir uns so nahe sind! Nicht heute abend! Jeden anderen Abend, aber nicht jetzt ... Bitte!* Die Worte hallen in mir. *Ich ertrage es nicht! Warum nur? Warum?*

Aber wieder einmal ist es vergeblich.

»Diese Leute«, sagt sie schließlich und deutet in die Zimmerecke, »sie starren mich an. Bitte mach, daß sie aufhören.«

Die Gnome.

Mein Magen krampft sich zusammen. Mein Atem stockt, wird flacher. Mein Mund wird trocken, und mein Herz beginnt zu rasen. Es ist vorbei, ich weiß es. Der Dieb steht auf der Schwelle. Diese abendliche Verwirrung, verbunden mit der Alzheimer-Krankheit, ist das Schlimmste von allem. Denn wenn es beginnt, ist sie fort, und manchmal frage ich mich, ob sie und ich uns jemals wieder lieben werden.

»Da ist niemand, Allie«, sage ich und versuche, das Unvermeidliche abzuwehren. Sie glaubt mir nicht.

»Sie starren mich an.«

»Nein«, flüstere ich und schüttle den Kopf.

»Kannst du sie denn nicht sehen?«

»Nein«, sage ich, und sie überlegt einen Augenblick.

»Sie sind aber hier«, sagt sie und stößt mich weg. »Und sie starren mich an.«

Darauf beginnt sie, mit sich selbst zu reden, und als ich sie trösten will, weicht sie mit weit aufgerissenen Augen vor mir zurück.

»Wer bist du?« schreit sie, Panik in der Stimme, das Gesicht aschfahl. »Was tust du hier?« Ihre Angst wächst, und ich leide, weil ich machtlos bin. Immer weiter weicht sie vor mir zurück, die Hände zur Abwehr erhoben, und dann sagt sie die Worte, die mich am meisten verletzen.

»Komm mir nicht zu nahe!« schreit sie. »Geh!« Ängstlich versucht sie, die Gnome zu verscheuchen, und ist sich meiner Gegenwart nicht mehr bewußt.

Langsam setze ich mich in Bewegung und gehe zu ihrem Bett. Ich bin schwach, meine Beine schmerzen, und ich fühle ein seltsames Stechen in der Seite, dessen Ursache ich nicht kenne. Es kostet mich Mühe, den Knopf zu drücken, um die Schwestern zu rufen, denn meine Finger sind gekrümmt und pochen vor Schmerz, aber schließlich gelingt es mir doch. Gleich werden sie da sein, das weiß ich, und ich warte auf sie. Und während ich warte, starre ich meine Frau an.

Zehn …

Zwanzig …

Dreißig Sekunden vergehen, und ich sehe sie immer noch an und denke an die Augenblicke, die wir soeben miteinander erlebt haben. Aber sie schaut nicht zurück, und mich quält die Vorstellung, wie sie mit ihren unsichtbaren Feinden kämpft.

Ich sitze mit schmerzendem Rücken neben ihrem Bett, und als ich zu meinem Tagebuch greife, fange ich an zu weinen. Allie bemerkt es nicht, ihre Gedanken sind weit fort.

Mehrere Seiten fallen zu Boden, und ich bücke mich, um sie aufzuheben. Ich bin müde, und da sitze ich nun, allein und von meiner Frau getrennt. Und als die Krankenschwestern hereinkommen, sehen sie zwei Menschen, die Trost brauchen. Eine Frau, die zittert aus Angst vor eingebildeten Dämonen, und den alten Mann, der sie mehr liebt als das Leben selbst und der, die Hände vors Gesicht geschlagen, still vor sich hin weint.

* * *

Ich verbringe den restlichen Abend allein in meinem Zimmer. Meine Tür steht halb offen, und ich sehe Menschen vorübergehen, Freunde und Fremde, und wenn ich mich konzentriere, kann ich hören, wie sie von ihren Familien, von ihren Berufen, von Spaziergängen im Park reden. Gewöhnliche Gespräche, nichts weiter. Aber ich beneide sie um ihre Unbeschwertheit. Noch eine Todsünde, ich weiß, aber manchmal bin ich machtlos dagegen.

Auch Dr. Barnwell ist da, er spricht mit einer der Schwestern, und ich frage mich, wer wohl so krank ist, daß er zu dieser späten Stunde noch einen Arzt braucht. Er arbeite zuviel, sage ich ihm immer wieder. Er solle sich mehr Zeit für seine Familie nehmen, sage ich, solange die Kinder noch im Haus sind. Aber er will nicht auf mich hören. Er sorge sich um seine Patienten, sagt er, und wenn sie ihn riefen, müsse er kommen. Er habe keine Wahl, sagt er, aber das ist ein Widerspruch in sich. Er will ein guter Arzt sein, der sich völlig seinen Patienten widmet, und gleichzeitig ein guter Vater, der sich um seine Familie kümmert. Beides ist nicht möglich, dazu reicht ein Tag nicht aus, das muß er erst noch begreifen. Als seine Stimme verhallt, stelle ich mir die Frage, wofür er sich entscheiden wird, oder ob die Entscheidung, was ich ihm nicht wünsche, für ihn getroffen wird.

Ich sitze am Fenster und überdenke den heutigen Tag. Es war ein glücklicher und ein trauriger, ein wundervoller und ein qualvoller Tag. Meine widersprüchlichen Gefühle lassen mich für Stunden schweigen. Ich habe heute abend niemandem vorgelesen, ich konnte es nicht, denn poetische Selbstbeobachtungen würden mich zu sehr aufwühlen. Inzwischen ist es auf den Korridoren still geworden, bis auf die Schritte der Nachtschwestern. Gegen elf höre ich vertraute Geräusche, die ich irgendwie erwartet habe. Schritte, die ich gut kenne.

Dr. Barnwell schaut herein.

»Ich hab' Licht brennen sehen. Darf ich kurz hereinkommen?«

»Gern«, sage ich.

Er schaut sich um, bevor er mir gegenüber Platz nimmt.

»Ich habe gehört«, sagt er, »daß Sie einen schönen Tag mit Allie verbracht haben.« Er lächelt. Er ist irgendwie fasziniert von uns und unserer Beziehung. Ich weiß nicht, ob sein Interesse nur beruflicher Art ist.

»So ist es.«

Er legt den Kopf auf die Seite und schaut mich an.

»Alles in Ordnung, Noah? Sie sehen ein wenig niedergeschlagen aus.«

»Geht schon. Nur ein bißchen müde.«

»Wie war Allie heute?«

»Es ging ihr gut. Wir haben fast vier Stunden geplaudert.«

»Vier Stunden? Das ist unglaublich, Noah.«

Ich kann nur nicken. Er fährt kopfschüttelnd fort:

»So etwas habe ich noch nie erlebt – oder auch nur gehört. Ich glaube, das vermag nur die Liebe. Sie beide waren füreinander bestimmt. Sie muß Sie sehr lieben. Das wissen Sie doch, oder?«

»Ja«, sage ich leise.

»Was bedrückt Sie denn, Noah? Hat Allie etwas gesagt oder getan, das Ihre Gefühle verletzt hat?«

»Nein, sie war wunderbar, wirklich. Nur fühle ich mich jetzt so … allein.«

»Allein?«

»Ja.«

»Selbst nach allem, was heute geschehen ist?«

»Ich bin allein«, sage ich und schaue auf die Uhr und denke an seine Familie, die jetzt in einem stillen Haus schläft, wo auch er eigentlich sein sollte. »Und Sie sind es ebenfalls.«

* * *

Die nächsten Tage vergingen ohne besondere Vorkommnisse. Allie erkannte mich nicht ein einziges Mal, und ich muß zugeben, daß meine Aufmerksamkeit gelegentlich nachließ, während meine Gedanken meist um diesen einen Tag voller Glück kreisten. Obwohl das

Ende immer zu früh kommt, war nichts an diesem Tag verloren, nur etwas gewonnen, und ich war glücklich, daß mir diese Gnade wieder einmal zuteil geworden war.

In der ganzen folgenden Woche verlief mein Leben beinahe wieder normal. Oder wenigstens so normal, wie es für mich möglich ist. Ich las Allie vor, las den anderen vor, lief durch die Korridore. Nachts lag ich wach, morgens saß ich am Heizofen. Ich finde einen seltsamen Trost im Gleichmaß meines Lebens.

An einem kühlen, nebligen Morgen, eine gute Woche nach unserem gemeinsam verbrachten Tag, wachte ich, wie üblich, früh auf, kramte auf meinem Schreibtisch herum, betrachtete Fotos und las in Briefen, die ich vor langer Zeit geschrieben hatte. Wenigstens versuchte ich es. Ich konnte mich nicht konzentrieren, weil ich Kopfschmerzen hatte. Also legte ich die Briefe beiseite und setzte mich ans Fenster, um den Sonnenaufgang zu beobachten. Allie würde in zwei Stunden aufwachen, und ich wollte ausgeruht sein, denn das stundenlange Lesen würde meine Kopfschmerzen verstärken.

Ich schloß die Augen für eine Weile, während das Pochen in meinem Kopf mal heftiger wurde, dann wieder etwas nachließ. Dann öffnete ich wieder die Augen und beobachtete meinen alten Freund, den Brices Creek. Anders als Allie hatte ich ein Zimmer mit Blick auf den Fluß, und der hat mich schon immer inspiriert. Er ist ein Widerspruch in sich, dieser Fluß – Hunderttausende von Jahren alt, aber mit jedem Regenguß wieder neu. Ich redete an diesem Morgen mit ihm, flüsterte ihm zu: »Du bist gesegnet, mein Freund, und ich bin gesegnet, und wir werden in den kommenden Tagen zusammenfinden.« Die Wasser wogten und kräuselten sich, gleichsam zustimmend, und im blassen Schimmer des Morgenlichts spiegelte sich unsere gemeinsame Welt. Der Fluß und ich. Fließend, verebbend, zurückweichend. Der Mensch, so denke ich, kann so vieles lernen, wenn er das Wasser betrachtet.

Es geschah, während ich am Fenster saß und der erste Sonnenstrahl auf den Fluß traf. Ich bemerkte, daß meine Hand zu kribbeln anfing, was noch nie geschehen war. Ich wollte aufstehen, vermochte es aber nicht, weil mein Kopf wieder unerträglich zu hämmern begann, diesmal so, als schlüge man mir mit einem Hammer auf den Schädel. Ich schloß die Augen, preßte die Lider fest zusammen. Meine Hand hörte auf zu kribbeln, wurde gefühllos, so schnell, als würden irgendwo in meinem Unterarm plötzlich die Nerven durchtrennt. Ich konnte mein Handgelenk nicht mehr bewegen, und, einer Flutwelle gleich, die alles auf ihrem Weg mit sich fortreißt, jagte ein stechender Schmerz durch meinen Kopf, den Nacken hinunter in jede Zelle meines Körpers.

Ich konnte nicht mehr sehen und vernahm ein Geräusch wie das eines Zuges, der dicht an meinem Kopf vorbeidonnerte. Da wußte ich, daß es ein Schlaganfall war. Wie ein Blitz durchzuckte der Schmerz meinen Körper, und in meinen letzten bewußten Augenblicken sah ich Allie vor mir, in ihrem Bett auf die Geschichte wartend, die ich ihr nie wieder vorlesen würde, verloren und verwirrt und völlig unfähig, sich selbst zu helfen. Genauso wie ich.

Und als sich meine Augen endgültig schlossen, dachte ich bei mir: *O Gott, was habe ich getan?*

* * *

Ich war tagelang immer wieder bewußtlos, und in meinen lichten Augenblicken fand ich mich an alle möglichen Apparate angeschlossen, mit Schläuchen in der Nase und Kanülen in den Armen und zwei Beuteln mit Flüssigkeit über meinem Bett. Ich konnte das Summen von Maschinen an- und abschwellen hören, Maschinen, die manchmal Geräusche machten, die ich nicht einordnen konnte. Eine, die im Rhythmus meines Herzschlags piepste, wirkte seltsam beruhigend auf mich, und ich fühlte mich zwischen Niemandsland und Wirklichkeit hin und her gewiegt.

Die Ärzte waren beunruhigt. Ich sah ihre sorgenvollen Gesichter mit halbgeöffneten Augen, wenn sie die Krankenblätter studierten und die Apparate neu einstellten. Sie glaubten, ich könnte sie nicht verstehen, wenn sie ihre Kommentare flüsterten: »Das sieht aber gar nicht gut aus«, sagten sie. »Das kann verheerende Folgen haben.« Mit todernsten Mienen sprachen sie ihre Befürchtungen aus: »Sprachverlust, Bewegungsverlust, Lähmung.« Ein weiterer Eintrag ins Krankenblatt, ein weiteres Summen einer sonderbaren Maschine, dann verließen sie mein Zimmer und wußten nicht, daß ich jedes Wort gehört hatte.

Ich versuchte, nicht über diese Dinge nachzudenken, sondern mich auf Allie zu konzentrieren und ihr Bild vor meinem geistigen Auge erscheinen zu lassen. Ich versuchte, ihre Berührung zu spüren, ihre Stimme zu hören, ihr Gesicht zu sehen, und jedesmal füllten sich meine Augen mit Tränen, weil ich nicht wußte, ob ich sie jemals wieder in den Armen halten, den Tag mit ihr verbringen, ihr vorlesen oder mit ihr zum Fluß spazieren könnte. So hatte ich mir das Ende nicht vorgestellt, so war es nicht vorgesehen.

Ich hatte immer geglaubt, daß ich als letzter gehen würde.

So trieb ich tagelang dahin zwischen Bewußtlosigkeit und Wachzustand, bis das Versprechen an Allie meinem Körper plötzlich neuen Antrieb gab. Es war an einem nebligen Morgen, und als ich die Augen öffnete, erblickte ich ein Zimmer voll mit Blumen, deren Duft mich noch mehr belebte. Ich tastete nach der Klingel und drückte mit größter Mühe darauf. Keine dreißig Sekunden später erschien eine Krankenschwester, gefolgt von Dr. Barnwell, der mich erwartungsvoll anschaute.

»Ich habe Durst«, sagte ich mit krächzender Stimme.

»Willkommen, Noah«, sagte er mit einem breiten Lächeln. »Ich wußte, daß Sie's schaffen würden.«

* * *

Zwei Wochen später kann ich das Krankenhaus verlassen, doch ich bin nur noch ein halber Mensch. Wenn ich ein Auto wäre, würde ich mich im Kreis drehen, denn meine rechte Körperhälfte ist schwächer als die linke. Das sei, sagt man mir, eine gute Nachricht, denn die Lähmung hätte auch beidseitig sein können. Manchmal kommt es mir vor, als wäre ich nur von Optimisten umgeben.

Die schlechte Nachricht ist, daß meine Hände es mir nicht erlauben, Krücken oder einen Rollstuhl zu benutzen, und so muß ich mich in einem speziellen, mir eigenen Rhythmus vorwärtsbewegen, um mich aufrecht zu halten. Nicht mehr links-rechts-links, wie früher, auch nicht schluff-schluff, wie kürzlich noch, sondern langsam-schluff, rechts-vor, langsam-schluff. Es ist ein Abenteuer für mich, durch die Flure zu gehen. Es geht nur langsam vorwärts, selbst für mich, der bereits vor zwei Wochen eine Schildkröte nur mit Mühe überholt hätte.

Es ist spät, und als ich endlich mein Zimmer erreiche, weiß ich, daß ich nicht schlafen werde. Ich atme tief durch und verspüre den Frühlingsduft, der im Zimmer hängt. Das Fenster ist weit geöffnet, und die kühle Luft belebt mich. Evelyn, eine der vielen Krankenschwestern, ein junges Ding von höchstens fünfundzwanzig Jahren, hilft mir in meinen Sessel am Fenster und will das Fenster schließen. Ich hindere sie daran, und sie fügt sich mit einem Stirnrunzeln. Ich höre, wie eine Schublade geöffnet wird, und einen Augenblick später wird mir eine Wolljacke über die Schultern gelegt. Evelyn behandelt mich wie ein Kind, und als sie fertig ist, legt sie mir die Hand auf den Arm. Sie sagt die ganze Zeit kein Wort, und an ihrem Schweigen erkenne ich, daß sie aus dem Fenster schaut. Eine ganze Weile steht sie regungslos da, und ich frage mich, woran sie wohl denkt. Schließlich höre ich sie seufzen. Sie wendet sich schon zum Gehen, hält dann aber plötzlich inne, beugt sich herab und drückt mir einen Kuß auf die Stirn, ganz zart, so wie meine Enkelin es tut. Das überrascht mich, sie aber sagt ruhig: »Wie gut, daß Sie wieder da sind. Allie hat Sie vermißt, und wir andern auch. Wir haben für Sie gebetet, denn es war ganz leer hier ohne Sie.« Sie lächelt mir zu und streicht mir, bevor sie geht, mit dem Handrücken über die Wange. Ich sage kein Wort. Später höre ich sie draußen noch einmal vorbeigehen und mit einer anderen Schwester flüstern.

Die Sterne sind heute abend sichtbar, und die Welt schimmert in einem unwirklichen Blau. Die Grillen zirpen, und ihr Lied übertönt alle anderen Geräusche.

Während ich so dasitze, überlege ich, ob irgendwer dort draußen mich, den Gefangenen meines Körpers, sehen kann. Mein Blick wandert zu den Bäumen, zu den Bänken am Wasser und sucht nach einem Lebenszeichen, doch da ist niemand. Selbst der Fluß ist ruhig. Im Dunkel wirkt er wie ein leerer Raum und zieht mich in seinen Bann, wie ein Geheimnis. Ich blicke lange hinaus, und nach einer Weile sehe ich Wolken, die sich auf dem Wasser spiegeln. Ein Gewitter zieht heran, und der Himmel wird silbrig, wie eine zweite Dämmerung.

Blitze durchzucken den stürmischen Himmel, und meine Gedanken schweifen zurück. Wer sind wir, Allie und ich? Sind wir wie altes Efeu auf einer Zypresse, mit Ranken, so eng verschlungen, daß wir beide stürben, wenn man uns gewaltsam trennte? Ich weiß es nicht. Ein weiterer Blitz, und der Tisch neben mir ist so hell erleuchtet, daß ich ein Foto von Allie sehe, das schönste, das ich von ihr besitze. Ich habe es vor Jahren rahmen lassen, in der Hoffnung, unter Glas würde es die Zeit überdauern. Ich greife danach und halte es dicht vor meine Augen. Sie war damals einundvierzig und schöner als je zuvor. Ich hätte so viele Fragen an sie, doch das Bild wird mir keine Antwort geben, und so lege ich es beiseite.

Heute nacht bin ich wieder einmal allein, während Allie am anderen Ende des Flures in ihrem Zimmer schläft. Ich werde immer allein sein. Dieser Gedanke war mir gekommen, als ich im Krankenhaus lag. Und davon bin ich auch jetzt überzeugt, während ich wieder aus dem Fenster schaue und die Gewitterwolken sich nähern sehe. Und plötzlich bin ich tieftraurig, denn mir wird bewußt, daß ich Allie an unserm letzten gemeinsamen Tag nicht geküßt habe. Vielleicht werde ich es nie mehr können. Bei dieser Krankheit weiß man das nie. Warum nur kommen mir solche Gedanken?

Schließlich stehe ich auf, gehe zu meinem Schreibtisch und knipse das Licht an. Das kostet mich mehr Kraft, als ich erwartet habe, deshalb gehe ich nicht mehr zu meinem Fensterplatz zurück. Ich setze mich und betrachte die Fotos auf dem Schreibtisch. Familienfotos, Ferienfotos, Kinderfotos. Fotos von Allie und mir. Ich denke an vergangene Zeiten zurück, und wieder wird mir bewußt, wie alt ich bin.

Ich öffne eine Schublade und finde dort Blumen, die ich ihr vor langer Zeit geschenkt habe, alt und vertrocknet und mit einem Band zusammengebunden. Sie sind, wie ich, mürbe und schlecht zu halten, weil sie so leicht zerbrechen. Aber sie hat sie aufbewahrt. »Ich verstehe nicht, warum du sie behalten willst«, habe ich damals gesagt, aber sie hat nichts darauf erwidert. Und manchmal sah ich sie abends, wie sie die Blumen in ihren Händen hielt, fast ehrfürchtig, als würden sie das Geheimnis des Lebens enthalten. Frauen …

Da dies eine Nacht der Erinnerungen ist, suche ich nach meinem Ehering. Ich finde ihn, in ein Tüchlein gewickelt, in der obersten Lade. Ich kann ihn nicht mehr tragen, weil meine Fingerknöchel geschwollen sind. Ich wickle den Ring aus; er ist unverändert. Er ist voller Kraft, ein Symbol, ein Rund, und ich weiß, *ich weiß*, es hätte nie eine andere geben können. Ich wußte es damals und weiß es heute. Und ich flüstere: »Ich bin immer noch der Deine, Allie, meine Königin, meine zeitlose Schönheit. Du warst und bist das größte Geschenk in meinem Leben.«

Ich frage mich, ob sie das hören kann, und warte auf ein Zeichen. Vergebens.

Es ist jetzt halb zwölf, und ich suche nach ihrem Brief, den ich lese, wenn mich die Sehnsucht überkommt. Er liegt noch da, wo ich ihn das letzte Mal abgelegt habe. Ich betrachte den Umschlag, bevor ich ihn öffne, und dabei zittern mir die Hände. Dann schließlich lese ich:

Lieber Noah,

ich schreibe diesen Brief bei Kerzenlicht, während Du schon lange im Schlafzimmer bist, das wir seit unserer Hochzeit teilen. Und obwohl ich die sanften Laute Deines Schlummers nicht hören kann, weiß ich doch, daß Du da bist und daß ich bald, wie immer, bei Dir liegen werde. Ich werde Deine Wärme fühlen, und Deine Atemzüge werden mich langsam dorthin geleiten, wo ich von Dir, diesem wundervollen Mann, träumen kann.

Beim Anblick der Flamme auf meinem Schreibtisch sehe ich ein anderes Feuer, ein Feuer, das vor Jahrzehnten brannte. Damals wußte ich, daß wir immer zusammenbleiben würden, auch wenn ich am nächsten Tag für einen Moment schwankend wurde. Mein Herz war gefangen, an einen Dichter gefesselt, und ich wußte tief in meinem Innern, daß es schon immer Dir gehört hatte. Wer war ich, daß ich an einer Liebe hätte zweifeln können, die auf Sternschnuppen reiste und wie die Meeresbrandung toste. Denn so war es damals zwischen uns, und so ist es bis heute geblieben.

Ich weiß noch, wie ich zurückkam zu Dir an dem Tag, als Mutter unverhofft aufgetaucht war. Ich hatte Angst, wie noch nie in meinem Leben, weil ich sicher war, Du würdest mir nicht verzeihen, daß ich Dich verlassen hatte. Ich zitterte, als ich aus dem Auto stieg, doch Dein Lächeln und die Art, wie Du mir die Hände entgegen-

strecktest, ließen mich sofort alle Angst vergessen. »Wie wär's mit einem Kaffee?« Mehr sagtest Du nicht. Und Du kamst nie mehr darauf zu sprechen in all unseren gemeinsamen Jahren.

Und auch als ich an den folgenden Tagen allein fortging, hast Du mir nie Fragen gestellt. Und jedes Mal, wenn ich tränenüberströmt zurückkam, wußtest Du, ob ich Deine Nähe brauchte oder allein sein wollte. Ich weiß nicht, woher Du es wußtest, doch es war so und hat mir alles sehr viel leichter gemacht. Als wir dann später zu der kleinen Kapelle gingen, unsere Ringe tauschten und uns die Treue schworen, erkannte ich, während ich Dir in die Augen schaute, daß ich die richtige Entscheidung getroffen hatte. Nein, mehr noch, ich wußte, wie töricht es von mir gewesen war, jemals einen anderen in Betracht gezogen zu haben. Seither habe ich niemals mehr geschwankt.

Unser gemeinsames Leben war wunderschön, und ich denke jetzt oft darüber nach. Manchmal schließe ich die Augen und sehe Dich vor mir, wie Du auf der Veranda sitzt und Gitarre spielst, während die Kleinen um Dich herumsitzen und zu Deiner Musik klatschen. Deine Kleider tragen Spuren von harter Arbeit, und Du bist müde, und obwohl ich Dich bitte, Dich auszuruhen, lächelst Du nur und sagst: »Das tue ich gerade.« Deine Liebe zu unseren Kindern ist rührend. »Du bist ein weit besserer Vater, als Du weißt«, sage ich Dir, als die Kinder schlafen gegangen sind. Und bald darauf legen wir unsere Kleider ab, küssen uns und verlieren uns fast, bevor wir unter die Decke schlüpfen können.

Es gibt so vieles, das ich an Dir liebe, besonders Deine Leidenschaft für die Dinge, die das Leben lebenswert machen. Liebe, Poesie, Freundschaft, Schönheit, Natur.

Und ich bin glücklich darüber, daß Du auch die Kinder diese Dinge gelehrt hast, denn ich weiß, daß es ihr Leben bereichern wird. Sie sagen mir oft, was Du ihnen bedeutest, und jedes Mal weiß ich dann, daß ich die glücklichste Frau auf Erden bin.

Auch mich hast Du manches gelehrt, hast mich inspiriert, beim Malen unterstützt, und Du wirst niemals wissen, wieviel mir das bedeutet hat. Meine Bilder hängen jetzt in Museen und Privatgalerien, aber immer wenn ich erschöpft oder beunruhigt war wegen der vielen Ausstellungen und Kritiken, hattest Du ein tröstendes und ermutigendes Wort für mich. Du hattest Verständnis dafür, daß ich ein eigenes Atelier brauchte, meinen eigenen Freiraum, und sahst über die Farbkleckser auf meinen Kleidern, in meinem Haar und manchmal auch auf den Möbeln hinweg. Ich weiß, daß es oft nicht leicht war. Es bedarf eines ganzen Mannes, mit so jemandem wie mir zusammenzuleben. Und Du hast es ertragen. Fünfundvierzig Jahre. Wundervolle Jahre.

Du bist mein bester Freund und mein Geliebter, und ich weiß nicht, welche dieser beiden Seiten ich am meisten schätze. Da ist noch etwas an Dir, Noah, etwas Schönes und Starkes. Güte sehe ich, wenn ich Dich heute anschaue, und die sieht jeder in Dir. Güte. Du bist der versöhnlichste und friedfertigste Mensch, den ich kenne. Gott ist mit Dir, muß es sein, denn Du bist für mich fast wie ein Engel.

Ich weiß wohl, Du hieltest mich für verrückt, als ich darauf bestand, unsere Lebensgeschichte aufzuschreiben, bevor wir schließlich unser Haus für immer verließen. Aber ich hatte meine Gründe, und ich danke Dir für Deine Geduld. Und obwohl Du mich danach fragtest, habe ich Dir den Grund nie verraten. Aber jetzt, so glaube ich, ist es an der Zeit, daß Du ihn erfährst.

Wir haben ein Leben gelebt, von dem die meisten Paare nur träumen können, und dennoch fürchte ich, wenn ich Dich ansehe, daß all dies bald zu Ende sein wird. Denn wir beide kennen den Verlauf meiner Krankheit und wissen, was das für uns bedeutet. Ich sehe Tränen in Deinen Augen und mache mir mehr Sorgen um Dich als um mich, weil ich den Schmerz fürchte, den Du durchleben wirst. Mir fehlen die Worte, um meinen Kummer darüber auszudrücken.

Ich liebe Dich so sehr, daß ich, trotz meiner Krankheit, einen Weg finden werde, um zu Dir zurückzukehren, das verspreche ich Dir. Und hier nun kommt unsere Geschichte ins Spiel. Wenn ich verloren und einsam bin, dann lies mir diese Geschichte vor; und sei gewiß, ich werde irgendwie merken, daß es unsere Geschichte ist. Und vielleicht, ja, vielleicht, finden wir einen Weg, wieder zusammenzusein.

Bitte sei mir nicht böse, wenn ich Dich an manchen Tagen nicht erkenne. Wir beide wissen, daß uns solche Tage bevorstehen. Sei gewiß, daß ich Dich liebe, Dich immer lieben werde und daß ich, was auch kommen mag, das denkbar schönste Leben gelebt habe. Mein Leben mit Dir.

Und wenn Du diesen Brief aufbewahrst, um ihn wiederzulesen, so glaube, was darin steht. Ich liebe Dich jetzt, während ich ihn schreibe, und ich liebe Dich jetzt, während Du ihn liest. Und es tut mir leid, daß ich es Dir nicht mehr sagen kann. Ich liebe Dich, Noah, aus tiefstem Herzen. Du bist und warst stets mein Traum.

Allie

Ich lege den Brief zur Seite, stehe auf und suche nach meinen Hausschuhen. Sie stehen neben meinem Bett, und ich muß mich setzen, um sie anzuziehen. Ich erhebe mich mühsam, gehe zur Tür und öffne sie einen Spaltbreit. Ich spähe hinaus und schaue den Korridor hinunter. Ich sehe Janice am Empfangstisch sitzen. Wenigstens glaube ich, daß es Janice ist. An diesem Tisch muß ich vorbei, wenn ich zu Allie will. Doch zu dieser späten Stunde ist es mir nicht erlaubt, mein Zimmer zu verlassen, und Janice gehört nicht zu denen, die fünf gerade sein lassen. Sie ist mit einem Rechtsanwalt verheiratet.

Ich warte ein Weilchen, in der Hoffnung, daß sie vielleicht fortgeht, aber sie scheint nicht die Absicht zu haben, und ich werde ungeduldig. Schließlich gehe ich auf den Korridor und setze mich in Bewegung – langsam-schluff, rechts-vor, langsam-schluff. Es dauert eine Ewigkeit, bis ich am Empfangstisch angelangt bin, aber merkwürdigerweise nimmt sie mich gar nicht zur Kenntnis. Ich bin ein Panther, der lautlos durch den Dschungel schleicht.

Als sie mich schließlich doch entdeckt, bin ich nicht überrascht. Ich stehe vor ihr.

»Noah«, sagt sie, »was tun Sie hier?«

»Ich gehe spazieren«, sage ich. »Ich kann nicht schlafen.«

»Sie wissen doch, daß das nicht erlaubt ist.«

»Ja, ich weiß.«

Ich rühre mich jedoch nicht vom Fleck. Ich bin fest entschlossen.

»Sie wollen gar nicht spazierengehen, stimmt's? Sie wollen zu Allie.«

Ich nicke.

»Noah, Sie wissen doch noch, was passiert ist, als Sie sie das letzte Mal nachts besucht haben.«

»Ja, ich weiß.«

»Dann sollte Ihnen klar sein, daß Sie nicht wieder zu ihr gehen dürfen.«

Statt darauf zu antworten, sage ich: »Sie fehlt mir so.«

»Das weiß ich, aber es geht trotzdem nicht.«

»Heute ist unser Hochzeitstag«, sage ich. Es stimmt. Es ist der neunundvierzigste. Ein Jahr vor der Goldenen Hochzeit.

»So?«

»Ich kann also gehen?«

Sie blickt kurz zur Seite, und ihre Stimme wird sanfter. Ich bin erstaunt, denn ich habe sie nie für einen Gefühlsmenschen gehalten.

»Noah, ich arbeite nun schon seit fünf Jahren hier und habe vorher bereits in einem anderen Heim gearbeitet. Ich habe Hunderte von Paaren erlebt, die Leid und Kummer bewältigen mußten, aber nie war da jemand, der so wie Sie gekämpft hat. Und niemand hier, weder die Ärzte noch die Krankenschwestern, hat je so etwas erlebt.«

Sie schweigt eine Weile, und plötzlich füllen sich ihre Augen mit Tränen. Sie wischt sie schnell mit dem Handrücken weg und fährt fort:

»Ich versuche, mir vorzustellen, was es für Sie bedeutet, wie Sie das schaffen, Tag für Tag. Es ist mir unbegreiflich. Manchmal besiegen Sie sogar ihre Krankheit. Die Ärzte verstehen es nicht, wohl aber die Schwestern. Es ist die Liebe – ganz einfach. Noch nie habe ich etwas so Unglaubliches erlebt.«

Ich spüre einen Kloß im Hals und bleibe stumm.

»Aber, Noah, Sie wissen, daß Sie jetzt nicht zu ihr dürfen. Ich kann es nicht erlauben. Also gehen Sie zurück in Ihr Zimmer.« Dann lächelt sie, schiebt ein paar Papiere auf ihrem Tisch beiseite und sagt: »Ich gehe jetzt nach unten, um einen Kaffee zu trinken. Ich kann eine Weile nicht nach Ihnen sehen. Also machen Sie inzwischen keine Dummheiten.«

Sie erhebt sich rasch, klopft mir auf die Schulter und eilt zur Treppe. Sie schaut sich nicht um, und plötzlich bin ich allein. Was ich von all dem halten soll, weiß ich nicht, denn auf ihrem Tisch steht eine volle, noch dampfende Tasse Kaffee, und wieder begreife ich, daß es gute Menschen auf der Welt gibt.

Als ich meinen beschwerlichen Weg zu Allies Zimmer antrete, ist mir zum ersten Mal seit Jahren warm. Ich mache nur winzige Schritte, doch selbst bei diesem Schneckentempo ist es gefährlich, weil meine Beine schon müde sind. Ich muß mich, um nicht zu fallen, an der Wand abstützen. Das grelle Neonlicht über mir blendet mich, und ich blinzle mit den Augen. Ich komme an vielen Zimmern vorbei, an Zimmern, in denen ich vorgelesen habe. Dort leben meine Freunde, deren Gesichter mir vertraut sind und die ich morgen wieder besuchen werde. Aber nicht heute nacht, denn mir bleibt keine Zeit, diese Reise zu unterbrechen. Ich mache weiter, und diese Anstrengung preßt das Blut durch meine verengten Arterien. Ich fühle mich mit jedem Schritt stärker werden. Ich höre hinter mir eine Tür, die sich öffnet, aber ich höre keine Schritte, und ich gehe weiter. Ich bin jetzt ein Fremder. Niemand kann mich aufhalten. Im Schwesternzimmer klingelt das Telefon, und ich setze meinen Weg fort, um nicht erwischt zu werden. Ich bin ein mitternächtlicher Dieb, bin maskiert und fliehe hoch zu Roß aus verschlafenen leeren Städten, sprenge gelben Monden entgegen mit Goldstaub in den Satteltaschen. Ich bin jung und stark, und mein Herz ist voller Leidenschaft;

ich werde die Tür aufbrechen und sie auf den Armen ins Paradies tragen.

Wem will ich etwas vormachen?

Ich führe heute ein einfaches Leben. Ich bin ein törichter alter Mann, der verliebt ist, ein Träumer, der von nichts anderem träumt, als Allie vorzulesen und sie, wann immer es geht, in den Armen zu halten. Ich bin ein Sünder mit vielen Fehlern, ein Mann, der an Magie glaubt, aber ich bin zu alt, um mich zu ändern, um etwas zu verändern.

Als ich schließlich ihr Zimmer erreiche, bin ich völlig erschöpft. Meine Beine zittern, meine Augen brennen, und mein Herz klopft zum Zerspringen. Ich kämpfe mit der Türklinke, und am Ende bedarf es zweier Hände und übermenschlicher Kräfte, um sie niederzudrücken. Die Tür öffnet sich, und das Licht vom Korridor fällt auf das Bett, in dem sie schläft. Und ich denke, als ich sie erblicke, daß ich nichts bin als ein Passant auf einer belebten Straße, für immer vergessen.

Es ist still in ihrem Zimmer, und sie liegt da, die Decke halb zurückgeschlagen. Nach einer Weile dreht sie sich zur Seite, und ihre Geräusche lassen mich an glücklichere Zeiten denken. Sie sieht schmächtig aus in ihrem Bett, und als ich sie anschaue, weiß ich, daß es zu Ende ist mit uns beiden. Die Luft ist verbraucht, und mich schaudert. Dieses Zimmer ist zu einem Grab geworden.

Ich stehe noch immer da an diesem unserm Hochzeitstag und ich würde ihr so gerne sagen, was ich empfinde, doch ich bleibe stumm, denn ich will sie nicht wecken. Außerdem steht es auf dem Zettel, den ich ihr unters Kissen legen will:

Es ist in diesen letzten, zarten Stunden
Die Liebe sehr gefühlvoll und ganz rein –
O Frühlicht, sanften Kräften tief verbunden,
Erscheine, laß die Liebe ewig sein.

Ich glaube, Schritte zu vernehmen, trete schnell ein und schließe die Tür hinter mir. Plötzlich ist es stockfinster, und ich taste mich zum Fenster hin. Ich ziehe die Vorhänge zur Seite, und der Mond, der Wächter der Nacht, schaut herein, groß und voll. Ich wende mich Allie zu, träume tausend Träume, und obwohl ich weiß, daß ich's nicht tun sollte, setze ich mich auf die Bettkante und schiebe den Zettel unter ihr Kissen. Dann beuge ich mich zu ihr hinab und berühre zärtlich ihr Gesicht. Ich streichle ihr Haar, und dann stockt mir der Atem. Staunen ergreift mich, ehrfürchtige Scheu. Sie bewegt sich, öffnet die Augen, blinzelt, und plötzlich bereue ich meine Torheit, denn nun wird sie, wie üblich, zu weinen und zu schreien anfangen. Ich weiß, ich bin impulsiv und schwach, doch ich muß das Unmögliche versuchen, und beuge mich noch tiefer zu ihr hinab.

Und als ihre Lippen die meinen berühren, fühle ich ein seltsames Prickeln, wie ich es in all unseren gemeinsamen Jahren nie empfunden habe, doch ich weiche nicht zurück. Und plötzlich, ein Wunder, denn ich spüre, wie ihr Mund sich öffnet, und ich entdecke ein vergessenes Paradies, unverändert nach all diesen Jahren, alterslos wie die Sterne. Ich fühle die Wärme ihres Körpers, und als unsere Zungen sich begegnen, lasse ich mich davontragen, wie vor so vielen Jahren. Ich schließe die Augen und werde zum mächtigen Schiff in der tosenden See, furchtlos und kraftvoll, und sie wird zu meinem Segel. Ich streiche zärtlich über ihre Wange und ergreife dann ihre Hand. Ich küsse ihre Lippen, ihre Wangen und höre sie seufzen.

»O Noah«, flüstert sie sanft. »Du hast mir so gefehlt.« Ein weiteres Wunder – das größte von allen –, und ich kann meine Tränen nicht zurückhalten, als ich spüre, wie ihre Finger nach den Knöpfen meines Hemdes tasten und sie langsam, ganz langsam, einen nach dem anderen zu öffnen beginnen.

Weit wie das Meer

Für Miles und Ryan

Danksagung

Ohne die Hilfe zahlreicher Personen hätte dieses Buch nicht erscheinen können. Besonderen Dank möchte ich meiner Frau Catherine aussprechen, die mich mit der richtigen Mischung aus Geduld und Liebe unterstützt hat.

Ebenfalls danken möchte ich meiner Agentin Theresa Park von Sanford Greenburger Associates und meinem Lektor bei Warner, Jamie Raab. Sie sind meine Lehrer, Kollegen und Freunde.

Schließlich gibt es noch einige andere Personen, die ebenfalls meine tiefe Dankbarkeit verdienen: Larry Kirshbaum, Maureen Egen, Dan Mandel, Howie Sanders, Richard Green und Denise DiNovi – ihr wißt alle, welche Rolle ihr bei diesem Projekt gespielt habt, und ich danke euch für alles.

Prolog

Die Flasche wurde an einem warmen Sommerabend, wenige Stunden bevor der Regen einsetzte, über Bord geworfen. Wie alle Flaschen war sie zerbrechlich und wäre zerschellt, hätte man sie einen Meter über dem Boden einfach fallenlassen. Sorgfältig verschlossen und den Wellen anvertraut, wurde sie indes zu einem der seetüchtigsten Gegenstände, die dem Menschen bekannt sind. Sie konnte Hurrikane und tropische Stürme überstehen oder auf den gefährlichsten Strömungen schaukeln. Sie war in gewisser Weise das ideale Behältnis für die Nachricht, die sie beförderte, eine Nachricht, die verschickt worden war, um ein Versprechen einzulösen.

Wie bei allen Flaschen, die den Launen des Meers überlassen werden, war ihr Kurs unberechenbar. Winde und Strömungen spielen eine bedeutende Rolle bei der Reiseroute einer jeden Flasche; auch Stürme und Wracks können ihren Kurs verändern. Gelegentlich verfängt sich eine Flasche in einem Fischernetz und wird Dutzende von Meilen in die entgegengesetzte Richtung gezogen. Und so kann es sein, daß zwei Flaschen, die am gleichen Ort und zur gleichen Zeit ins Wasser geworfen werden, in verschiedenen Kontinenten oder sogar Hemisphären landen. Es ist unmöglich vorherzusagen, wohin eine solche Flasche reist, und das ist Teil ihres Geheimnisses.

Dieses Geheimnis beschäftigt den Menschen, seitdem es Flaschen gibt, und manch einer hat versucht, dem Geheimnis auf den Grund zu kommen. 1929 machte sich ein deutsches Team von Wissenschaftlern daran, die Route einer bestimmten Flasche nachzuvollziehen. Sie wurde im Südindischen Ozean ins Meer geworfen, und eine Nachricht darin bat den Finder, den Ort, an dem sie in seine Hände gelangt war, auf dem Zettel zu notieren und sie dann wieder ins Meer zu werfen. 1935 hatte sie einmal den Erdball umrundet und etwa sechzehntausend Meilen – die längste offiziell registrierte Entfernung – zurückgelegt.

Berichte über Flaschenpost wurden über Jahrhunderte aufgezeichnet, und in einigen von ihnen stößt man auf berühmte Namen der Geschichte. Benjamin Franklin zum Beispiel bediente sich solcher Flaschen, um Mitte des 18. Jahrhunderts Richtung und Geschwindigkeit der Meeresströmungen entlang der amerikanischen Ostküste zu erforschen; die von ihm gesammelten Daten sind bis heute gültig. Und bis zum heutigen Tag benutzt die US-Marine Flaschen, um Informationen über Gezeiten und Strömungen zu sammeln oder den Verursacher von Ölspuren zu ermitteln.

Als berühmteste Flaschenpost gilt wohl die des jungen Matrosen Chunsosuke Matsuyama, der 1784 als Schiffbrüchiger ohne Nahrungsmittel und ohne Wasser auf einem Korallenriff strandete. Vor seinem Tod ritzte er den Bericht über das Unglück in ein Stück Holz und steckte es in eine Flasche, die er dann verschloß. 1935, also hundertfünfzig Jahre nachdem er sie ins Meer geworfen hatte, wurde sie in dem kleinen japanischen Fischerdorf, aus dem Matsuyama stammte, ans Ufer gespült.

Die Flasche aber, die an jenem warmen Sommerabend ins Meer geworfen worden war, enthielt weder den Bericht von einem Schiffbruch, noch sollte sie der Kartographierung der Meere dienen. Dafür aber barg sie eine Nachricht, die das Leben zweier Menschen verändern sollte, zweier Menschen, die sich sonst niemals begegnet wären, und deshalb kann man sie wohl als schicksalhaft bezeichnen. Sechs Tage trieb sie, gelenkt von den Winden eines Hochdrucksystems über dem Golf von Mexiko, gemächlich in nordöstliche Richtung. Am siebten

Tag flauten die Winde ab, und die Flasche steuerte direkt gen Osten, gelangte schließlich in den Golfstrom, wo sie das Tempo beschleunigte und fast siebzig Meilen am Tag zurücklegte.

Zweieinhalb Wochen nach Reiseantritt trieb die Flasche noch immer im Golfstrom. Am siebzehnten Tag jedoch brachte ein weiterer Sturm – diesmal über der Mitte des Atlantiks – Ostwinde, stark genug, um die Flasche aus dem Golfstrom zu lenken, so daß sie jetzt Kurs auf Neuengland nahm. Ohne die Kraft des Golfstroms verlangsamte sich ihr Tempo wieder und sie trieb fünf Tage lang im Zickzack vor der Küste von Massachusetts, bis sie in das Fischernetz von John Hanes geriet. Hanes fand die Flasche inmitten Tausender zappelnder Barsche und warf sie beiseite, während er seinen Fang begutachtete. Der Zufall wollte es, daß sie nicht zerbrach, aber sie wurde vergessen und blieb den Rest des Nachmittags und frühen Abends im Bug liegen, während das Boot nach Cape Cod zurückfuhr. Gegen halb neun Uhr abends, als das Boot bereits im Windschatten der Bucht war, stolperte Banes beim Rauchen einer Zigarette über die Flasche. Er hob sie auf, konnte aber im Licht der eben untergegangenen Sonne nichts Außergewöhnliches erkennen, warf sie achtlos über Bord und bewirkte so, daß sie vor einem der vielen kleinen Orte, die die Bucht säumten, ans Ufer gespült wurde.

Das geschah jedoch nicht sofort. Die Flasche trieb noch mehrere Tage hin und her, als zögere sie, einen Kurs einzuschlagen, und wurde schließlich an den Strand von Chatham gespült.

Nach achtundzwanzig Tagen, in denen sie siebenhundertachtunddreißig Meilen zurückgelegt hatte, war ihre Reise beendet.

1. Kapitel

Ein kalter Dezemberwind blies, und Theresa Osborne blickte mit vor der Brust gekreuzten Armen aufs Meer hinaus. Als sie zum Strand gekommen war, waren noch ein paar Leute am Wasser entlangspaziert, aber dann hatten sie die Wolken aufziehen sehen und waren schon vor einer ganzen Weile fortgegangen. Jetzt war sie ganz allein am Strand und nahm die Umgebung in sich auf. Das Meer, das die Farbe des Himmels widerspiegelte, sah aus wie flüssiges Blei, und die Wellen rollten gleichmäßig an die Küste. Schwere Wolken sanken langsam herab, der Nebel wurde dichter und verhüllte den Horizont. An einem anderen Ort zu einer anderen Zeit hätte Theresa die Erhabenheit der Schönheit ringsum wahrgenommen, aber als sie jetzt dastand, wurde ihr klar, daß sie überhaupt nichts empfand. Irgendwie hatte sie das Gefühl, als wäre sie gar nicht wirklich hier, als wäre alles nur ein Traum.

Sie war heute morgen hierhergekommen, konnte sich aber kaum mehr an die Fahrt erinnern. Als sie sich dazu entschloß, hatte sie geplant, über Nacht zu bleiben. Sie hatte die notwendigen Vorkehrungen getroffen und sich sogar auf eine ruhige Nacht fern von Boston gefreut, doch als sie jetzt das Meer schäumen und brodeln sah, wurde ihr klar, daß sie nicht bleiben wollte. Sie würde heimfahren, sobald sie erledigt hatte, weshalb sie hergekommen war, ganz gleich, wie spät das sein würde.

Langsam ging sie aufs Wasser zu. Unterm Arm trug sie eine Tasche, die sie am Morgen sorgfältig gepackt hatte. Sie hatte niemandem gesagt, was sie bei sich trug, geschweige denn, was sie vorhatte. Statt dessen hatte sie vorgegeben, ihre Weihnachtseinkäufe zu erledigen. Das war die beste Ausrede, denn obwohl sie wußte, daß alle

Verständnis für die Wahrheit gehabt hätten, wollte sie mit niemandem über diese Reise sprechen. Sie hatte die Sache allein begonnen und wollte sie auch allein beenden.

Theresa seufzte und sah auf die Uhr. Bald würde die Flut kommen, und dann würde sie bereit sein. Nachdem sie ein Fleckchen gefunden hatte, das bequem aussah, setzte sie sich in den Sand und zog den Reißverschluß ihrer Tasche auf. Sie wühlte darin und fand den Umschlag, den sie suchte. Sie holte tief Luft und öffnete ihn langsam.

Darin waren drei Briefe, sorgsam gefaltet, Briefe, die sie schon unzählige Male gelesen hatte. Sie hielt sie vor sich auf den Knien und starrte darauf.

In der Tasche befanden sich noch andere Gegenstände, doch sie war noch nicht bereit, sich ihnen zu widmen, sondern hielt ihr Augenmerk weiter auf die Briefe gerichtet. Er hatte sie mit einem Füllfederhalter geschrieben, und an mehreren Stellen waren Tintenkleckse zurückgeblieben. Das Briefpapier mit der Zeichnung eines Segelschiffs in der rechten oberen Ecke begann sich stellenweise zu verfärben und langsam zu verbleichen. Sie wußte, der Tag würde kommen, da die Worte nicht mehr lesbar wären, aber sie hoffte, in Zukunft nicht mehr das Bedürfnis zu haben, sie zu betrachten.

Schließlich ließ sie die Briefe so behutsam, wie sie sie herausgezogen hatte, zurück in den Umschlag gleiten. Und nachdem sie den Umschlag wieder in die Tasche gesteckt hatte, ließ sie den Blick erneut über den Strand schweifen. Von hier aus konnte sie die Stelle sehen, wo alles begonnen hatte.

Sie war bei Tagesanbruch joggen gegangen, erinnerte sie sich, und sie hatte diesen Sommermorgen noch deutlich vor Augen. Es war der Beginn eines strahlenden Tages.

Sie nahm die Welt ringsum in sich auf, lauschte dem Kreischen der Seeschwalben und dem sanften Plätschern der Wellen, die über den Sand rollten. Obwohl sie Urlaub hatte, war sie früh genug aufgestanden, um nicht überlegen zu müssen, wohin sie laufen sollte. In wenigen Stunden würde der Strand bevölkert sein mit Touristen, die auf ihren Handtüchern in der heißen Sonne Neuenglands brieten. Cape Cod war zu dieser Jahreszeit stets überfüllt, doch die meisten Urlauber schliefen länger als gewöhnlich, und Theresa liebte es, auf dem festen Sand zu joggen, der von der zurückweichenden Flut noch ein wenig feucht war. Im Gegensatz zu den Bürgersteigen zu Hause gab der Sand gerade so viel nach, daß ihre Knie nicht schmerzten wie manchmal nach einem Lauf auf dem asphaltierten Untergrund.

Sie hatte schon immer gern gejoggt, eine Gewohnheit, die sie seit dem Geländelauf an der High-School beibehalten hatte. Auch wenn sie nicht mehr an Wettkämpfen teilnahm und nur selten auf Zeit lief, gehörte das Joggen jetzt zu den seltenen Gelegenheiten, bei denen sie mit ihren Gedanken allein sein konnte. Sie betrachtete es als eine Art Meditation und hatte nie verstehen können, warum so viele Leute gern in Gruppen joggten.

Bei aller Liebe zu ihrem Sohn war sie doch froh, Kevin nicht bei sich zu haben. Jede Mutter braucht manchmal eine Verschnaufpause, und sie freute sich auf die unbeschwerten Tage hier. Kein abendliches Fußballspiel oder Schwimmen, kein MTV-Geplärre im Hintergrund, kein Abhören von Hausaufgaben, kein Aufstehen mitten in der Nacht, um ihn zu trösten, wenn er schlecht geträumt hatte. Sie hatte ihn vor drei Tagen zum Flughafen gebracht, damit er seinen Vater – ihren Exmann – in Kalifornien besuchen konnte, und erst nachdem sie ihn darauf hingewiesen hatte, war es Kevin bewußt geworden, daß er sie zum Abschied weder umarmt noch geküßt hatte. »'tschuldigung, Mom«, hatte er gesagt, als er die

Arme um sie schlang und ihr einen Kuß gab. »Ich hab dich lieb. Und vermiß mich nicht zu sehr, okay?« Damit hatte er sich abgewandt, dem Flugbegleiter sein Ticket ausgehändigt und war, ohne sich noch einmal umzudrehen, im Flugzeug verschwunden.

Theresa hatte es ihm nicht übelgenommen. Mit zwölf befand er sich in jener schwierigen Phase, in der es nicht *cool* ist, seine Mutter in der Öffentlichkeit zu umarmen und zu küssen. Außerdem kreisten seine Gedanken um andere Dinge. Seit Weihnachten fieberte er dieser Reise entgegen. Sein Vater und er würden den Grand Canyon besuchen, dann eine Woche auf einem Floß den Colorado River hinunterfahren und sich schließlich Disneyland ansehen. Es war *die* Traumreise für einen Jungen, und Theresa freute sich mit ihm. Es war gut für Kevin, längere Zeit mit seinem Vater zu verbringen, auch wenn er ihr in den sechs Wochen sehr fehlen würde.

David und sie hatten seit ihrer Scheidung vor etwa drei Jahren ein relativ gutes Verhältnis. Obwohl er nicht gerade der beste aller Ehemänner gewesen war, war er ein guter Vater. Er vergaß nie, ein Geburtstags- oder Weihnachtsgeschenk zu schicken, rief wöchentlich an und reiste mehrmals im Jahr quer durchs Land, um ein Wochenende mit seinem Sohn zu verbringen. Dann gab es natürlich noch die gesetzlich vorgeschriebenen Besuche – sechs Wochen im Sommer, jedes zweite Weihnachten und ein paar Tage in der Ferienwoche um Ostern. Annette, Davids neue Frau, hatte mit dem neuen Baby alle Hände voll zu tun, aber Kevin mochte sie sehr und hatte sich nie vernachlässigt oder fehl am Platz gefühlt. Im Gegenteil, er schwärmte immer von seinen Besuchen und erzählte, wieviel Spaß er gehabt habe. Manchmal war sie fast ein bißchen eifersüchtig, aber sie tat ihr Bestes, um es vor Kevin zu verbergen.

Jetzt, am Strand, lief sie in mäßigem Tempo. Deanna würde mit dem Frühstück auf sie warten – Brian war dann schon fort –, und Theresa freute sich darauf, mit ihr zu plaudern. Deanna und Brian waren ein älteres Paar (beide gingen auf die Sechzig zu), doch Deanna war ihre beste Freundin.

Deanna und ihr Mann Brian, Chef vom Dienst bei der Zeitung, für die Theresa arbeitete, kamen schon seit Jahren nach Cape Cod. Sie wohnten immer im selben Haus, dem Fisher House, und als Deanna erfuhr, daß Kevin einen Großteil des Sommers bei seinem Vater in Kalifornien verbringen würde, hatte sie auf einem Besuch Theresas bestanden. »Brian spielt jeden Tag Golf«, hatte sie gesagt, »und überhaupt, was willst du sonst tun? Du brauchst einfach mal einen Tapetenwechsel.« Theresa wußte, daß sie recht hatte, und nach einigen Tagen Bedenkzeit hatte sie die Einladung schließlich angenommen. »Ich bin so froh«, hatte Deanna mit einem triumphierenden Leuchten in den Augen gesagt. »Es wird dir dort gefallen.«

Theresa mußte zugeben, daß es ein wunderschöner Ort war. Das Fisher House war ein hübsch restauriertes Kapitänshaus am Rand einer Klippe mit Blick auf die Bucht von Cape Cod, und als sie das Haus jetzt in der Ferne erblickte, verlangsamte sie das Tempo. Im Gegensatz zu den anderen Joggern hielt sie nichts vom Endspurt, sondern zog auf den letzten Metern eine gemächlichere Gangart vor. Mit sechsunddreißig erholte sich ihr Körper nicht mehr so schnell wie früher.

Während ihr Atem langsam zur Ruhe kam, überlegte sie, wie sie den Rest des Tages verbringen sollte. Sie hatte fünf Bücher mitgenommen, Bücher, die sie seit einem Jahr hatte lesen wollen. Es blieb ihr einfach nie genügend Zeit – mit Kevin und seiner unerschöpflichen Energie, mit dem Haushalt und mit all der Arbeit, die sich ständig auf ihrem Schreibtisch stapelte. Als Kolumnistin für die *Boston Times* war sie, um wöchentlich ihre drei Kolumnen schreiben zu können, unter ständigem

Termindruck. Die meisten ihrer Kollegen glaubten, sie würde ihre Artikel über moderne Kindererziehung aus dem Ärmel schütteln – einfach dreihundert Wörter heruntertippen –, doch das war ein Irrtum. Ständig mit etwas Originellem aufzuwarten, war nicht mehr einfach – vor allem wenn sie ihre Artikel an mehrere Zeitungen verkaufen wollte. Ihre Kolumne ›Moderne Kindererziehung‹ erschien bereits in sechzig Zeitungen des Landes, auch wenn die meisten wöchentlich nur eine oder zwei ihrer Kolumnen abdruckten. Und da sie erst seit anderthalb Jahren Angebote der Presseagentur bekam und bei den meisten Zeitungen als Neuling galt, konnte sie sich nicht einmal ein paar ›freie‹ Tage leisten. Der Platz für Kolumnen ist in den meisten Zeitungen äußerst begrenzt, und es gibt Hunderte von Kolumnisten, die sich darum schlagen.

Theresa verfiel in Schrittempo, blieb schließlich stehen und betrachtete eine Seeschwalbe, die über ihr am Himmel kreiste. Sie wischte sich mit dem Unterarm den Schweiß vom Gesicht, holte tief Luft, hielt den Atem einen Augenblick an und atmete langsam wieder aus. Dann blickte sie aufs Meer. Da es früh war, lag noch dichter Nebel über dem Wasser, doch das würde sich rasch ändern, sobald die Sonne etwas höher stand. Es sah verlockend aus. Nach einer Weile zog sie Schuhe und Socken aus, lief an den Rand des Wassers und ließ die winzigen Wellen über ihre nackten Füße schwappen. Das Wasser war erfrischend, und sie watete ein paar Minuten hin und her. Plötzlich war sie froh, daß sie sich in den letzten Monaten die Zeit genommen hatte, mehrere zusätzliche Kolumnen zu schreiben, so daß sie ihre Arbeit diese Woche würde vergessen können. Sie konnte sich gar nicht mehr erinnern, wann sie sich das letzte Mal nicht in Reichweite ihres Computers befunden und keine drängenden Termine gehabt hatte, und so war sie glücklich, eine Weile ihrem Schreibtisch fernbleiben zu können. Es war fast, als hätte sie ihr Leben wieder in der Hand und könne noch einmal von vorne beginnen.

Zugegeben, es gab eine Menge Dinge, die sie zu Hause hätte erledigen müssen. Das Badezimmer hätte längst neu tapeziert und renoviert werden müssen, es gab eine Unmenge Löcher von Nägeln in den Wänden, die man zuspachteln mußte, und die ganze Wohnung gehörte gestrichen. Vor zwei Monaten hatte sie Tapete und Wandfarbe, Handtuchhalter, Türklinken, einen neuen Spiegel und das nötige Werkzeug gekauft, aber sie hatte die Schachteln nicht einmal geöffnet. Das war etwas, das immer auf das nächste Wochenende verschoben werden konnte, obwohl die Wochenenden oft genauso mit Arbeit ausgefüllt waren wie die Werktage. Die gekauften Sachen steckten noch immer in ihren Einkaufstüten gleich hinter dem Staubsauger, und jedesmal, wenn sie den Besenschrank öffnete, schienen sie sich über ihre guten Vorsätze lustig zu machen. Vielleicht, wenn sie von ihrem Urlaub zurückkam …

Theresa ließ den Blick schweifen und bemerkte einen Mann, der ein Stück von ihr entfernt am Strand stand. Er war älter als sie, so um die Fünfzig, und sein Gesicht war braungebrannt, so als lebte er das ganze Jahr über hier. Er rührte sich nicht vom Fleck, stand nur da und ließ das Wasser seine Beine umspülen. Theresa bemerkte, daß er die Augen geschlossen hielt, als wolle er die Schönheit der Welt genießen, ohne sie zu sehen. Er trug ausgeblichene Jeans, die bis zu den Knien hochgekrempelt waren, und ein Hemd, das salopp über der Hose hing. Während sie ihn so beobachtete, wünschte sie plötzlich, ein anderer Mensch zu sein. Wie mochte es sein, über den Strand zu laufen und sich um nichts in der Welt kümmern zu müssen? Wie mochte es sein, fern von der Hektik Bostons jeden Tag an einen ruhigen Ort wie diesen zu kommen, nur um zu genießen, was das Leben zu bieten hatte?

Sie watete etwas weiter ins Wasser und folgte dem Beispiel des Mannes, in der Hoffnung, das zu empfinden, was er empfand. Aber als sie die Augen schloß, konnte sie nur an Kevin denken. Wie sehr sie sich wünschte, mehr Zeit mit ihrem Sohn zu verbringen und dabei mehr Muße zu haben! Sie wollte mit ihm zusammensitzen und mit ihm plaudern, Monopoly spielen oder einfach nur fernsehen, ohne ständig das Gefühl zu haben, aufstehen und etwas Wichtigeres tun zu müssen. Sie kam sich manchmal unehrlich vor, wenn sie Kevin versicherte, daß er an erster Stelle stand und daß die Familie das Wichtigste war.

Das Problem war nur, daß es immer etwas zu tun gab. Geschirr mußte gespült, Wäsche gewaschen, das Badezimmer geputzt, die Katzenstreu erneuert werden; das Auto mußte zur Inspektion gebracht, Rechnungen mußten bezahlt werden. Kevin, ihre größte Stütze im Haushalt, war fast so beschäftigt wie sie, mit Schule und Freunden und all seiner anderen Aktivität. Und so kam es, daß Zeitungen ungelesen im Papierkorb landeten, Briefe ungeschrieben blieben, daß sie manchmal, wie etwa jetzt, fürchtete, ihr Leben könne ihr entgleiten.

Aber wie ließ sich das alles ändern? »Mach im Leben immer eins nach dem anderen«, hatte ihre Mutter immer gesagt, aber ihre Mutter hatte nicht außer Haus arbeiten und einen lebhaften und selbstbewußten, aber liebebedürftigen Sohn ohne Vater aufziehen müssen. Sie konnte nicht begreifen, welchem Druck Theresa täglich ausgesetzt war. Auch ihre jüngere Schwester Janet, die in die Fußstapfen ihrer Mutter getreten war, verstand sie nicht. Sie war seit knapp elf Jahren glücklich verheiratet und hatte drei reizende Töchter als Beweis ihres Glücks. Ihr Mann Edward war keine Leuchte, dafür aber zuverlässig und fleißig, und er verdiente genügend Geld, so daß Janet nicht arbeiten mußte. Manchmal dachte Theresa, ein solches Leben würde ihr behagen, auch wenn sie dann ihren Beruf würde aufgeben müssen.

Doch das war nicht möglich. Nicht, seitdem sie von David geschieden war. Und das waren jetzt schon drei Jahre, vier sogar, wenn man das erste Jahr der Trennung hinzuzählte. Sie haßte David nicht für das, was er getan hatte, aber ihre Achtung vor ihm war erschüttert. Ehebruch, egal ob nur ein kurzer Seitensprung oder eine dauerhafte Affäre, war etwas, womit sie nicht leben konnte. Daran änderte auch die Tatsache nichts, daß er die Frau, mit der er seit zwei Jahren zusammenlebte, nicht geheiratet hatte. Der Vertrauensbruch war irreparabel.

David war nach ihrer Trennung in seinen Heimatstaat Kalifornien zurückgekehrt und hatte wenige Monate später Annette kennengelernt. Seine neue Lebensgefährtin war sehr fromm und weckte nach und nach Davids Interesse für die Kirche. Der Agnostiker David schien immer schon auf der Suche nach einem höheren Sinn in seinem Leben gewesen zu sein. Jetzt ging er regelmäßig in die Kirche und engagierte sich sogar neben dem Pastor als Eheberater. Was mochte er wohl jemandem raten, der das gleiche getan hatte wie er, fragte sie sich oft, und wie konnte er anderen helfen, wenn er sich selbst nicht hatte beherrschen können? Sie wußte es nicht, und genaugenommen war es ihr auch gleichgültig. Sie war einfach nur froh, daß er sich immer noch um seinen Sohn kümmerte.

Natürlich waren nach der Trennung auch viele Freundschaften zerbrochen. Jetzt, da sie solo war, schien sie bei Weihnachtsfeiern oder Grillfesten fehl am Platze. Einige Freunde aber waren ihr geblieben, sie sprachen auf ihren Anrufbeantworter, luden sie zu einer Party oder zu einem Abendessen ein. Gelegentlich nahm sie die Einladung an, meist aber erfand sie eine Ausrede. Keine der Freundschaften erschien ihr so wie früher zu sein. Die Umstände veränderten sich, die Menschen veränderten sich, und das Leben draußen vor dem Fenster ging weiter.

Seit ihrer Scheidung war sie nur selten mit Männern ausgegangen. Nicht, daß sie eine unattraktive Frau gewesen wäre. Ganz im Gegenteil, das jedenfalls wurde ihr oft bestätigt. Sie hatte dunkelbraunes glattes und seidiges Haar, das schulterlang war. Ihre Augen, die ihr die meisten Komplimente einbrachten, waren braun und hatten goldene Flecken, die im Sonnenlicht funkelten. Da sie täglich joggte, war sie fit und sah jünger aus, als sie war. Sie fühlte sich auch nicht alt, aber wenn sie sich in letzter Zeit im Spiegel betrachtete, glaubte sie zu sehen, wie das Alter sie einzuholen begann. Ein neues Fältchen um die Augenwinkel, ein graues Haar, das über Nacht gewachsen zu sein schien, ein etwas müder Blick, der die ständige Anspannung verriet.

Ihre Freunde erklärten sie für verrückt. »Du siehst besser aus als vor Jahren«, beharrten sie, und Theresa bemerkte manchmal, daß ihr im Supermarkt noch Männer nachschauten. Aber sie war eben keine zweiundzwanzig mehr, würde es nie wieder sein. Nicht, daß sie das wünschte, doch manchmal dachte sie, sie sollte ihre Lebenserfahrung nutzen. Andernfalls würde sie bestimmt auf einen anderen David reinfallen – auf einen gutaussehenden Mann, den es nach den erfreulichen Dingen des Lebens gelüstete und der davon ausging, daß für ihn keine Regeln galten. Doch Regeln waren, verdammt noch mal, wichtig, vor allem in der Ehe. Ihr Vater und ihre Mutter hatten sie nicht verletzt, ihre Schwester und ihr Schwager nicht und Deanna und Brian genausowenig. Warum hatte er es tun müssen? Und warum, so fragte sie sich, während sie reglos am Wasser stand, warum kehrten ihre Gedanken nach all dieser Zeit immer wieder zu diesem Thema zurück?

Es hing wohl damit zusammen, daß sie beim Eintreffen der Scheidungspapiere das Gefühl gehabt hatte, ein kleiner Teil ihrer selbst sei gestorben. Ihr anfänglicher Zorn war in Traurigkeit umgeschlagen und in eine Art

Abgestumpftheit. Obwohl sie ständig in Bewegung war, kam es ihr vor, als spiele sich in ihrem Leben nichts Besonderes mehr ab. Ein Tag schien wie der andere, und es fiel ihr oft schwer, sie auseinanderzuhalten. Einmal, es mußte vor einem Jahr gewesen sein, hatte sie an ihrem Schreibtisch gesessen und etwa eine Viertelstunde darüber gegrübelt, was ihre letzte spontane Tat gewesen war. Es war ihr keine eingefallen.

Die ersten Monate waren sehr schwer gewesen. Dann aber war ihr Zorn verebbt, und sie hatte nicht länger das drängende Bedürfnis verspürt, auf David einzuschlagen und es ihm heimzuzahlen. Sie hatte nur noch Selbstmitleid empfunden. Selbst die Tatsache, daß sie Kevin ständig um sich hatte, vermochte nichts daran zu ändern, daß sie sich allein auf der Welt fühlte. Eine Zeitlang hatte sie nachts nicht mehr als ein paar Stunden geschlafen, und manchmal war sie in der Redaktion von ihrem Schreibtisch aufgestanden und hatte sich in ihr Auto gesetzt, um zu weinen.

Jetzt, nachdem drei Jahre vergangen waren, hatte sie echte Zweifel, daß sie je wieder jemanden so würde lieben können wie David. Als sie David auf einer Studentenparty das erste Mal gesehen hatte, war ihr sofort klar gewesen, daß sie mit ihm zusammensein wollte. Ihre junge Liebe war ihr damals so überwältigend, so mächtig erschienen. Sie hatte nachts manchmal stundenlang wach im Bett gelegen und an ihn gedacht, und wenn sie über das Campus-Gelände gelaufen war, hatte sie so strahlend gelächelt, daß andere zurücklächelten.

Doch eine Liebe wie diese ist nicht von Dauer, das jedenfalls war ihre Erfahrung. Mit den Jahren entstand eine andere Art von Beziehung. David und sie wurden älter – und entwickelten sich auseinander. Sie konnten sich kaum noch erinnern, warum sie sich anfangs so zueinander hingezogen gefühlt hatten. Im Rückblick kam es Theresa vor, als wäre David ein ganz anderer Mensch geworden, auch wenn sie nicht hätte sagen können, wann dieser Wandel eingesetzt hatte. Doch alles ist möglich, wenn die Flamme einer Liebe erlischt, und für ihn war sie erloschen. Eine Zufallsbegegnung in einem Video-Shop, ein Gespräch, das zu einem Lunch und schließlich zu Aufenthalten in verschiedenen Hotels rund um Boston geführt hatte.

Das Gemeine an der ganzen Geschichte war, daß er ihr manchmal immer noch fehlte – zumindest seine guten Seiten. Die Ehe mit David war bequem wie ein Bett gewesen, in dem man seit Jahren schlief. Sie war es gewohnt gewesen, einen anderen Menschen um sich zu haben, mit ihm zu reden oder ihm zuzuhören; sie hatte es genossen, morgens mit dem Duft von Kaffee aufzuwachen. Nun fehlte ihr die Gegenwart eines anderen Erwachsenen in der Wohnung. Am meisten aber vermißte sie die Intimität, das Kuscheln und Flüstern hinter verschlossenen Türen.

Kevin war noch nicht alt genug, um das zu verstehen, und obwohl sie ihn über alles liebte, war es nicht die Art von Liebe, nach der sie sich jetzt so sehnte. Ihr Gefühl für Kevin war Mutterliebe, sicher die tiefste und heiligste Liebe, die es gibt. Noch immer ging sie, wenn er schon schlief, oft in sein Zimmer und setzte sich an sein Bett, nur um ihn zu betrachten. Kevin sah im Schlaf immer so friedlich, so unschuldig aus. Anders als tagsüber, wenn er ständig in Bewegung schien, weckte der Anblick ihres schlafenden Kindes bei ihr alte Gefühle aus der Zeit, als er noch ein Baby gewesen war. Aber selbst diese wundervollen Gefühle änderten nichts an der Tatsache, daß sie, wenn sie sein Zimmer verlassen hatte, nach unten ging, um sich ein Glas Wein einzuschenken, und nur Kater Harvey ihr dabei Gesellschaft leistete.

Sie träumte immer noch davon, sich wieder zu verlieben, von jemandem in die Arme genommen zu werden, der ihr das Gefühl gab, daß sie der einzige wichtige

Mensch für ihn war. Doch es war schwer, wenn nicht gar unmöglich, jemand Geeigneten kennenzulernen. Die meisten Männer in den Dreißigern, die sie kannte, waren verheiratet, und diejenigen, die geschieden waren, suchten meist eine Jüngere, die sie genau nach ihren Wünschen formen konnten. Also blieben nur ältere Männer übrig, und obwohl sie sich durchaus vorstellen konnte, sich in jemand Älteren zu verlieben, blieb die Sorge um ihren Sohn. Sie wollte einen Mann, der Kevin so behandeln würde, wie er es verdiente, und nicht wie ein unliebsames Anhängsel einer Frau, die er begehrte. Tatsache war, daß die älteren Männer meist erwachsene Kinder hatten; und nur wenige waren auf die Probleme erpicht, die die Erziehung eines Halbwüchsigen in den Neunzigern mit sich brachte. »Ich hab mein Teil geleistet«, hatte ihr ein Mann klipp und klar gesagt. Und das war das Ende ihrer kurzen Beziehung gewesen.

Zugegebenermaßen fehlte ihr auch der körperliche Aspekt der Liebe. Seit der Scheidung von David war sie mit keinem Mann mehr zusammengewesen. Natürlich hatte es Gelegenheiten gegeben – jemanden fürs Bett zu finden, war nicht schwer für eine attraktive Frau –, aber das war einfach nicht ihr Stil. So war sie erzogen, und daran wollte sie auch jetzt nichts ändern. Sex war etwas zu Wichtiges, zu Besonderes, um mit irgendeinem x-beliebigen geteilt zu werden. Genaugenommen hatte sie in ihrem Leben nur mit zwei Männern geschlafen – mit David und mit Chris, ihrem ersten richtigen Freund. Nur für ein paar Minuten der Lust wollte sie diese Liste nicht erweitern.

Jetzt also, in dieser Urlaubswoche – allein in der Welt und ohne Aussicht auf einen Mann – wollte sie etwas nur für sich tun. Bücher lesen, die Füße hochlegen und ohne das Flackern des Fernsehers im Hintergrund ein Glas Wein trinken. Ein paar Briefe an Freunde schreiben, von denen sie lange nicht gehört hatte. Spät zu Bett gehen, zuviel essen, morgens joggen, wenn der Strand noch leer war. Sie wollte ihre kurzfristige Freiheit genießen.

Sie wollte auch einkaufen gehen. Nicht in Läden, die Nike-Schuhe und Diesel-T-Shirts verkauften, sondern in kleinen Boutiquen, die Kevin langweilig fand. Sie wollte ein paar neue Kleider anprobieren und zwei oder drei kaufen, die ihrer Figur schmeichelten, nur um sich das Gefühl zu geben, daß sie noch lebte, noch eine Frau war. Vielleicht würde sie sogar zum Friseur gehen. Sie trug ihr Haar seit Jahren unverändert und hatte es satt, jeden Tag gleich auszusehen. Und falls sie ein netter Typ zum Essen einlud, würde sie vielleicht zusagen, nur um eine Gelegenheit zu haben, eins der neuen Kleider zu tragen.

Von neuem Optimismus erfüllt, blickte sie sich nach dem Mann von vorhin um, doch er war so unbemerkt verschwunden, wie er gekommen war. Auch sie war jetzt bereit zu gehen. Ihre Beine waren im kalten Wasser ganz steif geworden, und sich hinzusetzen und ihre Schuhe anzuziehen, war etwas schwieriger, als sie erwartet hatte. Sie hatte kein Handtuch dabei und zögerte einen Augenblick. Ach was, dachte sie. Ich bin im Urlaub, am Strand. Was brauche ich da Schuhe oder Socken?

Einen Schuh in jeder Hand, machte sie sich auf den Heimweg. Als sie dicht am Wasser entlanglief, entdeckte sie plötzlich einen halb im Sand verborgenen großen Stein, nahe der Markierung, wo die morgendliche Flut ihren Höchststand erreicht hatte. Merkwürdig, dachte sie bei sich, der Stein wirkt irgendwie fehl am Platz.

Beim Näherkommen fiel ihr auf, daß er sonderbar aussah, ganz glatt und lang, und als sie jetzt direkt davorstand, sah Theresa, daß es gar kein Stein war. Es war eine Flasche, die wohl von einem Touristen oder einem der Teenager des Ortes achtlos liegengelassen worden war. Theresa blickte sich um, erspähte einen Abfalleimer, der an einen Rettungsschwimmer-Turm gekettet war, und fand, dies sei eine Gelegenheit für die gute Tat des Tages. Beim Bücken stellte sie erstaunt fest, daß die Flasche zugekorkt war. Sie hob sie auf, hielt sie gegen das Licht und entdeckte ein Papier darin.

Einen Augenblick fühlte sie ihr Herz schneller schlagen, denn eine Erinnerung stieg in ihr auf. Als sie acht gewesen war, hatte sie mit ihren Eltern ihre Ferien in Florida verbracht. Dort hatte sie mit einer Freundin eine Flaschenpost losgeschickt, aber nie eine Antwort erhalten. Die Botschaft war ein einfacher Kinderbrief gewesen, aber zu Hause war sie dann wochenlang zum Briefkasten gelaufen in der Hoffnung, daß jemand die Flasche gefunden und ihr von dem Ort, wo sie an Land gespült worden war, zurückgeschrieben hätte. Als kein Brief kam, war die Enttäuschung groß, doch langsam verblaßte die Erinnerung, bis sie ganz ausgelöscht war. Aber jetzt fiel ihr alles wieder ein. Wer war diese Freundin gewesen? Ein Mädchen ihres Alters… Tracy?… Nein… Stacey?… Ja, Stacey! Stacey war ihr Name! Sie hatte ihre Ferien bei ihren Großeltern verbracht… und… doch an mehr konnte sie sich nicht erinnern, so sehr sie sich auch bemühte.

Sie begann an dem Korken zu ziehen. Fast erwartete sie, daß es die Flasche war, die sie damals ins Meer geworfen hatte, auch wenn sie wußte, daß es Unsinn war. Sicher kam sie von einem Kind, und sie würde ihm gerne antworten, vielleicht mit einem kleinen Souvenir von Cape Cod oder einer Ansichtskarte.

Der Korken steckte sehr fest, und ihre Finger glitten mehrmals ab, als sie versuchte, ihn herauszuziehen. Sie grub ihre kurzen Fingernägel in den vorstehenden Teil und drehte die Flasche langsam herum. Nichts. Mit der anderen Hand versuchte sie es noch einmal. Sie klemmte die Flasche zwischen die Knie, griff noch fester zu, und als sie fast schon aufgeben wollte, gab der Korken ein wenig nach. Sie wechselte erneut die Hände, packte mit frischer Kraft zu… drehte langsam die Flasche… der

Korken bewegte sich … noch ein wenig mehr … und plötzlich lockerte er sich und glitt leicht heraus.

Sie drehte die Flasche um und war erstaunt, daß das Papier sofort vor ihr in den Sand fiel. Als sie sich danach bückte, sah sie, warum: Der Brief war fest zusammengerollt und mit einem Faden umwickelt.

Vorsichtig löste sie den Faden, und das erste, was ihr beim Aufrollen der Nachricht auffiel, war das Papier. Das war kein Kinder-Briefbogen, sondern kostbares Briefpapier, dick und fest, mit der Prägung eines Segelschiffs in der oberen rechten Ecke. Und es sah alt aus, fast als wäre es schon hundert Jahre im Meer gewesen.

Sie fühlte, wie ihr der Atem stockte. Vielleicht war es tatsächlich alt. Das war durchaus denkbar – schließlich gab es Geschichten von Flaschen, die nach hundert Jahren an Land gespült wurden. Als sie jedoch die Schrift betrachtete, wurde ihr klar, daß sie sich getäuscht hatte. In der oberen rechten Ecke des Blatts stand ein Datum.

22. Juli 1997

Etwas über drei Wochen.

Drei Wochen? Nicht mehr?

Sie schaute den Brief genauer an. Er war lang, erstreckte sich über beide Seiten des Blattes und schien keine Antwort zu erwarten. Nirgends war eine Adresse oder Telefonnummer angegeben.

Plötzlich erwachte ihre Neugier, und so begann sie im Licht der aufgehenden Sommersonne, den Brief zu lesen, der ihr Leben für immer verändern sollte.

22. Juli 1997

Meine liebste Catherine!

Du fehlst mir, mein Liebling, wie immer, aber heute ist es besonders schmerzlich, weil das Meer mir das Lied unseres Lebens gesungen hat. Ich kann Dich fast neben mir spüren und den Duft wildwachsender Blumen riechen, der mich immer an Dich erinnert, während ich diesen Brief schreibe. Doch in diesem Augenblick bereiten mir diese Dinge keine Freude. Deine Besuche werden immer seltener, und manchmal ist mir, als würde der größte Teil meines Ichs langsam dahinschwinden.

Dabei gebe ich mir durchaus Mühe. Nachts, wenn ich allein bin, rufe ich nach Dir, und wenn mein Schmerz am größten ist, scheinst Du immer noch einen Weg zu finden, um zu mir zurückzukehren. Gestern nacht sah ich Dich in meinen Träumen auf der Mole am Strand von Wrightsville. Der Wind zerzauste Dein Haar, und Deine Augen fingen das schwindende Sonnenlicht auf. Ich bin hingerissen, wie ich Dich so am Geländer lehnen sehe. Du bist wunderschön. Ich gehe langsam auf Dich zu und bemerke, daß auch andere Dich beobachtet haben. »Kennen Sie die Frau?« fragen sie mich neidisch, und während Du mir zulächelst, sage ich einfach nur die Wahrheit: »Besser als mein eigenes Herz.«

Dicht vor Dir bleibe ich stehen und nehme Dich in die Arme. Diesen Augenblick ersehne ich am meisten. Dafür lebe ich, und wenn Du meine Umarmung erwiderst, gebe ich mich – wieder ganz in Frieden mit mir selbst – diesem Augenblick hin.

Ich hebe die Hand und berühre sanft Deine Wange, und Du legst den Kopf auf die Seite und schließt die Augen. Meine Hände sind voller Schwielen, und Deine Haut ist zart, und ich frage mich einen Augenblick, ob Du zurückweichen wirst, doch Du tust es natürlich nicht, hast es nie getan, und in solchen Augenblicken weiß ich, was der Sinn meines Lebens ist.

Ich bin hier, um Dich zu lieben, um Dich im Arm zu halten, um Dich zu beschützen. Ich bin hier, um von Dir zu lernen und dafür Deine Liebe zurückzugewinnen. Ich bin hier, weil es keinen anderen Ort für mich gibt.

Dann aber, wie immer, wenn wir beisammen sind, braut sich etwas Unheimliches zusammen. Ein ferner

Nebel, der vom Horizont aufsteigt, und ich fühle mich beklommen, als er näherkommt. Er schleicht heran, hüllt die Welt ringsum ein, umgibt uns wie eine Mauer, als wollte er unsere Flucht verhindern. Wie eine finstere Wolke deckt er alles zu, bis nur noch wir beide da sind.

Ich fühle, wie sich meine Kehle zusammenschnürt, meine Augen sich mit Tränen füllen, weil ich weiß, daß es Zeit für Dich ist, zu gehen. Dein Blick in diesen Momenten quält mich. Ich spüre Deine Traurigkeit und meine eigene Einsamkeit, und der Schmerz in meinem Herzen, der für eine kurze Zeit verschwunden war, kehrt um so heftiger wieder, während Du Dich von mir löst. Und dann breitest Du die Arme aus und weichst zurück in den Nebel, weil es Dein Ort ist und nicht der meine. Ich will Dir folgen, doch Deine einzige Antwort ist ein Kopfschütteln, denn wir wissen beide, daß es unmöglich ist.

Und mit gebrochenem Herzen sehe ich zu, wie Du langsam entschwindest. Ich versuche verzweifelt, mich an jede Einzelheit dieses Augenblicks zu erinnern, an alles, was Dich betrifft. Aber bald, allzubald, verblaßt Dein Bild, und der Nebel wälzt sich zurück zu seinem fernen Ort, und ich bin allein auf der Mole, und es kümmert mich nicht, was die Leute denken, wenn ich den Kopf senke und weine und weine.

Garrett

2. Kapitel

»*H*ast du geweint?« fragte Deanna, als Theresa, Flasche und Brief in der Hand, die Veranda betrat. In ihrer Verwirrung hatte sie vergessen, die Flasche in den Abfalleimer zu werfen.

Theresa wischte sich verlegen die Augen, als Deanna die Zeitung beiseite legte und sich aus ihrem Sessel erhob. Obwohl sie ziemlich korpulent war – und immer schon gewesen war, seitdem Theresa sie kannte –, bewegte sie sich flink um den Tisch.

»Bist du okay? Ist draußen etwas passiert? Bist du verletzt?« Besorgt griff Deanna nach Theresas Hand und stieß dabei gegen einen der Stühle. Theresa schüttelte den Kopf.

»Nein, nicht was du denkst. Ich habe nur diesen Brief gefunden und… Ich weiß selbst nicht, aber nachdem ich ihn gelesen habe, konnte ich einfach nicht anders.«

»Ein Brief? Was für ein Brief? Bist du wirklich okay?«

»Wirklich, glaub mir. Der Brief war in einer Flasche. Ich habe sie am Strand gefunden. Und als ich sie geöffnet und den Brief gelesen habe…« Ihre Stimme versagte, und Deannas Gesicht erhellte sich ein wenig.

»Na… dann ist es ja gut. Einen Augenblick habe ich geglaubt, etwas Schreckliches sei passiert. Daß dich jemand überfallen hätte oder so was.«

Theresa strich sich eine Strähne aus der Stirn und lächelte über die Besorgnis ihrer Freundin.

»Nein, der Brief hat mich nur zutiefst berührt. Es ist albern, ich weiß. Ich sollte nicht so emotional reagieren. Tut mir leid, ich wollte dich nicht erschrecken.«

»Unsinn«, erwiderte Deanna mit einem Achselzucken. »Da gibt es nichts zu entschuldigen. Ich bin nur froh, daß nichts passiert ist.« Sie hielt einen Augenblick inne. »Du sagst, der Brief hätte dich zum Weinen gebracht. Warum? Was steht drin?«

Theresa wischte sich noch einmal die Augen, reichte Deanna den Brief und ging zu dem gußeisernen Tisch, an dem Deanna gesessen hatte. Sie kam sich noch immer lächerlich vor und rang um Fassung.

Deanna las den Brief langsam durch und blickte dann zu Theresa auf. Auch ihre Augen waren feucht. Er hatte also nicht nur sie, Theresa, berührt.

»Er ist ... er ist wunderschön«, sagte Deanna schließlich. »Einer der bewegendsten Briefe, die ich jemals gelesen habe.«

»Das fand ich auch.«

»Und du hast die Flasche am Strand gefunden? Beim Joggen?«

Theresa nickte.

»Ich weiß nicht, wie sie an Land gespült werden konnte«, fuhr Deanna fort. »Die Bucht ist vom offenen Meer abgeschirmt. Und ich habe noch nie etwas von Wrightsville Beach gehört.«

»Offenbar ist die Flasche gestern nacht an den Strand gespült worden. Ich wäre beinahe achtlos dran vorbeigelaufen.«

Deanna strich mit den Fingern über das Papier. »Ich frage mich, wer die beiden sind. Und warum der Brief in eine Flasche gesteckt wurde.«

»Keine Ahnung.«

»Bist du nicht neugierig?«

Natürlich war Theresa neugierig. Gleich nachdem sie den Brief gelesen hatte, hatte sie ihn ein zweites, dann ein drittes Mal gelesen. Wie mußte es sein, hatte sie sich gefragt, von jemandem so sehr geliebt zu werden?

»Ein bißchen. Aber wenn schon! Wir werden es niemals erfahren.«

»Was wirst du mit dem Brief machen?«

»Ihn aufbewahren, denke ich. Ich habe noch nicht darüber nachgedacht.«

»Hmmm«, sagte Deanna mit einem undefinierbaren Lächeln. »Und wie war's beim Joggen?«

Theresa nippte an einem Glas Saft, das sie sich eingeschenkt hatte.

»Schön. Vor allem, als die Sonne aufging. Es war, als finge die Welt an zu glühen.«

»Das kommt vom Sauerstoffmangel beim Joggen; der macht einen schwindelig.«

Theresa lachte belustigt. »Willst du damit andeuten, daß du diese Woche nicht mitläufst?«

Mit einem nachdenklichen Blick griff Deanna zu ihrer Kaffeetasse.

»Keine Chance. Bewegung beschränkt sich bei mir aufs Staubsaugen an Wochenenden. Kannst du dir vorstellen, wie ich keuchend und schnaufend da draußen rumrenne? Ich würde bestimmt einen Herzinfarkt kriegen.«

»Es tut gut, sobald der Körper sich daran gewöhnt hat.«

»Mag sein, aber ich bin nicht jung und schlank wie du. Ein einziges Mal in meinem Leben bin ich wirklich gelaufen, und zwar, als sich der Hund unseres Nachbarn von der Kette losgerissen hat. Ich bin so schnell gerannt, daß ich fast in die Hose gemacht habe.«

Theresa lachte laut auf. »Also, was steht heute auf dem Programm?«

»Ich dachte, wir könnten vielleicht ein bißchen einkaufen gehen und dann in der Stadt zu Mittag essen. Was hältst du davon?«

»Auf genau diesen Vorschlag habe ich insgeheim gehofft.«

Dann beratschlagten die beiden Frauen, welche Läden sie aufsuchen könnten. Deanna erhob sich, um sich noch eine Tasse Kaffee zu holen, und Theresa sah ihr nach.

Deanna war achtundfünfzig, hatte ein rundes Gesicht und dichtes Haar, das langsam ergraute. Sie trug es kurzgeschnitten, hatte keinen Sinn für Mode und war für Theresa die großartigste Person, die sie kannte. Sie verstand viel von Musik und Kunst, und während der Arbeit drangen aus ihrem Büro stets Mozart- oder Beethoven-Klänge in das Chaos des Nachrichtenraums. Sie lebte in einer Welt voller Optimismus und Humor, und jeder, der sie kannte, schätzte sie.

Deanna kam an den Tisch zurück, setzte sich und blickte auf die Bucht hinaus.

»Ist es nicht der herrlichste Ort, den man sich vorstellen kann?«

»Stimmt. Und ich bin froh, daß du mich überredet hast zu kommen.«

»Du konntest nicht zu Hause bleiben. Du hättest völlig allein in deiner Wohnung rumgesessen.«

»Du redest genau wie meine Mutter.«

»Das betrachte ich als Kompliment.«

Deanna griff erneut nach dem Brief. Während sie ihn noch einmal durchlas, hoben sich ihre Augenbrauen, doch sie sagte nichts. Theresa kam es vor, als hätte der Brief eine Erinnerung in ihr wachgerufen.

»Was ist?«

»Ich habe mich nur gefragt ...«

»Was denn?«

»Na ja, als ich in der Küche war, habe ich mir Gedanken gemacht über diesen Brief. Und ich habe mich gefragt, ob wir ihn nicht in deiner Kolumne für diese Woche abdrucken könnten?«

»Wie bitte?«

Deanna beugte sich über den Tisch.

»Du hast schon richtig gehört. Ich meine, wir sollten den Brief diese Woche in deiner Kolumne veröffentlichen. Er ist wirklich ungewöhnlich. Die Leute sollten so etwas gelegentlich lesen. Er ist so ergreifend. Ich kann mir gut vorstellen, daß Hunderte von Frauen ihn ausschneiden und an ihren Kühlschrank heften, damit ihre Männer ihn sehen, wenn sie von der Arbeit heimkommen.«

»Wir wissen doch nicht einmal, wer die beiden sind. Meinst du nicht, wir müßten vorher ihre Erlaubnis einholen?«

»Genau das ist der Punkt. Wir können es nicht. Ich kann mit unserem Anwalt sprechen, aber ich denke, es gibt keine rechtlichen Probleme, solange wir nicht den Ort und ihre wirklichen Namen preisgeben.«

»Es mag legal sein, aber ich hätte trotzdem Skrupel. Schließlich ist es ein sehr persönlicher Brief. Ich weiß nicht, ob man ihn der Öffentlichkeit zugänglich machen sollte.«

»Es ist eine Geschichte von menschlichem Interesse, Theresa. Die Menschen lieben so etwas. Außerdem steht nichts drin, das für irgend jemanden peinlich sein könnte. Es ist ein wunderschöner Brief. Und, vergiß nicht, dieser Garrett hat ihn in einer *Flasche* übers *Meer* geschickt. Er mußte damit rechnen, daß er von irgend jemandem gefunden wird.«

Theresa schüttelte langsam den Kopf. »Ich weiß nicht, Deanna …«

»Überleg es dir. Und schlaf eine Nacht drüber, wenn es sein muß. Ich finde, es ist eine großartige Idee.«

Theresa dachte über den Brief nach, während sie sich auszog und duschte. Und sie stellte sich allerhand Fragen über den Mann, der ihn geschrieben hatte. Garrett … ob das sein richtiger Name war? Und wer mochte Catherine sein? Seine Geliebte oder seine Frau, aber sie schien nicht mehr bei ihm zu sein. War sie tot oder war irgend etwas geschehen, das sie auseinandergebracht hatte? Und warum war der Brief in einer Flasche ins

Meer geworfen worden? Dann erwachte ihr journalistischer Spürsinn, und plötzlich kam ihr der Gedanke, daß die Nachricht womöglich gar nichts zu bedeuten hatte. Sie konnte von jemandem stammen, der einen Liebesbrief schreiben wollte, aber niemanden hatte, dem er ihn schicken konnte. Sie konnte sogar von jemandem sein, den die Vorstellung reizte, einsame Frauen an fernen Stränden zum Weinen zu bringen. Aber als ihr der Wortlaut des Briefes wieder durch den Kopf ging, erschienen ihr diese Möglichkeiten äußerst unwahrscheinlich. Der Brief kam ganz offensichtlich aus tiefstem Herzen. Und sich vorzustellen, daß er von einem Mann geschrieben worden war! Niemals in ihrem ganzen Leben hatte sie einen Brief bekommen, der auch nur annähernd diesem geglichen hätte. Liebesbotschaften hatte sie bis jetzt immer nur in Form von vorgedruckten Glückwunschkarten erhalten. Weder David noch Chris waren große Schreiber gewesen. Wie mochte der Verfasser dieses Briefes sein? fragte sie sich. War er im wirklichen Leben auch so gefühlvoll, wie sein Brief vermuten ließ?

Sie wusch ihr Haar, duschte ausgiebig, und mit dem kühlen Wasser, das über ihren Körper rann, wurden alle Fragen fortgespült.

Während sie sich abtrocknete, betrachtete sie sich im Spiegel. Gar nicht so schlecht für eine Sechsunddreißigjährige mit einem halbwüchsigen Sohn, dachte sie bei sich. Ihre Brüste waren immer klein gewesen, was sie in jüngeren Jahren gestört hatte, ihr jetzt aber ganz recht war, weil sie nicht schlaff wurden wie bei vielen Frauen ihres Alters. Ihr Bauch war flach, und ihre Beine waren lang und straff von Sport und Gymnastik. Auch schienen ihr heute die Krähenfüße um die Augen nicht so deutlich zu sein wie sonst. Alles in allem war sie zufrieden mit ihrem Aussehen an diesem Morgen, und der Grund dafür schien zu sein, daß sie entschlossen war, ihren Urlaub zu genießen.

Sie schminkte sich ein wenig und schlüpfte in beigefarbene Shorts, eine ärmellose weiße Bluse und braune Sandalen. Es würde bald heiß und drückend werden, und sie wollte bequem gekleidet sein, wenn sie mit Deanna durch Provincetown schlenderte. Sie schaute aus dem Badezimmerfenster, sah, daß die Sonne schon ziemlich hoch stand, und nahm sich vor, Sonnencreme mitzunehmen. Sie wußte aus Erfahrung, daß ein Sonnenbrand der schnellste Weg war, sich jeden Strandaufenthalt zu verderben.

Draußen auf der Veranda hatte Deanna den Frühstückstisch gedeckt. Es gab Melone, Grapefruit und getoastete Brötchen, die sie mit Magerkäse bestrich – Deanna machte wieder mal eine ihrer endlosen Diäten. Die beiden Frauen plauderten eine Weile. Brian war wie jeden Tag schon frühmorgens zum Golfspielen gegangen.

Brian und Deanna waren seit sechsunddreißig Jahren verheiratet. Sie hatten sich auf dem College kennengelernt und im Sommer nach dem Abschluß geheiratet, als Brian eben einen Job bei einem Wirtschaftsprüfer im Zentrum von Boston bekommen hatte. Acht Jahre später wurde Brian Teilhaber, und sie kauften sich ein geräumiges Haus in Brookline, in dem sie nun seit achtundzwanzig Jahren allein wohnten.

Sie hatten sich Kinder gewünscht, doch nach sechs Ehejahren war Deanna immer noch nicht schwanger. Also hatten sie einen Gynäkologen aufgesucht und erfahren, daß Deannas Eileiter voller Narben waren und daß sie keine Kinder würde bekommen können. Mehrere Jahre lang hatten sie versucht, ein Kind zu adoptieren, doch die Liste der Anwärter schien endlos zu sein, und schließlich hatten sie die Hoffnung aufgegeben. Es folgten düstere Jahre, und die Ehe wäre beinahe zerbrochen. Aber sie hatten sich wieder zusammengerauft, und Deanna hatte sich in die Arbeit gestürzt, um die Leere in ihrem Leben auszufüllen. Zu einer Zeit, als Frauen in der

Redaktion noch eine Seltenheit gewesen waren, hatte sie einen Job bei der *Boston Times* bekommen und sich langsam aber sicher die Karriereleiter hinaufgearbeitet. Als sie vor zehn Jahren Chef vom Dienst geworden war, hatte sie begonnen, Journalistinnen unter ihre Fittiche zu nehmen. Theresa war ihr erster Schützling gewesen.

Nachdem Deanna zum Duschen hinaufgegangen war, warf Theresa einen kurzen Blick in die Zeitung und sah dann auf die Uhr. Sie ging zum Telefon und wählte Davids Nummer. Es war noch früh in Kalifornien, erst sieben Uhr, doch sie wußte, daß die ganze Familie bereits auf den Beinen sein würde. Kevin stand immer schon in aller Herrgottsfrühe auf. Das Telefon läutete mehrmals, bevor Annette abhob. Theresa hörte Fernseher und Babygeschrei im Hintergrund.

»Hallo. Ich bin's, Theresa. Ist Kevin in Reichweite?«

»Oh, hallo. Natürlich ist er da. Moment bitte.«

Der Hörer wurde auf den Tisch gelegt, und Theresa hörte Annette nach Kevin rufen. »Kevin, für dich. Theresa ist am Apparat.«

Daß man sie nicht ›Mom‹ nannte, schmerzte Theresa mehr, als sie erwartet hatte, doch ihr blieb keine Zeit, weiter darüber nachzudenken.

Kevin war außer Atem, als er den Hörer aufnahm.

»Hi, Mom. Wie geht's? Gefällt dir dein Urlaub?«

Als sie seine Stimme hörte, fühlte sie sich plötzlich furchtbar einsam. Es war eine noch hohe, kindliche Stimme, doch nur allzu bald würde sie erwachsen und männlich klingen.

»Ich bin erst seit gestern abend hier, aber es ist herrlich. Ich habe noch nicht viel unternommen, außer dem Joggen heute morgen.«

»Waren viele Leute am Strand?«

»Noch nicht, aber auf dem Rückweg habe ich schon die ersten Sonnenanbeter auftauchen sehen. Sag mal, wann brichst du mit deinem Dad auf?«

»In ein paar Tagen. Sein Urlaub fängt erst am Montag an, und dann geht's los. Er fährt gleich ins Büro; möchtest du ihn sprechen?«

»Nein, nicht nötig. Ich wollte dir nur noch einmal eine schöne Zeit wünschen.«

»Du, das wird bestimmt super. Ich hab 'nen Prospekt von der Floßfahrt gesehen. Ein paar von den Stromschnellen sind echt cool.«

»Bitte sei vorsichtig.«

»Mom, ich bin doch kein Kind mehr.«

»Ich weiß. Aber du könntest deine altmodische Mutter ein bißchen beruhigen.«

»Okay, Mom, ich versprech's dir. Ich trag die ganze Zeit meine Schwimmweste.« Er hielt einen Augenblick inne. »Es gibt übrigens nirgends ein Telefon. Du kannst mich also nicht anrufen, bis wir zurück sind.«

»Das habe ich mir schon gedacht. Ich rufe an, wenn du zurück bist. Du wirst bestimmt viel Spaß haben.«

»Es wird super. Schade, daß du nicht mitkommen kannst. Wir hätten bestimmt eine tolle Zeit.«

Theresa schloß die Augen, bevor sie antwortete – ein Trick, den sie ihrer Therapeutin verdankte. Wann immer Kevin eine Andeutung machte, daß sie drei wieder zusammen sein sollten, mußte sie aufpassen, um nichts zu sagen, das sie später bereuen würde. Ihre Stimme klang so optimistisch wie eben möglich.

»Du und dein Dad müßt eine Zeitlang allein sein. Ich weiß, daß du ihm sehr fehlst. Ihr habt einiges nachzuholen, und er freut sich schon genauso lange auf diese Reise wie du.« *Nun, das war doch gar nicht so schwer!*

»Hat er dir das gesagt?«

»Ja. Mehrmals.«

Kevin schwieg ein Weilchen.

»Du wirst mir fehlen, Mom. Kann ich dich anrufen, sobald ich zurück bin, und dir erzählen, wie es war?«

»Natürlich. Du kannst mich immer anrufen. Ich freue mich schon auf deinen ausführlichen Bericht.« Dann: »Ich hab dich lieb, Kevin.«

»Ich dich auch, Mom.«

Sie legte auf und fühlte sich glücklich und traurig zugleich, wie immer, wenn Kevin bei seinem Vater war und sie mit ihm telefonierte.

»Wer war das?« fragte Deanna, die eben die Treppe herunterkam. Sie trug eine gelbgestreifte Bluse, rote Shorts, weiße Socken und Reeboks – eine Touristin vom Scheitel bis zur Sohle. Theresa verkniff sich ein Lächeln.

»Es war Kevin. Ich habe ihn angerufen.«

»Geht's ihm gut?« Deanna öffnete den Wandschrank und griff nach einer Kamera, um das Touristen-Outfit perfekt zu machen.

»Ja, prima. Sie brechen in ein paar Tagen auf.«

»Na, wunderbar.« Deanna hängte sich die Kamera um den Hals. »Und jetzt geht's zum Einkaufen. Wir müssen eine neue Frau aus dir machen.«

Einkaufen mit Deanna war eine Sache für sich.

In Provincetown angelangt, verbrachten sie den restlichen Morgen und frühen Nachmittag in den verschiedensten Boutiquen. Theresa kaufte drei neue Ensembles und einen Badeanzug, bevor Deanna sie in einen Dessous-Laden mit Namen ›Nightingales‹ schleppte.

Dort geriet Deanna völlig aus dem Häuschen. Nicht für sich selbst natürlich, sondern für Theresa. Sie nahm halbdurchsichtige Spitzenunterwäsche und BHs vom Ständer und hielt sie hoch, damit Theresa sie begutachten konnte. »Sieht ganz schön schlüpfrig aus«, sagte sie, oder »Gibt's das nicht in dieser Farbe?« Natürlich waren noch andere Frauen in der Nähe, während sie das hinausposaunte, und Theresa mußte einfach lachen. Deannas Ungezwungenheit war einer der Charakterzüge, die Theresa an ihr am meisten liebte. Es war ihr vollkommen gleichgültig, was andere Leute dachten, und Theresa beneidete sie oft um diese Lockerheit.

Nachdem sie zwei von Deannas Empfehlungen erworben hatte – schließlich war sie im Urlaub –, suchten die beiden einen Musikladen auf. Deanna wollte die letzte CD von Harry Connick jr. – »Er ist so süß«, sagte sie zur Erklärung –, und Theresa kaufte eine Jazz-CD mit einer neueren John-Coltrane-Aufnahme. Als sie nach Hause zurückkamen, saß Brian im Wohnzimmer und las die Zeitung.

»Na, endlich, ihr beiden. Ich fing schon an, mir Sorgen zu machen. Wie war euer Tag?«

»Ausgezeichnet«, sagte Deanna. »Wir haben in Provincetown zu Mittag gegessen und sind dann ein bißchen einkaufen gegangen. Wie hast du heute gespielt?«

»Nicht schlecht. Aber es muß noch besser werden.«

»Du mußt einfach noch mehr üben, damit du's zur Meisterschaft bringst.«

Brian lachte. »Du hast nichts dagegen?«

»Natürlich nicht.«

Brian lächelte, höchst zufrieden, daß er diese Woche viel Zeit auf dem Golfplatz verbringen konnte, und raschelte mit der Zeitung. Deanna verstand dies als Zeichen, daß er gern weiterlesen wollte, und flüsterte Theresa ins Ohr: »Laß einen Mann Golf spielen, und er regt sich über nichts mehr auf.«

Theresa ließ die beiden den Rest des Nachmittags allein. Da es noch immer heiß war, zog sie eins ihrer neuen Kleider an, schnappte sich ein Handtuch, einen kleinen Klappstuhl und das *People*-Magazin und ging an den Strand.

Sie blätterte müßig die *People* durch, überflog hier und da einen Artikel, ohne sich wirklich dafür zu interessieren, was die Reichen und Schönen bewegte. Ringsum war das Lachen von Kindern zu hören, die im Wasser planschten und ihre Eimer mit Sand füllten. Neben ihr waren zwei kleine Jungen und ein Mann, wahrscheinlich der Vater, mit dem Bau einer Sandburg beschäftigt. Das Plätschern der Wellen hatte etwas Einschläferndes. Sie legte das Magazin zur Seite, schloß die Augen und streckte das Gesicht der Sonne entgegen.

Sie wollte ein bißchen braun sein, wenn sie wieder zur Arbeit ging, allein schon, um zu zeigen, daß sie sich Zeit genommen hatte, einmal nichts zu tun. In der Redaktion galt sie als Workaholic. Wenn sie nicht ihre wöchentliche Kolumne schrieb, arbeitete sie an einem Artikel für die Sonntagsausgaben, surfte im Internet oder las etwas über Kindererziehung. Sie hatte alle wichtigen Elternmagazine abonniert und andere, die sich mit der ›berufstätigen Frau‹ befaßten; außerdem verschiedene medizinische Fachzeitschriften, in denen sie regelmäßig nach geeigneten Themen suchte.

Der Inhalt ihrer Kolumne ließ sich nie vorhersagen – was einer der Gründe für ihren Erfolg war. Manchmal reagierte sie auf Leserbriefe, manchmal berichtete sie über die neuesten Erkenntnisse zur Entwicklung des Kindes. Viele der Kolumnen handelten von den Freuden der Kindererziehung, andere von deren Problemen. Sie schrieb von den Kämpfen alleinerziehender Mütter, ein Thema, das viele Bostoner Frauen besonders zu bewegen schien. Ganz unverhofft wurde sie durch ihre Kolumne zu einer Art lokaler Berühmtheit. Anfangs fand sie es zwar aufregend, ihr eigenes Foto über ihrer Kolumne zu sehen oder Einladungen zu privaten Partys zu bekommen, aber sie war immer so sehr beschäftigt, daß ihr kaum Zeit blieb, ihren Ruhm zu genießen. Jetzt betrachtete sie das als eine der Begleiterscheinungen ihres

Jobs – eine angenehme zwar, die ihr aber nicht viel bedeutete.

Nach einer Stunde in der Sonne war ihr so heiß, daß sie ins Wasser ging. Sie watete bis zu den Hüften hinein und tauchte unter, als eine größere Welle heranrollte. Das kühle Naß ließ sie nach Luft schnappen, und als sie wieder auftauchte, stand ein Mann neben ihr. »Erfrischend, was?« lachte er, und sie antwortete mit einem Nicken. Er war groß und hatte dunkles Haar, genau die gleiche Farbe wie ihres, und einen Augenblick fragte sie sich, ob er mit ihr flirten wollte. Doch die Kinder in der Nähe schrien nach »Dad!«, und das war das Ende der Illusion. Nachdem sie ein paar Minuten geschwommen war, ging sie zu ihrem Stuhl zurück. Der Strand begann sich zu leeren. Auch sie packte ihre Sachen und machte sich auf den Heimweg.

Im Haus saß Brian vor dem Fernseher und sah sich eine Sendung über Golf an. Deanna las einen Roman mit dem Foto eines jungen, attraktiven Anwalts auf dem Umschlag.

»Wie war's am Strand?«

»Herrlich! Die Sonne war sehr angenehm, aber das Wasser war ganz schön kalt.«

»Das ist es immer. Ich verstehe nicht, wie manche Leute länger als ein paar Minuten drinbleiben können.«

Theresa hängte das Handtuch über eine Stange neben der Tür und sah zu Deanna hinüber.

»Wie ist das Buch?«

Deanna drehte das Buch um und betrachtete das Foto auf dem Umschlag. »Schön. Das Bild erinnert mich an Brian als junger Mann.«

Brian knurrte, ohne vom Fernseher aufzublicken.

»Wie?«

»Nichts, Liebling, nur Erinnerungen.« Sie wandte sich wieder Theresa zu. Ihre Augen leuchteten. »Hast du Lust auf eine Partie Rommé?«

Deanna liebte jede Art von Kartenspiel. Sie war in zwei verschiedenen Bridge-Clubs und legte unentwegt Patiencen. Rommé aber war immer ihrer beider Lieblingsspiel gewesen, da es das einzige war, bei dem Theresa Gewinnchancen hatte.

»Gern.«

Deanna schlug das Buch zu und erhob sich aus ihrem Sessel.

»Na, prima«, sagte sie. »Die Karten sind draußen auf dem Tisch.«

Theresa wickelte das Handtuch um ihren Badeanzug und ging nach draußen zu dem Tisch, an dem sie morgens gefrühstückt hatten. Deanna folgte kurz darauf mit zwei Dosen Cola Light und nahm ihr gegenüber Platz. Sie mischte die Karten, teilte sie aus und blickte Theresa an.

»Sieht so aus, als hättest du etwas Farbe bekommen. Die Sonne muß ziemlich intensiv gewesen sein.«

Theresa ordnete ihre Karten.

»Ich hatte das Gefühl, zu verbrutzeln.«

»Hast du jemand Interessantes kennengelernt?«

»Eigentlich nicht. Ich hab gelesen und mich entspannt. Es sind fast nur Familien am Strand.«

»Schade.«

»Warum sagst du das?«

»Na ja, ich hatte gehofft, du würdest jemand Besonderem begegnen.«

»Das bist du für mich.«

»Du weißt, was ich meine. Ich hatte gehofft, du würdest einen Mann kennenlernen. Einen, der dich vom Hocker reißt.«

Theresa blickte erstaunt auf.

»Wie kommst du darauf?«

»Die Sonne, das Meer, der Wind. Ich weiß nicht. Vielleicht ist es die zusätzliche Strahlung, die meine Phantasie belebt.«

»Ich habe nicht danach Ausschau gehalten, Deanna.«
»Nie?«
»Nicht richtig, jedenfalls.«
»Aha!«
»Mach keine Affäre draus. So lange bin ich schließlich noch gar nicht geschieden.«
Theresa legte die Karo Sechs ab, und Deanna nahm sie auf, bevor sie die Kreuz Drei ablegte. Deanna redete so wie ihre Mutter, wenn es um dieses Thema ging.
»Immerhin sind es schon fast drei Jahre. Gibt es niemanden im Hintergrund, den du mir vorenthalten hast?«
»Nein.«
»Niemanden?«
Deanna nahm eine Karte vom Stapel und legte eine Herz Vier ab.
»Nein. Aber das geht nicht nur mir so. Heutzutage ist es schwer, jemanden kennenzulernen. Ich habe keine Zeit, um auszugehen und Leute zu treffen.«
»Das weiß ich ja. Ich finde nur, daß du so viel zu bieten hast. Ich bin sicher, es gibt irgendwo den Richtigen für dich.«
»Ich auch. Aber ich bin ihm noch nicht begegnet.«
»Siehst du dich denn überhaupt um?«
»Wenn ich kann. Aber meine Chefin ist sehr anstrengend. Sie läßt mir keinen Augenblick Ruhe.«
»Vielleicht sollte ich mit ihr reden.«
»Vielleicht solltest du das wirklich«, stimmte Theresa zu, und beide lachten. Deanna nahm eine Karte vom Stapel und legte eine Pik Sieben ab.
»Bist du überhaupt mal wieder mit Männern ausgegangen?«
»Eigentlich nicht. Nicht mehr, seit dieser Matt Soundso mir erklärt hat, er wolle keine Frau mit Kind.«
Deanna runzelte die Stirn.
»Männer können manchmal richtige Trottel sein, und dieser kommt mir wie ein Paradebeispiel vor. Er gehört

zu der Sorte von Typen, deren Foto man veröffentlichen sollte – mit einer Warntafel darunter, auf der steht: ›Typisch egozentrisches Mannsbild‹. Aber sie sind nicht alle so. Es gibt eine Menge richtiger Männer draußen in der Welt – Männer, die sich auf der Stelle in dich verlieben könnten.«

Theresa nahm die Sieben auf und legte eine Karo Sechs ab.

»Du sagst immer so nette Dinge, Deanna. Und deshalb mag ich dich so.«

Deanna nahm eine Karte vom Stapel.

»Aber es stimmt. Glaube mir. Du bist hübsch, du bist erfolgreich, du bist intelligent. Ich könnte ein Dutzend Männer finden, die gern mit dir ausgehen würden.«

»Mag ja sein. Doch das heißt noch lange nicht, daß ich sie auch mögen würde.«

»Du willst es ja nicht einmal versuchen.«

Theresa zuckte die Achseln.

»Vielleicht hast du recht. Deshalb muß ich aber nicht einsam in einer Pension für alte Jungfern sterben. Glaub mir, ich verliebe mich schon irgendwann wieder. Ich wünsche mir einen netten Mann, der mich glücklich macht. Ich kann diesem Thema im Augenblick nur keine Priorität einräumen. Kevin und die Arbeit nehmen all meine Zeit in Anspruch.«

Deanna antwortete nicht sofort. Sie warf eine Pik Zwei ab.

»Ich glaube, du hast Angst.«

»Angst?«

»Genau. Was ich übrigens ganz normal finde.«

»Warum sagst du das?«

»Weil ich weiß, wie sehr dich David verletzt hat und wie groß deshalb deine Angst sein muß, das gleiche könnte noch einmal passieren. Das ist eine völlig normale Reaktion. Gebranntes Kind scheut das Feuer, wie schon das Sprichwort sagt.«

»Mag ja sein. Doch ich bin sicher, wenn der Richtige kommt, werde ich's wissen. Ich glaube fest daran.«

»Wie soll denn der Mann sein, den du suchst?«

»Ich weiß nicht...«

»Sicher weißt du's. Jeder weiß in etwa, was er will.«

»Nicht jeder.«

»Aber du bestimmt. Fang mit dem Selbstverständlichen an, oder, wenn du das nicht kannst, fang an mit dem, was du nicht willst – wär's dir zum Beispiel recht, wenn er zu einer Motorradgang gehörte?«

Theresa lächelte und nahm eine Karte auf. Ihr Blatt war gar nicht schlecht. Noch eine bestimmte Karte, dann hatte sie gewonnen. Sie warf den Herzbuben ab.

»Warum interessiert dich das so sehr?«

»Laß einer alten Freundin doch den Spaß, okay?«

»Gut. Also, keine Motorradgang, das ist sicher«, sagte Theresa und schüttelte energisch den Kopf. Sie überlegte einen Augenblick. »Hm... vor allem sollte es ein Mann sein, der mir treu ist, der *uns* treu ist in jeder Beziehung. Die andere Sorte Mann habe ich schon gehabt, und eine solche Situation würde ich nicht noch einmal ertragen. Und ich glaube, ich hätte gern einen Mann, der in etwa so alt ist wie ich.« Hier verstummte Theresa und runzelte die Stirn.

»Und?«

»Moment – ich denke nach. Es ist nicht so leicht, wie es scheint. Ich befürchte, es sind die üblichen Klischees: Er soll attraktiv, intelligent, charmant und nett sein, all das, was sich eine Frau von einem Mann erträumt.« Wieder hielt sie inne. Deanna nahm den Herzbuben auf. Ihr Gesichtsausdruck verriet, daß es ihr Spaß machte, Theresa ein wenig in Verlegenheit zu bringen.

»Und?«

»Er sollte mit Kevin umgehen, als wäre er sein eigener Sohn – das liegt mir besonders am Herzen. Und – und er müßte auch romantisch sein. Ich würde gern von Zeit zu

Zeit ein paar Blumen geschenkt bekommen. Und sportlich sollte er auch sein. Ich könnte keine Achtung vor einem Mann haben, den ich in jedem Sport schlage.«

»Ist das alles?«

»Ja, alles.«

»Dann laß mich mal zusammenfassen. Du willst einen treuen, charmanten, attraktiven Dreißiger, der außerdem intelligent, romantisch und sportlich ist. Und der sich mit Kevin versteht, stimmt's?«

»Genau.«

Deanna holte tief Luft und legte ihr Blatt auf den Tisch. »Na ja, wenigstens bist du nicht wählerisch. Rommé!«

Nachdem sie beim Rommé verloren hatte, ging Theresa ins Haus, um eines der mitgebrachten Bücher zu lesen, während Deanna sich wieder ihre Lektüre vornahm. Brian fand ein weiteres Golfturnier im Fernsehen und gab, an niemand Bestimmten gerichtet, seine Kommentare ab, wenn er irgend etwas besonders spannend fand.

Um sechs Uhr abends – und, wichtiger noch, als das Golfturnier zu Ende war – machten Brian und Deanna einen Strandspaziergang. Theresa blieb im Haus und sah ihnen vom Fenster aus nach, wie sie Hand in Hand am Wasser entlangschlenderten. Die beiden hatten eine ideale Beziehung, so schien es ihr. Ihre Interessen waren völlig unterschiedlich, was sie trotzdem eher zu verbinden als zu entzweien schien.

Nach Sonnenuntergang fuhren die drei nach Hyannis und aßen in Sam's Crabhouse, einem florierenden Restaurant, zu Abend. Es war brechend voll, und sie mußten eine geschlagene Stunde auf einen Tisch warten, aber die dampfenden Krebse mit Knoblauchbutter, die Spezialität des Hauses, waren es wert. Sie tranken sechs

Glas Bier in zwei Stunden, und beim Nachtisch fragte Brian nach dem Brief in der Flasche.

»Ich habe ihn gelesen, als ich vom Golfen zurückkam. Deanna hatte ihn an den Eisschrank geheftet.«

Deanna zuckte die Achseln und lachte. Sie warf Theresa einen *Ich-hab-dir's-ja-gesagt*-Blick zu, schwieg aber.

»Er wurde an den Strand gespült. Ich habe ihn beim Joggen gefunden.«

Brian leerte sein Bierglas und fuhr fort:

»Der ist mir ganz schön an die Nieren gegangen. Er ist so traurig.«

»Ich weiß. Mir ging es nicht anders, als ich ihn gelesen habe.«

»Weißt du, wo Wrightsville Beach liegt?«

»Nein. Nie davon gehört.«

»Es liegt in North Carolina«, sagte Brian und angelte eine Zigarette aus der Westentasche. »Ich war einmal zum Golfen dort. Phantastische Plätze. Etwas flach, aber gut bespielbar.«

Deanna nickte lächelnd.

»Bei Brian hat alles irgendwie mit Golf zu tun.«

»Wo in North Carolina?« wollte Theresa wissen.

Brian zündete seine Zigarette an und inhalierte.

»Bei Wilmington – vielleicht gehört es sogar dazu –, so genau kenne ich mich nicht aus. Von Myrtle Beach aus sind es mit dem Wagen etwa anderthalb Stunden in nördlicher Richtung. Hast du von dem Film *Cape Fear* gehört?«

»Klar.«

»Der Cape Fear River fließt durch Wilmington, und dort wurde der Film gedreht. Das heißt, eine ganze Reihe von Filmen. Die meisten großen Studios sind in der Stadt vertreten. Wrightsville Beach liegt auf einer vorgelagerten Insel. Viele Schauspieler wohnen dort während der Dreharbeiten.«

»Wieso habe ich nie davon gehört?«

»Ich weiß nicht. Vielleicht weil Myrtle Beach so viel bekannter ist. Aber die Strände sind umwerfend – weißer Sand, warmes Wasser. Ein herrliches Fleckchen, um eine Urlaubswoche zu verbringen, falls du mal nicht weißt, wohin.«

Theresa antwortete nicht, und Deanna warf mit verschmitzter Miene ein: »Jetzt wissen wir also, wo unser geheimnisvoller Briefschreiber lebt.«

Theresa zuckte die Achseln.

»Vielleicht, aber sicher ist das nicht. Es könnte auch sein, daß sie den Ort gemeinsam besucht haben. Das heißt noch lange nicht, daß er dort lebt.«

Deanna schüttelte den Kopf. »So wie er den Brief geschrieben hat, ist es unwahrscheinlich, daß er nur ein- oder zweimal dort war.«

»Du hast dir ja eine Menge Gedanken gemacht.«

»Intuition, meine Liebe – man muß sich nur davon leiten lassen … Ich möchte wetten, daß er in Wrightsville Beach oder Wilmington lebt.«

»Und weiter?«

Deanna griff nach Brians Zigarette, nahm einen tiefen Zug und behielt sie. Das war eine alte Gewohnheit von ihr. Und weil sie sich selbst keine Zigarette anzündete, war sie offiziell nicht süchtig. Brian, der es gar nicht zu bemerken schien, zündete sich eine neue Zigarette an. Deanna beugte sich vor.

»Und hast du dir Gedanken darüber gemacht, ob der Brief veröffentlicht werden soll?«

»Nicht wirklich. Ehrlich gesagt, bin ich immer noch nicht überzeugt, daß es eine gute Idee ist.«

»Und wenn wir statt ihrer Namen nur ihre Initialen nehmen? Wir können sogar den Namen Wrightsville Beach wegfallen lassen.«

»Warum ist dir die Sache so wichtig?«

»Weil ich ein Gespür für gute Storys habe. Und ich glaube, daß diese hier viele Menschen bewegen könnte.

Heutzutage sind die Menschen so beschäftigt, daß die Romantik einfach zu kurz kommt. Dieser Brief zeigt, daß Romantik noch möglich ist.«

Theresa wickelte eine Haarsträhne um den Zeigefinger. Das tat sie immer, wenn sie über etwas grübelte. Nach langem Schweigen antwortete sie schließlich.

»Okay.«

»Du willst es tun?«

»Ja, aber wie du sagtest, nennen wir nur ihre Initialen und lassen den Teil über Wrightsville Beach aus. Und ich schreibe ein paar Zeilen als Einleitung.«

»Ich bin so froh«, rief Deanna mit kindlicher Begeisterung. »Ich hab's gewußt. Wir faxen es morgen in die Redaktion.«

Noch am selben Abend schrieb Theresa die Einleitung zu ihrer Kolumne auf einen Bogen Briefpapier, den sie in einer Schreibtischschublade im Wohnzimmer gefunden hatte. Als sie fertig war, ging sie zu Bett. Sie schlief unruhig in dieser Nacht.

Am nächsten Morgen fuhren Deanna und Theresa nach Chatham und ließen den Brief in einem Schreibbüro abtippen. Da keine der beiden Frauen ihren Laptop mitgenommen hatte und Theresa sichergehen wollte, daß gewisse Informationen nicht in der Kolumne auftauchen würden, schien das die beste Lösung zu sein. Als die Kolumne fertiggeschrieben war, wurde sie in die Redaktion gefaxt. Sie sollte in der nächsten Ausgabe der Zeitung erscheinen.

Den restlichen Tag verbrachten sie auf ähnliche Weise wie den Vortag – mit Einkaufen, Ausspannen am Strand, lebhafter Konversation und einem köstlichen Abendessen. Als die Zeitung am nächsten Tag geliefert wurde, war Theresa die erste, die hineinschaute. Sie war früh aufgewacht, kam vom Joggen zurück, bevor Deanna und Brian aufgestanden waren, schlug die Zeitung auf und las die Kolumne.

Vor vier Tagen, als ich im Urlaub war, hörte ich im Radio ein paar alte Songs, darunter auch Stings ›Message in a Bottle‹. Angeregt durch dieses ergreifende Lied rannte ich zum Strand, um selbst nach einer solchen Flasche zu suchen. Schon nach wenigen Minuten hatte ich eine gefunden, und natürlich enthielt sie eine Nachricht. (Übrigens habe ich den Song gar nicht gehört: Das habe ich wegen der dramatischen Wirkung behauptet.) Aber ich habe die Flasche gefunden und einen Brief darin, der mich tief bewegt hat. Ich konnte an nichts anderes mehr denken, und obwohl es kein Thema ist, über das ich normalerweise schreibe, zumal in einer Zeit, da ewige Liebe und Bindung so selten sind, hoffe ich doch, daß Sie, meine Leser, den Brief so lesenswert finden werden wie ich.

Der Rest des Artikels bestand aus dem Brief selbst. Als Deanna zum Frühstück herunterkam, stürzte auch sie sich sogleich auf die Kolumne.

»Großartig«, sagte sie, als sie zu Ende gelesen hatte. »Gedruckt sieht es sogar noch besser aus, als ich erwartet hatte. Du wirst eine Menge Leserbriefe bekommen.«

»Glaubst du wirklich?«

»Da bin ich ganz sicher.«

»Mehr als gewöhnlich?«

»Tonnen mehr. Ich hab ein Gespür dafür.«

»Wir werden ja sehen«, meinte Theresa, nicht ganz überzeugt.

3. Kapitel

Am Samstag kehrte Theresa nach Boston zurück.

Als sie die Wohnungstür öffnete, lief ihr Harvey entgegen und strich ihr schnurrend um die Beine. Theresa nahm ihn hoch und trug ihn zum Kühlschrank. Sie gab ihm ein Stückchen Käse und streichelte seinen Kopf, dankbar, daß ihre Nachbarin Ella bereit gewesen war, sich um ihn zu kümmern, solange sie fort war. Als er den Käse verputzt hatte, sprang er von ihrem Arm und spazierte zur Glasschiebetür, die auf den Hof führte. Es war stickig in der Wohnung, und so schob Theresa die Tür zum Lüften weit auf.

Nachdem sie ihren Koffer ausgepackt hatte, holte Theresa Schlüssel und Post bei Ella ab, schenkte sich ein Glas Wein ein und legte die John-Coltrane-CD auf, die sie in Provincetown gekauft hatte. Während die Jazzklänge den Raum erfüllten, sah sie ihre Post durch. Sie bestand, wie gewöhnlich, vor allem aus Rechnungen, die Theresa beiseite legte.

Auf dem Anrufbeantworter waren acht Nachrichten. Zwei stammten von Männern, mit denen sie unlängst ausgegangen war und die um Rückruf baten. Theresa überlegte einen Augenblick, entschied sich dann aber dagegen. Sie fühlte sich zu keinem hingezogen, und ihr war nicht danach, sich nur um einer Abwechslung willen mit jemandem zu verabreden. Auch ihre Mutter und ihre Schwester hatten mehrmals angerufen, und sie nahm sich vor, sich im Laufe der Woche bei ihnen zu melden. Von Kevin war keine Nachricht dabei. Er mußte inzwischen schon irgendwo auf dem Colorado River sein.

Ohne Kevin war die Wohnung ungewöhnlich still. Gleichzeitig wirkte alles so ordentlich, und das machte es irgendwie leichter. Es war angenehm, nach Hause zu kommen und nur gelegentlich die eigenen Sachen aufräumen zu müssen.

Sie dachte über die beiden Urlaubswochen nach, die ihr dieses Jahr noch blieben. Eine Woche würde sie mit Kevin am Strand verbringen, das hatte sie ihm versprochen. Es blieb ihr also noch eine Woche. Sie konnte sie um die Weihnachtszeit herum nehmen, aber Kevin würde dieses Jahr bei seinem Vater sein, deshalb schien das wenig sinnvoll. Sie haßte es, Weihnachten allein zu verbringen. Möglicherweise konnte sie ja auf die Bermudas, nach Jamaika oder in die Karibik reisen – aber sie wußte nicht, mit wem. Vielleicht hatte Janet Zeit, doch das war eher unwahrscheinlich. Sie war zu beschäftigt mit ihren drei Kindern, und Edward würde sich bestimmt nicht frei nehmen können. Vielleicht sollte sie die Woche nutzen, um die Dinge im Haus zu erledigen, die schon so lange anstanden... Doch das kam ihr wie Zeitvergeudung vor. Wer wollte schon seinen Urlaub mit Tapezieren und Anstreichen zubringen?

Schließlich beschloß sie, die Woche fürs nächste Jahr aufzusparen, falls sich nichts Besseres ergab. Vielleicht konnte sie mit Kevin ein paar Wochen auf Hawaii Ferien machen.

Sie ging ins Bett und nahm einen der Romane zur Hand, die sie mit nach Cape Cod genommen hatte. Sie war eine schnelle und konzentrierte Leserin und hatte fast hundert Seiten gelesen, ehe sie müde wurde. Gegen Mitternacht knipste sie das Licht aus. Und zum zweiten Mal innerhalb von sechs Tagen träumte sie, über einen menschenleeren Strand zu laufen, ohne zu wissen, warum.

Die Post, die sich am Montagmorgen auf ihrem Schreibtisch stapelte, war überwältigend. Es waren fast zweihundert Briefe, und gegen Mittag kamen noch einmal etwa fünfzig hinzu. Als sie das Büro betrat, wies Deanna stolz auf den Stapel. »Hab ich's nicht gesagt?« sagte sie schmunzelnd.

Theresa bat, eventuelle Anrufe nicht zu ihr durchzustellen, und machte sich sofort daran, die Post zu öffnen. Es waren ausnahmslos Reaktionen auf den Brief, den sie in ihrer Kolumne veröffentlicht hatte. Die meisten kamen von Frauen, einige aber auch von Männern, und Theresa war überrascht, wie ähnlich sie einander waren. Jeder schrieb, wie sehr ihn dieser anonyme Brief berührt hätte, und manch einer fragte, ob sie, Theresa, wisse, wer der Verfasser sei. Ein paar Frauen wollten den Mann sogar heiraten, falls er noch frei war.

Theresa stellte fest, daß fast jede Sonntagsausgabe im Land die Kolumne gebracht hatte und daß manche Briefe sogar aus Los Angeles kamen. Sechs Männer gaben vor, sie hätten den Brief geschrieben, vier verlangten eine Tantieme, und einer drohte sogar mit gerichtlichen Schritten. Sie verglich die Handschriften, doch keine besaß die entfernteste Ähnlichkeit mit der des Briefes in der Flaschenpost.

Als sie mittags bei ihrem Lieblingsjapaner speiste, wurde sie von mehreren Leuten an den Nachbartischen auf die Kolumne angesprochen. »Meine Frau hat sie an den Kühlschrank geheftet«, sagte ein Mann, und Theresa mußte lachen.

Am späten Nachmittag hatte sie einen Großteil des Stapels durchgearbeitet und war müde, hatte aber noch keine einzige Zeile für ihre nächste Kolumne geschrieben. Sie fühlte, wie sich ihr Nacken versteifte, wie immer, wenn sie in Terminschwierigkeiten kam. Gegen halb sechs begann sie mit einem Artikel über Kevin und ihre Gefühle als Mutter, wenn er fort war. Es lief besser, als sie erwartet hatte, und sie war fast fertig, als das Telefon läutete.

Es war die Telefonistin am Empfang.

»Hallo, Theresa, ich weiß, Sie haben mich gebeten, Ihre Anrufe nicht durchzustellen«, begann sie. »Das war übrigens gar nicht leicht – es waren heute etwa sechzig! Das Telefon hat nicht aufgehört zu klingeln.«

»Und was gibt es jetzt?«

»Da ist eine Frau, die heute schon fünfmal und letzte Woche schon zweimal angerufen hat. Sie will ihren Namen nicht nennen, doch ich kenne ihre Stimme inzwischen. Sie sagt, sie müsse Sie unbedingt sprechen.«

»Können Sie nicht einfach fragen, was denn so wichtig ist?«

»Das habe ich ja versucht, aber sie ist hartnäckig. Sie sagt, sie würde so lange warten, bis Sie eine Minute Zeit für sie hätten. Es sei zwar ein Ferngespräch, aber sie müsse einfach mit Ihnen sprechen.«

Theresa starrte auf den Bildschirm vor sich und dachte einen Augenblick nach. Die Kolumne war fast fertig – nur noch ein oder zwei Absätze.

»Können Sie nicht nach ihrer Telefonnummer fragen, damit ich sie zurückrufen kann?«

»Nein, die Nummer will sie mir auch nicht geben. Sie ist sehr zugeknöpft.«

»Wissen Sie, was sie will?«

»Nein, ich habe nicht die geringste Ahnung. Aber sie klingt vernünftig – anders als die meisten, die heute angerufen haben. Ein Typ hat mir einen Heiratsantrag gemacht.«

Theresa lachte.

»Okay. Bitten Sie sie, sich noch zwei Minuten zu gedulden.«

»Mach ich.«

»Auf welcher Leitung ist sie?«

»Auf der fünf.«

»Danke.«

Theresa schrieb rasch ihre Kolumne zu Ende. Sie würde sie noch einmal überarbeiten, sobald sie den Anruf erledigt hatte. Dann hob sie ab und drückte die Fünf.

»Hallo.«

Es blieb einen Augenblick still in der Leitung. Dann meldete sich eine sanfte, melodische Stimme.

»Spreche ich mit Theresa Osborne?«

»Ja, am Apparat.« Theresa lehnte sich in ihren Stuhl zurück und drehte eine Haarsträhne um den Zeigefinger.

»Haben Sie die Kolumne über die Flaschenpost geschrieben?«

»Ja. Was kann ich für Sie tun?«

Die Anruferin schwieg wieder eine kurze Weile. Theresa hörte, wie sie Luft holte, als dächte sie nach, was sie antworten sollte. Schließlich fragte sie:

»Können Sie mir die Namen sagen, die in dem Brief standen?«

Theresa schloß die Augen und ließ die Strähne los. *Wahrscheinlich wieder eine Wichtigtuerin*, dachte sie bei sich. Ihre Augen wanderten zum Bildschirm.

»Nein, tut mir leid, das ist nicht möglich. Ich will keine Einzelheiten publik machen.«

Die Anruferin schwieg erneut, und Theresa wurde ungeduldig. Sie hatte sich schon wieder dem ersten Absatz auf dem Bildschirm zugewandt. Doch der nächste Satz der Anruferin ließ sie aufhorchen.

»Bitte, ich muß es wissen.«

Theresa blickte vom Bildschirm auf. In der Stimme der Frau lag ein drängender Ton und noch etwas anderes, das sie eigentümlich berührte.

»Tut mir wirklich leid«, sagte Theresa schließlich. »Aber es geht nicht.«

»Können Sie mir dann eine Frage beantworten?«

»Vielleicht.«

»War der Brief an eine Catherine gerichtet und von einem Mann namens Garrett unterzeichnet?«

Theresa, die plötzlich ganz Ohr war, richtete sich kerzengerade in ihrem Sessel auf.

»Wer sind Sie?« fragte sie hastig und begriff im selben Augenblick, daß sie sich verraten hatte.

»Es stimmt, nicht wahr?«

»Wer sind Sie?« fragte Theresa wieder, aber diesmal etwas ruhiger. Sie hörte die Anruferin tief Atem holen, bevor sie antwortete.

»Mein Name ist Michelle Turner, und ich lebe in Norfolk, Virginia.«

»Woher wußten Sie von dem Brief?«

»Mein Mann ist bei der Marine, und er ist hier stationiert. Vor drei Jahren bin ich am Strand spazierengegangen und habe, wie Sie in Ihrem Urlaub, einen ganz ähnlichen Brief gefunden. Nachdem ich Ihre Kolumne gelesen hatte, wußte ich, daß er von derselben Person stammte. Die Initialen waren dieselben.«

Theresa schwieg einen Augenblick. Das konnte doch nicht wahr sein, dachte sie bei sich. Vor drei Jahren?

»Auf was für einem Papier war er geschrieben?«

»Es war beige mit der Zeichnung eines Segelschiffs in der oberen rechten Ecke.«

Theresa spürte, wie ihr Herz schneller schlug. Es kam ihr immer noch unglaublich vor.

»Auf Ihrem Brief ist auch ein Segelschiff, stimmt's?«

»Ja«, flüsterte Theresa.

»Ich wußte es sofort, als ich Ihre Kolumne las.« Michelles Stimme klang, als würde eine schwere Last von ihr abfallen.

»Haben Sie den Brief noch?« fragte Theresa.

»Ja. Mein Mann hat ihn nie gesehen, aber wenn er nicht da ist, lese ich ihn heute noch gelegentlich. Er ist etwas anders als der Brief, den Sie abgedruckt haben, aber die Gefühle sind die gleichen.«

»Könnten Sie ihn mir in die Redaktion faxen?«

»Natürlich«, sagte sie, ohne zu zögern. »Es ist unglaublich, nicht wahr? Ich finde einen vor so langer Zeit, und jetzt finden Sie einen zweiten.«

»Ja«, flüsterte Theresa. »wirklich erstaunlich.«

Nachdem sie Michelle die Faxnummer gegeben hatte, konnte sie sich kaum noch auf ihre Arbeit konzentrieren. Michelle mußte erst in einen Copy-Shop gehen, um den Brief zu faxen. Theresa lief die ganze Zeit ungeduldig zwischen Schreibtisch und Faxgerät hin und her. Sechsundvierzig Minuten später hörte sie das Faxgerät anspringen. Auf der ersten Seite war nur das Deckblatt des National Copy Service, adressiert an Theresa Osborne von der *Boston Times*.

Sie sah es in den Korb darunter gleiten und hörte das Surren des Geräts, während es den Brief Zeile für Zeile druckte. Es ging schnell – das Gerät brauchte nur zehn Sekunden, um eine Seite zu kopieren –, doch selbst diese kurze Zeit schien ihr zu lang. Dann wurde eine dritte Seite gedruckt, und sie erkannte, daß dieser Brief, wie der ihre, auf beiden Seiten beschrieben sein mußte.

Als das Faxgerät piepste und das Ende des Vorgangs ankündigte, griff sie nach den Blättern, trug sie, ohne sie zu lesen, zu ihrem Schreibtisch, legte sie, die Beschriftung nach unten, vor sich hin und wartete, daß sich ihr Atem beruhigte. Es ist doch nur ein Brief, sagte sie sich.

Sie holte tief Luft und drehte die erste Seite um. Ein rascher Blick auf die rechte obere Ecke mit dem Segelboot bewies ihr, daß es tatsächlich derselbe Verfasser war. Sie schob das Blatt in den Lichtkegel ihrer Schreibtischlampe und begann zu lesen.

6. April 1994

Meine liebste Catherine!

Wo bist Du, und warum wurden wir für immer getrennt? Das frage ich mich, während ich allein in meinem dunklen Haus sitze.

Ich weiß keine Antwort auf diese Fragen, wie sehr ich auch bemüht bin, es zu begreifen. Der Grund ist einfach, doch mein Verstand zwingt mich, ihn aus meinen Gedanken zu verbannen, und die Angst martert mich von früh bis spät. Ich bin verloren ohne Dich. Ich bin seelenlos, ziellos, heimatlos, ein einsamer Vogel, der ins Nichts fliegt. All das bin ich und bin doch nichts. So ist mein Leben ohne Dich. Ich sehne mich nach dir, damit Du mich lehrst, wieder zu leben.

Ich versuche mich zu erinnern, wie es war, als wir auf dem windigen Deck der Fortuna *waren. Weißt Du noch, wie wir uns gemeinsam abgemüht haben? Wir wurden Teil des Meeres, denn wir wußten beide, daß es das Meer war, das uns zusammengeführt hat. Damals begriff ich, was wahres Glück bedeutet. Nachts segelten wir auf dunklen Wassern, und das Mondlicht zeigte mir Deine Schönheit. Ich betrachtete Dich voller Ehrfurcht und glaubte tief in meinem Herzen, daß wir immer zusammenbleiben würden. Ist es immer so, frage ich mich, wenn zwei Menschen einander lieben? Ich weiß es nicht, aber wenn mein Leben ohne Dich ein Hinweis ist, dann weiß ich wohl die Antwort. Von jetzt an werde ich allein sein.*

Ich denke an Dich, ich träume von Dir, ich beschwöre Dein Bild herauf, wenn ich Dich am meisten brauche. Das ist alles, was ich tun kann, doch für mich ist es nicht genug. Es wird nie genug sein, das weiß ich, doch was bleibt mir sonst zu tun? Wenn Du hier wärst, würdest Du es mir sagen. Du wußtest immer die richtigen Worte, um meinen Schmerz zu lindern. Du verstandest es stets, mich glücklich zu machen.

Ist es möglich, daß Du weißt, wie ich mich ohne Dich fühle? In meinen Träumen bilde ich mir ein, daß Du es weißt. Bevor wir zusammenkamen, war mein Leben leer, ohne Sinn. Ich weiß, daß jeder meiner Schritte, seit ich laufen lernte, das Ziel hatte, Dich zu finden. Wir waren füreinander bestimmt.

Doch jetzt, allein in meinem Haus, ist mir bewußt geworden, daß das Schicksal einen Menschen sowohl glücklich als auch unglücklich machen kann, und ich frage mich, warum ausgerechnet ich mich – von allen Menschen in der Welt, die ich hätte lieben können – in jemanden verlieben mußte, der mir genommen werden würde.
Garrett

Nachdem sie den Brief gelesen hatte, lehnte sie sich in ihren Stuhl zurück und berührte mit dem Zeigefinger die Lippen. Die Geräusche aus dem Nachrichtenraum schienen von weither zu kommen. Sie kramte in ihrer Handtasche nach dem Brief vom Cape-Cod-Strand und legte ihn neben den anderen auf die Schreibtischplatte. Sie las den ersten Brief, dann den zweiten, las sie dann in umgekehrter Reihenfolge. Sie fühlte sich fast wie ein Voyeur, wie jemand, der ein intimes, geheimnisvolles Ereignis belauscht.

Sie erhob sich von ihrem Schreibtisch und fühlte sich merkwürdig verwirrt. Sie ging zum Getränkeautomaten, holte eine Dose Apfelsaft heraus und versuchte, Ordnung in ihre Gefühle zu bringen. Plötzlich begannen ihre Knie zu zittern, und sie ließ sich in ihren Stuhl fallen. Hätte sie nicht dicht davor gestanden, wäre sie vielleicht zu Boden gesunken.

Um Ordnung in ihre Gedanken zu bringen, begann sie geistesabwesend das Durcheinander auf ihrem Schreibtisch zu beseitigen. Kugelschreiber verschwanden in der Schublade, Artikel für irgendwelche Recherchen wurden abgeheftet, Bleistifte gespitzt und in eine Kaffeetasse gestellt, der Locher wurde geleert, die Heftmaschine aufgefüllt. Als sie fertig war, war alles an seinem Platz, bis auf die beiden Briefe, die sie nicht angerührt hatte.

Vor etwas mehr als einer Woche hatte sie den ersten Brief gefunden, und die Worte hatten einen tiefen Eindruck in ihr hinterlassen, obwohl sie sich gesagt hatte, daß sie sich nicht so hineinsteigern durfte. Inzwischen aber schien das unmöglich, nachdem sie auf einen zweiten Brief von derselben Person gestoßen war. Gab es noch mehr? fragte sie sich. Was war das für ein Mann, der solche Briefe in Flaschen verschickte? Es schien wie ein Wunder, daß eine andere Person drei Jahre zuvor auf einen Brief gestoßen war und ihn in ihrer Schreibtischschublade versteckt hatte, weil er sie ebenso tief angerührt hatte. Und doch *war* es geschehen. Was aber hatte es zu bedeuten?

Sie wußte, sie sollte das alles nicht so wichtig nehmen, aber sie tat es trotzdem. Sie fuhr sich mit der Hand durchs Haar und sah sich im Raum um. Überall herrschte reges Treiben. Sie öffnete ihre Apfelsaftdose, nahm einen Schluck und versuchte, einen klaren Kopf zu bekommen. Ihr einziger Wunsch war, daß niemand zu ihr an den Schreibtisch treten würde, bis sie die Dinge besser im Griff hatte. Schon wollte sie die beiden Briefe in ihre Handtasche stecken, als ihr die Anfangsworte des zweiten Briefes in den Sinn kamen.

Wo bist Du?

Sie ging aus dem Programm, mit dem sie ihre Kolumne zu schreiben pflegte, und wählte trotz ihrer Zweifel ein anderes, mit dem sie Zugang zum Internet hatte.

Nach kurzem Zögern tippte sie die Wörter

WRIGHTSVILLE BEACH

ins Suchprogramm und drückte die Return-Taste. Sie wußte, daß irgend etwas aufgelistet sein würde, und in weniger als fünf Sekunden erhielt sie eine Auflistung mit mehreren Themen, unter denen sie wählen konnte.

Während sie auf den Bildschirm starrte, kam sie sich plötzlich lächerlich vor. Selbst wenn Deanna recht hatte und er irgendwo im Bereich von Wrightsville Beach lebte, war es immer noch fast unmöglich, ihn ausfindig zu machen. Warum versuchte sie es trotzdem?

Sie kannte natürlich den Grund. Die Briefe waren von einem Mann geschrieben worden, der innige Liebe für eine Frau empfand, von einem Mann, der jetzt allein war. Als kleines Mädchen hatte sie an den idealen Mann geglaubt – an den Prinzen oder Ritter ihrer Kindergeschichten. Im wirklichen Leben aber existierten solche Männer nicht. Wirkliche Menschen hatten wirkliche Anforderungen, wirkliche Erwartungen, wie andere Leute sich verhalten sollten. Zugegeben, es gab auch gute Männer in der realen Welt – Männer, die von ganzem Herzen liebten und in jeder Lebenslage treu blieben – die Art von Mann, den sie suchte, seit sie von David geschieden war. Aber wie konnte man einen solchen Mann finden?

Im Hier und Jetzt gab es jedoch einen Mann wie diesen – einen Mann, der jetzt allein war –, und dieses Wissen erregte sie zutiefst. Allem Anschein nach war Catherine, wer immer sie auch sein mochte, entweder tot oder ohne Erklärung verschwunden. Trotzdem liebte Garrett sie noch so sehr, daß er ihr seit mindestens drei Jahren Liebesbriefe schickte. Auf jeden Fall hatte er dadurch bewiesen, daß er fähig war, innig zu lieben und, wichtiger noch, seine Liebe zu bewahren, selbst nachdem die Geliebte schon lange fort war.

Wo bist Du?

Die Worte gingen ihr immer wieder durch den Kopf wie ein Lied, das sie morgens im Radio gehört und ständig im Sinn behalten hatte.

Wo bist Du?

Sie wußte es nicht genau, doch er existierte. Aber wenn es etwas gab, das einem das Herz bewegte, sollte man versuchen, mehr darüber in Erfahrung zu bringen – das war eines der Dinge, die sie früh im Leben gelernt hatte. Wenn man das Gefühl einfach ignorierte, würde man nie erfahren, was hätte geschehen können, und in vielerlei Hinsicht war das schlimmer als herauszufinden, daß man sich getäuscht hatte. Denn wenn man sich getäuscht hatte, konnte man weiterleben, ohne zurückzuschauen und sich zu fragen, was hätte sein können.

Aber wohin würde all das führen? Und was bedeutete es? War die Entdeckung des Briefes etwas Schicksalhaftes oder nur ein Zufall? Oder, so dachte sie, sollte es sie nur an das erinnern, was ihr fehlte? Gedankenverloren spielte sie mit einer Haarsträhne, während sie sich diese letzte Frage stellte. Okay, beschloß sie. Ich kann damit leben.

Aber sie *war* neugierig, was den geheimnisvollen Schreiber betraf, und es war sinnlos, das zu leugnen – wenigstens vor sich selbst. Und weil niemand sonst es verstehen würde (wie auch, wenn sie es selbst nicht einmal verstand?), beschloß sie, niemandem jemals von ihren Gefühlen zu erzählen.

Wo bist du?

Tief in ihrem Innern wußte sie, daß die Computersuche und ihre Schwärmerei für Garrett zu nichts führen würden. Die ganze Sache würde nach und nach zu einer ungewöhnlichen Geschichte werden, die sie immer wieder erzählen würde. Sie würde ihr Leben weiterführen – ihre Kolumne schreiben, Zeit mit Kevin verbringen, all die Dinge tun, die eine alleinerziehende Mutter zu tun hatte.

Und fast hätte sie recht damit gehabt. Drei Tage später aber geschah etwas, das sie veranlaßte, mit einem Koffer voll Kleidern und einem Stapel Papier, der vielleicht nichts bedeutete, ins Ungewisse aufzubrechen.

Sie fand einen dritten Brief von Garrett.

4. Kapitel

An dem Tag, als sie den dritten Brief fand, hatte sie natürlich mit nichts Außergewöhnlichem gerechnet. Es war ein typischer Hochsommertag in Boston – heiß und drückend mit den bei solchem Wetter üblichen Begleiterscheinungen: verschiedene Gewalttaten, begünstigt durch das spannungsgeladene Klima, zwei nachmittägliche Morde sogar, begangen von Menschen, die durchgedreht hatten.

Theresa war im Nachrichtenraum und suchte Berichte zum Thema ›autistische Kinder‹. Die *Boston Times* verfügte über eine umfangreiche Datenbank von Artikeln, die in den letzten Jahren von den unterschiedlichsten Magazinen veröffentlicht worden waren. Mit ihrem Computer hatte sie außerdem Zugang zur Bibliothek der Harvard und Boston University. Die mehreren hunderttausend Artikel, die diese zur Verfügung stellen konnten, machten jede Art von Recherche leichter und weniger zeitraubend als noch vor wenigen Jahren.

In zwei Stunden hatte sie knapp dreißig Artikel gefunden, die in den letzten drei Jahren – teilweise in Zeitschriften, von denen sie noch nie gehört hatte – veröffentlicht worden waren. Sieben Titel davon schienen ihr brauchbar, und da sie auf dem Heimweg sowieso bei der Uni vorbeikam, beschloß sie, sie dort abzuholen.

Als sie eben ihren Computer ausschalten wollte, kam ihr plötzlich eine Idee. *Warum eigentlich nicht?* fragte sie sich. *Die Chancen sind zwar gering, aber was habe ich zu verlieren?* Sie setzte sich wieder an ihren Computer, loggte sich erneut bei Harvard ein, und tippte das Wort

FLASCHENPOST

Da die Artikel im Bibliothekssystem nach Schlagworten oder Titelanfängen geordnet waren, beschloß sie, um Zeit zu sparen, mit dem Titelanfang zu beginnen. Bei der Schlagwort-Methode kamen gewöhnlich sehr viel mehr Artikel heraus, und diese alle einzeln durchzugehen war sehr zeitaufwendig. Nachdem sie die Return-Taste gedrückt hatte, lehnte sie sich in ihren Stuhl zurück und wartete, daß der Computer die gewünschte Information bringen würde.

Die Antwort überraschte sie – ein Dutzend verschiedener Artikel waren in den letzten Jahren zu dem Thema geschrieben worden. Die meisten stammten aus wissenschaftlichen Zeitschriften und vermittelten den Eindruck, daß solche Flaschen hauptsächlich der Erforschung der Meeresströmungen dienten.

Drei Artikel aber schienen auch für sie von Interesse, und sie notierte die Titel, um sie sich mit aushändigen zu lassen.

Der Verkehr war dicht, und sie brauchte lange, um die Bibliothek zu erreichen und die neun angeforderten Artikel zu kopieren. Sie kam spät nach Hause und ließ sich, nachdem sie beim Chinesen um die Ecke ein Reisgericht bestellt hatte, auf der Couch nieder – vor sich die drei Flaschenpost-Artikel.

Der erste Artikel, den sie las, stammte aus dem *Yankee Magazine* vom Vorjahr und berichtete von Flaschen, die in den letzten Jahren an die Küste von Neuengland gespült worden waren. Einige der darin gefundenen Briefe waren wirklich bemerkenswert. Ihr gefiel besonders der von Paolina und Ake Viking.

Paolinas Vater hatte eine Nachricht in einer Flasche gefunden, die von Ake, einem jungen schwedischen Segler stammte. Ake, der sich während einem seiner vielen Segeltörns langweilte, bat um Antwort für den Fall, daß eine hübsche junge Frau seinen Brief in die Hände bekommen sollte. Der Vater gab ihn Paolina, die Ake umgehend schrieb. Ein Brief folgte dem anderen, und als Ake schließlich nach Sizilien reiste, um Paolina zu treffen, stellten beide bald fest, wie verliebt sie waren. Kurz darauf heirateten sie.

Gegen Ende des Artikels stieß sie auf zwei Absätze, die von einer anderen Flasche erzählten, die an den Strand von Long Island gespült worden war.

> Bei der Flaschenpost wird der Finder gewöhnlich um Antwort gebeten, in der vagen Hoffnung, es könne sich eine lebenslange Korrespondenz daraus entwickeln. Manchmal jedoch wünscht der Absender keine Antwort. Ein solcher Brief – eine bewegende Erinnerung an eine verlorene Liebe – wurde im vergangenen Jahr an der Küste von Long Island gefunden. Hier ein Ausschnitt daraus:
>
> ›*Wenn ich Dich nicht in den Armen halte, spüre ich die Leere in meiner Seele. Ich ertappe mich dabei, wie ich Dein Gesicht in der Menge suche – ich weiß, es ist sinnlos, doch ich kann nicht anders. Meine Suche nach Dir ist eine nie endende Suche, die zum Scheitern verurteilt ist. Du und ich, wir haben darüber geredet, was geschehen solle, wenn die Umstände uns trennen würden, aber ich kann das Versprechen nicht halten, das ich Dir in jener Nacht gegeben habe. Die Worte, die ich Dir zuflüsterte, waren töricht, und ich hätte es damals schon wissen müssen. Du – Du allein – bist immer die einzige gewesen, die ich wollte, und jetzt, da Du fort bist, verspüre ich nicht den geringsten Wunsch, einen Ersatz für Dich zu finden. Bis daß der Tod uns scheide, flüsterten wir uns in der Kirche zu, und ich bin zu der Erkenntnis gelangt, daß die Worte bis zu dem Tag Gültigkeit haben werden, an dem auch ich von dieser Welt scheide.*‹

Sie hielt inne und legte die Gabel nieder.

Es kann nicht sein! Sie starrte auf die Zeilen. *Es kann einfach nicht sein …*

Aber …

aber … wer sollte es sonst sein?

Sie fuhr sich über die Stirn und merkte, daß ihre Hände zu zittern begonnen hatten. *Ein weiterer Brief?* Sie suchte nach dem Namen des Autors dieses Artikels. Es war ein gewisser Arthur Shendakin, Professor für Geschichte am Boston College, was bedeutete …

… er mußte in der Gegend wohnen.

Sie sprang auf, zog das Telefonbuch aus dem Regal und blätterte hektisch darin. Es gab knapp ein Dutzend Shendakins, doch nur zwei kamen in Frage. Beide hatten ein ›A‹ als Initial für den Vornamen. Sie sah auf die Uhr. Halb zehn. Das war spät, aber nicht zu spät. Der erste Anruf wurde von einer Frau erwidert, die meinte, sie habe sich wohl verwählt. Als sie den Hörer auflegte, merkte sie, daß ihre Kehle ganz trocken war. Sie ging in die Küche und goß sich ein Glas Wasser ein. Sie leerte es in einem Zug, atmete tief durch und ging zum Telefon zurück.

Sie vergewisserte sich, daß sie die richtige Nummer gewählt hatte, und lauschte auf das Klingeln.

Einmal.

Zweimal.

Dreimal.

Beim vierten Klingeln hatte sie schon alle Hoffnung aufgegeben, doch beim fünften wurde abgehoben.

»Hallo?« Der Stimme nach zu urteilen, mußte der Mann etwa sechzig sein.

Sie räusperte sich.

»Hallo, hier ist Theresa Osborne von der *Boston Times*. Spreche ich mit Arthur Shendakin?«

»Ja«, kam die erstaunte Antwort.

Ruhe bewahren, dachte sie.

»Guten Abend. Ich hoffe, ich störe nicht. Ich wollte nur wissen, ob Sie derselbe Arthur Shendakin sind, der letztes Jahr im *Yankee Magazine* einen Artikel über Flaschenpost veröffentlicht hat.«

»Ja, der bin ich. Was kann ich für Sie tun?«

Ihre Hand fühlte sich am Hörer feucht und kalt an.

»Es geht um die Nachricht, die in Long Island an Land gespült wurde. Erinnern Sie sich an den Brief?«

»Darf ich fragen, was Sie daran interessiert?«

»Nun«, begann sie, »die *Boston Times* möchte einen Artikel zum gleichen Thema veröffentlichen. Deshalb wären wir an einer Kopie dieses Briefes interessiert.«

Sie zuckte bei ihrer eigenen Lüge zusammen, aber die Wahrheit zu sagen wäre noch schlimmer gewesen. Wie hätte sich das angehört? *»Hi. Ich bin vernarrt in einen geheimnisvollen Mann, der Botschaften in Flaschen verschickt, und ich wüßte gern, ob der Brief, den Sie gefunden haben, auch von ihm stammt ...«*

»Nun, ich weiß nicht«, kam gedehnt die Antwort. »Es war eigentlich dieser Brief, der mich bewogen hat, den Artikel überhaupt zu schreiben.«

Theresas Kehle schnürte sich zusammen.

»Dann sind Sie also im Besitz des Briefes?«

»Ja, ich habe ihn vor zwei Jahren gefunden.«

»Mr. Shendakin, ich weiß, es ist eine ungewöhnliche Bitte, aber ich kann Ihnen zusichern, daß Sie, sollten Sie uns den Brief überlassen, eine angemessene Summe erhalten würden. Und wir brauchen nicht den Brief selbst. Eine Kopie würde uns genügen.«

Sie konnte spüren, daß ihn die Bitte überraschte.

»Wie hoch soll diese Summe sein?«

Keine Ahnung. Ich schüttel mir das alles nur aus dem Ärmel. Wieviel wollen Sie?

»Wir sind bereit, dreihundert Dollar zu zahlen, und natürlich werden Sie als Finder erwähnt.«

Er dachte einen Augenblick nach. Bevor er nein sagen konnte, fuhr Theresa fort:

»Mr. Shendakin, ich nehme an, Sie befürchten, Ihr Artikel und der unsere könnten allzu ähnlich ausfallen. Ich kann Ihnen aber versichern, daß sie sehr unterschiedlich sein werden. Der Artikel, den wir veröffentlichen wollen, befaßt sich hauptsächlich mit der Richtung, in die solche Flaschen getrieben werden – die Meeresströmungen und dergleichen. Wir brauchen nur ein paar echte Briefe, die unsere Leser vom menschlichen Standpunkt aus interessieren.«

Woher kam der Einfall?

»Nun ...«

»Bitte, Mr. Shendakin. Es wäre mir wirklich sehr wichtig.«

Er zögerte noch einen Augenblick.

»Nur eine Kopie?«

Ja!

»Ja, natürlich. Ich kann Ihnen eine Faxnummer geben, oder Sie schicken mir die Kopie mit der Post. Soll ich den Scheck auf Ihren Namen ausstellen?«

Wieder zögerte er, bevor er antwortete. »Ich ... ja, das wäre mir recht.« Er klang so, als wäre er in eine Ecke gedrängt worden und wüßte nicht mehr, wie er herauskommen sollte.

»Danke, Mr. Shendakin.« Bevor er sich anders besinnen konnte, gab ihm Theresa die Faxnummer durch und schrieb seine Adresse auf, um ihm gleich morgen einen Firmenscheck schicken zu können. Sie meinte, es würde verdächtig aussehen, wenn sie mit einem persönlichen Scheck bezahlen würde.

Nachdem sie sich am nächsten Morgen vergewissert hatte, daß die Zahlung an Mr. Shendakin veranlaßt war, begab sie sich an die Arbeit, obwohl ihr der Kopf schwirrte. Die Möglichkeit, daß ein dritter Brief existieren könnte, machte es schwer, an etwas anderes zu denken. Sie konnte natürlich nicht sicher sein, daß der Brief von derselben Person stammte, falls dies aber der Fall war, wußte sie nicht, was sie tun würde. Sie dachte fast die ganze Nacht an Garrett, versuchte sich auszumalen, wie er aussah, womit er sich beschäftigte. Sie verstand selbst nicht ganz genau, was sie für diesen Mann empfand, kam aber zu dem Schluß, der Brief solle über alles weitere entscheiden. War er nicht von Garrett, so wollte sie die ganze Geschichte vergessen. Sie würde weder per Computer nach ihm suchen, noch nach der Existenz anderer Briefe forschen. Sollte sie trotzdem weiterhin von der Idee besessen sein, würde sie die beiden Briefe vernichten. Neugier ist in Ordnung, solange sie nicht zur Obsession wird – und das sollte ihr nicht passieren.

Wenn der Brief nun aber doch von Garrett war …

Was sie dann tun würde, wußte sie noch nicht. Halb hoffte sie es, denn dann mußte sie sich zu keiner Entscheidung durchringen.

Als sie an ihrem Schreibtisch Platz genommen hatte, zwang sie sich, eine Weile zu warten, bevor sie ans Faxgerät ging. Sie schaltete ihren Computer an, telefonierte mit zwei Ärzten, um ihnen Informationen für die morgige Kolumne zu entlocken, und machte sich ein paar Notizen für weitere mögliche Themen. Nach Erledigung ihrer dringlichsten Arbeit hatte sie sich fast selbst überzeugt, daß der Brief nicht von Garrett stammen konnte. Es trieben sicherlich Tausende von Briefen im Meer herum, sagte sie sich.

Schließlich, als ihr nichts anderes mehr zu tun einfiel, ging sie zum Faxgerät und begann den Stapel durchzusuchen. Die Sekretärin hatte ihn noch nicht sortiert. In der Mitte des Stapels fand sie ein an sie adressiertes Anschreiben mit zwei angehefteten Kopien, und als sie genauer hinsah, entdeckte sie das Segelschiff in der oberen rechten Ecke. Dieses Schreiben war kürzer als die beiden anderen, und sie las es, bevor sie wieder an ihren Schreibtisch zurückkehrte.

25. September 1995

Liebe Catherine!

Seit meinem letzten Brief ist ein Monat vergangen, doch er schien soviel langsamer zu verstreichen. Das Leben gleitet jetzt an mir vorüber wie die Landschaft an einem Zugfenster. Ich atme und esse und schlafe wie immer, aber es scheint keinen wirklichen Sinn mehr in meinem Leben zu geben, der mein Eingreifen erfordern würde. Ich treibe dahin wie die Botschaften, die ich Dir schreibe. Ich weiß weder, wohin ich gehe, noch wann ich dort angelangt sein werde.

Selbst die Arbeit vermag den Schmerz nicht zu lindern. Ich tauche zwar weiter zu meinem Vergnügen oder gebe Tauchunterricht, aber wenn ich in meinen Laden zurückkehre, ist alles so leer ohne Dich. Ich gebe Bestellungen auf, erledige die Buchhaltung wie immer, aber manchmal blicke ich gedankenlos über die Schulter und rufe nach Dir. Während ich Dir diesen Brief schreibe, frage ich mich, wann und ob all dies jemals ein Ende haben wird.

Wenn ich Dich nicht in den Armen halte, spüre ich die Leere in meiner Seele. Ich ertappe mich dabei, wie ich Dein Gesicht in der Menge suche – ich weiß, es ist sinnlos, doch ich kann nicht anders. Meine Suche nach Dir ist eine nie endende Suche, die zum Scheitern verurteilt ist. Du und ich, wir haben darüber geredet, was geschehen solle, wenn die Umstände uns trennen würden, aber ich kann das Versprechen nicht halten, das ich Dir in jener Nacht gegeben habe. Die Worte, die ich Dir zuflüsterte, waren töricht, und ich hätte es damals schon wissen müssen. Du – Du allein – bist immer die einzige gewesen, die ich wollte, und jetzt, da Du fort bist, verspüre ich nicht den geringsten Wunsch, einen Ersatz für Dich zu finden. Bis daß der Tod uns scheide, flüsterten wir uns in der Kirche zu, und ich bin zu der Erkenntnis gelangt, daß die Worte bis zu dem Tag Gültigkeit haben werden, an dem auch ich von dieser Welt scheide.

Garrett

»Deanna, hast du eine Minute Zeit? Ich muß mit dir sprechen.«

Deanna blickte von ihrem Computer auf und nahm die Brille ab. »Natürlich. Was gibt's?«

Theresa legte die drei Briefe wortlos auf Deannas Schreibtisch. Staunend nahm Deanna einen nach dem anderen auf.

»Woher hast du die beiden anderen?«

Nachdem Theresa es ihr erklärt hatte, begann Deanna die Briefe schweigend zu lesen. Theresa nahm im Sessel ihr gegenüber Platz.

»So, so«, sagte Deanna und legte den letzten Brief zur Seite, »du hast wohl ein kleines Geheimnis gehabt, was?«

Theresa zuckte die Achseln, und Deanna fuhr fort.

»Es geht hier um mehr als nur um die Briefe, stimmt's?«

»Wie meinst du das?«

»Ich meine«, sagte Deanna mit verständnisvollem Lächeln, »daß du nicht nur hergekommen bist, weil du die Briefe gefunden hast, sondern weil du dich für diesen Garrett interessierst.«

Theresa blieb der Mund offenstehen, und Deanna lachte.

»Nun schau nicht so verdattert drein, Theresa. Ich bin doch nicht blöd. Ich hab in den letzten Tagen schon gemerkt, daß irgendwas im Gange ist. Du warst die ganze Zeit so zerstreut – als wärst du Hunderte Meilen von hier entfernt. Ich wollte dich schon drauf ansprechen, aber dann dachte ich mir, ich warte lieber, bis du mit mir redest.«

»Und ich dachte, ich hätte mich völlig unter Kontrolle.«

»Andere haben es vielleicht nicht gemerkt, aber ich kenne dich lang genug, um zu wissen, wenn irgendwas mit dir los ist.« Sie lächelte erneut. »Also, raus damit.«

Theresa dachte einen Augenblick nach.

»Es ist wirklich merkwürdig. Ich muß einfach die ganze Zeit an ihn denken und weiß nicht, warum. Ich komme mir vor wie ein Backfisch, der für einen Popstar schwärmt. Nur ist dies hier noch schlimmer – denn ich weiß nicht einmal, wie er aussieht. Wer weiß, vielleicht ist er siebzig.«

Deanna lehnte sich in ihren Stuhl zurück und nickte nachdenklich.

»Stimmt ... aber du glaubst es nicht, oder?«

Theresa schüttelte langsam den Kopf.

»Nein, eigentlich nicht.«

»Ich übrigens auch nicht«, sagte Deanna und nahm die Briefe wieder auf. »Er spricht davon, wie sie sich verliebt haben, als sie jung waren, erwähnt aber keine Kinder, er gibt Tauchunterricht und schreibt über Catherine, als hätte er sie erst vor wenigen Jahren geheiratet. Ich glaube nicht, daß er alt ist.«

»Das habe ich auch gedacht.«

»Möchtest du wissen, was ich denke?«

»Sicher.«

Deanna wählte ihre Worte behutsam.

»Ich denke, du solltest nach Wilmington fahren und versuchen, diesen Garrett zu finden.«

»Aber das kommt mir so ... so albern vor.«

»Warum?«

»Weil ich nichts über ihn weiß.«

»Theresa, du weißt viel mehr über Garrett, als ich anfangs über Brian wußte. Und außerdem sollst du ihn ja nicht heiraten, sondern nur ausfindig machen. Vielleicht stellst du fest, daß er dir überhaupt nicht gefällt, aber wenigstens weißt du's dann. Was kann es also schaden?«

»Aber was wäre, wenn …« Theresa hielt inne, und Deanna vollendete ihren Satz.

»… wenn er ganz anders ist, als du ihn dir vorgestellt hast? Theresa, ich bin fast überzeugt, daß er nicht so ist, wie du ihn dir ausmalst. Niemand ist so. Aber das sollte deinen Entschluß nicht beeinflussen. Wenn du mehr herausfinden willst, dann fahr hin. Das Schlimmste, was dir passieren kann, ist, daß er nicht der Mann ist, nach dem du suchst. Und was würdest du dann tun? Du würdest nach Boston zurückkehren, aber du würdest mit einer Antwort zurückkehren. Wäre das denn schlimm? Sicher nicht schlimmer als das, was du zur Zeit durchmachst.«

»Findest du nicht, daß die ganze Sache völlig verrückt ist?«

Deanna schüttelte den Kopf.

»Theresa, ich wünsche mir schon lange, daß du nach einem anderen Mann Ausschau hältst. Ich hab's dir ja schon in unserem Urlaub gesagt – du hast es verdient, einen Menschen zu finden, der dein Leben mit dir teilt. Ich weiß natürlich nicht, wie diese Sache mit Garrett ausgehen wird. Wenn ich wetten sollte, würde ich wohl sagen, daß sie zu nichts führen wird. Doch das heißt nicht, daß du's nicht versuchen solltest. Wenn jeder sich so vor dem Scheitern fürchten würde, daß er nicht einmal einen Versuch wagt – wo wären wir dann heute?«

»Du betrachtest die Sache viel zu logisch …«, erwiderte Theresa.

»Ich bin älter als du und habe eine Menge mitgemacht. Und eins der Dinge, die ich im Leben gelernt habe, ist, daß man Risiken eingehen muß. Und dieses Risiko kommt mir nicht besonders groß vor. Ich meine, du verläßt nicht Mann und Kind, um diesen Menschen zu finden, du gibst nicht deinen Job auf, um zu ihm zu ziehen. Du bist wirklich in einer wunderbaren Lage. Es können dir keine Nachteile entstehen, also mach aus einer Mücke keinen Elefanten. Wenn du den Wunsch hast hinzufahren, dann fahr. Wenn dir nicht danach ist, laß es bleiben. So einfach ist das. Außerdem ist Kevin nicht da, und du hast dieses Jahr noch eine ganze Menge Urlaub.«

Theresa wickelte eine Haarsträhne um den Zeigefinger.

»Und meine Kolumne?«

»Darüber zerbrich dir nicht den Kopf. Wir haben immer noch den Artikel in Reserve, den wir nicht gebracht haben, weil wir statt dessen den Brief abgedruckt haben. Dann können wir ruhig mal wieder ein paar Wiederholungen aus den letzten Jahren bringen.«

»Bei dir klingt alles immer so einfach.«

»Es ist einfach. Schwerer wird es schon sein, ihn zu finden. Aber ich glaube, in den Briefen stecken Informationen, die uns helfen können. Was hältst du davon, wenn wir uns ein bißchen ans Telefon hängen und den Computer auf die Jagd schicken?«

Beide schwiegen eine lange Weile.

»Okay«, sagte Theresa schließlich. »Ich hoffe nur, daß ich's nicht bereuen werde.«

»Also los«, sagte Theresa, »wo sollen wir anfangen?«

Sie zog ihren Stuhl auf die andere Seite von Deannas Schreibtisch.

»Laß uns mit den Punkten beginnen, bei denen wir relativ sicher sein können«, schlug Deanna vor. »Und dazu gehört wohl, daß sein Name tatsächlich Garrett ist.«

»Und«, fügte Theresa hinzu, »er lebt höchstwahrscheinlich in Wilmington oder Wrightsville Beach oder einer angrenzenden Gemeinde.«

Deanna nickte.

»In all seinen Briefen ist vom Meer die Rede, und natürlich wirft er dort seine Flaschenpost hinein. Und er scheint die Briefe zu schreiben, wenn er sich einsam fühlt oder wenn er an Catherine denkt.«

»Den Eindruck habe ich auch. Er hat keinen besonderen Anlaß in den Briefen erwähnt. Sie erzählen von seinem täglichen Leben und davon, was er durchmacht.«

»Okay, gut«, sagte Deanna mit einem Nicken. Sie wurde immer aufgeregter, je weiter ihre Überlegungen gediehen. »Da war von einem Boot die Rede ...«

»*Fortuna*«, sagte Theresa. »Er schreibt, sie hätten sie restauriert und seien dann zusammen damit gesegelt. Es muß also ein Segelboot sein.«

»Mach dir eine Notiz«, sagte Deanna. »Vielleicht können wir mit ein paar Telefonaten mehr dazu herausfinden. Vielleicht gibt es eine Stelle, die Boote nach ihren Namen registriert. Ich glaube, ich kann das Lokalblatt dort bitten, sich darum zu kümmern. Gab es irgend etwas anderes in dem zweiten Brief?«

»Nicht daß ich wüßte. Aber im dritten Brief stecken noch ein paar Informationen. Nach dem, was er schreibt, stehen zwei Dinge fest ...«

»Einmal, daß Catherine tatsächlich nicht mehr lebt ...«, fiel ihr Deanna ins Wort.

»Und daß er ein Geschäft für Tauchartikel hat, in dem Catherine und er gearbeitet haben.«

»Das solltest du ebenfalls notieren. Ich denke, wir können darüber telefonisch mehr herausfinden. Sonst noch was?«

»Ich glaube nicht.«

»Na ja, das ist doch kein schlechter Einstieg. Vielleicht ist alles viel einfacher, als wir denken. Wir wollen zuerst ein paar Anrufe erledigen.«

Als erstes telefonierte Deanna mit dem *Wilmington Journal*, der lokalen Tageszeitung. Sie gab sich zu erkennen und verlangte jemanden zu sprechen, der mit Bootsbau vertraut war. Sie wurde mit einem gewissen Zack Norton verbunden, der für Angeln und Wassersport zuständig war. Ihre Frage, ob es eine Stelle gebe, die Bootsnamen registriere, wurde mit einem klaren Nein beantwortet.

»Boote haben Kennzeichen, ähnlich wie Autos«, hieß es, »aber wenn Sie den Namen des Eigners haben, können Sie vielleicht auch den Namen des Boots herausfinden, sofern er registriert ist. Das ist keine Vorschrift, aber viele Leute lassen ihn eintragen.« Deanna kritzelte den Hinweis ›Boote nicht nach Namen registriert‹ auf einen Block und zeigte ihn Theresa.

»Das war eine Sackgasse«, sagte Theresa ruhig.

Deanna legte die Hand auf die Sprechmuschel und flüsterte: »Vielleicht auch nicht. Gib nicht so schnell auf.«

Nachdem sie Zack Norton gedankt hatte, legte Deanna auf und ging noch einmal die Liste mit den Anhaltspunkten durch. Sie dachte einen Augenblick nach und beschloß dann, die Auskunft anzurufen und um die Telefonnummern aller Tauchzubehörläden zu bitten. Theresa sah, wie ihre Freundin Namen und Rufnummern von elf Läden notierte. »Kann ich noch etwas für Sie tun, Ma'am?« fragte die Dame von der Auskunft.

»Nein, danke, Sie haben mir sehr geholfen.« Deanna legte auf, und Theresa sah sie neugierig an.

»Wonach willst du fragen, wenn du anrufst?«

»Natürlich nach Garrett.«

Theresas Herzschlag setzte für eine Sekunde aus.

»Einfach so?«

»Einfach so.« Lächelnd wählte Deanna die erste Nummer. Sie wies Theresa an, den anderen Hörer abzuheben, »für den Fall, daß er's ist«.

»Atlantic Adventures«, meldete sich eine Stimme. Deanna holte tief Luft und fragte höflich, ob Garrett derzeit Tauchstunden gebe. »Tut mir leid, Sie müssen die falsche Nummer gewählt haben«, lautete die Antwort. Deanna entschuldigte sich und legte auf.

Bei den nächsten fünf Anrufen erhielt sie die gleiche Antwort. Unbeeindruckt wählte Deanna die siebte Nummer auf ihrer Liste. Da sie mit derselben Antwort gerechnet hatte, war sie erstaunt, als die Person am anderen Ende der Leitung einen Augenblick zögerte.

»Meinen Sie Garrett Blake?«

Garrett.

Theresa stockte der Atem, als sie seinen Namen hörte. Deanna sagte hastig ›ja‹, und die Stimme fuhr fort.

»Er arbeitet bei ›Island Diving‹. Vielleicht können wir Ihnen ein Angebot machen? Wir bieten auch Tauchunterricht an.«

»Nein«, erwiderte Deanna rasch. »Tut mir leid, ich arbeite nur mit Garrett zusammen. Ich hab's ihm versprochen.« Mit einem zufriedenen Lächeln legte sie den Hörer zurück auf die Gabel.

»Wir kommen der Sache näher.«

»Kaum zu glauben, daß es so leicht ist …«

»So leicht war's nun auch wieder nicht, Theresa. Ohne diesen dritten Brief wäre es unmöglich gewesen.«

»Glaubst du, es ist der richtige Garrett?«

Deanna legte den Kopf auf die Seite und hob die Augenbrauen. »Du etwa nicht?«

»Ich weiß noch nicht. Vielleicht.«

Deanna zuckte mit den Achseln.

»Nun, das haben wir bald rausgefunden. Es fängt an, richtig Spaß zu machen.«

Deanna rief noch einmal die Auskunft an und ließ sich die Nummer der Bootsregistrierstelle von Wilmington nennen. Dort stellte sie sich vor und bat die Sekretärin um eine Information. »Mein Mann und ich sind unlängst vor Ihrer Küste gesegelt, als unser Boot plötzlich kenterte. Ein freundlicher Herr hat uns entdeckt und zurück ans Ufer geholfen. Sein Name ist Garrett Blake, und ich glaube, sein Boot hieß *Fortuna*, aber ich möchte sicher sein, wenn ich meine Geschichte schreibe.«

Deanna redete wie ein Wasserfall und ließ die Sekretärin kaum zu Wort kommen. Sie erzählte ihr, wie sehr sie sich gefürchtet habe und wie erleichtert sie gewesen sei, als Garrett ihnen zu Hilfe gekommen war. Nachdem sie der Frau dann schmeichelnd gesagt hatte, wie nett die Menschen im Süden und vor allem in Wilmington seien und daß sie unbedingt eine Geschichte über ihre Gastfreundschaft schreiben wolle, war die Frau nur allzu gerne bereit zu helfen. »Da Sie die Information nur bestätigt haben wollen, dürfte das kein Problem sein. Einen Augenblick bitte.« Deanna trommelte mit den Fingern auf die Schreibtischplatte, während ein Song von Barry Manilow durch den Hörer rieselte. Die Sekretärin meldete sich wieder. »Okay. Lassen Sie mich sehen …« Deanna hörte, wie auf einer Tastatur getippt wurde, dann vernahm sie ein seltsames Piepsen. Und kurz darauf sagte die Frau genau das, worauf Deanna und Theresa gehofft hatten.

»Ja, hier hab ich's. Garrett Blake. Hm … Sie haben den richtigen Namen, jedenfalls nach unseren Informationen. Hier steht, daß das Boot *Fortuna* heißt.«

Deanna bedankte sich überschwenglich bei der Sekretärin und ließ sich ihren Namen geben, ›um eine weitere Person erwähnen zu können, die Gastfreundschaft verkörpert‹. Nachdem Deanna sich den Namen hatte buchstabieren lassen, legte sie mit strahlendem Gesicht auf.

»Garrett Blake«, sagte sie mit triumphierendem Lächeln. »Unser geheimnisvoller Schreiber heißt Garrett Blake.«

»Unglaublich, daß du ihn wirklich gefunden hast …«

Deanna nickte, als wäre ihr etwas gelungen, das selbst sie kaum für möglich gehalten hätte.

»Glaub mir, die alte Schachtel hier weiß immer noch, wie man an Informationen rankommt.«

»Kein Zweifel.«

»Gibt's noch was anderes, was du wissen willst?«

Theresa dachte einen Augenblick nach.

»Kannst du auch etwas über Catherine herausfinden?«

Deanna zuckte die Achseln und überlegte. »Ob's klappt, weiß ich nicht, aber wir können's versuchen. Ich will mal das Lokalblatt anrufen und nachfragen, ob sie irgend etwas in ihrem Archiv haben. Wenn es ein Unfalltod war, könnte darüber berichtet worden sein.«

Also rief Deanna noch einmal das *Wilmington Journal* an, erfuhr aber, daß die Ausgaben, die älter als drei oder vier Jahre waren, nur noch auf Mikrofiche gespeichert und deshalb nicht so leicht zugänglich waren. Also fragte Deanna nach der Person, an die Theresa sich wenden konnte, falls sie nach Wilmington fuhr, um vor Ort weitere Nachforschungen anzustellen.

»Ich glaube, das ist alles, was wir von hier aus unternehmen können. Der Rest ist deine Sache, Theresa. Aber immerhin weißt du, wo du ihn finden kannst.«

Deanna hielt ihr den Zettel mit dem Namen hin. Theresa zögerte. Nachdem Deanna sie prüfend gemustert hatte, legte sie das Papier auf den Tisch. Dann nahm sie erneut den Hörer ab.

»Wen rufst du jetzt noch an?«

»Mein Reisebüro. Du brauchst einen Flug und ein Hotel.«

»Ich habe noch nicht mal gesagt, daß ich hinfahre.«

»Oh, das wirst du.«

»Wie kannst du so sicher sein?«

»Weil ich nicht will, daß du die nächsten zwölf Monate in der Redaktion herumhockst und grübelst, was gewesen wäre, wenn ... Du arbeitest nicht gut, wenn du zerstreut bist.«

»Deanna ...«

»Nichts mehr mit Deanna. Du weißt, daß dich die Neugier verrückt machen würde. Sie macht *mich* ja schon verrückt.«

»Aber ...«

»Nichts aber.« Nach einem kurzen Schweigen klang Deannas Stimme sanfter. »Theresa, bedenke – du hast nichts zu verlieren. Das Schlimmste, was passieren könnte, ist, daß du in wenigen Tagen zurückfliegst. Das ist alles. Du gehst nicht auf eine Expedition, um einen Kannibalenstamm aufzuspüren. Du willst nur herausfinden, ob deine Neugier berechtigt war.«

Sie blickten einander schweigend an. Um Deannas Mundwinkel spielte ein spöttisches Lächeln, und Theresa fühlte ihr Herz schneller schlagen, als ihr die Endgültigkeit der Entscheidung zu Bewußtsein kam. Mein Gott, ich tue es tatsächlich, dachte sie. Ich kann's nicht fassen.

Trotzdem unternahm sie einen letzten halbherzigen Versuch zu protestieren.

»Ich weiß nicht mal, was ich sagen soll, wenn ich vor ihm stehe ...«

»Ich bin sicher, dir fällt bis dahin was ein. Nun laß mich diesen Anruf erledigen. Hol deine Handtasche. Ich brauche deine Kreditkartennummer.«

Theresas Gedanken wirbelten wild durcheinander, als sie aufstand und zu ihrem Schreibtisch ging. *Garrett Blake. Wilmington. Island Diving. Fortuna.* Immer wieder wiederholte sie diese Worte, als probte sie für eine Bühnenrolle.

Sie schloß die untere Schublade ihres Schreibtisches auf, wo sie ihre Handtasche aufbewahrte, und zögerte eine Sekunde, bevor sie zurückging. Doch etwas Unwiderstehliches hatte von ihr Besitz ergriffen, und schließlich händigte sie Deanna ihre Kreditkarte aus. Am nächsten Abend würde sie nach Wilmington in North Carolina aufbrechen.

Deanna schlug ihr vor, sich den restlichen Tag und den folgenden frei zu nehmen. Als Theresa ihr Büro verließ, hatte sie den Eindruck, sie sei in die Enge getrieben worden – genauso wie sie den alten Mr. Shendakin in die Enge getrieben hatte.

Aber im Gegensatz zu Mr. Shendakin war sie tief im Innern froh darüber. Und als das Flugzeug am folgenden Tag in Wilmington landete, fragte sie sich, wohin das alles führen würde.

5. Kapitel

Theresa wachte wie gewöhnlich früh auf, sprang aus dem Bett und trat ans Fenster. Die Sonne von North Carolina kämpfte sich schon durch den Morgendunst. Theresa zog die Balkontür auf, um frische Luft hereinzulassen.

Im Badezimmer schlüpfte sie aus ihrem Pyjama, und als sie unter der Dusche stand, dachte sie, wie einfach es gewesen war, hierherzukommen. Vor nicht einmal achtundvierzig Stunden hatten Deanna und sie noch beisammen gesessen, die Briefe studiert und telefoniert, um Garrett ausfindig zu machen. Zu Hause hatte sie mit Ella gesprochen, die sich wieder einmal bereit erklärt hatte, Harvey zu versorgen und ihren Briefkasten zu leeren.

Tags darauf war sie zur Stadtbücherei gegangen, um sich über Sporttauchen zu informieren. Das schien ihr der vernünftigste Weg. Die Jahre als Reporterin hatten sie gelehrt, nichts dem Zufall zu überlassen, Pläne zu schmieden und sich auf alle Eventualitäten vorzubereiten.

Der Plan, den sie schließlich gefaßt hatte, war einfach. Sie wollte zu ›Island Diving‹ fahren und sich im Laden umsehen, in der Hoffnung, einen Blick auf Garrett Blake zu erhaschen. Sollte sich herausstellen, daß er fünfundsiebzig – oder zwanzig – war, wollte sie auf der Stelle kehrtmachen und nach Hause zurückfahren. Sollte jedoch ihre Vermutung zutreffen, daß er etwa so alt war wie sie, würde sie versuchen, mit ihm ins Gespräch zu kommen. Und darum hatte sie sich Zeit genommen, etwas über Sporttauchen zu erfahren – sie wollte den Eindruck erwecken, als verstünde sie etwas davon. Und sie würde sicher mehr über ihn erfahren, wenn sie mit ihm über etwas fachsimpeln konnte, das ihn interessierte.

Was aber dann? Nun, darüber war sie sich noch nicht im klaren. Sie wollte Garrett nicht den Grund verraten, weshalb sie hergekommen war – das würde sich verrückt anhören. *»Hi, ich habe Ihre Briefe an Catherine gelesen, und da ich weiß, wie sehr Sie sie lieben, dachte ich mir, Sie könnten der Mann sein, nach dem ich suche.«* Oder. *»Hi, ich bin von der Boston Times und habe Ihre Briefe gefunden. Könnten wir eine Story über Sie bringen?«* Nein, das kam nicht in Frage.

Aber sie war nicht den weiten Weg hergekommen, um jetzt aufzugeben, nur weil sie nicht wußte, was sie sagen sollte. Übrigens würde sie, genau wie Deanna gesagt hatte, einfach nach Boston zurückkehren, wenn es nicht klappte.

Sie stieg aus der Dusche, trocknete sich ab, cremte sich Arme und Beine ein und zog eine kurzärmelige weiße Bluse an, dazu Shorts und weiße Sandalen. Sie wollte lässig wirken und auf keinen Fall auffallen. Schließlich wußte sie nicht, was sie erwartete.

Schon im Gehen begriffen, fiel ihr Blick auf ein Telefonbuch, sie blätterte darin und notierte sich die Adresse von ›Island Diving‹. Während sie die Hotelhalle durchquerte, sprach sie im Geiste Deannas Mantra vor sich hin.

Als erstes kaufte sie sich einen Stadtplan von Wilmington. Der Hotelportier hatte ihr den Weg beschrieben, und so fand sie sich bald zurecht, obwohl Wilmington größer war, als sie vermutet hatte. In den Straßen stauten sich die Autos, mehr noch auf den Brücken, die zu den vorgelagerten Inseln führten. Kure Beach, Carolina Beach und Wrightsville Beach waren von der Stadt aus über Brücken zu erreichen, und dorthin schien sich der Hauptverkehrsstrom zu ergießen.

›Island Diving‹ befand sich in der Nähe des Yachthafens. Nachdem Theresa den Ortskern durchquert hatte, ließ der Verkehr ein wenig nach. Als sie die richtige Straße gefunden hatte, verlangsamte sie das Tempo und hielt Ausschau nach dem Laden. Wie sie gehofft hatte, standen nur wenige Autos vor dem Gebäude, und sie parkte gleich neben dem Eingang.

Es war ein älteres Holzhaus, wo Salzluft und Seewind das ihrige getan hatten. Das handgemalte Ladenschild hing an zwei rostigen Metallketten, und auf den Fenstern hatten Tausende heftiger Regenschauer einen milchigen Schimmer hinterlassen.

Theresa stieg aus dem Wagen, strich sich die Haare aus der Stirn und ging auf den Eingang zu. Sie zögerte, bevor sie die Tür öffnete, holte tief Luft, sammelte sich und trat ein, bemüht, so zu wirken, als sei sie aus ganz alltäglichen Gründen hier.

Sie schlenderte umher, sah die Kunden verschiedene Gegenstände aus den Regalen nehmen und zurückstellen. Dabei musterte sie jeden anwesenden Mann und stellte im stillen die Frage: *Sind Sie Garrett?* Aber die meisten schienen Kunden zu sein.

An der rückwärtigen Wand fiel ihr Blick auf mehrere Zeitungsausschnitte und Berichte aus Sportmagazinen, die, mit Rahmen versehen, über den Gestellen hingen. Sie beugte sich vor, um sie näher in Augenschein zu nehmen, und plötzlich wurde ihr bewußt, daß sie die Antwort auf eine ihrer Fragen zu dem geheimnisvollen Garrett Blake vor sich hatte.

Sie wußte jetzt, wie er aussah.

Der erste Artikel war dem Tauchsport gewidmet, und unter einem Foto war zu lesen: »Garrett Blake von ›Island Diving‹ bereitet einen Schüler auf den ersten Tauchversuch vor«.

Das Foto zeigte, wie er die Gurte der Druckluftflasche an den Schultern des Schülers befestigte, und es war zu erkennen, daß Deanna und sie sein Alter richtig eingeschätzt hatten. Er sah wie ein Mann in den Dreißigern aus, hatte ein schmales Gesicht und kurzes braunes Haar, das von den vielen Stunden in der Sonne gebleicht schien. Er war einen halben Kopf größer als der Schüler, und das ärmellose Hemd, das er trug, ließ kräftige Armmuskeln erkennen.

Weil das Foto ziemlich grobkörnig war, konnte sie die Farbe seiner Augen nicht ausmachen, wohl aber, daß sein Gesicht ein wenig verwittert war. Sie glaubte, Falten um seine Augenwinkel zu sehen, die aber auch daher rühren konnten, daß er in die Sonne blinzelte.

Sie las den Artikel aufmerksam und merkte sich, wann er gewöhnlich Unterricht gab und wie man einen Tauchschein erwerben konnte. Der zweite Artikel war ohne Foto und handelte vom Tauchen nach Schiffwracks – einem sehr beliebten Sport in North Carolina. Wegen der vielen Sandbänke und vorgelagerten Inseln gab es vor den Küsten North Carolinas mehr als dreihundert Wracks, weshalb man das Gebiet auch ›atlantischer Friedhof‹ nannte.

Der dritte Artikel, auch dieser ohne Foto, handelte vom ersten Panzerschiff der Föderierten-Armee im Bürgerkrieg, der *Monitor*. Auf dem Weg nach South Carolina war sie 1862 vor Cape Hatteras gesunken. Das Wrack war schließlich entdeckt worden, und man hatte Garrett Blake beauftragt, zusammen mit anderen Tauchern vom Duke Marine Institute dort zu tauchen und die Möglichkeit einer Bergung des Schiffes zu überprüfen.

Im vierten Artikel ging es um die *Fortuna*. Aus vier verschiedenen Winkeln war sie innen und außen aufgenommen worden, um die Restaurationsarbeiten zu belegen. Sie war, so erfuhr Theresa, 1927 in Lissabon gebaut worden – nach Entwürfen von Herreschoff, einem der berühmtesten Schiffsbauingenieure seiner Zeit. In ihrer langen, abenteuerlichen Geschichte hatte sie unter anderem dazu gedient, im Zweiten Weltkrieg die deutschen Garnisonen an der französischen Küste auszumachen. Schließlich war sie nach Nantucket gelangt, wo ein Geschäftsmann sie erworben hatte. Als Garrett Blake sie vor vier Jahren gekauft hatte, war sie völlig heruntergekommen, und, wie dem Artikel zu entnehmen war, hatten er und seine Frau Catherine sie erfolgreich restauriert ...

Catherine ...

Theresa schaute auf das Datum des Artikels. April 1992. Daß Catherine gestorben war, wurde nicht erwähnt, da aber einer der Briefe vor drei Jahren in Norfolk gefunden worden war, mußte es irgendwann im Jahr 1993 geschehen sein ...

»Kann ich Ihnen behilflich sein?«

Theresa fuhr herum. Ein junger Mann lächelte ihr zu, und sie war froh, vorher das Foto von Garrett gesehen zu haben. Dieser junge Mann konnte nicht Garrett sein.

»Habe ich Sie erschreckt?« fragte er, und Theresa schüttelte hastig den Kopf.

»Nein, ich habe mir nur gerade die Bilder angesehen.«

»Sie ist großartig, was?«

»Wer?«

»Na, die *Fortuna*. Garrett, der Ladenbesitzer, hat sie restauriert. Ein herrliches Boot. Das schönste, das ich je gesehen habe, jetzt, da es wiederhergestellt ist.«

»Ist er hier? Garrett, meine ich?«

»Nein, er ist am Pier. Er wird erst kurz vor Mittag hier sein.«

»Oh ...«

»Kann ich Ihnen beim Suchen behilflich sein? Ich weiß, der Laden ist etwas unübersichtlich, aber es gibt hier alles, was man zum Tauchen benötigt.«

Sie schüttelte den Kopf. »Danke, ich wollte nur ein bißchen herumstöbern.«

»Okay, aber wenn ich Ihnen helfen kann, sagen Sie mir Bescheid.«

»Mache ich«, sagte sie, und der junge Mann nickte freundlich, bevor er sich umwandte und auf die Ladentheke zusteuerte.

»Sie sagten, Garrett sei am Pier?«

Der junge Mann drehte sich um. »Ja, ein paar Häuserblocks die Straße runter. Am Yachthafen. Wissen Sie, wo der ist?«

»Ich glaube, ich bin dran vorbeigefahren.«

»Er wird noch die nächste Stunde dort sein, aber, wie gesagt, wenn Sie später wiederkommen, ist er bestimmt hier. Soll ich ihm etwas ausrichten?«

»Nein danke, es ist nicht so wichtig.«

Sie blieb noch fünf Minuten im Laden und tat, als würde sie verschiedene Artikel in den Regalen begutachten. Dann ging sie, nachdem sie dem jungen Mann zum Abschied noch einmal zugewunken hatte.

Aber statt ihren Wagen zu nehmen, eilte sie zu Fuß zum Hafen.

Dort angekommen, schaute Theresa sich um und hoffte, die *Fortuna* zu erkennen. Das war nicht schwer, denn die meisten Boote waren weiß gestrichen, doch die *Fortuna* war aus naturbelassenem Holz. Bald war sie fündig geworden und lief auf den Steg zu, an dem das Boot lag.

Obwohl Theresa ziemlich nervös war, glaubte sie, daß ihr der Aufenthalt im Laden ein paar Anregungen gegeben hatte, worüber sie sprechen könnte. Wenn sie ihn sah, würde sie ihm einfach erzählen, daß sie den Artikel über die *Fortuna* gelesen habe und sich das Boot aus der Nähe ansehen wolle. Das würde glaubhaft klingen, und sie hoffte, es würde sich ein längeres Gespräch daraus entwickeln. Dann konnte sie sich natürlich auch ein Bild davon machen, was für ein Mensch er war. Und danach ... nun, das würde sich zeigen.

Als sie jedoch beim Boot angelangt war, konnte sie niemanden ringsum sehen, weder auf dem Boot noch auf dem Pier. Das Boot war verriegelt, das Segel steckte in der Hülle. Nachdem sie vergebens nach Garrett Ausschau gehalten hatte, überprüfte sie den Namen auf der Rückseite des Boots. Es war ohne Zweifel die *Fortuna*. Sonderbar, dachte sie, der Mann im Laden hatte ihr doch versichert, Garrett sei hier.

Statt gleich zum Laden zurückzukehren, blieb sie noch ein Weilchen, um die *Fortuna* zu bewundern. Sie war wirklich schön – schöner als alle umliegenden Boote. Sie besaß sehr viel mehr Charakter, und Theresa verstand, warum ihr die Zeitung einen Artikel gewidmet hatte. Irgendwie fühlte sie sich an die Piratenschiffe erinnert, die sie aus Kinofilmen kannte. Sie lief hin und her, um das Boot aus allen Blickwinkeln zu begutachten, und versuchte sich vorzustellen, wie es vor seiner Restaurierung ausgesehen haben mochte. Das meiste sah neu aus, doch sie konnte sich nicht vorstellen, daß alles Holz ausgetauscht worden war. Wahrscheinlich hat man es abgeschmirgelt, dachte sie. Und beim näheren Hinsehen entdeckte sie Kerben im Rumpf, die ihre Theorie zu bestätigen schienen.

Schließlich beschloß sie, es später noch einmal im ›Island Diving‹ zu versuchen. Der Mann im Laden hatte sich wohl geirrt. Nach einem letzten Blick auf das Boot wandte sie sich zum Gehen.

Wenige Schritte entfernt stand ein Mann, der sie aufmerksam beobachtete.

Garrett …

Sein Hemd war von der morgendlichen Hitze an mehreren Stellen durchgeschwitzt. Die Ärmel waren hochgekrempelt und entblößten seine kräftigen Armmuskeln. Seine Hände waren schwarz, wohl von Öl, und die Taucheruhr, die er am Handgelenk trug, war zerkratzt. Er trug braune Shorts und Top-Siders ohne Socken und sah aus wie jemand, der die meiste, wenn nicht all seine Zeit am Meer zubrachte.

Er bemerkte, wie sie unwillkürlich einen Schritt zurückwich. »Kann ich Ihnen irgendwie behilflich sein?«

fragte er. Er lächelte, kam aber nicht näher, als fürchtete er, sie könne sich in die Enge gedrängt fühlen.

Genauso aber fühlte sie sich, als sich ihre Blicke jetzt begegneten.

Zuerst konnte sie ihn nur anstarren. Obwohl sie ein Foto von ihm gesehen hatte, fand sie ihn noch attraktiver, als sie erwartet hatte – warum, wußte sie nicht. Er war groß und breitschultrig. Sein Gesicht – nicht im herkömmlichen Sinne schön – war gebräunt und zerklüftet, als hätten Sonne und Meer ihren Tribut gefordert. Seine Augen waren bei weitem nicht so ausdrucksstark wie Davids, aber es lag etwas Bezwingendes, etwas ausgesprochen Männliches in der Art, wie er vor ihr stand.

Sie besann sich auf ihren Plan und holte tief Luft.

»Ich habe nur Ihr Boot bewundert. Es ist wirklich umwerfend schön.«

Er rieb sich die Hände, um das Motorenöl zu entfernen. »Danke«, erwiderte er höflich. »Nett, daß Sie das sagen.«

Jetzt, als er sie anblickte, kam ihr die ganze Situation zum Bewußtsein – wie sie die Flasche gefunden hatte, ihre wachsende Neugier, ihre Nachforschungen, ihre Reise nach Wilmington und nun dieses Zusammentreffen. Verwirrt schloß sie die Augen und rang verzweifelt um Fassung. Irgendwie hatte sie nicht damit gerechnet, daß alles so schnell gehen würde. Einen Augenblick lang empfand sie nichts als reines Entsetzen.

Er kam einen kleinen Schritt näher. »Alles in Ordnung?« fragte er besorgt.

Sie atmete noch einmal tief durch und versuchte sich zu entspannen. »Ich denke schon«, sagte sie. »Mir war nur eine Sekunde lang schwindelig.«

»Sind Sie sicher?«

Sie strich sich durchs Haar. »Es geht schon wieder. Wirklich.«

»Gut«, sagte er zögernd. Schließlich fragte er mit einer gewissen Neugier: »Sind wir uns schon einmal begegnet?«

Theresa schüttelte langsam den Kopf. »Ich glaube nicht.«

»Woher wußten Sie dann, daß das Boot mir gehört?«

»Oh ...«, gab sie erleichtert zurück, »ich habe Ihr Foto und das vom Boot in Ihrem Laden gesehen. Der junge Angestellte meinte, Sie seien hier, und deshalb bin ich hergekommen.«

»Er hat gesagt, daß ich hier bin?«

Sie dachte nach, um sich an seine genauen Worte zu erinnern. »Am Pier, sagte er. Und ich dachte, das sei hier.«

Er nickte. »Ich war bei dem anderen Boot – das wir zum Tauchen benutzen.«

Ein kleines Fischerboot tutete in der Nähe. Garrett drehte sich um und winkte dem Fischer zu. Als sich Garrett wieder Theresa zuwandte, bemerkte er, wie hübsch sie war. Jetzt, aus der Nähe, erschien sie ihm noch attraktiver als vorhin, von der anderen Hafenseite aus. Er senkte den Blick und wischte sich mit einem großen Taschentuch die Stirn.

»Großartig, wie Sie das Boot restauriert haben«, sagte Theresa.

Ein Lächeln huschte über sein Gesicht. »Danke, freundlich von Ihnen.«

Theresa schaute zum Boot, dann zu ihm. »Es geht mich ja nichts an«, sagte sie scheinbar beiläufig, »aber dürfte ich Ihnen ein paar Fragen zu Ihrem Boot stellen?«

An seinem Gesichtsausdruck war zu erkennen, daß man diese Bitte schon öfter an ihn gerichtet hatte.

»Was möchten Sie denn wissen?«

Sie zwang sich zu einem ungezwungenen Plauderton. »Zum Beispiel, ob die *Fortuna* tatsächlich in einem so schlimmen Zustand war, als Sie sie kauften?«

»Schlimmer als Sie sich vorstellen können.« Er trat vor und deutete auf einzelne Punkte am Boot. »Teile vom Bug waren total verrottet, es gab mehrere Lecks an der Längsseite – ein Wunder, daß sie sich noch über Wasser hielt. Am Ende mußten wir einen Großteil von Rumpf und Deck ersetzen, und was von ihr übrigblieb, mußten wir abschmirgeln, versiegeln und lackieren. Das war aber nur die Außenseite. Wir mußten natürlich auch das Innere erneuern, und das dauerte noch weit länger.«

Obwohl mehrfach das Wörtchen ›wir‹ gefallen war, entschied sie, ihn nicht darauf anzusprechen.

»Das muß ja eine Menge Arbeit gewesen sein.«

Sie lächelte bei diesen Worten, und Garrett fühlte, wie sein Herz schneller schlug. Verdammt, sie war wirklich umwerfend hübsch!

»Stimmt, aber es war die Sache wert. Mit ihr zu segeln macht unvergleichlich mehr Spaß als mit anderen Booten.«

»Warum?«

»Weil sie von Menschen gebaut wurde, die damit ihren Lebensunterhalt bestritten, die unendlich viel Sorgfalt auf ihren Entwurf verwendet haben. Und das macht das Segeln sehr viel leichter.«

»Ich vermute, Sie segeln schon lange.«

»Seit meiner Kindheit.«

Sie nickte und trat etwas näher ans Boot heran. »Haben Sie was dagegen?«

Er schüttelte den Kopf. »Nein, machen Sie nur.«

Theresa strich langsam mit der Hand über den Rumpf. Garrett bemerkte, daß sie keinen Ehering trug.

»Was ist das für ein Holz?« fragte Theresa, ohne sich umzudrehen.

»Mahagoni.«

»Das ganze Boot?«

»Größtenteils, außer den Masten und einigen Teilen im Innern.«

Sie nickte erneut, und Garrett sah zu, wie sie am Boot entlangschritt. Dabei fiel ihm ihre gute Figur auf und wie ihr dunkles, glattes Haar ihre Schultern streifte. Aber es war nicht nur ihr Aussehen, das ihm auffiel, sondern vor allem auch die Sicherheit, mit der sie sich bewegte, so als wüßte sie genau, was die Männer dachten, wenn sie in ihrer Nähe war. Er schüttelte den Kopf.

»Hat man die *Fortuna* tatsächlich zu Spionagezwekken im Zweiten Weltkrieg benutzt?« fragte sie und drehte sich zu ihm um.

Er lachte leise, bemüht, einen klaren Kopf zu behalten. »Das hat mir der frühere Besitzer erzählt, aber ich weiß nicht, ob es stimmt oder ob er das nur gesagt hat, um einen höheren Preis zu erzielen.«

»Nun, auch wenn es nicht stimmt, ist es ein wundervolles Boot. Wie lange haben Sie gebraucht, um es zu restaurieren?«

»Fast ein Jahr.«

Sie versuchte durch eines der runden Fenster zu schauen, aber es war zu dunkel im Innern, um etwas zu erkennen. »Womit sind Sie während der Arbeit an der *Fortuna* gesegelt?«

»Wir sind gar nicht gesegelt. Mit der Arbeit im Laden und am Boot und mit dem Tauchunterricht blieb uns keine Zeit.«

»Hatten Sie keine Entzugserscheinungen?« fragte sie mit einem verschmitzten Lächeln, und Garrett bemerkte zum ersten Mal, daß ihr die Unterhaltung Spaß machte.

»Doch, und wie! Aber sie waren wie weggeblasen, sobald wir die *Fortuna* zu Wasser gelassen haben.«

Wieder hörte sie das Wörtchen *wir*.

»Das kann ich mir vorstellen.«

Theresa warf noch einen letzten bewundernden Blick auf das Boot und kehrte dann zu ihm zurück. Sie schwiegen eine Weile, und Garrett fragte sich, ob sie wußte, daß er sie aus den Augenwinkeln beobachtete.

»Nun«, sagte sie schließlich und verschränkte die Arme vor der Brust, »ich habe Ihre kostbare Zeit lang genug in Anspruch genommen.«

»Ist schon okay«, sagte er und spürte wieder den Schweiß auf seiner Stirn. »Ich rede gerne übers Segeln.«

»Das würde ich auch. Ich habe mir das Segeln immer herrlich vorgestellt.«

»Das klingt ja so, als wären Sie noch nie gesegelt.«

Sie zuckte die Achseln. »Stimmt. Ich hätte es immer gern getan, hatte aber nie Gelegenheit dazu.«

Bei diesen Worten sah sie ihn an, und Garrett mußte erneut nach seinem Taschentuch greifen. *Verdammt heiß heute morgen.* Er trocknete sich die Stirn, und zu seinem eigenen Erstaunen hörte er sich sagen:

»Na ja, wenn Sie mitsegeln wollen – ich drehe meistens nach der Arbeit noch eine Runde. Wenn Sie Lust haben, dann kommen Sie doch heute abend mit.«

Warum er das gesagt hatte, wußte er selbst nicht. Vielleicht war es nach all diesen Jahren der Wunsch nach weiblicher Gesellschaft – wenn auch nur für kurze Zeit. Vielleicht hatte es auch mit dem Leuchten ihrer Augen zu tun, wenn sie sprach. Aber warum auch immer – er hatte sie eingeladen, und daran war jetzt nichts mehr zu ändern.

Auch Theresa war ein wenig überrascht, doch sie nahm sein Angebot sofort an. Schließlich war sie deshalb hergekommen.

»Das wäre wunderbar«, sagte sie. »Wann?«

Er steckte sein Taschentuch wieder weg und fühlte sich etwas unsicher ob seines spontanen Angebots.

»Wie wär's mit sieben Uhr? Bei Sonnenuntergang ist es besonders schön zu segeln.«

»Sieben Uhr paßt mir gut. Ich bringe was zu essen mit.« Zu Garretts Erstaunen schien sie gleichzeitig zufrieden und aufgeregt.

»Das ist nicht nötig.«

»Ich weiß, doch es ist das mindeste, was ich tun kann. Schließlich hätten Sie mich nicht einladen brauchen. Sind Sandwiches okay?«

Garrett trat einen kleinen Schritt zurück; er brauchte plötzlich etwas Abstand.

»Wissen Sie, ich bin nicht heikel.«

»Also gut«, sagte sie, trat von einem Fuß auf den anderen und wartete, ob er noch etwas sagen würde. Als er schwieg, zog sie den Riemen ihrer Handtasche auf ihrer Schulter zurecht. »Dann bis heute abend. Treffpunkt hier beim Boot?«

»Genau hier«, sagte er und spürte, wie belegt seine Stimme klang. »Ich bin sicher, es wird Ihnen gefallen.«

»Ich auch. Also bis dann.«

Damit ging sie davon. Ihr Haar flatterte im Wind. Da fiel Garrett ein, daß er etwas vergessen hatte.

»Hallo!« rief er hinter ihr her.

Sie drehte sich um und beschattete die Augen mit der Hand.

»Ja?«

Auch aus der Entfernung war sie bezaubernd.

Er kam ein paar Schritte auf sie zu. »Ich habe vergessen, nach Ihrem Namen zu fragen.«

»Ich bin Theresa. Theresa Osborne.«

»Und ich bin Garrett Blake.«

»Also, Garrett, bis um sieben.«

Sprach's und schritt munter davon. Garrett blickte ihr nach und versuchte, Ordnung in seine widersprüchlichen Gefühle zu bekommen. Einerseits wühlte ihn das eben Geschehene auf, andererseits hatte er den Eindruck, daß irgend etwas an der Sache nicht stimmte.

Aber was?

6. Kapitel

Die Uhr schlug sechsmal, dann das siebtemal, aber für Garrett Blake war die Zeit stehengeblieben, seitdem Catherine vor drei Jahren vom Gehsteig auf die Straße getreten und von einem ins Schleudern geratenen Wagen erfaßt worden war. In den folgenden Wochen war sein Zorn auf den Fahrer so groß gewesen, daß er Rachepläne geschmiedet hatte. Doch er hatte sie nie in die Tat umgesetzt, denn der Kummer hatte ihn völlig apathisch und handlungsunfähig gemacht. Er schlief nachts nicht länger als drei Stunden und brach jedesmal in Tränen aus, wenn er ihre Kleider im Schrank sah. Bei einer Diät aus Kaffee und Crackers nahm er zehn Kilo ab. Zum ersten Mal in seinem Leben begann er zu rauchen, und wenn der Schmerz unerträglich wurde, griff er abends auch schon mal zur Flasche. Sein Vater übernahm vorübergehend seinen Laden, während Garrett schweigend auf seiner Veranda saß und sich ein Leben ohne Catherine auszumalen versuchte. Er glaubte, weder den Willen noch die Energie zum Weiterleben zu haben, und manchmal, wenn er so dasaß, wünschte er, die feuchte, salzige Luft würde ihn verschlingen, damit ihm die Zukunft in Einsamkeit erspart bliebe.

Was es besonders schwer machte, war, daß er sich an eine Zeit ohne sie kaum zu erinnern vermochte. Sie hatten sich fast ihr ganzes Leben lang gekannt, hatten sogar dieselben Schulen besucht. In der dritten Klasse waren sie unzertrennlich gewesen, und zweimal hatte er ihr zum Valentinstag eine Glückwunschkarte geschenkt. Danach aber war jeder seiner eigenen Wege gegangen, obwohl sie weiterhin Klassenkameraden waren. Catherine war als Kind sehr mager gewesen – und immer die Kleinste ihrer Klasse –, und Garrett, der sie weiterhin gern mochte, bemerkte nicht, wie sie sich allmählich zu einer attraktiven jungen Frau entwickelte. Sie gingen nie zusammen aus, nicht einmal ins Kino. Aber nach vier Jahren an der Universität von Chapel Hill, wo er Meeresbiologie studierte, begegneten sie sich per Zufall am Wrightsville Beach, und plötzlich wurde ihm klar, wie töricht er gewesen war. Sie war nicht länger das magere kleine Schulmädchen, sondern eine bildhübsche Person mit einer aufregenden Figur, nach der sich, wenn sie vorüberging, sowohl Männer als auch Frauen umdrehten. Ihre Haare waren blond und ihre Augen geheimnisvoll, und als er sich wieder gefaßt und sie gefragt hatte, ob sie den Abend mit ihm verbringen wolle, begann eine Beziehung, die schließlich zur Ehe und zu sechs wunderbaren gemeinsamen Jahren führte.

Während ihrer Hochzeitsnacht in einem mit Kerzen erleuchteten Hotelzimmer zeigte sie ihm die beiden Valentinskarten, die er ihr einst geschenkt hatte, und sie lachte, als sie das Erstaunen in seinem Gesicht sah. »Natürlich habe ich sie aufgehoben«, flüsterte sie und schlang ihre Arme um ihn. »Es war das erste Mal, daß ich mich in jemanden verliebt habe. Liebe bleibt Liebe, egal wie alt man ist. Und ich wußte, wenn ich dir Zeit ließe, würdest du zu mir zurückkommen.«

Immer wenn Garrett an sie dachte, sah er sie vor sich, wie sie in jener Nacht ausgesehen hatte, oder bei ihrem letzten gemeinsamen Segeltörn.

Ihr blondes Haar wehte im Wind, und sie lachte.

»Fühlst du die Gischt?« schrie sie begeistert vom Bug herüber. Sie hielt sich an einer Leine fest und beugte sich weit über die Reling.

»Sei vorsichtig«, rief er zurück, das Ruder fest in der Hand.

Mit einem schelmischen Lächeln beugte sie sich noch ein Stück weiter hinaus.

»Laß das!« schrie er wieder. Einen Augenblick lang sah es so aus, als verlöre sie den Halt. Garrett wollte ihr schon zu Hilfe eilen, als er sie wieder laut lachen hörte und sah, wie sie sich aufrichtete. Leichtfüßig wie immer kam sie zu ihm gelaufen und umarmte ihn.

»Habe ich dich nervös gemacht?« flüsterte sie und nagte an seinem Ohrläppchen.

»Du machst mich immer nervös, wenn du so übermütig bist.«

»Sei nicht so brummig«, neckte sie ihn. »Nicht jetzt, wo ich dich ganz für mich habe.«

»Du hast mich jede Nacht ganz für dich.«

»Nicht so wie jetzt«, sagte sie und küßte ihn noch einmal. »Wollen wir nicht die Segel einholen und den Anker werfen?«

»Jetzt?«

Sie nickte. »Oder willst du lieber die ganze Nacht segeln?« Mit einem verführerischen Blick öffnete sie die Kabinentür und verschwand. Fünf Minuten später lag das Boot vor Anker, und er folgte ihr in die Kabine …

Obwohl sich Garrett an die Ereignisse dieses Abends deutlich erinnern konnte, bemerkte er, daß es ihm mit der Zeit immer schwerer fiel, sich ihr Bild ins Gedächtnis zu rufen. Ihre Gesichtszüge begannen vor seinen Augen zu verschwimmen, und obgleich er wußte, daß das Vergessen den Schmerz lindern würde, wünschte er sehnlichst, sie wieder vor sich zu sehen. Während der letzten drei Jahre hatte er sich ihr Fotoalbum nur einmal angeschaut, und das war so schmerzlich gewesen, daß er sich geschworen hatte, es nie wieder zu tun. Jetzt sah er sie nur noch nachts, wenn er schlief, deutlich vor sich, und dann war es, als wäre sie noch am Leben. Sie redete und bewegte sich, und er nahm sie in die Arme, und in diesen Augenblicken schien die Welt wieder in Ordnung zu sein. Doch die Träume forderten ihren Tribut, denn beim Aufwachen fühlte er sich jedesmal erschöpft und niedergeschlagen. Manchmal ging er in den Laden, schloß sich in sein Büro ein und sprach den ganzen Morgen mit keinem Menschen.

Sein Vater versuchte zu helfen, so gut er konnte. Auch er hatte seine Frau verloren, und so wußte er, was sein Sohn durchmachte. Garrett besuchte ihn jetzt immer noch mindestens einmal die Woche und genoß das Zusammensein mit ihm. Er war der einzige Mensch, von dem er sich wirklich verstanden fühlte. Letztes Jahr hatte ihn sein Vater ermahnt, er solle wieder Bekanntschaften schließen. »Es ist nicht recht, daß du ständig allein bist«, sagte er. »Du darfst dich nicht kleinkriegen lassen.« Garrett wußte, daß sein Vater recht hatte, aber er hatte kein Bedürfnis nach neuen Bekanntschaften. Seit Catherines Tod hatte er mit keiner Frau mehr geschlafen, und, was noch schlimmer war, er hatte gar kein Verlangen danach. Ihm war, als wäre etwas in seinem Innern gestorben. Als Garrett seinen Vater fragte, warum er seinen Rat beherzigen solle, wo er selbst doch nie wieder geheiratet habe, blickte der nur beiseite. Und dann sagte er etwas, das beide nicht mehr losließ und das er später bereute.

»Glaubst du wirklich, ich könnte jemanden finden, der es wert ist, ihren Platz einzunehmen?«

Im Laufe der Zeit nahm Garrett die Arbeit in seinem Laden wieder auf und bemühte sich, ein einigermaßen normales Leben zu führen. Er blieb abends lange in seinem Büro, um möglichst spät nach Haus zu gehen. Wenn es draußen dunkel war, machte er im Haus möglichst wenig Licht, damit er die Dinge, die Catherine gehört hatten, nicht so deutlich wahrnahm. Er gewöhnte sich an sein einsames Dasein; er kochte, putzte, wusch seine Wäsche und arbeitete sogar im Garten, wie sie es früher getan hatte – ohne daß es ihm freilich die gleiche Freude machte.

Er glaubte, über den Tiefpunkt hinweg zu sein, aber als es Zeit wurde, Catherines Sachen wegzugeben, brachte er das nicht übers Herz, und so nahm sein Vater die Sache in die Hand. Als Garrett von einem Tauchwochenende zurückkam, war alles, was ihr gehört hatte, verschwunden. Ohne ihre Sachen kam ihm das Haus so leer vor, daß er keinen Grund mehr sah, dort wohnen zu bleiben. Innerhalb eines Monats verkaufte er es und zog in ein kleineres Haus am Carolina Beach.

Sein Vater hatte jedoch nicht alles gefunden, was Catherine gehörte. In einer kleinen Schachtel, die er in seiner Schreibtischschublade versteckt hielt, verwahrte Garrett ein paar Dinge, von denen er sich nicht trennen konnte – die beiden Valentinskarten, ihren Ehering und noch einiges, das nur für ihn von Bedeutung war. Spät nachts hielt er diese Dinge manchmal in der Hand, und obwohl sein Vater gelegentlich sagte, es scheine ihm besserzugehen, wußte Garrett doch, daß nichts mehr wie früher sein würde.

Garrett Blake war etwas vor dem verabredeten Zeitpunkt zum Yachthafen gegangen, um die *Fortuna* startklar zu machen.

Als er eben sein Haus verlassen wollte, hatte sein Vater angerufen.

»Möchtest du zum Abendessen kommen?« hatte er gefragt.

Und Garrett hatte geantwortet, er sei heute abend zum Segeln verabredet.

»Mit einer Frau?« hatte sein Vater nach einem kurzen Schweigen wissen wollen.

Und Garrett hatte ihm kurz erzählt, wie er Theresa kennengelernt hatte.

»Dein Rendezvous scheint dich ein bißchen nervös zu machen.«

»Nein, Dad, ich bin nicht nervös. Und es ist auch kein Rendezvous. Wir segeln nur, denn sie hat mir erzählt, sie sei noch nie segeln gewesen.«

»Ist sie hübsch?«

»Was tut das zur Sache?«

»Nichts. Aber es hört sich trotzdem nach einem Rendezvous an.«

»Es ist aber keins.«

»Na, wenn du meinst.«

Kurz nach sieben sah Garrett sie die Mole herunterkommen. Sie trug Shorts, ein ärmelloses T-Shirt, einen kleinen Picknickkorb in der einen und ein Sweatshirt und eine leichte Jacke in der anderen Hand. Nach außen hin wirkte sie gelassen, und nichts an ihrer Miene verriet, was in ihrem Innern vorging. Als sie winkte, überkam ihn ein vertrautes Schuldgefühl, doch er winkte rasch zurück, bevor er sich wieder an den Seilen zu schaffen machte und verzweifelt versuchte, einen klaren Kopf zu behalten.

»Hallo«, rief sie lässig. »Ich hoffe, ich habe Sie nicht zu lang warten lassen.«

Er zog seine Arbeitshandschuhe aus.

»Oh, hallo. Nein, nein, ich warte noch nicht lange. Ich bin nur etwas früher gekommen, um die *Fortuna* startklar zu machen.«

»Und – sind Sie fertig?«

Er warf einen raschen Blick übers Boot. »Ich denke schon. Kann ich Ihnen behilflich sein?«

Er legte die Handschuhe beiseite, nahm ihr Korb und Jacke ab und legte beides auf eine Sitzbank. Als er ihre

Hand ergriff, um ihr an Bord zu helfen, fühlte sie die Schwielen an seinen Fingern.

»Können wir starten?« fragte er.

»Wann immer Sie wollen.«

»Oder möchten Sie vorher noch etwas trinken? Ich habe Cola und Mineralwasser im Kühlschrank.«

Theresa schüttelte den Kopf.

»Nein danke. Später vielleicht.«

Theresa schaute sich um, bevor sie auf einer Bank in der Ecke Platz nahm. Sie sah zu, wie Garrett die beiden Leinen losband, mit denen das Boot vertäut war. Dann drehte er einen Schlüssel, das Geräusch des Motors ertönte, und die *Fortuna* setzte sich in Bewegung

»Ich wußte gar nicht, daß es hier einen Motor gibt«, sagte Theresa ein wenig erstaunt.

»Es ist nur ein kleiner«, rief er mit lauter Stimme, um den Motor zu übertönen, »gerade stark genug, um aus dem Hafen zu kommen. Beim Restaurieren des Boots haben wir einen neuen eingebaut.«

Langsam glitt die *Fortuna* aus dem Yachthafen, und sobald sie die Hafeneinfahrt verlassen hatte, stellte Garrett den Motor ab. Er zog seine Handschuhe wieder an und hißte das Hauptsegel.

»Vorsicht, der Baum!« rief er.

Theresa zog den Kopf ein und sah, wie sich der Baum über sie hinwegbewegte, bis das Segel den Wind eingefangen hatte. Als es in der richtigen Position war, sicherte Garrett es mit den Seilen und kehrte ans Ruder zurück. Die ganze Aktion hatte keine halbe Minute gedauert.

»Ich wußte gar nicht, daß alles so schnell gehen muß«, sagte sie. »Ich dachte, Segeln sei ein geruhsamer Sport.«

Er schaute zu ihr hinüber. Catherine hatte oft an derselben Stelle gesessen, und jetzt, im Licht der sich neigenden Sonne dachte er für einen kurzen Augenblick, daß sie es wäre. Dann verscheuchte er den Gedanken und räusperte sich.

»Erst wenn wir auf dem offenen Meer sind«, gab er zur Antwort. »Wir sind hier aber erst auf dem Intra-Coastal und müssen aufpassen, daß uns keine anderen Boote in die Quere kommen.«

Er hielt das Ruder fast unbewegt, und Theresa spürte, wie die *Fortuna* allmählich Fahrt aufnahm. Sie erhob sich von ihrer Sitzbank und trat neben ihn ans Ruder.

»Bald haben wir's geschafft«, sagte er lächelnd. »Wir brauchen vielleicht nicht mal zu kreuzen. Vorausgesetzt natürlich, der Wind dreht nicht plötzlich.«

Sie schwieg, denn sie wußte, daß er sich konzentrieren mußte. Dabei beobachtete sie ihn aus den Augenwinkeln – seine kräftigen Hände, die das Ruder umfaßten, seine langen Beine, die beim Schaukeln des Boots das Gewicht verlagerten.

Dann sah sie sich genauer auf der *Fortuna* um. Sie bestand, wie die meisten Segelboote, aus zwei Ebenen – dem unteren Außendeck, wo sie jetzt standen, und, etwa einen Meter höher, dem Vorderdeck mit der Kabine. Eine kleine Tür führte in die Kabine, so niedrig, daß man beim Eintreten den Kopf einziehen mußte.

Schließlich wandte sie ihre Aufmerksamkeit erneut Garrett zu und fragte sich, wie alt er wohl sein mochte. In den Dreißigern, schätzte sie, mehr aber konnte sie nicht sagen. Sein Gesicht war hager und ließ ihn sicher älter erscheinen, als er tatsächlich war.

Und wieder dachte Theresa, daß er gewiß nicht der attraktivste Mann war, den sie kannte, doch es war etwas Undefinierbares an ihm, das ihn unglaublich interessant machte.

Sie hatte vorher mit Deanna telefoniert und versucht, ihr Garrett zu beschreiben. Es war ihr nicht leicht gefallen, weil er keinem der Männer ähnelte, die sie in Boston kannte. Sie hatte Deanna erzählt, daß er etwa so alt sei wie sie, daß er auf seine Art attraktiv und dazu sehr sportlich sei. Doch seine Körperkraft war nicht das Ergebnis von Training, sondern von seiner Lebensweise.

Deanna war ganz aus dem Häuschen, als sie erfuhr, daß Theresa abends mit ihm segeln gehen würde. Theresa aber waren kurz darauf Zweifel gekommen, vor allem bei der Vorstellung, mit einem fremden Mann ganz allein zu sein – dazu auf dem offenen Meer. Dann aber hatte sie sich wieder beruhigt. *Es ist wie jedes andere Rendezvous*, hatte sie sich eingeredet. *Nun mach keine große Affäre daraus*. Als es dann Zeit wurde, zum Yachthafen aufzubrechen, hätte sie sich fast gedrückt. Am Ende aber entschied sie, daß sie es tun *mußte*, für sich selbst und auch für Deanna, die sonst schrecklich enttäuscht gewesen wäre.

Als sie sich der Meerenge näherten, zog Garrett das Ruder herum. Das Boot reagierte sofort und näherte sich wieder der tieferen Rinne des Inter-Coastal. Trotz des drehenden Windes hatte Garrett das Boot vollständig unter Kontrolle, und Theresa konnte sehen, daß er genau wußte, was er tat.

Seeschwalben zogen ihre Kreise über dem Boot, und die Segel knatterten im Wind. Theresa verschränkte die Arme vor der Brust. Es war schon sehr viel kühler geworden, und sie zog das Sweatshirt über, das sie zum Glück mitgenommen hatte.

Direkt hinter dem Boot zischte und wirbelte das Wasser, und sie trat an den Bootsrand, um hinabzublicken. Die schäumenden Wellen hatten etwas Hypnotisierendes. Um nicht das Gleichgewicht zu verlieren, legte sie eine Hand auf die Reling und spürte eine Unebenheit. Bei genauerem Hinsehen stellte sie fest, daß es eine Inschrift war: *1934 erbaut – 1991 restauriert.*

Die Wellen von einem größeren Schiff ließen die *Fortuna* hin- und herschaukeln. Theresa kehrte zu Garrett zurück, der erneut das Ruder drehte, diesmal rascher. Er schenkte ihr ein kurzes Lächeln, während er aufs offene Meer zusteuerte. Sie beobachtete ihn, bis das Boot die Meerenge passiert hatte.

Zum ersten Mal seit einer Ewigkeit hatte sie etwas völlig Spontanes getan, etwas, das sie sich noch vor einer Woche nicht einmal in ihren kühnsten Träumen ausgemalt hätte. Und jetzt, da sie's getan hatte, wußte sie nicht, was sich daraus entwickeln würde. Was, wenn sich zeigte, daß Garrett ganz anders war, als sie sich ihn vorgestellt hatte? Dann würde sie ihre Antwort haben und nach Boston zurückkehren… Doch sie hoffte, sie würde nicht sofort aufbrechen. Zuviel war bereits geschehen …

Sobald die *Fortuna* genügend Abstand zu den übrigen Booten hatte, bat Garrett Theresa, das Ruder zu übernehmen. »Sie müssen es einfach nur gerade halten«, sagte er. Und wieder paßte er die Segel an, diesmal schneller als beim letzten Mal. Nachdem er sich vergewissert hatte, daß das Boot gut im Wind stand, machte er eine kleine Schlaufe in die Klüverleine und legte sie um das Spill am Ruder, wobei er zwei bis drei Zentimeter Spielraum ließ.

»Okay, das müßte gehen«, sagte er und klopfte auf das Ruder, um zu prüfen, ob es in Position blieb. »Wir können uns setzen, wenn Sie wollen.«

»Müssen Sie das Ruder nicht halten?«

»Dafür ist die Schlaufe da. Manchmal, wenn der Wind wirklich wechselhaft ist, darf man das Ruder nicht aus der Hand geben. Aber heute abend haben wir Glück mit dem Wetter. Wir könnten stundenlang in diese Richtung segeln.«

Garrett führte sie zu der Bank zurück, auf der sie zuerst gesessen hatte. Nachdem er sich vergewissert hatte, daß sich ihre Kleider nirgends verhaken konnten, ließen sie sich in der Ecke nieder – sie seitlich, er mit dem Rücken zum Heck. Als sie den Wind auf ihrem Gesicht spürte, strich Theresa ihr Haar zurück und blickte über das Wasser.

Garrett betrachtete sie von der Seite. Sie war kleiner als er – schätzungsweise ein Meter siebzig –, hatte ein hübsches Gesicht und eine Figur, die ihn an die Models aus Modemagazinen erinnerte. Doch obwohl er sie sehr attraktiv fand, war da noch etwas ganz anderes, das ihm angenehm aufgefallen war. Sie war intelligent, das hatte er gleich gespürt, dazu selbstbewußt, als wäre sie in der Lage, eigenständig ihr Leben zu meistern. Und diese Dinge waren für ihn von größter Wichtigkeit. Ohne sie bedeutete Schönheit nichts.

Und wie er sie so beobachtete, fühlte er sich in gewisser Weise an Catherine erinnert. Es war vor allem ihr Gesichtsausdruck. Sie sah aus, als träumte sie mit offenen Augen, während sie aufs Meer blickte, und seine Gedanken wanderten zurück zu ihrem letzten gemeinsamen Segeltörn. Wieder fühlte er sich schuldig, obwohl er ernsthaft bemüht war, gegen das Gefühl anzukämpfen. Er schüttelte den Kopf, lockerte geistesabwesend sein Uhrband und zog es dann wieder fester in die anfängliche Position.

»Es ist wirklich herrlich hier draußen«, sagte sie schließlich und wandte ihm wieder das Gesicht zu. »Danke fürs Mitnehmen.«

Er war froh, daß sie das Schweigen brach.

»Gern geschehen«, sagte er. »Es ist angenehm, von Zeit zu Zeit in netter Gesellschaft zu segeln.«

Sie fragte sich, ob seine Antwort ernst gemeint war. »Segeln Sie gewöhnlich allein?«

Er lehnte sich zurück und streckte die Beine aus.

»Meist schon. So kann ich nach der Arbeit am besten ausspannen. Egal, wie stressig der Tag war – wenn ich erst mal draußen bin, scheint der Wind alles davonzuwehen.«

»Ist das Tauchen so anstrengend?«

»Das Tauchen nicht. Das ist der vergnügliche Teil. Aber so ziemlich alles andere – der Papierkram, das Verhandeln mit den Leuten, die ihre Stunden im letzten Augenblick absagen, die Bestellungen für den Laden, ganz zu schweigen von der Buchhaltung. Das nimmt einen ganz schön in Anspruch.«

»Sicher. Aber es gefällt Ihnen doch, oder?«

»Gewiß. Und ich möchte mit niemandem tauschen.« Er hielt inne und spielte wieder an seinem Uhrband. »Und Sie, Theresa, was tun Sie so?« Es war eine der Fragen, die er sich im Laufe des Tages zurechtgelegt hatte.

»Ich bin Kolumnistin für die *Boston Times.*«

»Auf Urlaub hier?«

Sie zögerte für den Bruchteil einer Sekunde, bevor sie antwortete. »So könnte man sagen.«

Er nickte, denn er hatte mit der Antwort gerechnet. »Worüber schreiben Sie?«

Sie lächelte. »Über Kindererziehung.«

Sie las Erstaunen in seinen Augen – so hatte jeder Mann reagiert, mit dem sie zum ersten Mal ausgegangen war. *Am besten rückst du gleich damit raus*, dachte sie bei sich. »Ich habe einen Sohn«, fuhr sie fort. »Er ist zwölf.«

Er runzelte die Stirn. »Zwölf?«

»Sie sind schockiert?«

»Ja, das bin ich. Sie scheinen mir viel zu jung, um ein zwölfjähriges Kind zu haben.«

»Ich betrachte das als Kompliment«, sagte sie mit einem verschmitzten Lächeln, ohne sich freilich ködern zu lassen. Sie war noch nicht so weit, ihr Alter zu offenbaren. »Aber ja, er ist zwölf. Soll ich Ihnen ein Foto zeigen?«

»Gern.«

Sie öffnete ihre Brieftasche, nahm das Foto heraus und zeigte es ihm. Garrett betrachtete es einen Augenblick, bevor er wieder zu ihr aufsah.

»Er sieht Ihnen ähnlich«, sagte er und reichte ihr das Foto zurück. »Ein hübscher Junge.«

»Danke.« Sie steckte das Foto wieder ein. »Und Sie? Haben Sie Kinder?«

»Nein.« Er schüttelte den Kopf. »Keine Kinder. Jedenfalls keine, von denen ich wüßte.«

Sie lachte über seine Antwort, und er fuhr fort: »Wie heißt Ihr Sohn?«

»Kevin.«

»Ist er mit Ihnen nach Wilmington gekommen?«

»Nein, er ist bei seinem Vater in Kalifornien. Wir sind seit einigen Jahren geschieden.«

Garrett nickte schweigend und blickte dann über seine Schulter, um einem anderen Segelboot nachzusehen, das in der Ferne vorüberglitt. Theresa folgte seinem Blick und bemerkte, wie friedlich es hier auf dem Meer war. Nur das Rauschen der Wellen war zu hören und das leichte Knattern der Segel im Wind. Sie fand, daß sich sogar ihre Stimmen anders anhörten als im Hafen. Hier klangen sie freier, wie von der Luft in unendliche Weiten getragen.

»Möchten Sie das Boot besichtigen?« fragte Garrett.

Sie nickte. »Gern.«

Garrett erhob sich und überprüfte noch einmal die Segel, bevor er Theresa in die Kabine führte. Beim Öffnen der Tür hielt er plötzlich inne, von einer Erinnerung übermannt, die lange verschüttet gewesen und wohl durch die Gegenwart dieser Frau wieder geweckt worden war.

Catherine saß an dem kleinen Tisch mit einer schon entkorkten Flasche Wein. Auf einer Vase mit nur einer Blume darin glänzte das Licht einer kleinen brennenden Kerze. Die Flamme flackerte mit der Bewegung des Boots und warf lange Schatten durch die Kabine. In diesem Halbdunkel konnte er auf ihrem Gesicht nur die Spur eines Lächelns erkennen.

»Ich dachte, das wäre eine nette Überraschung«, sagte sie. »Wir haben schon so lange nicht mehr bei Kerzenschein zu Abend gegessen.«

Garrett sah zu dem kleinen Herd hinüber. Zwei mit Folie bedeckte Teller standen daneben.

»Wann hast du das alles an Bord geschafft?«

»Als du bei der Arbeit warst.«

Theresa bewegte sich schweigend umher und überließ ihn seinen Träumereien. Obwohl ihr sein Zögern nicht entgangen war, ließ sie es sich nicht anmerken, und dafür war ihr Garrett dankbar.

Zu Theresas Linken an der Wand befand sich eine Bank, lang und breit genug, um bequem darauf zu schlafen; gegenüber, auf der rechten Seite, war ein kleiner Tisch, an dem zwei Leute Platz hatten; neben der Tür erblickte Theresa ein Waschbecken und einen Gasherd mit einem kleinen Kühlschrank darunter; und geradeaus schließlich führte eine Tür zur Schlafkabine.

Die Hände in die Hüften gestemmt, stand Garrett da und ließ ihr Zeit, sich in Ruhe umzusehen. Er beugte sich nicht über ihre Schulter, wie manche Männer es getan hätten, sondern wahrte Abstand. Trotzdem spürte Theresa, wie seine Augen ihr folgten, auch wenn es ihm vielleicht nicht bewußt war.

»Von außen ahnt man gar nicht, wie geräumig es drinnen ist«, sagte sie nach einer Weile.

»Ich weiß.« Garrett räusperte sich verlegen. »Verblüffend, nicht wahr?«

»Ja. Außerdem scheinen Sie hier alles zu haben, was Sie brauchen.«

»Stimmt. Wenn ich wollte, könnte ich mit ihr nach Europa segeln, was allerdings nicht zu empfehlen wäre.«

Er trat an ihr vorbei zum Kühlschrank und nahm eine Dose Cola heraus. »Möchten Sie schon etwas trinken?«

»Gern«, sagte sie. Ihre Hände glitten über die Wände und fühlten die Struktur des Holzes.

»Was hätten Sie lieber – Cola oder Mineralwasser?«

»Mineralwasser.«

Er reichte ihr die Dose, und ihre Hände berührten sich kurz.

»Ich habe kein Eis an Bord, aber es müßte kalt genug sein.«

»Ich werd's schon runterkriegen«, sagte sie, und er lächelte.

Sie öffnete die Dose und nahm einen Schluck, bevor sie sie auf den Tisch stellte.

Während Garrett seine Cola-Dose öffnete, sah er Theresa an und dachte an das, was sie ihm zuvor anvertraut hatte. Sie hatte einen zwölfjährigen Sohn ... und war Kolumnistin, was hieß, daß sie studiert haben mußte. Wenn sie bis zu ihrem Abschluß gewartet hatte, um zu heiraten und ein Kind zu bekommen, mußte sie vier oder fünf Jahre älter sein als er. Sie sah nicht so alt aus – das war gewiß –, andererseits benahm sie sich nicht wie die meisten Frauen in den Zwanzigern, die er hier in der Stadt kannte. Sie besaß eine Reife, die nur ein Mensch haben konnte, der die Höhen und Tiefen des Lebens kannte.

Nicht daß es ihm wichtig gewesen wäre.

Sie richtete ihre Aufmerksamkeit auf ein Foto, das an der Wand hing. Garrett Blake war darauf zu sehen – sehr viel jünger als heute –, mit einem riesigen Marlin, den er gefangen hatte. Auf dem Foto strahlte er über das ganze Gesicht, und dieser glückliche Ausdruck erinnerte sie an Kevin, wenn er beim Fußball ein Tor geschossen hatte.

»Sie fischen wohl gern«, sagte sie in das Schweigen hinein und deutete auf das Foto. Er kam auf sie zu, und als er neben ihr stand, spürte sie die Wärme seines Körpers. Er roch nach Salz und Wind.

»Ja, das stimmt«, sagte er ruhig. »Mein Vater war Garnelenfischer, und ich bin sozusagen auf dem Wasser aufgewachsen.«

»Wann wurde dieses Foto aufgenommen?«

»Vor etwa zehn Jahren – das heißt in den Semesterferien vor meinem letzten Studienjahr. Es gab ein Wettfischen, und mein Vater und ich beschlossen, zwei Nächte auf hoher See zu bleiben. Dabei haben wir diesen Marlin gefangen, etwa sechzig Seemeilen vor der Küste. Wir brauchten sieben Stunden, um ihn nach Hause zu schleppen, weil mein Vater mir beibringen wollte, es auf die traditionelle Weise zu tun.«

»Das heißt?«

Er lachte leise. »Das heißt im wesentlichen, daß meine Hände am Ende völlig zerschnitten waren und daß ich meine Schultern am nächsten Tag kaum mehr bewegen konnte. Die Leine, an der unser Marlin hing, war eigentlich nicht stark genug für einen Fisch dieser Größe, und so mußten wir ihn bis ans Ende der Leine laufenlassen, langsam wieder einholen, dann wieder laufenlassen, bis er zu erschöpft war, um weiterzukämpfen.«

»Wie in Hemingways *Der alte Mann und das Meer*.«

»Ja, so ähnlich, nur daß ich mich erst am nächsten Tag wie ein alter Mann gefühlt habe. Aber ich glaube, mein Vater hätte die Rolle im Film spielen können.«

Sie betrachtete erneut das Foto. »Ist das Ihr Vater neben Ihnen?«

»Ja.«

»Er sieht Ihnen sehr ähnlich«, sagte sie, und Garrett fragte sich, ob das als Kompliment gemeint war oder nicht. Er trat an den Tisch, und Theresa nahm ihm gegenüber Platz.

»Sie sagten, Sie sind aufs College gegangen?«

Er sah sie an. »Ja, ich habe Meeresbiologie studiert. Etwas anderes hat mich nicht interessiert, und da mein Dad gesagt hat, ohne Diplom brauche ich nicht nach

Hause zu kommen, nahm ich mir vor, etwas zu lernen, das ich später im Leben gebrauchen könnte.«

»Und dann haben Sie den Laden gekauft ...«

Er schüttelte den Kopf. »Nein, das heißt, nicht sofort. Nach dem Diplom habe ich zunächst am Duke Marine Institute als Tauchspezialist gearbeitet, aber der Job war zu schlecht bezahlt. Also hab ich mich zum Tauchlehrer ausbilden lassen und an Wochenenden Unterricht gegeben. Der Laden kam erst ein paar Jahre später.« Er hob eine Braue. »Und Sie?«

Theresa nahm einen Schluck aus ihrer Dose, bevor sie antwortete.

»Mein Leben war bei weitem nicht so aufregend wie Ihres. Ich bin in Omaha, Nebraska, aufgewachsen und habe die Brown University besucht. Nach meinem Abschluß habe ich alle möglichen Jobs ausprobiert, bis ich schließlich in Boston hängengeblieben bin. Ich bin jetzt neun Jahre bei der *Boston Times*, arbeite allerdings erst seit zwei Jahren als Kolumnistin. Vorher war ich Reporterin.«

»Und wie gefällt Ihnen der Job als Kolumnistin?«

Sie dachte nach, als würde sie sich zum ersten Mal Gedanken über diese Frage machen.

»Die Bedingungen sind ideal«, sagte sie schließlich. »Sehr viel besser als in den Jahren vorher. Ich kann Kevin von der Schule abholen, kann schreiben, was immer ich will, solange es zu der Kolumne paßt. Die Arbeit ist recht gut bezahlt, ich kann mich also nicht beschweren, aber ...«

Sie hielt erneut inne.

»... es ist nicht mehr eine solche Herausforderung. Verstehen Sie mich nicht falsch, mir gefällt meine Arbeit, aber manchmal habe ich das Gefühl, daß ich immer dasselbe schreibe. Und selbst das wäre nicht so schlimm, wenn ich nicht so viele andere Dinge mit Kevin zu tun hätte. Jetzt werden Sie wohl denken, daß ich die typische überarbeitete alleinerziehende Mutter bin, wenn Sie wissen, was ich meine.«

Er nickte. »Das Leben geht oft ganz andere Wege, als wir erwartet haben, nicht wahr?«

»Das kann man wohl sagen«, gab sie zurück, und wieder begegneten sich ihre Blicke. Als sie den Ausdruck seiner Augen sah, hatte sie das Gefühl, daß er nur selten mit anderen über solche Dinge redete. Sie beugte sich zu ihm vor und lächelte.

»Wie wär's jetzt mit einem kleinen Imbiß? Ich glaube, mein Magen fängt an zu knurren.«

»Wann immer Sie wollen.«

»Ich hoffe, Sie mögen Sandwiches und kalte Salate. Etwas anderes ist mir für unser Picknick nicht eingefallen.«

»Ist doch wunderbar. Wenn Sie nicht vorgeschlagen hätten, etwas mitzubringen, hätte ich wahrscheinlich auf die Schnelle einen Hamburger gegessen. Möchten Sie drinnen essen oder draußen?«

»Draußen, auf jeden Fall.«

Jeder nahm seine Getränkedose, und sie erhoben sich. Auf dem Weg nach oben nahm Garrett seinen Regenmantel vom Haken und bat Theresa vorzugehen.

»Lassen Sie mich nur rasch den Anker werfen«, sagte er. »Dann können wir in Ruhe essen, ohne uns weiter um das Boot kümmern zu müssen.«

Theresa nahm wieder auf der hinteren Sitzbank Platz und sah zu, wie die Sonne am Horizont versank. Sie packte ihren Korb aus, wickelte die Sandwiches aus dem Zellophanpapier und öffnete die Plastikschälchen mit Kartoffel- und Kohlsalat.

Dabei beobachtete sie, wie Garrett die Segel einzog und das Boot sofort an Fahrt verlor. Er stand mit dem Rücken zu ihr, und sie sah deutlich, wie kräftig seine Schultermuskeln waren, hervorgehoben noch durch die schmalen Hüften. Sie konnte kaum glauben, daß sie mit diesem Mann, nach dem sie vor zwei Tagen noch von Boston aus gefahndet hatte, allein auf einem Segelboot war. Das Ganze erschien ihr so unwirklich.

Während Garrett die Segel in ihre Hülle steckte, sah Theresa prüfend zum Himmel. Der Wind hatte deutlich aufgefrischt, es wurde kälter, und die Dämmerung brach herein.

Nachdem das Boot zum Stillstand gekommen war, warf Garrett den Anker aus. Er wartete noch eine Weile, um sich zu vergewissern, daß der Anker auch wirklich hielt, und nahm dann neben Theresa Platz.

»Ich wünschte, ich könnte Ihnen helfen«, sagte Theresa lächelnd. Dann warf sie das Haar mit einer blitzschnellen Handbewegung hinter die Schulter, genauso wie Catherine es immer getan hatte. Er erwiderte nichts.

»Alles in Ordnung?« fragte Theresa.

Er nickte und fühlte sich plötzlich unbehaglich. »Doch, doch«, sagte er, »ich dachte nur eben, daß wir auf dem Rückweg öfter kreuzen müssen, wenn der Wind weiter zunimmt.«

Sie legte ein Sandwich auf seinen Teller und gab ihm etwas Salat. Während sie ihm den Teller zuschob, fiel ihr auf, daß er ein ganzes Stück näher bei ihr saß als vorher.

»Heißt das, wir brauchen länger für die Rückfahrt?«

Garrett nahm sich eine der weißen Plastikgabeln und kostete den Salat.

»Etwas länger, aber das ist kein Problem, es sei denn, der Wind flaut ganz plötzlich ab. Wenn das passiert, sitzen wir fest.«

»Das ist Ihnen wohl schon mal passiert?«

Er nickte. »Ein- oder zweimal. Es ist selten, aber es kann passieren.«

Sie blickte verwirrt drein. »Und warum ist es selten? Der Wind weht doch nicht immer, oder?«

»Auf dem Meer fast immer.«

»Wie kommt das?«

Er lächelte amüsiert und legte sein Sandwich auf den Teller. »Nun, Winde entstehen durch Temperaturunterschiede – wenn warme Luft auf kältere stößt. Damit der Wind völlig abflaut, wenn man auf dem Meer ist, müssen Luft- und Wassertemperatur auf einer weiten Fläche genau identisch sein. In diesen Breiten ist die Luft tagsüber gewöhnlich heiß, doch sobald die Sonne untergeht, sinken die Temperaturen sehr schnell. Deshalb ist die Dämmerung die beste Zeit zum Segeln. Die Temperaturen verändern sich ständig, und das ist günstig fürs Segeln.«

»Was passiert, wenn der Wind völlig abflaut?«

»Die Segel sind schlaff, und das Boot bewegt sich nicht vom Fleck. Man ist völlig machtlos.«

»Sie sagten, das sei Ihnen schon mal passiert?«

Er nickte.

»Und was haben Sie getan?«

»Nichts. Mich zurückgelehnt und die Stille genossen. Ich war ja nicht in Gefahr und wußte, daß die Temperatur irgendwann sinken würde. Also habe ich einfach gewartet. Nach einer Stunde etwa kam eine Brise auf, und ich habe mich auf den Rückweg gemacht.«

»Hört sich so an, als wäre es am Ende ein recht vergnüglicher Tag gewesen.«

»Ja, das war es.« Er wich ihrem Blick aus und starrte auf die Kabinentür. »Einer der schönsten«, fügte er nach einer Weile hinzu.

»Komm her und setz dich zu mir«, sagte Catherine und deutete auf den Platz neben sich.

Garrett schloß die Kabinentür und trat auf sie zu.

»Dies war der schönste Tag, den wir seit langem zusammen verbracht haben«, sagte Catherine mit sanfter Stimme. »Ich glaube, wir hatten in letzter Zeit zuviel um die Ohren, und... ich weiß nicht...« ihre Stimme verlor sich. »Ich wollte uns einfach etwas Besonderes gönnen.«

Als sie diese Worte sagte, schien es Garrett, als hätte seine Frau denselben zärtlichen Ausdruck in den Augen wie in ihrer Hochzeitsnacht.

Garrett setzte sich neben sie und schenkte den Wein ein.

»Tut mir leid, daß ich in letzter Zeit so viel im Laden zu tun hatte«, sagte er ruhig. »Ich liebe dich, weißt du?«

»Ich weiß«, lächelte sie und legte die Hand auf seine.

»Es wird bald besser. Ich versprech's dir.«

Catherine nickte und hob ihr Weinglas. »Laß uns jetzt von etwas anderem reden. Ich möchte jetzt einfach nur noch genießen …«

»Garrett?«

Verwirrt blickte er Theresa an. »Tut mir leid«, stammelte er.

»Sind Sie okay?« Sie musterte ihn mit einer Mischung aus Sorge und Befremden.

»Doch, doch … Mir ist nur gerade etwas eingefallen, das ich morgen zu erledigen habe«, sagte er und legte die gefalteten Hände um sein hochgezogenes Knie. »Aber genug von mir. Jetzt sind Sie dran, von sich zu erzählen.«

Verwirrt und ein wenig unsicher, was genau er hören wollte, beschloß sie, ganz von vorn anzufangen – bei ihrer Kindheit und Jugend, ihrer Zeit am College, ihrem beruflichen Werdegang, ihren Hobbys. Am meisten aber erzählte sie von Kevin, was für ein wundervoller Sohn er sei und wie leid es ihr tue, daß sie nicht viel mehr Zeit für ihn habe.

Garrett lauschte ihr schweigend. »Und Sie waren nur einmal verheiratet?« fragte er schließlich.

Sie nickte. »Acht Jahre. Aber David – so heißt mein Exmann – schien irgendwie das Interesse an unserer Beziehung zu verlieren … und dann hatte er eine Affäre. Damit konnte ich einfach nicht leben.«

»Das könnte ich auch nicht«, sagte Garrett sanft, »aber das macht es nicht leichter.«

»Nein, das hat es nicht leichter gemacht.« Sie hielt inne und trank einen Schluck. »Aber wir kommen heute trotzdem relativ gut miteinander aus. Er ist Kevin ein lieber Vater, und das ist das einzige, was für mich zählt.«

Eine härtere Dünung erfaßte das Boot, und Garrett stand auf, um zu prüfen, ob der Anker hielt.

»Jetzt sind Sie dran«, sagte Theresa, als er sich wieder gesetzt hatte. »Erzählen Sie von sich.«

Auch Garrett fing ganz am Anfang an und schilderte, wie er als Einzelkind in Wilmington aufgewachsen war. Er erzählte ihr, daß er seine Mutter mit zwölf Jahren verloren hatte und daß er sozusagen auf dem Wasser aufwuchs, da sein Vater die meiste Zeit auf seinem Boot verbrachte. Er erzählte von seinen Jahren am College – ließ einige der wilderen Episoden aus, die einen falschen Eindruck hätten erwecken können – und beschrieb, wie er den Laden aufgebaut hatte und wie sein typischer Arbeitstag heute ablief. Catherine aber erwähnte er mit keinem Wort.

Es dunkelte, Nebel stieg auf; und während das Boot sanft schaukelte, stellte sich eine Art Vertrautheit zwischen ihnen ein. Die frische Luft, der Wind auf ihren Gesichtern und die leichte Bewegung des Bootes sorgten dafür, daß sich ihre anfängliche Befangenheit legte.

Später versuchte sich Theresa an ihre letzten Rendezvous zu erinnern. Die meisten Männer, mit denen sie in Boston ausgegangen war, schienen der Meinung zu sein, daß schon etwas dabei herausspringen müsse, wenn sie eine Frau zum Essen oder ins Theater ausführten. Garrett dagegen hatte ihr nicht ein einziges Mal das Gefühl gegeben, daß er sich von diesem Abend mehr versprochen haben könnte, und das empfand sie als wohltuend.

Als Garrett zu Ende erzählt hatte, lehnte er sich zurück und strich sich mit den Fingern durchs Haar. Er schloß die Augen und schien den Moment des Schweigens zu genießen. Also begann Theresa, die gebrauchten Teller und Servietten wieder in den Korb zu räumen, damit sie nicht ins Meer geweht wurden.

»Ich denke, wir sollten uns auf den Rückweg machen«, sagte Garrett nach einer Weile und erhob sich. Es klang fast so, als bedauerte er, daß der Ausflug sich dem Ende näherte.

Wenige Minuten später waren die Segel wieder gehißt. Der Wind, so stellte Theresa fest, hatte deutlich aufgefrischt. Garrett stand am Ruder und hielt die *Fortuna* auf Kurs. Eine Hand auf der Reling, stand Theresa neben ihm und dachte an ihr Gespräch. Sie schwiegen lange, und Garrett Blake fragte sich, was ihn so aus dem Gleichgewicht geworfen hatte.

Auf ihrem letzten gemeinsamen Segeltörn saßen Catherine und Garrett stundenlang plaudernd beisammen und genossen das Essen und den Wein. Die See war ruhig, und das sanfte Auf und Ab der Dünung hatte etwas Tröstliches.

Später, nachdem sie sich geliebt hatten, lag Catherine an Garretts Seite und ließ ihre Finger über seine Brust wandern.

»Was denkst du gerade?« fragte Garrett.

»Daß es nicht möglich ist, jemanden so sehr zu lieben, wie ich dich liebe«, flüsterte sie.

Garrett strich ihr über die Wange. »Dasselbe denke ich auch«, gab er sanft zurück. »Ich wüßte nicht, was ich ohne dich anfangen würde.«

»Versprichst du mir etwas?«

»Alles.«

»Daß du dir, falls mir etwas zustoßen sollte, irgendwann jemand anderen suchst. Versprich es mir.«

»Ich glaube nicht, daß ich eine andere Frau lieben könnte.«

»Versprich es mir trotzdem.«

Er zögerte einen Augenblick. »Gut, wenn es dich glücklich macht – ich verspreche es.« Er lächelte zärtlich.

Sie schmiegte sich an ihn. »Ich bin glücklich, Garrett.«

Als die Erinnerung verblaßte, räusperte sich Garrett und berührte flüchtig Theresas Arm. Dann deutete er zum Himmel. »Sehen Sie nur«, sagte er schließlich, bemüht, über neutrale Dinge zu reden. »Bevor es Sextant und Kompaß gab, haben die Seefahrer sich an den Sternen orientiert. Dort sehen Sie den Polarstern. Er steht immer im Norden.«

Theresa blickte zum Himmel auf.

»Woher wissen Sie, welcher Stern es ist?«

»Man behilft sich mit Markierungssternen. Sehen Sie den Großen Wagen?«

»Klar.«

»Wenn man durch die beiden Sterne rechts eine Linie zieht und diese verlängert, so zeigt sie auf den Polarstern.«

Theresas Blick folgte seinem ausgestreckten Finger, der auf die verschiedenen Sterne deutete, und sie dachte darüber nach, was Garrett so alles interessierte. Segeln, Tauchen, Fischen, Navigation nach den Sternen – alles, was mit dem Meer zu tun hatte. Oder alles, was ihm ermöglichte, stundenlang allein zu sein.

Mit einer Hand griff Garrett nach dem marineblauen Regenmantel, den er neben das Ruder gelegt hatte, und schlüpfte hinein. »Die Phönizier waren wahrscheinlich die größten Seefahrer der Geschichte. 600 v. Chr. behaupteten sie, den afrikanischen Kontinent umsegelt zu haben, aber niemand glaubte ihnen, weil sie sagten, der Polarstern sei auf halbem Weg verschwunden gewesen. Dabei hatten sie recht.«

»Warum?«

»Weil sie in die südliche Hemisphäre gelangt waren. Daran erkennen die Historiker, daß es ihnen tatsächlich gelungen ist. Vor ihnen hat niemand dieses Phänomen beobachtet, und wenn, so wurde es nicht festgehalten. Es mußten zweitausend Jahre vergehen, bis man ihnen glaubte.«

Theresa nickte und stellte sich ihre weite Reise vor. Sie fragte sich, warum sie über diese Dinge in ihrer Schulzeit nie etwas gehört hatte, und staunte über den Mann, der all das wußte. Und plötzlich begriff sie, warum sich Catherine in ihn verliebt hatte. Nicht, weil er besonders attraktiv, ehrgeizig oder charmant war. Das war er zwar auch, aber viel wichtiger war, daß er nach seinen eigenen Regeln zu leben schien. Es war etwas Geheimnisvolles, etwas Außergewöhnliches an der Art, wie er handelte – etwas Maskulines. Und das unterschied ihn von allen Männern, denen sie bisher begegnet war.

Garrett sah sie an, als sie nichts erwiderte, und stellte erneut fest, wie hübsch sie war. Im Dunkeln hatte ihre blasse Haut fast etwas Ätherisches, und er ertappte sich bei der Vorstellung, wie es sein mußte, ganz sanft die Konturen ihrer Wangen nachzuziehen. Dann schüttelte er den Kopf, um diesen Gedanken zu verscheuchen.

Doch es wollte ihm nicht gelingen. Der Wind zerzauste ihr Haar, und bei diesem Anblick durchrieselte ihn ein sonderbares Gefühl. Wie lang war es her, daß er dieses Gefühl nicht mehr verspürt hatte? Sicher viel zu lang. Aber er konnte und wollte nichts daran ändern. Es war weder die rechte Zeit noch der rechte Ort … noch die rechte Person. Tief in seinem Innern fragte er sich, ob überhaupt je wieder etwas recht sein würde.

»Ich hoffe, ich langweile Sie nicht«, sagte er schließlich, bemüht, seine innere Bewegung zu verbergen. »Ich habe mich immer für diese Dinge interessiert.«

Sie sah ihn an und lächelte.

»Nein, Sie langweilen mich nicht. Im Gegenteil, ich liebe solche Geschichten. Ich habe mir nur gerade ausgemalt, was diese Männer durchgemacht haben. Es ist nicht leicht, sich in völlig fremde Gefilde zu begeben.«

»Das stimmt«, sagte er, und ihm war, als hätte sie irgendwie seine Gedanken gelesen.

Die Lichter der Gebäude am Ufer schienen im Nebel zu flimmern. Die *Fortuna* schaukelte sanft in der Dünung, und Theresa warf einen Blick auf die Dinge, die sie mitgebracht hatte. Ihre Jacke war vom Wind in eine Ecke nahe der Kabinentür geweht worden, und sie prägte sich ein, sie nicht zu vergessen, wenn sie das Boot verlassen würde.

Obwohl Garrett gesagt hatte, daß er gewöhnlich allein segelte, fragte sie sich, ob er außer Catherine und ihr selbst schon jemand anderen mitgenommen hatte. Und wenn nicht – was hatte das dann zu bedeuten? Sie wußte, daß er sie an diesem Abend genau beobachtet hatte, wenn auch auf äußerst diskrete Art. Aber wenn er an ihr interessiert war, so hatte er seine Gefühle gut verborgen. Er hatte sie nicht gedrängt, Dinge preiszugeben, die sie für sich behalten wollte, hatte sie nicht ausgefragt, ob sie mit jemandem liiert war oder nicht. Er hatte nichts getan, das auf mehr als beiläufiges Interesse schließen ließ.

Garrett drehte einen Schalter, und eine Reihe von kleinen Lampen ging auf dem Boot an. Sie waren nicht hell genug, um einander gut zu sehen, wohl aber, um von anderen Booten wahrgenommen zu werden. Er deutete auf die Küste. »Die Meerenge ist dort drüben zwischen den Lichtern«, sagte er und drehte das Ruder in diese Richtung. Die Segel kräuselten sich, und der Baum verlagerte sich, bevor er in seine ursprüngliche Position zurückkehrte.

»So«, sagte er schließlich, »hat Ihnen Ihre erste Segelfahrt gefallen?«

»Oh, ja. Es war herrlich.«

»Das freut mich. Es war zwar kein Törn in die südliche Hemisphäre, aber immerhin.«

Sie standen nebeneinander, und jeder schien seinen Gedanken nachzuhängen. Ein anderes Segelboot tauchte im Dunkel auf, wohl auch auf dem Weg zum Hafen. Theresa bemerkte, daß der Nebel den Horizont verschluckt hatte.

Sie wandte sich zu ihm und sah, daß der Wind sein Haar aus der Stirn geweht hatte. Sein offener Regenmantel reichte ihm bis zu den Knien. Er ließ ihn größer wirken, als er tatsächlich war, und sie dachte, daß sie dieses Bild von ihm für immer in Erinnerung behalten würde. Diesen Augenblick und wie sie ihn zum ersten Mal gesehen hatte.

Während sie auf die Küste zusteuerten, kamen Theresa plötzlich Zweifel, daß sie einander wiedersehen würden. In wenigen Minuten würden sie an Land sein und vielleicht für immer Abschied nehmen. Sie bezweifelte, daß er sie auffordern würde, ihn noch einmal zu begleiten, und sie selbst würde ihn nicht darum bitten. Irgend etwas in ihr sträubte sich dagegen.

Sie glitten durch die Meerenge und bogen zum Yachthafen ein. Wieder hielt sich Garrett genau in der Mitte der Wasserstraße, und Theresa sah eine Reihe von dreieckigen Schildern, die den Kanal markierten. Garrett holte die Segel an etwa demselben Punkt ein, wo er sie auf dem Hinweg gehißt hatte, und warf den Motor an. Als sie den Liegeplatz erreicht hatten, sprang er von Bord, um die *Fortuna* zu vertäuen.

Theresa ging zum Heck, um ihre Jacke zu holen ... und hielt inne. Dann nahm sie den Korb auf und schob die Jacke mit der freien Hand unter die Sitzbank. Als Garrett fragte, ob alles in Ordnung sei, räusperte sie sich. »Ich habe nur rasch meine Sachen geholt.« Sie ging zur Längsseite des Boots, und er streckte ihr die Hand entgegen. Wieder spürte sie die Kraft darin, als er ihr auf den Steg half.

Einen Augenblick sahen sie einander schweigend an, als fragte sich jeder, was als nächstes kommen würde, dann aber deutete Garrett auf das Boot. »Ich muß sie noch fertigmachen für die Nacht, und das dauert ein Weilchen.«

Sie nickte. »Das habe ich mir schon gedacht.«

»Kann ich Sie zuerst zu Ihrem Wagen begleiten?«

»Gern«, sagte sie, und sie machten sich auf den Weg. An ihrem Leihwagen angelangt, sah Garrett, wie sie den Korb nach ihrem Schlüssel durchwühlte. Als sie ihn gefunden hatte, schloß sie die Tür auf.

»Es war wirklich ein herrlicher Abend«, begann sie.

»Für mich auch.«

»Sie sollten öfter Leute mitnehmen. Ich bin sicher, es würde ihnen gefallen.«

»Mal sehen«, sagte er mit einem Grinsen.

Ihre Augen begegneten sich, und einen Moment lang sah er Catherine im Dunkeln.

»Ich geh jetzt lieber«, sagte er hastig, mit einem Gefühl von Unbehagen. »Ich muß morgen früh aus den Federn.« Damit reichte er ihr die Hand. »Es war nett, Sie kennenzulernen, Theresa. Ich hoffe, Sie haben noch ein paar schöne Urlaubstage.«

Ihm nach einem Abend wie diesem die Hand zu schütteln, war irgendwie sonderbar, doch sie hätte sich gewundert, wenn es anders gewesen wäre.

»Danke für alles, Garrett. Und machen Sie's gut.«

Sie setzte sich hinters Steuer und drehte den Zündschlüssel. Garrett schlug die Fahrertür zu und hörte, wie sie den Gang einlegte. Nachdem sie ihm ein letztes Mal zugelächelt hatte, sah sie in den Rückspiegel und lenkte den Wagen langsam aus der Parklücke. Er winkte ihr nach, bis der Wagen um die Ecke gebogen war. Dann ging er zu seinem Boot zurück und fragte sich, warum er so verstört war.

Zwanzig Minuten später, als Garrett eben mit der *Fortuna* fertig war, trat Theresa in ihr Hotelzimmer. Sie warf ihre Sachen aufs Bett und ging ins Badezimmer. Dort wusch sie ihr Gesicht mit kaltem Wasser und putzte sich die Zähne, bevor sie sich auszog. Als sie im Bett lag und nur noch die Nachttischlampe brannte, schloß sie die Augen und dachte an Garrett.

David hätte alles ganz anders gemacht, wenn er sie zum Segeln mitgenommen hätte. Er wäre den Abend über nur darauf bedacht gewesen, seinen ganzen Charme zur Geltung zu bringen. »Ich hab zufällig eine Flasche Wein da – möchten Sie ein Gläschen?« Und er hätte zweifellos mehr von sich selbst gesprochen. Aber auf äußerst subtile Weise, denn David wußte genau, wo die Grenze zwischen Selbstsicherheit und Arroganz lag. Bis man ihn besser kannte, konnte man nicht wissen, daß es ein sorgfältig ausgeklügelter Plan war mit dem Ziel, den besten Eindruck zu machen. Bei Garrett aber wußte sie sofort, daß er nicht schauspielerte – er hatte so etwas Grundehrliches an sich, und das faszinierte sie. Aber war ihre eigene Vorgehensweise richtig gewesen? Sie hatte so etwas Manipulatorisches, und das war ihr irgendwie unangenehm.

Aber jetzt war es zu spät. Was sie getan hatte, war nicht rückgängig zu machen. Sie knipste das Licht aus, und als sich ihre Augen an die Dunkelheit gewöhnt hatten, suchte sie den Spalt zwischen den Fenstervorhängen. Die Mondsichel stand schon hoch am Himmel, und ein schwacher Strahl fiel durch den Spalt. Sie starrte noch eine Weile darauf, bis ihr Körper ganz entspannt war und ihre Augen zufielen.

7. Kapitel

»Und was war dann?«

Jeb Blake sprach mit rauher Stimme und beugte sich über seine Kaffeetasse. Er ging auf die Siebzig zu, sein schütteres Haar war fast weiß und sein Gesicht von tiefen Falten durchzogen. Er war groß und hager – fast zu dünn –, und sein Adamsapfel trat hervor wie eine kleine Pflaume. Seine Arme waren tätowiert und von Narben und Sommersprossen übersät, seine Fingergelenke geschwollen von all den Jahren harter Arbeit als Garnelenfischer. Wären nicht seine Augen gewesen, hätte man ihn für krank und gebrechlich halten können, in Wahrheit aber war er weit davon entfernt. Er arbeitete immer noch, wenn auch nur halbtags, verließ vor dem Morgengrauen das Haus und kehrte gegen Mittag zurück.

»Nichts war dann. Sie ist in ihren Wagen gestiegen und davongefahren.«

Jeb Blake, der gerade die erste der zwölf Zigaretten drehte, die er gewöhnlich pro Tag rauchte, starrte seinen Sohn an. Jahrelang hatte ihn der Arzt gewarnt, das Rauchen werde ihn noch umbringen. Als der Arzt dann aber mit sechzig an einem Herzinfarkt starb, schwand Jebs Vertrauen in seine medizinischen Ratschläge. So wie es aussah, dachte Garrett manchmal, würde der alte Mann auch ihn noch überleben.

»Na, dann war es ja wohl Zeitverschwendung.«

Garrett war verblüfft über die Offenheit seines Vaters. »Nein, Dad, es war keine Zeitverschwendung. Es waren zwei, drei nette Stunden. Sie war so unkompliziert, und ich habe mich gut unterhalten.«

»Aber du siehst sie nicht wieder.«

Garrett trank einen Schluck Kaffee und schüttelte den Kopf. »Ich glaube nicht. Sie macht hier Urlaub.«

»Für wie lange?«

»Ich weiß nicht. Ich habe nicht gefragt.«

»Warum nicht?«

Garrett gab noch etwas Sahne in seinen Kaffee. »Warum interessiert dich das so? Ich bin mit jemandem Segeln gewesen, und es war nett. Mehr gibt's dazu nicht zu sagen.«

»Ich denke doch.«

»Zum Beispiel?«

»Zum Beispiel, daß dir dein Rendezvous Lust gemacht hat, wieder unter die Leute zu gehen?«

Garrett rührte in seinem Kaffee. Das war es also. Obwohl er sich mit den Jahren an die väterlichen Verhöre zu diesem Thema gewöhnt hatte, stand ihm heute morgen nicht der Sinn danach, wieder davon anzufangen. »Wir haben das doch schon x-mal besprochen, Dad.«

»Ich weiß, Garrett, aber ich mache mir Sorgen um dich. Du bist in letzter Zeit zu viel allein.«

»Bin ich nicht.«

»Doch«, sagte sein Vater unerwartet sanft, »das bist du.«

»Ich habe keine Lust, mit dir darüber zu streiten, Dad.«

»Ich auch nicht. Ich hab's getan, und es hat nichts genutzt.« Jeb lächelte. Nach einem kurzen Schweigen nahm er einen erneuten Anlauf.

»Wie ist sie denn. Erzähl doch mal.«

Garrett überlegte.

»Theresa? Sie ist attraktiv und intelligent. Und auf ihre Art charmant.«

»Ist sie Single?«

»Ich glaube schon. Sie ist geschieden und wäre wohl nicht mitgefahren, wenn sie einen festen Partner hätte.«

Jeb musterte das Gesicht seines Sohnes. Dann beugte er sich wieder über den Tisch.

»Sie gefällt dir, oder?«

Garrett sah seinem Vater in die Augen und wußte, daß er ihm nichts vormachen konnte.

»Ja, Dad, das tut sie. Aber wie gesagt, ich sehe sie wohl nicht wieder. Ich weiß nicht, in welchem Hotel sie abgestiegen ist und ob sie nicht vielleicht heute schon abreist.«

»Aber wenn sie noch hier wäre und du wüßtest, wo sie wohnt – würdest du sie dann wiedersehen wollen?«

Schweigend blickte Garrett zur Seite, und Jeb langte über den Tisch und legte die Hand auf den Arm seines Sohns. Selbst mit siebzig hatte er noch einen festen Griff.

»Es ist jetzt drei Jahre her, Garrett. Ich weiß, wie sehr du sie geliebt hast, aber du mußt jetzt loslassen. Das weißt du, oder? Du mußt einfach lernen loszulassen.«

»Ich weiß, Dad«, gab Garrett zurück. »Aber es ist nicht so leicht.«

»Nichts, was uns viel bedeutet, ist leicht. Vergiß das nicht.«

Kurz darauf hatten sie ihr Frühstück beendet. Garrett legte ein paar Dollarnoten auf den Tisch, und sie verließen gemeinsam das Café.

Als Garrett schließlich in seinem Laden angelangt war, gingen ihm tausend Dinge durch den Kopf. Außerstande, sich auf die dringend zu erledigende Schreibarbeit zu konzentrieren, beschloß er, zum Hafen zu fahren und die Reparatur am Bootsmotor, die er am Tag zuvor begonnen hatte, zu beenden. Er hatte einfach das Bedürfnis, allein zu sein, und würde später zurückkommen. Die Reparatur des Motors war zeitaufwendig, aber nicht schwierig, und er hatte gestern schon gute Vorarbeit geleistet. Während er die Motorumkleidung entfernte, dachte er über das Gespräch mit seinem Vater nach. Natürlich hatte der alte Jeb recht gehabt. Es gab keinen Grund, weiter an dem Gefühl festzuhalten, wie er es tat, doch er wußte nicht – und Gott war sein Zeuge –, wie er es abstellen sollte. Catherine bedeutete ihm alles.

Sie hatte ihn nur ansehen müssen, und schon war ihm, als sei plötzlich alles im Lot. Und wenn sie erst lächelte ... Dieses Lächeln würde er bei keiner anderen wiederfinden. Daß einem so etwas genommen wurde, war einfach nicht fair. Mehr als das, es wirkte so widersinnig. Warum ausgerechnet sie? Und warum er? Wochenlang hatte er nachts wach gelegen und sich gefragt, was gewesen wäre, wenn ... Was, wenn sie eine Sekunde gezögert hätte, bevor sie die Straße überquerte? Was, wenn sie sich ein paar Minuten mehr Zeit beim Frühstück gelassen hätten? Was, wenn er sie an jenem Morgen begleitet hätte, statt auf direktem Weg in den Laden zu gehen? Tausend Wenns, die ihn keinen Schritt weitergebracht hatten.

Um diese Gedanken zu verscheuchen, konzentrierte er sich auf seine Arbeit. Er entfernte die Schrauben des Vergasers und zog ihn aus dem Motor. Behutsam begann er ihn zu zerlegen und prüfte, ob keins der Teile verschlissen war. Er glaubte nicht, daß die Schadensursache hier lag, wollte aber sichergehen.

Obwohl die Sonne noch nicht hoch stand, mußte er sich immer wieder den Schweiß von der Stirn wischen. Gestern um diese Zeit hatte er Theresa den Pier hinunter zur *Fortuna* gehen sehen. Er hatte sie sofort bemerkt, zumal sie allein war. Frauen wie sie kamen fast nie allein her. Gewöhnlich wurden sie von wohlhabenden älteren Herren begleitet, den Besitzern der Yachten, die zu beiden Seiten des Hafens vor Anker lagen. Als sie vor seinem Boot stehengeblieben war, hatte er sich gewundert, jedoch angenommen, daß sie nur einen Augenblick verweilen und dann zu ihrem endgültigen Ziel weitergehen würde. Das war bei den meisten Leuten der Fall. Bald darauf aber konnte er feststellen, daß sie gekommen war, um seine *Fortuna* zu sehen, und an der Art, wie sie hin- und herlief, glaubte er zu erkennen, daß sie noch aus einem anderen Grund hier war.

Nachdem seine Neugier geweckt war, hatte er sie angesprochen. Es war ihm nicht gleich aufgefallen, doch später am Abend, als er das Boot vertäut hatte, fragte er sich, warum sie ihn zu Anfang so sonderbar angeschaut hatte. Fast schien es, als hätte sie etwas an ihm *erkannt*, das er gewöhnlich tief im Innern verborgen hielt. Und mehr noch, es war, als wisse sie mehr über ihn, als sie zuzugeben bereit war.

Er schüttelte den Kopf, denn er wußte, daß das keinen Sinn ergab. Sie hatte gesagt, sie habe die Artikel im Laden gelesen. Vielleicht deshalb der merkwürdige Blick. So mußte es wohl gewesen sein. Er wußte, er war ihr niemals zuvor begegnet – er hätte sich sonst gewiß erinnert –, und außerdem kam sie aus Boston und machte hier Urlaub. Es war die einzige plausible Erklärung, die ihm einfiel, und trotzdem glaubte er zu spüren, daß irgend etwas an der Sache nicht ganz stimmte.

Nicht daß es wichtig gewesen wäre.

Sie waren zusammen segeln gegangen, hatten sich gut verstanden und dann Abschied genommen. Und das war's gewesen. Wie er seinem Vater erklärt hatte, konnte er sie nicht erreichen, selbst wenn er's gewollt hätte. Wahrscheinlich war sie jetzt schon – oder jedenfalls in ein paar Tagen – auf dem Weg zurück nach Boston, und er hatte im Laufe der Woche tausend Dinge zu tun. Im Sommer waren seine Tauchkurse ausgebucht. Er hatte weder die Zeit noch die Nerven, jedes Hotel in Wilmington anzurufen, um sie zu suchen. Und selbst wenn er sie finden würde, was sollte er dann sagen? Was *konnte* er sagen, das nicht lächerlich klang?

All diese Fragen schwirrten ihm im Kopf herum, während er den Motor reparierte. Nachdem er den defekten Bolzen gefunden und ersetzt hatte, baute er den Vergaser wieder ein. Er warf den Motor an, und da er sich jetzt sehr viel besser anhörte, löste er die Leinen, um eine vierzigminütige Probefahrt zu machen. Er ging alle Geschwindigkeiten durch, stoppte mehrmals den Motor, warf ihn wieder an und kehrte dann beruhigt zum Hafen zurück. Zufrieden, daß ihn die Reparatur weniger Zeit als erwartet gekostet hatte, sammelte er sein Werkzeug ein, verstaute es in seinem Lieferwagen und fuhr zum ›Island Diving‹ zurück.

Auf seinem Schreibtisch stapelten sich verschiedene Papiere, vor allem schon ausgefüllte Auftragsformulare für Artikel, die im Laden benötigt wurden, außerdem diverse Rechnungen. Er nahm Platz und arbeitete den Stapel rasch durch.

Kurz vor elf war das Wichtigste erledigt, und er ging zur Theke am Eingang des Ladens. Ian, einer seiner jungen Angestellten, telefonierte gerade, als Garrett erschien, und händigte ihm drei Mitteilungen aus. Die ersten beiden waren von Großhändlern, die Lieferschwierigkeiten hatten. *Noch etwas, um das ich mich kümmern muß,* dachte er.

Die dritte las er auf dem Rückweg in sein Büro und hielt abrupt inne, als er bemerkte, von wem sie stammte. Rasch trat er in sein Büro, schloß die Tür und versicherte sich, daß er sich nicht getäuscht hatte. Dann griff er zum Telefon, wählte die Nummer.

Theresa Osborne las gerade die Zeitung, als das Telefon klingelte. Beim zweiten Läuten hob sie ab.

»Hallo, Theresa, hier ist Garrett. Ich lese eben, daß ich Sie zurückrufen soll.«

»Hallo, Garrett.« Sie schien erfreut, seine Stimme zu hören. »Danke für Ihren prompten Rückruf. Wie geht's Ihnen?«

Beim Klang ihrer Stimme wurde ihm ganz warm ums Herz, und er stellte sich vor, wie sie jetzt in ihrem Hotelzimmer saß. »Mir geht's bestens. Ich habe gerade meine Post erledigt, als Ihre Nachricht kam. Was kann ich für Sie tun?«

»Ich habe meine Jacke auf Ihrem Boot vergessen und wollte wissen, ob Sie sie gefunden haben.«

»Nein, aber ich habe auch nicht gesucht. Haben Sie sie in der Kabine gelassen?«

»Ich weiß nicht mehr genau.«

Garrett dachte kurz nach. »Wissen Sie was«, sagte er schließlich, »ich sehe schnell nach und rufe Sie dann noch mal an.«

»Macht das nicht zuviel Umstände?«

»Ganz und gar nicht. Der Hafen ist ja nur wenige Minuten entfernt. Bleiben Sie vorerst im Hotel?«

»Die nächste Zeit schon.«

»Okay, dann rufe ich gleich wieder an.«

Garrett verließ den Laden und lief zu Fuß zum Hafen. Er sah sich zunächst in der Kabine um, konnte dort aber nichts finden und kletterte zurück aufs Deck, wo er die Jacke schließlich halb verborgen unter der Sitzbank im hinteren Teil entdeckte. Er hob sie auf, versicherte sich, daß sie sauber war, und kehrte zum Laden zurück.

Wieder in seinem Büro, rief er erneut das Hotel an. Diesmal hob Theresa beim ersten Läuten ab.

»Hier noch mal Garrett. Ich habe Ihre Jacke gefunden.«

»Danke.« Sie klang erleichtert. »Nett von Ihnen, daß Sie nachgeschaut haben.«

»Keine Ursache.«

Sie schwieg einen Augenblick, als dächte sie nach. »Ich bin in zwanzig Minuten bei Ihnen im Laden. Können Sie die Jacke so lange aufbewahren?«

»Natürlich, gerne«, antwortete er. Nachdem er aufgelegt hatte, lehnte er sich in seinen Stuhl zurück und grübelte über das eben Geschehene nach. *Sie war also noch nicht abgereist*, dachte er bei sich, *und ich werde sie wiedersehen.* Obwohl er nicht ganz begriff, wie sie ihre Jacke hatte vergessen können, war ihm eines doch klar: Es freute ihn, daß es so gekommen war.

Was nicht hieß, daß es wichtig gewesen wäre.

Etwa zwanzig Minuten später traf Theresa ein, in Shorts und einer tief ausgeschnittenen, ärmellosen Bluse, die ihre Figur aufs Vorteilhafteste zur Geltung brachte. Beide, Ian und Garrett, starrten sie an, als sie den Laden betrat und sich suchend umsah. Schließlich entdeckte sie die beiden Männer und rief ihnen ein ›Hallo‹ zu. Ian hob eine Braue, als wolle er fragen: *Na, was hast du mir da weismachen wollen?* Garrett aber ging einfach darüber hinweg und steuerte, die Jacke über dem Arm, auf Theresa zu. Er wußte, daß Ian ihn nicht aus den Augen lassen und später mit Fragen bedrängen würde, aber er war fest entschlossen, nichts zu erwidern.

»So gut wie neu«, sagte Garrett und reichte ihr die Jacke. Kurz vorher hatte er sich das Motoröl von den Händen gewaschen und eins von den T-Shirts angezogen, die im Laden verkauft wurden. Es war nichts Besonderes, aber so sah er wenigstens sauber aus.

»Tausend Dank«, sagte sie, und in ihren Augen war wieder das Leuchten, das ihn schon gestern so verwirrt hatte. Geistesabwesend kratzte er sich am Ohr.

»Gern geschehen. Der Wind muß die Jacke unter die Sitzbank geweht haben, so daß sie kaum zu sehen war.«

»Wahrscheinlich«, erwiderte sie mit einem leichten Achselzucken, und Garrett sah, wie sie ihre Bluse an der Schulter zurechtzupfte. Er wußte nicht, ob sie in Eile war – und war sich keineswegs sicher, ob er sie gleich gehen lassen wollte. Und so sagte er, was ihm gerade in den Sinn kam:

»Es war sehr nett gestern abend.«

»Mir hat es auch gut gefallen.«

Ihre Augen begegneten den seinen, und er lächelte scheu. Er wußte nicht recht, was er erwidern sollte – es war so lange her, daß er sich in einer ähnlichen Situation befunden hatte. Mit Kunden oder Fremden hatte er gewöhnlich keine Probleme, doch das war natürlich etwas ganz anderes. Er trat von einem Fuß auf den anderen und fühlte sich plötzlich wie ein sechzehnjähriger Schuljunge. Schließlich war sie es, die das Wort ergriff.

»Ich glaube, ich bin Ihnen etwas schuldig, für die Mühe, die Sie sich gemacht haben.«

»Unsinn, Sie sind mir gar nichts schuldig.«

»Nicht so sehr dafür, daß Sie mir die Jacke geholt haben, wohl aber wegen gestern abend.«

Er schüttelte den Kopf. »Auch dafür nicht. Ich war froh, Sie dabeizuhaben.«

Ich war froh, Sie dabeizuhaben. Die Worte hallten in seinem Kopf wider, kaum daß er sie ausgesprochen hatte. Noch vor zwei Tagen hätte er sich nicht vorstellen können, sie jemandem zu sagen.

Das Läuten des Telefons im Hintergrund riß ihn aus seinen Gedanken.

»Sind Sie nur hergekommen, um Ihre Jacke zu holen?« fragte er, um Zeit zu gewinnen. »Oder wollten Sie auch ein bißchen Sightseeing machen?«

»Eigentlich habe ich noch nichts geplant. Es ist Mittag, und ich würde gern irgendwo eine Kleinigkeit essen.« Sie sah ihn erwartungsvoll an. »Können Sie mir etwas empfehlen?«

Er dachte nach. »Das ›Hank's‹ zum Beispiel. Das Essen ist gut, die Aussicht phantastisch.«

»Wo genau ist das?«

Er deutete über die Schulter. »Am Wrightsville Beach. Sie gehen über die Brücke zur Insel und biegen rechts ab. Wenn Sie den Schildern zum Hafen folgen, können Sie es gar nicht verfehlen.«

»Und was gibt es dort?«

»Hauptsächlich Fisch und Meeresfrüchte. Sie haben die besten Austern und Garnelen weit und breit, aber wenn Sie etwas anderes wollen, bekommen Sie auch Steaks oder Burgers.«

Sie wartete, ob er noch etwas hinzufügen wollte, aber

als er schwieg, wandte sie den Blick ab und sah aus dem Fenster. Reglos stand sie so da, und zum zweiten Mal innerhalb von wenigen Minuten fühlte sich Garrett in ihrer Gegenwart verwirrt. *Was war es, das dieses Gefühl in ihm auslöste?* Schließlich riß er sich zusammen und fand die Sprache wieder.

»Wenn Sie möchten, zeige ich Ihnen das Lokal. Ich kriege selbst allmählich Hunger und würde Sie gern begleiten, wenn Sie Lust auf Gesellschaft haben.«

»Das habe ich, Garrett«, lächelte sie.

Er wirkte erleichtert. »Mein Wagen steht im Hinterhof. Soll ich fahren?«

»Sie kennen den Weg besser als ich«, erwiderte sie, und Garrett führte sie durch den Laden zur Tür. Theresa ging etwas hinter ihm, damit er ihren Gesichtsausdruck nicht sah, denn sie konnte sich ein Lächeln nicht verkneifen.

Das ›Hank's‹ war so alt wie der Hafen selbst und bei Einheimischen und Touristen gleichermaßen beliebt. Ähnlich wie viele Hafenrestaurants in Cape Cod hatte es trotz seiner schlichten Einrichtung – Holzplanken, gescheuert und abgeschabt von Tausenden sandiger Schuhsohlen, robuste Holztische mit Schnitzereien Hunderter früherer Gäste, riesige Fenster mit Blick auf den Atlantik, Fotos von Fischtrophäen an den Wänden – unglaublich viel Atmosphäre. Aus einer Schwingtür, die zur Küche führte, sah Theresa riesige Fischplatten auftauchen, getragen von Kellnern und Kellnerinnen in Shorts und blauen T-Shirts, auf denen der Name des Restaurants prangte. Es war ein Lokal, in dem man mit eleganter Kleidung aufgefallen wäre, und die meisten Gäste sahen so aus, als hätten sie den größten Teil des Morgens am Strand verbracht.

»Glauben Sie mir«, sagte er, als sie auf einen freien Tisch zusteuerten, »das Essen ist hervorragend, auch wenn das Drumherum nicht danach aussieht.«

Als sie Platz genommen hatten, schob Garrett die beiden Bierflaschen beiseite, die noch nicht abgeräumt worden waren. Die Menükarte klemmte in einem Gewürzständer mit Salz- und Pfefferstreuern und Spritzflaschen für Ketchup, Tabasco-, Tartar- und Cocktailsauce und einer weiteren Sauce mit dem simplen Namen ›Hank's‹. Die Karte selbst steckte in einer billigen Plastikhülle und sah so aus, als wäre sie seit Jahren nicht erneuert worden. Theresa blickte sich um und stellte fest, daß fast alle Tische besetzt waren.

»Ganz schön voll«, sagte sie und machte es sich bequem.

»Ist es immer. Bevor Wrightsville Beach von den Touristen entdeckt wurde, war dieses Lokal bereits eine Art Legende. Freitag oder Samstag abends bekommen Sie hier keinen Platz, es sei denn, Sie sind bereit, Stunden zu warten.«

»Woran liegt das?«

»Am Essen und den Preisen. Hank bekommt jeden Morgen eine riesige Lieferung mit frischem Fisch und Garnelen, und man geht hier selten raus, ohne viel mehr als zehn Dollar auszugeben, einschließlich Trinkgeld. Und ein, zwei Bier.«

»Wie kommt der Wirt auf seine Kosten?«

»Ich denke, die Menge macht's. Wie gesagt, es ist hier immer voll, und das Lokal ist nicht klein.«

»Dann haben wir ja Glück gehabt, daß wir noch einen Tisch ergattert haben.«

»Ja, das haben wir. Aber wir sind etwas eher dran als die Einheimischen, und die Strandleute bleiben nie lange. Sie kommen nur für einen schnellen Imbiß und sind schon wieder in der Sonne.«

Theresa ließ den Blick noch mal durchs Restaurant

schweifen, bevor sie sich der Menükarte widmete. »Was empfehlen Sie?«

»Mögen Sie Fisch?«

»Liebend gern.«

»Dann nehmen Sie Thunfisch oder Delphin. Sie sind beide köstlich.«

»Delphin?«

Er lachte leise. »Nicht Flipper. Es ist ein Speisefisch, den wir hier einfach Delphin nennen.«

»Ich glaube, ich nehme lieber Thunfisch – vorsichtshalber.«

»Glauben Sie, ich hätte mir das nur ausgedacht?«

»Ich weiß nicht«, sagte sie verschmitzt. »Ich habe Sie erst gestern kennengelernt und weiß zu wenig über Sie, um einschätzen zu können, wozu Sie alles fähig sind.«

»Ich bin sehr gekränkt«, erwiderte er im gleichen Tonfall, und sie lachte. Er fiel in ihr Lachen ein, und kurz darauf bemerkte er, wie sie ihre Hand über den Tisch schob, um kurz seinen Arm zu berühren. Catherine, so wurde ihm plötzlich bewußt, hatte das gleiche getan, um seine Aufmerksamkeit auf sich zu lenken.

»Sehen Sie dort«, sagte sie, mit dem Kinn zum Fenster deutend, und er folgte ihrem Blick. Draußen ging ein alter Mann mit Anglerausrüstung vorbei. Er sah ganz normal aus – bis auf den Papagei, der auf seiner Schulter saß.

Garrett schüttelte lachend den Kopf und glaubte, noch immer die flüchtige Berührung auf seinem Arm zu spüren.

»Man sieht hier die sonderbarsten Käuze. Es ist noch nicht ganz wie in Kalifornien, aber warten wir noch ein paar Jahre ab.«

Theresa sah dem Mann nach, der langsam die Hafenmauer entlangschlenderte. »Sie sollten sich auch so einen Vogel zulegen, der Ihnen beim Segeln Gesellschaft leistet.«

»Und mir meinen Frieden raubt? Bei meinem Glück würde das Viech nicht sprechen, sondern nur krächzen und mir wahrscheinlich mein Ohrläppchen abreißen, sobald der Wind das erste Mal dreht.«

»Aber Sie würden wie ein Pirat aussehen.«

»Wohl eher wie eine Witzfigur.«

»Ach, Sie sind ein Spielverderber«, sagte sie mit gespieltem Ärger. »Sagen Sie mal«, fügte sie nach einem kurzen Schweigen hinzu, »wird man hier eigentlich bedient, oder muß man seinen Fisch selbst fangen und kochen?«

In diesem Augenblick erschien eine Kellnerin, nahm ihre Bestellung auf und brachte ihnen umgehend zwei Flaschen Bier.

»Keine Gläser?« fragte Theresa, als die Kellnerin gegangen war.

»Nein. Hier geht es ziemlich rustikal zu.«

»Jetzt weiß ich, warum es Ihnen hier so gut gefällt.«

»Soll das ein Wink mit dem Zaunpfahl sein, was meinen Geschmack angeht?«

»Nur, wenn Sie selbst daran zweifeln.«

»Jetzt klingen Sie wie eine Psychiaterin.«

»Bin ich nicht, aber als Mutter wird man zu einer Art Expertin in Sachen menschliche Natur.«

»Tatsächlich?«

»Das sag ich jedenfalls immer zu Kevin.«

Garrett nahm einen Schluck aus seiner Flasche. »Haben Sie heute schon mit ihm gesprochen?«

Sie nickte und nahm selbst einen Schluck. »Nur ein paar Minuten. Er war auf dem Weg nach Disneyland, als ich angerufen habe. Er hatte Freikarten für irgendeine Morgenvorstellung und war schon auf dem Sprung.«

»Fühlt er sich wohl bei seinem Vater?«

»Oh, ja, das tut er. David ist immer ein guter Vater gewesen, und ich glaube, er versucht, die Tatsache wettzumachen, daß er Kevin nicht so oft sieht. Wann immer Kevin ihn besucht, erwartet ihn etwas Lustiges und Spannendes.«

Garrett sah sie neugierig an. »Das klingt so, als hätten Sie Bedenken.«

»Ich hoffe nur«, sagte sie nach einem Zögern, »daß es später nicht zu einer Enttäuschung kommt. David und seine neue Frau haben eine Familie gegründet, und wenn das Baby ein bißchen älter wird, können David und Kevin sicher nicht mehr so leicht allein etwas unternehmen.«

Garrett beugte sich über den Tisch. »Man kann seinen Kindern Enttäuschungen im Leben nicht ersparen.«

»Das weiß ich, wirklich. Es ist nur so, daß ...«

Sie hielt inne, und Garrett vollendete ihren Satz. »... daß er Ihr Sohn ist und Sie nicht möchten, daß man ihm weh tut.«

»Genau.« Das Bier war so kalt, daß die Flasche beschlug, und Theresa begann, das Etikett abzuziehen. Auch das hatte Catherine immer getan, und Garrett nahm hastig einen weiteren Schluck, bemüht, an etwas anderes zu denken.

»Ich weiß nur eins: Wenn er wie Sie ist, fällt er sicher auf die Füße.«

»Wie meinen Sie das?«

Er zuckte die Achseln. »Kein Leben ist einfach – Ihres eingeschlossen. Sie haben sicher schwere Zeiten durchgemacht. Und da er miterlebt hat, wie Sie Schwierigkeiten überwunden haben, wird er selbst lernen, sie zu bewältigen.«

»Jetzt hören Sie sich aber wie ein Psychiater an.«

»Ich sage Ihnen nur, was ich beim Erwachsenwerden gelernt habe. Als ich so alt wie Ihr Kevin war, ist meine Mutter an Krebs gestorben. Und als ich sah, wie mein Vater seinen Schmerz bewältigte, wußte ich, daß ich mein Leben weiterleben muß, ganz gleich, was geschieht.«

»Hat Ihr Vater wieder geheiratet?«

»Nein«, sagte er mit einem Kopfschütteln. »Ich glaube, es gab Zeiten, da er es sich gewünscht hätte, aber er hat sich nicht dazu durchringen können.«

Daher kommt es also, dachte sie bei sich. *Wie der Vater, so der Sohn.*

»Lebt er noch hier?« fragte sie.

»Ja. Ich sehe ihn relativ häufig. Wir treffen uns mindestens einmal die Woche. Er versucht mich zur Vernunft zu bringen.«

Sie lächelte. »Wie die meisten Eltern.«

Bald darauf wurde das Essen serviert, und sie setzten ihr Gespräch fort. Jetzt war es Garrett, der mehr erzählte – wie er hier in North Carolina aufgewachsen war und warum er niemals wegziehen würde, wenn er die Wahl hätte. Er erzählte ihr auch von Abenteuern, die er beim Segeln und Tauchen erlebt hatte. Sie lauschte fasziniert. Verglichen mit den Geschichten, die sie von Männern in Boston zu hören bekam – und die sich meist um berufliche Leistungen drehten –, war dies hier völlig neu für sie. Er sprach von den unzähligen Meerestieren, denen er bei seinen Tauchgängen begegnet war, und erzählte, wie er auf einer Segeltour in ein Unwetter geraten war und beinahe gekentert wäre. Einmal war er sogar von einem Hammerhai gejagt worden und hatte in dem Wrack, nach dem er getaucht war, Deckung nehmen müssen. »Mir wäre beinahe die Luft ausgegangen, so lange mußte ich warten, bis ich wieder aufsteigen konnte«, sagte er und schüttelte bei der Erinnerung den Kopf.

Theresa beobachtete ihn, während er sprach, und freute sich, daß er im Vergleich zu gestern abend richtig aufgetaut war und nicht mehr jedes Wort abwog, bevor er es aussprach. Sie fand die Veränderung aufregend und reizvoll.

Sie beendeten ihr Mittagessen – er hatte recht, der Fisch war köstlich – und tranken ein zweites Bier, während die Deckenventilatoren über ihren Köpfen surrten. Trotz der zunehmenden Hitze war das Lokal noch immer bis auf den letzten Platz besetzt. Als die Rechnung kam, legte Garrett das Geld auf den Tisch.

»Gehen wir?«

»Wann immer Sie wollen. Und übrigens, danke für das Essen. Es war großartig.«

Als sie aufbrachen, rechnete sie damit, daß Garrett sofort in seinen Laden zurückfahren würde, und war überrascht, als er etwas anderes vorschlug.

»Wie wär's mit einem Strandspaziergang? Es ist meist etwas frischer direkt am Wasser.«

Theresa willigte ein und ließ sich von Garrett die Hafenmauer entlang zum Strand führen, der von Familien mit Kindern bevölkert war. Am Wasser angelangt, zogen beide ihre Schuhe aus.

Sie schwiegen eine Weile und sahen dem bunten Treiben zu, während sie Seite an Seite dahinschlenderten.

»Sind Sie oft am Strand gewesen, seitdem Sie hier sind?« fragte Garrett schließlich.

Theresa schüttelte den Kopf. »Nein. Ich bin ja erst vorgestern abend hier angekommen. Dies ist das erste Mal.«

»Wie gefällt es Ihnen?«

»Ich find's wunderschön.«

»Ist es ähnlich wie an den Stränden im Norden?«

»Stellenweise schon. Aber das Wasser ist hier natürlich viel wärmer. Sind Sie niemals im Norden am Strand gewesen?«

»Ich bin noch kein einziges Mal aus North Carolina herausgekommen, wenn Sie's genau wissen wollen.«

Sie lächelte. »Dann sind Sie ja ein richtiger Globetrotter, was?«

Er lachte leise. »Nein, aber ich habe nicht das Gefühl, daß mir etwas entgeht. Mir gefällt es hier, und ich kann mir keinen schöneren Ort vorstellen. Ich will nirgendwo anders sein.« Er warf ihr einen Blick von der Seite zu und wechselte das Thema. »Wie lange wollen Sie denn in Wilmington bleiben?«

»Bis Sonntag. Montag fängt meine Arbeit wieder an.«

Noch fünf Tage, dachte er bei sich.

»Kennen Sie niemanden sonst in der Stadt?«

»Nein, ich bin ganz allein hier.«

»Warum?«

»Ich wollte mich einfach mal umsehen. Ich hab viel Gutes über die Gegend gehört und wollte mir selbst einen Eindruck machen.«

Ihre Antwort machte ihn stutzig. »Reisen Sie oft allein?«

»Um ehrlich zu sein – das ist das erste Mal.«

Eine Joggerin kam ihnen entgegen, begleitet von einem schwarzen Labrador. Der Hund schien erschöpft von der Hitze, doch die junge Frau legte noch an Tempo zu. Als sie auf ihrer Höhe angelangt war, öffnete Garrett den Mund, doch dann verkniff er sich seinen Kommentar, weil er fand, daß es ihn nichts anging.

»Darf ich Ihnen eine persönliche Frage stellen, Theresa?«

»Das hängt von der Frage ab.«

Er blieb stehen, bückte sich nach einer Muschel, betrachtete sie von allen Seiten und reichte sie Theresa. »Gibt es derzeit einen Mann in Ihrem Leben?«

Sie nahm die Muschel entgegen. »Nein.«

Kleine Wellen umspielten ihre Füße, während sie im seichten Wasser standen. Obwohl er mit der Antwort gerechnet hatte, konnte er nicht verstehen, warum jemand wie sie den Großteil ihrer Abende allein verbrachte.

»Und warum nicht? Einer Frau wie Ihnen müßten die Männer doch zu Füßen liegen.«

»Danke für das Kompliment«, sagte sie lächelnd, während sie ihren Weg fortsetzten. »Aber das ist gar nicht so leicht, vor allem mit einem Kind. Es gibt viele Dinge zu bedenken, wenn ich jemanden kennenlerne.« Sie hielt inne. »Und was ist mit Ihnen? Gibt es in Ihrem Leben zur Zeit eine Frau?«

Er schüttelte den Kopf. »Nein.«

»Dann ist es jetzt an mir zu fragen: ›Warum?‹«

Garrett zuckte die Achseln. »Wohl, weil ich keiner begegnet bin, die ich ständig um mich haben möchte.«

»Ist das alles?«

Es war der Augenblick der Wahrheit, und Garrett wußte es. Eigentlich hätte er ihre Frage nur bejahen müssen, und das Thema wäre abgeschlossen gewesen, doch er zögerte.

Je weiter sie sich vom Hafen entfernten, desto weniger Menschen sahen sie am Strand, und das einzige Geräusch, das sie jetzt hörten, kam von der Brandung. Einige Seeschwalben flogen auf, als sie näherkamen. Das Sonnenlicht, das vom Sand reflektiert wurde, war so grell, daß sie mit den Augen blinzeln mußten. Garrett sah Theresa nicht an, als er jetzt zu sprechen begann, und sie kam etwas näher, um ihn durch das Tosen des Meers verstehen zu können.

»Nein, das ist nicht alles. Es ist mehr eine Ausrede. Um ehrlich zu sein, habe ich mich gar nicht bemüht, eine Frau kennenzulernen.«

Theresa beobachtete ihn von der Seite. Er blickte starr nach vorn, wie um seine Gedanken zu sammeln, doch sie spürte seinen Widerwillen, als er fortfuhr.

»Es gibt etwas, das ich Ihnen gestern abend verschwiegen habe.«

Sie spürte, wie sich ihr die Kehle zusammenschnürte, denn sie wußte genau, was kommen würde. Um eine unbefangene Miene bemüht, sagte sie nur:

»So?«

»Ich war verheiratet«, fuhr er schließlich fort. »Sechs Jahre.« Er wandte ihr jetzt das Gesicht zu, und der Ausdruck in seinen Augen ließ sie zusammenzucken. »Aber sie ist gestorben.«

»Das tut mir leid.«

Wieder blieb er stehen, um eine Muschel aufzuheben, aber diesmal reichte er sie ihr nicht, sondern warf sie, nachdem er sie begutachtet hatte, ins Meer zurück. Theresa sah sie im Wasser versinken.

»Das war vor drei Jahren. Seither habe ich mich um keine Frau mehr bemüht, nicht einmal einer nachgeschaut.«

»Sie müssen manchmal sehr einsam sein.«

»Das bin ich, aber ich versuche, nicht darüber nachzudenken. Ich bin sehr beschäftigt, wissen Sie – im Laden und mit meinen Tauchkursen –, das lenkt mich ab. Und ehe ich mich versehe, ist es Zeit zum Schlafen, und das Ganze fängt am nächsten Tag von vorne an.«

Als er zu Ende gesprochen hatte, sah er sie mit einem schwachen Lächeln an. Jetzt war es ausgesprochen. Er hatte es seit Jahren einem anderen Menschen außer seinem Vater sagen wollen, und jetzt hatte er es einer Frau aus Boston erzählt, die er kaum kannte. Einer Frau, der es gelungen war, Türen zu öffnen, die er selbst verriegelt hatte …

Sie sagte nichts, doch als er weiter schwieg, fragte sie schließlich:

»Und wie war sie?«

»Catherine?« Garretts Kehle war ganz trocken. »Wollen Sie das wirklich wissen?«

»Ja, das möchte ich«, antwortete sie mit sanfter Stimme. Er warf eine weitere Muschel in die Brandung und versuchte seine Gedanken zu ordnen. Wie sollte er Catherine mit Worten beschreiben? Ohne daß er es wollte, zog ihn die Vergangenheit wieder einmal in ihren Bann …

»Hallo, Liebster«, sagte Catherine und blickte von ihrer Gartenarbeit auf. »Ich hatte gar nicht so früh mit dir gerechnet.«

»Es gab heute morgen nicht viel zu tun, und da dachte ich mir, ich schau schnell vorbei, um zu sehen, wie es dir geht.«

»Ach, es geht schon viel besser.«

»Glaubst du, es war eine Grippe?«

»Ich weiß nicht. Vielleicht habe ich nur etwas Falsches gegessen. Kurz nachdem du gegangen bist, habe ich mich wieder stark genug gefühlt, um etwas im Garten zu arbeiten.«

»Das sehe ich.«

»Gefallen dir die Blumen?« Sie deutete auf ein frisch angelegtes Beet mit Stiefmütterchen.

Er lächelte. »Sehr schön, aber hättest du nicht etwas Erde im Beet lassen sollen?«

Sie wischte sich mit dem Handrücken über die Stirn und blinzelte zu ihm hinauf ins grelle Sonnenlicht.

»Sehe ich so schlimm aus?«

Ihre Knie waren schwarz, und ein dunkler Streifen verlief quer über ihre Wange. Ihr Haar war zu einem unordentlichen Pferdeschwanz gebunden, aus dem sich einzelne Strähnen gelöst hatten, und ihr Gesicht war rot und schweißbedeckt von der Anstrengung.

»Du siehst perfekt aus.«

Catherine zog ihre Handschuhe aus und legte sie über das Verandageländer. »Ich bin nicht perfekt, Garrett, aber trotzdem danke. Komm, laß uns rasch essen. Du mußt bald wieder im Laden sein.«

Mit einem Seufzer wandte er sich ihr wieder zu. Theresa sah ihn an und wartete.

»Sie war alles, was ich mir jemals gewünscht habe. Sie war hübsch, sie war charmant, sie war schlagfertig, und sie hat mich in allen wichtigen Dingen unterstützt. Ich habe sie praktisch mein ganzes Leben lang gekannt – wir sind zusammen zur Schule gegangen. Nach meiner Abschlußprüfung am UNC haben wir dann geheiratet. Wir waren sechs Jahre verheiratet, bis es zu dem Unfall kam, und es waren die schönsten sechs Jahre meines Lebens. Als sie mir genommen wurde …« Er hielt inne, als suche er nach Worten. »Ich weiß nicht, ob ich mich jemals an ein Leben ohne sie gewöhnen kann.«

So wie er über Catherine sprach, konnte sie seinen Schmerz noch besser nachempfinden, als sie erwartet hatte. Es war nicht nur seine Stimme, sondern auch der Ausdruck seines Gesichts, bevor er mit seiner Schilderung begann – als wäre er zerrissen zwischen der Schönheit der Erinnerungen und ihrer Qual. Wie anrührend seine Briefe auch gewesen waren – auf eine Situation wie diese hatten sie sie nicht vorbereitet. *Ich hätte es nicht zur Sprache bringen sollen*, dachte sie. *Ich wußte ja längst, was er für sie empfindet. Es gab keinen Grund, ihn darüber sprechen zu lassen.*

Doch, es gab einen Grund, meldete sich plötzlich eine andere Stimme in ihrem Innern zu Wort. *Du mußtest seine Reaktion selbst sehen. Du mußtest herausfinden, ob er bereit ist, das Vergangene hinter sich zu lassen.*

»Tut mir leid«, sagte Garrett nach einer Weile.

»Was?«

»Ich hätte Ihnen nicht von ihr erzählen sollen. Oder so viel über mich.«

»Ist schon gut, Garrett. Ich hatte Sie ja drum gebeten.«

»Ich wollte mich nicht so gehenlassen.« Er sprach, als hätte er etwas Unrechtes getan.

Instinktiv trat sie zu ihm heran, nahm seine Hand und drückte sie sanft. Als sie ihn ansah, gewahrte sie Erstaunen in seinen Augen, auch wenn er seine Hand nicht zurückzog.

»Sie haben Ihre Frau verloren – das ist etwas, das sich die meisten Menschen in Ihrem Alter gar nicht vorstellen können.« Sie senkte den Blick, während sie nach den richtigen Worten suchte. »Ihre Gefühle sagen viel über Sie aus. Sie gehören zu den Menschen, die einen anderen für immer lieben ... Das ist nichts, wofür man sich schämen muß.«

»Ich weiß. Es ist nur, daß es schon drei Jahre her ist ...«

»Eines Tages werden Sie wieder einen anderen Menschen lieben können.«

Noch einmal drückte sie seine Hand, und Garrett spürte, wie die Berührung ihn wärmte. Aus einem unerfindlichen Grund wollte er die Hand nicht loslassen.

»Ich hoffe, Sie verstehen mich«, sagte er schließlich.

»Natürlich tue ich das. Sie wissen doch, ich bin Mutter, oder haben Sie das vergessen?«

Er lachte leise und versuchte, die innere Anspannung zu verscheuchen. »Ich weiß. Und Sie sind bestimmt eine gute.«

Sie machten kehrt und schlenderten – noch immer Hand in Hand – zum Hafen zurück. Als sie seinen Wagen erreicht hatten und zu seinem Laden fuhren, war Garrett verwirrter denn je. Die Ereignisse der letzten beiden Tage waren so unerwartet gewesen. Theresa war nicht länger eine Fremde oder ›nur‹ eine Freundin. Kein Zweifel, daß er sich zu ihr hingezogen fühlte. Doch in wenigen Tagen würde sie fort sein, und das war sicher auch gut so.

»Woran denken Sie?« fragte sie. Garrett schaltete in einen höheren Gang, während sie über die Brücke nach Wilmington zurückfuhren. Los, dachte er bei sich, sag ihr, was dir wirklich durch den Kopf geht.

»Ich dachte«, sagte er schließlich zu seiner eigenen Überraschung, »daß ich Sie gerne zu mir zum Abendessen einladen würde – vorausgesetzt natürlich, Sie haben nichts anderes vor.«

»Ich hatte auf diese Frage gehofft«, lächelte sie.

Er war noch immer erstaunt über seinen eigenen Mut, als er in die Straße zu seinem Laden einbog.

»Können Sie gegen acht bei mir sein? Ich habe noch einiges im Laden zu tun, aber bis dahin dürfte ich fertig sein.«

»Gern. Wo wohnen Sie?«

»Am Carolina Beach. Ich erkläre Ihnen den Weg, wenn wir im Laden sind.«

Er fuhr in den Hinterhof, und Theresa folgte Garrett in sein Büro. Er kritzelte ihr die Beschreibung auf ein Stück Papier und versuchte, sich seine Verwirrung nicht anmerken zu lassen.

»Es ist nicht schwer zu finden. Außerdem brauchen Sie nur nach meinem Lieferwagen Ausschau zu halten. Aber für den Fall, daß Sie sich verfahren, steht hier unten meine Telefonnummer.«

Als sie gegangen war, setzte Garrett sich an seinen Schreibtisch und dachte an den bevorstehenden Abend. Dabei quälten ihn zwei Fragen, auf die er keine Antwort fand. Die erste war, warum er sich so zu Theresa hingezogen fühlte, und die zweite, warum er plötzlich das Gefühl hatte, Catherine zu betrügen.

8. Kapitel

Während Garrett im Laden arbeitete, sah sich Theresa Wilmington an. Sie fragte nach dem Weg zur Altstadt und schlenderte durch die Geschäfte. Die meisten Läden waren ausschließlich auf den Tourismus eingestellt, und sie fand einige Dinge, die Kevin gefallen hätten, nichts aber für sich selbst. Nachdem sie ein paar Shorts für ihn gekauft hatte, die er nach seiner Rückkehr aus Kalifornien würde tragen können, ging sie ins Hotel zurück, um sich ein wenig hinzulegen. Die letzten Tage waren anstrengend gewesen, und so schlief sie schnell ein.

Garrett dagegen hatte bis zum Abend mehr als genug zu tun. Kurz nach seiner Rückkehr war eine neue Lieferung eingetroffen, und nachdem er diverse Artikel, die versehentlich mitgeliefert worden waren, aussortiert hatte, bat er die Firma telefonisch, den Rest wieder abholen zu lassen. Später am Nachmittag stellte er fest, daß drei Leute, die am Wochenende für Tauchstunden eingeteilt waren, kurzfristig abgesagt hatten. Er prüfte die Warteliste, um zu sehen, ob sich die Lücken füllen ließen.

Als er den Laden gegen halb sieben endlich schließen konnte, stieß er einen Seufzer der Erleichterung aus. Er fuhr zunächst zum Supermarkt und kaufte ein, was er fürs Abendessen brauchte. Zu Hause duschte er, schlüpfte in saubere Jeans und ein leichtes Baumwoll-T-Shirt und holte sich ein Bier aus dem Kühlschrank. Dann ging er auf die hintere Veranda und nahm auf einem der gußeisernen Stühle Platz. Er sah auf die Uhr; Theresa mußte bald hier sein.

Garrett saß noch immer auf der Veranda, als ein Auto vor dem Haus vorfuhr. Er stand auf, trat in den Garten und sah Theresa direkt hinter seinem Lieferwagen einparken.

Sie trug Jeans, dazu die Bluse, die sie schon zuvor angehabt hatte und die ihrer Figur so schmeichelte. Als sie jetzt lächelnd auf ihn zukam, spürte er, daß er sich immer mehr zu ihr hingezogen fühlte. Und aus Gründen, die er nicht wahrhaben wollte, verunsicherte ihn das.

Um ein möglichst lässiges Auftreten bemüht, ging er ihr entgegen. Als er vor ihr stand, nahm er den leichten Duft eines Parfums wahr, das er an ihr noch nicht kannte.

»Ich habe Wein mitgebracht. Ich dachte, er paßt vielleicht zum Essen«, sagte sie und reichte ihm die Flasche. »Wie war Ihr Nachmittag?«

»Oh, viel Arbeit. Die Kunden haben uns die Tür eingerannt. Ich selbst hatte vor allem eine Menge Papierkram zu erledigen. Ich bin erst seit einer halben Stunde hier.« Er führte sie zur Eingangstür. »Und wie war's bei Ihnen?«

»Ich hab mich ein Stündchen aufs Ohr gelegt«, sagte sie leichthin, und er lachte.

»Ich habe übrigens vergessen, Sie zu fragen, ob Sie etwas Bestimmtes zum Abendessen wollen.«

»Was gibt's denn?«

»Eigentlich wollte ich ein paar Steaks grillen, aber dann habe ich mich gefragt, ob Sie überhaupt Fleisch essen.«

»Sie haben wohl vergessen, daß ich in Nebraska aufgewachsen bin. Ich esse nichts lieber als ein gutes Steak.«

»Dann machen Sie sich auf eine angenehme Überraschung gefaßt.«

»Welche?«

»Bei mir bekommen Sie die besten Steaks auf der ganzen Welt.«

»Tatsächlich?«

»Ich werd's Ihnen beweisen«, sagte er, und sie lachte.

Bevor sie die Treppe hinaufgingen, sah sich Theresa erst einmal das Haus von außen an. Es war relativ klein und vollständig aus Holz, dessen Farbe an verschiedenen Stellen abblätterte. Im Gegensatz zu den Häusern am Wrightsville Beach war dieses direkt auf den Sand gebaut. Als sie ihn fragte, warum es nicht wie die anderen Häuser ein Fundament besaß, erklärte er, daß es noch vor Einführung der Hurrikan-Bauordnung errichtet worden sei. »Heute müssen die Häuser ein erhöhtes Fundament haben, damit eine mögliche Flutwelle keinen Schaden anrichten kann. Der nächste große Hurrikan wird dieses Haus wahrscheinlich ins Meer spülen. Bislang habe ich noch Glück gehabt.«

»Macht Ihnen das nicht angst?«

»Ach, eigentlich nicht. Das Haus war nicht sehr teuer, sonst hätte ich's mir wohl nicht leisten können. Ich glaube, der Vorbesitzer war einfach den ganzen Streß vor jedem Hurrikan leid.«

Sie gingen die knarrenden Holzstufen hinauf und traten ins Haus. Das erste, was Theresa auffiel, war der Blick vom Hauptzimmer aus. Die ganze Rückseite des Hauses bestand aus Glasschiebetüren, die vom Boden bis zur Decke reichten und über die Veranda hinweg den Blick auf den Carolina Beach freigaben.

»Die Aussicht ist ja atemberaubend«, sagte sie überrascht.

»Finde ich auch. Und obwohl ich jetzt schon ein paar Jährchen hier wohne, kann ich mich immer noch nicht daran satt sehen.«

An einer Seite befand sich ein Kamin, eingerahmt von einem Dutzend Unterwasserfotos. Sie ging darauf zu. »Darf ich mich mal umsehen?«

»Natürlich, gern. Ich muß sowieso noch den Grill draußen säubern.«

Garrett verschwand durch eine der Schiebetüren in den Garten.

Theresa sah sich zunächst die Fotos an und machte dann einen Rundgang durch das restliche Haus. Wie viele Strandhäuser in der Gegend bot auch dieses lediglich Platz für höchstens zwei Personen. Es gab nur ein Schlafzimmer, das über eine Tür im Wohnzimmer zu erreichen war. Ähnlich wie beim Hauptraum war die Seite zum Meer hin völlig verglast. Der Frontteil des Hauses – der zur Straße hin blickte – enthielt eine Küche mit Eßecke und das Badezimmer. Obwohl alles ordentlich war, konnte man sehen, daß seit Jahren nichts mehr erneuert worden war.

Wieder im Hauptraum, blieb sie vor dem Schlafzimmer stehen und warf einen Blick hinein. Auch hier hingen Unterwasserfotos an den Wänden, außerdem, direkt über Garretts Bett, eine große Karte von der Küste North Carolinas mit den Fundorten von knapp fünfhundert Wracks. Auf dem Nachttisch stand das gerahmte Foto einer Frau. Nachdem sie sich vergewissert hatte, daß Garrett noch draußen war, trat sie ein, um es genauer anzuschauen.

Catherine mußte damals Mitte Zwanzig gewesen sein. Wie die übrigen Fotos schien Garrett selbst es aufgenommen zu haben. Bei näherer Betrachtung stellte sie fest, daß Catherine eine sehr attraktive Frau gewesen war – etwas kleiner als sie selbst –, mit blondem Haar, das ihr über die Schultern fiel. Obwohl das Foto etwas grobkörnig war, konnte man ihre Augen deutlich erkennen. Sie waren tiefgrün, fast wie die einer Katze, und gaben ihr eine exotische Note. Behutsam stellte Theresa das Foto wieder ab und achtete darauf, daß es genauso stand wie vorher. Als sie sich abwandte, hatte sie plötzlich das Gefühl, von den Augen verfolgt zu werden.

Sie schob das Gefühl beiseite und trat an die Kommode, auf der ein Spiegel angebracht war. Erstaunlicherweise fand sie nur noch ein einziges Foto, auf dem Catherine zu sehen war. Es zeigte Catherine und Garrett fröhlich lächelnd an Bord der *Fortuna*. Da das Boot schon restauriert zu sein schien, nahm Theresa an, daß das Foto wenige Monate vor Catherines Tod aufgenommen worden war.

Garrett konnte jederzeit ins Haus zurückkommen, und so verließ Theresa rasch das Schlafzimmer. Nichts wäre ihr peinlicher gewesen, als dort von ihm ertappt zu werden. Durch eine der Schiebetüren trat sie auf die Veranda, wo Garrett noch immer mit dem Säubern des Grills beschäftigt war. Sie gesellte sich zu ihm und lehnte sich an die Brüstung.

»Haben Sie all die Fotos an den Wänden selbst aufgenommen?« fragte sie.

Er strich sich mit dem Handrücken die Haare aus der Stirn. »Ja. Eine Zeitlang hatte ich beim Tauchen immer meine Kamera dabei. Die meisten Fotos hängen im Laden, aber weil ich so viele hatte, habe ich auch hier einige aufgehängt.«

»Sie sehen sehr professionell aus.«

»Danke. Aber das liegt wohl daran, daß ich so viele Fotos gemacht habe. Sie hätten alle die sehen sollen, die ich verpatzt habe.«

Er hob den gesäuberten Rost hoch, stellte ihn zur Seite und füllte Holzkohle in den Grill, der, so glaubte Theresa, mindestens dreißig Jahre alt sein mußte. Dann verteilte er die Kohle gleichmäßig mit der Hand und goß ein paar Tropfen Grillanzünder darüber.

»Wußten Sie schon, daß es heutzutage auch Propangrills gibt?« fragte sie schmunzelnd.

»Doch, doch, aber ich mache es lieber so, wie ich es seit meiner Kindheit kenne. Außerdem schmeckt das Fleisch auf diese Art viel besser. Mit Propan ist alles so wie in der Küche.«

»Und ich bekomme wirklich das beste Steak, das ich je gegessen habe?«

»Das beste, glauben Sie mir.«

Er stellte die Flasche neben den Sack mit der Holzkohle. »Das muß jetzt ein paar Minuten einziehen. Kann ich Ihnen inzwischen etwas zu Trinken holen?«

»Was gibt's denn?«

»Bier, Limo und den Wein natürlich, den Sie mitgebracht haben.«

»Ein Bier wäre nicht schlecht.«

Garrett nahm die Holzkohle und die Flasche und verstaute beides in einer alten Truhe neben der Hauswand. Dann wischte er den Kohlenstaub von den Schuhen, ging ins Haus und ließ die Schiebetür offen.

Theresa genoß unterdessen den Ausblick aufs Meer. Die Sonne ging eben unter, der Strand hatte sich schon geleert, nur vereinzelte Jogger und Spaziergänger waren noch zu sehen.

»Gehen Ihnen die vielen Strandbesucher nicht manchmal auf die Nerven?« fragte sie, als er wieder auf die Veranda getreten war.

Er reichte ihr das Bier.

»Eigentlich nicht. Wissen Sie, so viel Zeit verbringe ich hier gar nicht. Wenn ich nach Hause komme, ist der Strand meist schon leer. Und im Winter kommt überhaupt niemand her.«

Einen Augenblick stellte sie sich vor, wie er allein auf seiner Veranda saß und aufs Meer hinaus starrte. Jetzt zog Garrett eine Streichholzschachtel aus der Tasche und zündete die Holzkohle an. Als die Flammen hochschlugen, trat er einen Schritt zurück.

»So, das wäre das. Jetzt will ich mich mal um den Rest kümmern.«

»Kann ich helfen?«

»Es gibt nicht viel zu tun, aber wenn Sie wollen, verrate ich Ihnen mein Geheimrezept.«

Sie legte den Kopf auf die Seite und sagte mit einem verschmitzten Lächeln: »Sie geben ja mächtig an mit Ihren Steaks.«

»Ich weiß. Aber Sie werden ja sehen.«

Er zwinkerte ihr zu, und sie folgte ihm lachend in die Küche. Garrett öffnete einen der Schränke und nahm zwei große Kartoffeln heraus. Über der Spüle wusch er zuerst seine Hände und dann die Kartoffeln. Dann stellte er den Backofen an, wickelte die Kartoffeln in Folie und legte sie auf den Rost.

»Was kann ich tun?«

»Nichts. Ich glaube, ich habe alles ganz gut im Griff. Ich habe einen von diesen abgepackten Salaten mitgebracht, und mehr steht nicht auf der Speisekarte.«

Theresa lehnte sich an den Küchentisch, während Garrett den Salat aus der Verpackung in eine Schüssel füllte. Er beobachtete sie aus den Augenwinkeln. Warum hatte er plötzlich dieses Bedürfnis, ihr nahe zu sein? Er nahm die Steaks aus dem Kühlschrank, die Gewürze aus dem Regal und breitete alles auf dem Tisch aus.

»Also, was ist das Besondere an Ihrer Zubereitung?« fragte sie mit einem herausfordernden Lächeln.

Er gab etwas Brandy in eine flache Schale. »Eine ganze Menge. Zunächst einmal muß man darauf achten, daß man dicke Filets wie diese bekommt. Man muß immer extra darum bitten. Dann bestreue ich sie mit Salz, Pfeffer und Knoblauchpulver und wende sie mehrmals in dem Brandy.«

»Ist das Ihr ganzes Geheimnis?«

»Nur der Anfang«, versprach er. »Bevor sie auf den Grill kommen, gebe ich noch Fleischzartmacher hinzu. Der Rest hängt davon ab, *wie* man sie brät.«

»Das klingt ja, als wären Sie ein Profikoch.«

»Nun, das ist wohl etwas übertrieben. Ein paar Gerichte mache ich ganz gut, aber ich koche zur Zeit nur selten. Wenn ich abends nach Hause komme, ist es meist schon so spät, daß ich nur Schnellgerichte zubereite.«

»So geht es mir auch. Wenn Kevin nicht wäre, würde ich wahrscheinlich überhaupt nicht mehr kochen.«

Während die Steaks in ihrer Marinade lagen, begann Garrett Tomaten in Würfel zu schneiden.

»Sie scheinen ja wunderbar mit Kevin auszukommen.«

»Ja, und ich kann nur hoffen, daß es so bleibt. Jetzt ist er fast ein Teenager, wissen Sie, und ich fürchte, daß er bald seine eigenen Wege gehen wird.«

»Da würde ich mir keine Sorgen machen. So wie Sie von ihm sprechen, kann ich mir vorstellen, daß Sie sich immer nahe bleiben.«

»Hoffentlich. Er ist zur Zeit alles, was ich habe – ich weiß nicht, was ich täte, wenn er sich von mir entfernen würde. Freunde mit fast gleichaltrigen Jungen behaupten, es sei unvermeidlich.«

»Klar, er wird sich ändern, doch das heißt noch lange nicht, daß er sich Ihnen entzieht.«

Sie sah ihn forschend an. »Sprechen Sie aus Erfahrung, oder sagen Sie das nur, weil ich es hören möchte?«

Er zuckte die Achseln. »Ich habe mich lediglich erinnert, wie es mir mit meinem Vater ergangen ist. Er stand mir immer sehr nahe, und daran hat sich auch nichts geändert, als ich auf die High-School kam. Ich interessierte mich zwar für neue Dinge, verbrachte mehr Zeit mit meinen Freunden, aber trotzdem haben wir immer alles miteinander besprochen.«

»Ich hoffe, bei uns wird es auch so sein«, sagte sie.

Für eine Weile hing jeder seinen Gedanken nach. Garrett fühlte, wie die anfängliche Nervosität allmählich von ihm abfiel. Theresa war die erste Frau, die er in sein Haus eingeladen hatte, und er stellte fest, daß er ihre Gegenwart genoß.

Als alle Tomaten gewürfelt waren, gab er sie in die Salatschüssel und wischte sich die Hände an einem Stück Haushaltspapier ab. Dann ging er zum Kühlschrank, um sich ein zweites Bier zu holen.

»Möchten Sie auch noch eins?« fragte er.

Sie hielt ihre Flasche prüfend gegen das Licht, wunderte sich, wie schnell sie getrunken hatte, und nahm einen letzten Schluck. Dann stellte sie die leere Flasche auf den Tisch und nickte. Er öffnete eine neue für sie und schob sie ihr hin, bevor er sich selbst eine aufmachte. Theresa lehnte an der Küchentheke, und irgend etwas an der Art, wie sie dastand, kam ihm plötzlich vertraut vor, das Lächeln vielleicht, das ihre Lippen umspielte, oder die Kopfhaltung, wenn sie ihn von der Seite ansah. Er fühlte sich an den Sommernachmittag mit Catherine erinnert, als er unangekündigt zum Mittagessen gekommen war – ein Tag, der im nachhinein voll düsterer Vorzeichen gewesen war … doch wie hätte er alles voraussehen können? Sie hatten beide in der Küche gestanden, so wie Theresa und er jetzt.

»Du hast bestimmt schon gegessen«, sagte Garrett.

Catherine, die vor dem geöffneten Kühlschrank stand, blickte zu ihm auf. »Ich bin nicht besonders hungrig«, entgegnete sie. »Aber ich habe Durst. Möchtest du etwas Eistee?«

»Gern. Ist die Post schon da?«

Catherine nickte und nahm den Teekrug aus dem oberen Fach. »Sie liegt auf dem Tisch.«

Sie holte zwei Gläser und stellte sie auf die Küchentheke. Als sie das zweite Glas einschenken wollte, glitt es ihr plötzlich aus der Hand.

»Alles okay?« fragte Garrett und legte die Post beiseite. Catherine hielt verwirrt die Hand vor den Mund und bückte sich dann, um die Scherben aufzulesen.

»Mir war einen Augenblick ganz schwindelig«, sagte sie. »Aber jetzt geht's schon wieder.«

Garrett half ihr, die Scherben aufzusammeln.

»Fühlst du dich immer noch schwach?«

»Nein, aber vielleicht habe ich heute morgen zu lange im Garten gearbeitet.«

»Soll ich nicht hierbleiben? Diese Woche war ziemlich hart für dich.«

»Es geht schon. Außerdem weiß ich, daß du viel zu tun hast.«

Das stimmte zwar, doch als er zum Laden zurückfuhr, hatte er das Gefühl, daß er besser hätte bleiben sollen.

Schlagartig wurde ihm bewußt, daß er wieder minutenlang mit den Gedanken woanders gewesen war. »Ich sehe mal nach dem Grill.« Er hatte das Bedürfnis, irgend etwas zu tun. »Er müßte bald soweit sein.«

»Soll ich inzwischen den Tisch decken?«

»Gern. Die meisten Sachen sind dort im Schrank.«

Nachdem er ihr gezeigt hatte, wo Geschirr und Besteck zu finden war, ging er nach draußen und versuchte, die quälenden Erinnerungen zu verdrängen. Er beugte sich über den Grill, prüfte die Holzkohle und stellte fest, daß sie noch ein paar Minuten brauchte. Dann holte er einen kleinen Blasebalg aus der Holztruhe. Er setzte sich auf das Geländer neben den Grill und atmete tief durch. Die Meeresluft war frisch, fast berauschend, und zum ersten Mal wurde ihm klar, daß er trotz der immer wieder auftauchenden Bilder von Catherine froh über Theresas Besuch war. Er war glücklich – ein Gefühl, das er lange nicht mehr verspürt hatte.

Es lag nicht nur daran, daß sie sich gut verstanden, sondern auch an anderen kleinen Dingen. Etwa wie sie lächelte, wie sie ihn ansah oder wie sie am Nachmittag seine Hand ergriffen hatte – und es kam ihm vor, als kenne er sie schon viel länger als nur zwei Tage. Lag es wohl daran, daß sie Catherine in vielerlei Hinsicht ähnelte? Oder wurde es, wie sein Vater gesagt hatte, einfach nur Zeit, daß er wieder unter Menschen kam?

Während er draußen war, deckte Theresa den Tisch. Sie stellte ein Weinglas neben jeden Teller und suchte in den Schubladen nach dem Besteck. Dabei fand sie zwei kleine Kerzen mit Kerzenhaltern. Sie überlegte, ob es des Guten zuviel wäre, stellte sie dann aber auf den Tisch; sie würde es Garrett überlassen, ob er sie anzünden wollte oder nicht. Garrett trat ein, als sie eben fertig war.

»Es dauert noch ein paar Minuten. Sollen wir uns solange nach draußen setzen?«

Theresa nahm ihr Bier und folgte ihm auf die Veranda. Wie am Vorabend kam ein leichter Wind auf. Sie nahm auf einem der Stühle Platz; Garrett setzte sich neben sie und schlug die Beine übereinander. Sein helles T-Shirt betonte seine tiefbraune Haut, und Theresa beobachtete ihn, wie er aufs Meer hinaus schaute. Sie schloß eine Weile die Augen und fühlte sich so lebendig wie lange nicht mehr.

»Ich wette, Sie haben von ihrer Wohnung keinen solchen Ausblick«, sagte er in das Schweigen hinein.

»Stimmt«, erwiderte sie. »Meine Eltern finden es völlig verrückt, im Zentrum zu wohnen. Sie meinen, ich sollte in einen Vorort ziehen.«

»Warum tun Sie's nicht?«

»Das habe ich ja getan – vor meiner Scheidung. Aber jetzt ist es so viel leichter für mich. Ich bin in wenigen Minuten in der Redaktion, und Kevins Schule ist nur einen Häuserblock entfernt. Außerdem brauchte ich einen Tapetenwechsel, nachdem meine Ehe gescheitert war. Ich hätte die neugierigen Blicke meiner Nachbarn nicht ertragen.«

»Wie meinen Sie das?«

Sie zuckte die Achseln. »Ich habe keinem von ihnen gesagt, warum David und ich uns getrennt haben. Ich fand einfach, das ginge sie nichts an.«

»Da hatten Sie recht.«

»Ich weiß«, fuhr sie nach kurzem Zögern fort, »aber ihrer Meinung nach war David ein idealer Ehemann. Er hatte Charme und Erfolg, und keiner hätte ihm etwas

Unrechtes zugetraut. Wenn wir zusammen waren, hat er stets so getan, als wäre alles in Ordnung. Und ich habe erst ganz am Ende erfahren, daß er schon lange eine Affäre hatte. Aber man sagt ja, daß es die eigene Frau immer als letzte erfährt.«

»Und wie sind Sie dahintergekommen?«

Sie schüttelte den Kopf. »Ich weiß, es klingt verrückt – durch die Reinigung. Als ich dort seine Anzüge abholte, gab mir die Angestellte ein paar Quittungen, die in einer Westentasche gesteckt hatten. Eine war von einem Hotel in der Stadt. Anhand des Datums wußte ich, daß er abends zu Hause gewesen war; er mußte also am Nachmittag nach der Arbeit dort gewesen sein. Als ich ihn zur Rede stellte, stritt er alles ab, doch an seinem Gesicht erkannte ich, daß er log. Schließlich kam die ganze Geschichte heraus, und ich habe die Scheidung eingereicht.«

Garrett hörte schweigend zu und fragte sich, wie eine solche Frau sich in einen Mann hatte verlieben können, der ihr so etwas antun konnte. Als hätte sie seine Gedanken erraten, fuhr sie fort: »David gehört zu den Männern, denen man einfach alles glaubt, was sie sagen. Ich vermute sogar, er hat das meiste selbst geglaubt. Ich habe ihn auf dem College kennengelernt und war einfach fasziniert von ihm. Er war intelligent und charmant, und ich fühlte mich geschmeichelt, daß er sich für jemanden wie mich interessierte. Ich war ein junges Ding, das frisch aus Nebraska kam, und er war so ganz anders als die jungen Männer, die ich von zu Hause her kannte. Und als wir geheiratet haben, glaubte ich, ein märchenhaftes Leben würde beginnen. Aber für ihn muß das alles ganz anders gewesen sein. Ich habe später herausgefunden, daß er schon fünf Monate nach unserer Hochzeit seine erste Affäre hatte.«

Sie hielt inne, und Garrett starrte zu Boden. »Ich weiß gar nicht, was ich dazu sagen soll.«

»Da gibt es nichts zu sagen«, entgegnete sie. »Es ist vorbei, und wie ich gestern schon sagte, ist für mich nur noch wichtig, daß er Kevin weiterhin ein guter Vater ist.«

»Das hört sich an, als wäre es Ihnen ganz leichtgefallen.«

»Oh, nein, das ist es nicht. David hat mir sehr weh getan, und ich habe mindestens zwei Jahre und fünfzig Sitzungen bei einer guten Therapeutin gebraucht, um damit fertig zu werden. Ich habe viel von meiner Therapeutin gelernt, viel über mich selbst. Einmal, als ich ihn einen Unmenschen nannte, erklärte sie mir, daß er, solange ich an meinem Zorn festhielt, immer noch Macht über mich habe, und so begann ich, gegen meine Wut anzukämpfen.«

»Hat Ihnen Ihre Therapeutin noch andere Dinge gesagt, an die Sie sich erinnern können?«

Theresa lächelte. »Eine ganze Menge. Eines hat sich mir besonders eingeprägt: Falls ich jemals einem Mann begegnen sollte, der mich an David erinnert, dann solle ich davonlaufen, so schnell ich könnte.«

»Erinnere ich Sie an David?«

»Nicht im entferntesten. Sie sind ihm so unähnlich, wie man nur sein kann.«

»Na, dann hab ich ja Glück gehabt«, lachte er und beugte sich rasch über den Grill. »So, ich glaube, es kann losgehen.«

»Erklären Sie mir jetzt den Rest Ihres Geheimrezepts?«

»Mit dem größten Vergnügen«, sagte er, und sie erhoben sich.

In der Küche gab er etwas Zartmacher auf die Steaks und wendete sie noch einmal in dem Brandy. Dann öffnete er den Kühlschrank und nahm eine kleine Plastiktüte heraus.

»Was ist das?« fragte Theresa.

»Das ist Talg – der fette Teil des Steaks, der gewöhnlich entfernt wird. Ich habe mir etwas davon mitgeben lassen.«

»Wozu ist es gut?«

»Sie werden schon sehen.«

Er nahm die Steaks, die Tüte und eine Zange mit nach draußen und legte alles auf die Brüstung. Dann hob er den Rost und begann, mit dem Blasebalg die Asche von der Holzkohle fortzublasen.

»Die Glut muß heiß sein für ein gutes Steak. Also muß die Asche entfernt werden, damit sie die Hitze nicht blockiert.«

Er schob den Rost wieder auf den Grill, ließ ihn etwa eine Minute heiß werden und legte die Steaks mit der Zange darauf. »Wie mögen Sie Ihr Fleisch?«

»Halbgar.«

»Bei Steaks dieser Dicke braucht man etwa elf Minuten für jede Seite.«

Sie hob die Augenbrauen. »Sie nehmen das alles ja sehr genau.«

»Ich habe Ihnen ein gutes Steak versprochen und möchte mein Versprechen halten.«

Während das Fleisch auf dem Rost garte, beobachtete Garrett sie aus den Augenwinkeln. Der Himmel hatte sich orange gefärbt, und in dem warmen Licht wirkte sie besonders hübsch und irgendwie sinnlich. Verführerisch wehte ihr Haar in der Abendbrise.

»Woran denken Sie?«

Beim Klang ihrer Stimme zuckte er zusammen, denn ihm wurde bewußt, daß er eine ganze Weile geschwiegen hatte.

»Ich habe darüber nachgedacht, was für ein Dummkopf ihr Exmann gewesen ist.« Er drehte sich zu ihr um und sah sie lächeln. Sie berührte flüchtig seine Schulter.

»Wenn ich noch verheiratet wäre, würde ich jetzt nicht bei Ihnen sitzen.«

»Und das wäre jammerschade«, erwiderte er und spürte noch immer die Berührung ihrer Hand.

»Oh, ja, das wäre es«, gab sie zurück, die Augen verträumt ins Leere gerichtet.

Garrett schwieg eine Weile, ehe er sich wieder an die Arbeit machte. Er nahm einige Talgstücke und legte sie auf die Holzkohle, direkt unter die Steaks. Dann beugte er sich hinab und blies darauf, bis Flammen hochzüngelten.

»Was machen Sie da?«

»Der brennende Talg bewirkt, daß das Fleisch saftig und zart bleibt.«

Er warf weitere Talgstückchen auf die Glut und wiederholte den Vorgang.

»Es ist so friedlich hier«, sagte Theresa und blickte sich um. »Ich kann gut verstehen, warum Sie dieses Haus gekauft haben. Aber sagen Sie, Garrett, woran denken Sie, wenn Sie hier draußen allein sind?«

»An vieles.«

»An nichts Bestimmtes?«

Ich denke an Catherine, hätte er beinahe gesagt.

Er seufzte. »Nein, eigentlich nicht. Manchmal denke ich über die Arbeit nach, manchmal über neue Tauchplätze. Und oft träume ich davon, fortzusegeln und alles zurückzulassen.«

»Könnten Sie das wirklich, Garrett?« Sie sah ihn fragend an. »Einfach so davonsegeln und nie wieder zurückkommen?«

»Ich bin mir nicht sicher, aber der Gedanke gefällt mir irgendwie. Im Gegensatz zu Ihnen habe ich keine Familie – bis auf meinen Vater natürlich. Und der würde mich sicher verstehen. Mein Vater und ich sind uns sehr ähnlich, und ich glaube, wenn ich nicht gewesen wäre, hätte er sich längst davongemacht.«

»Aber das wäre doch wie eine Flucht!«

»Ich weiß.«

»Und warum wollen Sie fliehen?« beharrte sie, obwohl sie die Antwort kannte. Als er schwieg, beugte sie sich zu ihm hinab.

»Ich weiß, es geht mich nichts an, Garrett, aber Sie können vor Lebenskrisen nicht davonlaufen.« Sie blickte ihn mit einem aufmunternden Lächeln an. »Und außerdem können Sie einem Menschen so viel geben.«

Garrett schwieg und dachte über ihre Worte nach. Wie war es möglich, daß sie genau die Antworten fand, die ihm guttaten?

Eine Zeitlang war nichts zu hören als das Wehen des Abendwindes, das Rauschen der Wellen am Strand und das Zischen des Fetts auf der Glut. Und wieder ließ Garrett seine Gedanken schweifen, doch diesmal kreisten sie um die beiden vergangenen Tage. Er dachte zurück an den Augenblick, als er sie zum ersten Mal gesehen hatte, an die Stunden, die sie zusammen auf der *Fortuna* verbracht hatten, an ihren Strandspaziergang, als er ihr von Catherine erzählt hatte. Die Anspannung war von ihm gewichen, und als er jetzt neben ihr im schwindenden Licht stand, hatte er das Gefühl, daß dieser Abend ihnen beiden mehr bedeutete, als sie sich eingestehen würden.

Kurz bevor die Steaks fertig waren, ging Theresa in die Küche zurück, um den Tisch fertig zu decken. Sie holte die Kartoffeln aus dem Backofen, entfernte die Folie und gab jeweils eine auf jeden Teller. Dann stellte sie die Salatschüssel auf den Tisch, dazu verschiedene Saucen, die sie im Kühlschrank gefunden hatte, und schließlich Salz, Pfeffer und Butter. Weil es bereits dunkel zu werden begann, knipste sie die Küchenlampe an, aber das Licht war so grell, daß sie es rasch wieder ausschaltete. Statt dessen zündete sie die beiden Kerzen an und trat einen Schritt zurück, um die Wirkung zu begutachten. Als sie eben die Weinflasche auf den Tisch stellen wollte, kam Garrett ins Haus.

Auf der Türschwelle blieb er wie angewurzelt stehen.

Bis auf die brennenden Kerzen war es fast dunkel im Raum, und in ihrem sanften Licht sah Theresa besonders schön aus. Ihr dunkles Haar schimmerte geheimnisvoll, und in ihren Augen spiegelte sich der Schein der flackernden Flammen wider. Er war sprachlos, konnte sie nur anstarren, und in diesem Moment erkannte er klar, was er bisher nicht hatte wahrhaben wollen.

»Ich dachte, bei Kerzenlicht wäre es noch etwas gemütlicher«, sagte sie ruhig.

»Sie haben recht.«

Sie sahen sich weiter in die Augen – überwältigt vom Schatten vager Möglichkeiten.

»Ich konnte den Korkenzieher nicht finden«, sagte sie, nur um das Schweigen zu brechen.

»Moment, ich hole ihn«, erwiderte er rasch. »Ich benutze ihn selten, und er liegt bestimmt tief unten in einer der Schubladen.«

Er stellte den Teller mit den Steaks auf den Tisch, kramte in den verschiedenen Schubladen und fand den Korkenzieher schließlich. Mit wenigen Handgriffen hatte er die Flasche entkorkt und schenkte den Wein ein. Dann setzte er sich und legte die Steaks mit der Zange auf die Teller.

»Die Stunde der Wahrheit ist gekommen«, sagte sie, bevor sie den ersten Bissen nahm. Während sie kostete, blickte Garrett sie erwartungsvoll an.

»Es schmeckt köstlich, Garrett«, sagte sie überzeugt. »Sie haben nicht übertrieben.«

»Danke.«

Die Kerzen brannten langsam nieder, und zweimal beteuerte Garrett, wie froh er über ihren Besuch sei. Jedes Mal verspürte Theresa ein sonderbares Prickeln im Nacken und verscheuchte das Gefühl rasch mit einem Schluck Wein.

Draußen war der Mond aufgegangen. Langsam setzte die Flut ein.

Nach dem Essen schlug Garrett vor, noch einen Spaziergang am Strand zu machen. »Es ist herrlich nachts«, sagte er, und als sie einwilligte, räumte er rasch Teller und Besteck in die Spüle.

Sie traten nach draußen, und Garrett schloß die Tür hinter sich. Über eine kleine Sanddüne gelangten sie an den Strand. Am Wasserrand zogen sie ihre Schuhe aus und ließen sie einfach stehen, da weit und breit niemand zu sehen war. Nun schlenderten sie gemächlich dahin, und zu Theresas Überraschung nahm Garrett sie bei der Hand. Als sie seine Wärme spürte, kam ihr der Gedanke, wie es wohl wäre, wenn diese Hand ihren Körper, ihre nackte Haut berühren würde. Bei dieser Vorstellung rieselte ihr ein Schauer über den Rücken, und mit einem raschen Seitenblick auf Garrett fragte sie sich, ob er ahnte, was sie dachte.

Sie gingen weiter. Beide genossen die milde Meeresbrise. »Solch eine Nacht habe ich schon lange nicht mehr erlebt«, sagte Garrett schließlich leise, als überkomme ihn eine Erinnerung.

»Ich auch nicht«, erwiderte sie.

Der Sand war kühl unter ihren Füßen. »Wissen Sie noch, Garrett, wie Sie mich zum Segeln eingeladen haben?«

»Natürlich.«

»Warum haben Sie mich eigentlich dazu aufgefordert?«

Er sah sie neugierig an. »Wie meinen Sie das?«

»Nun, es kam mir vor, als bereuten Sie die Einladung, kaum daß Sie sie ausgesprochen hatten.«

Er zuckte die Achseln. »Bereuen würde ich es nicht nennen. Ich glaube eher, ich war über mich selbst verwundert. Bereut habe ich's nicht.«

»Sind Sie sicher?« lächelte sie.

»Ja, das bin ich. Sie dürfen nicht vergessen, daß ich seit über drei Jahren keinen Menschen mehr mit aufs Meer genommen habe. Als Sie sagten, sie seien noch nie im Leben gesegelt – nun, ich glaube, da wurde mir klar, daß ich es leid war, immer allein zu sein.«

»Sie wollen sagen, ich bin zur rechten Zeit am rechten Ort gewesen?«

Er schüttelte den Kopf. »So war das natürlich nicht gemeint. Ich wollte Sie mitnehmen – und ich glaube nicht, daß ich es einem anderen angeboten hätte. Außerdem war alles so viel schöner, als ich ahnen konnte. Diese beiden letzten Tage waren für mich die schönsten seit Jahren.«

Seine Worte weckten ein warmes Gefühl in ihrem Innern. Sie spürte, wie sein Daumen in kleinen Kreisen über ihre Handfläche fuhr.

»Haben Sie sich vorgestellt, daß Ihr Urlaub so verlaufen würde?«

Sie zögerte, glaubte aber, daß dies nicht der rechte Augenblick war, ihm die Wahrheit zu sagen.

»Nein.«

Sie gingen eine Weile schweigend weiter.

»Glauben Sie, daß Sie noch einmal hierherkommen möchten? Um Urlaub zu machen, meine ich.«

»Ich weiß nicht. Warum?«

»Weil ich es mir wünsche.«

In der Ferne sah sie einen Leuchtturm blinken. Und wieder spürte sie die Berührung seiner Hand.

»Würden Sie dann wieder für mich kochen?«

»Ich würde alles kochen, was Sie wollen. Vorausgesetzt, es sind Steaks.«

Sie lachte leise. »Dann will ich's mir überlegen.«

»Und wie wär's bei dieser Gelegenheit mit ein paar Tauchstunden?«

»Ich glaube, Kevin würde das mehr Spaß machen als mir.«

»Dann bringen Sie ihn doch mit.«

Sie warf ihm einen raschen Blick zu. »Würde es Ihnen nichts ausmachen?«

»Ganz im Gegenteil. Ich würde ihn gern kennenlernen.«

»Ich wette, Sie würden ihn mögen.«

»Das glaube ich auch.«

Sie schlenderten schweigend weiter, bis Theresa plötzlich herausplatzte: »Garrett, darf ich Sie etwas fragen?«

»Gewiß.«

»Ich weiß, es klingt etwas merkwürdig, aber ...«

Sie hielt inne, und er sah sie fragend an.

»Was?«

»Was ist das Schlimmste, das Sie jemals angestellt haben?«

Er lachte laut auf. »Wie kommen Sie denn darauf?«

»Ich möchte es einfach wissen. Diese Frage stelle ich jedem. Um mir ein besseres Bild von ihm machen zu können.«

»Das Schlimmste?«

»Das Allerschlimmste.«

»Das Schlimmste, was ich je angestellt habe ... Lassen Sie mich überlegen ... Vielleicht als ich mit einer Clique von Freunden – es war an einem Dezemberabend, und wir waren alle schon ziemlich blau – eine Straße entlangmarschiert bin und sämtliche Birnen der Weihnachtsbeleuchtung abgeschraubt habe.«

»Das ist nicht wahr!«

»Doch! Wir waren zu fünft und haben die gestohlenen Birnen in den Lieferwagen geworfen. Aber die Kabel haben wir hängenlassen – das war das Schlimmste. Es sah aus, als hätte sich Tarzan durch die Lichtergirlanden gehangelt. Wir waren fast zwei Stunden beschäftigt und haben die ganze Zeit vor Lachen gebrüllt. Die Straße hatte man in der Zeitung als die am schönsten dekorierte gepriesen, und als wir fertig waren ... Ich möchte nicht wissen, was die Leute gedacht haben. Sie müssen vor Wut gekocht haben.«

»Das ist ja schrecklich!«

Er lachte wieder. »Ich weiß. Wenn ich heute daran zurückdenke, finde ich's auch schrecklich. Aber damals war es einfach nur ein toller Spaß.«

»Und ich habe geglaubt, Sie seien ein Musterknabe ...«

»Das bin ich auch.«

»Von wegen – Sie waren Tarzan! Und was haben Sie sonst noch mit Ihren Freunden angestellt?« drängte sie weiter.

»Wollen Sie das wirklich wissen?«

»Ja ... Bitte.«

Und so kramte er in seinen Erinnerungen nach weiteren Anekdoten von Lausbubenstreichen – wie sie Autofenster eingeseift, Stinkbomben ins Lehrerzimmer geworfen und an Häuser von früheren Freundinnen gepinkelt hatten. Als ihm schließlich nichts mehr einfiel, fragte er sie nach ihren Jugendstreichen.

»Ich?!« rief sie, scheinbar pikiert. »Ich habe nie so was Schlimmes gemacht. Ich war immer ein braves Mädchen.«

»Mich alles ausplaudern lassen und selbst kneifen«, lachte er. »Das hab ich gern!«

Sie spazierten bis ans Ende des Strands und erzählten sich weitere Erlebnisse aus ihrer Kindheit und Jugend. Theresa versuchte sich Garrett als jungen Mann vorzustellen und fragte sich, was gewesen wäre, wenn sie ihn auf dem College kennengelernt hätte. Hätte sie ihn so unwiderstehlich gefunden wie jetzt, oder wäre sie auch dann auf David hereingefallen, der so perfekt wirkte?

Sie blieben einen Augenblick stehen und schauten aufs Meer. Er stand so dicht neben ihr, daß sich ihre Schultern leicht berührten.

»Was denken Sie?« fragte Garrett.

»Ich dachte nur, wie angenehm es ist, mit Ihnen zu schweigen.«

Er lächelte. »Und ich dachte, wie es wohl kommt, daß ich Ihnen Dinge erzählt habe, die ich sonst niemandem erzähle.«

»Weil ich bald wieder in Boston bin und Sie wissen, daß ich es niemandem weitererzählen werde?«

Er schüttelte den Kopf.

»Warum dann?«

»Sie wissen es nicht?«

»Nein.«

Sie lächelte herausfordernd, und er wußte nicht, wie er erklären sollte, was er selbst kaum verstand.

»Vielleicht sollten Sie wissen, wer ich wirklich bin. Denn wenn Sie mich wirklich kennen und mich trotzdem wiedersehen wollen …«

Theresa schwieg, doch sie wußte genau, was er ausdrücken wollte. Garrett blickte zur Seite.

»Tut mir leid«, sagte er. »Ich wollte Ihnen nicht zu nahe treten.«

»Sie sind mir nicht zu nahe getreten«, begann Theresa. »Ich bin froh, daß Sie es gesagt haben …«

Sie verstummte. Langsam setzten sie ihren Weg fort.

»Aber Sie empfinden nicht so wie ich.«

Sie blickte ihn von der Seite an. »Garrett … Ich …«

»Nein, Sie brauchen nichts zu sagen …«

Sie unterbrach ihn. »Ich möchte es aber. Sie wollen eine Antwort, und Sie sollen sie haben.« Sie suchte angestrengt nach den passenden Worten und holte tief Luft. »Nach der Trennung von David ging es mir furchtbar dreckig. Und als ich dachte, das Schlimmste sei überwunden, begann ich wieder, mit Männern auszugehen. Aber die Männer, die ich kennenlernte … Ich weiß nicht, es war so ernüchternd … Ich hatte den Eindruck, sie wollten nur nehmen, aber nichts geben. Ich glaube, ich hatte einfach genug von den Männern.«

»Was soll ich dazu sagen?«

»Garrett, ich bin überzeugt, daß Sie kein solcher Mann sind. Sie sind ganz anders. Und das macht mir ein bißchen angst. Denn wenn ich Ihnen sage, wie viel mir an Ihnen liegt ... sage ich es irgendwie auch mir selbst. Und wenn ich das tue, öffne ich mein Innerstes, um vielleicht wieder verletzt zu werden.«

»Ich würde Sie niemals verletzen«, sagte er sanft.

Sie blieb stehen und sah ihm fest in die Augen. »Ich weiß, daß Sie das glauben, Garrett. Aber Sie mußten in den letzten drei Jahren gegen Ihre eigenen Dämonen ankämpfen. Ich weiß nicht, ob Sie innerlich bereit sind, etwas Neues zu beginnen. Und wenn Sie's nicht sind, bin ich diejenige, die verletzt wird.«

Diese Worte bewegten ihn zutiefst, und er brauchte eine Weile, um darauf zu antworten.

»Theresa ... Seit wir uns begegnet sind ... Ich weiß nicht ...«

Er verstummte und wußte nicht, wie er seine Gefühle in Worte kleiden sollte.

Statt dessen hob er die Hand und strich ihr mit dem Finger über die Wange, so zart, daß sie fast glaubte, eine Feder berühre ihre Haut. In dem Moment der Berührung schloß sie die Augen, und trotz der Ungewißheit kämpfte sie nicht länger gegen das Prickeln an, das ihren Körper durchrieselte.

Und plötzlich empfand sie die Gewißheit, daß es richtig war, hier zu sein. Ihr gemeinsames Abendessen, ihr Spaziergang am Strand, die Art, wie er sie jetzt ansah – sie konnte sich nichts Schöneres vorstellen.

Die Wellen rollten über den Sand und umspülten ihre Füße. Eine laue Sommerbrise strich ihr durchs Haar. Das Mondlicht verlieh dem Wasser einen unwirklichen Schimmer, und die Wolken warfen ihre Schatten über den Strand.

Beide gaben sich all den Gefühlen hin, die seit dem ersten Augenblick ihrer Begegnung ständig gewachsen waren. Sie sank an seine Brust und spürte die Wärme seines Körpers, spürte, wie seine Arme sich um sie legten. Dann beugte er sich über sie und küßte zärtlich ihre Lippen. Sie erwiderte seinen Kuß, fühlte, wie seine Hand ihren Rücken hinaufwanderte und seine Finger sich in ihrem Haar vergruben.

Eng umschlungen küßten sie sich im Mondschein und kümmerten sich nicht darum, ob sie vielleicht jemand sehen konnte. Beide hatten zu lange auf diesen Augenblick gewartet. Schließlich nahm Theresa seine Hand und führte ihn langsam zum Haus zurück.

Als sie ins Haus traten, schien es ihnen wie im Traum. Sobald Garrett die Tür geschlossen hatte, küßte er sie wieder, leidenschaftlicher diesmal, und ihr Körper begann erwartungsvoll zu zittern. Schließlich löste sie sich aus der Umarmung, ging in die Küche und nahm die beiden Kerzen vom Tisch. Vor ihm betrat sie sein Schlafzimmer und stellte die beiden Kerzen auf seine Kommode. Er zündete sie an, während Theresa die Vorhänge schloß.

Sie trat zu ihm und schmiegte sich an ihn. Als ihre Hände über seine Brust strichen, spürte sie seine Muskeln, hart und fest. Theresa schaute ihm in die Augen, begann langsam sein Hemd aufzuknöpfen, streifte es ihm behutsam ab und barg, als es zu Boden fiel, den Kopf an seiner Schulter. Sie küßte seine Brust, seinen Nacken und erschauerte, als sie seine Hände an ihrem Ausschnitt spürte. Dann löste sie sich von ihm und sah zu, wie seine Finger Knopf für Knopf ihre Bluse öffneten.

Seine Hände glitten unter den Stoff und streichelten ihren Rücken. Er zog sie an sich und spürte die Hitze ihrer Haut auf der seinen. Er küßte ihren Nacken und knabberte an ihrem Ohrläppchen, während seine Hände über ihren Rücken wanderten. Sie schloß die Augen, öffnete die Lippen und gab sich der Zärtlichkeit seiner

Liebkosungen hin. Seine Finger öffneten den Verschluß ihres BHs mit einer so raschen und geschickten Bewegung, daß es ihr fast den Atem verschlug. Unter Küssen streifte er die Träger über ihre Schultern und befreite ihre Brüste. Er beugte sich hinab und küßte sie sanft. Sie legte den Kopf zurück und spürte seinen heißen Atem und seine feuchten Lippen.

Als ihre Finger seinen Gürtel lösten und langsam den Reißverschluß seiner Jeans aufzogen, ging ihr Atem schwer. Die Augen in seine versenkt, ließ sie die Fingernägel um seinen Bauchnabel kreisen, bevor sie die Hose über seine Hüften streifte. Er trat einen kleinen Schritt zurück, um sich ganz ausziehen zu können. Dann bedeckte er sie wieder mit Küssen, hob sie hoch, trug sie zu seinem Bett und legte sie behutsam dort nieder.

Als sie neben ihm lag, glitten ihre Finger über seine Brust, die jetzt feucht war von Schweiß, und sie spürte, wie seine Hände zu ihren Jeans hinunterwanderten. Er öffnete sie, und Theresa hob die Hüften, um die Jeans abstreifen zu können. Sie streichelte seinen Rücken, biß ihm zärtlich in den Hals und hörte, wie sich sein Atem beschleunigte. Als sie dann die letzten Hüllen abgestreift hatte, preßten sich ihre Körper eng aneinander.

Sie war wunderschön. Ihr Haar schimmerte im Kerzenlicht, und ihre Haut war unendlich weich und zart. Garrett ließ die Zunge zwischen ihren Brüsten langsam zu ihrem Bauch hinunter und wieder hinauf wandern. Er spürte ihre Hände auf seinem Rücken, spürte, wie sie ihn fest an sich ziehen wollte.

Garrett aber fuhr fort, ihren Körper mit Küssen zu bedecken, doch irgendwann konnte sie ihr Verlangen nicht mehr zügeln. Sie zog ihn zu sich herab, und als er auf sie sank, schloß sie die Augen und stöhnte auf. Und sie liebten sich mit einer Leidenschaft, die sie längst verloren geglaubt hatte.

Ihre Körper bewegten sich im Einklang, jeder bemüht, dem anderen Lust zu bereiten. Garrett küßte sie ohne Unterlaß, und sie spürte in ihrem Innern unendliche Begierde. Als sie schließlich zum Höhepunkt kam, gruben sich ihre Nägel in seinen Rücken, doch kaum war sie wieder zu Atem gekommen, loderte das Feuer erneut auf.

Als Theresa dann völlig erschöpft in seinen Armen lag, sah sie zu, wie die Kerze langsam niederbrannte, und spürte noch immer das Spiel seiner Hände auf ihrem Rücken.

Sie lagen die ganze Nacht beieinander, liebten sich immer wieder und hielten einander danach eng umschlungen. Glücklich schlummerte Theresa irgendwann in seinen Armen ein, und Garrett betrachtete sie eine Weile. Bevor er selbst einschlief, strich er ihr zärtlich das Haar aus der Stirn und hauchte einen Kuß darauf.

Kurz vor Tagesanbruch schlug Theresa die Augen auf und stellte fest, daß Garrett nicht mehr neben ihr lag. Sie stand auf, ging zum Schrank, fand einen Bademantel und schlüpfte hinein. Sie trat ins Wohnzimmer, und als sie ihn dort nicht sah, wurde ihr plötzlich klar, wo er war.

Sie trat nach draußen und sah ihn auf der Veranda in Boxershorts und T-Shirt auf einem der Stühle sitzen. Er drehte sich nach ihr um und lächelte ihr zu.

»Hallo.«

Er zog sie auf seinen Schoß und küßte sie. Sie aber vermeinte zu spüren, daß ihn etwas quälte, und löste sich aus seiner Umarmung.

»Ist alles in Ordnung?«

Er schwieg eine Weile.

»Ja«, sagte er schließlich, ohne sie anzusehen.

»Sicher?«

Er nickte, wich aber weiterhin ihrem Blick aus. Sie hob sein Kinn, damit er sie ansehen mußte.

»Du kommst mir irgendwie traurig vor.«

Er lächelte schwach, ohne zu antworten.

»Bist du traurig über das, was passiert ist?«

»Nein«, sagte er. »Überhaupt nicht. Ich bereue nichts.«

»Was ist es dann?«

Er schwieg, und seine Augen schweiften ins Leere.

»Bist du wegen Catherine hier draußen?« fragte sie sanft.

Er zögerte und nahm dann ihre Hände in die seinen. Schließlich sah er sie an.

»Nein, ich bin nicht wegen Catherine hier draußen.« Seine Stimme war nur ein Flüstern. »Sondern deinetwegen.«

Und mit großer Zärtlichkeit zog er sie an sich und hielt sie schweigend umschlungen, bis der Morgen dämmerte.

9. Kapitel

»Was soll das heißen – du kannst heute nicht zu mir zum Mittagessen kommen? Das machen wir doch seit Jahren so – hast du das etwa vergessen?«

»Ich habe es nicht vergessen, Dad. Es geht aber heute einfach nicht. Nächste Woche holen wir's nach, okay?«

Am anderen Ende der Leitung trommelte Jeb Blake mit den Fingern auf die Tischplatte.

»Ich werde das dumme Gefühl nicht los, daß du mir etwas verschweigst«, sagte er.

»Es gibt nichts zu verschweigen.«

»Wirklich nicht?«

»Bestimmt nicht.«

Theresa rief aus dem Badezimmer, sie brauche ein Handtuch. Garrett hielt die Sprechmuschel zu und rief zurück, er werde gleich kommen. Als er den Hörer wieder hochnahm, fragte sein Vater neugierig:

»Was war denn das?«

»Ach, nichts.«

Dann fiel der Groschen. »Das ist diese Theresa, oder?«

Garrett wußte genau, daß er seinem Vater nichts vormachen konnte. »Ja, Dad, richtig geraten.«

»Wurde auch verdammt Zeit«, sagte Jeb, spürbar zufrieden.

Garrett versuchte es herunterzuspielen. »Nun mach aber nicht so viel Aufhebens von der Geschichte ...«

»Tu ich nicht – versprochen.«

»Danke.«

»Aber darf ich dich was fragen?«

»Sicher«, seufzte Garrett.

»Macht sie dich glücklich?«

Garrett zögerte mit der Antwort. »Ja, das tut sie«, sagte er schließlich.

»Wurde auch verdammt Zeit«, wiederholte Jeb lachend und legte auf. Garrett starrte noch eine Weile auf den Apparat.

»Ja, das tut sie wirklich«, flüsterte er leise lächelnd vor sich hin.

Wenig später kam Theresa, ausgeruht und frisch, aus dem Badezimmer. Vom Kaffeeduft angelockt, ging sie gleich in die Küche.

»Noch einmal guten Morgen«, sagte Garrett und küßte ihren Nacken.

»Auch dir noch einmal guten Morgen.«

»Tut mir leid, daß ich mich gestern nacht aus dem Schlafzimmer geschlichen habe.«

»Ist doch in Ordnung … Ich kann's verstehen.«

»Wirklich?«

»Natürlich.«

Sie schenkte ihm ein strahlendes Lächeln. »Es war eine wundervolle Nacht für mich.«

»Für mich auch.« Er nahm zwei Kaffeetassen aus dem Schrank. »Was möchtest du unternehmen? Ich habe im Laden angerufen und gesagt, ich käme heute nicht.«

»Schlag was vor.«

»Wie wär's, wenn ich dir Wilmington zeigen würde?«

»Können wir machen«, sagte sie, aber es klang nicht sehr überzeugend.

»Hast du einen besseren Vorschlag?«

»Was hältst du davon, heute einfach hierzubleiben?«

»Um was zu tun?«

»Ach, ich wüßte da schon das eine oder andere«,

sagte sie verschmitzt. »Das heißt, wenn du nichts dagegen hast.«

»Ich wüßte nicht, was ich dagegen haben sollte«, schmunzelte er.

In den nächsten vier Tagen waren Theresa und Garrett unzertrennlich. Er überließ Ian die Aufsicht über den Laden und erlaubte ihm sogar, den Tauchkurs am Samstag abzuhalten, was vorher noch nie vorgekommen war. Zweimal ging Garrett mit Theresa segeln, und beim zweiten Mal blieben sie die ganze Nacht draußen auf dem Meer. Gewiegt von der sanften Dünung des Atlantiks, lagen sie eng umschlungen in der Kabine. Theresa bat ihn, ihr noch mehr Abenteuergeschichten von frühen Seefahrern zu erzählen, und streichelte ihm dabei die ganze Zeit liebevoll übers Haar.

Was sie nicht wußte, war, daß Garrett, wie in ihrer ersten gemeinsamen Nacht, aufstand, als sie schon schlief, und auf dem Deck auf- und ablief. Er dachte daran, daß Theresa ihn bald verlassen würde, und dabei stiegen Erinnerungen an andere Zeiten in ihm hoch.

»Ich finde, du solltest nicht fahren«, sagte Garrett und sah Catherine besorgt an.

Den Koffer in der Hand stand sie an der Eingangstür. »Ach, Garrett, wir haben das schon so oft besprochen; ich bin doch nur ein paar Tage fort.«

»Aber du bist in letzter Zeit so verändert.«

Catherine rang die Hände. »Wie oft muß ich denn noch sagen, daß alles in Ordnung ist? Meine Schwester braucht mich – du kennst sie doch. Sie macht sich Sorgen wegen der Hochzeit, und Mom ist ihr keine Hilfe.«

»Aber ich brauche dich auch.«

»Garrett – nur weil du den ganzen Tag im Laden sein mußt, brauche ich doch nicht zu bleiben. Wir sind schließlich nicht aneinandergekettet.«

Es war, als hätte sie ihm einen Schlag versetzt. Garrett wich unwillkürlich zurück.

»Das habe ich nicht behauptet. Ich finde es nur unvernünftig, daß du fährst, wenn du dich nicht gut fühlst.«

»Du willst nie, daß ich allein wegfahre.«

»Ich vermisse dich eben so, wenn du fort bist.«

Ihr Blick wurde versöhnlicher.

»Du weißt doch, daß ich jedes Mal zurückkomme, Garrett.«

Als die Erinnerung verblaßte, ging Garrett in die Kabine zurück. Ganz vorsichtig schlüpfte er ins Bett und nahm Theresa fest in die Arme.

Den folgenden Tag verbrachten sie am Wrightsville Beach in der Nähe des Restaurants, in dem sie das erste Mal zu Mittag gegessen hatten. Als Theresas Haut sich zu röten begann, kaufte Garrett in einem der Strandläden eine Sonnencreme. Während er ihren ganzen Körper damit einrieb, ganz sanft, als wäre sie ein kleines Kind, hatte sie einen Augenblick das Gefühl, als wäre er mit den Gedanken woanders. Doch der Augenblick verging, und sie fragte sich, ob es nicht einfach nur Einbildung gewesen war.

Mittags aßen sie wieder bei ›Hank's‹, saßen einander Händchen haltend gegenüber und schauten sich in die Augen. Sie waren so ins Gespräch vertieft, daß sie ihre Umwelt kaum wahrnahmen und nicht einmal bemerkten, daß die Rechnung längst auf dem Tisch lag und das Restaurant sich zu leeren begann.

Theresa fragte sich, ob Garrett Catherine gegenüber

genauso aufmerksam gewesen war wie bei ihr. Es war, als könnte er ihre Gedanken lesen – wenn sie insgeheim wünschte, er solle ihre Hand in die seine nehmen, tat er es, ohne daß sie ihn darum bitten mußte. Wenn sie beim Sprechen nicht unterbrochen werden wollte, hörte er ihr schweigend zu. Wenn sie wissen wollte, was er in einem gewissen Augenblick fühlte, brauchte sie ihn nur anzusehen und hatte schon die Antwort. Niemand, nicht einmal David, hatte sie jemals so gut verstanden, wie Garrett sie zu verstehen schien, und das, obwohl sie ihn erst ein paar Tage kannte. Wirklich nur ein paar Tage? Wie war das möglich? fragte sie sich. Und jedesmal wenn sie über die Frage nachdachte, gelangte sie zu der Überzeugung, daß es mit der Flaschenpost zu tun haben mußte. Je näher sie Garrett kennenlernte, desto größer wurde ihre Gewißheit, es sei ihr vom Schicksal bestimmt gewesen, daß sie seine Botschaften an Catherine gefunden hatte. So als hätte eine geheime Kraft die Briefe zu ihr gelenkt, um sie mit Garrett zusammenzubringen …

Am Samstagabend bereitete Garrett noch einmal ein Essen für sie zu, das sie auf der hinteren Veranda einnahmen. Und nachdem sie sich geliebt hatten, lagen sie eng umschlungen in seinem Bett. Sie wußten, daß Theresa am nächsten Tag nach Boston zurückkehren mußte, doch beide hatten das Thema bis dahin gemieden.

»Sehe ich dich wieder?« fragte sie.

»Ich hoffe«, antwortete er.

»Möchtest du's?«

»Natürlich möchte ich's.« Plötzlich richtete er sich auf und rückte ein Stück von ihr weg. Sie knipste die Nachttischlampe an.

»Was ist, Garrett?«

»Ich will einfach nicht, daß es zu Ende ist«, sagte er. »Du bist in mein Leben getreten, hast alles auf den Kopf gestellt, und jetzt gehst du einfach fort.«

Sie griff nach seiner Hand.

»Oh, Garrett – ich will doch genauso wenig, daß es zu Ende ist. Dies war eine der schönsten Wochen in meinem Leben. Es kommt mir so vor, als hätte ich dich immer schon gekannt. Und wenn wir uns bemühen, wird es auch eine Zukunft für uns geben. Ich kann dich besuchen oder du mich. Wie auch immer, wir sollten es versuchen.«

»Wie oft würde ich dich sehen? Einmal im Monat? Oder noch seltener?«

»Das hängt wohl von uns selbst ab. Wenn wir beide etwas dazu beitragen, kann es funktionieren.«

Er schwieg eine lange Weile. »Glaubst du wirklich, das ist möglich, wenn wir uns nur so selten sehen? Wann würde ich dich im Arm halten, wann dein Gesicht sehen? Jedesmal wenn wir uns träfen, wüßten wir, daß es nur für wenige Tage ist. Unsere Beziehung hätte keine Zeit zu wachsen und zu reifen.«

Seine Worte schmerzten, nicht nur weil sie zutrafen, sondern auch weil es ihr vorkam, als wollte er ihre Beziehung hier und jetzt beenden. Als er sich ihr nun zuwandte, spielte ein wehmütiges Lächeln um seine Lippen. Verwirrt ließ sie seine Hand los.

»Soll das heißen, du willst es erst gar nicht versuchen? Und einfach alles vergessen, was geschehen ist?«

Er schüttelte den Kopf. »Nein, ich will es nicht vergessen. Ich könnte es gar nicht. Nur, weißt du, ich möchte dich öfter sehen, als es möglich sein wird.«

»Das geht mir doch genauso, Garrett. Aber da es nicht möglich ist, laß uns das Beste draus machen. Okay?«

Fast widerwillig nickte er. »Ich weiß nicht recht …«

Sie musterte ihn aufmerksam und glaubte, noch etwas anderes hinter seinem Zögern zu spüren.

»Garrett, was ist los?«

Da er nicht antwortete, fuhr sie fort.

»Gibt es einen Grund, warum du's nicht versuchen willst?«

Garrett schwieg weiter und betrachtete Catherines Foto auf dem Nachttisch.

»Wie war die Reise?« Garrett hob Catherines Gepäck aus dem Kofferraum. Obwohl sie lächelte, konnte er deutlich erkennen, wie erschöpft sie war.

»Ganz gut, aber meine Schwester ist fix und fertig. Bei ihr muß immer alles perfekt sein. Nun stellte sich aber heraus, daß Nancy schwanger ist und ihr das Brautjungfernkleid zu eng geworden ist.«

»Na und? Dann soll sie's halt ändern lassen.«

»Das habe ich auch gesagt, aber du kennst sie ja. Sie macht aus jeder Mücke einen Elefanten.«

Catherine legte die Hände in die Hüften und dehnte den Rücken.

»Fehlt dir was?«

»Nein, ich bin nur so verspannt. Ich war die ganze Zeit über müde und hatte Rückenschmerzen.«

Sie ging auf die Haustür zu, und Garrett folgte ihr.

»Catherine, ich wollte dir noch sagen, daß mir mein Verhalten vor deiner Abreise leid tut. Ich bin froh, daß du gefahren bist und noch froher natürlich, daß du wieder bei mir bist.«

»So sag doch was, Garrett.« Theresa starrte ihn besorgt an.

»Theresa«, begann er, »es ist so schwer ... Alles, was ich durchgemacht habe ...«

Seine Stimme verlor sich, und plötzlich begriff Theresa, was er sagen wollte. Ihr Herz krampfte sich zusammen.

»Ist es wegen Catherine?«

»Nein, es ist nur ...« Er hielt inne, und jetzt erkannte Theresa, daß ihre Vermutung richtig war.

»So ist es doch, nicht wahr? Du willst es mit uns beiden nicht einmal versuchen – wegen Catherine.«

»Du verstehst mich nicht.«

Unwillkürlich fühlte sie plötzlich Wut in sich hochsteigen. »Oh, ich verstehe sehr wohl. Du konntest diese Woche mit mir genießen, weil du wußtest, ich würde wieder verschwinden ... und alles ist wieder wie vorher. Ich bin für dich nur eine Affäre.«

Er schüttelte den Kopf. »Nein, das bist du nicht, Theresa. Ich habe dich wirklich gern.«

»Aber nicht genug, um auch nur einen kleinen Versuch zu machen.«

Er sah sie an, Schmerz in den Augen. »Sei doch nicht so ...«

»Wie sollte ich denn sein? Verständnisvoll? Soll ich einfach sagen: ›Okay, Garrett, machen wir Schluß, weil es schwierig ist und wir uns nicht oft sehen können. Ich habe vollstes Verständnis. Nett, dich kennengelernt zu haben.‹ Ist es das, was du hören willst?«

»Nein, das will ich nicht hören.«

»Was willst du dann? Ich habe schon gesagt, daß ich bereit bin, es zu versuchen ... daß ich's gern tun würde ...«

Er schüttelte den Kopf und wich ihrem Blick aus. Theresa fühlte Tränen in ihre Augen steigen.

»Hör zu, Garrett, ich weiß, du hast deine Frau verloren und schwer unter diesem Verlust gelitten. Aber du benimmst dich wie ein Märtyrer. Du hast dein ganzes Leben noch vor dir. Wirf es nicht weg, indem du nur noch in der Vergangenheit lebst.«

»Ich lebe nicht in der Vergangenheit«, sagte er trotzig.

Theresa kämpfte ihre Tränen nieder, und ihre Stimme wurde wieder ruhiger.

»Ich habe auf andere Weise auch einen Menschen verloren, den ich sehr liebte. Ich weiß, was Schmerz und Verletzung bedeuten. Aber um es ganz offen zu sagen, ich bin es leid, immer allein zu sein. Das dauert nun schon drei Jahre, genau wie bei dir, und ich habe es satt. Ich will einen Menschen finden, der zu mir paßt. Und das solltest du auch tun.«

»Glaubst du, das wüßte ich nicht?«

»Da bin ich mir im Augenblick nicht so sicher. Zwischen uns ist etwas Wundervolles geschehen, und das möchte ich nicht verlieren.«

Sie verstummte, und beide schwiegen eine Weile.

»Du hast ja recht«, sagte er schließlich, nach Worten ringend. »Mein Verstand sagt es mir. Aber mein Herz … ich weiß es einfach nicht.«

»Was ist mit deinem Herzen, Garrett? Bedeutet es dir gar nichts?«

Bei ihrem Blick schnürte sich ihm die Kehle zusammen.

»Natürlich tut es das. Es bedeutet mir mehr, als du dir vorstellen kannst.« Als er ihre Hand ergreifen wollte, wich sie zurück, und ihm wurde klar, wie sehr er sie verletzt hatte.

»Theresa«, sagte er mit sanfter Stimme, bemüht, sich zu fassen. »Es tut mir leid, dir – uns – diese letzte Nacht zu verderben. Es war bestimmt nicht meine Absicht. Du bist keine Affäre für mich, glaube mir. Ich habe dir gesagt, wie gern ich dich habe, und das war ernst gemeint.«

Er breitete die Arme aus, und seine Augen blickten sie flehend an. Theresa zögerte eine Sekunde und schmiegte sich dann, von tausend widersprüchlichen Gefühlen gepeinigt, an ihn. Sie senkte den Kopf, um sein Gesicht nicht zu sehen. Er küßte ihr Haar und flüsterte ihr ins Ohr.

»Ich mag dich. Ich mag dich so sehr, daß es mir angst macht. Ich hatte fast schon vergessen, was ein anderer Mensch mir bedeuten kann. Ich könnte dich nicht gehen lassen und vergessen – ich will es auch nicht. Und ich will ganz sicher nicht, daß unsere Beziehung hier endet.« Eine Weile war nur sein Atem zu hören, dann fuhr er fort: »Ich will, daß wir ihr eine Chance geben.«

Beim Klang seiner zärtlichen Stimme konnte sie ihre

Tränen nicht mehr zurückhalten. Und dann sprach er so leise weiter, daß sie ihn nur mit Mühe verstehen konnte.

»Theresa, ich glaube, ich liebe dich.«

Ich glaube, ich liebe dich, hörte sie immer wieder. *Ich glaube...*

Ich glaube...

Sie wollte nichts darauf erwidern und flüsterte nur: »Laß uns nicht mehr davon sprechen – und halt mich ganz fest.«

Am nächsten Morgen beim Aufwachen liebten sie sich und hielten einander umschlungen, bis die Sonne schon hoch stand und Theresa sich reisefertig machen mußte. Für den Fall, daß Deanna oder Kevin anriefen, hatte sie ihr Hotelzimmer nicht aufgegeben, obwohl sie die meisten Nächte bei Garrett verbracht und sogar ihren Koffer mitgenommen hatte.

Während Theresa duschte, sich anzog und packte, bereitete Garrett das Frühstück zu. Der Geruch von Eiern und gebratenem Schinken erfüllte bald das ganze Haus. Als Theresa ihr Haar getrocknet und sich geschminkt hatte, ging sie in die Küche.

Garrett saß am Tisch und trank seinen Kaffee. Theresa bediente sich an der Kaffeemaschine und setzte sich neben ihn. Das Frühstück – Rührei mit Schinken und Toast – stand schon auf dem Tisch.

»Ich wußte nicht, was du zum Frühstück willst«, sagte er.

»Ich hab keinen Hunger, Garrett. Ich hoffe, das macht dir nichts aus.«

»Mir geht's ähnlich«, lächelte er. »Ich bin auch nicht besonders hungrig.«

Sie stand auf, setzte sich auf seinen Schoß, schlang

die Arme um ihn und barg den Kopf an seiner Brust. Er zog sie an sich und strich ihr mit der Hand durchs Haar.

Schließlich löste sie sich aus der Umarmung. Die vielen Stunden in der Sonne hatten ihre Haut gebräunt, und in ihren Jeansshorts und ihrem weißen T-Shirt wirkte sie fast wie ein Teenager. Einen Augenblick starrte sie auf das Blumenmuster an ihren Sandalen. Ihr Koffer und ihre Handtasche warteten neben der Schlafzimmertür.

»Mein Flugzeug geht bald, und ich muß mich noch im Hotel abmelden und den Leihwagen zurückgeben.«

»Soll ich wirklich nicht mitkommen?«

»Nein, ich muß mich unheimlich beeilen. Außerdem müßtest du in deinem Wagen hinterherfahren. Ich finde es besser, wenn wir uns hier verabschieden.«

»Ich rufe dich heute abend an.«

»Ich freue mich schon drauf«, lächelte sie.

Ihre Augen füllten sich wieder mit Tränen, und er zog sie an sich.

»Du wirst mir schrecklich fehlen«, sagte er, und nun begann sie richtig zu weinen. Mit dem Daumen wischte er ihr die Tränen fort.

»Und mir werden deine saftigen Steaks fehlen«, schluchzte sie.

Er lachte. »Komm, sei nicht so traurig. In ein paar Wochen sehen wir uns wieder, okay?«

»Es sei denn, du überlegst es dir anders.«

»Ich werde die Tage zählen«, lächelte er. »Und das nächste Mal bringst du Kevin mit, versprochen?«

Sie nickte.

»Ich freue mich auf ihn. Wenn er dir nur im entferntesten ähnelt, werden wir uns blendend verstehen.«

»Da bin ich mir auch ganz sicher.«

»Und bis dahin werde ich Tag und Nacht an dich denken.«

»Wirklich?«

»Ganz sicher. Ich denke doch jetzt schon an dich.«

»Na ja, wenn ich auf deinem Schoß sitze.«

Mit einem etwas gequälten Lächeln wischte sie sich die letzten Tränen von den Wangen und stand auf. Garrett nahm ihren Koffer, und sie verließen gemeinsam das Haus. Die Sonne stand schon hoch, und Theresa zog ihre Sonnenbrille aus dem Seitenfach ihrer Handtasche.

Als Garrett ihr Gepäck im Kofferraum verstaut hatte, schloß er sie ein letztes Mal in die Arme, küßte sie zärtlich und öffnete ihr dann die Wagentür.

Nachdem sie eingestiegen war, schauten sie sich bei geöffneter Tür noch einmal tief in die Augen.

»Nun muß ich aber los, wenn ich meine Maschine noch erwischen will.«

»Ich weiß.«

Er trat zurück und schlug die Wagentür zu. Sie kurbelte das Fenster herunter und streckte ihm die Hand entgegen. Garrett drückte sie fest.

»Du rufst mich heute abend an?«

»Versprochen.«

Lächelnd zog sie die Hand zurück und drehte den Zündschlüssel. Als der Wagen losfuhr, sah Garrett sie ein letztes Mal winken und fragte sich, wie in aller Welt er diese nächsten zwei Wochen überstehen sollte.

Trotz des starken Verkehrs gelangte Theresa rasch ins Hotel und beglich ihre Rechnung. Sie fand drei Nachrichten von Deanna vor, eine dringlicher als die andere: ›Wie läuft es bei dir? Wie war die Segeltour?‹ – ›Warum hast du nicht angerufen? Ich warte auf Nachricht‹ – ›Du treibst mich in den Wahnsinn! Bitte ruf an und berichte in allen Einzelheiten. Bitte!‹ Auch von Kevin war eine

Nachricht da, aber sie mußte schon älter sein, denn sie hatte ihn mehrmals von Garrett aus angerufen.

Theresa gab den Leihwagen zurück und erreichte den Flughafen knapp eine halbe Stunde vor Abflug. Glücklicherweise war die Schlange an der Gepäckabgabe kurz, und so gelangte sie in letzter Minute in ihr Flugzeug. Es war nur zur Hälfte besetzt, und der Platz neben ihr blieb leer.

Sie schloß die Augen und dachte über die erstaunlichen Ereignisse der letzten Woche nach. Sie hatte Garrett nicht nur gefunden, sondern obendrein sehr viel besser kennengelernt, als sie für möglich gehalten hatte. Er hatte Gefühle in ihr geweckt, die sie längst verschüttet geglaubt hatte.

Aber liebte sie ihn?

Sie stellte sich diese Frage sehr behutsam, da sie nicht wußte, was ein Eingeständnis bedeutet hätte.

Sie rief sich das Gespräch der letzten Nacht ins Gedächtnis zurück – seine Angst, die Vergangenheit loszulassen, seine Bedenken, weil sie einander nicht so oft sehen konnten, wie er wollte. All das verstand sie durchaus. Aber …

»Ich glaube, ich liebe dich.«

Sie runzelte die Stirn. Warum dieses *›Ich glaube‹*? Entweder liebte er sie oder er liebte sie nicht … Hatte er das gesagt, um sie zu beschwichtigen? Oder aus einem anderen Grund?

»Ich glaube, ich liebe dich.«

Sie hörte es ihn immer wieder sagen, mit einer Stimme voller … voller widersprüchlicher Gefühle? Rückblikkend wünschte sie fast, er hätte es gar nicht gesagt. Dann hätte sie jetzt nicht zu rätseln brauchen, was damit gemeint war.

Aber wie stand es mit ihr? Liebte sie Garrett?

Müde und nicht mehr willens, sich ihren widerstreitenden Empfindungen zu stellen, schloß sie erneut die

Augen. Eines aber war sicher – sie würde ihm ihre Liebe nicht gestehen, ehe sie nicht mit Sicherheit wußte, daß er Catherines Verlust überwunden hatte.

Garrett träumte in dieser Nacht von einem gewaltigen Sturm. Regen prasselte auf das Haus nieder, und er rannte hektisch von einem Zimmer ins andere. Es war nicht sein Haus, und obwohl er es gut zu kennen glaubte, konnte er wegen des Regens, der durch die geöffneten Fenster peitschte, kaum etwas sehen. Weil er wußte, daß er sie schließen mußte, lief er ins Schlafzimmer, verwickelte sich aber in den langen Vorhängen, die sich vom Wind blähten. Er befreite sich, doch im selben Augenblick erlosch das Licht, und der Raum lag völlig im Dunkel.

Über das Tosen des Sturms hinweg vernahm er in der Ferne eine Sirene, die Warnung vor einem nahenden Hurrikan. Während am Himmel Blitze zuckten, versuchte er vergebens, die Fenster zu schließen. Seine Hände waren vom Regen naß und fanden nicht den nötigen Halt.

Über ihm begann das Dach zu ächzen und zu knarren. Garrett hörte, wie Ziegel herunterfielen und Glas splitterte.

Er rannte ins Wohnzimmer. Das große Panoramafenster war zerborsten, der Boden übersät mit Scherben. Die Eingangstür bebte in ihrem Rahmen.

Draußen vor dem Fenster hörte er Theresa nach ihm rufen.

»Garrett, du mußt raus!«

In diesem Augenblick zerbarsten auch die Scheiben im Schlafzimmer. Der Sturm fuhr durchs Haus und riß eine Öffnung in die Decke. Lange würde das Haus nicht mehr standhalten.

Catherine.

Er mußte ihr Foto holen und die anderen Erinnerungsstücke.

»Garrett!« rief Theresa wieder. »Es ist höchste Zeit!«

Trotz des Regens und der Dunkelheit konnte er sie draußen heftig gestikulieren sehen.

Das Foto. Der Ring. Die Valentinskarten.

»So komm doch!« schrie sie.

Mit großem Getöse löste sich das Dach vom Haus, und der Wind begann es wegzuzerren. Schützend hob Garrett die Arme über den Kopf, als Teile der Decke herabstürzten.

Der Gefahr trotzend, wollte er ins Schlafzimmer laufen, um die Andenken zu holen. Er durfte sie nicht zurücklassen.

»Du kannst es noch schaffen!«

Irgend etwas an Theresas Stimme ließ ihn zögern. Er blickte zu ihr, dann ins Schlafzimmer.

Noch ein Stück von der Decke fiel herab, und das Dach gab weiter nach.

Er machte einen Schritt in Richtung Schlafzimmer, und da sah er, daß Theresa aufhörte zu winken, als hätte sie plötzlich aufgegeben.

Mit einem gespenstischen Heulen fegte der Wind durchs Zimmer. Möbel kippten um und versperrten ihm den Weg.

»Garrett! Bitte!« rief Theresa.

Wieder blieb er beim flehenden Ton ihrer Stimme stehen; ihm wurde klar, daß er nicht davonkommen würde, wenn er die Dinge aus seiner Vergangenheit zu retten suchte.

War es den Preis wert?

Die Antwort lag auf der Hand.

Er gab seinen Versuch auf und eilte zu der Öffnung, wo das Fenster gewesen war. Mit der Faust schlug er die Glasreste heraus. In dem Augenblick, als er auf die Veranda trat, wurde das Dach vollständig fortgerissen, die Wände gaben nach, und alles krachte mit ohrenbetäubendem Lärm zusammen.

Er hielt nach Theresa Ausschau, um sich zu vergewissern, daß sie unversehrt war. Seltsamerweise aber war sie verschwunden.

10. Kapitel

Theresa schlief noch fest, als am nächsten Morgen in aller Frühe das Telefon läutete. Schlaftrunken griff sie nach dem Hörer.

»Bist du gut angekommen?« Sie erkannte Garretts Stimme sofort.

»Ja, bin ich«, sagte sie gähnend. »Wie spät ist es?«

»Kurz nach sechs. Habe ich dich geweckt?«

»Ja, ich bin gestern lange aufgeblieben und habe auf deinen Anruf gewartet. Hast du's vergessen?«

»Nein, ich dachte nur, du brauchst etwas Zeit zum Wiedereingewöhnen.«

»Und warst aber sicher, daß ich im Morgengrauen schon auf den Beinen bin?«

Garrett lachte. »Tut mir leid. Wie geht's dir denn?«

»Gut. Müde, aber gut.«

»Dann hat dich die Hektik der Großstadt also wieder fest im Griff?« Jetzt wurde Garretts Stimme ernst. »Ich muß dir etwas gestehen.«

»Was?«

»Du fehlst mir.«

»Wirklich?«

»Ich war gestern noch im Laden, um allen möglichen Papierkram zu erledigen, aber ich habe nichts zuwege gebracht, weil ich ständig an dich denken mußte.«

»Gut zu hören.«

»Wie ich die nächsten beiden Wochen arbeiten soll, ist mir ein Rätsel.«

»Du wirst es schon schaffen.«

»Vielleicht kann ich nicht mal schlafen.«

»Das geht mir jetzt aber zu weit«, lachte Theresa. »Ich

steh nicht auf weichliche Typen. Männer sollten schon Männer sein.«

»Na, dann will ich mich mal anstrengen.«

»Wo bist du jetzt?«

»Auf der hinteren Veranda. Ich betrachte den Sonnenaufgang.«

Theresa dachte an den herrlichen Anblick.

»Ist es schön?«

»Es ist immer schön, aber heute morgen kann ich es nicht so genießen wie die letzten Male.«

»Warum nicht?«

»Weil du nicht hier bist.«

Theresa lehnte sich behaglich in ihre Kissen zurück.

»Du fehlst mir genauso.«

»Hoffentlich. Es wäre schlimm, wenn es nur mir so ginge.«

Sie lächelte und wickelte gedankenverloren eine Haarsträhne um den Zeigefinger. Bis sie sich endlich widerstrebend verabschiedeten, waren zwanzig Minuten vergangen.

Als Theresa etwas später als gewöhnlich die Redaktion betrat, bekam sie allmählich die Folgen der stürmischen letzten Woche zu spüren. Sie hatte vergangene Nacht kaum geschlafen, und ein kritischer Blick in den Spiegel ließ sie aufstöhnen; sie fand sich um Jahre gealtert.

Wie jeden Morgen ging sie als erstes zum Kaffeeautomaten in der Cafeteria, und als sie sich gerade einen zweiten Kaffee zum Aufputschen genehmigen wollte, stand plötzlich Deanna hinter ihr.

»Hallo, Theresa«, rief sie erfreut. »Ich hätte nicht gedacht, daß du heute kommst. Ich platze vor Neugier zu hören, was passiert ist.«

»Guten Morgen«, murmelte Theresa und rührte in ihrem Kaffee. »Entschuldige die Verspätung.«

»Ich bin froh, daß du überhaupt da bist. Fast hätte ich gestern abend noch bei dir hereingeschaut, aber ich wußte nicht, wann du zurückkommst.«

»Tut mir leid, daß ich nicht noch angerufen habe, aber die Woche war sehr anstrengend.«

Deanna lehnte sich an den Türrahmen. »Das wundert mich gar nicht.«

»Wie meinst du das?«

Deannas Augen leuchteten. »Du warst wohl noch nicht an deinem Schreibtisch.«

»Nein, ich bin eben erst gekommen. Warum?«

»Na, sieht so aus, als hättest du einen guten Eindruck gemacht.«

»Wovon sprichst du, Deanna?«

»Komm mit.« Mit einem verschwörerischen Lächeln führte Deanna sie in den Nachrichtenraum. Als Theresa ihren Schreibtisch sah, blieb ihr der Mund offenstehen. Neben der Post, die sich in ihrer Abwesenheit gestapelt hatte, stand in einer Glasvase ein Dutzend rote Rosen.

»Die sind heute morgen geliefert worden. Der Überbringer schien etwas zu zögern, als er hörte, die Empfängerin sei nicht da. Als ich dann einfach behauptete, *ich* sei die Glückliche, da hättest du ihn erst mal sehen müssen.«

Theresa hörte gar nicht zu, sondern griff nach dem Umschlag, der an der Vase lehnte, und öffnete ihn. Deanna stellte sich auf die Zehenspitzen und schaute ihr über die Schulter.

Der schönsten Frau, die ich kenne …
Jetzt, da ich wieder allein bin,
ist nichts mehr, wie es vorher war.
Der Himmel ist grau, das Meer bedrohlich.
Soll alles wieder schöner werden?
Dann mußt du herkommen.
Du fehlst mir.
Garrett

Theresa lächelte, steckte die Karte wieder in den Umschlag und schnupperte an den Blumen.

»Du mußt eine herrliche Zeit gehabt haben«, sagte Deanna.

»Ja, das habe ich«, war Theresas schlichte Antwort.

»Ich brenne darauf, mehr zu erfahren – jedes pikante Detail.«

Theresa waren die verstohlenen Blicke ihrer Kollegen nicht entgangen. »Ich glaube, wir sollten warten, bis wir allein sind. Ich möchte nicht, daß das ganze Büro darüber klatscht.«

»Zu spät, Theresa, das tun sie bereits, seit die Blumen abgegeben wurden.«

»Hast du ihnen gesagt, von wem sie sind?«

»Natürlich nicht. Um ehrlich zu sein, macht es mir Spaß, sie auf die Folter zu spannen.« Sie zwinkerte Theresa lächelnd zu. »Hör zu, ich habe 'ne Menge Arbeit. Was hältst du von einem gemeinsamen Lunch? Dann können wir in Ruhe reden.«

»Gerne. Wo?«

»Bei Mikunis? Ich wette, du hast in Wilmington kein einziges Mal Sushi gegessen.«

»Prima Idee. Und, danke, Deanna, daß du nichts ausgeplaudert hast.«

»Ist doch klar.«

Deanna klopfte ihr auf die Schulter und ging in ihr Büro zurück. Theresa roch noch einmal an ihren Rosen, stellte die Vase zur Seite und sah ihre Post durch. Als sie das Gefühl hatte, daß niemand sie beobachtete, griff sie zum Telefon und wählte Garretts Nummer.

»Moment, ich glaube, er ist in seinem Büro«, sagte Ian. »Wen darf ich melden?«

»Sagen Sie ihm, es ist jemand, der in zwei Wochen Tauchunterricht nehmen möchte.« Da sie nicht sicher war, ob Ian von ihrer Beziehung wußte, zog sie es vor, sich nicht zu erkennen zu geben.

Ian schaltete sie auf Warteschleife. Nach einer Weile klickte es in der Leitung, und Garrett meldete sich.

»Was kann ich für Sie tun?«

»Es wäre zwar nicht nötig gewesen, aber sie sind ein Gedicht.«

Als Garrett ihre Stimme erkannte, veränderte sich sein Tonfall sogleich. »Ach, du bist es! Bin ich froh, daß sie angekommen sind. Gefallen sie dir wirklich?«

»Woher wußtest du, daß Rosen meine Lieblingsblumen sind?«

»Ganz sicher war ich mir nicht, aber ich weiß, daß die meisten Frauen Rosen lieben.«

»So, du schickst also vielen Frauen Rosen?«

»Was dachtest du? Ich habe unzählige Fans. Tauchlehrer sind nämlich so was wie Filmstars.«

»Ach, wirklich?«

»Wußtest du das etwa nicht? Und ich dachte, du wärst eben ein Groupie.«

»Danke«, lachte sie.

»Hat irgend jemand gefragt, von wem die Blumen sind?«

»Natürlich.«

»Ich hoffe, du hast nur Gutes über den Absender gesagt.«

»Klar. Ich habe gesagt, er ist Ende Sechzig und dick und lispelt, so daß man ihn kaum verstehen kann. Aus Mitleid wäre ich mit ihm zum Essen gegangen, und seither läßt er mir keine Ruhe.«

»Das tut weh«, sagte er. »Trotzdem hoffe ich, die Rosen sagen dir, daß ich an dich denke und daß ich dich nicht vergessen will.«

Sie betrachtete die Rosen. »Sie haben's mir gerade zugeflüstert.«

Als sie aufgelegt hatten, las Theresa noch einmal die Karte und steckte sie dann in ihre Handtasche. Niemand in der Redaktion sollte sie lesen.

»Also, wie ist er?«

Die beiden Frauen saßen sich gegenüber, und Theresa reichte Deanna ihre Urlaubsfotos.

»Ich weiß nicht, wo ich anfangen soll.«

»Am besten am Anfang«, sagte Deanna lakonisch, den Blick auf die Fotos geheftet. »Und daß du mir nichts verschweigst.«

Da sie bereits berichtet hatte, wie sie Garrett im Yachthafen begegnet war, begann sie mit ihrer ersten gemeinsamen Segelfahrt auf der *Fortuna* und erzählte, wie sie ihre Jacke absichtlich auf dem Boot hatte liegenlassen – was Deanna mit einem ›raffiniert!‹ quittierte –, wie sie am nächsten Tag zusammen zu Mittag gegessen und den Abend bei ihm verbracht hatten. Dann gab sie eine knappe Zusammenfassung der vier folgenden Tage, der Deanna mit gespannter Aufmerksamkeit folgte.

»Das muß ja eine wundervolle Zeit für dich gewesen sein«, sagte sie, lächelnd wie eine stolze Mutter.

»Es war eine der schönsten Wochen meines Lebens«, erwiderte Theresa. »Nur daß er ...«

»... daß er was?«

Theresa rang nach Worten. »Weißt du, zum Schluß hat er etwas gesagt, das Zweifel in mir geweckt hat.«

»Was denn?«

»Es war nicht nur, was er sagte, sondern *wie* er's sagte. Es klang so, als sei er sich nicht sicher, ob wir uns wiedersehen sollten.«

»Ich dachte, du wolltest in zwei Wochen wieder nach Wilmington fahren.«

»Das tue ich auch.«

»Und wo liegt dann das Problem?«

Theresa hielt inne, um sich zu sammeln. »Nun, er quält sich immer noch mit seinen Erinnerungen an Catherine ... und ich frage mich, ob er jemals damit fertig wird.«

Deanna lachte.

»Was ist daran so komisch?« fragte Theresa.

»*Du* bist komisch, Theresa. Was hast du erwartet? Du wußtest, *bevor* du ihn kennenlerntest, daß er noch immer nicht über den Verlust von Catherine hinweg ist. Es war doch gerade seine ›unvergängliche‹ Liebe, die ihn für dich so attraktiv gemacht hat. Glaubst du etwa, er käme in ein paar Tagen darüber hinweg, nur weil ihr beide euch so prächtig versteht?«

Theresa blickte verlegen drein, und Deanna mußte wieder lachen.

»Du hast es also tatsächlich geglaubt!«

»Deanna, du bist nicht dabei gewesen. Du kannst dir nicht vorstellen, wie harmonisch alles war – bis auf die letzte Nacht.«

Deannas Stimme wurde ganz sanft. »Ich weiß, Theresa, du glaubst, du könntest einen anderen Menschen ändern, aber das ist ein Irrtum. Du kannst dich selbst ändern, Garrett kann sich selbst ändern, aber du kannst ihn nicht ändern.«

»Das weiß ich doch ...«

»Nein, Theresa«, fiel ihr Deanna behutsam ins Wort. »Oder wenn du es weißt, versuchst du es durch deine rosa Brille zu sehen.«

Theresa dachte über die Worte ihrer Freundin nach.

»Laß uns doch einmal ganz nüchtern betrachten, was geschehen ist, okay?« sagte Deanna.

Theresa nickte.

»Also, du wußtest am Anfang bereits eine ganze Menge über Garrett, er aber absolut nichts von dir. Trotzdem hat er dich zum Segeln eingeladen. Demnach muß es zwischen euch irgendwie gefunkt haben. Als nächstes holst du deine Jacke bei ihm ab, und ihr geht zusammen zum Lunch. Bei der Gelegenheit erzählt er dir von Catherine und lädt dich zum Abendessen zu sich nach Hause ein. Dann verbringt ihr vier herrliche Tage und Nächte, lernt euch kennen – und lieben. Ich hätte das vor deiner Abreise niemals für möglich gehalten. Aber es ist geschehen, und das ist der springende Punkt. Und jetzt wollt ihr euch wiedersehen. Für mich ist die ganze Sache ein Riesenerfolg.«

»Du glaubst also, ich brauche mir wegen Catherine keine Sorgen zu machen?«

Deanna schüttelte den Kopf. »Eigentlich nicht. Schau mal, du mußt hier schrittweise vorgehen. Tatsache ist, daß ihr bisher erst ein paar Tage miteinander verbracht habt – das genügt nicht, um eine Entscheidung zu fällen. Wenn ich du wäre, würde ich die nächsten Wochen abwarten. Dann siehst du schon sehr viel klarer.«

»Glaubst du wirklich?« fragte Theresa unsicher.

»Ich hatte auch neulich schon recht, als ich dich quasi in dein Flugzeug nach Wilmington geschubst habe.«

Unterdessen saß Garrett bei der Arbeit in seinem Büro, als die Tür plötzlich aufging und sein Vater hereintrat. Nachdem sich Jeb Blake überzeugt hatte, daß sein Sohn allein war, nahm er ihm gegenüber Platz, zog seinen Tabak aus der Tasche und begann sich eine Zigarette zu drehen.

»Wie du siehst, habe ich überhaupt nichts zu tun«, sagte Garrett und deutete auf den Stapel unerledigter Papiere vor sich.

»Ich habe mehrmals hier angerufen, und es hieß, du seist die ganze Woche nicht im Laden erschienen. Wo hast du gesteckt, wenn ich fragen darf?«

Garrett lehnte sich in seinen Stuhl zurück. »Ich bin sicher, du kennst die Antwort längst, und deshalb bist du hier.«

»Du warst die ganze Zeit mit Theresa zusammen?«

»Stimmt.«

Jeb rollte die Zigarette fertig. »Und was habt ihr so getrieben?«

»Wir sind gesegelt, am Strand spazierengegangen, haben viel geredet – kurz und gut, wir haben uns kennengelernt.«

Jeb zündete sich die Zigarette an, inhalierte tief und blies Garrett schmunzelnd den Rauch ins Gesicht.

»Hast du ihr Steaks gegrillt, so wie ich's dir beigebracht habe?«

»Klar.«

»Haben sie ihr geschmeckt?«

»Ausgezeichnet.«

Jeb nickte und nahm einen weiteren Zug an seiner Zigarette.

»Na, eine gute Eigenschaft hat sie ja wenigstens schon mal.«

»Noch ein paar mehr, Dad.«

»Du magst sie?«

»Sehr.«

»Obwohl du sie kaum kennst?«

»Es kommt mir vor, als würde ich sie schon lange kennen.«

Jeb nickte. »Wirst du sie wiedersehen?«

»Sie kommt in zwei Wochen – mit ihrem Sohn.«

Nach einem prüfenden Blick auf Garrett erhob sich Jeb und ging auf die Tür zu. Die Klinke in der Hand, drehte er sich noch einmal um. »Darf ich dir einen Rat geben?«

»Natürlich«, erwiderte Garrett, verwirrt über den plötzlichen Aufbruch seines Vaters.

»Wenn du sie magst, wenn sie dich glücklich macht und wenn du das Gefühl hast, sie schon gut zu kennen – dann laß sie nicht gehen.«

»Warum sagst du das?«

Jeb sah seinem Sohn in die Augen. »Weil du, so wie ich dich kenne, derjenige sein wirst, der die Sache beendet. Und weil ich das verhindern möchte, wenn es möglich ist.«

»Ich weiß gar nicht, wovon du redest, Dad.«

»Doch, das weißt du ganz genau«, entgegnete Jeb und ging ohne ein weiteres Wort.

In dieser Nacht konnte Garrett nicht schlafen; die Worte seines Vaters gingen ihm nicht mehr aus dem Sinn. Er wußte, was zu tun war, stand auf und ging in die Küche. In der Schublade fand er das Briefpapier, das er immer benutzte, wenn ihn zwiespältige Gefühle quälten. Er setzte sich und versuchte, sie in Worte zu kleiden.

Meine liebste Catherine!

Ich weiß nicht, was mit mir los ist. In der letzten Zeit ist so vieles geschehen, das ich mir nicht erklären kann ...

Eine Stunde später saß Garrett noch immer da und hatte nichts als diese wenigen Zeilen zu Papier gebracht, weil ihm einfach nicht mehr einfallen wollte. Und als er am nächsten Morgen aufwachte, galten seine ersten Gedanken nicht, wie sonst, Catherine.

Nein, sie galten Theresa.

In den folgenden zwei Wochen telefonierten Theresa und Garrett jeden Abend miteinander. Garrett schrieb auch gelegentlich – nur um sie wissen zu lassen, wie sehr sie ihm fehlte –, und schickte noch einmal rote Rosen, dazu eine Schachtel Pralinen.

Statt mit Rosen oder Pralinen überraschte Theresa ihn mit einem hellblauen Oberhemd, das gut zu seinen Jeans paßte.

Da Kevin bald aus den Ferien zurückkam, verging die Wartezeit für Theresa schneller als für Garrett. Am ersten Abend erzählte Kevin seiner Mutter aufgeregt von all seinen Erlebnissen und sank danach in einen fast fünfzehnstündigen Schlaf. In den nächsten Tagen gab es tausend Dinge zu erledigen – man mußte Berge von schmutziger Wäsche waschen, Ersatz für zu klein gewordene Hosen und Schuhe kaufen, die Ferienfotos zum Entwickeln bringen und den Kieferorthopäden aufsuchen, um prüfen zu lassen, ob Kevin eine Zahnspange brauchte.

Mit anderen Worten, der Alltag kehrte wieder in den Osborne-Haushalt ein.

Am zweiten gemeinsamen Abend mit Kevin erzählte Theresa von ihrem Urlaub in Cape Cod und von ihrer Reise nach Wilmington. Sie erwähnte auch Garrett und versuchte, ihre Gefühle für ihn zu erklären, ohne Kevin zu beunruhigen. Als sie ihm sagte, sie würden Garrett am folgenden Wochenende besuchen, machte das wenig Eindruck auf ihn. Sein Interesse erwachte erst, als sie ihm von Garretts Arbeit erzählte.

»Glaubst du, er bringt mir das Tauchen bei?« fragte er.

»Wenn du willst – bestimmt.«

»Echt cool«, sagte Kevin mit leuchtenden Augen.

An einem der folgenden Nachmittage nahm Theresa ihn mit in eine Buchhandlung und kaufte ihm mehrere Tauchsport-Magazine. Und bis zum Tag ihrer Abreise kannte Kevin bereits sämtliches Tauchzubehör – vom Schnorchel bis zu den Flossen.

Unterdessen stürzte sich Garrett in seine Arbeit, um während Theresas Aufenthalt möglichst viel freie Zeit zu haben.

Da man übereingekommen war, daß Kevin und sie nicht in Garretts Haus wohnen sollten, hatte er für die beiden ein Zimmer in einem nahegelegenen Hotel gebucht.

Als der große Tag endlich gekommen war, erledigte Garrett rasch die nötigen Einkäufe, brachte seinen Lieferwagen innen und außen auf Hochglanz und duschte, bevor er zum Flughafen fuhr.

In khakifarbener Hose und dem Hemd, das Theresa ihm geschenkt hatte, wartete er nervös am Ausgang.

In den beiden Wochen ihrer Trennung waren seine Gefühle für Theresa noch gewachsen. Er wußte jetzt, daß das, was sie verband, nicht nur körperliche Anziehungskraft, sondern etwas viel Tieferes, etwas viel Beständigeres war. Doch während er jetzt nach den beiden Ausschau hielt, überkam ihn plötzlich ein Gefühl von Panik.

Aber als er Theresa schließlich mit Kevin an ihrer Seite aus dem Flugzeug steigen sah, fiel alle Bangigkeit von ihm ab. Sie war noch hübscher, als er sie in Erinnerung hatte, und Kevin sah ihr sehr ähnlich. Er war etwas größer als ein Meter fünfzig, hatte Theresas dunkle Haare und Augen, war aber noch etwas staksig, als wären Arme und Beine schneller gewachsen als der Rest. Kevin trug lange, weite Bermudashorts, Nike-Schuhe und ein T-Shirt von einem Konzert der Backstreet Boys. Die Wahl seiner Kleidung war eindeutig von MTV beeinflußt, und Garrett hatte Mühe, sich ein Lächeln zu verkneifen. Boston oder Wilmington … Was spielte das schon für eine Rolle? Kids waren eben Kids.

Als Theresa ihn erblickte, winkte sie ihm zu, und er ging ihnen entgegen. Er zögerte, ob er sie vor Kevins Augen küssen sollte, doch dann drückte ihm Theresa einen Kuß auf jede Wange.

»Garrett, das ist mein Sohn Kevin«, sagte sie stolz.

»Hallo, Kevin.«

»Guten Tag, Mr. Blake«, erwiderte Kevin etwas steif, als hätte er einen Lehrer vor sich.

Garrett streckte ihm die Hand entgegen. »Du kannst ruhig Garrett sagen. Wie war der Flug?«

»Gut«, antwortete Theresa.

»Habt ihr etwas zu essen bekommen?«

»Noch nicht.«

»Wie wär's mit einem kleinen Imbiß, bevor ich euch zum Hotel fahre?«

»Keine schlechte Idee.«

»Hast du einen besonderen Wunsch, Kevin?« fragte Garrett.

»Am liebsten McDonald's.«

»Oh, bitte, Kevin ...« sagte Theresa, doch Garrett unterbrach sie mit einem Kopfschütteln.

»Ich habe nichts gegen McDonald's einzuwenden.«

»Bist du sicher?« fragte Theresa.

»Ich esse fast jeden zweiten Tag dort«, lachte Garrett.

Kevin war begeistert, und als sie das Flughafengebäude verließen, fragte Garrett:

»Bist du ein guter Schwimmer, Kevin?«

»Ja, ganz gut.«

»Fühlst du dich fit für ein paar Tauchstunden dieses Wochenende?«

»Ich denke, ja«, sagte Kevin und versuchte möglichst erwachsen zu klingen. »Ich habe mich schon informiert.«

»Wunderbar. Wenn wir Glück haben, kannst du vielleicht sogar den Grundtauchschein machen.«

»Was ist das?«

»Damit darf man tauchen, wo man will – vergleichbar mit einem Führerschein.«

»Und den kann man in ein paar Tagen bekommen?«

»Na klar. Du mußt einen schriftlichen Test machen und eine bestimmte Anzahl an Stunden mit einem Lehrer im Wasser sein. Aber da du an diesem Wochenende mein einziger Schüler bist – falls deine Mutter nicht mitmacht –, haben wir mehr als genug Zeit.«

»Cool«, sagte Kevin und sah seine Mutter fragend an. »Machst du mit, Mom?«

»Ich weiß nicht. Vielleicht.«

»Bitte, Mom, dann macht's noch mehr Spaß.«

»Er hat recht – du solltest es auch versuchen«, sagte Garrett mit einem verschmitzten Lächeln, denn er wußte, daß sie am Ende nachgeben würde.

»Okay«, sagte sie und verdrehte die Augen. »Aber wenn ich Haie sehe, ergreife ich sofort die Flucht.«

»Gibt es hier Haie?« fragte Kevin erschrocken.

»Ja, aber nur ganz kleine; sie greifen den Menschen nicht an.«

»Wie klein?« fragte Theresa, die sich an Garretts Begegnung mit dem Hammerhai erinnerte.

»So klein, daß man nichts von ihnen zu befürchten hat.«

»Cool«, sagte Kevin.

Theresa sah Garrett an und fragte sich, ob er die Wahrheit sagte.

Nach dem Imbiß bei McDonald's fuhr Garrett die beiden zu ihrem Hotel. Als das Gepäck hineingebracht war, ging Garrett noch einmal zum Wagen und kam mit einem Buch und ein paar Papieren zurück.

»Das ist für dich, Kevin.«

»Und was ist das?«

»Das Lehrbuch und die Fragebögen, die du für deinen Tauchschein durcharbeiten mußt. Keine Angst, es sieht umfangreicher aus, als es ist. Aber wenn wir morgen anfangen wollen, mußt du die erste Lektion gelesen und den ersten Fragebogen ausgefüllt haben.«

»Ist es schwer?«

»Nein, es ist ziemlich einfach, aber gelernt werden muß es trotzdem. Du kannst übrigens das Buch zu Hilfe nehmen, wenn du bei manchen Antworten unsicher bist.«

»Du meinst, ich kann die Antworten nachschlagen, während ich den Test mache?«

Garrett nickte. »Das Wichtige ist, daß du lernst, was du wissen mußt. Tauchen macht zwar Spaß, kann aber gefährlich sein, wenn man nicht weiß, was man tut.«

Garrett reichte Kevin das Buch und fuhr fort:

»Wenn du das bis morgen schaffst – es sind etwa zwanzig Seiten zu lesen und dazu der Test –, zeige ich dir am Schwimmbecken, wie du deine Ausrüstung anlegst. Und dann üben wir eine Weile.«

»Wir üben nicht gleich im Meer?«

»Morgen noch nicht; du mußt dich erst mit der Ausrüstung vertraut machen. Aber Montag oder Dienstag fangen wir mit den ersten Übungen im Meer an. Und wenn du genügend Stunden im Wasser absolviert hast, bekommst du von mir schon mal ein provisorisches Zeugnis.«

Kevin begann in dem Buch zu blättern. »Muß Mom das auch alles lesen?«

»Wenn sie einen Tauchschein haben will, dann ja.«

Theresa sah Kevin über die Schulter, während er die Seiten überflog. Allzu schlimm sah es nicht aus.

»Wir können morgen früh anfangen, Kevin, wenn du jetzt zu müde bist«, sagte sie.

»Ich bin aber kein bißchen müde«, erwiderte er.

»Würde es dir dann etwas ausmachen, wenn ich mich ein Weilchen mit Garrett auf der Terrasse unterhalte?«

»Nein, geh nur«, sagte er gleichgültig, schon ganz in die erste Lektion vertieft.

»Ich hoffe, du räumst ihm keine Sonderbedingungen ein«, sagte Theresa, als sie draußen auf der Terrasse Platz genommen hatten.

Garrett schüttelte den Kopf. »Keine Sorge. Gewöhnlich erstreckt sich so ein Kurs über mehrere Wochenenden, weil die meisten Leute unter der Woche keine Zeit haben. Kevin bekommt dieselbe Stundenanzahl, nur eben konzentrierter.«

»Ich bin dir sehr dankbar, daß du das für ihn tust.«

»He, du vergißt wohl, daß ich damit mein Geld verdiene.« Nachdem er sich vergewissert hatte, daß Kevin immer noch las, rückte er seinen Stuhl etwas näher an Theresas heran. »Du hast mir diese beiden Wochen sehr gefehlt«, sagte er und ergriff ihre Hand.

»Du mir auch.«

»Du siehst wundervoll aus«, fügte er hinzu.

Theresa errötete ein wenig. »Du übrigens auch, vor allem in deinem neuen Hemd.«

»Ich hab's extra für dich angezogen.«

»Bist du enttäuscht, daß wir nicht bei dir wohnen?«

»Natürlich, aber ich verstehe den Grund. Kevin kennt mich noch nicht, und es ist besser, wenn er sich langsam an mich gewöhnt. Schließlich hat er eine Menge durchgemacht.«

»Viel Zeit werden wir aber diesmal nicht allein verbringen können.«

»Keine Angst, wir kommen schon nicht zu kurz.«

Theresa warf einen kurzen Blick ins Zimmer, dann beugte sie sich vor und küßte Garrett. Obwohl sie die Nacht nicht mit ihm würde verbringen können, war sie äußerst glücklich und zufrieden.

»Wenn wir doch nicht so weit voneinander entfernt leben würden«, sagte sie. »Ich bin richtig süchtig nach dir.«

»Ich fasse das als Kompliment auf.«

Kevin schlief schon lange, als Theresa Garrett auf Zehenspitzen durchs Zimmer zur Tür führte. Draußen auf dem Flur küßten sie sich noch lange und mochten gar nicht voneinander lassen.

»Ich wünschte, du könntest heute nacht bleiben«, flüsterte sie.

»Ich auch.«

»Fällt dir der Abschied genauso schwer wie mir?«

»Noch schwerer. Schließlich komme ich in ein leeres Haus zurück.«

»Sag das nicht. Sonst bekomme ich noch Schuldgefühle.«

»Ein paar kleine Gewissensbisse können nie schaden. Sie beweisen mir, daß dir was an mir liegt.«

»Sonst wäre ich wohl nicht hier.« Sie küßte ihn leidenschaftlich.

Er löste sich von ihr und murmelte. »Ich sollte jetzt wirklich gehen.« Es klang wenig überzeugend.

»Ich weiß.«

»Aber ich will nicht«, sagte er mit einem jungenhaften Lächeln.

»Ich weiß, aber es ist höchste Zeit. Schließlich mußt du uns morgen das Tauchen beibringen.«

»Ich würde dir lieber was anderes beibringen.«

»Ich denke, das hast du letztes Mal schon.«

»Ich weiß. Aber erst Übung macht den Meister.«

»Dann müssen wir Zeit zum Üben finden, solange ich hier bin.«

»Glaubst du, das ließe sich arrangieren?«

»Du weißt ja, wo ein Wille ist, ist auch ein Weg.«

»Ich hoffe, du hast recht.«

»Ich habe fast immer recht«, sagte sie, bevor sie ihn ein letztes Mal küßte.

»Das gefällt mir so an dir, Theresa – dein Selbstvertrauen. Du weißt immer genau, was du willst.«

»Und jetzt will ich, Garrett, daß du gehst«, sagte sie mit gespielter Nüchternheit. »Tust du mir einen Gefallen?«

»Jeden.«

»Träum von mir, okay?«

Früh am nächsten Morgen zog Kevin die Vorhänge zurück, und das Sonnenlicht flutete ins Zimmer. Theresa, die gern noch ein wenig geschlafen hätte, rollte sich auf die andere Seite, aber Kevin ließ ihr keine Ruhe.

»Wir müssen den Test machen, bevor wir gehen«, sagte er aufgeregt.

Theresa sah auf die Uhr und stöhnte. Es war kurz nach sechs. Sie hatte keine fünf Stunden geschlafen.

»Es ist noch zu früh«, sagte sie und schloß die Augen. »Laß mir noch ein paar Minuten, okay?«

»Wir haben keine Zeit«, sagte er und stupste sie an der Schulter. »Du hast nicht mal die erste Lektion gelesen.«

»Bist du gestern ganz fertig geworden?«

»Ja. Hier ist mein Test. Aber schreib nicht einfach ab, okay? Ich möchte keine Schwierigkeiten bekommen.«

»Warum solltest du Schwierigkeiten bekommen?« fragte sie gähnend. »Schließlich kennen wir den Lehrer.«

»Ich weiß. Aber es wäre nicht fair. Und außerdem mußt du die Sachen wissen. Das hat Mr. Blake ... ich meine, Garrett ... gesagt ...«

»Also gut«, sagte sie und rieb sich die Augen. »Gibt's hier irgendwo Nescafé?«

»Ich habe keinen gesehen. Aber ich laufe schnell nach unten und hole eine Cola.«

»Im Seitenfach meiner Handtasche ist Kleingeld ...« Kevin sprang auf, wühlte in ihrer Tasche und rannte, das Haar noch vom Schlaf zerzaust, zur Tür hinaus. Nachdem sie aufgestanden war und sich die Zähne geputzt hatte, setzte sie sich mit dem Lehrbuch an den Tisch. Sie hatte eben mit der ersten Lektion begonnen, als Kevin mit zwei Dosen Cola zurückkam.

»Ich gehe jetzt duschen und mach mich fertig. Wo ist meine Badehose?«

Ach, diese unerschöpfliche Energie der Kindheit, dachte sie. »In der oberen Schublade, neben den Socken.«

Kevin zog sie heraus und verschwand im Badezimmer. Als sie hörte, wie die Dusche ansprang, griff sie erneut nach dem Buch.

Garrett hatte recht, die Informationen waren leicht verständlich, auch dank der vielen erklärenden Bilder. Als sie anfing, den Testbogen auszufüllen, und dabei immer wieder im Buch blätterte, schaute ihr Kevin über die Schulter.

»Die Frage ist ganz leicht, Mom. Du brauchst nicht im Buch nachzuschauen.«

»Um sechs Uhr morgens greife ich auf jede mögliche Hilfe zurück«, knurrte sie. Schließlich hatte Garrett gesagt, sie dürfe das Buch benutzen.

»Du schaust auf der falschen Seite nach, Mom«, ging es weiter. »Bist du sicher, du hast die Lektion ganz gelesen?«

»Bitte, laß mich in Ruhe, Kevin. Sieh meinetwegen fern.«

»Es gibt aber nichts um diese Zeit.«

»Dann lies ein Buch.«

»Ich habe keins dabei.«

»Dann setz dich hin und sei still.«

»Ich bin still.«

»Bist du nicht. Und sieh mir nicht über die Schulter.«

»Ich will dir doch nur helfen.«

»Ich kann mich aber nicht konzentrieren, wenn du dauernd dazwischenquasselst.«

»Okay, ich sag kein Wort mehr. Ich bin stumm wie ein Fisch.«

Das war er auch – zwei Minuten lang. Dann begann er zu pfeifen.

Theresa ließ den Stift sinken. »Warum pfeifst du?«

»Weil ich mich langweile.«

»Dann mach den Fernseher an.«

»Es gibt doch nichts um diese Zeit ...«

Und so ging es weiter, bis sie schließlich fertig war. Für etwas, das sie in ihrem Büro in zwanzig Minuten erledigt hätte, hatte sie eine geschlagene Stunde gebraucht. Sie duschte ausgiebig, zog ihren Badeanzug und darüber ihr

Kleid an. Kevin, der inzwischen ausgehungert war, wollte unbedingt zu McDonald's gehen, doch Theresa bestand darauf, gegenüber im Waffle House zu frühstücken.

»Das Essen da schmeckt mir nicht.«

»Hast du dort schon mal gegessen?«

»Nein.«

»Wie willst du dann wissen, wie's dort schmeckt.«

»Ich weiß es eben.«

»Bist du allwissend?«

»Was heißt das?«

»Das heißt, junger Mann, daß wir diesmal dort essen, wo ich will.«

»Echt?«

»Ja«, sagte sie und freute sich auf ihren Kaffee wie schon lange nicht mehr.

Pünktlich um neun klopfte Garrett an ihre Zimmertür, und Kevin ging öffnen.

»Seid ihr fertig?« fragte Garrett.

»Klar«, erwiderte Kevin rasch. »Hier ist mein Test.« Er rannte zum Tisch, um ihn zu holen.

Theresa hatte sich vom Bett erhoben und hauchte Garrett einen Kuß auf die Wange.

»Wie geht's dir?« fragte er.

»Ich fühle mich, als wäre es schon Nachmittag. Kevin hat mich im Morgengrauen aus dem Bett gejagt, damit ich meinen Testbogen ausfülle.«

»Hier ist meiner, Mr. Blake«, sagte Kevin. »Garrett, meine ich.«

Garrett nahm das Blatt entgegen und sah rasch die Antworten durch.

»Meine Mom ist mit ein paar Fragen nicht klargekommen, aber ich habe ihr geholfen«, fuhr Kevin fort, und Theresa verdrehte die Augen. »Fertig, Mom?«

»Jederzeit.« Theresa griff nach Schlüssel und Handtasche.

»Dann los«, rief Kevin und rannte voraus zu Garretts Wagen.

Den ganzen Morgen machte Garrett die beiden mit den Grundelementen des Tauchens vertraut. Er erklärte ihnen, wie die Ausrüstung funktioniert, wie man sie anlegt und testet und wie man durch das Mundstück atmet – zunächst am Rand des Schwimmbeckens, dann unter Wasser.

»Das Wichtigste ist das richtige Atmen«, erklärte er. »Weder zu schnell noch zu langsam. Einfach ganz natürlich.«

Theresa, die nichts Natürliches daran finden konnte, hatte weit mehr Probleme damit als Kevin. Ihr abenteuerlustiger Sohn glaubte nach ein paar Minuten unter Wasser, er wisse bereits alles, was es zu wissen gab.

»Ist ja ganz einfach«, sagte er zu Garrett. »Ich denke, ich kann heute nachmittag schon im Meer tauchen.«

»Du könntest es bestimmt, aber wir müssen die Stunden trotzdem in der vorgeschriebenen Reihenfolge abhalten.«

»Und Mom? Schafft sie's auch?«

»Selbstverständlich.«

»So gut wie ich?«

»Ihr seid beide phantastisch«, sagte er, und Kevin verschwand schon wieder unter Wasser, als Theresa gerade auftauchte und ihr Mundstück herauszog.

»Es ist irgendwie komisch, wenn ich atme.«

»Du machst das schon sehr gut. Du mußt nur ganz normal und entspannt atmen.«

»Ich frage mich, ob mit der Flasche irgendwas nicht stimmt.«

»Die Flasche ist in Ordnung. Ich habe sie heute morgen zweimal geprüft.«

»Bist du nun derjenige, der damit taucht, oder ich?«

»Soll ich's ausprobieren?«

»Nein«, murmelte sie leicht frustriert, »ich komm schon klar.« Damit tauchte sie wieder ab.

»Ist Mom okay?« fragte Kevin bei nächster Gelegenheit.

»Doch, doch. Sie übt, genauso wie du.«

»Dann ist es ja gut. Es wäre mir nämlich echt peinlich, wenn ich meinen Schein kriege und sie nicht.«

Nach mehreren Stunden im Wasser waren Theresa und Kevin erschöpft. Sie gingen zusammen zum Essen, und Garrett erzählte Kevin von seinen Taucherlebnissen. Kevin lauschte gebannt und stellte tausend Fragen, die Garrett geduldig beantwortete. Und Theresa war überglücklich, daß sich die beiden so gut verstanden.

Nach dem Essen nahm Garrett Mutter und Sohn mit zu sich nach Hause. Kevin hatte geplant, sofort mit der zweiten Lektion zu beginnen, als er aber den Strand und das Meer sah, änderte er seine Pläne.

»Darf ich ans Wasser, Mom?« fragte er.

»Ich glaube, es genügt für heute. Wir haben den halben Tag im Schwimmbad verbracht.«

»Ach, Mom ... Bitte! Du brauchst ja nicht mitzukommen. Du kannst mir von der Veranda aus zusehen.«

Theresa zögerte, und Kevin wußte, daß er gewonnen hatte. »Bitte«, sagte er noch einmal mit einem unwiderstehlichen Lächeln.

»Also gut, aber geh nicht zu tief ins Wasser.«

»Versprochen«, rief er aufgeregt, schnappte das Badetuch, das Garrett ihm hinhielt, und rannte schon los. Garrett und Theresa saßen auf der Veranda und schauten ihm zu.

»Schon ein richtiger junger Mann«, sagte Garrett.

»Ja, das ist er«, stimmte sie zu. »Und ich glaube, er mag dich. Er hat mir vorhin ins Ohr flüstert, er fände dich *cool.*«

»Das freut mich«, lächelte Garrett. »Ich mag ihn auch. Außerdem ist er einer der besten Schüler, die ich je hatte.«

»Das sagst du nur, um seiner Mutter zu schmeicheln.«

»Nein, ganz im Ernst – ich habe viele Kids in meinen Kursen und finde Kevin besonders reif und vernünftig für sein Alter. Zudem ist er nicht so verwöhnt wie viele Kinder heutzutage.«

»Danke.«

»Ich meine es ernst, Theresa. Nachdem du mir von deinen Bedenken erzählt hattest, wußte ich nicht, was ich zu erwarten hatte. Aber er ist wirklich ein netter Kerl. Kompliment für deine Erziehungskünste.«

Sie nahm seine Hand und küßte sie.

»Es tut gut, so was zu hören. Die wenigsten Männer, denen ich begegnet bin, wollten sich mit ihm beschäftigen.«

»Ihr Pech.«

Sie lächelte. »Wie kommt es, daß du immer die Antwort weißt, die mir wohltut?«

»Vielleicht weil du das Beste in mir zum Vorschein bringst.«

»Vielleicht.«

Am Abend nahm Garrett Kevin mit in den nächsten Video-Shop, um zwei Filme für ihn auszuleihen, und bestellte Pizza für alle drei. Während sie aßen, schauten sie sich gemeinsam den ersten Film an. Danach wurde Kevin schläfrig, und gegen neun war er vor dem Fernseher eingeschlummert. Theresa stieß ihn leise an und sagte, sie müßten gehen.

»Können wir nicht hier bleiben?« murmelte Kevin schlaftrunken.

»Nein, wir gehen jetzt«, erwiderte sie bestimmt.

»Wenn ihr wollt, könnt ihr beide in meinem Bett schlafen. Ich lege mich hier auf die Couch.«

»Ja, bitte, Mom. Ich bin so müde.«

»Meinst du wirklich?« fragte sie, aber Kevin stolperte bereits ins Schlafzimmer. Als sie nachschaute, schlief er schon wieder fest.

»Ich glaube, er hat dir die Entscheidung abgenommen«, flüsterte Garrett.

»Ich weiß nicht, ob das ein guter Vorschlag war.«

»Ich werde mich wie ein perfekter Gentleman benehmen – versprochen.«

»Das ist nicht der Punkt – Kevin soll nur keinen falschen Eindruck bekommen.«

»Du meinst, er soll nicht wissen, daß wir uns gern haben? Ich denke, das hat er längst mitbekommen.«

»Du weißt, was ich meine.«

Garrett zuckte die Achseln. »Also gut, wenn ich dir helfen kann, ihn in den Wagen zu tragen ...«

Sie betrachtete Kevin eine Weile und lauschte auf seine tiefen, gleichmäßigen Atemzüge.

»Na ja, eine Nacht wird vielleicht nicht schaden.«

»Ich hatte gehofft, daß du das sagen würdest.«

»Aber vergiß dein Versprechen nicht.«

»Keine Sorge.«

»Du klingst so sicher.«

»Ein Mann, ein Wort.«

Sie schloß leise die Türe, schlang die Arme um Garrett und küßte ihn.

»Gut zu wissen, denn wenn es auf mich ankäme – ich weiß nicht, ob ich mich beherrschen könnte.«

Garrett stöhnte auf. »Du kannst es einem Mann ganz schön schwermachen.«

»Soll das heißen, du hältst mich für eine Verführerin?«

»Nein«, sagte er ruhig, »es soll heißen, daß du vollkommen bist.«

Statt sich den zweiten Film anzusehen, plauderten Garrett und Theresa auf der Couch und tranken Wein. Hin und wieder schaute Theresa nach, ob Kevin noch schlief. Er schien sich keinen Zentimeter bewegt zu haben.

Gegen Mitternacht fing sie an zu gähnen, und Garrett schlug ihr vor, sich schlafen zu legen.

»Ich bin nicht hergekommen, um die Zeit mit Schlafen zu vergeuden«, protestierte sie.

»Du mußt morgen fit sein«, sagte Garrett und holte Bettzeug aus dem Schrank. »Versuch zu schlafen; wir haben noch mehrere gemeinsame Tage vor uns.«

Sie half Garrett, die Couch zu beziehen. »Nimm dir ein Sweatshirt aus der zweiten Schublade, wenn du nicht in deinen Sachen schlafen willst.«

Sie küßte ihn noch einmal. »Es war herrlich heute.«

»Für mich auch.«

»Tut mir leid, daß ich so müde bin.«

»Es war ein anstrengender Tag für dich. Das ist normal.«

Sie umarmte ihn. »Bist du immer so verträglich?« flüsterte sie ihm ins Ohr.

»Ich gebe mir alle erdenkliche Mühe.«

»Mit Erfolg, wie man sieht.«

In der Nacht wachte Garrett von einer leichten Berührung auf. Theresa hockte in seinem Sweatshirt neben ihm auf der Coach.

»Fehlt dir was?« fragte er und richtete sich auf.

»Nein, alles in Ordnung«, sagte sie und streichelte seinen Arm.

»Wie spät ist es?«

»Kurz nach drei.«

»Schläft Kevin noch?«

»Wie ein Murmeltier.«

»Und warum bist du aufgestanden?«

»Ich hab geträumt und konnte nicht wieder einschlafen.«

Er rieb sich die Augen. »Von wem hast du geträumt?«

»Von dir.«

»Etwas Schönes?«

»Oh, ja ...« Sie beugte sich vor und küßte seine Brust, und Garrett zog sie fest an sich. Er schaute zur Schlafzimmertür; sie war geschlossen.

»Hast du keine Bedenken wegen Kevin?«

»Etwas schon. Wir müssen ganz leise sein.«

Ihre Hand glitt unter die Decke und wanderte über seinen Bauch – eine elektrisierende Berührung.

»Willst du wirklich?«

Sie nickte stumm.

Sie liebten sich sanft und zärtlich und lagen dann schweigend nebeneinander. Im ersten Morgengrauen stand Theresa auf, schlich auf Zehenspitzen zu Kevin ins Zimmer und schlief sofort ein.

Nach dem gemeinsamen Frühstück gingen Theresa und Kevin die nächste Lektion durch, bevor sie wieder zum Schwimmbad fuhren. Diesmal waren die Übungen schon ein bißchen schwerer – so etwa die ›Wechselatmung‹, bei der sich im Fall einer leeren oder defekten Flasche zwei Taucher ein Atemgerät teilen. Garrett warnte sie vor den Gefahren von Panikreaktionen und dem zu raschen Auftauchen. »Wenn ihr das tut, kann es zur sogenannten Dekompressionskrankheit kommen, die nicht nur schmerzhaft ist, sondern unter Umständen sogar zum Tod führen kann.«

Sie tauchten längere Zeit im tiefen Teil des Beckens, gewöhnten sich an ihre Ausrüstung und übten den Druckausgleich des Mittelohrs. Nachdem ihnen Garrett noch die Rolle rückwärts vom Beckenrand beigebracht hatte, waren die beiden Schüler erschöpft.

»Tauchen wir morgen im Meer?« fragte Kevin, als sie zum Wagen zurückgingen.

»Wenn du glaubst, daß du so weit bist. Aber wenn du lieber noch einen Tag im Schwimmbecken üben willst…«

»Nein, ich bin so weit«, fiel ihm Kevin ins Wort.

»Bist du sicher? Ich will dich nicht drängen.«

»Ich bin sicher.«

»Wie steht es mit dir, Theresa?«

»Wenn Kevin so weit ist, bin ich's auch.«

»Glaubst du immer noch, daß ich am Donnerstag meinen Grundtauchschein kriege?«

»Wenn das Tauchen im Meer genauso gut klappt, bekommt ihr ihn beide.«

»Echt cool!«

»Was ist für den Rest des Tages geplant?« fragte Theresa.

»Ich hatte an eine kleine Segeltour gedacht«, sagte Garrett und lud die Flaschen in den Wagen. »Es sieht nach idealem Segelwetter aus.«

»Kann ich das auch lernen?« fragte Kevin aufgeregt.

»Sicher. Ich mache dich zu meinem Ersten Schiffsoffizier.«

»Geht das auch ohne Prüfung?«

»Klar. Da ich der Kapitän bin, kann ich dich dazu ernennen.«

»Einfach so?«

»Einfach so.«

Kevin sah seine Mutter mit leuchtenden Augen an. *Erst lerne ich Tauchen, dann werde ich Erster Offizier – wenn ich das meinen Freunden erzähle!*

Wie Garrett vorausgesagt hatte, war ideales Segelwetter, und die drei verbrachten herrliche Stunden auf dem Wasser. Garrett brachte Kevin die Grundkenntnisse des Segelns bei – wie und wann gekreuzt wird und wie man die Windrichtung anhand der Wolken bestimmt. Wieder gab es Sandwiches und Salate, aber diesmal tollte eine Delphinfamilie um das Boot herum, während sie aßen.

Es war spät, als sie in den Yachthafen zurückkehrten. Da sie alle erschöpft waren, brachte Garrett sie gleich ins Hotel, und noch ehe er wieder zu Hause war, schliefen Theresa und Kevin schon fest.

Am folgenden Tag wurde zum ersten Mal im Meer getaucht. Das Wasser war ruhig und klar, und nach anfänglicher Nervosität hatte auch Theresa viel Spaß daran. Garrett machte ein paar Unterwasserfotos von ihnen und versprach, sie so schnell wie möglich entwickeln zu lassen und ihnen zu schicken.

Den Abend verbrachten sie wieder in Garretts Haus, und nachdem Kevin eingeschlafen war, saßen Garrett und Theresa eng umschlungen auf der Terrasse.

»Ich kann mir gar nicht vorstellen, daß wir morgen abend schon abreisen«, sagte Theresa, eine Spur von Traurigkeit in der Stimme. »Die Tage sind wie im Flug vergangen.«

»Das liegt daran, daß wir soviel unternommen haben.«

»Nun kannst du dir vorstellen, wie mein Leben in Boston abläuft«, sagte sie lächelnd.

»Immer auf Trab?«

Sie nickte. »Und dazu Kevin, der ständig in Aktion ist – das geht manchmal ganz schön an die Substanz.«

»Aber ändern möchtest du Kevin doch wohl nicht? Ich meine, du würdest bestimmt kein fernsehsüchtiges Kind haben wollen oder eins, das den ganzen Tag am Computer spielt.«

»Natürlich nicht.«

»Dann sei froh. Kevin ist ein prächtiger Junge. Es hat mir richtig Spaß gemacht, mit ihm zusammen zu sein.«

»Ich bin sehr froh. Und ich weiß, daß es ihm genauso geht.« Sie hielt inne. »Weißt du, obwohl wir diesmal wenig Zeit für uns allein hatten, habe ich das Gefühl, dich jetzt sehr viel besser zu kennen.«

»Wieso? Ich bin doch immer noch derselbe.«

»Ja und nein«, lächelte sie. »Diesmal war Kevin ständig dabei, und du hast einen Eindruck davon bekommen, wie ein Zusammenleben sein würde … Und trotzdem bist du besser damit fertig geworden, als ich mir hätte vorstellen können.«

»Danke für das Kompliment, aber das war nicht besonders schwer – nichts ist schwer, wenn du dabei bist.«

Er legte den Arm um ihre Schulter und zog sie an sich.

»Bleibst du heute nacht noch einmal hier?«

»Ich ziehe es ernsthaft in Erwägung.«

»Soll ich mich wieder wie ein perfekter Gentleman aufführen?«

»Vielleicht. Vielleicht auch nicht.«

Er hob die Augenbrauen. »Flirtest du etwa mit mir?«

»Ich versuche es«, gestand sie, und er lachte. »Weißt du Garrett, ich fühle mich immer so behaglich in deiner Nähe.«

»Behaglich? Ich bin doch kein alter Ohrensessel!«

»So war das nicht gemeint. Ich bin einfach glücklich in deiner Nähe.«

»Das möchte ich dir auch geraten haben. Ich bin übrigens auch ziemlich glücklich.«

»Ziemlich. Mehr nicht?«

Er schüttelte den Kopf. »Mach dich nur lustig.« Einen Augenblick wirkte er fast verlegen. »Nachdem du letztes Mal gefahren warst, hat mir mein Vater die Leviten gelesen.«

»Und was hat er gesagt?«

»Er sagte, wenn du mich glücklich machst, dürfte ich dich nicht gehen lassen.«

»Und wie willst du das anstellen?«

»Ich muß dich wohl einfach mit meinem ganzen Charme überwältigen.«

»Das hast du schon getan.«

Er blickte aufs Meer. »Ich glaube, es wird Zeit, daß ich es dir sage: Ich liebe dich.«

Ich liebe dich.

Über ihnen am schwarzblauen Himmel funkelten die Sterne. Ferne Wolken am Horizont leuchteten im Licht des Mondes.

Ich liebe dich.

Keine widersprüchlichen Gefühle diesmal, keine Zweifel.

»Ist das wahr?« flüsterte sie schließlich.

»Ja«, gab er zurück und schaute sie an. Und sie entdeckte etwas in seinen Augen, das sie nie zuvor gesehen hatte.

»Oh, Garrett«, stammelte sie unsicher, aber Garrett unterbrach sie mit einem Kopfschütteln.

»Theresa, ich erwarte nicht, daß du dasselbe für mich empfindest. Ich wollte dir nur sagen, was ich fühle.« Er hielt einen Augenblick inne und mußte an den Traum der letzten Nacht denken. »In den beiden vergangenen Wochen ist so viel geschehen ...« Er verstummte.

Theresa wollte etwas erwidern, aber Garrett schüttelte erneut den Kopf.

»Ob ich alles begreife, weiß ich nicht, aber was ich für dich empfinde, das weiß ich.«

Sein Zeigefinger strich zärtlich über ihre Wange und ihre Lippen.

»Ich liebe dich, Theresa.«

»Ich liebe dich auch«, erwiderte sie leise.

Eng umschlungen gingen sie ins Haus und liebten sich, bis der Morgen graute. Diesmal aber schlief Garrett tief und fest, nachdem Theresa zu Kevin ins Bett gekrochen war, während Theresa wach blieb und über das Wunder nachdachte, das sie zusammengebracht hatte.

Der nächste Morgen verlief traumhaft. Wann immer sich die Gelegenheit bot und Kevin nicht hinsah, hielten Garrett und Theresa Händchen oder tauschten verstohlen Küsse.

Als ihre letzten Tauchübungen absolviert waren, überreichte Garrett ihnen noch auf dem Boot einen provisorischen Tauchschein. »Damit könnt ihr tauchen, wo immer ihr wollt«, sagte er zu Kevin, der das Zertifikat entgegennahm, als wäre es eine Trophäe. »Den endgültigen Schein schicke ich in ein paar Wochen. Aber denkt dran: Nie allein tauchen!«

Garrett fuhr sie zum Hotel – wo sie packten und die Rechnung beglichen – und nahm sie dann mit zu sich nach Hause. Kevin wollte die letzten Stunden am Strand verbringen, und so begleiteten sie ihn, schauten ihm beim Schwimmen zu und spielten Frisbee.

Nachdem sie auf der hinteren Veranda zu Abend gegessen hatten, diesmal Hot Dogs vom Grill, fuhr Garrett sie zum Flughafen. Er wartete, bis das Flugzeug gestartet war, schaute dann auf die Uhr und überlegte, wie lange er noch warten mußte, bis er sie in Boston anrufen konnte.

Theresa und Kevin blätterten im Bordmagazin, als Kevin plötzlich fragte:

»Hast du Garrett gern, Mom?«

»Ja. Und wie steht's mit dir?«

»Ich finde ihn cool. Für einen Erwachsenen, meine ich.«

»Ihr beide scheint euch prächtig zu verstehen. Bist du froh, daß wir hergekommen sind?«

Er nickte und blätterte weiter. »Darf ich dich was fragen, Mom?«

»Alles, was du willst.«

»Wirst du Garrett heiraten?«

»Ich weiß nicht. Warum?«

»Würdest du's gerne?«

Sie zögerte mit der Antwort. »Ich bin mir nicht sicher. Jetzt jedenfalls noch nicht. Wir müssen uns erst besser kennenlernen.«

»Aber später vielleicht?«

»Kann sein.«

Kevin schien erleichtert. »Da bin ich aber froh. Du kamst mir richtig glücklich vor.«

»Und das hast du gemerkt?«

»Mom, ich bin zwölf, und ich weiß mehr, als du glaubst.«

Theresa ergriff seine Hand.

»Und was hättest du gesagt, wenn ich ihn auf der Stelle heiraten wollte?«

Kevin schwieg eine Weile. »Ich hätte mich wahrscheinlich gefragt, wo wir wohnen würden.«

Das war eine Frage, auf die Theresa selbst keine Antwort wußte.

11. Kapitel

Vier Tage nach Theresas Abreise hatte Garrett erneut einen Traum, doch diesmal träumte er von Catherine. Er spazierte mit ihr Hand in Hand über eine Wiese, die an eine steile Klippe grenzte. Ganz unvermittelt riß sich Catherine los und lief davon.

»Fang mich, wenn du kannst«, rief sie übermütig.

Er nahm lachend die Verfolgung auf, fasziniert von ihren geschmeidigen Bewegungen, ihrem blonden Haar, das im Wind flatterte und das Sonnenlicht widerspiegelte.

Der Abstand zwischen ihnen war schon geringer geworden, als ihm plötzlich bewußt wurde, daß sie geradewegs auf die Klippe zusteuerte. In ihrer Freude und Ausgelassenheit schien sie nicht zu merken, wohin sie lief.

Das ist Wahnsinn, dachte er, *sie muß es doch merken.*

Garrett schrie, sie solle anhalten, doch statt dessen rannte sie nur noch schneller. Anscheinend hörte sie ihn gar nicht.

Blankes Entsetzen ergriff ihn, denn er sah, daß er sie nicht rechtzeitig würde einholen können.

»Halt, Catherine!« brüllte er aus voller Lunge. »Vorsicht, die Klippe!« Doch je mehr er schrie, desto leiser wurde seine Stimme, bis sie nur noch ein Flüstern war.

Catherine rannte unbeirrt weiter. Die Klippe war nur noch wenige Meter von ihr entfernt.

Er holte auf – und war trotzdem noch zu weit weg.

»Halt!« schrie er, doch dieses Mal wußte er, daß sie ihn nicht hören konnte. Seine Stimme versagte völlig, und seine Panik steigerte sich ins Unermeßliche. Er wollte schneller rennen, doch seine Füße wurden schwer wie Blei.

Ich schaffe es nicht, dachte er verzweifelt.

Aber so unerwartet, wie sie losgerannt war, blieb sie nun stehen. Kaum einen Schritt vom Abgrund entfernt und ohne sich der Gefahr bewußt zu sein, drehte sie sich nach ihm um.

»Rühr dich nicht von der Stelle«, schrie er mit halberstickter Stimme und streckte ihr die Hand entgegen.

»Komm her«, flehte er. »Du stehst direkt am Abgrund.«

Lächelnd schaute sie hinter sich.

»Hast du geglaubt, du würdest mich verlieren?«

»Ja«, sagte er ruhig, »und ich werde es nie wieder zulassen.«

Nach diesem Traum konnte Garrett lange nicht einschlafen. Stundenlang wälzte er sich im Bett umher und stand am nächsten Morgen ungewöhnlich spät auf. Noch immer war er müde und deprimiert und konnte an nichts anderes denken als an seinen nächtlichen Traum. Schließlich rief er seinen Vater an, um sich mit ihm in ihrem Stammcafé zum Frühstück zu verabreden.

»Ich weiß nicht, was mit mir los ist«, sagte Garrett nach einer Weile. »Ich verstehe es einfach nicht.«

Sein Vater antwortete nicht, sondern betrachtete ihn nur über seine Kaffeetasse hinweg.

»Sie hat nichts getan, das mich in irgendeiner Weise gestört hätte«, fuhr Garrett fort. »Wir haben ein verlängertes Wochenende zusammen verbracht, und ich mag sie wirklich. Ich habe auch ihren Sohn kennengelernt, und er ist reizend. Es ist nur so … ich weiß nicht … ich weiß nicht, ob ich so weitermachen kann.«

»Ob du womit weitermachen kannst?« fragte Jeb.

Garrett rührte geistesabwesend in seinem Kaffee. »Ich weiß nicht, ob ich sie wiedersehen soll.«

Sein Vater runzelte die Stirn, sagte aber nichts.

»Vielleicht soll es einfach nicht sein«, fuhr Garrett fort. »Ich meine, sie lebt nicht einmal hier. Sie wohnt tausend Meilen von hier entfernt, führt ihr eigenes Leben, hat ihre eigenen Interessen. Vielleicht paßt ein anderer Mann besser zu ihr, jemand, den sie regelmäßig sehen kann.«

Er dachte über das eben Gesagte nach und zweifelte an seinen eigenen Worten. Trotzdem wollte er seinem Vater immer noch nicht von seinem Traum erzählen.

»Wie können wir eine echte Beziehung aufbauen, wenn wir uns so selten sehen?«

Sein Vater musterte ihn weiterhin schweigend.

»Wenn sie hier leben würde und ich sie täglich sehen könnte, wäre sicherlich alles ganz anders …«, fuhr Garrett fort, als spräche er mit sich selbst. »Ich weiß einfach nicht, wie es funktionieren soll. Ich habe viel darüber nachgedacht und sehe einfach keinen Weg. Ich möchte nicht nach Boston ziehen, und sie will sicher nicht hier leben. Was bleibt uns dann also?«

Garrett verstummte und wartete auf eine Antwort seines Vaters.

Nach einem langen Schweigen seufzte Jeb und blickte zur Seite.

»Wenn du mich fragst, sind das alles bloß Ausflüchte. Du versuchst dir etwas einzureden und brauchst mich eigentlich nur als Zuhörer.«

»Nein, Dad, das stimmt nicht. Ich versuche nur, mir Klarheit zu verschaffen.«

Jeb Blake schüttelte den Kopf. »Weißt du eigentlich, mit wem du sprichst? Manchmal scheinst du zu denken, ich lebe völlig hinterm Mond. Aber ich weiß genau, was du durchmachst. Du bist so an deine Einsamkeit gewöhnt, daß du Angst hast vor dem, was geschehen könnte, wenn dich jemand aus deiner Isolation befreit.«

»Ich habe keine Angst«, protestierte Garrett.

»Du kannst es nicht einmal vor dir selbst zugeben!« fiel ihm sein Vater ins Wort. Die Verbitterung war ihm deutlich anzusehen. »Weißt du, Garrett, nachdem deine Mutter gestorben war, habe ich auch ständig Ausflüchte gesucht. Mit den Jahren habe ich mir alle möglichen Dinge eingeredet. Und willst du wissen, wohin es geführt hat?«

Er starrte seinen Sohn an. »Ich bin alt, müde und einsam. Wenn ich die Zeit zurückdrehen könnte, würde ich so manches anders machen. Und der Teufel soll mich holen, wenn ich zulasse, daß du meine Fehler wiederholst.«

Jeb hielt inne, bevor er in sanfterem Ton fortfuhr. »Ich habe alles falsch gemacht, Garrett. Ich hätte versuchen sollen, einen anderen Menschen zu finden. Es war falsch, Mom gegenüber ein schlechtes Gewissen zu haben. Ich hätte mich nicht ständig quälen und mich fragen sollen, was sie gedacht hätte. Denn heute weiß ich, Mom hätte sich gewünscht, daß ich nicht allein bleibe, daß ich wieder glücklich werde. Und weißt du warum?«

Garrett blieb stumm.

»Weil sie mich geliebt hat. Und wenn du glaubst, Catherine deine Liebe zu beweisen, indem du fortwährend leidest, dann frage ich mich, was ich bei deiner Erziehung falsch gemacht habe.«

»Du hast nichts falsch gemacht ...«

»Ich fürchte doch. Denn wenn ich dich so anschaue, glaube ich, mich selbst zu sehen. Und, um ehrlich zu sein, sähe ich lieber jemanden, der gelernt hat, daß das Leben weitergeht, jemanden, der begriffen hat, daß man weitermachen muß, daß es richtig ist, einen Menschen zu finden, der einen glücklich macht. Aber jetzt kommt es mir vor, als würde ich in den Spiegel schauen und mich selbst sehen, wie ich vor zwanzig Jahren war.«

Den restlichen Nachmittag wanderte Garrett allein am Strand entlang und dachte über das Gespräch mit seinem Vater nach. Er wußte, daß er selbst von Anfang an nicht ehrlich gewesen war. Aber warum hatte er überhaupt mit seinem Vater reden wollen? Hatte er gewollt, daß sein Vater ihm die Meinung sagte?

Nach einer Weile wich seine Niedergeschlagenheit einer Art von Verwirrung oder Benommenheit. Als er Theresa abends anrief, waren seine Schuldgefühle, sie betrogen zu haben, so weit abgeklungen, daß er mit ihr sprechen konnte.

»Schön, daß du anrufst«, sagte sie vergnügt. »Ich hab heute viel an dich gedacht.«

»Ich auch an dich. Ich wünschte, du wärst hier.«

»Ist was?« fragte sie. »Du klingst so bedrückt.«

»Nein, nein ... Ich bin nur so allein, das ist alles. Wie war dein Tag?«

»Wie immer. Zuviel Arbeit – im Büro und zu Hause. Aber jetzt, wo du anrufst, geht's schon besser.«

Garrett lächelte. »Und was macht Kevin?«

»Er liest ein Lehrbuch über Sporttauchen. Er hat nämlich beschlossen, Tauchlehrer zu werden.«

»Wie kommt er denn auf die Idee?«

»Ich habe nicht die geringste Ahnung«, sagte sie belustigt. »Und was hast du heute gemacht?«

»Eigentlich nicht viel. Ich bin nicht im Laden gewesen. Ich habe mir frei genommen und bin am Strand spazieren gegangen.«

»Um von mir zu träumen, hoffe ich?«

Ihm entging nicht die Ironie, die in ihrer Stimme mitschwang. Er antwortete nicht direkt auf ihre Frage.

»Du hast mir einfach nur gefehlt.«

»Ich bin doch erst seit ein paar Tagen fort«, sagte sie sanft.

»Ich weiß. Und da wir schon mal beim Thema sind – wann sehe ich dich wieder?«

Theresa saß an ihrem Eßtisch und schaute in ihren Terminkalender.

»Hm ... Paßt es dir in drei Wochen? Und wie wär's, wenn du zur Abwechslung mal hierherkämst? Kevin ist an dem Wochenende im Fußball-Lager, und wir hätten die Zeit ganz für uns allein.«

»Willst du nicht lieber herkommen?«

»Mir wär's lieber, du kämst nach Boston. Ich habe kaum noch Urlaubstage, weißt du. Außerdem wird es Zeit, daß du mal aus deinem North Carolina rauskommst und siehst, was dein Land sonst noch zu bieten hat.«

Als sie das sagte, ertappte er sich dabei, wie er auf Catherines Foto auf seinem Nachttisch starrte. Er zögerte etwas mit der Antwort. »Sicher ... das sollte ich vielleicht.«

»Du scheinst ja nicht gerade begeistert.«

»Doch, doch.«

Verunsichert hielt sie inne. »Ist wirklich alles in Ordnung, Garrett?«

Nach mehreren Tagen und verschiedenen Anrufen hatte sich die Lage wieder normalisiert. Es kam sogar vor, daß Garrett spät anrief, nur um ihre Stimme zu hören.

»Hallo«, sagte er dann, »ich bin's.«

»Hallo, Garrett, was ist?« fragte sie verschlafen.

»Nichts Besonderes. Ich wollte dir nur eine gute Nacht wünschen, bevor du ins Bett schlüpfst.«

»Ich bin schon im Bett.«

»Wie spät ist es?«

Sie schaute auf die Uhr. »Fast Mitternacht.«

»Warum bist du dann noch wach?« neckte er sie. »Du solltest längst schlafen.«

Manchmal, wenn er keinen Schlaf finden konnte, dachte er an seine Woche mit Theresa zurück, dachte an ihre Zärtlichkeiten und verspürte den starken Wunsch, sie wieder in den Armen zu halten.

Wenn er dann in sein Schlafzimmer kam, sah er Catherines Foto auf seinem Nachttisch. Und im selben Augenblick war der Traum wieder da, deutlicher denn je.

Der Traum hatte ihn völlig verstört. Früher hätte er Catherine einen Brief geschrieben, um wieder ins Gleichgewicht zu kommen. Er wäre mit der *Fortuna* aufs Meer hinausgefahren – dieselbe Route, die er nach der Restaurierung des Schiffes genommen hatte – und hätte den Brief in einer versiegelten Flasche ins Meer geworfen.

Sonderbarerweise war er dazu jetzt nicht in der Lage. Als er sich hinsetzte, um zu schreiben, fiel ihm einfach nichts ein. Frustriert gab er sich statt dessen seinen Erinnerungen hin.

»Wie wär's mal mit was anderem?« Garrett deutete auf Catherines Teller mit einem riesigen Berg Spinatsalat vom Büfett.

Catherine zuckte die Achseln. »Was hast du gegen Salat?«

»Nichts. Ich stelle nur fest, daß du ihn diese Woche zum dritten Mal ißt.«

»Ich weiß, aber ich habe einfach einen Heißhunger darauf.«

»Wenn das so weitergeht, verwandelst du dich noch in ein Kaninchen.«

Sie lachte und sah auf seinen Teller. »Und wenn du ständig nur Meeresfrüchte ißt, verwandelst du dich in einen Hai.«

»Ich bin ein Hai«, sagte er und hob die Augenbrauen.

»Mag sein, daß du ein Hai bist, aber wenn du mich weiter so hänselst, wirst du's mir nie beweisen können.«

»Und wenn ich's dir dieses Wochenende beweisen würde?« fragte er lächelnd.

»Du arbeitest doch am Wochenende.«

»Irrtum. Ob du's glaubst oder nicht, ich habe meinen Terminplan geändert, so daß wir endlich etwas Zeit für uns haben. Ich kann mich schon gar nicht mehr erinnern, wann wir das letzte Mal ein ganzes Wochenende zusammen verbracht haben.«

»Was hast du geplant?«

»Ich weiß nicht. Vielleicht einen Segeltörn, vielleicht etwas anderes. Was immer du willst.«

Sie lachte. »Na ja, ich hatte große Pläne – meine Shopping-Reise nach Paris, eine kleine Safari ... doch ich glaube, ich kann umdisponieren.«

»Dann klappt es also mit uns beiden.«

Allmählich begann der Traum zu verblassen, und mit jedem Anruf glaubte er, Theresa wieder ein Stück näher zu sein. Er sprach auch mehrmals mit Kevin, und dessen spürbare Zuneigung tat ihm gut. Da die Zeit gerade besonders langsam zu vergehen schien, stürzte er sich um so mehr in die Arbeit.

Wenige Tage vor seiner geplanten Reise nach Boston, als Garrett gerade beim Kochen war, klingelte das Telefon.

»Hallo, störe ich?« fragte Theresa.

»Du störst nie.«

»Ich wollte nur wissen, wann dein Flugzeug in Boston landet. Das letzte Mal wußtest du es noch nicht.«

»Moment«, sagte er und kramte in der Küchenschublade nach seinem Ticket. »Hier hab ich's. Ich lande kurz nach eins in Boston.«

»Das trifft sich gut. Ich muß Kevin frühmorgens wegbringen und habe dann noch genug Zeit, um die Wohnung auf Hochglanz zu bringen.«

»Etwa für mich?«

»Für wen sonst? Ich werde sogar Staub wischen.«

»Ich fühle mich geehrt.«

»Das solltest du auch. Nur dir und meinen Eltern wird diese Ehre zuteil.«

»Soll ich ein Paar weiße Glacéhandschuhe mitbringen, um zu prüfen, ob du gute Arbeit geleistet hast?«

»Wenn du das tust, wirst du den Abend nicht erleben.«

Er lachte und sagte zärtlich: »Ich freue mich wahnsinnig auf unser Wiedersehen. Diese letzten drei Wochen waren sehr viel schwerer für mich als unsere erste Trennung.«

»Ich weiß. Ich habe es an deiner Stimme gemerkt. Du warst eine Zeitlang richtig deprimiert, und ich fing schon an, mir Sorgen zu machen.«

Er fragte sich, ob sie die Ursache seiner Niedergeschlagenheit geahnt hatte.

»Ich war auch deprimiert, aber das ist vorbei. Ich habe schon meinen Koffer gepackt.«

»Bring nur nichts Unnötiges mit.«

»Zum Beispiel?«

»Na, deinen Pyjama.«

Er lachte. »Ich besitze überhaupt keinen.«

»Dann ist es ja gut – denn hättest du einen, würdest du ihn nicht brauchen.«

Drei Tage später traf Garrett in Boston ein.

Theresa holte ihn vom Flughafen ab und bot ihm zunächst eine kleine Stadtführung. Sie aßen in der Nähe der Faneuil Hall zu Mittag, sahen den Schiffen auf dem Charles River nach und spazierten Hand in Hand über den Campus der Harvard-Universität. Und wie immer genossen sie es, zusammen zu sein.

Mehr als einmal fragte sich Garrett, warum die letzten drei Wochen so schwer für ihn gewesen waren. Er wußte, daß seine Angst größtenteils von seinem Traum herrührte, aber jetzt, an Theresas Seite, belastete er ihn nicht mehr. Jedesmal wenn Theresa lachte oder seine Hand drückte, verscheuchte sie die finsteren Gedanken, die ihn in ihrer Abwesenheit gequält hatten.

Auf dem Heimweg kauften sie beim Mexikaner um die Ecke ein paar Gerichte zum Mitnehmen.

»Eine hübsche Wohnung«, sagte Garrett, als er bei Kerzenschein am Boden ihres Wohnzimmers hockte. »Ich weiß nicht warum, aber ich hatte sie mir kleiner vorgestellt. Dabei ist sie größer als mein Haus.«

»Das wohl kaum, aber sie ist ideal für uns zwei. Und außerdem praktisch.«

»Wegen der vielen kleinen Restaurants gleich um die Ecke?«

Sie lachte. »Genau. Wie du weißt, bin ich keine berühmte Köchin.«

Der Lärm der Straße war deutlich zu hören – Reifenquietschen, Gehupe, Sirenen.

»Ist es immer so ruhig?« fragte er.

Sie nickte. »Freitag und Samstag abends ist es schlimm – sonst kann man es aushalten. Aber mit der Zeit gewöhnt man sich dran.«

»Wie wär's mit etwas Musik?« fragte Garrett.

»Gern. Welche Art von Musik?«

»*Beide* Arten.« Er legte eine dramatische Pause ein. »Country *und* Western.«

Sie lachte. »Hab ich beides nicht, tut mir leid.«

Er schüttelte den Kopf. »Sollte nur ein Witz sein, aber ich warte seit Jahren auf die Gelegenheit, ihn anzubringen.«

»Na, dann mußt du ja jetzt überglücklich sein. Aber zurück zu meiner Frage – welche Art von Musik magst du?«

»So ziemlich alles.«

»Jazz vielleicht?«

»Warum nicht?«

Theresa entschied sich für die John-Coltrane-CD, die sie in Provincetown gekauft hatte.

»Wie gefällt dir Boston bislang?« fragte sie und hockte sich wieder auf den Boden.

»Gar nicht so übel für eine Großstadt. Nicht so unpersönlich, wie ich befürchtet hatte, und viel sauberer. Ich hatte mir wohl ein falsches Bild gemacht, na, du weißt schon – nur Menschenmengen, nur Beton und Wolkenkratzer, nichts Grünes weit und breit und Bettler an jeder Straßenecke. Aber es ist überhaupt nicht so.«

Sie lächelte. »Wir haben zwar keine Strände wie ihr, dafür hat die Stadt eine Menge anderes zu bieten: das weltberühmte Symphonieorchester, die vielen Museen, die Parks – wir haben sogar einen Segelclub.«

»Ich kann verstehen, warum es dir hier gefällt«, sagte Garrett.

»Ja, es gefällt mir, und Kevin auch.«

»Du sagtest, er ist im Fußball-Lager?« fragte er, um das Thema zu wechseln.

»Ja, er will in seine Schulmannschaft aufgenommen werden. Ich weiß nicht, ob er's schafft, aber er meint, er hat einen ganz guten Schuß.«

»Scheint ja 'ne richtige Sportskanone zu sein, dein Sohnemann.«

Sie nickte, schob die leeren Teller beiseite und rückte näher zu Garrett hin. »Nun aber genug von Kevin«, sagte sie sanft. »Es gibt noch anderes, über das es sich lohnt zu sprechen.«

»Zum Beispiel?«

Sie küßte ihn. »Zum Beispiel über das, was ich jetzt, wo wir endlich allein sind, gern tun würde.«

»Nur drüber reden?«

»Du hast recht«, flüsterte sie. »Reden ist Silber, Handeln ist Gold.«

Am nächsten Tag zeigte Theresa ihm weitere Attraktionen der Stadt, darunter das italienische Viertel mit seinen engen Gassen und vielen Straßencafés. Bei einer Tasse Cappuccino wollte Garrett Näheres über ihre Arbeit erfahren.

»Kannst du deine Kolumnen nicht genauso gut zu Hause schreiben?« fragte er.

»Später vielleicht, jetzt aber noch nicht.«

»Warum nicht?«

»Erstens, weil es nicht im Vertrag vorgesehen ist. Außerdem habe ich sehr viel mehr zu tun als nur am Computer zu sitzen und zu schreiben. Oft muß ich Leute interviewen, manchmal sogar reisen. Wenn ich über ein medizinisches oder psychologisches Thema schreibe, muß ich viel recherchieren, und dazu stehen mir in der Redaktion mehr Möglichkeiten zur Verfügung als zu Hause. Außerdem muß ich erreichbar sein. Bei vielen meiner Themen geht es um zwischenmenschliche Beziehungen, und ich bekomme häufig Anrufe. Wenn ich zu Hause arbeiten würde, würden viele Leute abends anrufen, und dann hätte ich noch weniger Zeit für Kevin.«

»Wirst du auch jetzt manchmal zu Hause angerufen?«

»Hin und wieder. Aber meine Nummer steht nicht im Telefonbuch, deshalb kommt es nicht allzu oft vor.«

»Bekommst du auch manchmal verrückte Anrufe?«

Sie nickte. »Das ergeht allen Kolumnenschreibern so. Da rufen Leute in der Redaktion an mit Geschichten, die sie an die Öffentlichkeit bringen möchten – Leute, die zu Unrecht im Gefängnis sitzen, Leute, die sich beschweren, daß ihr Müll nicht rechtzeitig abgeholt wird. Manche Anrufer beklagen sich darüber, daß man sich nicht mehr auf die Straße trauen kann, ohne fürchten zu müssen, überfallen zu werden. Da wird kein Thema ausgelassen.«

»Ich dachte, du schreibst über Kindererziehung.«

»Tu ich auch.«

»Warum rufen diese Leute dann dich an und nicht jemand anderen?«

Sie zuckte die Achseln. »Das tun sie bestimmt, doch das hindert sie nicht daran, auch mich anzurufen. Viele Anrufer fangen so an: ›Niemand sonst will mir zuhören; Sie sind meine letzte Hoffnung.‹ Anscheinend glauben sie, ich könnte ihr Problem lösen.«

»Warum?«

»Nun, wir Kolumnisten unterscheiden uns von den anderen Journalisten. Die meisten Zeitungsartikel sind unpersönlich geschrieben, da geht es um Fakten, um Zahlen. Die Leute aber, die täglich meine Kolumne lesen, glauben mich zu kennen. Sie betrachten mich sozusagen als Schicksalsgefährtin und hoffen auf meine Hilfe.«

»Bringt dich das nicht manchmal in eine schwierige Lage?«

»Manchmal schon, doch ich versuche, nicht weiter darüber nachzudenken. Aber mein Job hat auch viele gute Seiten – ich gebe nützliche Informationen weiter, berichte in einer allgemein verständlichen Sprache von den neuesten medizinischen Errungenschaften, erzähle auch fröhliche Geschichten, um den Alltag ein wenig erträglicher zu machen.«

»Welches war die erfolgreichste Kolumne, die du jemals geschrieben hast?«

Theresa zuckte zusammen. *Meine erfolgreichste Kolumne? Ganz einfach – ich hab eine Flaschenpost gefunden, sie abdrucken lassen und bekam Berge von Briefen.*

Sie schob den Gedanken rasch beiseite. »Ach… Besonders viele Leserbriefe bekomme ich, wenn ich über behinderte Kinder schreibe.«

»Und könntest du deine Kolumne weiterschreiben, wenn du die Zeitung wechseln würdest?«

Sie überlegte. »Ich bin noch Anfängerin, deshalb ist es vorteilhaft für mich, eine Zeitung wie die *Boston Times* im Rücken zu haben, besonders wenn ich für Agenturen schreibe. Warum fragst du?«

»Ach, einfach nur aus Neugier.«

Am nächsten Morgen ging Theresa für wenige Stunden ins Büro und war gegen ein Uhr wieder daheim. Sie verbrachten den Nachmittag im Boston Commons, einem wunderschönen Park, wo sie picknickten. Dabei wurde Theresa zweimal von Leuten angesprochen, die sie erkannt hatten.

»Ich wußte gar nicht, daß du eine richtige Berühmtheit bist«, sagte er spöttisch.

»Das kommt nur daher, daß über meiner Kolumne ein Foto von mir abgedruckt ist; deshalb wissen die Leute, wie ich aussehe.«

»Wirst du oft angesprochen?«

»Ach, drei-, viermal die Woche.«

»Das ist viel«, sagte er überrascht.

»Richtige Berühmtheiten können sich nie ungestört in der Öffentlichkeit sehen lassen. Ich führe ein völlig normales Leben.«

»Trotzdem muß es sonderbar sein, von wildfremden Leuten angesprochen zu werden.«

»Es hat auch etwas Schmeichelhaftes. Außerdem sind die meisten nett und gar nicht aufdringlich.«

»Wie auch immer, ich bin froh, daß ich anfangs keine Ahnung davon hatte.«

»Warum?«

»Ich wäre völlig eingeschüchtert gewesen und hätte wahrscheinlich nicht gewagt, dich zum Segeln einzuladen.«

Sie nahm seine Hand. »Ich kann mir nicht vorstellen, daß irgend etwas dich einschüchtert.«

»Da kennst du mich aber schlecht.«

Sie sah ihn von der Seite an. »Du wärst wirklich eingeschüchtert gewesen?«

»Wahrscheinlich.«

»Warum?«

»Ich hätte mich wohl gefragt, was jemand wie du an mir finden sollte.«

Sie beugte sich vor und küßte ihn zärtlich. »Das kann ich dir erklären. Du bist der Mann, den ich liebe, der Mann, der mich glücklich macht.«

»Wie kommt es, daß dir immer die richtige Antwort einfällt?«

»Weil ich mehr über dich weiß, als du ahnst.«

»Zum Beispiel?«

Ein verschmitztes Lächeln spielte um ihre Lippen. »Zum Beispiel weiß ich, daß du jetzt einen Kuß von mir haben möchtest.«

»Glaubst du wirklich?«

»Da bin ich mir todsicher.«

Und sie hatte recht.

»Weißt du, Theresa«, sagte Garrett, als sie abends zusammen in der Badewanne saßen, »ich kann keinen einzigen Fehler an dir entdecken.«

»Was soll das nun wieder heißen?« fragte sie neugierig, den Kopf an seine Brust gelehnt.

»Das soll heißen, daß du makellos bist, einfach vollkommen.«

»Ich bin nicht vollkommen, Garrett«, widersprach sie, auch wenn sie sich geschmeichelt fühlte.

»Doch. Du bist hübsch, charmant, intelligent, amüsant und außerdem eine großartige Mutter. Ich glaube, keine Frau kann sich mit dir messen.«

Sie strich zärtlich über seinen Arm.

»Du siehst mich durch eine rosa Brille und nimmst nur meine guten Seiten wahr.«

»Du hast keine schlechten Seiten.«

»Doch. Wie jeder andere auch. Nur kann ich sie, wenn du da bist, leichter verbergen.«

»Dann nenn mir mal welche.«

Sie dachte nach. »Zunächst einmal bin ich ziemlich stur und kann gemein sein, wenn ich wütend werde. Ich sage fast immer genau, was ich denke, auch wenn ich weiß, daß ich besser den Mund halten sollte.«

»Das hört sich doch gar nicht übel an.«

»Das sagst du nur, weil du noch nicht der Betroffene warst. Ich gebe dir mal ein Beispiel: Als ich auf Davids Affäre gekommen bin, habe ich ihn wüst beschimpft.«

»Das hatte er nicht anders verdient.«

»Auch daß ich mit einer Vase nach ihm geworfen habe?«

»Hast du das wirklich getan?«

Sie nickte. »Du hättest sein verdutztes Gesicht sehen sollen.«

»Was hat er daraufhin getan?«

»Nichts – ich glaube, er war einfach zu schockiert. Vor allem, als ich noch die Teller folgen ließ.«

»Donnerwetter«, meinte Garrett bewundernd. »Ich wußte gar nicht, daß du so jähzornig sein kannst.«

»Jetzt weißt du's; also sei auf der Hut.«

Er sank tiefer ins Wasser und zog sie fest an sich.

»Für mich bleibst du trotzdem vollkommen«, sagte er zärtlich.

Sie schloß die Augen. »Selbst mit meinen dunklen Seiten?«

»Gerade deshalb. Die geben dem Ganzen die nötige Würze.«

Die restlichen Tage von Garretts Boston-Aufenthalt vergingen wie im Fluge. Theresa arbeitete morgens ein paar Stunden und verbrachte die übrige Zeit mit ihm. Abends bestellten sie sich etwas zum Essen in die Wohnung oder gingen in eines der kleinen Restaurants in der Nachbarschaft.

Am Freitagabend rief Kevin aus seinem Fußball-Lager an. Außer sich vor Stolz berichtete er, daß er in die Schulmannschaft aufgenommen worden sei. Obwohl es bedeutete, daß viele Spiele außerhalb von Boston ausgetragen werden und daß sie die meisten Wochenenden unterwegs sein würden, freute sich Theresa für ihn. Zu ihrer Überraschung verlangte Kevin, auch Garrett zu sprechen. Garrett lauschte seinem aufgeregten Bericht und gratulierte ihm. Um Kevins Erfolg zu feiern, öffnete Theresa daraufhin eine Flasche Wein, die sie genüßlich auf sein Wohl leerten.

Am Sonntag, dem Tag seiner Abreise, trafen sie sich mit Deanna und Brian zum Brunch. Garrett verstand sofort, was Theresa an ihrer Freundin so schätzte. Sie war charmant und amüsant, und es wurde viel gelacht. Deanna stellte ihm Fragen übers Segeln und Tauchen, während Brian ihn zu überzeugen versuchte, daß nichts über den Golfsport gehe.

Theresa war glücklich, daß sich alle auf Anhieb so gut verstanden. Nach dem Essen ging sie sich die Hände waschen, und Deanna folgte ihr zu einem Schwätzchen unter Frauen.

»Wie findest du ihn?« fragte Theresa ihre Freundin erwartungsvoll.

»Er ist großartig und sieht übrigens noch besser aus, als ich ihn mir anhand der Fotos vorgestellt hatte.«

»Ich weiß. Ich kriege jedesmal Herzklopfen, wenn ich ihn anschaue.«

Deanna toupierte ihr Haar und versuchte, ihm etwas mehr Volumen zu geben.

»Ist die Woche so verlaufen, wie du gehofft hast?«

»Noch besser sogar.«

Deanna strahlte. »Er scheint dich sehr zu mögen, das verraten schon seine Blicke. Und wie ihr zwei miteinander umgeht, erinnert mich an Brian und mich. Ihr seid ein prima Gespann.«

»Meinst du wirklich?«

»Sonst würde ich's nicht sagen.«

Deanna zückte ihren Lippenstift. »Und wie findet er Boston?«

»Ganz ungewohnt natürlich, aber ich glaube, es gefällt ihm trotzdem.«

»Hat er irgend etwas Besonderes gesagt?«

»Nein ... Warum?« Theresa sah ihre Freundin neugierig an.

»Na ja, irgendwas, woraus du schließen könntest, daß er hierherziehen würde, wenn du ihn drum bätest.«

Diese Bemerkung erinnerte Theresa an etwas, das sie die ganze Zeit verdrängt hatte.

»Wir haben noch nicht drüber gesprochen«, sagte sie schließlich.

»Hast du's vorgehabt?«

Die Entfernung zwischen uns ist ein Problem, aber da ist noch etwas anderes, hörte sie eine innere Stimme flüstern.

Da sie darüber nicht nachdenken wollte, schüttelte sie den Kopf. »Dazu ist es noch zu früh.« Sie hielt inne und ordnete ihre Gedanken. »Ich weiß, daß wir irgendwann drüber reden müssen, aber wir kennen uns noch nicht lange genug, um Zukunftspläne zu schmieden.«

Deanna musterte ihre Freundin mit mütterlichem Argwohn. »Aber offenbar lange genug, um dich in ihn zu verlieben, oder?«

»Das schon«, sagte Theresa zugeben.

»Dann weißt du auch, daß diese Entscheidung auf dich zukommt, ob du's nun willst oder nicht?«

»Ja, schon«, sagte Theresa nach einem Zögern.

Deanna legte ihr die Hand auf den Arm.

»Und was wäre, wenn die Entscheidung lautete: Boston verlassen oder ihn verlieren?«

Theresa dachte nach. »Ich bin mir nicht sicher«, sagte sie und sah Deanna hilfesuchend an.

»Darf ich dir einen Rat geben?« fragte Deanna.

Theresa nickte.

»Wenn du das sichere Gefühl hast, daß Garrett dir die Liebe geben kann, die du brauchst, dann mußt du alles tun, um ihn zu halten. Wahre Liebe ist selten, und nur sie gibt dem Leben einen Sinn.«

»Aber gilt das gleiche nicht auch für ihn? Sollte er nicht genauso bereit sein, Opfer zu bringen?«

»Natürlich.«

»Und was bedeutet das für mich?«

»Das bedeutet für dich, daß du dasselbe Problem hast wie vorher und daß du ernsthaft darüber nachdenken mußt.«

In den nächsten beiden Monaten nahm ihre Beziehung eine Entwicklung, mit der beide nicht gerechnet hatten, obwohl sie es hätten voraussehen müssen.

Sie richteten ihre Arbeit so ein, daß sie sich in dieser Zeit dreimal treffen konnten, jedesmal für ein Wochenende. Einmal flog Theresa nach Wilmington, wo sie die beiden Tage ganz für sich allein hatten. Zweimal reiste Garrett nach Boston, von wo aus es gleich weiter zu Kevins ›Auswärtsspielen‹ ging, was Garrett jedoch nichts ausmachte – im Gegenteil, er war einer der begeistertsten Fans von Kevins Mannschaft.

»Wie kommt es, daß ich aufgeregter bin als du?« fragte er Theresa in einem der spannendsten Augenblicke des Spiels.

»Warte, bis du die ersten hundert Spiele gesehen hast, dann kannst du die Frage selbst beantworten«, sagte Theresa lachend.

Jedesmal wenn sie zusammen waren, schien nichts anderes auf der Welt zu zählen. Meist schlief Kevin eine Nacht bei einem Freund, so daß sie wenigstens ein Weilchen allein sein konnten. Sie verbrachten die Zeit mit Gesprächen, mit Lachen und mit viel Liebe, wobei es eine Menge nachzuholen gab. Über die Zukunft ihrer Beziehung aber verloren sie kein Wort. Sie lebten nur für den Augenblick, und keiner war sicher, was er vom anderen zu erwarten hatte. Nur ihrer Liebe waren sie sich sicher.

Weil sie sich aber so selten sahen, gab es in ihrer Beziehung mehr Höhen und Tiefen, als sie je erlebt hatten. Garrett litt ganz besonders darunter. Schon nach wenigen Tagen des Alleinseins wurde er regelrecht depressiv.

Er wollte einfach mehr Zeit mit ihr verbringen, als möglich war. Jetzt, da der Sommer und damit die Hauptsaison zu Ende war, konnte er sich leichter freinehmen als sie. Und obwohl seine meisten Angestellten fort waren, gab es für ihn im Laden nur wenig zu tun.

Ganz anders sah Theresas Zeitplan aus, allein schon wegen Kevin. Er ging wieder zur Schule, spielte am Wochenende Fußball, und so war es für Theresa äußerst schwer, sich freizumachen. Garrett wäre durchaus bereit gewesen, öfter nach Boston zu kommen, aber Theresa hatte einfach keine Zeit für ihn. Mehrmals hatte er ihr eine weitere Reise vorgeschlagen, doch aus diesem oder jenem Grunde hatte sie ablehnen müssen.

Dabei wußte Garrett von Paaren, die vor weit größere Probleme gestellt waren als sie beide. Sein Vater hatte ihm erzählt, daß er und seine Mutter oft Monate nichts voneinander gehört hatten. Er war zwei Jahre bei den Marines in Korea gewesen und danach hatte er, wenn die

Garnelenfischerei zu wenig einbrachte, auf Frachtern gearbeitet, die nach Südamerika fuhren. Manchmal erstreckten sich diese Reisen über mehrere Monate. Der einzige Trost, der seinen Eltern in solchen Zeiten blieb, waren die wenigen Briefe. Garretts und Theresas Situation war damit gar nicht zu vergleichen, und doch war sie nicht leicht zu meistern.

Er wußte, daß die geographische Entfernung zwischen ihnen ein Problem war, doch er hatte nicht den Eindruck, als würde sich in naher Zukunft etwas daran ändern. So wie er es sah, gab es nur zwei Lösungen: Er konnte zu ihr ziehen, oder sie konnte zu ihm ziehen. Ganz gleich, wie er es betrachtete – und wie sehr sie sich liebten –, es lief immer auf diese beiden Alternativen hinaus.

Dabei glaubte er zu wissen, daß Theresa ganz ähnlich dachte wie er, weshalb keiner von beiden darüber sprach. Es schien leichter, das Thema zu meiden, weil sie sonst einen Weg hätten einschlagen müssen, von dem keiner sicher war, ob er ihn tatsächlich gehen wollte.

Einer von beiden würde sein Leben dramatisch ändern müssen. Aber wer?

Er hatte sein eigenes Geschäft in Wilmington und lebte das Leben, das ihm gefiel, das ihm seit jeher vertraut war. Es war schön, nach Boston zu reisen, aber Boston war nicht seine Heimat. Er hatte zuvor nie in Erwägung gezogen, anderswo zu leben. Und dann war da noch sein Vater – er war nicht mehr jung, und Garrett war der einzige Mensch, den er hatte.

Theresa wiederum hatte starke Bande in Boston. Kevin ging in die Schule, die ihm gefiel, Theresa machte Karriere bei einer namhaften Zeitung und hatte einen Freundeskreis, den sie würde verlassen müssen. Würde sie all das aufgeben können, ohne heimlichen Groll gegen ihn zu verspüren?

Garrett wollte nicht darüber nachdenken. Statt dessen konzentrierte er sich auf die Tatsache, daß er Theresa liebte, und klammerte sich an den Glauben, daß sie einen Weg finden würden, wenn sie füreinander bestimmt waren.

Im tiefsten Innern aber wußte er, daß es so einfach nicht sein würde – nicht nur wegen der Entfernung zwischen ihnen. Nach der Rückkehr von seiner zweiten Boston-Reise hatte er Theresas Foto vergrößern und rahmen lassen. Er hatte es auf seinen Nachttisch neben Catherines Bild gestellt, doch trotz seiner Gefühle für Theresa schien es in seinem Schlafzimmer irgendwie fehl am Platze. Nach ein paar Tagen hatte er es auf die Kommode gegenüber gestellt, doch es hatte nichts geholfen. Wo immer es stand, Catherines Augen schienen es zu fixieren. *Einfach lächerlich,* sagte er sich, nachdem er es ein weiteres Mal umgestellt hatte. Trotzdem ließ er es schließlich in der Schublade verschwinden und griff statt dessen nach Catherines Foto. Seufzend ließ er sich auf der Bettkante nieder und betrachtete es.

»Wir hatten diese Probleme nicht«, flüsterte er und strich mit dem Finger über ihr Bild. »Bei uns beiden schien alles so leicht, nicht wahr?«

Als das Foto keine Antwort gab, fluchte er über seine eigene Dummheit und zog Theresas Bild wieder hervor. Während er auf beide Fotos starrte, wurde ihm klar, warum ihm so schwer ums Herz war. Er liebte Theresa mehr, als er sich jemals hätte vorstellen können ... und er liebte Catherine immer noch ...

War es möglich, sie beide gleichzeitig zu lieben?

»Ich sterbe vor Sehnsucht nach dir«, sagte Garrett.

Es war Mitte November, zwei Wochen vor Thanksgiving, dem Erntedankfest. Theresa und Kevin würden die Ferien bei ihren Eltern verbringen, und Theresa plante, das Wochenende davor nach Wilmington zu reisen. Sie hatten sich bereits einen Monat nicht mehr gesehen.

»Ich freue mich auch schon wahnsinnig«, sagte sie. »Und du hältst dein Versprechen, mich endlich deinem Vater vorzustellen?«

»Er plant ein vorzeitiges Thanksgiving-Essen in seinem Haus. Er hat mich schon x-mal nach deinen Lieblingsgerichten gefragt. Ich glaube, er will einen guten Eindruck auf dich machen.«

»Sag ihm, er soll keine Umstände machen.«

»Das sage ich ihm schon die ganze Zeit. Aber ich merke, wie aufgeregt er ist.«

»Warum?«

»Weil du der erste Gast seit Jahren bist. Sonst essen wir beide immer allein.«

»Störe ich eine Familientradition?«

»Nein, aber mir gefällt der Gedanke, daß wir eine neue beginnen. Übrigens war es seine Idee, dich einzuladen.«

»Glaubst du, er wird mich mögen?«

»Ganz sicher.«

Als er von Theresas Besuch erfuhr, tat Jeb Blake etwas, das er noch nie getan hatte. Zunächst einmal ließ er eine Zugehfrau kommen, die das kleine Haus, in dem er wohnte, von oben bis unten putzte, was zwei Tage in Anspruch nahm, weil er nirgendwo mehr ein Staubkörnchen dulden wollte.

Außerdem kaufte er sich ein neues Oberhemd und eine Krawatte. Als er aus seinem Schlafzimmer kam, um sich in seinen neuen Kleidern zu präsentieren, blieb Garrett fast der Mund offenstehen.

»Wie sehe ich aus?« fragte er.

»Großartig, aber wieso trägst du eine Krawatte?«

»Nicht für dich – für das Abendessen am Wochenende.«

Garrett musterte seinen Vater, ein ironisches Lächeln um die Lippen. »Ich glaube, ich habe dich noch nie mit Krawatte gesehen.«

»Unsinn. Es ist dir nur nicht aufgefallen.«

»Du brauchst keine Krawatte zu tragen, nur weil Theresa kommt.«

»Weiß ich«, erwiderte Jeb. »Mir ist einfach danach.«

»Bist du aufgeregt wegen ihres Besuchs?«

»Nein.«

»Dad, du brauchst nicht jemanden zu spielen, der du nicht bist. Ich bin sicher, Theresa mag dich, egal wie du gekleidet bist.«

»Heißt das, ich darf mich für deine Freundin nicht schick machen?«

»Natürlich darfst du das.«

»Dann ist das Thema erledigt. Ich brauche nämlich nicht deinen Rat, sondern will nur wissen, ob die Krawatte zum Hemd paßt.«

»Tut sie.«

»Gut.«

Sprach's und verschwand, die Krawatte schon halb gelöst, wieder im Schlafzimmer. Garrett sah ihm belustigt nach, als er seinen Vater rufen hörte.

»Was ist?« fragte Garrett.

Jeb steckte den Kopf durch die Tür. »Du wirst doch wohl auch eine Krawatte tragen, oder?«

»Das hatte ich eigentlich nicht vor.«

»Dann besinn dich eines anderen. Theresa soll nicht den Eindruck gewinnen, daß ich meinem Sohn keine Manieren beigebracht habe.«

Am Tag vor ihrer Ankunft half Garrett seinem Vater bei den Vorbereitungen. Er mähte den Rasen, während Jeb Hochzeitsgeschirr und Silberbesteck, das er so gut wie nie benutzte, auspackte und spülte. Als er die einzige weiße Tischdecke in die Waschmaschine steckte, trat Garrett in die Küche und schenkte sich ein Glas Wasser ein.

»Wann genau kommt sie morgen?« wollte Jeb wissen.

Garrett leerte das Glas in einem Zug.

»Ihr Flugzeug landet um zehn. Das heißt, wir sind gegen elf bei mir.«

»Um wieviel Uhr möchte sie essen?«

»Ich weiß nicht.«

»Du hast sie nicht gefragt?«

»Nein.«

»Wie soll ich dann wissen, wann der Truthahn in den Backofen gehört?«

»Laß uns am Abend so gegen sieben Uhr essen.«

»Willst du nicht lieber noch mal anrufen und fragen?«

»Es ist doch nicht so wichtig, Dad.«

»Für dich vielleicht nicht. Aber für mich ist es die erste Begegnung mit Theresa, und wenn ihr beide heiratet, möchte ich nicht, daß ihr euch später über mich lustig macht.«

Garrett hob die Augenbrauen. »Wer hat gesagt, daß wir heiraten?«

»Niemand.«

»Und warum sagst du's dann?«

»Weil ...« sagte Jeb hastig, »weil ich dachte, einer von uns beiden müßte es ja tun.«

Garrett starrte seinen Vater an. »Du denkst also, ich sollte sie heiraten?«

Jeb machte eine wegwerfende Handbewegung. »Was ich denke, spielt keine Rolle. Wichtig ist, was du denkst.«

Als Garrett spät abends sein Haus betrat, hörte er schon an der Tür das Telefon klingeln. Er stürzte hin und hob ab.

»Garrett?« fragte Theresa. »Du bist ja ganz außer Atem.«

»Hallo, Theresa, ich komme gerade zur Tür herein. Mein Vater hat mich den ganzen Tag mit Beschlag belegt, um sein Haus für morgen auf Hochglanz zu bringen – er freut sich wahnsinnig, dich endlich kennenzulernen.«

Ein unbehagliches Schweigen folgte. »Weißt du, wegen morgen …« sagte sie schließlich.

Er spürte, wie sich seine Kehle zusammenschnürte. »Was ist wegen morgen?«

Ihre Antwort kam nur zögernd. »Es tut mir schrecklich leid, Garrett … Ich weiß gar nicht, wie ich's dir beibringen soll, aber ich kann morgen nicht nach Wilmington kommen.«

»Ist was passiert?«

»Nein, nein, es ist alles in Ordnung. Es ist nur in letzter Minute etwas dazwischengekommen – eine wichtige Konferenz, an der ich teilnehmen muß.«

»Was für eine Konferenz?« fragte Garrett automatisch.

»Für meinen Job.« Sie hielt erneut inne. »Ich weiß, es klingt furchtbar, aber ich würde nicht hinfliegen, wenn's nicht so wichtig wäre.«

Er schloß die Augen. »Worum geht es bei der Konferenz?«

»Es ist für die Top-Leute der Medienbranche – sie treffen sich dieses Wochenende in Dallas. Deanna meint, ich solle unbedingt teilnehmen.«

»Hast du gerade erst davon erfahren?«

»Nein … Das heißt, ja … Ich wußte von der Konferenz, aber ich wäre nie auf den Gedanken gekommen, daß man mich hinschickt. Kolumnenschreiber sind normalerweise nicht eingeladen, doch Deanna hat alle Hebel in Bewegung gesetzt, damit ich sie begleiten kann.« Sie zögerte. »Es tut mir wirklich leid, Garrett, aber das ist eine einmalige Chance für mich.«

Er antwortete nicht sofort.

»Ich verstehe«, sagte er schließlich.

»Nun bist du mir böse, stimmt's?«

»Nein.«

»Sicher?«

»Ganz sicher.«

An seinem Ton konnte sie erkennen, daß das nicht stimmte, doch ihr fiel nichts ein, um ihn zu trösten.

»Sagst du deinem Vater, daß es mir leid tut?«

»Ich sag's ihm.«

»Kann ich dich am Wochenende anrufen?«

»Wenn du willst.«

Am nächsten Tag aß Garrett bei seinem Vater zu Abend, der die ganze Geschichte herunterzuspielen versuchte.

»Wenn es so ist, wie sie sagt«, begann Jeb, »dann *mußte* sie zu dieser Konferenz. Sie kann ihren Job nicht hintanstellen. Sie hat einen Sohn großzuziehen. Außerdem ist es nur ein Wochenende – das läßt sich nachholen.«

Garrett nickte stumm. Er war noch immer wütend.

»Sicher denkt sie sich für euer nächstes Treffen etwas ganz Besonderes aus.«

Garrett hob skeptisch die Augenbrauen.

»Du mußt das verstehen, Garrett«, fuhr sein Vater fort. »Sie hat eine Menge Verpflichtungen, genauso wie du, und manchmal haben diese Verpflichtungen einfach Vorrang. Ich bin sicher, wenn in deinem Laden etwas sehr Dringendes anstände, würdest du genauso handeln.«

Garrett lehnte sich zurück und schob seinen halbleeren Teller beiseite.

»Ich verstehe das alles, Dad. Es ist nur, daß ich sie seit einem Monat nicht gesehen und mich so auf ihren Besuch gefreut habe.«

»Glaubst du nicht, sie hat sich auch drauf gefreut?«

»Gesagt hat sie's auf jeden Fall.«

Jeb beugte sich über den Tisch und schob Garrett den Teller wieder hin.

»Iß«, sagte er. »Ich habe den ganzen Tag am Herd gestanden. Soll ich das etwa alles wegwerfen?«

Garrett starrte auf seinen Teller. Er hatte keinen Hunger mehr und nahm unwillig einen Bissen.

»Weißt du«, fuhr sein Vater fort, »das wird nicht das letzte Mal sein, daß so was passiert. Deshalb solltest du es gelassener nehmen.«

»Wie meinst du das?«

»Ich meine, solange ihr weiterhin tausend Meilen voneinander entfernt lebt, kommt es immer wieder zu solchen Enttäuschungen, und ihr werdet euch nicht so oft sehen, wie ihr möchtet.«

»Denkst du etwa, das wüßte ich nicht?«

»Doch, natürlich. Was ich allerdings nicht weiß, ist, ob ihr beide den Mumm habt, etwas daran zu ändern.«

Garrett starrte seinen Vater an und dachte: *Donnerwetter, Dad, sag mir, was du wirklich denkst. Halt dich bloß nicht zurück.*

»Als ich jung war«, fuhr Jeb fort, ohne auf den Ausdruck im Gesicht seines Sohns zu achten, »war alles sehr viel unkomplizierter. Wenn ein Mann eine Frau liebte, hielt er um ihre Hand an, dann heirateten sie und lebten zusammen. So einfach war das. Bei euch beiden aber habe ich das Gefühl, ihr wißt gar nicht, was zu tun ist.«

»Ich hab doch gesagt, daß es nicht einfach ist…«

»Ist es wohl – wenn du sie liebst, dann such einen Weg, um mit ihr zusammen zu sein. Wenn dann einmal etwas dazwischenkommt und ihr euch ein Wochenende nicht sehen könnt, wirst du nicht gleich so ein Drama draus machen.«

Er hielt inne, bevor er fortfuhr.

»Es ist einfach nicht normal, was ihr beide da versucht, und langfristig wird es nicht funktionieren.«

»Ich weiß«, erwiderte Garrett und hoffte, sein Vater würde das Thema wechseln.

Jeb hob die Augenbrauen und wartete. Als Garrett nichts hinzufügte, sagte er: »*Ich weiß*. Mehr fällt dir dazu nicht ein?«

Garrett zuckte die Achseln. »Was kann ich sonst sagen?«

»Du kannst sagen, das nächste Mal, wenn ihr euch seht, findet ihr eine Lösung. Das kannst du sagen.«

»Gut – wir versuchen eine Lösung zu finden.«

Jeb legte seine Gabel nieder und starrte seinen Sohn an.

»Nicht *versuchen*, sondern *tun*, Garrett.«

»Warum bist du so hartnäckig?«

»Weil wir beide die nächsten zwanzig Jahre unseren Truthahn allein essen, wenn ihr keine Lösung findet.«

Früh am nächsten Morgen fuhr Garrett mit der *Fortuna* hinaus und kam erst nach Sonnenuntergang zurück. Obwohl Theresa an der Hotelrezeption in Dallas eine Nachricht für ihn hinterlassen hatte, hatte er gestern abend nicht mehr angerufen, weil er meinte, es sei schon zu spät und sie würde vielleicht schon schlafen. Er wußte, das war eine Ausrede; in Wirklichkeit hatte er einfach keine Lust gehabt, mit ihr zu sprechen.

Tatsache war, daß er mit *niemandem* sprechen wollte. Er war immer noch wütend, und der beste Ort zum Nachdenken war für ihn das Meer, wo ihn niemand behelligen konnte. Er fragte sich, ob sie ahnte, wie sehr sie ihn getroffen hatte. Wahrscheinlich nicht, versuchte er sich zu trösten, sonst hätte sie's wohl nicht getan.

Das heißt, wenn sie ihn wirklich liebte.

Mit den Stunden aber verrauchte sein Ärger, und ihm wurde wieder einmal klar, daß sein Vater recht hatte. Daß Theresa nicht übers Wochenende gekommen war, hatte nichts mit ihm, Garrett, zu tun. Und solange sie weiter getrennt lebten, würde es immer wieder zu solchen Situationen kommen.

Obwohl er nicht gerade glücklich darüber war, fragte er sich, ob es in allen Beziehungen Augenblicke wie diese gab. Er wußte es nicht. Die einzige wirkliche Beziehung, die er zuvor im Leben gehabt hatte, war die mit Catherine gewesen, und die beiden waren nicht zu vergleichen. Zum einen hatten Catherine und er geheiratet und unter einem Dach gelebt. Zum anderen hatten sie sich sehr jung kennengelernt und keine Verpflichtungen gehabt, so wie Garrett und Theresa heute.

Eines aber hatte immer außer Zweifel gestanden – daß Catherine und er ein *Team* waren. Nie hatte er in Frage gestellt, daß sie zusammen bleiben würden, nie hatte er daran gezweifelt, daß der eine sich für den anderen opfern würde. Selbst wenn sie sich mal stritten – wo sie leben, ob sie einen Laden eröffnen, ja sogar, ob oder wohin sie am Samstagabend ausgehen sollten –, hatte keiner von beiden jemals ihre Beziehung in Frage gestellt. Es war etwas so Selbstverständliches an der Art, wie sie miteinander umgingen, so als ob sie genau wüßten, daß sie immer zusammenbleiben würden.

Zwischen Theresa und ihm gab es so etwas noch nicht.

Nach längerem Nachdenken kam er zu der Überzeugung, daß es unfair war, so zu denken. Theresa und er kannten sich erst seit wenigen Monaten, da war es unrealistisch, so etwas zu erwarten. Mit der Zeit – und den richtigen Umständen – würden auch sie ein Team sein.

Oder?

Nachdenklich schüttelte er den Kopf. Wirklich sicher war er sich nicht.

Er war sich bei vielen Dingen nicht sicher.

Eines aber wußte er – er hatte seine Beziehung mit Catherine nie so analysiert wie die mit Theresa. Auch das war nicht fair. Außerdem würden alle Analysen dieser Welt nichts an der Tatsache ändern, daß sie sich nicht so oft sahen, wie sie wollten – oder sollten.

Nein, wichtig war, daß gehandelt wurde.

Sobald er wieder zu Hause war, rief er Theresa an.

»Hallo«, meldete sie sich mit schläfriger Stimme.

»Ich bin's«, erwiderte er sanft.

»Garrett?«

»Tut mir leid, daß ich dich aufgeweckt habe, aber du hast mehrere Nachrichten auf meinen Anrufbeantworter gesprochen.«

»Ich bin froh, daß du anrufst. Ich hab schon befürchtet, du würdest dich nicht melden.«

»Das hatte ich zuerst auch vor.«

»Bist du immer noch böse?«

»Nicht böse, höchstens traurig.«

»Weil wir dieses Wochenende nicht zusammen sind?«

»Nein, weil wir die meisten Wochenenden nicht zusammen sind.«

Nachts hatte er wieder einen Traum.

Er träumte, daß er mit Theresa durch die Einkaufsstraßen von Boston schlenderte, als sie irgendwann vor dem Schaufenster einer kleinen Boutique stehenblieb und ihn fragte, ob er mit hineinkommen wolle. Er schüttelte den Kopf; nein, er würde draußen warten.

Es war ein klarer, heißer Tag mit tiefblauem Himmel, und während er im Schatten eines Wolkenkratzers vor der Ladentür stand, nahm er plötzlich etwas Vertrautes aus den Augenwinkeln wahr.

Es war eine Frau mit schulterlangem blondem Haar. Ihr Gang, ihre ganze Art, sich zu bewegen, veranlaßte ihn, ihr nachzusehen. Plötzlich blieb die Frau stehen und drehte den Kopf, als hätte sie etwas vergessen. Garrett traute seinen Augen nicht.

Catherine.

Das war nicht möglich!

Er schüttelte den Kopf. Die Entfernung war zu groß, um sie deutlich genug erkennen zu können.

»Catherine, bist du's?« rief er.

Sie schien ihn bei dem Straßenlärm nicht zu hören und setzte ihren Weg fort. Nachdem er sich vergewissert hatte, daß Theresa noch immer in der Boutique beschäftigt war, sah er Catherine – oder wer immer sie war – um eine Ecke biegen.

Er ging ihr nach, erst gemächlich, dann schneller. Die Gehsteige waren mit einemmal dicht bevölkert, und er mußte sich durch Trauben von Menschen schlängeln.

Als er um die Straßenecke gebogen war, verfinsterte sich urplötzlich der Himmel. Er beschleunigte den Schritt, und obwohl es nicht geregnet hatte, war ihm, als wate er durch Pfützen. Er hielt an, um wieder zu Atem zu kommen, und hörte sein Herz in der Brust hämmern. Plötzlich wälzten sich Nebel durch die Straße, direkt auf ihn zu, und bald konnte er kaum mehr die Hand vor Augen sehen.

»Catherine, wo bist du?« rief er. »Wo bist du?«

Er hörte Gelächter, konnte aber nicht ausmachen, woher es kam.

Er setzte seinen Weg fort, behutsam diesmal, und wieder hörte er Lachen – kindlich, glücklich.

»Wo bist du?«

Stille.

Er sah sich nach allen Seiten um.

Nichts.

Der Nebel wurde dichter, es fing an zu nieseln. Vor ihm, im Nebel, eine Gestalt. Er eilte ihr nach.

Sie entfernte sich, nur wenige Schritte vor ihm.

Der Regen nahm zu, und plötzlich schien alles zu verschwimmen. Langsam, ganz langsam, setzte er einen Fuß vor den anderen. Er erhaschte einen flüchtigen Blick von ihr – der Schimmer ihres Haars … Der Nebel wurde dichter … Der Regen fiel in Strömen …

Und dann war sie fort. Er hielt erneut inne. Regen und Nebel behinderten die Sicht.

»Wo bist du?« rief er, noch lauter diesmal.

»Ich bin hier«, erwiderte eine Stimme.

Mit dem Handrücken wischte er sich die Tropfen aus der Stirn. »Catherine … Bist du's wirklich?«

»Ich bin's, Garrett.«

Aber es war nicht Catherines Stimme.

Theresa trat aus dem Nebel. »Da bin ich.«

Schweißüberströmt fuhr Garrett aus dem Schlaf hoch. Er trocknete sich mit dem Laken das Gesicht und saß noch lange verstört im Bett.

Später am Tag traf sich Garrett mit seinem Vater zum Angeln.

»Ich denke, ich will sie heiraten, Dad.«

Sie standen mit einem Dutzend anderer Angler am Ende der Hafenmauer. Jeb blickte erstaunt auf.

»Noch vor zwei Tagen klangst du so, als wolltest du sie nicht wiedersehen.«

»Ich habe in der Zwischenzeit viel nachgedacht.«

»Scheint so«, entgegnete Jeb ruhig.

Er holte die Angel ein, prüfte den Köder, warf sie wieder aus. Zwar bezweifelte er, daß er etwas Brauchbares fangen würde, doch das Angeln gehörte in seinen Augen nun einmal zu den schönsten Dingen des Lebens.

»Liebst du sie?« fragte er.

Garrett musterte ihn verblüfft. »Natürlich. Ich hab es dir doch schon mehrmals gesagt.«

Jeb Blake schüttelte den Kopf.

»Nein, hast du nicht. Wir haben viel von ihr gesprochen; du hast mir erzählt, daß sie dich glücklich macht, daß du den Eindruck hast, sie schon lange zu kennen, und daß du sie nicht verlieren willst. Aber du hast mir noch nie gesagt, daß du sie liebst.«

»Das läuft doch auf dasselbe hinaus.«

»Ach, wirklich?«

Als Garrett wieder zu Hause war, ging ihm das Gespräch mit seinem Vater immer wieder durch den Kopf.

»Ach, wirklich?«

»Na, sicher«, hatte er auf Anhieb geantwortet. »Und selbst wenn nicht – ich liebe sie.«

Jeb hatte seinen Sohn einen Augenblick angestarrt und dann zur Seite geblickt. »Du willst sie also heiraten?«

»Ja, das will ich.«

»Warum?«

»Weil ich sie liebe – deshalb. Ist das nicht Grund genug?«

»Vielleicht.«

»Du warst doch derjenige, der gedrängt hat, wir sollten heiraten.«

»Stimmt.«

»Und warum ziehst du es jetzt in Zweifel?«

»Weil ich sichergehen will, daß deine Motive die richtigen sind. Noch vor zwei Tagen wußtest du nicht, ob du sie überhaupt wiedersehen willst. Und auf einmal soll geheiratet werden. Das ist doch wohl ein ziemlich gewaltiger Sinneswandel. Deshalb wollte ich mich vergewissern, daß deine Entscheidung mit deinen Gefühlen zu Theresa – und nichts mit Catherine – zu tun hat.«

»Catherine hat nichts damit zu tun«, erwiderte Garrett hastig. Dann sagte er mit einem Seufzer: »Weißt du, Dad, ich verstehe dich manchmal nicht. Erst versuchst du mir einzutrichtern, ich solle die Vergangenheit zurücklassen und jemand Neues finden. Und jetzt, wo es so weit ist, willst du's mir wieder ausreden.«

Jeb legte seine freie Hand auf Garretts Schulter.

»Ich will es dir nicht ausreden. Ich bin froh, daß du Theresa gefunden hast. Ich bin froh, daß du sie liebst, und hoffe, daß du sie heiraten wirst. Ich möchte nur, daß es aus den richtigen Gründen geschieht. Eine Ehe ist eine Sache zwischen zwei – nicht zwischen drei – Personen. Und es wäre Theresa gegenüber nicht fair, wenn du anders an die Sache herangingest.«

»Dad, ich will heiraten, weil ich sie liebe. Ich will mein Leben mit ihr verbringen.«

Sein Vater hatte ihn von der Seite gemustert.

»Mit anderen Worten – du hast den Verlust von Catherine überwunden?«

Garrett hatte den forschenden Blick seines Vaters gesehen und doch nicht gewußt, was er antworten sollte.

»Bist du müde?« fragte Garrett.

Er lag auf dem Bett, während er mit Theresa telefonierte; nur die Nachttischlampe brannte.

»Es war ein anstrengendes Wochenende, und ich bin erst vor einer Stunde heimgekommen.«

»Hat es sich denn gelohnt?«

»Das wird sich später herausstellen. Jedenfalls habe ich eine Menge Leute kennengelernt, die mir interessante Tips für meine Kolumne geben konnten.«

»Dann war es also gut, daß du hingefahren bist?«

»Ja und nein. Die meiste Zeit habe ich mir gewünscht, bei dir zu sein.«

Er lächelte. »Wann fährst du zu deinen Eltern?«

»Mittwoch morgen. Ich komme erst Donnerstag zurück.«

»Freuen sie sich auf euren Besuch?«

»Und wie. Sie haben Kevin fast ein Jahr nicht gesehen.« Sie hielt inne.

»Garrett?«

»Ja.«

Ihre Stimme war plötzlich ganz sanft. »Ich wollte dir nur noch einmal sagen, wie leid mir die Sache mit diesem Wochenende tut.«

»Ich weiß.«

»Kann ich es wiedergutmachen?«

»Schwebt dir etwas vor?«

»Vielleicht... Kannst du am Wochenende nach Thanksgiving herkommen?«

»Ich denke schon.«

»Wunderbar. Ich plane nämlich ein ganz besonderes Wochenende nur für uns zwei.«

Es wurde ein Wochenende, das keiner von beiden jemals vergessen sollte.

Theresa hatte Garrett in den beiden Wochen davor öfter als gewöhnlich angerufen. Sonst war es meist Garrett, der anrief, doch wenn er nun zum Hörer greifen wollte, schien sie es jedes Mal geahnt zu haben, und das Telefon klingelte bei ihm. Beim zweiten Mal hatte er sich einfach mit: »Hallo, Theresa« gemeldet, und sie hatten eine Weile über seine telepathischen Fähigkeiten gescherzt.

Als er zwei Wochen später in Boston eintraf, holte Theresa ihn vom Flughafen ab. Sie hatte ihn gebeten, etwas Schickes anzuziehen, und so kam er ihr lächelnd in einem Blazer entgegen, den sie noch nie an ihm gesehen hatte.

»Donnerwetter«, sagte sie nur.

»Wie sehe ich aus?« fragte er und zog den Blazer zurecht.

»Umwerfend.«

Sie fuhren auf direktem Weg vom Flughafen zum Abendessen. Theresa hatte im schicksten Restaurant der Stadt einen Tisch reservieren lassen; Ambiente und Essen waren vom Feinsten. Anschließend gingen sie in das Musical *Les Misérables*, das gerade in Boston gegeben wurde. Es war seit Wochen ausverkauft, doch da Theresa den Intendanten kannte, bekamen sie noch zwei Plätze gleich in der ersten Reihe.

Am nächsten Tag nahm Theresa ihn mit in die Redaktion und stellte ihn verschiedenen Leuten vor, dann besuchten sie das Boston Museum of Art, und abends trafen sie sich mit Deanna und Brian im Anthony's – einem Restaurant im obersten Stockwerk eines Wolkenkratzers mit einem atemberaubenden Blick über die ganze Stadt.

Garrett hatte so etwas noch nie gesehen.

Ihr Tisch stand direkt am Fenster. Deanna und Brian erhoben sich, um sie zu begrüßen.

»Ihr erinnert euch doch an Garrett?« fragte Theresa und versuchte, nicht allzu albern zu klingen.

»Was für eine Frage!« rief Deanna. »Freut mich, Sie wiederzusehen, Garrett.« Sie drückte ihm herzlich die

Hand. »Tut mir leid, daß ich Ihnen Theresa vor zwei Wochen weggeschnappt habe. Ich hoffe, Sie waren nicht allzu enttäuscht.«

»Schon vergessen«, sagte Garrett mit einem verlegenen Lächeln.

»Ich bin froh, daß Theresa mitgekommen ist; ich finde, es hat sich gelohnt.«

Theresa sah sie neugierig an. »Wie meinst du das?«

Deannas Augen leuchteten. »Ich habe gestern, nachdem du gegangen warst, eine gute Nachricht bekommen.«

»Und die wäre?« fragte Theresa.

»Nun«, kam die Antwort schmunzelnd. »Ich habe mit Dan Mandel, dem Chef der Media Information gesprochen. Er zeigte sich sehr beeindruckt von dir und sagte, du seist ein echter Profi. Und ... Fazit des Ganzen ...«

Deanna legte eine dramatische Pause ein.

»Ja?«

»Er wird deine Kolumne ab Januar in all seine Zeitungen übernehmen.«

Wie um einen Schrei zu unterdrücken, preßte Theresa die Hand auf den Mund. Die Leute an den Nachbartischen schauten herüber.

»Das ist nicht dein Ernst«, rief sie ungläubig.

»Ich wiederhole nur, was er mir gesagt hat. Er ruft dich am Dienstag gegen zehn Uhr an.«

»Bist du sicher? Er will meine Kolumne?«

»Hundert Prozent. Ich habe ihm deine Pressemappe mit einem guten Dutzend deiner Kolumnen zugefaxt. Er will dich – daran besteht kein Zweifel. Es ist schon beschlossene Sache.«

»Ich kann's nicht glauben.«

»Darfst du aber ruhig. Und mir ist zu Ohren gekommen, daß zwei, drei andere Agenturen auch interessiert sind.«

»Oh … Deanna …«

Theresa warf sich ihrer Freundin vor Freude in die Arme. Brian stieß Garrett mit dem Ellenbogen an. »Ist doch großartig, was?«

Garretts Antwort kam etwas zögernd.

»Ja … großartig.«

Nachdem sie Platz genommen hatten, bestellte Deanna eine Flasche Champagner, und sie tranken auf Theresas erfolgreiche Zukunft. Den Rest des Abends plauderten die beiden Frauen nonstop. Garrett dagegen war sehr still.

»Sie sind wie kleine Schulmädchen, finden Sie nicht?« fragte Brian, der Garretts Unbehagen spürte.

»Ich kann da gar nicht mitreden«, erwiderte Garrett. »Für mich sind das alles böhmische Dörfer.«

Brian leerte sein Glas.

»Selbst wenn Sie mehr davon verstünden«, sagte er lachend, »würden Sie nicht zu Wort kommen. Die beiden reden immer so. Ich könnte fast schwören, daß sie in einem anderen Leben Zwillinge waren.«

Garrett blickte zu Theresa und Deanna hinüber. »Ja, vielleicht.«

»Außerdem«, fügte Brian hinzu, »werden Sie's besser verstehen, wenn Sie tagein, tagaus damit leben. Nach einer Weile verstehen Sie's fast so gut wie die beiden selbst.«

Wenn Sie tagein, tagaus damit leben? Die Bemerkung war Garrett nicht entgangen.

Da er nicht antwortete, wechselte Brian rasch das Thema. »Wie lange bleiben Sie noch?«

»Bis morgen abend.«

Brian nickte. »Es ist schwer, wenn man sich so selten sieht, nicht wahr?«

»Manchmal.«

»Das kann ich mir vorstellen. Theresa ist deshalb oft ganz niedergeschlagen.«

Theresa lächelte Garrett über den Tisch hinweg zu.

»Worüber sprecht ihr beide?« fragte sie bestens gelaunt.

»Über dies und jenes«, gab Brian zurück. »Vor allem über deinen Erfolg.«

Garrett nickte stumm und rutschte auf seinem Stuhl herum. Theresa bemerkte, daß er sich unwohl fühlte und rätselte, was der Grund sein mochte.

»Du warst so ruhig heute abend«, sagte Theresa, als sie wieder in ihrer Wohnung waren. Sie saßen zusammen auf der Couch; im Hintergrund spielte leise das Radio.

»Ich hatte nicht viel dazu zu sagen.«

Sie nahm seine Hand. »Ich war so glücklich, daß du dabei warst, als Deanna mir die freudige Botschaft überbracht hat.«

»Ich freue mich für dich, Theresa. Ich weiß, wieviel es dir bedeutet.«

Sie lächelte etwas unsicher und wechselte das Thema. »Hast du dich denn gut mit Brian unterhalten?«

»Ja ... Er ist sehr unkompliziert.« Er hielt inne. »Aber, weißt du, ich bin nie besonders gesprächig in Gesellschaft, vor allem wenn es um etwas geht, von dem ich nichts verstehe. Ich wollte nur ...« Er hielt inne.

»Was?«

Er schüttelte den Kopf. »Nichts.«

»Nein – was wolltest du sagen?«

Als er schließlich antwortete, wählte er behutsam seine Worte. »Ich wollte nur sagen, daß dieses ganze Wochenende etwas seltsam für mich war. Das teuere Essen, das Musical, der Abend mit deinen Freunden ...« Er hob die Schultern. »Es war nicht, was ich erwartet hatte.«

»Hat es dir denn nicht gefallen?«

Sichtlich unbehaglich fuhr er sich durchs Haar. »Nicht daß ich mich nicht amüsiert hätte. Es ist nur …« Er zuckte die Achseln. »Ich glaube, das ist nicht meins. Das sind alles Dinge, die ich normalerweise nie tun würde.«

»Deshalb habe ich das Wochenende ja so organisiert. Ich wollte dich mit ganz neuen Dingen konfrontieren.«

»Und warum?«

»Aus demselben Grund, warum du mir das Tauchen beibringen wolltest – weil es etwas anderes, etwas Aufregendes ist.«

»Ich bin aber nicht hergekommen, um etwas anderes zu tun. Ich bin hier, um eine geruhsame Zeit mit dir zu verbringen. Ich habe dich ewig lange nicht gesehen, und seitdem ich hier bin, kommt es mir vor, als würden wir von einem Ort zum nächsten hetzen. Wir hatten nicht einmal Gelegenheit, uns ernsthaft zu unterhalten, und morgen reise ich schon wieder ab.«

»Das ist nicht wahr. Wir waren gestern abend allein im Restaurant und heute im Museum. Wir hatten Zeit zum Reden.«

»Du weißt genau, was ich meine.«

»Nein, das weiß ich nicht. Was hättest du denn gern getan – in der Wohnung rumgesessen?«

Er antwortete nicht gleich, sondern stand zunächst auf und stellte das Radio aus.

»Seit ich hier bin, wollte ich dir etwas Wichtiges sagen.«

»Und was?«

Er senkte den Kopf. *Jetzt oder nie,* dachte er bei sich. Allen Mut zusammennehmend, blickte er auf.

»Dieser letzte Monat war wirklich hart für mich, und ich denke, es kann so nicht weitergehen.«

Als er ihren Gesichtsausdruck sah, ging er auf sie zu. »Es ist nicht, was du denkst«, sagte er. »Ganz und gar nicht. Das soll nicht heißen, daß ich dich nicht mehr sehen will. Ich will dich die ganze Zeit sehen.« An der Couch angelangt, kniete er nieder und ergriff ihre Hand. Theresa sah ihn verwundert an.

»Ich möchte, daß du nach Wilmington ziehst.«

Obwohl sie gewußt hatte, daß dieser Vorschlag irgendwann kommen mußte, hatte sie nicht damit gerechnet, daß es jetzt sein würde und ganz gewiß nicht auf diese Weise.

»Ich weiß, es ist ein gewaltiger Schritt, aber wenn du zu mir ziehen würdest, hätten wir nie mehr diese langen Trennungsphasen. Wir könnten uns jeden Tag sehen.« Er strich ihr zärtlich über die Wange. »Ich möchte mit dir am Strand spazierengehen. Ich möchte mit dir segeln. Ich möchte, daß du da bist, wenn ich von der Arbeit heimkomme. Es soll so sein, als hätten wir uns das ganze Leben gekannt ...«

Die Worte sprudelten nur so aus ihm heraus.

»... Du fehlst mir so sehr, wenn wir nicht zusammen sind. Ich weiß, daß dein Job hier in Boston ist, aber ich bin sicher, daß du genauso gut für das *Wilmington Journal* arbeiten könntest ...«

Je länger er sprach, desto heftiger schwirrte ihr der Kopf. Für sie klang es fast so, als wollte er seine Beziehung mit Catherine neu aufleben lassen. »Moment mal«, fiel sie ihm schließlich ins Wort. »Ich kann nicht einfach meine Koffer packen. Ich meine ... Kevin geht hier zur Schule ...«

»Es muß ja nicht sofort sein«, gab er zurück. »Du kannst warten, bis das neue Schuljahr beginnt, wenn es dir lieber ist. Auf ein paar Monate kommt es jetzt auch nicht mehr an.«

»Aber Kevin ist glücklich hier – dies ist sein Zuhause. Hier sind seine Freunde, seine Fußball ...«

»Das alles kann er auch in Wilmington haben.«

»Woher willst du das wissen?«

»Hast du denn nicht gesehen, wie gut wir miteinander auskommen?«

Sie ließ seine Hand los. Langsam wurde sie ärgerlich. »Das hat nichts damit zu tun. Natürlich weiß ich, daß ihr euch gut verstanden habt, aber du hast ja auch nicht von ihm verlangt, sein Leben zu ändern. *Ich* habe nicht von ihm verlangt, sein Leben zu ändern.« Sie hielt inne. »Und außerdem geht es nicht allein um ihn. Was ist mit mir, Garrett? Du warst heute abend dabei – du weißt, was geschehen ist. Ich habe eben diese großartige Neuigkeit erfahren, und jetzt willst du, daß ich alles aufgebe?«

»Ich will nicht, daß du *uns* aufgibst. Das ist der springende Punkt.«

»Warum kannst du dann nicht nach Boston ziehen?«

»Um was zu tun?«

»Dasselbe, was du in Wilmington tust. Tauchunterricht geben, segeln, was auch immer. Für dich ist es sehr viel leichter, den Standort zu wechseln, als für mich.«

»Das kann ich nicht. Wie ich schon sagte – das ...« Er zeigte mit einer weitausholenden Geste zum Fenster hin. »... das alles hier ist nicht meins. Ich würde mich verloren fühlen.«

Theresa stand auf und begann erregt im Zimmer auf- und abzugehen. »Das ist nicht fair!«

»Was ist nicht fair?«

Sie sah ihm geradewegs in die Augen. »Alles! Daß du von mir verlangst wegzuziehen, mein ganzes Leben zu ändern. Es ist so, als würdest du allein die Bedingungen stellen. ›Wir sollten zusammen sein, aber nach meinen Vorstellungen.‹ Und was ist mit meinen Gefühlen? Sind die etwa nicht wichtig?«

»Natürlich sind sie wichtig. Du bist wichtig – wir sind wichtig.«

»Das klang aber eben eher so, als würdest du nur an dich selbst denken. Du willst, daß ich alles aufgebe, wofür ich gearbeitet habe, aber du bist nicht bereit, selbst auch nur das Geringste aufzugeben.« Ihre Augen waren noch immer auf seine geheftet.

Garrett erhob sich von der Couch und kam auf sie zu. Als er vor ihr stand, kreuzte sie die Arme wie eine Barriere vor sich.

»Bitte, Garrett – rühr mich jetzt nicht an, okay?«

Er ließ die Hände sinken und wich ihrem Blick aus.

»Dann lautet deine Antwort wohl, daß du nicht kommst«, sagte er schließlich, Zorn in der Stimme.

»Nein«, gab sie zurück und wählte behutsam ihre Worte, »meine Antwort lautet, daß wir die Sache ausdiskutieren müssen.«

»Damit du mich davon überzeugen kannst, daß ich unrecht habe.«

Seine Bemerkung verdiente keine Antwort, und sie schüttelte nur den Kopf. Dann nahm sie ihre Handtasche vom Eßtisch und steuerte auf die Tür zu.

»Wohin gehst du?«

»Eine Flasche Wein kaufen. Ich brauche einen Drink.«

»Aber es ist schon spät.«

»Am Ende des Häuserblocks ist ein Getränkeladen. Ich bin in fünf Minuten zurück.«

»Warum können wir's nicht sofort besprechen?«

»Weil ich ein paar Minuten allein sein will, um nachzudenken.«

»Du willst davonlaufen«, sagte er vorwurfsvoll.

Sie hatte schon die Hand auf der Türklinke. »Nein, Garrett, ich laufe nicht davon. Ich bin in ein paar Minuten zurück. Und ich mag es nicht, wenn du so mit mir sprichst. Es ist nicht fair, mir ein schlechtes Gewissen machen zu wollen. Du hast gerade von mir verlangt, mein ganzes Leben zu ändern, und ich nehme mir jetzt ein paar Minuten Zeit, um darüber nachzudenken.«

Sprach's und verließ die Wohnung. Garrett starrte noch eine Weile auf die Tür. Als er begriff, daß sie wirklich gegangen war, verfluchte er sich selbst. Alles war ganz anders gelaufen, als er es sich vorgestellt hatte. Kaum hatte er sie gebeten, nach Wilmington zu ziehen, war sie schon zur Tür hinausgelaufen, weil sie allein sein wollte. Wie hatte ihm alles so entgleiten können?

Nervös lief er in der Wohnung auf und ab. Schließlich ging er ins Schlafzimmer, setzte sich auf die Bettkante und stützte den Kopf in die Hände, um zu grübeln.

War es fair von ihm gewesen, sie zu bitten, alles aufzugeben? Sie sagte, ihr Leben gefalle ihr hier – er aber war sicher, daß es ihr in Wilmington genauso gut gefallen würde. Und es wäre sicher sehr viel besser als ein gemeinsames Leben hier in Boston. Wenn er sich umsah, wußte er, daß er in einer Wohnung nicht leben konnte. Aber selbst wenn sie in ein Haus ziehen würden – wäre das für ihn denkbar? Ein Leben in einem Vorort, wo alle Häuser gleich aussahen?

Es war unendlich kompliziert, und alles, was er gesagt hatte, war irgendwie falsch angekommen. Er hatte ihr kein Ultimatum stellen wollen, aber rückblickend wurde ihm klar, daß genau das passiert war.

Seufzend fragte er sich, was er jetzt tun sollte, wenn sie zurückkam. Was konnte er sagen, ohne einen weiteren Streit heraufzubeschwören? Denn Streit war das letzte, was sie jetzt brauchten.

Aber wenn er nichts sagen konnte, welche andere Möglichkeit blieb ihm dann? Er dachte nach und kam zu dem Schluß, ihr einen Brief zu schreiben. Das Schreiben hatte ihm immer geholfen, seine Gedanken zu ordnen, und vielleicht würde sie ihn dann ja besser verstehen.

Sein Blick wanderte zu ihrem Nachttisch. Dort stand ihr Telefon – sicher machte sie sich gelegentlich Notizen –, doch er sah weder Stift noch Notizblock. Er öffnete die Schublade, wühlte darin, bis er einen Kugelschreiber entdeckt hatte. Auf der Suche nach einem Blatt Papier kramte er weiter – stieß auf ein paar Zeitungsartikel, zwei Taschenbücher, ein leeres Schmuckkästchen –, als sein Auge auf etwas Vertrautes fiel.

Ein Segelschiff.

Ein Segelschiff auf einem Bogen Papier zwischen einem schmalen Terminkalender und einer älteren Ausgabe des *Ladies Home Journal*. Er zog den Bogen heraus, in der Annahme, daß es einer der Briefe wäre, die er Theresa im Laufe der letzten Monate geschrieben hatte. Plötzlich erstarrte er.

Wie war das möglich?

Das Briefpapier war ein Geschenk von Catherine gewesen, und er hatte es nur benutzt, um ihr zu schreiben. Seine Briefe an Theresa waren auf anderem Papier geschrieben, mit dem er auch seine Geschäftskorrespondenz erledigte.

Völlig fassungslos rang er nach Atem. Und als er weiter in der Schublade wühlte, zog er weitere Seiten mit dem Segelschiff als Emblem hervor. Noch immer völlig verstört starrte er auf die erste Seite, und da standen in seiner Handschrift die Worte:

Meine liebste Catherine …

Oh, mein Gott. Er nahm den zweiten Brief, eine Fotokopie.

Catherine, mein Liebling …

Der nächste Brief.

Liebe Catherine …

»Wie ist das möglich?« murmelte er und traute seinen Augen nicht. »Das kann nicht wahr sein …« Er überflog die Seiten, um sich Gewißheit zu verschaffen.

Doch es gab keinen Zweifel. Eines war der Originalbrief, die beiden anderen waren Kopien, aber es waren seine Briefe, die Briefe, die er an Catherine geschrieben hatte. Er hatte sie nach seinen Träumen geschrieben, von der *Fortuna* aus ins Meer geworfen, ohne damit zu rechnen, daß er sie jemals wiedersehen würde.

Er begann sie durchzulesen, und mit jedem Wort, mit jedem Satz kamen alte Gefühle an die Oberfläche – seine Träume, seine Erinnerungen, sein Verlust, seine Ängste. Er hielt inne.

Sein Mund war trocken, und er preßte die Lippen zusammen. Statt weiterzulesen, starrte er nur noch auf die Seiten. Er war wie vor den Kopf geschlagen und nahm kaum wahr, daß die Wohnungstür geöffnet und wieder geschlossen wurde.

»Ich bin zurück«, rief Theresa. Und nach einer Weile: »Wo bist du?«

Er gab keine Antwort. Er war einfach sprachlos. Wie war sie an diese Briefe gekommen? Es waren seine Briefe … seine *vertraulichen* Briefe.

Die Briefe an seine *Frau*.

Briefe, die niemand *anderen* etwas angingen.

Theresa trat ins Zimmer und sah ihn an. Sein Gesicht war kreidebleich, sein Blick starr.

»Bist du okay?« fragte sie, nicht ahnend, was er in der Hand hielt.

Einen Moment lang hatte es den Anschein, als hätte er sie nicht gehört. Dann hob er langsam den Kopf und sah sie an.

Sie wollte schon etwas sagen, als es ihr plötzlich wie Schuppen von den Augen fiel – die geöffnete Schublade, das Papier in seiner Hand, der Ausdruck auf seinem Gesicht.

»Garrett, ich kann dir alles erklären«, sagte sie hastig. Er schien sie nicht zu hören.

»Meine Briefe ...« flüsterte er. Er musterte sie mit einer Mischung aus Verwirrung und Zorn.

»Ich ...«

»Wie bist du an meine Briefe gekommen?« fragte er, und beim Klang seiner Stimme fuhr sie zusammen.

»Ich habe einen am Strand gefunden und ...«

Er fiel ihr ins Wort. »Du hast ihn gefunden?«

Sie nickte. »In Cape Cod. Ich war beim Joggen und bin auf die Flasche gestoßen.«

Er starrte auf die erste Seite, den einzigen Originalbrief. Er hatte ihn vor einem Jahr geschrieben. Aber die anderen ...

»Und was ist hiermit?« fragte er und hielt die Kopien hoch. »Woher sind die?«

»Sie wurden mir zugeschickt«, sagte sie leise.

»Von wem?« Verständnislos erhob er sich vom Bett.

Sie trat einen Schritt auf ihn zu und streckte ihm die Hand entgegen. »Von anderen Leuten, die sie gefunden hatten. Einer von ihnen hatte meine Kolumne gelesen ...«

»Du hast meinen Brief veröffentlicht?« Er klang so, als hätte er eben einen Schlag in den Magen bekommen.

»Ich wußte nicht ...«, stammelte sie.

»Was wußtest du nicht?« schrie er jetzt fast. »Daß man so was nicht tut? Daß so etwas nicht an die Öffentlichkeit gehört?«

»Die Briefe wurden an den Strand gespült. Du mußtest damit rechnen, daß jemand sie findet«, erwiderte sie rasch. »Ich habe deinen Namen nicht verwendet.«

»Aber du hast ihn in deiner Zeitung abgedruckt ...« Er schüttelte ungläubig den Kopf.

»Garrett ... ich ...«

»Schweig«, unterbrach er sie wütend. Wieder starrte er auf die Briefe und blickte Theresa dann an, als sähe er sie zum ersten Mal. »Du hast mich belogen«, sagte er, fast drohend.

»Ich habe nicht gelogen ...«

Er hörte ihr gar nicht zu. »Du hast mich belogen«, wiederholte er, wie zu sich selbst. »Und du bist nach Wilmington gereist. Warum? Um eine weitere Kolumne zu schreiben? War das der Grund?«

»Nein ... überhaupt nicht ...«

»Warum dann?«

»Nachdem ich deine Briefe gelesen hatte, wollte ich ... wollte ich dich kennenlernen.«

Er verstand nicht, was sie sagte. »Du hast mich belogen«, sagte er zum dritten Mal. »Du hast mich *benutzt.*«

»Das ist nicht wahr ...«

»Oh, doch!« schrie er, und seine Stimme hallte im Zimmer wider. Von der Erinnerung an Catherine überwältigt, hielt er die Briefe hoch. »Es waren meine Briefe – meine Gefühle, meine Gedanken, meine Art, mit dem Verlust meiner Frau fertig zu werden. Meine – nicht deine.«

»Ich wollte dich nicht verletzen.«

Er starrte sie wortlos an, seine Kiefermuskeln zuckten.

»Diese ganze Geschichte war ein Täuschungsmanöver«, sagte er schließlich. »Du hast meine Gefühle für Catherine für deine Zwecke benutzt. Du dachtest, weil ich Catherine liebte, würde ich dich auch lieben, stimmt's?«

Theresa spürte, wie alle Farbe aus ihrem Gesicht wich, und sie fühlte sich plötzlich außerstande, auch nur ein einziges Wort hervorzubringen.

»Du hast alles von Anfang an geplant, stimmt's?« Er hielt inne und fuhr sich durchs Haar. »Die ganze Geschichte war ein abgekartetes Spiel.« Seine Stimme überschlug sich fast.

Er schien einen Augenblick wie betäubt, und Theresa ergriff seine Hand.

»Garrett, ja, ich gebe zu, ich wollte dich kennenlernen. Die Briefe waren so schön – ich wollte wissen, wer dieser Mensch ist, der so zu schreiben vermag. Aber ich wußte nicht, wohin das führen würde, und habe danach nichts weiter geplant.« Sie drückte seine Hand. »Ich liebe dich, Garrett. Du mußt mir glauben.«

Er zog seine Hand weg.

»Was bist du nur für ein Mensch?«

Seine Worte taten weh, und sie versuchte, sich zu verteidigen. »Es ist nicht so, wie du denkst.«

»Du hast dich in eine verrückte Phantasie verrannt…«

Das war zuviel. »Hör auf, Garrett!« schrie sie wütend. »Du hörst mir gar nicht zu.« Tränen schossen ihr in die Augen.

»Und warum sollte ich dir zuhören? Du hast mich vom ersten Moment an belogen.«

»Ich habe nicht gelogen, Garrett! Ich habe die Briefe nur einfach nicht erwähnt.«

»Weil du genau wußtest, daß es unrecht war!«

»Nein – weil ich wußte, du würdest es nicht verstehen…« entgegnete sie, um Fassung ringend.

»Ich verstehe. Ich verstehe, was für ein Mensch du bist!«

Sie kniff die Augen zusammen. »Sei nicht so.«

»Wie soll ich nicht sein? Wütend? Verletzt? Ich habe gerade herausgefunden, daß die ganze Sache nur eine Farce war! Soll ich da etwa einen Freudentanz aufführen?«

»Halt den Mund!« schrie sie zurück, plötzlich außerstande, ihren Zorn noch länger zu unterdrücken.

Er starrte sie fassungslos an. Dann hielt er erneut die Briefe hoch und sprach mit heiserer Stimme:

»Du meinst, verstanden zu haben, was Catherine und mich verband, aber du hast nichts begriffen. Wie viele Briefe du auch gelesen hast, wie gut du mich auch zu kennen glaubst – du wirst es nie verstehen. Was zwischen ihr und mir war, war *wirklich*. Es war wirklich, und sie war wirklich …«

Er hielt inne, um seine Gedanken zu ordnen, und sah sie an, als wäre sie eine Fremde. Und dann sagte er etwas, das verletzender war als alles Vorangegangene.

»Was zwischen dir und mir war, kommt niemals an das heran, was zwischen Catherine und mir war.«

Statt auf eine Antwort zu warten, ging er wortlos an ihr vorbei und warf alles, was ihm gehörte, in seinen Koffer. Einen Augenblick dachte sie daran, ihn zurückzuhalten, doch sie brachte kein Wort hervor.

Als er den Koffer geschlossen hatte, hielt er noch einmal die Briefe hoch. »Die gehören mir, und ich nehme sie mit!«

»Warum gehst du?« fragte sie verzweifelt.

Er starrte sie an.

»Ich weiß nicht einmal, wer du bist.«

Ohne ein weiteres Wort wandte er sich ab und ging.

12. Kapitel

Nachdem er Theresas Wohnung verlassen hatte, nahm Garrett ein Taxi zum Flughafen. Wohin hätte er auch sonst gehen sollen? Unglücklicherweise bekam er keinen Flug mehr nach Wilmington und mußte die restliche Nacht im Flughafengebäude verbringen. Noch immer zornerfüllt und außerstande, ein Auge zuzutun, lief er stundenlang in der Halle auf und ab.

Am nächsten Morgen nahm er den ersten Flug und war gegen elf zu Hause. Er legte sich hin und versuchte zu schlafen, doch die Ereignisse des letzten Abends ließen ihn nicht zur Ruhe kommen. Schließlich gab er auf, duschte, setzte sich auf sein Bett und betrachtete Catherines Foto. Nach einer Weile nahm er es mit ins Wohnzimmer und öffnete die Briefe, die auf dem Tisch lagen. Gestern, in Theresas Wohnung, war er zu aufgewühlt gewesen, um sich darauf zu konzentrieren, jetzt aber, mit Catherines Bild vor sich, begann er, sie erneut zu lesen, und glaubte dabei, ihre Gegenwart zu spüren.

»He, ich dachte schon, du hättest unsere Verabredung vergessen«, rief er, als Catherine mit einem Einkaufskorb über den Steg zum Boot gelaufen kam.

Catherine lächelte. »Ich hab's nicht vergessen, ich hatte nur noch etwas zu erledigen.«

»Was denn?«

»Ich war beim Arzt.«

Er nahm ihr den Korb ab und stellte ihn zur Seite.

»Ist alles in Ordnung? Du hast dich in letzter Zeit nicht wohl gefühlt ...«

»Alles okay«, unterbrach sie ihn sanft, »aber segeln sollte ich trotzdem nicht.«

»Was fehlt dir denn?«

Catherine zog lächelnd ein Päckchen aus dem Korb und begann es zu öffnen.

»Mach die Augen zu«, sagte sie, »dann erzähl ich dir alles.«

Garrett tat, wie ihm geheißen, und hörte Papier rascheln. »So, jetzt kannst du die Augen wieder aufmachen.«

Catherine hielt ein Strampelhöschen in die Höhe.

»Was ist das?« fragte er verständnislos.

Sie strahlte ihn an. »Ich bin schwanger.«

»Schwanger?«

»Im zweiten Monat. Es muß passiert sein, als wir das letzte Mal segeln waren.«

Zögernd ergriff Garrett das Höschen, betrachtete es und schloß Catherine dann in die Arme. »Ich kann's gar nicht glauben ...«

»Es ist wahr.«

Ein verblüfftes Lächeln spielte um seinen Mund, während er langsam zu begreifen begann. »Du bist schwanger.«

Catherine schloß die Augen und flüsterte. »Und du wirst Vater.«

Ein Knarren der Tür riß Garrett aus seinen Erinnerungen. Sein Vater steckte den Kopf zur Tür hinein.

»Ich hab deinen Wagen vor dem Haus stehen sehen. Und da ich dich erst heute abend zurückerwartet habe, wollte ich nachschauen, ob alles in Ordnung ist.«

Als Garrett nicht antwortete, trat sein Vater ein und sah sofort Catherines Foto auf dem Tisch.

»Was ist, Sohn?« fragte er behutsam.

Und nun berichtete Garrett seinem Vater alles – von seinen jahrelangen Träumen, von seinen Briefen, die er als Flaschenpost ins Meer geworfen hatte, und schließlich vom gestrigen Streit. Nichts ließ er aus. Als er geendet hatte, nahm ihm sein Vater die Briefe aus der Hand.

»Das muß ein schlimmer Schock für dich gewesen sein«, sagte er, verwundert darüber, daß Garrett die Briefe nie erwähnt hatte. »Aber bist du nicht etwas hart mit ihr ins Gericht gegangen?«

Garrett schüttelte müde den Kopf.

»Sie wußte alles von mir, Dad, und sie hat es mir nicht gesagt. Die ganze Sache war von Anfang an eine Farce.«

»Das glaube ich nicht«, sagte Jeb sanft. »Auch wenn sie hergekommen ist, um dich kennenzulernen, hat sie es sicher nicht darauf angelegt, daß du dich verliebst. Das hast du dir selbst zuzuschreiben.«

Garretts Blick wanderte wieder zu Catherines Foto.

»Aber findest du nicht, daß es unrecht von ihr war, mir alles zu verschweigen?«

Jeb antwortete mit einer Gegenfrage. »Vor zwei Wochen hast du mir gesagt, du wolltest Theresa heiraten, weil du sie liebst. Weißt du noch?«

Garrett nickte geistesabwesend.

»Warum hast du deine Absicht geändert?«

Garrett sah seinen Vater verdutzt an. »Ich habe dir doch gerade erzählt, daß ...«

»Ja«, fiel Jeb ihm ins Wort, »du hast mir deine Gründe genannt, aber du warst nicht aufrichtig – nicht mir, nicht Theresa, nicht einmal dir selbst gegenüber. Sie hat zwar nichts von den Briefen gesagt, was sie zugegebenermaßen hätte tun müssen. Aber nicht deshalb bist du so verbittert, sondern weil sie dir etwas bewußt gemacht hat, das du dir selbst nicht eingestehen wolltest.«

Garrett sah seinen Vater wortlos an. Plötzlich erhob er sich und verschwand, wohl um dem Gespräch zu entfliehen, in der Küche. Im Kühlschrank fand er einen Krug mit Zitronentee und schenkte sich ein Glas ein. Als er die Eiswürfelschale aus dem Gefrierfach zog, entglitt sie ihm und fiel mit Donnergetöse zu Boden.

Während Garrett fluchend die einzelnen Eiswürfel auflas, starrte Jeb auf das Foto von Catherine und mußte an seine eigene Frau denken. Schließlich legte er die Briefe daneben, trat an die Verandatür und zog sie auf. Ein kalter Dezemberwind peitschte die Wellen, daß die weiße Gischt nur so aufspritzte. Versonnen betrachtete er das Naturschauspiel, als er plötzlich ein Klopfen vernahm.

Verblüfft blickte er sich um, und ihm wurde bewußt, daß in seinem Beisein noch nie ein Gast dieses Haus betreten hatte.

»Ich komme«, rief er, da Garrett nicht auf das Klopfen reagierte.

Als er die Eingangstür öffnete, fuhr ein Windstoß durchs Wohnzimmer, und die Briefe segelten zu Boden. Jeb nahm es gar nicht wahr, denn all seine Aufmerksamkeit galt der Person, die jetzt vor ihm auf der Türschwelle stand: eine dunkelhaarige Frau, die er noch nie gesehen hatte. Er wußte sofort, wer sie war, und trat zur Seite, um sie hereinzulassen.

»Kommen Sie«, sagte er ruhig.

Als sie die Tür hinter sich geschlossen hatte, legte sich der Durchzug abrupt. Die Frau sah Jeb ein wenig verlegen an, und sie standen sich einen Augenblick schweigend gegenüber.

»Sie müssen Theresa sein«, sagte Jeb schließlich. »Garrett hat mir viel von Ihnen erzählt.«

Sie verschränkte die Arme vor der Brust. »Ich weiß, daß ich nicht erwartet werde.«

»Macht nichts«, ermutigte Jeb sie.

»Ist er da?«

Jeb deutete mit dem Kinn zur Küche. »Er holt sich etwas zu trinken.«

»Wie geht es ihm …?«

Jeb hob die Schultern. »Sie müssen mit ihm reden …«

Theresa nickte und fragte sich plötzlich, ob es eine gute Idee gewesen war herzukommen. Sie sah sich im

Wohnzimmer um und entdeckte die Briefe am Boden. Garretts Koffer stand noch unausgepackt neben der Schlafzimmertür. Ansonsten war alles so wie immer.

Abgesehen natürlich von Catherines Foto, das gewöhnlich auf dem Nachttisch stand. Sie sah es und konnte den Blick nicht davon abwenden. Unverwandt starrte sie darauf, als Garrett ins Wohnzimmer trat.

»Was ist denn hier …?«

Er blieb wie angewurzelt stehen. Theresa schaute ihn beklommen an, und es folgte ein langes Schweigen.

»Hallo, Garrett«, stammelte sie schließlich.

Garrett gab keine Antwort, und Jeb wurde klar, daß es Zeit war, die beiden allein zu lassen.

»Ich muß jetzt gehen«, sagte er, und mit einem Blick auf Theresa fügte er hinzu: »Hat mich gefreut, Sie kennenzulernen.« Dabei zog er die Augenbrauen in die Höhe, als wollte er ihr Mut machen, und war schon zur Tür hinaus.

»Warum bist du gekommen?« fragte Garrett, sobald sie allein waren.

»Weil ich kommen wollte«, erwiderte sie ruhig. »Ich wollte dich wiedersehen.«

»Und warum?«

Sie antwortete nicht, sondern trat, ihm fest in die Augen blickend, auf ihn zu. Als sie vor ihm stand, legte sie ihm den Finger auf die Lippen. »Scht«, flüsterte sie, »keine Fragen … dies eine Mal nicht. Bitte …« Sie versuchte zu lächeln, aber jetzt, da er sie aus der Nähe sah, erkannte er, daß sie geweint hatte.

Es gab nichts zu sagen. Es gab keine Worte, die hätten beschreiben können, was sie durchgemacht hatte.

Statt dessen schmiegte sie sich an ihn und legte den Kopf an seine Brust. Zögernd schlang er die Arme um sie. Sie streichelte seinen Hals und fuhr ihm zärtlich durchs Haar. Ihr Mund wanderte zu seinem Kinn, dann zu seinen Lippen. Jetzt küßte sie ihn, zuerst flüchtig nur, wobei ihre Lippen die seinen kaum berührten, dann immer leidenschaftlicher. Unbewußt begann er, ihre Liebkosungen zu erwidern. Er ließ seine Hände ihren Rücken hinaufgleiten und zog sie fester an sich. Eng umschlungen standen sie da und gaben sich ihrem Verlangen hin. Schließlich löste sich Theresa von ihm, ergriff seine Hand und zog ihn in sein Schlafzimmer.

Auf der Schwelle blieb Garrett stehen, während Theresa ans Bett trat. Ein matter Lichtschimmer drang vom Wohnzimmer in den Raum. Garrett machte Anstalten, die Tür zu schließen, doch Theresa schüttelte den Kopf. Sie wollte ihn sehen, wollte, daß er sie sah, während sie langsam ein Kleidungsstück nach dem anderen ablegte. Ihr Blick war unverwandt auf seine Augen gerichtet, ihre Lippen waren halb geöffnet. Als sie nackt war, stand sie regungslos da und ließ zu, daß sein Blick über ihren Körper wanderte.

Schließlich trat sie vor ihn, liebkoste ihn – seine Brust, seine Schultern, seine Arme –, fast scheu, als müßten sich ihre Hände erst wieder an seinen Körper gewöhnen. Dann trat sie zurück und sah zu, wie er sich auszog und seine Kleider zu Boden glitten. Als auch er nackt war, strich sie um ihn, küßte seine Schultern, seinen Nacken, seinen Rücken, und er spürte die Feuchtigkeit ihres Mundes, wo ihre Lippen ihn gestreift hatten. Schließlich führte sie ihn zum Bett, ließ sich darauf sinken und zog ihn zu sich herab.

Sie liebten sich mit nie gekannter Heftigkeit – jede Berührung elektrisierender als die vorangegangene. Es war ein verzweifelter Liebesakt, bei dem jeder sich schmerzlich der Lust des anderen bewußt war. Als wollten sie die Furcht vor der Zukunft verscheuchen, gaben sie sich einander mit einer Leidenschaft hin, die ihnen für immer unvergeßlich bleiben sollte. Als sie schließlich beide zum Höhepunkt kamen, warf Theresa den Kopf zurück und stieß einen lauten und hemmungslosen Schrei aus.

Später dann richtete sie sich im Bett auf und bettete seinen Kopf in ihren Schoß. Sie strich ihm übers Haar und lauschte seinen ruhigen und tiefen Atemzügen.

Als Garrett am Nachmittag aufwachte, war der Platz an seiner Seite leer. Da auch Theresas Kleidungsstücke verschwunden waren, schlüpfte er rasch in Jeans und Hemd, um das Haus nach ihr abzusuchen.

Das Haus war kalt.

Er fand sie in der Küche. Sie saß am Tisch in ihrer warmen Jacke, vor ihr eine fast leere Kaffeetasse. Offenbar saß sie schon eine Weile dort. Die Kaffeekanne stand bereits in der Spüle. Mit einem Blick auf die Uhr stellte er fest, daß er fast zwei Stunden geschlafen hatte.

»Hallo, Theresa«, sagte er unsicher.

Theresa blickte zu ihm auf.

»Oh, hallo... ich habe dich gar nicht aufstehen hören.« Ihre Stimme klang fast unterwürfig.

»Geht es dir gut?«

Sie antwortete nicht direkt. »Komm, setz dich zu mir«, sagte sie statt dessen. »Es gibt eine Menge zu erklären.«

Garrett setzte sich zu ihr an den Tisch und lächelte sie zaghaft an. Sie schlug die Augen nieder und spielte mit der Kaffeetasse. Er beugte sich vor und strich ihr eine Haarsträhne aus der Stirn. Als sie nicht reagierte, zog er langsam die Hand zurück.

Ohne ihn anzublicken, legte sie schließlich die Briefe auf den Tisch, die sie wohl, während er schlief, vom Boden aufgesammelt hatte.

»Ich habe die Flasche letzten Sommer beim Joggen gefunden«, begann sie – ihre Stimme klang fest, aber die Worte schienen von weither zu kommen, als würde sie sich an etwas Schmerzliches erinnern. »Und nachdem ich den Brief gelesen hatte, mußte ich weinen. Er war so wunderschön, so bewegend, daß ich ganz erschüttert war. Und ich glaube, er berührte mich deshalb so sehr, weil auch ich furchtbar einsam war.«

Sie blickte ihn an. »Ich habe den Brief noch am selben Morgen Deanna gezeigt. Und sie hatte die Idee, ihn zu veröffentlichen. Ich war zunächst dagegen – ich fand ihn zu persönlich, aber sie sagte, da niemand den Absender kenne, werde auch seine Intimsphäre nicht verletzt. Sie war sicher, er werde die Leser begeistern, und so habe ich zugestimmt. Ich konnte ja nicht ahnen, was dann passieren würde.«

Sie seufzte.

»Als der Brief in meiner Kolumne abgedruckt worden war, erhielt ich den Anruf einer Leserin. Sie schickte mir den zweiten Brief, den sie vor wenigen Jahren gefunden hatte. Auch dieser Brief berührte mich zutiefst, aber trotzdem ahnte ich noch nicht, was sich daraus würde entwickeln können.«

Sie hielt inne. »Hast du schon mal vom *Yankee Magazine* gehört?«

Garrett schüttelte den Kopf.

»Es ist ein regionales Blatt, das außerhalb von Newengland wenig bekannt ist, aber manchmal gute Sachen bringt. Und in diesem Magazin habe ich dann den dritten Brief gefunden.«

»Er war darin abgedruckt?« fragte Garrett erstaunt.

»Ja. Ich habe den Verfasser des Artikels ausfindig gemacht, und er schickte mir den dritten Brief, und … nun, dann hat mich die Neugier gepackt. Ich hatte drei Briefe, Garrett – nicht nur einen, sondern drei –, und alle gingen mir ähnlich zu Herzen. Mit Deannas Hilfe fand ich heraus, wer die Briefe geschrieben hatte und wo der Schreiber lebte, und so kam ich hierher.«

Sie lächelte traurig. »Ich weiß, es klingt so, wie du sagtest – als hätte ich mich in eine verrückte Idee verrannt –, aber so war es nicht. Ich bin nicht hergekommen, um mich in dich zu verlieben. Ich bin nicht hergekommen, um eine zweite Kolumne zu schreiben, sondern um herauszufinden, was für ein Mensch das ist, der solche

Briefe geschrieben hat. Und so bin ich dir begegnet, wir sind ins Gespräch gekommen, und du hast mich zum Segeln eingeladen. Wenn du das nicht getan hättest, wäre ich wahrscheinlich noch am selben Tag abgereist.«

Garrett wußte nicht, was er erwidern sollte, und Theresa legte behutsam ihre Hand auf die seine.

»Aber der Abend auf der *Fortuna* war herrlich, und mir wurde klar, daß ich dich wiedersehen wollte – nicht wegen der Briefe, sondern deinetwegen –, und von da an schien sich alles völlig natürlich zu entwickeln. Nach unserer ersten Begegnung gab es nichts Geplantes mehr. Es geschah einfach.«

Garrett starrte auf die Briefe. »Warum hast du mir das nicht erzählt?«

Sie nahm sich Zeit mit ihrer Antwort. »Manchmal wollte ich's, aber … ich weiß nicht … ich dachte wohl, es sei nicht so wichtig, wie wir uns kennengelernt haben. Das einzige, was für mich zählte, war, wie gut wir miteinander auskamen.« Nach einer Pause fügte sie hinzu: »Und außerdem glaube ich nicht, daß du's verstanden hättest. Ich wollte dich nicht verlieren.«

»Wenn du's mir früher gesagt hättest, dann hätte ich es wohl verstanden.«

Theresa schaute ihn prüfend an. »Sei ehrlich, Garrett. Hättest du's *wirklich* verstanden?«

Garrett wußte, daß dies der Augenblick der Wahrheit war. Als er nicht antwortete, schüttelte Theresa den Kopf und blickte zur Seite.

»Als du mich gestern abend batest hierherzuziehen, habe ich gezögert, weil ich mir nicht sicher war, *warum* du das wolltest.« Sie hielt inne. »Ich mußte sicher sein, daß du *mich* willst, Garrett. Ich mußte sicher sein, daß du mich *unseretwegen* gebeten hast, und nicht weil du vor etwas fliehen willst. Ich denke, ich wollte von dir überzeugt werden, als ich in die Wohnung zurückkam. Doch inzwischen hattest du die Briefe gefunden …«

Sie zuckte die Achseln, und ihr Ton wurde weicher.

»Tief in meinem Innern wußte ich's wohl immer schon, aber ich wollte einfach glauben, daß alles sich von selbst regelt.«

»Wovon redest du?«

Sie antwortete nicht direkt. »Garrett, es ist nicht so, daß ich denke, du liebst mich nicht. Und das macht alles so schwer. Ich weiß, du liebst mich, und ich liebe dich auch, und wenn die Umstände anders wären, vielleicht würden wir dies alles durchstehen. Aber so, wie es jetzt ist, können wir's wohl nicht. Dazu bist du, glaube ich, noch nicht bereit.«

Garrett war wie vor den Kopf geschlagen. Theresa blickte ihm fest in die Augen.

»Ich bin nicht blind, Garrett. Ich weiß, warum du oft so still wurdest, wenn ich in Boston war und wir miteinander telefonierten. Ich weiß, warum du wolltest, daß ich herziehe ...«

»Weil du mir so gefehlt hast«, fiel er ihr ins Wort.

»Das mag sein, aber es ist nicht die ganze Wahrheit.« Theresas Stimme zitterte, und sie blinzelte, weil ihre Augen sich mit Tränen füllten. »Es ist auch wegen Catherine.«

Tapfer kämpfte sie gegen ihre Tränen an, fest entschlossen, sich nicht gehenzulassen.

»Als du mir zum ersten Mal von ihr erzähltest, habe ich an deinem Blick sofort erkannt, daß du sie immer noch liebst. Und gestern abend stand – trotz deines Zorns – wieder der gleiche Ausdruck in deinen Augen. Und dann ... die Worte, die du sagtest ...« Sie tat einen tiefen, stockenden Atemzug. »Du warst nicht nur wütend, weil ich die Briefe gefunden hatte; du warst wütend aus Angst, ich könnte mich zwischen dich und Catherine drängen.«

Garrett mußte an den Vorwurf seines Vaters denken und wich ihrem Blick aus. Wieder legte sie ihre Hand auf seine.

»Du bist so, wie du bist, Garrett. Du bist ein Mann, der von ganzem Herzen liebt, aber auch einer, der für immer und ewig liebt. Wie sehr du mich vielleicht liebst – ich glaube nicht, daß du Catherine je vergessen wirst, und ich möchte mich nicht ein Leben lang fragen, ob ich mich mit ihr messen kann.«

»Wir können uns bemühen«, begann er mit heiserer Stimme. »Ich meine … *ich* kann mich bemühen. Ich weiß, daß sich alles ändern kann …«

Theresa unterbrach ihn, indem sie seine Hand fest drückte.

»Ich weiß, daß du das glaubst. Und ich möchte es ja selbst glauben. Wenn du mich jetzt in die Arme nehmen und zärtlich bitten würdest zu bleiben, würde ich es vielleicht tun, denn du hast mein Leben um etwas bereichert, das mir seit langem fehlt. Und wir würden weitermachen wie bisher und glauben, alles sei gut. Aber es wird nicht gutgehen, weißt du? Denn wenn wir uns das nächste Mal streiten …« Sie hielt inne. »Ich kann nicht mithalten mit ihr. Und wie sehr ich auch wünschte, daß wir zusammenbleiben – ich kann es nicht, weil du es nicht kannst.«

»Aber ich liebe dich doch.«

»Ich liebe dich auch, Garrett«, lächelte sie traurig. »Aber manchmal genügt Liebe allein nicht.«

Garrett war bleich geworden, und während beide schwiegen, begann Theresa zu weinen.

Garrett beugte sich zu ihr hinab und legte kraftlos den Arm um ihre Schulter. Sie barg den Kopf an seiner Brust, ihr ganzer Körper wurde von Schluchzern geschüttelt. Lange verharrten sie so, bis sich Theresa schließlich von ihm löste und sich die Tränen von den Wangen wischte. In Garretts Blick lag ein stummes Flehen, aber Theresa schüttelte den Kopf.

»Ich kann nicht bleiben, Garrett. So sehr wir beide es uns auch wünschen, ich kann nicht.«

»Nein …«, flüsterte er verzweifelt.

Theresa erhob sich, denn sie mußte fort sein, ehe sie schwach wurde. Draußen war Donnergrollen zu hören. Sekunden später zuckte ein Blitz am Himmel, und die ersten Regentropfen fielen.

»Ich muß gehen.«

Sie hängte ihre Tasche um die Schulter und ging auf die Tür zu.

Einen Augenblick war Garrett wie gelähmt.

Schließlich stand er benommen auf und folgte ihr zur Tür hinaus. Es hatte jetzt richtig zu regnen begonnen. Ihr Leihwagen parkte in der Einfahrt. Außerstande, einen klaren Gedanken zu fassen, sah er zu, wie Theresa die Wagentür öffnete.

Als sie auf dem Fahrersitz Platz genommen hatte, fummelte sie einen Augenblick mit dem Zündschlüssel herum. Sie zwang sich zu einem schwachen Lächeln und zog die Tür zu. Trotz des heftigen Regens kurbelte sie die Scheibe herunter. Sie starrten einander wortlos an.

Sein flehender Gesichtsausdruck hätte sie beinahe ins Wanken gebracht. Viel fehlte nicht, und sie hätte alles zurückgenommen, ihm gesagt, daß es nicht so gemeint gewesen sei, daß sie ihn immer noch liebe, daß ihre Beziehung nicht auf diese Art enden dürfe. Es wäre so einfach gewesen …

Aber wie sehr sie es auch wollte – sie brachte die Worte nicht über die Lippen.

Garrett trat einen Schritt näher an den Wagen heran. Theresa schüttelte abwehrend den Kopf. Es war so schon alles schmerzhaft genug.

»Du wirst mir fehlen, Garrett«, sagte sie leise, unsicher, ob er sie hören konnte. Dann legte sie den Rückwärtsgang ein.

Der Regen wurde stärker – dicke, kalte Tropfen eines Wintergewitters.

Wie erstarrt stand Garrett da.

»Bitte bleib.« Seine Stimme klang heiser und wurde vom Prasseln des Regens fast übertönt.

Sie gab keine Antwort.

Da sie wußte, daß sie wieder weinen würde, wenn sie noch länger blieb, kurbelte sie rasch das Fenster hoch. Über die Schulter blickend, ließ sie den Wagen langsam aus der Ausfahrt rollen. Garrett legte die Hand auf die Motorhaube, als der Wagen sich in Bewegung setzte, und seine Finger glitten über die nasse Oberfläche. Einen Augenblick später war der Wagen in die Straße eingebogen, und Garrett fühlte seine letzte Chance dahinschwinden.

»Theresa!« schrie er. »Warte!«

Doch sie hörte ihn nicht, weil das Prasseln des Regens alles übertönte. Garrett lief zum Ende der Ausfahrt und winkte heftig mit den Armen, aber sie schien es nicht zu bemerken.

»Theresa!« schrie er wieder. Er rannte jetzt mitten auf der Straße durch die Pfützen, die sich gebildet hatten. Mehrere Sekunden leuchteten die Bremslichter auf, und der Wagen kam fast zum Stehen. Regen und Nebel umwirbelten ihn und ließen ihn wie ein Trugbild erscheinen. Garrett wußte, daß sie ihn im Rückspiegel beobachtete, daß sie sah, wie er näher kam. *Es gibt immer noch eine Chance ...*

Plötzlich erloschen die Bremslichter; der Wagen setzte sich erneut in Bewegung und beschleunigte. Obwohl seine Lungen brannten, rannte Garrett weiter. Mit jedem Augenblick wurde der Wagen kleiner, bis er nur noch als undeutlicher Fleck in der Ferne zu erkennen war.

Schließlich verlangsamte Garrett das Tempo und kam zum Stehen. Es regnete in Strömen, und er atmete schwer. Das Hemd klebte ihm auf der Haut, nasse Haarsträhnen fielen ihm in die Stirn. Während dicke Tropfen auf ihn niederprasselten, sah er, wie ihr Wagen um eine Ecke bog und jetzt ganz außer Sicht war.

Trotzdem bewegte er sich nicht von der Stelle. Er blieb mitten auf der Straße stehen, versuchte, wieder zu Atem zu kommen, und hoffte, Theresa werde umkehren und zu ihm zurückkommen. Hoffte auf eine letzte Chance.

Sie war fort.

Hinter ihm hupte ein Auto, und sein Atem stockte. Er wirbelte herum, wischte sich die Regentropfen aus den Augen und erwartete fast, ihr Gesicht hinter der Windschutzscheibe zu sehen. Aber er wurde enttäuscht. Garrett trat beiseite, um den Wagen vorbeifahren zu lassen, und als er den neugierigen Blick des Mannes auf sich spürte, wurde ihm plötzlich bewußt, daß er sich noch nie so allein gefühlt hatte.

Theresa erreichte ihr Flugzeug in letzter Minute. Die Handtasche auf dem Schoß umklammernd, starrte sie aus dem Fenster. Der Regen prasselte in Böen dagegen. Unter ihr wurde das letzte Gepäck verladen. Die Männer arbeiteten schnell, damit Koffer und Reisetaschen nicht allzu naß wurden. Als sie fertig waren, wurde die Kabinentür verriegelt und die Treppe weggeschoben.

Die Stewardessen machten ihre letzte Runde, um sich zu vergewissern, daß alles Handgepäck sicher verstaut war; dann eilten sie zu ihren Plätzen. Die Kabinenlichter blinkten auf, und das Flugzeug rollte langsam in Richtung Startbahn.

Die Maschine stoppte und wartete auf Starterlaubnis. Geistesabwesend schaute Theresa zum Terminal hinüber. Aus den Augenwinkeln vermeinte sie eine einsame Gestalt wahrzunehmen, die die Hände an die Glasscheiben der Besucherplattform gepreßt hielt.

War es möglich? Sie kniff die Augen zusammen, aber der Regen und die getönten Scheiben der Halle trübten die Sicht.

Theresa starrte weiter auf die Gestalt, die noch immer reglos dastand.

Die Triebwerke heulten auf und wurden für kurze Zeit leiser, bevor sich die Maschine wieder in Bewegung setzte. Theresa wußte, es blieben nur noch wenige Augenblicke. Das Terminalgebäude lag schon hinter ihnen, als die Maschine das Tempo weiter beschleunigte.

Vorwärts … weiter zur Startbahn … weg von Wilmington …

Theresa wandte den Kopf, um einen letzten Blick vom Terminal zu erhaschen, doch sie konnte die Gestalt nicht mehr erkennen. Und während Theresa weiter aus dem Fenster starrte, fragte sie sich, ob die Gestalt nicht nur ein Trugbild gewesen war. Das Flugzeug wendete, um in Startposition zu kommen, und Theresa spürte die Schubkraft, als es beschleunigte und sich schließlich in die Lüfte erhob. Durch einen Schleier von Tränen sah sie ein letztes Mal Wilmington, die leeren Strände, den Yachthafen.

Die Maschine legte sich in die Kurve und nahm Kurs nach Norden. Von ihrem Fenster aus konnte Theresa jetzt nur das Meer sehen, dasselbe Meer, das sie zusammengebracht hatte …

Kurz bevor sie in der Wolkendecke verschwanden, die alles unter ihnen unsichtbar machte, legte Theresa ihre Hand auf die Scheibe, berührte sie zart und stellte sich vor, seine Hand zu berühren.

»Leb wohl«, flüsterte sie und ließ ihren Tränen endlich freien Lauf.

13. Kapitel

Der Winter des folgenden Jahres brach früh herein. Theresa hockte am Strand, in der Nähe der Stelle, an der sie die Flasche gefunden hatte. Seit ihrer Ankunft am frühen Morgen hatte der Wind deutlich aufgefrischt. Gewaltige graue Wolken rollten vom Meer heran, und die schäumenden Wellen waren fast meterhoch. Das Unwetter konnte nicht mehr fern sein.

Sie war schon seit Stunden hier und ließ ihre Liebesgeschichte mit Garrett bis zum Tag ihrer Trennung noch einmal Revue passieren; dabei durchforstete sie ihre Erinnerungen, um das Geschehene besser zu begreifen. Seit ihrem Abschied wurde sie immer wieder von dem Bild verfolgt, wie Garrett hinter ihrem davonfahrenden Wagen hergelaufen war. Ihn dennoch zu verlassen war das Schwerste und Grausamste gewesen, was sie jemals getan hatte. Oft sann sie darüber nach, was sie anders gemacht hätte, wenn sie die Zeit hätte zurückdrehen können.

Schließlich erhob sie sich und ging den Strand entlang. Wie wünschte sie, er könnte jetzt bei ihr sein! Ein ruhiger, nebliger Tag wie dieser hätte ihm gewiß gefallen. Sie stellte sich vor, daß er neben ihr herschlenderte, während sie den Horizont betrachtete. Wie gebannt vom Schäumen und Tosen des Meeres hielt sie inne. Aber als sie sich wieder abwandte, war sein Bild verblaßt, und sie bemühte sich vergebens, es zurückzuholen. Jetzt wußte sie, daß der Augenblick gekommen war. Langsam ging sie weiter und fragte sich, ob Garrett den Grund ihres Kommens erraten hätte.

Obwohl sie sich innerlich dagegen sträubte, kehrten ihre Gedanken immer wieder zu den Tagen nach der

Trennung zurück. Wir haben so vieles unausgesprochen gelassen, grübelte sie. *Ach, hätten wir doch*... dachte sie zum hundertsten Male, als die Erinnerungen an jene Zeit an ihr vorbeizogen, wie ein Film, den sie nicht stoppen konnte.

Ach, hätten wir doch...

Nach ihrer Ankunft in Boston hatte Theresa Kevin abgeholt, der den Tag über bei einem Freund gewesen war. Aufgeregt erzählte er ihr von einem Video, das er dort hatte sehen dürfen, und merkte vor lauter Begeisterung gar nicht, daß seine Mutter ihm kaum zuhörte.

Zu Hause bestellte Theresa zwei Pizzas, die sie vor dem Fernseher im Wohnzimmer verzehrten. Dann bat sie ihn – statt, wie üblich, seine Hausaufgaben zu machen –, noch ein Weilchen bei ihr zu bleiben. Während sie aneinandergekuschelt auf der Couch saßen, warf Kevin ihr von Zeit zu Zeit einen beunruhigten Blick zu. Sie aber strich ihm nur geistesabwesend übers Haar und war mit ihren Gedanken tausend Meilen entfernt.

Später, als Kevin zu Bett gegangen war, schlüpfte sie in ihren Seidenpyjama und schenkte sich ein Glas Wein ein. Als sie zurück ins Schlafzimmer ging, schaltete sie den Anrufbeantworter aus.

Am folgenden Tag traf sie sich mit Deanna zum Lunch und erzählte ihr, was geschehen war.

»Es ist besser so«, sagte sie mit Nachdruck. »Ich werde schon damit fertig.«

Deanna sah sie fragend und voller Mitgefühl an und nickte nur wortlos bei Theresas tapferen Beteuerungen.

In der folgenden Zeit tat Theresa ihr Bestes, um möglichst wenig an Garrett zu denken. Nach Dan Mandels Anruf, der ihr neuen beruflichen Auftrieb gab, stürzte sie sich Hals über Kopf in die Arbeit und schrieb fortan zwei bis drei Kolumnen am Tag. Auch die hektische Atmosphäre im Nachrichtenraum tat ihr gut.

Abends aber, wenn Kevin zu Bett gegangen und sie allein war, fiel es ihr schwer, Garretts Bild zu verdrängen. Um sich abzulenken, begann sie, ihre Wohnung zu putzen und aufzuräumen; sie saugte Staub, schrubbte die Böden, räumte ihre Schränke um und sortierte alle nicht mehr getragenen Kleider aus, um sie zum Roten Kreuz zu bringen. Als die Kleiderkartons im Auto verstaut waren, ging sie noch einmal durch alle Zimmer und vergewisserte sich, daß es nichts mehr zu tun gab. Weil sie wußte, daß sie keinen Schlaf finden würde, hockte sie sich vor den Fernseher, und bei einer ihrer Lieblingssendungen begann sie plötzlich hemmungslos zu weinen.

Am Wochenende besuchte sie mit Kevin das Fußballspiel zwischen den ›New England Patriots‹ und den ›Chicago Bears‹. Obwohl sie nichts vom Fußball verstand, hatte sie sich breitschlagen lassen, Kevin zu begleiten.

Hinterher, beim Abendessen, erzählte sie ihm, daß sie Garrett nicht wiedersehen würde.

»Ist was passiert, Mom, als du ihn das letzte Mal getroffen hast? Hat er etwas getan, das dich geärgert hat?«

»Nein«, erwiderte Theresa ruhig. »Aber es sollte wohl nicht sein«, fügte sie nach einem Zögern hinzu.

Obwohl die Antwort für Kevin rätselhaft sein mußte, konnte sie sich zu keiner weiteren Erklärung durchringen.

Eine Woche später, als sie gerade an ihrer Kolumne arbeitete, läutete das Telefon.

»Spreche ich mit Theresa?«

»Ja«, antwortete sie, ohne die Stimme zu erkennen.

»Hier ist Jeb Blake... Garretts Vater. Ich weiß, es klingt seltsam, aber ich möchte mit Ihnen sprechen.«

»Oh, hallo«, stammelte sie. »Ich hätte gerade Zeit.«

»Wenn es möglich ist, würde ich lieber persönlich mit Ihnen reden. Am Telefon geht das nicht so gut.«

»Darf ich erfahren, worum es geht?«

»Es geht um Garrett«, antwortete Jeb ruhig. »Ich weiß, es scheint ein bißchen viel verlangt – aber könnten Sie nicht hierherkommen? Ich würde Sie nicht bitten, wenn es nicht so wichtig wäre.«

Nachdem sie eingewilligt hatte, ließ Theresa ihre Arbeit liegen und holte Kevin von der Schule ab. Sie erklärte ihm, sie müsse ein paar Tage verreisen; er werde solange bei einem Freund wohnen. Kevin hätte gern den Grund für ihre plötzliche Reise gewußt, ihr zerstreutes Verhalten aber machte ihm klar, daß er sich würde gedulden müssen.

»Grüß Garrett von mir«, sagte er, bevor er ihr einen Abschiedskuß gab.

Theresa nickte nur, fuhr zum Flughafen und nahm die erste Maschine nach Wilmington. Dort ließ sie sich von einem Taxi zu Garretts Haus fahren, wo Jeb sie schon erwartete.

»Ich bin froh, daß Sie kommen konnten«, begrüßte er Theresa.

»Was ist passiert?« Sie blickte Garretts Vater fragend an und bemerkte, daß er älter aussah, als sie ihn in Erinnerung hatte.

Er bot ihr einen Platz am Küchentisch an, und als sie einander gegenübersaßen, räusperte er sich und begann zu erzählen.

»Aus den Schilderungen verschiedener Leute geht hervor, daß Garrett später als gewöhnlich mit der *Fortuna* hinausgefahren ist...«

Es war ganz einfach etwas, das er tun *mußte*. Garrett wußte wohl, daß die schweren, dunklen Wolken am Horizont die Vorboten eines Unwetters waren. Aber da sie noch weit genug entfernt waren, glaubte er, genügend Zeit zu haben. Außerdem wollte er nur zehn oder fünfzehn Meilen hinaussegeln und würde im Notfall rasch in den schützenden Hafen zurückkehren können. Also zog er seine Handschuhe an und steuerte die *Fortuna* durch die anschwellende Dünung.

Seit drei Jahren schon wählte er die gleiche Route, wenn er hinausfuhr – in Erinnerung an Catherine. Es war ihr Vorschlag gewesen, bei ihrem ersten Törn mit der eben restaurierten *Fortuna* geradewegs gen Osten zu segeln. In Catherines Vorstellung nahmen sie Kurs auf Europa, das sie immer schon hatte besuchen wollen. Manchmal kam sie mit einem Reisekatalog aus der Stadt zurück und blätterte sehnsüchtig darin herum. Sie wollte alles sehen – die berühmten Loire-Schlösser, die Akropolis, das schottische Hochland – einfach alles.

Aber sie war nie nach Europa gekommen.

Und das war einer der Punkte, die Garrett am meisten bedauerte. Wenn er auf sein Leben mit Catherine zurückblickte, wurde ihm klar, daß er ihr diesen einen Wunsch hätte erfüllen müssen, denn er wußte, daß er erfüllbar gewesen wäre. Nach ein paar Jahren des Sparens hatten sie genügend Geld gehabt und Reisepläne geschmiedet, doch am Ende hatten sie es für den Kauf des Ladens verwendet. Und als Catherine feststellen mußte, daß ihnen das Geschäft zu wenig Zeit zum Reisen ließ, verflüchtigten sich ihre Träume. Sie brachte immer seltener Reisekataloge mit nach Hause und erwähnte Europa kaum noch.

In der Nacht jedoch, als sie zum ersten Mal mit der *Fortuna* ausliefen, war ihr Traum noch lebendig. Sie stand am Bug, blickte in die Ferne und hielt Garretts Hand. »Ob wir jemals hinfahren?« fragte sie ihn. Den verträumten, hoffnungsvollen Blick, mit dem sie es sagte, würde er niemals vergessen. »Ja«, versprach er. »Sobald wir Zeit haben.«

Ein knappes Jahr danach waren Catherine und ihr ungeborenes Kind im Krankenhaus gestorben.

Als später die quälenden Träume einsetzten, war er völlig hilflos gewesen. Eine Zeitlang bemühte er sich vergebens, seinen Schmerz zu verdrängen. Schließlich, in einem Verzweiflungsanfall, versuchte er Erleichterung zu finden, indem er seine Gefühle in Worte kleidete. Er schrieb schnell, ohne Unterbrechung, und der erste Brief war fast fünf Seiten lang. Als er abends segeln ging, nahm er den Brief mit. Auf dem Boot las er ihn noch einmal, und dabei kam ihm plötzlich eine Idee. Mit dem Golfstrom, der, von Mexiko kommend, die amerikanische Ostküste hochzieht und in den kühleren Wassern des Nordatlantiks schließlich nach Osten abdreht, konnte eine Flasche mit etwas Glück bis nach Europa gelangen und dort, wohin sie immer hatte reisen wollen, an Land gespült werden. Und so versiegelte er den Brief in einer Flasche, die er über Bord warf in der Hoffnung, auf diese Weise sein Versprechen zu erfüllen.

Seither hatte er sechzehn weitere Briefe geschrieben – siebzehn, wenn er den letzten, den er bei sich trug, hinzuzählte. Und während er am Steuer stand, tastete er geistesabwesend nach der Flasche, die in seiner Westentasche steckte. Er hatte den Brief heute morgen geschrieben.

Der Himmel verfinsterte sich immer mehr, aber Garrett hielt weiter Kurs auf den Horizont. Aus dem Funkgerät neben ihm knisterten Sturmwarnungen. Nach kurzem Zögern schaltete er es aus und prüfte die Wolkenbildung. Er glaubte, noch genug Zeit zu haben. Der Wind war zwar stark, aber konstant und noch nicht unberechenbar.

Nach dem Brief an Catherine hatte er einen zweiten geschrieben, und den hatte er bereits abgeschickt. Und wegen des zweiten Briefes mußte er den an Catherine heute auf den Weg bringen, denn laut Wetterbericht würde er mindestens eine Woche nicht mehr segeln können, und so lange konnte er nicht warten.

Die Dünung nahm zu, und die Segel waren in der steifen Brise zum Zerreißen gespannt. Garrett schätzte seine Position ein. Das Wasser war tief hier, wenn auch noch nicht tief genug für seine Zwecke. Die Flasche hatte nur dann eine Chance, bis nach Europa zu gelangen, wenn sie vom Golfstrom erfaßt wurde. Andernfalls konnte sie vom Sturm innerhalb weniger Tage wieder ans Ufer gespült werden. Von all seinen Briefen an Catherine sollte wenigstens dieser Europa erreichen. Er hatte beschlossen, daß dies der letzte sein sollte.

Die Wolken am Horizont sahen immer bedrohlicher aus, und so schlüpfte Garrett vorsichtshalber in seinen Regenmantel.

Die *Fortuna* hob und senkte sich in der Dünung, und er hielt das Steuerrad mit beiden Händen umklammert. Als der Wind plötzlich umschlug und stärker wurde, begann Garrett zu kreuzen, was ihn natürlich langsamer vorankommen ließ.

Es kostete ihn große Kraft, das Boot bei jeder Wende unter Kontrolle zu halten. Trotz seiner Handschuhe brannten ihm die Hände, wenn die Schoten hindurchglitten. Zweimal hätte er bei einer plötzlichen Böe beinahe das Gleichgewicht verloren; doch zu seinem Glück ließ der Wind so schnell nach, wie er aufgekommen war.

Eine knappe Stunde kreuzte er weiter, ohne das Unwetter in der Ferne aus den Augen zu lassen. Es schien zum Stillstand gekommen zu sein, doch er wußte, daß das nur eine Täuschung war; es würde in wenigen Stunden die Küste erreicht haben. Sobald der Wind auf seichtere Gewässer stieß, würde der Seegang zunehmen und jedes Boot zum Kentern bringen.

Garrett war schon mehrmals in Unwetter geraten und wußte, daß mit diesen Naturgewalten nicht zu spaßen war. Eine Unvorsichtigkeit, und er würde sein Leben aufs Spiel setzen. Aber er war entschlossen, es nicht so weit kommen zu lassen. Er hielt unbeirrt an seinem Plan fest, aber er war kein Narr. Bevor er in Gefahr geriet, würde er zum Hafen zurückkehren.

Die Wolken wurden noch schwärzer, und ein leichter Regen setzte ein. Garrett blickte auf; er wußte, das war erst der Anfang. *Nur noch ein paar Minuten,* murmelte er. *Er brauchte nur noch ein paar Minuten.*

Ein Blitz zuckte am Himmel, und Garrett zählte die Sekunden bis zum Donner. Fünfundvierzig Sekunden später dröhnte und grollte es über dem Meer. Das Zentrum des Gewitters mußte etwa fünfundzwanzig Seemeilen entfernt sein. Bei der derzeitigen Windgeschwindigkeit würde das Unwetter erst in einer Stunde diese Stelle erreicht haben. Bis dahin würde er längst wieder auf dem Rückweg sein.

Der Regen nahm zu, und es wurde spürbar kälter, während er sich weiter vorwärtskämpfte.

Verdammt! Die Zeit wurde knapp, und er war immer noch nicht am Ziel angelangt.

Die See wurde immer unruhiger, und Garrett mußte die Beine spreizen, um das Gleichgewicht zu halten. Das Boot lief noch nicht aus dem Ruder, aber die Wogen kamen jetzt diagonal und schaukelten es wie eine schwankende Wiege. Trotzdem ließ sich Garrett nicht beirren.

Minuten später erneut ein Blitz … Pause … dann der Donner. Jetzt etwa zwanzig Meilen entfernt. Er blickte auf die Uhr. Wenn das Gewitter weiter in diesem Tempo vorrückte, würde er es gerade noch schaffen. Er würde den sicheren Hafen erreichen, solange die Winde aus derselben Richtung kamen.

Wenn aber der Wind umschlug …

Garrett überlegte kurz: Er war jetzt zweieinhalb Stunden auf See – wenn er mit dem Wind zurücksegelte, brauchte er höchstens anderthalb Stunden, und das Unwetter würde etwa gleichzeitig mit ihm die Küste erreichen.

»Verdammt«, sagte er, diesmal laut. Er mußte die Flasche jetzt ins Meer werfen, obwohl er nicht so weit draußen war, wie er geplant hatte. Aber es war zu gefährlich, noch länger zu warten.

Garrett hielt das vibrierende Ruder mit einer Hand umklammert, während er in die Jackentasche griff und die Flasche herauszog. Noch einmal vergewisserte er sich, daß sie gut versiegelt war, und hielt sie dann ins schwindende Licht. Er konnte den fest aufgerollten Brief im Innern deutlich erkennen, und während er ihn betrachtete, überkam ihn ein Gefühl der Befriedigung, als wäre eine lange Reise endlich abgeschlossen.

»Danke«, flüsterte er, und seine Stimme wurde vom Tosen der Wellen übertönt.

Er warf die Flasche so weit hinaus, wie er konnte, und blickte ihr nach, bis sie auf dem Wasser aufschlug. Es war vollbracht.

Jetzt mußte er das Boot wenden.

Genau in diesem Augenblick durchzuckten gleichzeitig zwei Blitze den Himmel. Nur noch fünfzehn Meilen entfernt. Er stutzte. Wie war das möglich? Das Unwetter mußte sich rascher verlagert haben, als er berechnet hatte, und kam direkt auf ihn zu.

Er laschte das Steuerrad und verlor kostbare Minuten, um den Baum unter Kontrolle zu bringen. Die Schoten brannten in seinen Händen. Schließlich hatte er es geschafft, und das Boot krängte schwer, als der Wind die Segel erfaßte. Kurz darauf kam eine kalte Böe aus einer anderen Richtung.

Warme Luft strömt zu kalter hin.

Garrett schaltete das Funkgerät ein, gerade rechtzeitig, um eine Sturmwarnung zu hören. Er drehte die Lautstärke höher und lauschte angestrengt. »Warnung an kleine Boote… gefährliche Stürme im Anzug… schwere Regenfälle zu erwarten.«

Das Unwetter wurde immer heftiger.

Bei den rasch sinkenden Temperaturen hatten die Winde gefährlich zugelegt und innerhalb der letzten drei Minuten fünfundzwanzig Knoten erreicht.

Er stemmte sich ins Steuerrad.

Nichts geschah.

Plötzlich wurde ihm klar, daß die Dünung das Heck aus dem Wasser gehoben hatte, so daß das Ruder nicht greifen konnte. Das Boot behielt den falschen Kurs bei und schaukelte bedrohlich.

»Los, los«, flüsterte er in Panik. Das dauerte alles viel zu lange. Mittlerweile peitschte ihm der Regen gnadenlos ins Gesicht.

Nach etwa einer Minute griff das Ruder schließlich wieder. Langsam, viel zu langsam, und immer noch gefährlich geneigt, begann sich das Boot zu drehen.

Mit wachsendem Entsetzen sah Garrett die nächste Riesenwelle auf sich zukommen.

Er würde es nicht schaffen.

Er duckte sich, als der Brecher über Bord schlug und weißer Schaum aufspritzte. Die *Fortuna* krängte noch stärker, und Garrett verlor das Gleichgewicht. Zum Glück hielt er das Steuer fest umklammert und konnte sich wieder hochziehen.

Doch gleich darauf brach die nächste Welle über Bord, und eine knappe Minute lang spülte das Wasser mit der Kraft eines reißenden Flusses darüber hinweg. Wie durch Zauberhand hielt der Wind daraufhin einen Augenblick inne, die *Fortuna* richtete sich langsam aus ihrer Schräglage auf, und der Mast zeigte in den pechschwarzen Himmel. Das Ruder griff wieder, und Garrett drehte das Steuerrad, um das Boot rasch zu wenden.

Wieder ein Blitz. Jetzt nur noch sieben Meilen entfernt.

Das Funkgerät knisterte: »Dringende Warnung an kleinere Boote ... Winde mit vierzig Knoten erwartet ... Winde mit vierzig, bald fünfzig Knoten.«

Garrett wußte, daß er in größter Gefahr war. Bei solchen Winden konnte er die *Fortuna* nicht mehr unter Kontrolle halten.

Das Boot drehte langsam und kämpfte mit der heftig rollenden See. Das Wasser zu seinen Füßen stand jetzt schon fünfzehn Zentimeter hoch.

Nach der kurzen Atempause kam der Wind plötzlich aus der entgegengesetzten Richtung, und die *Fortuna* schaukelte wie eine Nußschale auf den Wellen. Als sich das Boot in der bedrohlichsten Position befand, prallte ein besonders schwerer Brecher gegen den Rumpf. Der Mast neigte sich, bis die Spitze fast das Wasser berührte.

Diesmal wollte sich der Wind einfach nicht drehen.

Eisiger Regen klatschte Garrett ins Gesicht, so daß er nichts mehr sehen konnte. Statt sich wieder aufzurichten, krängte die *Fortuna* noch mehr. Die Segel waren durchweicht vom Regen. Garrett verlor erneut das Gleichgewicht, und bei der Schräglage fiel es ihm schwer, sich wieder aufzurichten.

Er sah es nicht kommen.

Wie das Beil eines Scharfrichters schlug der Brecher gegen das Boot und warf es mit solcher Wucht auf die Seite, daß Mast und Segel ins Wasser krachten. Die *Fortuna* war verloren. Garrett hielt sich am Steuerrad fest, um nicht über Bord zu gehen.

Die *Fortuna* füllte sich mit Wasser wie ein riesiges ertrinkendes Seeungeheuer.

Er mußte an den Sack mit der Rettungsinsel kommen – das war seine einzige Chance. Garrett hangelte sich zur

Kabinentür und klammerte sich dabei an allem fest, was ihm Halt bot. Er kämpfte gegen die Fluten, gegen den Regen, er kämpfte um sein Leben.

Wieder Blitz und Donner, fast gleichzeitig diesmal.

Schließlich hatte er die Tür erreicht und griff nach dem Knauf. Die Tür wollte sich nicht öffnen lassen. Verzweifelt stemmte er einen Fuß gegen die Wand und zog erneut. Als die Tür nachgab, strömte das Wasser hinein, und ihm wurde klar, daß er einen riesigen Fehler gemacht hatte.

Ganze Sturzbäche ergossen sich in die Kabine, und Garrett sah, daß die Rettungsinsel bereits unter Wasser war. Er konnte nichts mehr tun, um die *Fortuna* zu retten.

In Panik versuchte er, die Kabinentür wieder zu schließen, doch es war zu spät. Die *Fortuna* sank bereits, und innerhalb von Sekunden war der Rumpf zur Hälfte mit Wasser gefüllt.

Die Schwimmwesten ...

Sie waren unter der Sitzbank im Heck.

Verzweifelt versuchte er, sich zum Heck zurückzukämpfen, und klammerte sich dabei ans Seitengeländer, das noch aus dem Wasser herausragte. Auf halbem Weg ging ihm das Wasser schon bis zur Brust, und er verfluchte sich selbst, daß er keine Schwimmweste angelegt hatte.

Drei Viertel des Bootes waren jetzt überspült, und es sank weiter.

Immer wieder mußte sich Garrett gegen das Gewicht der Wellen stemmen. Als er bei der Sitzbank angelangt war, stand ihm das Wasser bis zum Hals, und ihm wurde bewußt, daß er keine Chance mehr hatte.

Er würde es nicht schaffen.

Das Wasser reichte ihm bis ans Kinn, als er schließlich jeden Versuch aufgab. Er blickte zum Himmel empor und konnte nicht glauben, daß alles so enden würde.

Dann ließ er das Geländer los und entfernte sich schwimmend vom Boot, um nicht in seinen Sog zu geraten. Sein Mantel und seine Schuhe zogen ihn nach unten. Nachdem er genügend Abstand hatte, blickte er zurück und sah, von einer Riesenwelle hochgetragen, wie die *Fortuna* schließlich im Meer versank. Benommen von Kälte und Erschöpfung wandte er sich ab und begann langsam in Richtung Küste zu schwimmen – ein aussichtsloses Unterfangen…

Theresa saß Jeb gegenüber und lauschte seinem stokkenden Bericht.

Erst später wurde ihr bewußt, daß sie dabei zunächst keine Furcht, sondern eher Neugier empfunden hatte. Sie war sicher, daß Garrett überlebt hatte. Schließlich war er ein erfahrener Segler und ein noch besserer Schwimmer. Er war viel zu umsichtig und zu robust, um mit einer Situation wie dieser nicht fertig zu werden. Wenn einer es konnte, dann er.

Sie langte über den Tisch und legte die Hand auf Jebs Arm.

»Was ich nicht verstehe…« sagte sie. »Warum ist er gesegelt, obwohl ein Unwetter im Anzug war?«

»Das weiß ich auch nicht«, erwiderte er und wandte den Blick ab.

»Hat er Ihnen denn nichts gesagt?«

Jeb schüttelte den Kopf und hielt den Blick gesenkt, als hätte er etwas zu verbergen. Verwirrt schaute sich Theresa in der Küche um. Alles war ordentlich, als wäre eben erst aufgeräumt worden. Durch die geöffnete Schlafzimmertür sah sie Garretts Steppdecke, die sorgfältig auf seinem Bett ausgebreitet war. Merkwürdigerweise lagen zwei große Blumengebinde darauf.

»Ich verstehe nicht – es geht ihm doch gut, oder?«

»Theresa«, murmelte Jeb mit Tränen in den Augen. »Man hat ihn gestern morgen gefunden.«

»Ist er im Krankenhaus?«

»Nein«, erwiderte er leise.

»Wo ist er dann?« fragte sie und weigerte sich zu begreifen, was sie längst ahnte.

Jeb gab keine Antwort.

Plötzlich hatte Theresa Mühe zu atmen. Ein Zittern ging durch ihre Hände und schließlich durch ihren ganzen Körper. *Garrett!* dachte sie. Jeb senkte den Kopf, damit sie seine Tränen nicht sehen konnte.

»Theresa ...«, flüsterte er, und seine Stimme erstarb.

»Wo ist er?« Theresa sprang so heftig auf, daß ihr Stuhl nach hinten kippte.

Jeb blickte zu ihr empor und wischte mit dem Handrücken die Tränen von den Wangen. »Man hat gestern morgen seine Leiche gefunden.«

Sie fühlte, wie sich ihr die Brust zusammenschnürte, und glaubte zu ersticken.

»Er ist tot, Theresa.«

Am Strand, wo alles begonnen hatte, dachte Theresa an die Ereignisse vom Vorjahr zurück.

Sie hatten ihn neben Catherine beerdigt, auf einem kleinen Friedhof in der Nähe seines Hauses. Bei der Trauerfeier standen Jeb und Theresa am Grab, umgeben von Menschen, die Garretts Lebensweg gekreuzt hatten – Freunde von der High-School, ehemalige Tauchschüler und Angestellte. Es war eine schlichte Feier, und trotz des einsetzenden Regens verweilten die Trauergäste anschließend noch eine Weile am Grab.

Später, als Jeb und Theresa wieder allein in Garretts Haus waren, holte Jeb eine Schachtel hervor, um gemeinsam mit ihr den Inhalt durchzusehen.

Es waren Hunderte von Fotos darin. Und in den nächsten Stunden entfaltete sich vor Theresas Augen Garretts Kindheit und Jugend – all die ihr unbekannten Phasen seines Lebens, von denen sie nur eine vage Vorstellung gehabt hatte. Es folgten Fotos aus späteren Jahren: die Zeit am College; die Restaurierung der *Fortuna*; die Eröffnung des Ladens.

Auch von Catherine gab es Dutzende von Fotos. Jeb hätte sie ihr wohl gerne vorenthalten, aber seltsamerweise berührte ihr Anblick Theresa kaum. Für sie gehörte Catherine einfach zu einem anderen Abschnitt in Garretts Leben.

Ganz zum Schluß sah sie den Garrett, in den sie sich verliebt hatte. Besonders ein Foto hielt sie lange sinnend in der Hand. Jeb, der es bemerkte, erklärte ihr, daß es am Memorial Day, dem Heldengedenktag, aufgenommen worden war – wenige Wochen bevor die Flasche an den Strand von Cape Cod gespült worden war. Es zeigte Garrett auf seiner Veranda, ganz ähnlich wie sie ihn an ihrem ersten gemeinsamen Abend erlebt hatte.

Als sie das Foto schließlich vor sich hinlegte, nahm Jeb es ihr behutsam ab.

Am folgenden Morgen überreichte er Theresa einen Umschlag, in dem, neben anderen, dieses Foto enthalten war; dazu die drei Briefe, dank derer Theresa und Garrett einander gefunden hatten.

»Ich glaube, es ist in seinem Sinne, wenn Sie sie an sich nehmen.«

Theresa brachte kein Wort heraus. Sie konnte nur dankbar nicken.

An die ersten Tage, die auf ihre Rückkehr nach Boston folgten, konnte und wollte sich Theresa nicht erinnern. Sie entsann sich lediglich, daß Deanna sie vom Flughafen abgeholt hatte. Noch am Flughafen rief Deanna ihren Mann Brian an, um ihm mitzuteilen, daß sie ein paar Tage bei Theresa wohnen würde. Theresa verbrachte die meiste Zeit im Bett und stand nicht einmal auf, wenn Kevin aus der Schule kam.

»Wird meine Mutter wieder gesund?« fragte Kevin.

»Laß ihr ein wenig Zeit, Kevin«, antwortete Deanna. »Ich weiß, es ist auch für dich hart, aber es geht ihr bestimmt bald besser.«

Theresas Träume in dieser Zeit waren verworren, aber seltsamerweise kam Garrett nicht in ihnen vor. Sie fragte sich, ob das ein Omen war. In ihrer Benommenheit fiel es ihr schwer, klar zu denken. Deshalb ging sie früh zu Bett und fühlte sich in der besänftigenden Dunkelheit ihres Schlafzimmers am geborgensten.

Manchmal empfand sie beim Erwachen für den Bruchteil einer Sekunde das Gefühl, das Ganze sei nur ein absurder Alptraum. Und in diesen Augenblicken schien alles zu sein, wie es sein sollte: Der leere Platz neben ihr im Bett bedeutete, daß Garrett schon in der Küche war, Kaffee trank und die Zeitung las. Sie würde gleich zu ihm gehen und kopfschüttelnd sagen: *Ich habe einen schrecklichen Traum gehabt ...*

Nur an eines erinnerte sie sich noch: In jener Woche hatte sie verzweifelt versucht zu begreifen, wie dies alles hatte geschehen können. Sie hatte Jeb bei ihrer Abreise aus Wilmington das Versprechen abgenommen, sie anzurufen, falls ihm noch irgend etwas über den Tag von Garretts letztem Segelausflug auf der *Fortuna* zu Ohren käme. Denn seltsamerweise glaubte sie, es würde ihren Schmerz erträglicher machen, wenn sie weitere Einzelheiten – das *Warum* – erfahren würde. Der Gedanke aber, daß Garrett vielleicht nicht hatte zurückkehren *wollen*, kam ihr erst gar nicht. Jedes Mal, wenn das Telefon läutete, stellte sie sich vor, Jebs Stimme zu vernehmen, und hörte sich selbst antworten: »Ach, ja... ich verstehe... Das ergibt einen Sinn...«

Tief im Innern wußte sie natürlich, daß Jeb ihr keine Erklärung würde liefern können. Und auch ständiges Grübeln half ihr nicht weiter. Nein, die Antwort kam auf völlig unvermutete Weise.

Als Theresa ein Jahr später am Strand von Cape Cod saß, dachte sie ohne Bitternis an die Ereignisse zurück, die sie hierhergeführt hatten. Aus ihrer Tasche zog sie einen Gegenstand hervor, und bei seinem Anblick durchlebte sie noch einmal die Stunde, in der sie endlich die Antwort erhalten hatte – und die Erinnerung daran war klar und deutlich, ganz anders als die an die Tage kurz nach ihrer Rückkehr aus Wilmington.

Nachdem Deanna gegangen war, hatte Theresa versucht, ihren gewohnten Alltag wieder aufzunehmen. In der ersten Woche war sie so verstört gewesen, daß sie alles andere vernachlässigt hatte, aber das Leben war weitergegangen. Die für sie eingegangene Post hatte sie einfach in einer Ecke ihres Wohnzimmers gestapelt. Eines Abends aber, als Kevin im Kino war, begann sie zerstreut, den Stapel durchzusehen.

Neben einer Menge von Briefen und Zeitschriften waren da auch zwei Päckchen. Eines enthielt ein Geburtstagsgeschenk, das sie für Kevin aus einem Katalog bestellt hatte.

Das zweite war in braunes Packpapier gewickelt und ohne Absender. Es war länglich und mit zwei Aufklebern versehen: ›VORSICHT GLAS‹ und ›ZERBRECHLICH‹. Neugierig beschloß Theresa, dieses Päckchen als erstes zu öffnen.

Und jetzt erst bemerkte sie am Poststempel, daß es in

Wilmington, North Carolina, aufgegeben und vor zwei Wochen abgeschickt worden war.

Und die Adresse war in Garretts Handschrift geschrieben.

»Nein ...« Der Atem stockte ihr, und sie legte das Päckchen auf den Tisch.

In der Schublade kramte sie nach einer Schere und begann mit zitternden Händen, das Klebeband aufzuschneiden. Sie wußte bereits, was sich in dem Päckchen befand.

Theresa nahm den Gegenstand behutsam aus der Verpackung und löste vorsichtig die Klarsichtumhüllung. Schließlich stellte sie den Gegenstand auf ihren Schreibtisch und starrte lange Zeit darauf. Als sie ihn an einen besser beleuchteten Platz schob, erblickte sie ihr eigenes Spiegelbild darin.

Die Flasche war mit einem Korken verschlossen, und in ihrem Innern befand sich ein fest zusammengerollter Brief. Sie nahm ihn heraus. Er war, wie der Brief, den sie erst vor wenigen Monaten gefunden hatte, mit einem Faden umwickelt. Ganz vorsichtig löste sie den Faden und strich den Brief glatt.

Er war mit Füllfederhalter geschrieben. In der rechten oberen Ecke war ein Segelschiff abgebildet.

Liebe Theresa!
Kannst Du mir verzeihen?

Die Zeilen verschwammen vor ihren Augen, und sie mußte erst die Tränen fortwischen. Um Fassung ringend, las sie noch einmal von vorn.

Kannst Du mir verzeihen?

In einer Welt, die ich nur selten begreife, gibt es Schicksalswinde, die wehen, wenn man am wenigsten mit ihnen rechnet. Manchmal kommen sie mit der Wucht eines Hurrikans, manchmal sind sie kaum wahrnehm-

bar, wie der Flügelschlag eines Vogels. Aber welcher Art und Stärke sie auch immer sein mögen, so bringen sie doch oft eine Zukunft, der man sich nicht verschließen kann. Du, mein Liebling, bist der Wind, den ich nicht vorhersah, der Wind, der kräftiger wehte, als ich es jemals für möglich hielt. Du bist mein Schicksal.

Es war falsch von mir, so falsch, zu leugnen, was derart offenkundig war, und ich bitte Dich um Vergebung. Wie ein allzu vorsichtiger Reisender wollte ich mich vor dem Wind schützen und verlor dabei meine Seele. Ich war ein Narr, mich vor meinem Schicksal zu verschließen, aber auch Narren haben Gefühle, und mir ist klargeworden, daß Du das Wichtigste bist, das ich auf dieser Welt habe.

Ich weiß, daß ich nicht vollkommen bin. Und in den letzten Monaten habe ich mehr Fehler gemacht als andere in ihrem ganzen Leben … Es war falsch, wie ich reagiert habe, als ich meine Briefe bei Dir fand, so wie es falsch war, Dir nicht zu erzählen, welche Qualen mir die Erinnerung an das Vergangene bereitete. Als ich hinter Deinem Wagen herlief und Dir später auf dem Flughafen nachsah, hätte ich mit aller Macht versuchen müssen, Dich zurückzuhalten. Aber mein größter Fehler war zu leugnen, was mein Herz wußte – daß ich ohne Dich nicht leben kann.

Du hattest in allen Dingen recht. Als wir in meiner Küche saßen, versuchte ich das, was Du sagtest, zu leugnen, obwohl ich wußte, daß Du recht hattest. Wie ein Mann, der auf seiner Reise durchs Land nur zurückblickt, sah ich nichts von dem, was vor mir lag. Mir entging die Schönheit des kommenden Sonnenaufgangs, das Wunder der Vorfreude, die das Leben lebenswert macht. Das war ein großer Fehler von mir, und ich wünschte, ich hätte es früher erkannt.

Jetzt aber, den Blick nach vorn gerichtet, sehe ich Dein Gesicht, höre Deine Stimme und weiß, daß dies der Weg ist, den ich gehen muß. Es ist mein innigster Wunsch, daß Du mir noch einmal eine Chance gibst, und sicher hast Du schon erraten, daß ich hoffe, die Flasche möge noch einmal Wunder wirken – so wie damals – und uns wieder zusammenführen.

Während der ersten Tage nach Deiner Abreise redete ich mir ein, ich könne mein Leben weiterführen so wie früher. Aber ich konnte es nicht. Bei jedem Sonnenuntergang dachte ich an Dich. Jedesmal wenn ich am Telefon vorbeikam, verlangte mich danach, Dich anzurufen. Selbst beim Segeln dachte ich nur an Dich und die wunderbaren Tage mit Dir. Ich wußte tief in meinem Innern, daß mein Leben nie wieder so sein würde wie vorher. Ich wünschte Dich zurück, mit allen Fasern meines Herzens, doch wann immer ich Dein Bild heraufbeschwor, hörte ich Deine Worte in unserem letzten Gespräch. Wie sehr ich Dich auch liebe – ich wußte, daß unser Zusammenleben nur möglich sein würde, wenn wir uns beide sicher sind, daß ich mich voll und ganz auf den Weg, der vor uns liegt, einlassen kann. Dieser Gedanke bedrückte und verwirrte mich, bis mir die Antwort schließlich in der letzten Nacht kam. Ich hoffe, daß sie Dir genauso viel bedeuten wird wie mir:

In meinem Traum sah ich mich mit Catherine am Strand. Wir gingen Seite an Seite, und ich erzählte ihr von Dir, von uns, von unseren schönen gemeinsamen Tagen. Schließlich gestand ich ihr zögernd, daß ich Dich liebe, daß ich mich deswegen aber schuldig fühle. Sie ging schweigend weiter, aber nach einer Weile blickte sie mich an und fragte: »Warum?«

»Deinetwegen.«

Auf meine Antwort hin lächelte sie halb nachsichtig, halb belustigt, das gleiche Lächeln wie kurz vor ihrem Tod. »Oh, Garrett«, sagte sie schließlich und strich zärtlich über meine Wange. »Wer, glaubst du, hat ihr die Flasche zugeführt?«

Theresa legte den Brief nieder. Das leichte Summen des Kühlschranks ließ die Worte des Briefes in ihrem Kopf widerhallen.

Wer, glaubst du, hat ihr die Flasche zugeführt?

Sie lehnte sich zurück, schloß die Augen und versuchte, die Tränen zurückzuhalten.

»Garrett…«, murmelte sie. »Garrett…« Draußen hörte sie einen Wagen vorbeifahren. Nach einer Weile las sie weiter.

Als ich aufwachte, fühlte ich mich einsam und verlassen. Der Traum hatte mich nicht getröstet, sondern mir schmerzlich bewußt gemacht, was ich uns angetan habe, und ich mußte weinen. Als ich mich wieder gefaßt hatte, wußte ich, was ich zu tun hatte. Mit zitternder Hand schrieb ich zwei Briefe, den einen, den Du jetzt in den Händen hältst, und den anderen an Catherine, in dem ich ihr endgültig Lebewohl sage. Und heute abend segle ich mit der Fortuna *hinaus und übergebe ihn, wie all die anderen, dem Meer. Es wird mein letzter Brief an Catherine sein – sie hat mir auf ihre Weise klargemacht, daß das Leben weitergeht, und ich habe mich entschlossen, ihrem Rat zu folgen. Nicht nur ihren Worten, sondern auch den Neigungen meines Herzens, die mich zu Dir zurückgeführt haben.*

Oh, Theresa, ich bereue so sehr, Dich verletzt zu haben. Ich komme nächste Woche nach Boston und hoffe, daß du mir vergeben kannst. Vielleicht ist es zu spät – ich weiß es nicht.

Ich liebe Dich, Theresa, und werde Dich immer lieben. Ich bin es leid, einsam zu sein. Ich sehe um mich herum Kinder im Sand spielen, und mir wird bewußt, daß ich mir Kinder von Dir wünsche. Ich möchte erleben, wie Kevin zum Mann heranreift. Ich möchte Deine Hand halten und Dich weinen sehen, wenn er schließlich eine Frau zum Altar führt. Ich will Dich küssen, wenn seine

Träume wahr werden. Ich werde nach Boston ziehen, wenn Du es willst, denn ich kann so nicht weiterleben. Ich fühle mich elend und traurig ohne Dich. Und während ich hier in der Küche sitze, hoffe ich inbrünstig, daß Du mich zu Dir zurückkommen läßt, diesmal für immer.

Garrett

Es war Abend, und die Dunkelheit brach rasch herein. Obwohl Theresa den Brief wohl schon hundertmal gelesen hatte, erweckte er in ihr die gleichen Gefühle wie beim ersten Mal. Im vergangenen Jahr hatten sie diese Gefühle ständig heimgesucht.

Am Strand sitzend, versuchte sie, sich Garrett vorzustellen, während er diesen Brief niederschrieb. Sie strich mit dem Finger über das Papier, auf dem seine Hand geruht hatte, und betrachtete ihn aufmerksam, wie immer nach dem Lesen; an einigen Stellen sah sie Tintenkleckse, als wäre die Feder beim Schreiben etwas ausgelaufen oder als wäre der Brief zu hastig geschrieben worden. Sechs Wörter waren durchgestrichen, und sie fragte sich, was er mit ihnen hatte sagen wollen. Doch das blieb ein Geheimnis, das er mit ins Grab genommen hatte. Ganz unten auf der Seite war die Schrift nur noch schwer leserlich, als hätte er die Feder zu fest gehalten.

Als sie zu Ende gelesen hatte, rollte sie den Brief sorgfältig zusammen und wickelte den Faden wieder darum. Sie steckte ihn in die Flasche, die sie neben ihre Tasche legte. Zu Hause würde sie die Flasche wieder auf ihren gewohnten Platz auf dem Schreibtisch stellen. Nachts würde das Licht der Straße darauf fallen, so daß sie im Dunkeln schimmerte – das letzte, was sie vor dem Einschlafen sah.

Jetzt holte Theresa die Fotos hervor, die Jeb ihr gegeben hatte. Sie hatte sie damals nach ihrer Rückkehr aus Wilmington noch einmal durchgesehen und dann, als ihre Hände zu zittern begannen, in eine Schublade gelegt und nie wieder hervorgeholt.

Nun aber suchte sie nach ihrem Lieblingsfoto, das auf der Veranda aufgenommen worden war. Während sie es betrachtete, kamen ihr Erinnerungen an jede Einzelheit – an die Art, wie er sich bewegte, an sein Lächeln, an die kleinen Falten um seine Augenwinkel. Morgen, sagte sie sich, würde sie es vergrößern lassen und es auf ihren Nachttisch stellen, so wie Garrett es mit Catherines Foto getan hatte. Aber dann lächelte sie traurig, denn ihr wurde bewußt, daß es dafür noch zu früh war, daß sie es noch nicht ertragen würde, sein Gesicht jeden Tag zu sehen.

Theresa hatte seit Garretts Begräbnis gelegentlich mit Jeb telefoniert. Bei ihrem ersten Anruf hatte sie ihm berichtet, warum Garrett am Tag des Unglücks mit der *Fortuna* hinausgesegelt war, und am Ende des Gesprächs hatten beide geweint. Aber mit der Zeit gelang es ihnen, seinen Namen ohne Tränen auszusprechen. Jeb erzählte dann, was Garrett als Kind getrieben hatte oder was er ihm über sie, Theresa, erzählt hatte.

Im Juli flog Theresa mit Kevin zu einem Tauchkurs nach Florida. Das Wasser war warm, wie in North Carolina, aber noch sehr viel klarer. Sie blieben acht Tage, gingen morgens tauchen und erholten sich nachmittags am Strand. Es gefiel ihnen so gut, daß sie auf dem Rückweg nach Boston beschlossen, im nächsten Jahr wieder hinzufahren. Zu seinem Geburtstag wünschte sich Kevin das Abonnement eines Tauchermagazins. Ironischerweise enthielt die erste Ausgabe einen Artikel über das Wracktauchen vor den Küsten North Carolinas und ein Foto von einer Stelle, wo sie selbst getaucht waren.

Seit Garretts Tod war Theresa nicht mehr ausgegangen. Kollegen, mit Ausnahme von Deanna, versuchten ständig, sie mit irgendwelchen Männern zusammenzubringen, mit Männern, die sie als attraktiv und interessant anpriesen – Theresa aber lehnte jede Einladung höflich ab. Hin und wieder hörte sie einen ihrer Kollegen flüstern: »Ich verstehe einfach nicht, warum sie es nicht noch einmal versucht.« Oder: »Sie ist doch noch jung und alles andere als häßlich.« Menschen mit mehr Einfühlungsvermögen meinten, Theresa werde schon irgendwann darüber hinwegkommen.

Was sie nun wieder nach Cape Cod geführt hatte, war ein Anruf von Jeb vor drei Wochen. Während er ihr mit ruhiger Stimme erklärte, es sei an der Zeit weiterzuleben, begannen die Schutzwälle, die sie um sich errichtet hatte, einzustürzen. Sie weinte fast die ganze Nacht, doch am nächsten Morgen wußte sie, was zu tun war. Sie traf die nötigen Vorbereitungen für eine Reise nach Cape Cod – was nicht schwer war, da die Saison längst zu Ende war. Und damit begann endlich ihre Heilung.

Als sie nun am Strand stand, sah sie sich nach allen Seiten um, ob niemand sie beobachtete – aber weit und breit war kein Mensch zu sehen. Nur das Meer schien sich zu bewegen, und sie fühlte sich von seiner Heftigkeit angezogen. Es sah wild und gefährlich aus – nicht mehr friedlich und romantisch wie damals. Sie blickte so lange auf die Wellen, in Gedanken an Garrett, bis sie Donnergrollen vernahm.

Der Wind nahm zu, und ihre Gedanken trieben mit ihm dahin. Warum, fragte sie sich, hatte alles so enden müssen? Sie verstand es nicht. Es gab so vieles, was sie hätte ungeschehen machen wollen, so vieles, was sie bereute.

Und wie sie so in Gedanken versunken dastand, wußte sie, daß sie ihn liebte. Daß sie ihn immer lieben würde. Sie hatte es schon gewußt, als sie ihn das erste Mal im Yachthafen gesehen hatte, und sie wußte es jetzt. Weder die Zeit, die verging, noch sein Tod vermochten etwas an ihren Gefühlen zu ändern. Sie schloß die Augen.

»Du fehlst mir so sehr, Garrett Blake«, sagte sie sanft. Und für einen Moment stellte sie sich vor, er könnte ihre Stimme hören, denn der Wind erstarb plötzlich, und alles war still. Dann fielen die ersten Tropfen, und sie öffnete rasch die schlichte Glasflasche, die sie fest umklammert gehalten hatte. Sie holte den Brief hervor, den sie am Vortag geschrieben hatte und den auf den Weg zu schicken sie hergekommen war. Sie rollte ihn auf und hielt ihn in ihren Händen, genauso wie den ersten Brief, den sie gefunden hatte. Das schwache Licht reichte kaum, um die Worte zu lesen, aber sie kannte sie längst auswendig. Ihre Hände zitterten leicht, als sie zu lesen begann.

Mein Liebling!

Ein Jahr ist vergangen, seit ich mit Deinem Vater in der Küche saß. Jetzt ist später Abend, und obwohl mir die Worte schwer aus der Feder fließen, habe ich das Gefühl, daß es an der Zeit ist, Deine Frage zu beantworten.

Natürlich verzeihe ich Dir. Ich verzeihe Dir jetzt und habe Dir schon verziehen, als ich Deinen Brief las. Meinem Herzen blieb keine andere Wahl. Es war schwer genug, Dich einmal zu verlassen – es ein zweites Mal zu tun, wäre mir nicht möglich; dazu liebe ich Dich zu sehr. Zwar trauere ich dem, was hätte sein können, immer noch nach, aber ich danke Dir dafür, daß Du, wenn auch nur für kurze Zeit, in mein Leben getreten bist. Anfangs glaubte ich, daß ich vom Schicksal zu Dir geführt wurde, um Dir in Deinem Schmerz beizustehen. Jetzt aber, ein Jahr später, beginne ich zu verstehen, daß es ganz anders ist.

Seltsamerweise bin ich jetzt in der gleichen Lage wie Du damals – und während ich schreibe, quält mich die Erinnerung an einen Menschen, den ich liebe und den ich verloren habe. Jetzt kann ich die Qualen, die Du durchgemacht hast, erst richtig verstehen, und ich begreife, wie schmerzvoll es für Dich gewesen sein muß, weiterzumachen. Manchmal ist mein Kummer kaum zu ertragen, und obwohl ich weiß, daß wir uns nie wiedersehen werden, möchte ein Teil von mir Dich für immer festhalten. Denn einen anderen zu lieben würde meine Erinnerung an Dich verblassen lassen. Es ist irgendwie paradox: Obwohl ich Dich so sehr vermisse, fürchte ich die Zukunft nicht – um deinetwegen. Durch Deine Liebe hast Du mir Hoffnung gegeben. Du hast mich gelehrt, daß das Leben weitergeht, wie groß der Schmerz auch ist. Und auf Deine Art hast Du mir den Glauben gegeben, daß sich wahre Liebe nicht leugnen läßt.

Jetzt bin ich wohl noch nicht bereit, aber die Wahl steht mir offen. Mach Dir keine Vorwürfe, denn weil es Dich gibt, kann ich hoffen, daß der Tag kommen wird, an dem meine Trauer etwas Schönem weichen wird. Deinetwegen habe ich die Kraft weiterzuleben.

Ich weiß nicht, ob die Toten auf die Erde zurückkehren und sich unbemerkt von denen, die sie lieben, umherbewegen können, aber wenn sie es können, dann weiß ich, daß Du immer bei mir sein wirst. Im Rauschen des Meeres werde ich Deine Stimme vernehmen, in jedem Windhauch wird Dein Geist meine Wange liebkosen. Wer auch immer in mein Leben treten wird, Du wirst stets bei mir bleiben. Dein Geist wird mich in eine mir noch unbekannte Zukunft geleiten.

Dies, mein Liebling, ist kein Abschiedsgruß, es ist mein Dank an Dich. Ich danke Dir, daß Du mein Leben bereichert hast, daß Du mich geliebt und meine Liebe angenommen hast. Danke für die Erinnerungen, die ich stets bewahren werde. Doch vor allem danke ich Dir, weil Du mich gelehrt hast, daß eine Zeit kommen wird, da ich Dich loslassen kann.

Ich liebe Dich,
T

Nachdem Theresa den Brief ein letztes Mal gelesen hatte, steckte sie ihn aufgerollt in die Flasche und verkorkte sie. Sie drehte sie noch einmal in der Hand und wußte, daß der Kreis sich geschlossen hatte. Schließlich warf sie die Flasche so weit wie möglich ins Meer hinaus.

In diesem Augenblick kam ein starker Wind auf, und die Nebel teilten sich. Theresa stand da und sah gebannt zu, wie die Flasche langsam fortgetrieben wurde. Und obwohl sie wußte, daß es unmöglich war, stellte sie sich vor, daß die Flasche niemals an irgendein Ufer gespült würde. Daß sie für immer durch die Welt reisen würde, vorbei an fernen Orten, die sie, Theresa, niemals kennenlernen würde.

Als die Flasche schließlich nicht mehr zu sehen war, ging sie zu ihrem Wagen zurück. Und während sie durch den Regen lief, lächelte sie. Sie wußte nicht, wann, wo oder ob die Flasche jemals auftauchen würde, und es war eigentlich auch nicht wichtig. Irgendwie, das wußte sie, würde Garrett die Botschaft erreichen.

25. Mai 1996–6. August 1997

Quellennachweis

WIE EIN EINZIGER TAG / *The Notebook*
erschien 1996 bei Warner Books, Inc., New York

Aus dem Amerikanischen von Bettina Runge
(Der Titel erschien bereits in der Allgemeinen Reihe
mit der Band-Nr. 01/10470).

WEIT WIE DAS MEER/ *Message In A Bottle*
erschien bei Warner Books, Inc., New York

Aus dem Amerikanischen von Bettina Runge
(Der Titel erschien bereits in der Allgemeinen Reihe
mit der Band-Nr. 01/10840).